작품과 함께 풀어보는
문학에 대한 열두 가지 질문

작품과 함께 풀어보는

문학에 대한 열두 가지 질문

박현수 엮음

울력

작품과 함께 풀어보는 문학에 대한 열두 가지 질문

엮은이 | 박현수
펴낸이 | 강동호
펴낸곳 | 도서출판 울력
1판 1쇄 | 2018년 9월 10일
등록번호 | 제25100-2002-000004호(2002. 12. 3)
주소 | 서울시 구로구 경인로35길 129 4층(고척동)
전화 | 02-2614-4054
팩스 | 02-2614-4055
E-mail | ulyuck@hanmail.net
가격 | 23,000원

ISBN | 979-11-85136-41-7 03920

이 도서의 국립중앙도서관 출판예정도서목록(CIP)은
서지정보유통지원시스템 홈페이지(http://seoji.nl.go.kr)와
국가자료종합목록시스템(http://www.nl.go.kr/kolisnet)에서 이용하실 수 있습니다.
(CIP제어번호 : CIP2018028218)

| 엮은이 서문 |

능동적이며 깊이 있는 문학 이해를 위하여

전국 대학에 '문학의 이해'라는 강좌가 개설되어 있지만 그 이름에 걸맞은 좋은 교재는 드문 편이다. 나 역시 대학에서 오랫동안 관련 강의를 해오고 있지만, 강의를 할 때마다 적절한 교재를 구하기 어려워 이것저것 바꿔 가며 사용하여 왔다. 그러나 어느 것도 적절하지 않아 결국 몇 가지 좋은 평문들과 문학작품을 추려 묶은 프린트본 교재를 임시방편으로 사용해 오고 있다.

그동안 출간된 '문학의 이해' 관련 교재의 한계는 크게 두 가지로 요약된다. 첫째, 저자의 문학 관점이나 문제의식이 뚜렷하지 않아 기존 지식을 짜깁기한 경우가 대부분이라는 점이다. 기존 교재는 대부분 한 사람이 서술하거나 갈래 별로 전문가가 분담하여 서술하지만, 어떤 경우이든 자신의 관점에서 기존의 문학 지식을 완전히 제어하지 못하여 이런저런 문학 지식을 단순 나열한 경우가 많다. 문학 관련 지식의 나열이 문학을 이해하는 데 어느 정도 도움이 되는 것은 사실이지만, 문학 용어 사전을 무미건조하게 길게 풀어쓴 형태의 글에서 얻을 수 있는 이점은 그다지 크지 않아 보인다.

둘째, 대부분의 교재가 구체적인 문학작품을 제시하지 않아 '문학의 이해'라는 강좌 이름에도 불구하고 '문학 이론' 혹은 '문학 개념'의 이해에 그치고, 문학작품 자체의 이해에 도달하지 못한다는 점이다. '문학의 이해'라는 강좌의 목적은 궁극적으로 문학작품의 능동적이고 깊이 있는 향수에 있는데, 문학작품이 없는 교재가 이런 목적을 이루기는 어려울 것이다. 이는 저작권 문제가 관련되어 있어서 이해할 수 있는 측면도 있지만, 이를 보완하기 위해서 관련 작품을 따로 준비해야 하는 번거로움을 떨칠 수는 없다는 점에서 뚜렷한 한계가 아닐 수 없다.

이런 한계를 극복하기 위해 엮은이는 다음과 같은 방식으로 교재를 구성하였다. 먼저, 문학을 깊이 있게 이해하는 데 도움이 되는 질문을 문학 일반, 시, 소설, 희곡 등의 범주에 따라 각 분야 당 세 개씩 총 열두 개 정도 골랐다. 짧은 시간에 단 한 권의 책으로 문학 전체를 이해하기는 불가능하다. 그래서 문학을 이해하기 위한 가장 핵심적인 질문을 추려 내어 이 문제들을 하나하나 풀어 가면서 문학 전반을 통합적으로 이해하는 방식을 선택한 것이다.

다음으로, 열두 개의 질문에 대하여 가장 깊이 고민한 필자의 글을 선별하여 실었다. 질문에 대한 답으로 제시된 글의 필자들은 해당 분야의 전문가로서 관련 질문에 대하여 지속적으로 깊이 있게 검토한 학자들이다. 이런 필자들의 글에서 독자들은 문학에 대한 깊고 넓은 식견을 배우며 문학에 더 다가갈 수 있는 통로를 발견할 수 있을 것이다. 또한 독자들은 질문에 대한 필자들의 답을 이해하고, 이것을 자신의 관점에서 비판하면서 정신적으로 더욱 성숙할 수 있는 기회를 가질 수 있을 것이다.

마지막으로 각 질문을 이해하는 데 가장 적합한 문학작품을 수록하였다. 문학 이론의 이해가 아니라 문학작품의 이해가 가능하도록 가장 어울리는 작품을 선택하는 데 심혈을 기울였다. 물론 애초에 계획하였던 작품 중에 저작권 부담 때문에 교체한 작품이 있어서 아쉽지만, 그럼에도 불구하고 이 책에 실린 작품이 해당 주제를 이해하는 데 가장 적절한 작품이라는 점은 부정할 수 없을 것이다.

다만 이 교재의 난점은 여기에 실린 글들이 어렵다는 평가를 받을 수 있다는 점이다. 그러나 이 정도의 글을 읽고 이해할 수 있는 능력을 키우지 않는다면 현재 독자들이 지닌 낮은 문해력을 극복하기 어려울 것이다. 이 글을 어렵다고 하는 학생들의 지적에 나는 '두꺼운 벽을 깨기 위해서는 큰 망치가 필요하다'고 말하곤 하였다. 문학과 관련된 기존의 한계를 넘어서기 위해서는 이 정도의 글을 읽고 소화할 수 있는 능력과 지적 충격이 필요하다는 의미이다. 다행스럽게도 강의가 끝난 후 학생들은 어려운 글이었지만 그것을 읽고 토론하면서 글의 이해뿐 아니라 문학 자체의 이해에도 도움이 되었다는 반응을 보였다.

그러나 나로서도 알지 못 하는 이 책의 한계도 있을 것이다. 앞으로 독자들의 반응을 적극적으로 수용하여 질문들과 수록 평문 및 문학작품을 점진적으로 교체하고자 한다. 독자들의 진심 어린 충고를 기다린다. 또한 많지 않은 원고료에도 불구하고 원고 수록을 허락해 주신 여러 선생님과 유족 여러분께 감사를 드린다. 더운 날에 원고 교정을 꼼꼼하게 맡아준 지도 학생 및 강사 선생님께도 고마움을 전한다.

2018년 기록적인 폭염 속에서

엮은이 박현수

차례

2부
시의 이해

3부
소설의 이해

4부
희곡의 이해

1부

문학 일반의 이해

1

문학이란 말은 언제 생겼을까

이광수, 「문학이란 하(何)오」

역은이의 추천 이유

이 글은 1910년대, 새롭게 부상하고 있던 근대적인 '문학' 개념을 구체적으로 정의하고 있는 평문이다. 저자는 '문학'이란 말이 서양어 '리터러처'의 번역으로서, 이전에 사용되어 온 '문학(文學)' 개념과는 질적으로 다른 것임을 강조하고 있다. 감정을 중심으로 하는 이 새로운 문학 개념의 주요 성립 근거는 지·정·의에서 정(감정)이 독립하여 온 역사적 과정이다. 초기 근대 문학 개념을 이해하기 위한 중요한 글이다.

출전: 이광수, 「문학이란 하오」, 『매일신보』(1916.11.10 ~11.23)

문학이란 하(何)오

이광수

신구(新舊) **의의**(意義)**의 상이**(相異)

동일한 어(語)로도 지방과 시대를 수(隨)하여• 상이한 의의를 취함이 다(多)하다. 가령 짐(朕)이나 경(卿) 같은 어(語)도 고대에는 이(爾), 오(吾)•와 동일한 의(意)더니, 후세에는 제왕과 신하 간에만 용(用)하게 되었나니, 차(此)는 시대(時代)를 수(隨)하여 어의가 변천함이오. 사(士)라 하면 조선서는 문(文)을 수(修)한 자의 칭호여늘, 일본 고대에는 무(武)를 수(修)하는 자의 존칭이 되었나니, 차(此)는 지방(地方)을 수(隨)하여 상이함이라. 고로 어(語)의 외형이 동일하다 하여 기(其) 의의까지 동(同)한 줄로 사(思)하면 오해할 경우가 다(多)하니, 금일 조선에서는 차등 어의의 오해가 파다(頗多)하니라. 여차히 시대와 지방을 수(隨)하는 외에 상용(常用)과 학술(學術)을 수하여도 상이하나니, 가령 법률이라는 어(語)는 재래로 사용하는 바이로되, 법학상 법률이라는 어(語)와는 대상부동(大相不同)하다. 항용 법률이라 하면, 국가가 인민으로 하여금 강제적으로 준수케 하는 규칙이라는 의(意)어니와, 법학상 법률이라 하면 국가를 수(隨)하여 다소 차이가 유(有)하되 법부(法部)의 의결을 경(經)하고 주권자의 재가를 수(受)하여 내각원(內閣員)의 부서(副

署)로 공포한 자를 칭함이니, 상용과 학술용에 상이(相異)가 대(大)치 아니 하뇨.

여차(如此)히 문학(文學)이라는 어의(語義)도 재래로 사용하던 자와는 상이하다. 금일 소위 문학(文學)이라 함은 서양인이 사용하는 문학이라는 어의를 취함이니 서양의 'Literatur' 혹 'Literature'라는 어(語)를 문학이라는 어(語)로 번역하였다 함이 적당하다. 고로 문학이라는 어(語)는 재래(在來)의 문학으로의 문학이 아니요, 서양어에 문학이라는 어의를 표(表)하는 자로의 문학이라 할지라. 전에도 언(言)하였거니와 여차히 어동의이(語同意異)•한 신어(新語)가 다(多)하니 주의할 바이니라.*

• 수(隨)하여: 따라서
• 이(爾), 오(吾): '너', '나'
• 어동의이: 말은 같으나 뜻은 다름.
*첫 부분까지는 원문의 형태를 짐작할 수 있도록 원문을 제시하였으나, 이하는 현대적인 표현으로 옮긴다.

문학(文學)의 정의(定義)

문학이란 그 범위가 광대하고 내용이 극히 막연하여 제반 과학과 같이 일언(一言)으로 개괄할 정의를 내리기 극난하며, 극난할 뿐만 아니라 엄정하게 말하자면 불능하다 하리로다. 그러나 이미 일학(一學)이라 칭하는지라, 전연 정의가 없지 못하리니 문학 비평가들은 흔히 다음과 같이 정의한다.

> 문학이란 특정한 형식 하(下)에 인(人)의 사상과 감정을 발표한 자를 위(謂)함이니라.

이에 특정한 형식이라 함은 두 가지가 있으니 하나는 문자로 기록함을 말함이니, 구비전설은 문학이라고 칭(稱)키 불능하고 문자로 기록된 후에야 비로소 문학이라 할 수 있다 함이 그 하나요, 다른 하나는 시 · 소설 · 극 · 평론 등 문학상의 제 형식이니 기록하되 체제(體制)가 없이 만록(漫錄)한 것은 문학이라 칭키 불능하다 함이며, 사상 · 감정이라 함은 그 내용을 말함이니 비록 문자로 기록한 것이라도 물리 · 박물(博物) · 지리 · 역사 · 법률 · 윤리 등 과학적 지식을 기록한 자는 문학이라 말하기 어려우며, 오직 사람으로의 사상과 감정을 기록한 것이라야 문학이라 함을 말함이로다. 엄정하게 문학과 과학을 구별하기는 극난하거니와 물리학과 시를 읽으면 양자 간의 차이를 깨달을지니 이것이 문학과 과학의 막연한 구별이니라. 아무려나 타(他) 과학은 이를 읽을 시에 냉정하게 외물을 대하는 듯하는 감이 있는데, 문학은 마치 자기의 심중을 읽는 듯하여 미추희애(美醜喜哀)•의 감정을 수반하나니 이 감정이야말로 실로 문학의 특색이니라.

문학은 실로 학(學)이 아니니, 대개 학(學)이라 하면 어떤 일, 혹은 어떤 것을 대상으로 하여 그 사물의 창조 · 성질 · 기원 · 발전을 연구하는 것이로되, 문학은 어떤 사물을 연구함이 아니라 감각함이니, 고로 문학자라 하면 사람에게 어떤 사물에 관한 지식을 가르치는 자가 아니요, 사람으로 하여금 미감(美感)과 쾌감(快感)을 일어나게 할 만한 서적을 만드는 사람이니, 과학이 사람의 지(知)를 만족케 하는 학문이라 하면 문학은 사람의 정(情)을 만족케 하는 서적이니라.

문학과 감정(感情)

상술(上述)함과 같이 문학은 정(情)의 기초 상에 입(立)하였나니, 정(情)과 우리의 관계를 따라 문학의 경중이 생(生)하리로다. 고석(古昔)에서는 어느 나라에서나 정(情)을 천(賤)히 여기고, 이지(理知)만 중(重)히 여겼나니, 이는 아직 인류에게 개성(個性)의 인식이 명료치 아니 하였음이다.

근세(近世)에 이르러 사람의 심(心)은 지 · 정 · 의(知情意)• 삼자(三者)로 작용되는 줄을 알고 이 삼자에 하우하열(何優何劣)이 없이 평등하게 우리의 정신을 구성함을 깨달으며, 정(情)의 지위가 높이 올랐나니, 일찍 지(知)와 의(意)의 노예에 불과하던 것이 지(知)와 동등한 권력을 얻어, 지(知)가 제반 과학으로 만족을 구하려 함에 정(情)도 문학 · 음악 · 미술 등으로 자기의 만족을 구하려 하도다. 고대에도 이들 예술이 있는 것을 볼진대, 아주 정을 무시함이 아니었으나, 이는 순전히 정(情)의 만족을 위함이라 하지 아니하고, 이에 지적 · 도덕적 · 종교적 의의를 더하여, 즉 이들의 보조물로, 부속물로 존재를 누리었거니와 약 5백 년 전 문예부흥(文藝復興)이라는 인류 정신계의 대변동이 있은 이래로, 정(情)에게 독립한 지위를 주어 지(知)나 의(意)와 평등한 대우를 하게 되었다. 실로 우리에게는 지(知)와 의(意)의 요구를 만족케 하려는 동시에 그보다 더욱 간절하게 정(情)의 요구를 만족케 하려 하나니 우리들이 술을 사랑하고, 색(色)을 탐(貪)하며, 풍경(風景)을 구(求)함이 실로 여기에서 생기는 것이니 문학예술은 실로 이런 요구를 채우려는 사명(使命)을 가진 것이니라.

• **미추희애:** 아름다움, 추함, 기쁨, 슬픔.
• **지 · 정 · 의:** '문학의 실효'(생략) 부분에 지 · 정 · 의에 대해서 다음과 같이 설명하고 있다. "우리의 정신은 지 · 정 · 의 3방면으로 작동하나니, 지(知)의 작용이 있으매 우리는 진리를 추구하고, 의(意)의 방면이 있으매 우리는 선(善) 혹은 의(義)를 추구하는지라. 그런즉 정(情)의 방면이 있으매 우리는 무엇을 추구하리오. 즉, 미(美)라. 미(美)라 함은, 즉 우리에게 쾌감을 주는 것이니 진(眞)과 선(善)이 우리의 정신적 갈망에 필요함과 같이 미(美)도 우리의 정신적 욕망에 필요하니라."

문학의 재료

전절에 문학은 정(情)의 만족을 목적 삼는다 하였다. 정의 만족은, 즉 흥미(興味)니, 우리에게 가장 심대한 흥미를 주는 것은, 즉 우리 자신에 관한 일이라. 우리가 연애의 담화나 서적에 흥미를 느낌은, 즉 우리 각인(各人)의 정신에 연애의 부분이 있음이며, 빈자(貧者)의 고통은 빈자(貧者)라야 능해(能解)하나니, 즉 다른 빈자(貧者)를 볼 때에 빈자라야 자기의 경험에 비추어 그 고통을 추지(推知)하고 동정(同情)의 생각이 일어나니라. 고로 어떤 문학이 전혀 인류에게 관계없는 일을 기록하였거나, 또는 자기에게 관계없는 일을 썼다면 여기에는 조금도 흥미를 불감(不感)할지라. 고로 문학예술은 어떤 재료를 전혀 인생에 취(取)하라. 인생의 생활 상태와 사상 감정이 즉 어떤 재료니 이것을 묘사하면, 즉 사람에게 쾌감을 주는 문학예술이 되는 것이라.

그러나 재료에도 호(好) · 불호(不好)가 있고, 묘사에는 정(正) · 부정(不正), 정(精) · 부정(不精)•이 있으니, 가장 좋은 재료를 최정(最正), 최정(最精)하게 묘사한 것이 최호(最好)한 문학이라. 최호(最好)한 재료라 함은 평범, 무미(無味)치 아니한 인사(人事) 현상(現象)을 말함이니, 가령 다만 밥을 먹는다, 오줌을 눈다 함도 인생의 현상이 아님이 아니나, 이는 아주 무미한 재료로되 연애라든가 분노 · 비애 · 오한(惡恨)• · 희망 · 용장(勇壯) 같은 것은 극히 유미(有味)한 재료라. 우리는 춘향 이도령의 연애를 보고 쾌감을 느끼며, 노지심(魯知深)•의 분노와 사씨(謝氏)•의 원한을 보고 쾌감을 느끼는도다.

또한 최정(最正)하게 묘사한다 함은 진(眞)인 듯이 과연 그러하다 하고, 있을 일이라 하고, 독자가 격절(擊節)하게 함이요, 최정(最精)이라 함은 어떤 사건을 묘사하되 대강대강 하지 말고 극히 목도(目睹)하는 듯하게 함이라.

이렇게 하여야 그 작품이 독자에게 지대한 흥미를 주나니, 고로 문학의 요의(要義)는 인생을 여실(如實)하게 묘사함이라 하리로다. 문학적 걸작은 마치 인생의 모(某) 방면, 가령 연애라 하고 연애 중에도 상류사회, 상류사회 중에도 유교육자(有敎育者), 유교육자 중에도 재모(才貌) 있는 자, 재모 있는 자 중에도 부모의 허락을 얻기 불능(不能)한 자의 연애를 과연 여실하게 진(眞)인 듯하게 묘사하여 어떤 사람에게 읽혀도 수긍할 만한 것을 말함이니 이러한 것이라야 비로소 심각한 흥미를 주는 것이라.

문학과 도덕(道德)

정(情)이 이미 지(知)와 의(意)의 노예가 아니요, 독립한 정신작용의 하나이며, 따라서 정(情)에 기초를 둔 문학도 역시 정치 · 도덕 · 과학의 노예가 아니라 이들과 병견(竝肩)•할 만한, 도리어 일층 우리에게 밀접한 관계가 있는 독립한 일 현상이다. 종래 조선에서는 문학이라 하면 반드시 유교식(儒敎式) 도덕을 고취하는 자, 권선징악을 풍유(諷諭)하는 자로만 생각하여 이런 준승(準繩)• 외에 벗어나는 것은 타기(唾棄)하였나니, 이는 조선에 문학이 발달치 못한 최대한 원인이라. 가령 중국 문학의 일종인 시경(詩經)이나 율시(律詩) 등을 읽을 시에도 상술(上述)한 편협한 관념으로 시 중에서 도덕적 · 권선징악적 의미만 찾으려 하여 청순난만한 인정(人情)의 미(美)를 상완(賞玩)할 줄 부지(不知)하니 독시(讀詩)의 본의가 어디에 있으리오.

•정(精) · 부정(不精): 정밀하고 정밀하지 않음.
•오한: 증오와 원한의 마음.
•노지심: 중국 명나라 때 소설 수호전에 등장하는 인물.
•사씨(謝氏): 김만중의 한글 고대소설 「사씨남정기」의 주인공.
•병견: 비슷함. 비견(比肩).
•준승: 일정한 규범.
•차치물론: 내버려 두고 문제 삼지 아니함.
•교지: 번갈아 옴.

그러므로, 종래 조선문학은 산문 · 운문을 물론하고 반드시 유교도덕으로 골자를 삼아 일보도 이 범위를 벗어나기 불능하며, 만 권 문학서가 있더라도 모두 천편일률이라. 인정(人情)의 복잡다양함이 우주의 삼라만상과 같거늘 어찌 수조(數條)의 도덕으로 이를 다룰 수 있으리오. 고려 이전은 차치물론(且置勿論)•하고, 이조 후 오백여 년 조선인의 사상 감정은 편협한 도덕률의 속박한 바 되어 자유로 발표할 기회가 없었도다. 만일 이런 속박과 방해가 없었던들 조선에는 과거 오백 년 간에라도 찬란하게 문학의 꽃이 피어 조선인의 풍요한 정신적 양식이 되며, 고상한 쾌락의 재료가 되었을 것을……. 지금에 타민족의 문학의 왕성함을 목도함에 흠선(欽羨)과 통한(痛恨)이 교지(交至)•하는 도다.

물리학이 만반 물리 현상을 기재(記載) 설명할 자유가 있는 모양으로 문학은 만반 사상 감정을 기재 설명할 자유가 있어야 할 것이다. 사실상 지금의 문학은 초연히 종교 윤리의 속박 이외에 독립하여 인생의 사상과 감정과 생활을 극히 자유롭게, 여실하게 발표하고 묘사하나니, 현대 문명 제국(諸國)의 대문학이 나옴이 실로, 이 때문이라. 조선에서는 장차 신문학을 건설하려 할진대 위선 종래의 편협한 문학관을 버리고 무궁무진한 인생의 사상 감정이 광야에 독립하여 자유로 재료를 선택하고, 자유로 이를 묘사하도록 노력하여야 할지라.

오해를 면(免)하기 위하여 일언을 덧붙이노니, 도덕의 속박을 벗어나라 함은 결코 독자를 고독(蠱毒)•할 만한 음담패설을 재료로 한 문학을 만들라 함이 아니요, 도덕률을 고려함이 없이 우리네의 안중(眼中)에 영래(暎來)•하는 인사 현상을 여실하게 묘사하라 함이니, 즉 모종 특정한 도덕을 고취하기 위하여, 또는 권선징악의 효과를 얻기 위하여 문학을 만들지 말고, 일체의 도덕 규구준승(規矩準繩)•을 불용(不用)하고 실재한 사상과 감정과 생활을 여실하게 만인의 안전에 재현케 하라 함이라. 그러한즉, 문학의 효용이 어디에 있느뇨. 작자는 무엇을 위하여 이를 만들며 독자는 무엇을 위하여 이를 읽으리오 하리니, 청컨대 다음 절을 읽을지어다.

문학의 실효(實效)

(여기에서는 문학의 효과를 여섯 가지로 설명하고 있다. 첫째, 인생 세태를 살필 수 있고, 둘째, 상대방을 동정하게 하며, 셋째, 도덕적 성찰을 하게 하며, 넷째, 자유로운 상상의 세계에 노닐게 하며, 다섯째, 유해한 쾌락에 빠지지 않게 하며, 여섯째, 품성을 도야하고 지능을 계발하게 한다. 구체적 내용은 생략)

문학과 민족성

진보하는 한 시대의 사상과 감정과 생활방식은 그 시대의 전 민족이 연구하고 조탁하고 수련한 결과니, 이는 무한한 고심과 노력의 결정이라. 만일 이 고심 노력의 결정이 그 시대가 지남에 따라서 소멸한다 하면, 이는 한 민족을 위하여 또는 전 인류를 위하여 막대한 손실이며, 겸하여 이 사상과 감정과 생활방식은 일차(一次) 소멸하면 다시 구하기 극난(極難)하나니, 고로 이는 유산으로 차대(次代)에 전하여 차대로 하여금 이로부터 행복을 받을 수 있게 하고 다음 시대 일대가 산출한 사상과 감정과 생활방식을 여기에 덧붙여 다시 차대에 전하고 이렇게 하여 백대 천대를 전하는 동안에 그 내용은 유익섬부(愈益贍富)•하고 그 품질은 유익정련(愈益精鍊)•되나니 이것이 즉 일 민족의 정신적 문명이요, 민족성의 근원이라.

•고독: 해독을 끼침.
•영래: 비추어 옴.
•규구준승: 일정한 규범.
•유익섬부: 더욱 풍부해짐.
•유익정련: 더욱 정밀하게 다듬어짐.
•나타무위: 게을러서 아무것도 하지 않음.
•무심무장: 의욕도 없고 자존심도 없음.

그러나, 이 귀중한 정신적 문명을 전하는 데 가장 유력한 것은 즉 그 민족의 문학이니, 문학이 없는 민족은 혹은 습관으로, 혹은 구비(口碑)로 그 약간을 전함에 불과하므로 아무리 누대(累代)를 지나도 그 내용이 섬부하여지지 아니하여 야만미개를 불면(不免)하나니라. 조선은 건국이 사천여 년이라 하고 기간(其間)에 신라, 백제, 고구려 등 찬연한 문명국이 있은즉 응당, 타민족에 구(求)치 못할 조선민족 특유의 정신 문명이 있을 것이어늘 당시 문학이 전혀 소실되어 우리는 우리 선조의 귀중한 유산을 받을 행복이 없도다. 우리의 근대조선이 나타무위(懶惰無爲)•하여 우리에게 물질적 재산을 남기지 아니함을 통한하는 동시에 그들이 정신적으로까지 무능무위(無能無爲)하여 정신적 재산을 남기지 아니하였음을 원한(怨恨)하노라. 그러나 이는 다만 우리의 조선(祖先)의 죄만이 아니라 중국사상의 침입이 실로 조선사상을 절멸하였음이니, 이 중국사상의 폭위 하에 기다(幾多) 금옥같은 조선사상이 고사(枯死)하였는고. 무심무장(無心無腸)•한 선인들은 어리석게도 중국사상의 노예가 되어 자가의 문화를 절멸하였도다.

금일 조선인은 모두 중국도덕과 중국문화 하에 생육한 자라. 고로 명(名)은 조선인이로되, 기실 중국인의 일 모형(模型)에 불과하도다. 그러하거늘 아직도 한자(漢字), 한문(漢文)만 숭상하고 중국인의 사상을 벗어날 줄을 부지(不知)하니 어찌 가석(可惜)하지 아니하리오. 방금, 서양 신문화가 침침연(浸沈然)• 습래(襲來)하는지라. 조선인은 마땅히 구의(舊衣)를 벗고, 구구(舊垢)를 씻은 후에 이 신문명 중에 전신을 목욕하고 자유롭게 된 정신으로 신정신적 문명의 창작에 착수할지어다. 병합(倂合)• 이래로 만반 문물제도가 모두 신문명에 의거하였거니와 옛날의 사상 감정과 이를 응용하는 생활은 의연(依然)한 구아몽(舊阿蒙)• 이니, 이제부터 신문학이 울흥(蔚興)하여 새로워진 조선인의 사상 감정을 발표하여서 후대에 전할 제일차의 유산을 만들어야 할지라.

문학의 종류

문학은 혹은 내용을 표준으로, 혹은 형식을 표준으로 수종(數種)으로 나눌 수 있으니, 이런 분류는 대단한 필요가 있지 아니하되, 또한 문학에 뜻을 둔 자에게 방향을 보이는 데 도움이 된다. 내용을 표준으로 나누는 데도 재료의 범위를 표준으로 하는 것과 재료의 성질을 표준으로 하는 것이 있으니, 국민문학, 향토문학, 도시문학, 전원문학, 연애문학, 시대문학 등의 구별은 성질을 표준으로 한 것이다. 그러나, 이는 결코 엄정한 분류법이 아니며, 또 문학은 반드시 이 분류 내에 서야 함도 아니니, 계한(界限)이 없음이 실로 문학의 특징이라. 천재(天才)를 갖춘 자면 자유로 신천지를 개척함을 가득(可得)할지니라.

형식으로 문학을 분류하면 산문문학, 운문문학으로 대분(大分)함이 가능하고, 다시 산문문학을 논문(論文), 소설, 극 및 산문시로 나눌지오, 운문문학은 시(詩)라, 또한 이를 다시 소분(小分)할 수는 있으나, 여기에 생략하며 또 번거(煩擧)할 필요도 없도다.

•침침연: 모르는 사이에 젖어듦.
•병합: 1910년에 일제가 당시 대한제국을 병탄한 사실을 가리킴
•구아몽: 옛날의 어리석은 꿈.
•도연명 등등: 중국의 유명한 문인과 산문 작품.
•칼라일, 에머슨: 영국의 유명한 문인으로 에세이를 많이 남김.
•간이: 간단하고 쉬움.

논문(論文)

무론(毋論) 정치적 또는 과학적 논문을 가리킴이 아니라 소설가가 소설로, 시인이 시로 발표하려는 바를 소설과 시의 기교적 형식을 취하지 아니하고 '말하듯이' 발표함을 말함이니, 도연명(陶淵明)의 「귀거래사(歸去來辭)」, 소식(蘇軾)의 「적벽부(赤壁賦)」, 굴원(屈原)의 「이소경(離騷經)」• 등 고래(古來) 소위 문학이라던 것의 대부분과 서양에 칼라일, 에머슨• 등의 저서와 같은 것이 여기에 속하니라. 이외에 근대에 신성(新成)한 일체가 있으니, 즉 소위 비평문 또는 평론문이라. 사람이 문학적 작품, 즉 논문이나 소설, 시, 극 등 표현된 주지를 자신의 두뇌 중에 일단 용입(溶入)하였다가 다시 자신의 논문으로 발표함을 말함이니, 현대 문학계의 일반(一半)을 점하니라.

소설(小說)

조선에서 〈재담〉이나 〈이야기〉를 소설이라 하고 이를 잘 하는 자를 소설가라 칭하는 자가 있나니 이는 무식한 소치다. 소설은 이렇게 간이(簡易)•한, 무가치한 것이 아니니라. 소설이라 함은 인생의 일방면을 정(正)하게 묘사하여 독자의 안전에 작자의 상상 내에 있는 세계를 여실하게 역력하게 개전하여 독자로 하여금 그 세계 내에 있어 실견(實見)하는 듯하는 감을 일어나게 하는 것을 말함이니, 논문은 작자의 상상 내의 세계를 작자의 말로 번역하여 간접으로 독자에게 전하는 것이로되, 소설은 작자의 상상 내의 세계를 충실하게 그려 독자로 하여금 직접으로 그 세계를 대하게 하는 것이라. 소설은 실로 현대문학의 대부분을 점하는 자니, 어떤 이의 안두에 소설이 없는 데가 없고, 어느 신

문 잡지에 소설 1, 2편을 싣지 않음이 없음을 보아도 현대문학 중에 소설이 어떤 세력을 가졌는지를 가지(可知)할지라.

극(劇)

산문극, 시극의 2종이 있으니 현대에 가장 유세력한 것은 산문극이라. 극의 목적은 소설의 목적과 흡사하나니, 다만 소설은 문자로만 작자 상상 내 세계를 표하되, 극에 이르러서는 실지의 형상을 무대상에서 연출함이니, 관객에게 감명을 줌이 소설에 비하여 익심(益甚)•하니라. 그러나, 다만 문학의 일종으로 극이라 하면, 무대상에서 연출할 수 있게 만든 소위 대본을 말함이요, 이를 무대상에서 실연하는 소위 연극은 문학에서 독립한 일종의 예술이니, 이 예술의 주인은 광대 또는 배우니라, 말이 곁길로 빠지거니와, 현대에는 배우는 문학자, 예술가와 같이 일종 예술가로 사회의 존경을 받나니, 결코 석일(昔日)• 광대라 하여 천대하던 류가 아니니라.

극은 소설보다 만들기가 어려우니, 이에는 다종(多種)의 법칙이 있음이니라.

시(詩)

산문을 '읽는 것'이라 하면, 시는 '읊는 것'이라 할지니, 그 내용으로 보건대, 산문은 인생 일방향 혹은 작자의 상상 내의 세계를 여실하게 묘출하여 일체의 판단, 즉 미추, 쾌 · 불쾌의 판단을 하나로 독자의 의사에 맡기는 것이로되, 시는 작자가 인생의 일방면 또는 자기의 상상 내의 세계 중에 가장 흥미 있는 것을 선출하여 음률 좋은 언어로 이를 묘출하는 것이요. 형식으로 논하건대 첫째, 운(韻)을 압(押)할 것, 둘째, 평측(平仄)•을 배열할 것이니, 이는 실로 시인이 감정을 가장 유력하게 독자에게 전하기 위하여 언어에 자연한 곡조가 생하게 하려는 방

편이라. 운(韻)은 한시나 서양시에 모두 있는 바이나, 일본어에는 압운에 불편함이 많아, 혹 이를 시도한 자가 있었으니, 모두 실패로 돌아갔나니, 조선어도 문법구조가 이와 유사하며, 압운에 불편이 있을지라. 대개 한문이나 서양문은 주어와 객어(목적어)를 도치하는 편리함이 있어 가령, '좋은 사람', '사람 좋은'을 병용할 수 있으므로 운(韻)이 풍부하거니와, 일본문이나 조선문에도 이런 편리함이 없음이라. 그러나 종차로 대시인이 배출되면 조선문의 신(新) 시법(詩法)이 생(生)할 것은 물론이라. 현금도 압운은 못하더라도 또 소위 '향(響)의 호 · 불호'가 있어, 운(韻)은 아니로되, 운과 효력이 상등한 향(響)이 있나니, 이는 시조를 읽은 자의 공인하는 바라, 운이 없건마는 자연히 어울리는 맛이 있음이 이것이다. 평측(平仄)이라 함은 조선어에 있어서는 장단음(長短音)의 교섭이니라.

•**익심**: 더욱 심함.
•**석일**: 지난날.
•**평측**: 한자의 사성(四聲) 중 평성(平聲)과 측성(仄聲: 上, 去, 入聲)을 말함.

문학과 문(文)

(이 부분에서는 신문학은 한자와 한문으로 쓸 것이 아니라 순 현대어, 일상어, 즉 누구나 알고 사용하는 언어로 지어야 한다고 강조하고 있다. 본문 생략)

문학과 문학자(文學者)

(이 부분에서는 문학자가 좋은 작품을 쓸 때 수많은 어려움을 겪는다는 점을 들고 독자들도 이를 존중해야 한다고 설명하고 있다. 본문 생략)

대문학(大文學)

(이 부분은 감정의 보편성을 들어 문학의 보편성을 아주 짧게 말하고 있다. 본문 생략)

조선문학(朝鮮文學)

조선문학이라 하면 무론 조선인이 조선문으로 지은 문학을 지칭할 것이라. 그러나 삼국시대 이전은 아득해서 물론하고, 삼국시대에 들어서 설총(薛聰)이 이두(吏讀)를 만들었다. 이두는, 문자는 한자로되 조선문으로 간주함이 당연하다. 당시 문화 정도의 높음을 살펴보건대, 이 이두로 지은 문학이 응당 섬부(贍富)하였을지나, 이래 천여 년의 수다한 변란에 전혀 상실하고, 당시 문학으로 지금 가견할 자는 『삼국유사(三國遺事)』에 실린 십수 수(首)의 노래•뿐이라. 이 노래도 아직 독법과 의미를 해독치 못하니, 이를 해독하면 이를 통하여 불충분하나마 당시 문학의 상태와 사상을 규지(窺知)하리로다. 이후 고려로부터 이조 세종에 이르기까지는 조선문학이라 칭할 게 없도다. 단 태종과 정포은의 창화한 두 수의 노래가 있으니, 이것도 한자로 기록하였으나 문격(文格) 어조가 조선식이라 하겠고, 세종조에 국문이 성하고, 용비어천가(龍飛御天歌)가 만들어지니 이것이 진정한 의미로 조선문학의 효시오, 이래로 역대 군주와 신민이 이 문자를 사용하여 만든 시문이 파다하려니와 한문의 노예가 되어 왕성치 못하였도다. 나는 일본문학사를 읽을 때 멀리 나라(奈良) 조에 한문이 들어와 세력을 얻으면서도 가명(假名)• 의 세력이 전실(全失)치 아니하여 「만엽집(萬葉集)」, 「고금집(古今集)」, 「원씨물어(源氏物語)』 등 국민문학을 산출하고 명치유신 이전까지도 일변 한문의 세력이 팽창하면서도 국문학이 끊이지 아니하여 근송(近松), 서학(西鶴), 마금(馬琴), 백석(白石)• 등 국문학자를 배출하였음을 찬탄 불이(不已)하노니, 조선인이 적이 자아라는 자각이 있었던들 세종의 국문 제작이 동기가 되어, 신문학이 울흥(蔚興)하여야 가할 것이라. 생각이 여기에 미치니 퇴계(退溪), 율곡(栗谷) 등 중국 숭배자의 속출을 원망하는 생각도 나도다. 그러나 경서(經書)와 사략(史略) 소학(小學) 등 번역 문학이 나옴은 조선문학 울흥의 선구가 될 뻔하였으나 과거제도로 인하여 마침내 조선문학이 흥할 기회를 만들지 못하였고, 겨우 「춘향전」, 「심청전」, 「놀부흥부전」 등의 전설적 문학과 중국소설의 번역문학과 시조(時調) · 가사(歌詞)의 작품이 있었을 뿐이라. 방간(坊間)에 유행하는 국문소설 중에는 조선인의 작품도 파다할지니, 이는 응당 조선문학의 부류에 편입할 것이어니와 이들 국문소설도 대개 재료를 중국에 취하고 또 유교도덕의 속박 하에 자유로이 조선인의 사상 감정을 유로한 자 없으며 근년에 이르러 야소교(耶蘇敎)가 들어옴이 신구약(新舊約) 및 야소교문학의 번역이 나오니 이는 조선문의 보급에 지대한 공로가 있었고 실로 조선문학의 대자격(大刺擊)이 되었으며, 십수 년 내로 백여 종의 국문소설이 간행되었으나 그 문학적 가치의 유무에 이르러서는 단언할 만한 연구가 없거니와 아무려나, 조선문학의 신흥의 예고가 됨은 사실이라.

만일 조선문학의 현상을 물으면 나는 울긋불긋한 서사(書肆)의 소설을 가리킬 수밖에 없거니와 일재(一齊), 하몽(何夢)• 제씨의 번역문학은 조선문학의 기운(機運)을 촉(促)하기에 의미가 심할 줄로 생각하노라. 단 이상 제씨가 과연 조선문학을 위하여라는 의식의 유무는 내가 모르는 바로되, 제씨가 충실하게 번역문학에 종사하며 일변 문학의 보급을 기하는 연구와 운동을 불태(不怠)하면 제씨의 공은 결코 불소(不少)할 줄 믿노라.

요컨대 조선문학은 오직 장래가 있을 뿐이요 과거는 없다 함이 합당하니, 이로써 기다(幾多)한 천재가 배출하여 인적부도(人跡不到)•한 조선의 문학야(文學野)를 개척할지라. 제 문명국에는 사회인생의 방면이

•삼국유사…: 이광수가 이 글을 썼을 때는 아직 향가 해독이 이루어지지 않은 시기이다. 『삼국유사』 및 『균여전』에 실린 향가 25수 전체에 대한 최초의 해독은 오쿠라 신페이(小倉進平)의 『향가 및 이두의 연구(郷歌及び吏讀の研究)』(1929)에서 최초로 이루어진다. 이후 양주동(梁柱東)의 『조선고가연구』(1942)에서 향가 해독이 본격적으로 이루어졌다.
•가명(假名): 일본의 문자. 카나.
•근송, 서학, 마금, 백석은 17, 18세기 일본 에도시대에 활동한 일본의 유명한 문인들이다.
•일재, 하몽: 일재는 조중환의 호이고 하몽은 이상협의 호이다. 둘 다 개화기 때의 신소설 작가이다. 주로 번안 작품을 남겼다.
•인적부도: 인적이 닿지 않음.

•분려일번: 한 번 기운을 내어 힘씀.
•수감만록: 느끼는 대로 자유롭게 씀.

란 방면과 인정의 기미란 기미를 거의 다 발굴하여 거의 개척할 여지가 없으므로 신재료를 갈구하되 난득(難得)하거니와, 조선은 산야에 금은동철이 발굴자를 기다림과 같이 조선사회의 각 방면과 인정 풍태(風態)의 만반 상이 대시인 대소설가를 고대고대하도다. 이를 임의로 발굴하여 대부(大富) 대귀(大貴)될 권리는 실로 우리 청년의 수중(手中)에 있으니 가령 조선귀족의 생활, 신식가정의 생활, 신구사상의 충돌, 조선 야소교인의 사상과 생활, 기생, 방탕한 귀공자, 빈민의 생활, 서북간도의 생활, 경성 평양 개성 등 고도(古都)의 미(味), 각성한 신조선인의 심사와 감상 등 조선인의 손으로 하여 가능할 호제목이 실로 무진장이 아니뇨. 문학에 유의할 청년은 이에 분려일번(奮勵一番)•하여 조선문학 건설의 영예를 획득할지어다.

수감만록(隨感漫錄)•하였고 또 홀망(忽忙)한 학창(學窓)에 참고하며 교정할 여유가 없어 거의 문장을 이루지 못하였으나, 이 소논문이 사랑하는 우리 청년에게 신문학의 관념을 극미하게라도 인(印)하면 나의 소원은 이룬 것이라.

동심가(同心歌)

이중원

잠을 ᄭᆡ세, 잠을 ᄭᆡ세,
ᄉᆞ쳔 년이 ᄭᅮᆷ 쇽이라.
만국(萬國)이 회동(會同)ᄒᆞ야
ᄉᆞᄒᆡ(四海)가 일가(一家)로다.

구구세절(區區細節) 다 ᄇᆞ리고
샹하(上下) 동심(同心) 동덕(同德)ᄒᆞ셰.
ᄂᆞᆷ으 부강 불어ᄒᆞ고
근본 업시 회빈(回賓)•ᄒᆞ랴.

범을 보고 개 그리고
봉을 보고 ᄃᆞᆰ 그린다.
문명(文明) ᄀᆡ화(開化) ᄒᆞ랴 ᄒᆞ면
실샹(實狀) 일이 뎨일이라.

못셰 고기 불어 말고
그믈 ᄆᆡᄌᆞ 잡아 보셰.
그믈 ᄆᆡᆺ기 어려우랴
동심결(同心結)로 ᄆᆡᄌᆞ 보셰.

—『독립신문』(1896. 05. 26)

•회빈: 회빈작주(回賓作主)의 준말. 손님으로 온 사람이 도리어 주인 행세를 한다는 뜻.

구작삼편(舊作三篇)

최남선

우리는 아무 것도 가진 것 없소.
칼이나 육혈포(六穴砲)•나—
그러나 무서움 없네,
철장(鐵杖)•같은 형세라도
우리는 어찌 못하네.
  우리는 옳은 것 짐을 지고
  큰 길을 걸어가는 자(者)임일세.

우리는 아무 것도 지닌 것 없소,
비수나 화약이나—
그러나 두려움 없네,
면류관•의 힘이라도
우리는 어찌 못하네.
  우리는 옳은 것 광이(廣耳)• 삼아
  큰 길을 다스리는 자임일세.

우리는 아무 것도 든 물건 없소.
돌이나 몽둥이나—
그러나 겁 아니 나네,
세사(細砂)• 같은 재물로도
우리는 어찌 못하네.
  우리는 옳은 것 칼해 짚고
  큰 길을 지켜보는 자임일세.

• 나는 천품이 시인이 아니러라. 그러나 시세(時勢)와 및 나 자신의 경우는 연(連)해 연방 소원(素願) 아닌 시인을 만들려 하니, 처음에는 매우 완고하게 또 강맹(强猛)하게 저항도 하고 거절도 하였으나, 필경 그에게 최절(摧折)한 바 되어, 정미(丁未)의 조약이 체결되기 전, 삼삭(三朔)에 붓을 들어 우연히 생각한 대로 기록한 것을 시초로 하여 삼사삭 동안에 10여 편을 얻으니 이 곧 내가 붓을 시에 쓰던 시초요. 아울러 우리 국어(國語)로 신시(新詩)의 형식을 시험하던 시초라. 이에 게재하는바 이것 3편도 그 중엣 것을 적록(摘錄)한 것이라. 이제 우연히 구작을 보고 그 시(時) 자기의 상화(想華)를 추회하니, 또한 심대한 감흥이 없지 못하도다.

—『소년』(1909. 04)

•육혈포: 탄알을 재는 구멍이 여섯 개 있는 권총.
•철장: 쇠몽둥이.
•면류관: 왕이 국가 행사에 쓰는 모자. 권위의 상징.
•광이: 괭이.
•세사: 가는 모래. 보잘것없는 것의 상징.

조웅전(趙雄傳)

작자 미상

전체 줄거리

송나라 문제 때 충신 조정인의 유복자 조웅은 아버지의 원수인 이두병이 황제 자리를 빼앗은 것에 분개하여 그를 욕하는 글을 대궐 문에 써 붙인 일로 어머니와 함께 도피의 길에 나서게 된다. 그리하여 3년 동안 숨어 다니다가 월경대사를 만나 강선암에 의탁하면서 글과 술법을 배운 뒤, 다시 철관도사를 만나 병법과 신통 묘술을 배우고 용마도 얻는다.

두 스승 사이를 오가던 중 조웅은 장진사 댁 딸 장소저와 인연을 맺기도 한다. 몇 년 뒤 스무 살 전후의 조웅은 서번의 침입으로 위험해진 위나라를 구하니, 위왕은 부친의 친구였다. 한편 장소저는 강호자사의 위협을 피해 강선암으로 피신하고 장소저 모친은 감옥에 갇힌다. 그러나 유배 중인 태자를 구하러 계량도로 가던 조웅이 장소저 모친을 구하게 되니, 강선암에서 모두가 만나게 된다.

강선암을 나온 조웅은 서번 왕의 방해를 물리치고 태자를 구해와, 온 가족이 모인 가운데 위왕의 차녀와도 결혼한다. 한편 조웅의 위세를 꺾기 위해 이두병이 기병하나, 조웅이 여러 장수를 격파하고 그의 삼형제까지 참하니, 이두병은 내부의 반란으로 자멸한다. 이후 이두병을 죽인 조웅은 제후가 되어 부귀영화를 누리며 살게 된다.

송(宋) 문제(文帝) 즉위 23년이라. 이때는 시절이 태평하여 나라에 일이 없고 백성도 평안하여 태평성대를 즐겨 노래하더라. 이듬해 가을 9월 병인일(丙寅日)에 문제께서 충렬묘(忠烈廟)에 나아가는데, 원래 충렬묘는 만고 충신 좌승상(左丞相) 조정인의 사당이라. 승상 조정인이 이부상서(吏部尙書)일 때는 황제

즉위 10년이었는데, 불의에 남란(南亂)을 당하니 사직(社稷)이 위태함에, 구원할 방도가 없었다. 이에 그는 송나라 왕실의 옥새(玉璽)와 함께 문제를 모시고 경화문을 나와 무봉 고개를 넘어 광임교에 다달아 보니, 성 밖과 성 안에 울음소리가 진동하고 남녀노소 가릴 것 없이 구르고 넘어지면서 도망하고 있었다. 이에 남산 북악이 마치 때 아닌 봄에 오색 도화(桃花)가 활짝 핀 듯하였다. 승상이 문제를 모시고 뇌성관까지 일백오십 리를 가서 자고, 이튿날 또 출발하여 길을 나아갔다. 이때에 승상이 문제를 모시고, 사방을 두루 달려 원병(援兵)을 구해 삼삭(三朔)만에 남란을 소멸하고 사직을 보전하니, 문제의 은덕은 하늘과 땅 같고 승상의 충렬은 해와 달 같은지라. 문제께서 조 승상을 정평왕(靖平王)에 봉하였으나 승상이 굳이 사양하고 받지 아니 하니, 마지못하여 그를 금자광록대부(金紫光祿大夫) 겸 좌승상에 봉하시고 부인 왕 씨는 공렬부인(功烈夫人)에 봉하셨다.

이러구러 세월을 보냈는데, 시운(時運)이 불행하면, 그것이 마치 '나는 새가 없어지니 활을 활집에 넣어 두게 되고, 날랜 토끼가 죽어 없어지니 사냥개를 삶아 먹는 것'과 같은 이치인지라. 이럴 즈음에 간신이 시기하였는데, 우승상 이두병(李斗炳)의 참소함을 보고 조 승상이 미리 음독자살하였다. 이에 문제께서 애통하여 제문(祭文)을 지어 조상(弔喪)하시고 충렬묘를 만들어 화상(畵像)을 그려 넣어두고 때때로 거동하시곤 하였는데, 이날 또 거동하여 사당의 화상을 알현하시고 옛 일을 생각하여 슬픈 마음을 이기지 못하였다.

병부시랑 이관(李寬)은 이두병의 아들인데, 왕을 모시고 있다가 땅에 엎드려 아뢰기를,

"폐하를 모시는 신하 중에 어찌 조정인만한 신하가 없겠사오며, 옥면(玉面)에 슬픔이 가득하시니 신하된 도리에 어찌 충렬묘라 하시겠습니까? 이후는 거동을 마시고 충렬묘를 헐어 버리시기를 바라옵니다."

황제께서 허락하지 아니 하시고 이관의 죄상을 신문(訊問)하라 하시고 종일토록 머물러 계시다가 석양에 환궁하신 후에, 조승상 부인의 품계를 높여 정렬부인(貞烈夫人)에 봉하시고 금과 은을 상으로 많이 내리신 후, 하교(下敎)하시기를,

"내가 들으니 조정인에게 아들이 있다 하니 데려와서 보이어 짐의 답답하고 상심한 마음을 덜게 하라."
하셨다.

왕부인이 잉태한 지 일곱 달만에 승상을 여의고, 열 달을 채워서 해산(解産)하니 활달한 기남자(奇男子)이므로 이름을 웅(雄)이라 하였다. 부인은 8년이 지나도록 소복을 벗지 아니 하고 그 아들 웅을 의지하고 세월을 보내고 있었는데, 이날 황제께서 충렬묘에 거동하셨다 함에 더욱 슬퍼하였다. 황제께서 환궁하신 후 명령을 받은 관원이 나와서 정렬부인 가자(加資)와 함께 상으로 내리신 금, 은을 드리거늘, 부인이 황공하여 계하(階下)에 내려 국궁(鞠躬)하여 받아 놓고 황제의 궁궐을 향하여 국궁 사배(四拜)하고, 명관을 인도하여 외당(外堂)에 앉히고 황은(皇恩)을 치사하였다. 또 조웅을 인견(引見)하라 하시는 패초(牌招)를 보고 더욱 황공하여 웅을 보내니, 웅의 나이 비록 7세나 얼굴이 관옥(冠玉) 같고 읍하며 드나드는 자태는 어른을 압도하는 듯했다.

조웅이 명관을 따라 옥계(玉階) 아래에 다달아 국궁하니 임금께서 오래도록 보시고 크게 칭찬하여 말씀하시기를,

"충신의 아들은 충신이요 소인의 아들은 소인이로다. 내가 오늘날 너의 거동을 봄에 충효에서 벗어나지 않으니, 어찌 아름답지 아니 하리오. 또한 나이가 7세라 하니 짐의 태자와 동갑이라 더욱 사랑스럽도다."
하시고, 이어서 태자를 인견하여 하교(下敎)하시되,

"저 아이는 충신 아무의 아들이라. 너와 동갑이요, 또한 충효를 겸하였으니 후일에 더불어 국사(國事)를 함께 모의하라. 짐이 여든을 바라보는 늙은 나이에 정사를 도울 수 있는 사람을 얻었으니 어찌 즐겁지 아니 하리오."
라고 말씀하시니 태자도 즐거워하더라.

웅이 다시 엎드려 아뢰기를,

"명령을 받드는 아랫사람으로서 극히 황공하오나 소신의 나이 아직 어리고 또한 나라의 법이 각별히 엄하오니 어찌 벼슬 없는 여염집 아이가 궐내에 거처하오리까? 국정에 극히 편하지 못하옵고 또 국사가 지중하옵거늘 이제 폐하께서 어린아이를 대하여 국사를 의논하옵시니 어찌 두렵지 아니 하오리까? 엎

드려 바라옵건대 소신은 물러갔다가 입신(立身)한 뒤에 다시 폐하를 알현하오리다."
하며 지극히 간하니, 임금께서 들으시고 비록 어린아이의 말이나 이치가 당연하고, 다시 바라보니 매우 엄숙한지라. 한참 후에 말씀하시기를,
"너의 말이 가장 옳도다. 그리하라."
하시고 다시 하교하시기를,
"너의 나이 13세 되거든 품직(品職)을 내릴 것이니 그때를 기다려 국정을 도우라."
하시니, 웅이 사배하고 물러나와 태자께 하직하니 태자도 못내 연연(戀戀)해하시더라.
이때에 천자께서 조정 신하들을 모아 놓고 조웅을 칭찬하시고 말씀하시되,
"시신(侍臣) 중에 이관은 어디에 있는가?"
여러 신하가 다 이관의 형세를 두려워하는지라 우승상 최식이 아뢰기를,
"폐하께서 충렬묘에 거동하실 때 죄상을 신문하라 하셨기에 파직을 당하여 쉬고 있습니다."
황제께서 깨달으시고 마음속으로 한참 생각하시더니 말씀하시기를,
"저의 말이 한때 경솔하였으나 이제 용서하라."
하셨다.
원래 이두병은 아들이 오형제인데 벼슬이 다 일품(一品)에 이르렀기에 온 조정의 신하가 다 그 형세를 두려워하여 이관 등의 말대로 하는지라. 이날 황제께서 조웅을 사랑하심을 보고 이관이 크게 근심하여 의논하기를,
"조웅이 벼슬하면 그 아버지의 원수를 생각할 것이니 어찌 근심되지 아니하리오. 미리 없앰이 마땅하나 아직 벼슬도 하지 않은 아이에게 어찌 죄를 주겠는가?"
하고 모두 모여서 계교를 의논하더라.
이때 웅이 집에 돌아와 어머니 왕 부인을 뵈오니, 부인이 즐겨 물어 말씀하시기를,
"네가 황상을 뵈었느냐?"

웅이 대답하기를,

"입시(入侍)하옵거늘 대면하여 뵈었습니다."

부인이 말하기를,

"황상을 대변하니 두렵지 아니 하였으며, 마땅히 묻는 말씀이 있었을 것이니 어찌 대답하였느냐?"

웅이 문답했던 말과 '13세 되면 품직하리라.' 하시던 말씀과 황제께서 태자 사랑하던 말씀을 낱낱이 고하니 부인이 일희일비(一喜一悲)하여 말하기를,

"황상의 넓으신 덕택이 하늘 같고 바다 같아서 갚기를 의논치 못하거니와, 네가 만일 벼슬하면 마땅히 소인들의 참소를 입을 것이니 어찌 하려 하느냐?"

웅이 말하기를,

"어머님은 염려하지 마소서. 사람의 죽살이는 하늘에 달려 있고, 영광과 욕됨은 수양하기에 달려 있으니 어찌 염려가 있으며, 또 자식이 되어 어찌 불공대천(不共戴天)의 원수를 눈앞에 두고 그저 있사오리까? 아버지의 원수를 갚으려면 무슨 묘책이 있어야 할 것이니 엎드려 바라옵건대 어머님은 조금도 염려하지 마소서."

하고, 말을 마친 후에 모자가 서로 통곡하니 그 정상이 참혹하더라.

이때는 병인년 섣달그믐이라. 황제께서 명당(明堂)에 전좌(殿座)하시고 조정의 여러 신하들을 다 조회(朝會)받으시고 국사를 의논할 때 말씀하시기를,

"오호라. 짐의 나이가 여든을 바라보는 늙은이로구나. 세월이 사람의 죽음을 재촉하는데 태자가 아직 어리니 국사가 가장 망연한지라. 경들의 소견으로는 어찌 해야 짐의 근심을 덜겠는가?"

여러 신하들이 아뢰기를,

"흥망성쇠는 마음대로 못하옵거니와 국사가 아직도 장원(長遠)하옵거늘 어찌 동궁의 어리심을 근심하시나이까?"

예부상서 정충이 반열에서 나와 아뢰기를,

"폐하 춘추 많으심과 동궁의 어림을 어찌 근심하십니까? 승상 이두병이 있사오니 앞날의 국사는 아무런 근심이 없을 것입니다."

조정 신하들이 모두 두병의 권세(權勢)를 두려워하기에 일시에 아뢰기를,

"승상 이두병은 한(漢)나라의 소무(蘇武)와 같은 신하이온대, 어찌 국사를 근심하십니까?"

임금께서도 오히려 그렇게 여기시지만 그러나 정녕 믿지는 아니 하시더라. 이날 진시(辰時)에 경화문으로 난데없는 백호(白虎)가 들어와 궐내에 횡행하거늘 만조백관(滿朝百官)과 삼천 궁졸(宮卒)이 황겁하여 어떻게 할 줄을 모르더니, 이윽고 궁녀 하나를 물고 후원을 뛰어 넘어 달아나 간 데 없거늘 임금께서 크게 놀라 여러 신하들에게 물으시나 여러 신하들이 또한 알지 못하고 궁중과 장안이 요동하여 앞날의 길흉을 알지 못하더라.

황제께서 이 일을 근심하여 침식이 평안하지 아니 하니 여러 신하들이 아뢰기를,

"수일 동안 북풍이 대취(大吹)하고 한 자가 넘는 백설이 산야를 덮었기에 여러 날 주린 범이 의지할 곳 없을 뿐 아니라 기갈(飢渴)을 견디지 못하여 백주(白晝)에 내달아 갈 곳이 없어 수풀인 줄 알고 왔으니 폐하께서는 어찌 그것으로써 근심하시옵니까?"

황제께서 마음을 놓으면서도 일면 재변(災變)인 줄 짐작키도 하시더라. 이럴 즈음에 왕부인의 사촌인 한림(翰林) 왕렬(王烈)이 이 변을 보고 왕부인께 편지하여 보냈는데, 이때 마침 왕부인은 웅을 데리고 독서도 권하며 나라의 옛 일을 이야기하고 있었더니 시비(侍婢)가 들어와 편지를 드리거늘 떼어 보니 그 편지에 이르기를,

"일전에 황제께서 명당(明堂)에 전좌(殿座)하시고 조신(朝臣)을 모아 국사를 강론하고 계셨는데, 그날 경화문으로 난데없는 백호가 들어와 작난하다가 궁녀를 물고 달아나 간 데 없사오니, 이것이 극히 괴이하온지라. 황제께서 근심하시고 조정이 또한 화복을 가리지 못하오니 누님은 이를 해득하여 알게 하소서."

하였더라.

왕부인이 편지 읽기를 마치고는 대경실색(大驚失色)하여 한참 동안 생각하다가 답서를 하여 보낸 후 웅에게 말하기를,

"국가에 이러한 재변이 일어나니 네 앞으로 벼슬을 하면 간신의 망측지환

(罔測之患)이 있을 것이니, 이를 어찌 면하리오."

웅이 말하기를,

"모친은 그런 염려 마옵소서. 사람의 영욕은 마음대로 할 것이 아니옵거니와, 대개 배꽃과 복숭아꽃이 가득 핀 가운데 계수나무 꽃이 한 가지만 피어나도 그 무리에 섞이지 않고 배꽃은 배꽃이요 계수나무 꽃은 계수나무 꽃입니다. 그러므로 소인이 조정에 가득 차 있은들 내가 백옥처럼 무죄하온데, 죄 없이 모해하겠습니까?

부인이 말하기를,

"너는 하나는 알고 둘은 모르는도다. 형산(荊山)에 불이 나면 옥과 돌이 함께 타는 안타까움이 있거늘 이제 국가가 불행하게 되면, 너의 원수들이 너를 죄 없다 하고 그냥 두겠는가? 아이의 소견이 저토록 예사롭거늘 어찌 마음 놓고 믿으리오."

하시니 웅이 이에 대답하기를,

"사람이 일을 당하여 근심을 깊이 하면 애가 타서 백 가지 일이 다 불리하옵니다. 이 때문에 죽은 곳에 떨어진 이후에도 살아날 길이 있고 망할 곳에 팽개쳐진 이후에도 살아 남을 수 있다 하였으니 우린들 하늘이 설마 무심하겠습니까?

부인이 속으로 아이 뜻이 활달한 줄 알고 염려를 덜게 되었다.

이때에 왕한림이 왕부인의 답서에 씌어 있는 것을 보니,

"놀랍고 놀랍도다. 머지않아 내란이 일어날 것이니 너는 부질없이 벼슬을 탐하지 말고 일찍이 관직을 그만 두고 돌아가기를 황제께 요청하라."

하였거늘, 이에 한림이 문득 깨달아 병을 핑계하여 조정에 나가지 아니하고 고향으로 돌아가니라. 이때는 정묘년 정월 십오 일이라. 만조 제신이 다 하례할 때에 황제께서 말씀하시기를,

"연전(年前)에 짐이 조웅을 보니 인재가 거룩하고 충효가 거룩하매 이정지표(釐正之表)가 될 만하니 동궁을 위하여 데려다가 짐의 안하(案下)에서 서동(書童)을 삼아 두고 국사를 익히게 하고자 하나니 경들의 소견은 어떠한가?"

여러 신하들이 다 묵묵하되 이두병이 아뢰기를,

"나라의 법이 각별히 엄하오니 벼슬 없는 여염집 아이를 이유 없이 조정에 둠은 극히 잘못된 줄로 아옵니다."

상이 말씀하시기를,

"충효의 인재를 취함이라. 어찌 아무런 이유 없이 취하려 하겠는가."

두병이 다시 아뢰기를,

"인재를 보려 하시면 장안을 두고 이르더라도 조웅보다 열 배나 더한 충효의 인재가 백여 인이요, 조웅 같은 이는 수레에 싣고 말[斗]로 그 양을 헤아릴 정도로 아주 많습니다."

황제께서 윤허하지 않으시고 다시는 문답이 없는지라 승상이 시대(侍臺)에 나와 조신과 의논하여 말하기를,

"이후에 만일 조웅을 말하여 천거하는 자가 있으면 죄를 받으리라."

하니, 백관이 누군들 겁내지 아니 하리요. 이즈음에 왕부인과 조웅이 이 말을 듣고 부인은 못내 두려워하고 웅은 분기등등하더라.

천운이 불행하여 황제께서 우연히 기후(氣候)가 불편하시더니 열흘이 지나도 조금도 차효(差效)가 없고 점점 병이 깊어지니, 장안 인민과 조야(朝野)의 백성들이 다 하늘에 축수하여 병이 나아 건강이 회복되기를 바랐지만 소인배들의 조정이라 회복을 어찌 기대하리오?

정묘년 삼월 삼일에 황제께서 붕어(崩御)하시니 태자의 애통하심과 만민의 곡성이 천지에 사무치고 왕부인 모자는 더욱 망극하더라. 어느 사이에 국법과 권세가 두병의 말대로 돌아가니 백성이 망국조(亡國調)를 일삼고 산중으로 피란하더라. 이때에 조신(朝臣)이 극례를 갖추어 사월 사일에 황제를 서릉(西陵)에 안장(安葬)하였다.

하루는 조신이 노소 없이 시종대(侍從臺)에 모여 국사를 의논할 때 이두병이 역모(逆謀)에 뜻을 두고 옥새를 도모코자 하니 조정 백관 중에 그 말을 좇지 아니 할 사람이 없었다. 시월 십삼 일은 문제(文帝)의 탄일이라. 모든 관원이 종일토록 국사를 의논할 때 이두병이 물어 말하기를,

"이제 동궁의 나이는 팔 세라. 국사는 매우 중대한데, 팔 세 동궁의 즉위는 일이 매우 위태한지라. 법령이 점점 쇠하고 사직이 위태할 지경이면 그대들은

어찌하려 하느뇨?"

여러 신하들이 일시에 대답하여 말하기를,

"천하는 한 사람의 천하가 아니며, 조정은 십대(十代)의 조정이 아니라. 이제 어찌 팔 세 동궁에게 제위(帝位)를 전하리오. 또한 황제 붕어하실 때 '승상과 정사를 의논하라' 하신 유언이 있었지만 나라에는 두 왕이 없고 백성에게는 두 하늘이 없으니 어찌 협정왕(協政王)을 두리이까?"

여러 신하들의 말이 모두 한 입에서 나온 듯하더라.

"이제 국사를 폐한 지가 여러 날이라. 엎드려 빌건대 승상은 전일의 과업을 전수하여 옥새를 받으시고 제위를 이으셔서, 조야(朝野) 신민(臣民)의 실망지탄(失望之嘆)이 없게 하옵소서."

하며, 모든 대소 관원이 일시에 당 아래 땅에 엎드려 사배(四拜)하니 그 위엄이 서릿발 같은지라. 궐내가 떠들썩하여 창황(蒼黃) 분주하고 장안이 진동하여 자중지란(自中之亂)이 일어 어떤 사람은 울고 어떤 사람은 분노하니 마치 병란을 당한 것과 같았다.

이때 이두병이 스스로 황제라 일컫고 국법을 새로이 하여 각국 열읍(各國列邑)에 공문을 보내 벼슬도 올려 주는지라. 여러 신하들이 모여 동궁을 폐하여 외객관(外客館)으로 내치니, 시중(侍中) 빈환(嬪宦)과 내외궁(內外宮)의 노비 등이 하늘을 부르짖고 땅을 치며 끝없이 슬프고 마음 아파하니 푸른 하늘이 부르짖는 듯하고 태양도 빛을 잃은 듯하더라. 이때에 왕부인이 이러한 변을 보고 크게 놀라 실색(失色)하여,

"마땅히 죽으리로다."

하며, 주야로 하늘을 향해 축수하여 말하기를,

"웅의 나이 팔 세에 불과하니 죄 없는 것을 살려 주소서."

하며, 애걸하니 그 정상을 차마 보지 못하겠더라. 웅이 모친을 붙들고 만 가지로 위로하여 말하기를,

"모친은 불효자식을 생각하지 마시고, 천금 같이 귀하신 몸을 보존하소서. 꿈 같은 세상에 유한한 간장을 상하게 하지 마소서. 인생에서 죽는 일 하나만은 제왕도 마음대로 못하옵거늘 어찌 한 번 죽음을 면하오리까? 짐작하옵건

대 이두병은 우리의 원수요, 우리는 저의 원수가 아니오니 어찌 조웅이 이두병의 칼에 죽겠사오리까? 조금도 염려치 마옵소서."
하며 분기를 참지 못하더라.

이때 이두병이 큰 아들 관으로 동궁을 봉하고 국호를 고쳐 평순황제(平順皇帝)라 하고 개원(改元)하여 건무(建武) 원년(元年)으로 삼았다.

이즈음에 송 태자를 외객관에 두었더니, 조신(朝臣)이 다시 간하여 태산 계량도에 정배(定配) 안치(安置)하여 소식을 끊게 하였다. 이날 왕부인 모자가 태자께서 정배되었다는 말을 듣고 망극하여,

"우리 도망하여 태자를 따라 사생(死生)을 한 가지로 하고 싶으나 종적이 탄로나면 이에 앞서 죽을 것이니 어찌 하리오?"
하며 모자가 주야로 통곡하더라. 하루는 웅이 황혼의 명월을 대하여 원수 갚을 묘책을 생각하더니, 마음이 아득하고 분기탱천(憤氣撑天)한지라. 울적한 기운을 참지 못하여 부인 모르게 중문에 내달아 장안 큰 길 위를 두루 걸어 한 곳에 다다르니 관동(冠童)이 모두 모여 시절 노래를 부르거늘, 들으니 그 노래는 이러하더라.

국파군망(國破君亡)하니 무부지자(無父之子) 나시도다.
문제(文帝)가 순제(順帝)되고 태평(太平)이 난세로다.
천지가 불변하니 산천을 고칠소냐.
삼강이 불퇴(不頹)하니 오륜을 고칠소냐.
맑고 밝은 하늘에서 소슬히 내리는 비는
충신원루(忠臣怨淚) 아니시면 소인(騷人)의 하소연이로다.
슬프다 창생(蒼生)들아, 오호(五湖)에 편주(扁舟) 타고
사해에 노니다가 시절을 기다려라.

웅이 듣기를 다함에 분을 이기지 못하고 두루 걸어 경화문에 다다라 대궐을 바라보니, 인적은 고요하고 월색은 뜰에 가득한데 오리와 기러기 몇 쌍이 못에 떠 있고, 십 리나 되는 화원에 전 왕조의 경치와 풍물 아닌 것이 없더라. 전

왕조의 일을 생각하니 일편단심에 구비구비 쌓인 근심이 갑자기 생겨나는지라. 조웅이 담장을 넘어 들어가 이두병을 만나서 사생(死生)을 결단하고 싶으나 강약(强弱)이 같지 아니할 뿐더러, 문 안에 군사가 많고 문이 굳게 닫혀 있는지라 할 수 없이 그저 돌아서며 분을 참지 못하여 필낭(筆囊)에서 붓을 내어 경화문에 대서특필(大書特筆)하여 이두병을 욕하는 글 수삼 구(數三句)를 지어 쓰고는 자취를 감추어 돌아오더라.

이날 왕부인이 잠자리에서 한 꿈을 얻었는데, 승상이 들어와 부인의 몸을 만지며,

"부인은 무슨 잠을 그리 깊이 자는가? 날이 밝으면 큰 화를 당할 것이니 웅을 데리고 급히 도망하소서."

하거늘, 부인이 망극하여 묻기를,

"이 깊은 밤에 어디로 가리이까?"

승상이 말하기를,

"수십 리를 가면 자연히 구해 줄 사람이 있을 것이니 급히 떠나소서."

하거늘, 놀라 깨달으니 남가일몽(南柯一夢)이라. 웅을 찾으니 또한 없었으므로 대경실색하여 문 밖으로 내달아 두루 살펴보니 인적이 없었다. 왕부인이 정신이 창황하여 이윽히 중문을 바라보니 웅이 급히 들어오거늘, 부인이 크게 놀라 묻기를,

"이 깊은 밤에 어디를 갔더냐?"

웅이 말하기를,

"마음이 산란하여 월색을 따라 거리를 배회하다가 돌아오나이다."

부인이 목이 메어 말하기를,

"아까 한 꿈을 얻으니 네 부친이 와서 이리이리 하라 하셨으니, 가다가 죽을지라도 어찌 앉아서 죽음을 기다릴 수 있겠느냐? 바삐 행장을 차려라."

하시니, 웅이 놀라 말하기를,

"소자가 아까 나가서 동요를 듣사오니 그 내용이 이러이러하옵거늘, 분한 마음에 경화문에 다다라 이리이리 쓰고 왔나이다."

부인이 매우 놀라 크게 꾸짖어 말하기를,

"어린아이가 이렇듯 일을 망령되이 하느냐? 그렇지 아니 하여도 마음이 우물가에 어린아이 세워둠과 같거늘 어찌 그리 경솔한가? 밝은 날에 그 글을 보게 되면 경각에 죽을 것이니 바삐 행장을 차려 도망하자."
하시고 모자가 힘닿는 대로 약간의 의복과 행장을 가지고 곧바로 충렬묘에 들어가니, 화상의 얼굴이 붉고 땀이 나 화안(畵顔)을 적셨거늘 모자 나아가 안하(案下)에 엎드려 크게 울지는 못하고 체읍(涕泣)하여 가슴을 두드리며 애통해 하니 그 모습이 불쌍하고 가련하더라.

정신을 진정하여 일어나 화상을 떼어 행장에 간수하고 급히 나와 웅을 앞세우고 걸음을 재촉하여 수십 리를 나와 대강(大江)에 다다르니 물새는 하늘에 닿았고 달은 떨어져 검은 구름이 하늘을 가려 길을 분별하기 어려웠다. 마침 물가에 빈 배가 매여 있되 사공은 없는지라. 배에 올라 부인이 손수 삿대를 들고 아무리 저은들 매여 있는 배가 어디를 가리오? 벌써 동방이 밝아오고 갈 길은 아득하여 하늘을 우러러 목놓아 울부짖다가 물에 빠지려 하거늘, 웅이 붙들고 무수히 애걸하니 차마 죽지는 못하더라. 마침 바라보니 동남쪽 대해(大海)에서 선동(仙童)이 일엽주(一葉舟)에 등불을 돋워 달고 만경창파에 살같이 오기에, 반겨 기다렸더니 순식간에 지나가거늘 부인이 크게 외쳐 말하기를,

"선주(船主)는 급한 사람을 구원하소서."
하시니, 선동이 배를 멈추고 대답하여 말하기를,

"어떠한 사람이 바삐 가는 배를 만류하나이까?"
하며, 오르기를 재촉하거늘 부인이 반겨 배에 오르니 매우 편안하고 배를 젓지 아니 하여도 빠르기가 화살 같은지라. 부인이 묻기를,

"선주는 무슨 급한 일이 있어 만경창파(萬頃蒼波)에 육지같이 다니느뇨?"

선동이 대답하여 말하기를,

"나는 남악선생께서 '강호의 불쌍한 사람을 구원하라'고 명하시는 것을 받자와 사해팔방(四海八方)을 두루 다니나이다."
하며 삽시간에 강둑에 다다라 내리기를 청하거늘, 모자가 행장을 메고 배에서 내려 백배 사례하여 말하기를,

"선주의 덕을 입어 대해(大海)를 무사히 건넜으니 은혜가 망극하여 갚을 길

이 없거니와, 묻나니 여기는 황성에서 얼마나 떨어져 있느뇨?"

선동이 대답하여 말하기를,

"아까 온 길이 수로(水路)로 일천삼백 리요, 육로로 삼천삼백 리로소이다."

부인이 말하기를,

"어디로 가야 살 수 있겠사옵니까?"

선동이 말하기를,

"잠깐 곤란하고 급박하지만 어찌 죽사오리까? 이제 저 산을 넘어 가면 인가가 많으니 그곳으로 가소서."

하고는 배를 저어 가버리더라.

이날 밤에 황제의 꿈이 몹시 흉하고 참혹하기에 날이 밝기를 기다려 여러 신하들을 입시(入侍)하여 꿈 속의 일을 의논할 때, 경화문을 지키던 관원이 급히 고하여 말하기를,

"밤이 지나고 나니 문밖에 없던 글이 있기에 등서(謄書)하여 올립니다."

황제께서 그 글을 보니,

> 송나라 황실이 쇠미(衰微)하니 간신이 조정에 가득하도다! 만민이 불행하여 국상(國喪)이 나셨도다! 동궁이 장성하지 못했으니 소인이 득세하는 때로다! 만고 소인 이두병은 벼슬이 일품이라. 무엇이 부족하여 역적이 되었단 말인가? 천명이 온전하거늘 네 어이 장수하리오. 동궁을 어찌하고 네가 옥새를 전수하느냐? 진시황의 날랜 사슴 임자 없이 다닐 때에 초패왕의 세상 덮는 기운과 범증의 신묘(神妙)로도 임의로 못 잡아서 임자를 주었거늘, 어이할까 저 반적아! 부귀도 좋거니와, 신명을 돌아보아 송업(宋業)을 끊지 말라. 광대한 천지간에 용납 없는 네 죄목을 조목조목 생각하니 일필(一筆)로도 난기(難記)로다.
>
> 이 글은 전조 충신 조웅이 삼가 쓰노라.

하였더라.

황제와 여러 신하들이 보고나서 놀라며 분기등등하여 우선 경화문 관원을 잡아들여 그때에 잡지 못한 죄로 곤장을 쳐서 내치고는 크게 호령하여 조웅 모자를 결박하여 잡아들이라 하니 장안이 분분한지라. 관원들이 조웅의 집을 에워싸고 들어가니 인적이 고요하고 조웅 모자는 없는지라. 금관(禁官)이 돌아와서 도망한 사연을 주달(奏達)하니, 황제께서 서안(書案)을 치며 크게 노하여 대신을 매우 꾸짖어 말하기를,

“조웅 모자를 잡지 못하면 조신(朝臣)에게 중죄(重罪)를 내릴 것이니 바삐 잡아 짐의 분을 풀게 하라.”

하니, 여러 신하들이 매우 급하고 두려워하여 장안을 에워싸고, 또한 황성 삼십 리를 겹겹이 싸고 곳곳을 뒤져 본들 벌써 삼천 리 밖에 있는 조웅을 어찌 잡으리오. 끝내 잡지 못하니 황제께서 분기를 참지 못하여 크게 호령하기를,

“우선 충렬묘에 가서 조정인의 화상을 가져오라.”

하였는데, 금관(禁官)이 명을 듣고 말을 달려 충렬묘에 가서 화상을 찾으니 또한 없는지라. 금관이 황망히 돌아와 화상도 없는 연유를 아뢰어 보고하더라. 황제가 서안을 치며 좌불안석(坐不安席)하여 ‘경화문 관원을 다시 잡아들이라’ 하니, 시신(侍臣)이 창황 분주하여 넋을 잃더라.

순식간에 경화문 관원을 잡아들이니, 황제께서 매우 화가 나 ‘불문곡직하고 끌어내어 효시(梟示)하라’ 하니, 즉시 끌어내어 목을 매단 후에 아뢰니 황제께서 또 명을 내리기를,

“충렬묘와 조웅의 집을 다 불태워라.”

하고도 침식이 불안하므로, 여러 신하들이 여쭈기를,

“웅은 나이가 팔 세이고, 그 어미는 여인이라서 멀리 못 갔을 것이니, 각도 열읍(列邑)에 급히 공문을 보내면 우물에 든 고기를 잡듯 할 수 있을 것입니다. 폐하께서는 근심하지 마소서.”

황제께서 옳다고 여겨 각도의 열읍에 행관(行關)하여 ‘조정 관료나 서민을 막론하고 조웅 모자를 잡아 바치면 천금의 상과 함께 만호후(萬戶侯)에 봉할 것이리라’ 하였더니, 각도 열읍이 행관을 보고 방방곡곡에 지휘하여 조웅 모자 잡기를 힘쓰더라.

이즈음에 조웅 모자는 배에서 내려 선동(仙童)이 일러준 대로 한 뫼를 넘어가니 인가가 많고 송죽이 빽빽한 고요하고 깨끗한 마을이었다. 마을 앞에 앉아 인물을 구경하니, 사람의 거동이 유순하고 한가하더라. 우물가의 물 긷는 사람에게 물을 얻어 마시고, 여러 사람에게 하룻밤 지내기를 청하니, 그 중에 한 사람이 인도하여 한 집을 가리켜 주더라. 그 집에 들어가니 적막하고 고요하여 남자가 없고 다만 나이 많은 여인이 젊은 처녀를 데리고 있거늘, 나아가서 예를 표하고 방 안을 둘러보니 매우 맑고 깨끗하여 사람이 비칠 듯하더라.

주인이 묻기를,

"부인은 어디에 살고 있으며 어디로 가시나이까?"

부인이 대답하기를,

"신수가 불길하여 일찍 남편을 여의고, 또 가정에 화를 만나 신명(身命)을 도망하여 어린 자식을 데리고 갈 곳 없이 다니옵더니, 천우신조로 주인을 만났기에 묻자오니 이곳은 어디오며 마을 이름은 무엇이옵니까?"

주인이 말하기를,

"계량섬 백자촌이라 하나이다."

하고, 여아를 시켜 저녁밥을 지어왔는데 보니 음식이 소담한데다 종류가 많고 향기가 좋은지라. 모자가 포식하고 주인을 향하여 무수히 치사(致謝)하니, 주인이 도리어 사양하기를,

"변변치 못하게 차린 밥으로 큰 인사를 받으니 오히려 마음이 불안하옵니다."

부인이 더욱 치사하고 바깥주인의 유무를 물으니, 길게 탄식하여 말하기를,

"팔자가 기박하여, 남편이 일찍 계량태수를 지내고 이 마을이 한적하고 외진 곳이기에 이 집을 짓고, 오십 후에 다만 한 딸을 두고 별세하므로 혈혈단신(孑孑單身)이 고향으로 돌아가지 못하고 이 땅 백성이 되어 목숨을 부지하고 있나이다."

부인이 차탄하고 그 집에 머무니, 일신은 편하나 고향을 생각하니 상심하고 근심하는 마음이 일어났다. 일월이 무정하여 세월이 저무는데, 객지에서 해를 보내니 층층한 수회(愁懷)와 무한한 분기(憤氣)는 비할 데 없더라.

(중략 – 조웅과 어머니는 집을 급하게 떠나 우여곡절 끝에 여러 사람들의 도움을 받아 인연 있는 스님의 절에 기거하다가, 조웅이 큰 뜻을 펼치기 위해 철관도사를 찾아서 문무를 두루 닦는다.)

하루는 웅이 도사께 아뢰기를,

"객지에 어머니를 두고 떠나 왔삽더니, 잠깐 가서 어머니를 뵈어 근심을 덜어 드리고 돌아올까 합니다."

도사가 허락하여 말하기를,

"부디 빨리 돌아오너라."

하시니, 웅이 하직하고 말을 이끌어 사립문 밖에 나와 타고 채찍질을 한 번 하니 말은 가는 줄을 모르되, 마음에 날개를 얻어 공중에 나는 듯한지라. 순식간에 칠백 리 강호에 이르니, 날은 넉넉하나 노곤함이 매우 심하여 객점(客店)을 찾으니 마침 한 사람이 길가에 있다가 인도하거늘 따라가니 집이 아주 깨끗하고 경치가 매우 거룩하더라.

원래 이 집은 위나라 장진사의 집이니, 진사는 일찍 죽고 부인이 한 딸을 두었으되, 인물이 절색이고 시서를 통달하였기에 칭찬하지 않는 사람이 없는지라. 그 모친 위부인이 소저와 같은 배필을 얻고자 하여 객실을 깨끗하게 짓고 왕래하는 손님을 청하여 인물을 구경하더니, 이날 웅이 초당에 나아가 주인을 청하니, 시비(侍婢)가 나와 집안을 깨끗이 청소하고 손님을 맞이하는 예절이 비상하였다. 웅이 마음속으로 기특히 여겼더니, 이때 부인이 외당에 손님이 왔다는 말을 듣고 시비를 불러 손님의 거동이 어떠하냐고 물으니 시비가 아뢰되,

"어떤 어린아이 과객이더이다."

부인이 탄식하여 말하기를,

"세월이 물같이 흘러 여아의 나이가 열여섯 살이라. 저와 같은 배필을 볼 길이 없다."

하고 스스로 탄식하니, 소저가 위로하여 말하기를,

"불초녀를 생각하지 마시고 천금 같은 몸을 보중하십시오."
하며, 온갖 방법으로 위로하더라.

조웅이 혼자 초당에서 생각하기를, '이 집에 규중절색을 두고 인재를 구한다고 하더니 끝내 몰라 보는구나! 형산 백옥이 돌 속에 묻힌 줄을 지식 없는 안목이 어찌 알리오?' 황혼의 명월을 대하여 풍월도 읊으며 노래도 부르더니, 한참 후에 안으로부터 맑고 깨끗한 거문고 소리가 들리거늘 반겨 들으니, 그 곡조에 이르기를,

초산의 나무를 베어 객실을 지은 뜻은 인걸을 보려함이었더니,
영웅은 간 데 없고 걸객만 많이 온다.
석상의 오동을 베어 금슬(琴瑟)을 만든 뜻은 원앙을 보려함이었더니,
원앙은 오지 않고 까마귀와 참새만 지저귄다.
아이야, 잔 잡아 술 부어라. 만단 회포를 지워 볼까 하노라.

라고 하였다. 웅이 듣고 심신이 맑아 혼자 즐겨 말하기를, '이 곡조를 들으니 분명 신통한 사람이로다. 이러한 가운데 내 어찌 노상걸객(路上乞客)이 되어 상대를 못하리오' 하고 행장에서 퉁소를 내어 거문고 소리가 그친 뒤, 초당에 높이 앉아 달빛 아래서 구슬프게 부니, 위부인과 소저가 퉁소 소리를 듣고 크게 놀라 급히 중문에 나와 들으니 초당에서 부는지라. 그 소리가 쟁영(錚嶸)하여 구름 속에서 나는 듯한지라. 그 곡조에 이르기를,

십 년을 공부하여 천문도를 배운 뜻은
월궁에 솟아 올라 항아를 보려함이었더니,
속세에 인연이 있었지만, 오작교가 없어 은하에 오르기 어렵도다.
소상의 대를 베어 퉁소를 만든 뜻은 옥섬(玉蟾)을 보려함이었더니,
달빛 아래 슬피 분들 지음(知音)을 뉘 알리오?
두어라, 알 이 없으니 원객(遠客)의 근심과 회포를 위로할까 하노라.

부인과 소저가 듣기를 마치자 상쾌한 마음이 하늘에 오를 듯하여 문에 비스듬히 서서 그 아이의 거동을 보니 얼굴이 관옥(冠玉) 같고 거동이 비범하여 보던 중에 으뜸이라. 부인이 크게 기뻐하여 말하기를,

"성인이 나심에 기린이 나고 경아(瓊兒)가 남에 영웅이 나도다."

하니 소저가 부끄러워하여 일어나 별당으로 가서 등촉을 밝히고 침금에 의지하여 잠깐 졸았는데, 비몽사몽간에 부친이 나타나 이르기를,

"너의 평생 배필을 데려 왔으니, 오늘 밤에 가연(佳緣)을 잃지 말아라. 천지에 집 없이 떠도는 나그네이기에 한번 가면 만나기 어려울지라."

하고 손을 잡고 나오거늘, 소저가 부친께 이끌려 초당으로 나오니 황룡이 오색 구름에 싸여 칠성을 희롱하다가 소저를 보고 머리를 들어 보거늘, 소저가 놀라 안으로 급히 들어오니, 그 용이 따라와 소저의 소매를 물고 방으로 들어와서 소저의 몸에 감기거늘 소스라쳐 깨달으니 평생 대몽이라. 몸에 땀이 나 옷이 젖었거늘 잠시 후 진정하여 벽에 기록하고 풍월을 읊으니, 이때 웅이 통소를 그치고 달빛 아래 배회하며 무슨 소식이 있을까 하여 바랐는데 도무지 아무런 기미가 없는지라, 웅이 스스로 탄식하여 말하기를,

"다만 거문고 곡조만 알 따름이요, 통소 곡조는 알지도 못하고 예사 나그네의 통소로 아는가 싶으니 애닯도다."

하고 스스로 탄식만 하였다. 잠시 후에 풍월을 읊는 소리가 공중에 솟아나기에, 들어보니 산호 부채를 들어 옥쟁반을 깨치는 듯하더라. 웅이 활달한 마음을 이기지 못하여 중문을 열고 후원에 들어가니 인적은 고요하고 달빛은 삼경이라. 후원 별당에 등촉이 영롱한데 풍월 소리가 나는지라. 조용히 방문을 열고 완연히 들어가 앉아 사면을 둘러보니 여자가 거처하는 방 안에 병풍이 둘렀는데, 풍월하던 옥녀가 침금에 의지하고 있다가 웅을 보고 크게 놀라 침금을 덮어쓰고 온몸을 감추거늘 웅이 등불 아래에 앉아 예를 표하고 말하기를,

"소저는 놀라지 마시오. 나는 초당에 묵고 있는 나그네인데 객지에서 달 밝은 밤을 맞으니 근심 걱정이 많아 배회하다가 풍월 소리가 들리기에 행여 귀댁의 공자인가 하여 시흥(詩興)을 탐하여 들어왔삽더니, 이리 깊은 규방에서 남녀가 서로 만났사오니, 바라건대 진퇴할 수 없는 자취를 인도하여 주소서."

소저가 침금 속에서 아무리 생각하여도 피할 길이 없는지라. 마지못해 대답하기를,

"천지가 나누어 가려짐이 있고 예절이 끊어지지 아니 하였거늘, 목숨을 돌아보지 않고 이렇듯 범죄하니 빨리 나가 잔명을 보존하소서."

웅이 답하기를,

"꽃을 본 나비가 불인 줄 어찌 알며, 물을 본 기러기가 어옹(漁翁)을 어찌 두려워하리오! 목숨을 아낀다면 이렇듯 방자하리이까? 바라건대 소저는 빙설 같은 정절을 잠깐 굽혀 외로운 나그네와 이웃을 삼는 것이 어떻겠습니까?"

하며 다가앉으니, 소저는 형세가 매우 급한지라 잠시 생각하다가 애걸하며 말하기를,

"요조숙녀는 군자의 좋은 짝이라. 첩인들 어찌 빈 방에서 혼자 자기를 좋아하리오마는, 조상을 생각하니 구대(九代) 진사(進士)의 후예인지라. 부모의 명령이 없삽고 육례(六禮)를 행치 못하였사오니, 어찌 몸을 허락하여 조상님께 죄인이 되고, 가문에 욕이 미치오면 어찌 살기를 바라리오? 바라건대 마음을 돌이켜 돌아가 뒷날을 기약하소서."

웅이 들으니 말은 당연하나 사랑하는 마음이 염치를 가리었으니 예절을 어찌 분별하리오.

(후략)

—『조웅전』(완판본)

2 문학의 범위는 어디까지인가

유종호, 「변두리 형식의 주류화」

엮은이의 추천 이유

이 글은 문학 개념을 고정적인 것으로 가두려는 경향을 거부하며, 문학 개념은 시대의 추이에 따라 변화하는 과정적 개념임을 강조하는 평론이다. 변두리 형식이 주류화한다는 러시아 형식주의의 명제를 한국 문학에 원용하여 우리 현대문학을 새로운 시선으로 보게 한다. 또한 서구의 영향으로 허구성을 강조하는 우리의 문학 개념을 확장하여, 르포르타주나 회고록 등의 논픽션도 포괄하여야 한다고 주장한다.

출전: 유종호, 「변두리 형식의 주류화」, 『세계의 문학』, 1984, 가을호.

변두리 형식의 주류화

유종호

1

러시아 형식주의의 관용구의 하나에 '아버지에게서 아들로가 아니라 숙부에게서 조카로'란 것이 있다. 형식주의는 문학 운동이나 유파의 계승을 이렇게 비유하면서 문학사 진행의 비연속성을 지적한다. 문학사는 지배적 규범이나 형식과의 단절을 보여주면서 그때까지 변두리에서 구차하게 부지해 온 형식을 의젓한 문학 형식으로 격상시킨다. 일단 윗자리에서 물러난 문학 형식은 그렇다고 해서 사라지는 것은 아니다. 변두리로 밀려났다가 다시 윗자리로 올라올 수도 있다는 것이다. 그리하여 하위 형식이나 변두리 전통의 중심부로의 부상(浮上)은 러시아 형식주의의 문학사 이해에 있어서 가장 중요한 개념이 된다. 참신하고 인상적이던 문학 형식이 점점 예사로워지고 진부해지면서 예측할 수 없는 방식으로 새 것에 의해서 대체되는 부단한 갱신이 문학 형식 자체 속에 벌써 약속되어 있다는 것이다. 이러한 문학사 파악이 〈낯설게 하기〉•나 〈지각의 갱신〉이라는 형식주의의 고유 개념과 연결되어 있음은 말할 것도 없다.

그 이름에 벌써 시사되어 있듯이 러시아 형식주의•의 중요 개념들은 언어와 문학의 사회 역사적 차원을 괄호 속에 넣고 생각하려는 지향의 소산이다. 그리하여 우리는 형식주의가 쳐 놓은 괄호를 지워버림으로써 비로소 온전한 이해에 도달할 수 있는 것이 아니겠느냐고 생각하게 된다. 프레데릭 제임슨은 아우얼바하가 『미메시스』에 인용하고 있는 라브뤼에르의 농민 묘사를 예로 들어 사회현상에 관한 〈낯설게 하기〉 기법의 활용이 역사의식의 대두와 시기를 같이하고 있음을 상기시킨다.

•**낯설게 하기**: 러시아 형식주의에서 말하는 문학의 본질. 일상언어와 습관적인 지각양식을 교란시키기 위해, 대상을 낯익지 않게 만들고, 형태를 난해하게 만들고, 지각과정을 더욱 어렵고 길어지게 하는 것을 말함.
•**러시아 형식주의**: 1920년대에 러시아에서 형성된 문학 연구 방법으로서, 주로 작품 자체의 형식과 구조에 주목함.

> 들녘 여기저기에 사나운 암수 짐승들이 퍼져 있음을 본다. 꺼멓고 검푸르고 햇볕에 탄 이들은 땅에 달라붙어 끈질기게 땅을 파고 파뒤집고 한다. 이들은 또렷하게 알아들을 수 있을 성싶은 목소리를 가지고 있으며, 일어설 때 보면 사람의 얼굴을 가지고 있다. 사실 이들은 사람이다. 이들은 밤이면 제 굴을 찾아들어가고 거기서 검은 빵과 물과 뿌리로 목숨을 부지한다. 이들은 다른 사람들로 하여금 씨 뿌리고 일하고 거둬들이는 일을 하지 않아도 살 수 있게 해준다. 따라서 이들은 자신이 심은 빵에 굶주리지 않을 권리가 있는 것이다.

프랑스 근대 문학에 있어서의 최초의 농민 묘사의 하나라는 위의 대목에서 그때까지 자연스러운 당연지사로 간주되었던 것이 끔찍한 낯설음으로 드러나 있다. 그 낯설음은 역사의식으로 무장한 비전에 의해서 비로소 간파되고 포착된 것이다. 농민의 처참한 몰골을 낯설게 보이게 하는 것은 정당화될 수 없는 불평등의 사회구조에 대한 올바른 인식이다. 따라서 사회현상의 이상함을 단순한 기법의 차원에서 처리하는 것은 전체의 훼손을 불가피하게 하는 중요한 것의 생략을 수반한다. 그러나 다른 한편으로 보면 사회 역사적 차원의 배제를 통해서 문학의 이모저모를 낯설게 만들고 그 낯설게 만들기에서 문학성의 특징을 찾는 것이 형식주의의 전략이기도 하다. 가령 작품 『돈키호테』가 같은 이름을 가진 인물에 관한 얘기라기보다는 다양한 얘기 기법의 이모저모를 보여주는 방책일 뿐이라는 투로 말함으로써 내용이 형식 전개를 위한 단순한 계기처럼 보이게 하여 〈낯설게 하기〉를 실천해 보인다. 형식주의 고유의 기초개념 자체가 이른바 내용을 중시하는 전통적 개념의 전도를 통한 〈낯설게 하기〉의 실천이랄 수도 있다.

방계적 하위 형식이나 변두리 전통의 격상(格上)과 주류화(主流化)에서 문학사의 리듬을 찾는 관점도 그러한 전략의 일환이다. 그리고 가령 근대 소설과 같은 문학 형식의 경우 형식주의의 설명이 부분적으로 들어맞는 것도 사실이다. 산문 얘기, 민담, 편지, 여행기, 수기, 회고록과 같은 하위 형식이나 변두리 전통이 격상되고 용해되어 주류화 되었다는 측면을 부정할 수 없기 때문이다. 그러나 소설 형식의 상위 부상이나 주류화가 중산계급 상승과 원활한 신분 이동을 특징으로 하는 근대의 사회변화와 연관되어 있다는 것을 도외시한다는 점에 그 전략상의 효과가 나올지는 몰라도 이론상의 한계가 있다는 것도 부인할 수는 없다. 이러한 국면은 우리 자신의 경우를 검토할 때 더욱 분명하게 드러날 것이다.

20세기의 우리 문학과 그 역사의 이해를 위해서는 여러 가지 접근법이 있을 것이다. 하위 형식의 부상과 변두리 전통의 주류화라는 모형을 따라 본다는 것도 무의미하지는 않을 것이다. 오랫동안 한자의 배타적 조직을 통한 시가 주류를 이루고 있던 문학 속에 한글에 의존하였던 변두리 전통이 주류로 부상했다는 것으로 20세기의 우리 문학사를 요약할 수도 있다. 좀더 좁혀서는 현대시의 역사가 변두리 전통의 공고한 주류화 과정이라고 요약할 수도 있다. 이 점에 있어서도 한용운과 김소월의 업적은 매우 상징적이다.

•내간체: 순한글로 쓴 여성들의 편지에 나타나는 한국의 고전 문체.

『님의 침묵』은 여러 갈래의 해석과 재해석의 대상이 되어 왔다. 그러나 내간체•라는 하위 형식, 즉 문학이라는 존칭은커녕 학문 없는 아녀자의 것이라고 천대받던 편지체를 어엿한 시 형식으로 부상시켜 놓았다는 점에서 그 정의를 찾을 수도 있을 것이다. 『님의 침묵』이 여성 화자를 채택하고 있다는 것은 그러므로 내간체 선택에 따른 필연이라고 말할 수 있다. 우리는 이 시집의 도처에서 여성 화자가 편의상의 방책으로만 채택된 것이 아니고 구체적 세목에서까지 필연으로 연결되어 있음을 보게 된다.

당신의 편지가 왔다기에 꽃밭 매던 호미를 놓고 떼어 보았습니다.
그 편지는 글씨는 가늘고 글줄은 많으나 사연은 간단합니다.
만일 님이 쓰신 편지이면 글은 짧을지라도 사연은 길 터인데,

당신의 편지가 왔다기에 바느질 그릇을 치워 놓고 떼어 보았습니다.
그 편지는 나에게 잘 있느냐고만 묻고 언제 오신다는 말은 조금도 없습니다.
만일 님이 쓰신 편지이면 나의 일은 묻지 않더라도 언제 오신다는 말씀은 먼저 썼을 터인데,

당신의 편지가 왔다기에 약을 달이다 말고 떼어 보았습니다.
그 편지는 당신의 주소는 다른 나라의 군함입니다.
만일 님이 쓰신 편지이면 남의 군함에 있는 것이 사실이라 할지라도 편지에는 군함에서 떠났다고 하였을 터인데,

—「당신의 편지」

내간체라는 전체적 흐름이 여성적이란 점 말고도 '바느질 그릇', '약을 달이다 말고' 등등의 세목에서도 여성 화자임이 분명히 드러나 있다. 또 '다른 나라의 군함'이 주소로 시사됨으로써 '님'의 남성됨이 명시되어 있기도 하다. "언제인지 내가 바닷가에 가서 조개를 주웠지요. 당신은 나의 치마를 걷어 주셨어요. 진흙 묻는다고"의 「진주」에서나 "철모르는 아이들은 뒷동산에 해당화가 피었다고 다투어 말하기로 듣고도 못 들은 체하였더니 야속한 봄바람은 나는 꽃을 불어서 경대 위에 놓입니다 그려"의 「해당화」에 있어서나 여성됨의 세목은 되풀이되어 나타난다. "나는 시인으로서 그대의 애인이 되었노라"고 말하고 있는 「논개의 애인이 되어서 그의 묘에」가 남성 화자를 택하고 있는 것은 맥락상 부득이한 것으로서 예외적인 경우라 할 것이다.

『님의 침묵』이 외관상 사랑 노래로 되어 있기 때문에 여성 화자의 취택은 불가피한 것이었다고 할 수도 있다. 투박한 남녀상열지사가 아닌 섬세하고 정감적인 사랑 노래는 남녀의 성적 분업에서 아무래도 여성의 몫이었기 때문이다. 만해에 있어서나 소월에 있어서나 사랑 노래가 여성 화자를 통해서 토로되고 있다는 것은 전통사회의 성적 분업의 반영이랄 수 있다. 그러나 만해의 경우 내간체의 선택 속에 이미 여성 화자의 선택이 예정되어 있었다고 볼 수 있으며 양자는 따로 떼어 생각할 수 없다. 그 점 "나는 다만 그대의 유언대로 그대에게 다하지 못한 사랑을 영원히 다른 여자에게 주지 아니할 뿐입니다"고 적고 있는 남성 화자의 「논개의 애인이 되어서 그의 묘에」가 내간체로 일관하지 않고 있음은 주목해도 좋다.

낮과 밤으로 흐르고 흐르는 남강(南江)은 가지 않습니다.

바람과 비에 우두커니 섰는 촉석루는 살 같은 광음(光陰)을 따라서 달음질칩니다.

논개여, 나에게 울음과 웃음을 동시에 주는 사랑하는 논개여,

그대는 조선의 무덤 가운데 피었던 좋은 꽃의 하나이다. 그래서 그 향기는 썩지 않는다.

•항전애창: 서민들 사이에 전해지는 슬픈 노래.

만해에 대한 영향으로 인도의 타고르가 흔히 거론된다. 타고르의 『원정』 역본이 『님의 침묵』에 앞서 간행된 것도 사실이다. 그리고 몇 해 앞서 출간된 『원정』을 읽고 쓴 시가 『님의 침묵』 속에 수록되어 있기조차 하다. 그러나 『원정』의 화자가 대체로 남성 화자로 일관되어 있음에 대해서 『님의 침묵』이 여성 화자로 일관되어 있는 것은 양자의 차이를 결정적으로 만들어 주고 있다. 즉 『님의 침묵』의 독창성은 내간체의 선택에서 절반이 결정되었다고 볼 수 있는 것이다. 내간체를 버린 만해 만년의 소작이 대체로 범용한 작품으로 남아 있다는 것도 주목해 두어 좋을 것이다.

만해와 함께 20년대 시를 대표하고 있는 소월이 민요라고 하는 하위 형식을 끌어올림으로써 독자적인 경지를 개척했음은 우리에게 익숙한 사실이다. 그의 성공적인 시들이 대부분 구비적 전통의 율격에 충실하고 있지만 구비적 전통에 대한 그의 경도는 직관적인 것에 머무르지 않고 많은 연찬의 결과이기도 하다. 『진달래꽃』에는 수록되어 있지 않으나 시집 상재(上梓) 이전에 발표된 「명주딸기」에서도 그 점을 엿볼 수 있다. 「항전애창(巷傳哀唱)」•이란 큰 제목은 구비적 전통에 대한 소월의 적극적인 관심을 잘 드러내 주고 있다.

딸기 딸기 명주딸기

집집이 다 자란 맏딸아기
딸기 딸기는 다 익었네
내일은 열하루 시집갈 날.

일모창산 날 저문다.
월출동정에 달이 솟네
오호로 배 띄어라
범녀도 님 싣고 떠나간 길

노전벌에
오는 비는
숙낭자의 눈물이라

어얼시구 밤이 간다
내일은 열하루 시집갈 날.

하위 형식에 대한 소월의 관심을 웅변으로 말해 주고 있는 것은 그러나 「팔벼게 노래조」이다. 여기에 부친 시인의 말을 그대로 받아들여도 좋다면 이 작품은 '채란'이라는 진주 출신 기생이 노래한 것을 시인이 1924년에 채집한 것으로 되어 있다. 그러나 그것이 사실이라 하더라도 소월의 윤색을 거쳤을 터이고 「원앙침」과 같은 작품과의 유사성으로 보아 소월의 작품으로 확정해도 잘못은 없다. 소월의 손끝에서 변두리의 구비적 전통은 한과 슬픔의 절창으로 승화한다.

집뒷산 솔밭에
버섯 따던 동무야

어느 뉘집 가문에
시집가서 사느냐

두루두루 살펴도
금강 단발령
고갯길도 없는 몸
나는 어찌 하라우

• 유운(assonance): 유사한 모음을 반복하는 현상, 모음운이라고도 함.
• T. S. 엘리엇을 가리킴.

변두리 전통의 승화가 가장 극적으로 이루어진 최근의 사례는 말할 것도 없이 김지하(金芝河)의 작품들이다. 굳이 담시(譚詩)라는 이름으로 그 독자성을 주장하고 나온 그의 장시는 어느 편이냐 하면 구비적 전승의 형태에 크게 의존하면서 당대 현실을 풍자하고 비판한다. 두운(頭韻), 유운(類韻),• 압운(押韻)의 묘미를 두루 활용하면서 유례없는 입심을 드러낸 그의 장시는 전통적인 서사적 판소리의 가락을 창조적으로 복원해 보여준다. 서구에 있어서도 최근 2세기 간의 두드러진 경향의 하나는 사회의 희생자나 사회에 대한 비판자의 관점이 시의 전경으로 나온다는 점이겠는데 김지하의 시는 우리 쪽의 가장 서슴없고 대담한 그 사례를 이루고 있다. 김지하의 등장은 많은 동조자를 낳게 하여 우리 시에 큰 변화를 가져오게 하였다. 저쪽의 한 현대시인•이 시의 세 가지 목소리를 나누어서 얘기한 일이 있다. 그의 분류는 다분히 자의적인 것이어서 엄밀한 활용을 보증하는 것은 아니지만 시의 성질을 이해하는 데 편의를 제공해 준다. 잠시 그의 말을 따라 보면 자기 자신에게 말하는 시인의 목소리가 첫 번째 목소리다. 즉 시인 자신의 감정과 생각을 직접 표현하는 서정시가 첫 번째 목소리다. 크건 작건 청중에게 말하는 목소리가 두 번째 목소리다. 가르치는 교훈시에서 험담스러운 풍자시에 이르기까지 제법 다양한 음성을 들려주는 것이 이 두 번째 목소리다. 끝으로 시극의 목소리가 세 번째 목소리가 된다. 그는 특히 시극과 극적 독백이 비슷한 외양을 가지고 있으면서도 서로 다르다는 것을 강조한다. 극적 독백에서 듣게 되는 것은 타인의 복장과 분장을 했지만 사실은 시인 자신의 목소리라면서 극적 독백이 작중인물을 창조하지 못한다는 점을 지적한다. 김지하 이후 시의 첫 번째 목소리가 한결 조용해진 반면 두 번째 목소리가 사뭇 우렁차지기 시작하였다. 그리고 두 번째 목소리 사이에서의 제가끔의 차이가 희박해져 가고 있다. 그것을 긍정적으로 보든 비판적으로 보든 이러한 변모는 확연하다. 시의 두 번째 목소리를 우렁차게 만들고 있는 김지하의 시는 기록문학의 〈씌어진 시〉를 통해서 시를 접해 온 사람들에게 큰 충격과 때로는 곤혹을 안겨 주었다. 그러나 구연 현장에서의 다채로운 가능성을 가득 담고 있는 그의 작품은 시를 사랑방과 교실로부터 앞마당과 광장으로 개방하는 길을 텄다는 점에서 획기적이라 이를 만하다.

> 생쥐새끼 취함 탈 미친 놈이 칼춤 탈
> 남곤심정 발림 탈 생사 육신 조짐 탈
> 노략질로 배챔 탈 주색 잡기 날샘 탈
> 빚내쓰고 빼김 탈 만고 풍끼 거듭 탈
> …
> 있는 놈들 배터져 탈 없는 놈들 배붙어 탈
> 동서남북 남부여대 천하대본 이농실농
> 양동골목 순이순이 소매치긴 바우바우
> 고대광실 히히낙낙 명동거리 씨근벌떡
> 골방샌님 오입 탈 요조숙녀 화냥 탈
>
> —「탈」

이러한 전래적 익살과 입담이 당대 사회의 풍자를 위해 복원되면서 「분씨물어」 등에서는 그로테스크• 리얼리즘으로 귀결되어 있음을 보게 된다. 그의 시에 대한 비판도 없지 않으나 그가 거부하고 있는 미학체계 바로 그것을 기준으로 하여 내려지는 비판이 무력한 것은 어쩌는 수 없는 일이다.

•그로테스크: 기괴한 것, 극도로 부자연한 것, 흉측하고 우스꽝스러운 것 등을 형용하는 말.

비슷한 시기에 신경림 등은 노동요를 비롯한 민요형식의 시적 격상에 새로운 열의를 보여주고 있다. 그런가 하면 원로 서정주는 뜬소문, 동네전설, 마을의 사건, 토막 음담패설, 기인(奇人) 소묘와 같은 변두리 형식을 시 속에 성공적으로 도입하여 인류학적 자료로서도 흥미진진한 『질마재 신화』를 선보였다. 그것이 변두리 전통의 전반적 주류화를 초래할 가능성은 희박하지만 개인적인 차원에서의 흥미있는 사례를 보여준 것은 사실이다. 이러한 맥락에서 우리의 각별한 관심을 끄는 것은 서정주의 변두리 형식의 채택이 때로 정반대의 위치에 있다고 생각되는 김지하와 친근성을 드러내기도 한다는 점이다. 가령 『질마재 신화』 속에 수록된 「소망」은 그로테스크 리얼리즘으로의 경사를 보여주고 있다는 점에서 주목된다. 변두리 형식의 수용이 그대로 민중적 관점의 수용으로 이어져서 세계의 물질적 · 육체적 근원으로 하강과 함께 점잖은 것, 정신적인 것의 격하가 보인다. 그것은 억압된 자유 회복을 희구한다.

아무리 집안이 가난하고 또 천덕구러기드래도, 조용하게 호젓이 앉아, 우리 가진 마지막 껏—똥하고 오줌을 누어 두는 소망항아리만은 그래도 서너 개씩은 가져야지. 상감 녀석은 궁의 각장 장판방에서 백자의 매화틀을 타고 누지만, 에잇, 이것까지 그게 그까진 정도여서야 쓰겠나. 집안에서도 가장 하늘의 해와 달이 별이 잘 비치는 외따른 곳에 큼직하고 단단

한 옹기 항아리 서너 개 포근하게 땅에 잘 묻어놓고, 이 마지막 이거라도
실컨 오붓하게 자유로이 누고 지내야지.

김지하와는 달리 서정주가 그로테스크 리얼리즘 속에 담긴 해방의 이미지를 지속적으로 추구하고 조직할 것으로 보이지는 않는다. 그러나 여행기와 자서전을 시로 끌어올리려고 하는 시도에서 엿볼 수 있듯이 변두리 형식의 수용에 임하는 그의 태도는 매우 탐욕스럽다.

한편 마당극과 같은 가난한 변두리 형식이 주류화와 부상을 기다리고 있다는 사실도 우리의 주목에 값한다. 관중의 반응이 극의 일부를 이루고 있으면서 즉흥대사를 가미하여 하나의 공동 제작품으로 가고 있는 마당극의 가능성은 더 한층의 개발을 기다리고 있다고 이를 만하다. 뿐만 아니라 마당극의 체험은 가령 희랍극의 당대적 성격에 대해서도 우리에게 많은 시사를 던져 주고 있다.

2

앞에서 우리는 변두리 전통의 부상과 주류화라는 모형을 통해서 우리 현대시 발전의 한 국면을 살펴보았다. 그러나 앞서도 시사했듯이 형식주의 모형의 몰역사성과 몰사회성은 문학의 발전이 다른 사회적 발전과 조응하면서 전개된다는 중요한 국면을 간과해 버린다. 그리하여 변두리 전통이나 방계적 형식의 부상이 시사하는 사회적 의미를 애써 사상하려고 한다. 형식주의 모형에서는 두 갈래의 전통이 번갈아 가면서 주류 교체를 끊임없이 되풀이하는 듯한 인상을 준다. 그리고 그 동력이 되어 주는 것은 자동화와 지각의 갱신 사이의 긴장이다. 그리하여 역사의 본질적 국면인 역사적 시간이란 범주가 사실상 배제되어 있음을 본다. 형식주의 모형이 진정 의미 있는 실체가 되기 위해서

는 사회적 모순이 변화와 발전의 추진력이 되어 주는 역사적 시간을 회복하지 않으면 안 될 것이다.

당대 일급의 사상가요, 선각적인 지식인이었던 정다산(丁茶山) 같은 인물조차도 시작에 이르면 한시만을 지향했던 문화전통 아래서 생겨난 근대문학은 크게 보아 한글로 씌어진 하위 형식의 부상이요 주류화라고 말할 수 있다. 그러나 하위 형식의 주류화가 근대적 자아를 향해 각성해 가는 사회계층의 점진적 부상과 조응한다는 것을 도외시하는 어떠한 이론 모형이나 설명도 생략과 사상을 통한 왜곡을 야기하게 마련이다. 만해와 소월의 시적 노력을 내간체 편지와 구전 민요라는 변두리 전통의 격상을 통한 그 주류화로 정의하고 20세기의 우리 시를 그러한 맥락에서 정의하는 것도 가능하기는 하다. 그러나 봉건질서 아래서 각별한 피수탈층을 이룬 여성이 전래적 생활문화의 핵심적 담당자였다는 사실 말고도 여성의 사회적 각성과 부상 그리고 민요의 향수층인 민중적 관점의 부상과 그 수용을 도외시하고 그것을 얘기하는 것은 너무나 일면적인 접근이다. 시인으로서 만해가 탁월한 점은 내간체의 채택과 여성화자의 선택의 다양한 기능을 그가 통찰했다는 점에 있다고 말할 수 있다. 그것이 의도적인 탐구의 소산이었건 직관적인 파악이었건 그것은 별문제가 되지 않는다. 섬세한 사랑의 토로가 성적 분업에서 여성 몫이었다는 것 말고도 여성 화자의 관점을 취함으로써 외세침략의 희생이 된 민족의 아픔을 더욱 선명하게 토로할 수 있다는 것을 그는 통찰하고 있었던 것이다.

나는 집도 없고 다른 까닭을 겸하여 민적이 없습니다. '민적 없는 자는 인권이 없다. 인권이 없는 너에게 무슨 정조냐' 하고 능욕하려는 장군이 있었습니다. 그를 항거한 뒤에 남에게 대한 격분이 스스로의 슬픔으로 화하는 찰나에 당신을 보았습니다. 아아, 온갖 윤리 · 도덕 · 법률은 칼과 황금을 제사 지내는 연기인 줄을 알았습니다.

'제사 지내는 연기'란 시간의 풍화에 다소 허약한 비유에도 불구하고 상부구조의 사회적 역할에 대한 통찰이 최악의 희생층으로서의 여성의 관점에서 쉬 이루어진다는 것은 아주 자연스럽고 적절해 보인다. 뿐만 아니라 모든 것을 포용하는 모성 원리로서의 여성의 관점이 시 전체에 역설의 깊이와 직정의 순도를 아울러 부여하고 있음을 본다. 사랑의 시, 종교시, 우국시 등등 중층적으로 읽히는 시집 전체의 밀도와 진폭은 여성 화자의 내간체를 빌어서 비로소 가능하달 수 있었다. 만해에게 있어서 내간체는 '정상에 이르는 지름길'이었으며 그것은 여성 특유의 사회적 위치를 검토할 때 비로소 그 의미가 드러나는 것으로 생각된다. 돌보지 않는 변두리 형식이기 때문에 참신한 것으로 드러났다는 설명만 가지고는 풀리지 않는 것이다.

소월에 있어서의 구비적 전통의 활용은 그것이 의지할 수 있었던 얼마 안 되는 시적 관습의 하나였다는 사실의 지적으로 그 의미가 탕진될 수는 없다. 구비적 전통에 대한 율격적 충실을 통해서 소박한 의미의 음악성을 확보할 수 있다는 이점(利點) 말고도 구비적 전통을 이어온 사회계층의 생활어, 즉 토착어를 시어화(詩語化)함으로써 감정표현에 새로운 유연성을 부여할 수 있었다. 부득이한 인명(人名) 이니셜을 제외하고서는 그것이 서양 쪽 것이든 일제 한자어이든 그가 단 한 번의 외래어도 시 속에 사용한 바 없다는 것은 더 주목되어서 좋은 사실이다. 그는 사랑과 그리움을 사회적 · 정서적으로 합법화시킴으로써 겨레의 감성의 순화에 기여하였지만 구비적 전통을 담당한 계층의 관점과 감정을 시의 진지한 주제로 삼았다는 점에서 획기적이었다. 조국의 산천에서 가장 흔한 진달래가 사군자를 사모하는 양반 시가에서 배제된 반면 작자 미상의 엇시조에 이어 소월이 비로소 그 고유한 이름을 불러 주었다는 것은 그의 평민적 관점을 잘 시사해 주고 있다. 세상살이의 가파로움을 말하는 삼수갑산 계열이나 「나무리벌」 등의 농요(農謠) 말고도 구비적 전통의 담당 계층과의 심정적 동일화가 소월시의 한 기본 동력이 되어 주었음은 「팔벼게 노래조」란 부침글에 잘 드러나 있다. 그것은 정신 이상으로 부친의 행방이 묘연해진 후 개가 밑천으로 삼기 위해 어머니가 호남 행상에게 열세 살 되었을 때 팔아넘긴 바 되어 국내외를 전전하다가 영변으로 흘러온 채란이란 진주 출신의 기생의 노래를 기록한 것으로 되어 있다. "이 노래 야비한 세속의 부경(浮輕)• 한 일단을 칭도함에 지나지 못한다는 비난에 미칠지라도 나 또한 구태여 그에 대한 둔사(遁辭)•도 하지 아니하려니와 그 이상 무엇이든지 사양 없이 받으려 하나니"라는 대목은 그가 구 양반층이나 상류층의 '문학 예법'의 관습을 거절하고 구비적 전통의 모태가 되어 온 평민적 관점에 동조함에 있어 사뭇 의연했음을 보여준다. 요컨대 소월에 있어서도 변두리 형식의 채용은 단순한 형식 채택의 문제가 아니라 그 형식의 모태가 되었던 계층의 관점과 경험의 공감적 수용을 의미하였다. 훨씬 뒷날의 김지하의 서사적 판소리 채택이 의미하는 것은 한결 명백하다. 내용의 선택과 형식의 선택은 불가분의 일회적 선택이었다. 변두리 형식의 수용은 그대로 민중적 관점의 수용을 의미했고 그 의미는 범세계적인 반향 속에 그 일부가 드러나 있다.

•부경: 행동이 들뜨고 경솔함.
•둔사: 책임을 회피하려고 꾸며서 하는 말.

문학의 혁신과 진전이 홀대받아 온 변두리 전통이나 하위 형식의 문학 장치를 활용한 작가들에 의해서 이루어진다는 형식주의 관점의 한계는 변화를 형식의 차원에서만 본다는 점에 있다. 그 모형의 한국적 적용을 예로 들어 살펴본다면 만해의 내간체 수용이나 김지하의 전래적 익살이나 서사적 판소리 가락의 수용만을 주목할 뿐 그와 함께 수용된 여성 화자의 사회적 의미나 민중적 관점의 동시 수용이 갖는 중요한 의미를 도외시하는 셈이다. 러시아 형식주의자들은 러시아 근대 문학에서 예를 들어 가령 『까라마조프의 형제들』의 탐정소설 수용이나 체홉의 우스개 얘기의 수용을 지적한다. 그러나 실에 있어 홀대받아 온 변두리 전통이 민중적 관점이나 취향을 모태로 하고 있음을 도외시한다. 형식주의가 문학 발전의 특별한 방향이나 그 역사적 굴곡을 설명하지 못한다는 흔히 지적된 취약점이 바로 여기서 나온다고 볼 수 있다. 사회현상을 낯설게 하는 생소화 기법이 역사의식의 대두와 연관된다는 것은 위에서도 주목한 바 있지만 러시아 문학에서의 사례로 지적되는 톨스토이의 낭만적 전쟁관의 생소화도 기술상의 문제가 아니라 낭만적 전쟁관의 이데올로기 폭로의 일환으로 이해되어야 할 것임은 말할 것도 없다. '영혼불멸이 사실이건 아니건 그것을 가르쳐야 한다. 그래야 젊은이가 용감하게 싸울 터이니까' 라고 하는 그 옛 그리스의 말이 시사하듯이 낭만적 전쟁관은 유사 이래 지배계급이 끊임없이 되풀이해 온 허위선전의 대종품목이다. 보다 중요한 것은 이데올로기를 간파하는 리얼리스틱한 비전이지 그 결과로 드러난 생소화가 아니다. 말(馬)의 관점을 통해서 사유재산제를 낯설게 만들고 있는 톨스토이의 경우도 마찬가지다. 이데올로기 폭로나 왜곡된 사회통념의 탈신비화의 과정을 역전시켜 사태를 생소화시키는 것이 형식주의의 기본 전략임을 다시 확인하게 된다.

하위 형식의 주류화 현상은 이른바 스타일 분리 원리의 쇠퇴현상의 일환으로 파악하는 것이 옳을 듯하다. 가령 우리보다 나은 사람들의 영웅적 운명성쇠를 이에 걸맞은 숭고하고 품위 있는 언어로 그리는 것이 비극의 몫이고 우리보다 못난 사람들을 알맞게 저속한 언어로 그리면서 일상생활의 영역을 다루는 것이 희극의 몫이라고 생각하여 양자를 엄격히 구분하는 것이 이른바 스타일 분리의 원리라는 것이다. 아우어바흐는 이 스타일 분리 원리의 점진적인 파기에서 서구 문학의 흐름을 파악한다. 자질구레하고 범상한 일상생활도 진지하고 심각하게 묘사할 가치가 있는 것이며 역사적 과정의 진전 속에 놓여 있는 평범한 개인을 문제성 있거나 비극적인 것으로 볼 수 있다는 관점을 향해서 서구 문학이 발전해 왔다는 것이다. 소재의 계급적 성격에 따라서 문체를 분리시키는 법이 없는 복음서의 얘기들은 지체 낮은 사람들을 극히 진지하게 때로는 숭고하고 위엄 있게 다루고 있는데 이러한 비분리의 전통이 승계 확산되어 일상생활의 영역을 진지하고 비극적으로 다루려는 근대의 리얼리즘이 대두하게 되었다고 그는 생각한다.

> 한편으로, 일상적 현실을 심각하게 다룬다는 것, 사회적으로 낮은 지위의 넓은 인간 집단이 문제성과 실존적 전설 속에서 보여지는 현실 재현의 대상이 된 것, 또 다른 한편으로 아무렇게나 골라잡은 인물과 사건을 당대 역사의 일반적인 흐름, 유동적인 배경 속에 자리하게 하는 것, 이 두 가지가 내 생각으로는 현대 리얼리즘의 초석이 되는 것이다. 그래서 포괄적이고 유연한 소설 형식이 많은 요소들로 이루어지는 현실 묘사의 대표적 형식으로 부각된 것은 당연하다.

스타일 분리의 원리가 옛 그리스나 로마시대의 가치관을 반영하여 계급적 성격이 강하다는 것은 누구에게나 분명하다. 단적으로 말해서 그것은 귀족의 가치관의 소산이었다. 스타일 분리 원리의 점진적인 파기와 붕괴는 평등주의 이념의 확산에 대응하는 평행현상이라 해도 틀림은 없다. 하위 형식이나 변두리 전통의 부상은 단순화해서 말해 본다면 스타일 분리의 쇠퇴, 즉 스타일 혼합 과정의 일환으로서 평등주의 이념의 확산의 반영이랄 수가 있다. 영국 낭만주의의 『서정담시집』은 민요의 한 형태인 담시란 변두리 형식을 수용한 「노수부(老水夫)」 등을 포함하고 있으며 형식주의 모형이 들어맞는 경우라고 할 수 있다. 그러나 그 시집 서문이 언급하고 있는 평민언어의 채택은 너른 의미의 스타일 분리 원리의 부정이지만 근대시가 꾸준히 구어를 지향해 왔다는 것은 스타일 혼합의 원리가 널리 퍼지게 되었음을 의미한다. 상투화된 시어의 거부와 구어 지향이 '낯설게 하기'의 효과를 빚어낸 국면을 부인할 수는 없다. 그러나 그 모태를 이루고 있는 것은 평등주의 이념의 보급과 거기 상응하는 사회변화라고 해야 옳다. 엘리엇과 같은 영미판 형식주의자조차도 시 형태의 급격한 변화는 사회와 개인에 있어서의 깊은 변화의 징후이기가 십상이라고 적어 놓고 있다는 것을 우리는 상기하게 된다. 형식주의 모형이 말하는 '아버지에게서 아들로가 아니라 숙부에게서 조카나, 조부에게서 손자'라는 문학 변화의 도식은 서출(庶出)•의 정통화라는 혼합으로의 발전으로 수정해서 이해되어야 할 것이다.

3

사회변화와 의식의 변화에 따라서 하위 형식이나 변두리 전통이 중심부로 부상하고 이에 따라 문학의 풍요화 및 스타일 혼합에 기여했다는 사실은 우리에게 문학과 문학이 있어야 하는 방식에 대한 유연하고 개방적인 사고를 요구한다. 서구에서 쓰이고 있는 문학이란 말이 현재 널리 통용되고 있는 순문학, 즉 시나 소설과 같은 허구적인 작품들을 망라하는 뜻으로 쓰인 것은 18세기 후반부터였고 또 그것이 널리 통용된 것은 19세기에서부터였다고 알려져 있다(롤랑 바르트처럼 19세기에 비롯되었다고 하는 이들이 있는가 하면 이와 정반대의 보수적 견해를 펴는 르네 웰렉 같은 이가 있기도 하다). 그리고 문학이 순문학의 뜻으로 쓰이는 데 결정적인 역할을 한 것은 소설의 위세 향상이라고 전한다. 비속하고 경박하며 품위 없는 흥미본위의 얘기라고 해서 처음 홀대받던 소설이 잡다한 하위 형식을 서슴없고 탐욕스럽게 수용하여 마침내 근대 문학의 주류를 형성했다는 사실은 몹시 계시적이다. 오늘날 우리가 하위 형식이라고 해서 홀대하는 변두리 전통이 내일 무엇이 되어 사람들을 경탄케 할는지는 아무도 장담할 수 없다. 전혀 예기치 않았던 새 형식이 발명되어 새 주류를 형성할는지도 모른다. 물론 바람이 반대편에서 불어 올 가능성도 없지는 않다. 기고만장한 기술공학의 발달을 눈앞에 두고 성급한 예보자는 구텐베르크 시대의 종언을 점친 바 있었다. 그러나 여러 가지 정황 증거로 보아서 말하는 동물이 가까운 장래에 비관론자의 예보를 예언으로 맞추어 줄 성싶지는 않다. 기술공학의 발달과 보급이 첨단적으로 앞서 가고 있는 나라에서도 서적 발행고는 증가일로에 있고 총 발행고의 20퍼센트는 소설이 차지하고 있는 실정이다. 소설의 지위향상이 시사해 주는 하위 형식의 신분이동을 생각할 때 우리는 르포르타주, 회고록, 전기, 자전, 작업 현장기록 등과 같은 논픽션의 풍요한 가능성을 검토해 보는 것과 함께 그 현재 상황에 대해서도 비판적 검토를 아끼지 말아야 하리라고 생각된다. 또 마당극이나 인형극과 같은 전통적 민속형식뿐 아니라 연속극에서 베스트셀러 극장에 이르는 문화산업의 여러 품종에 대해서도 보다 면밀하고 다각적인 비평적 검토가 이루어져야 하리라 생각된다.

•서출: 본부인이 아니라 첩이 낳은 자식을 가리킴.

필수적인 교양의 품목으로 지정되어 있으며 각급 교육기관에서 많은 시간을 충당하여 가르치는 것으로 되어 있는 문학의 정의도 새롭게 시도되어 마땅하다. 오늘날 널리 통용되는 뜻으로서의 '문학'이 확실하게 정착한 19세기에 서구에서는 이른바 유미주의나 예술을 위한 예술이 떨친 시기가 있었다. 그것은 적어도 신봉자에게 있어 종교의 권위가 붕괴한 시대에 있어서의 세속종교, 다시 말해서 종교의 대안 구실을 하였다. 몇몇 유미적 작가들이 스스로를 미와 문학의 사제라고 자처하였다는 것은 단순한 비유 이상의 뜻이 있다. 작품의 생산자에게 있어서 뿐만 아니라 향수자에게도 문학이 종교의 대응이 되기를 사회는 기대했다. 가령 영국에서의 영문학 교육에 관해서 1921년에 작성된 보고서에서는 문학이 '종교의 인문주의적 대용품'이라고 간주되어 있는데 그것은 19세기 후반에 매슈 아놀드가 문학에 기대했던 역할이기도 하다. 문학을 이렇게 높여 놓은 것은 인문적 교양에 대한 전통적 숭상 이외에도 종교라는 견고한 사회통합의 한 구심점이 쇠퇴하는 것을 목격한 지배층의 낭패감의 소산이기는 하다. 그러나 문학과 문학 교육의 역할에 대한 이러한 기대는 지금껏 계속되고 있다. 학과로서의 영문학이 사실은 '빈민의 고전'으로서 종교의 실패를 보충하면서 특히 노동계층의 사회적 순치라는 역할을 기대받았으며 사실 그쪽으로 기여한 바가 많다는 지적도 '인문주의적 대용'이란 생각의 변주의 일환이라고 할 수 있다. 사회적 통합의 구심점으로서의 종교의 실패란 경험을 갖지 않은 우리 사회에서 문학 교육의 광범위한 실천이 무엇을 의미하는지에 관해서는 본격적인 검토가 필요할 것이다. 다만 8·15 이후의 모국어 회복의 상황이 모국어 교육과 함께 모국어로 표현된 문학의 지식 획득을 교양의 필수조건으로 생각해서 의심이 없었다는 점이 지적되어야 할 것이다. 그러나 외국 학제를 전거삼아 설치한 많은 문학 연구 학과들이 연구와 교육의 목적에 대한 명확한 자각을 가지고 있느냐 하는 것은 분명치가 않다. 막연한 자기실현이란 교육 일반의 목표가 상정되어 있는 것이 고작이라 해도 과언은 아니다.

종교의 인문주의적 대안으로 등장한 문학이 가지고 있다고 생각되는 교화적 기능은 한마디로 사람을 사람답게 세련시킨다는 것이다. 상상적 경험을 통해서 공명과 공감의 능력을 기르고 이에 따라 경험의 영역을 의미 깊게 넓혀 준다는 것이다. 여가활동으로서든 교육의 일환으로서든 요컨대 문학은 인간의 비전을 넓혀 준다는 것이다. 여기서 우리가 진지하게 물어볼 것은 과연 문학이 우리 비전을 의미 깊게 넓혀 주느냐는 것이다. 여기서 우리가 동서의 고전을 들먹여선 안 된다. 우리가 특히 자라나는 세대에게 과해 주는 문학이 실제로 그러한 교화적 기능을 수행하고 있느냐 하는 물음이 필요하다. 「깃발」에서 「승무」로 이어지는 시와 「메밀꽃 필 무렵」에서 「붉은 산」에 이르는 단편들이 과연 그러한 역할을 감당할 수 있는 것인가? 우리 시들이 향수자의 감정의 세련에 기여하고 또 감정 조정에 있어 적절한 향도 구실을 하리라는 것은 수긍될 수 있다. 또 우리의 '주옥' 같은 단편들이 보다 그릇 큰 문학을 위한 매력 있는 안내자 구실을 하는 것도 사실이다. 또 자기 경험의 반성적 검토에 있어 하나의 유효한 준거가 되어 주기도 할 것이다. 그럼에도 불구하고 우리는 한편으로 이러한 문학이 우리의 비전을 좁히기도 하는 것이 아닌가 하고 묻지 않을 수 없다. 그리고 이러한 물음은 현대 문학에서도 그래도 건질 만하다는 『삼대』 이후의 많은 작품에 관해서도 적용될 수 있을 것이다.

너무 많은 것을 기대하는 것이 무리이기는 하나 세계 이해와 자기인식의 준거로서는 허약하다고 하지 않을 수 없다. 교육의 지표로서 곧잘 표방되는 자아실현이라는 측면에서 특히 그러하다. 자기동일성의 획득 과정에서 경험하게 되는 방황과 고독 체험에 대해서 우리 문학이 시사해 주는 것은 풍성하지 못하다. 형성의 주제가 우리 문학에서 생소한 영역으로 남아 있다는 것도 한 이유가 된다. 특히 지적 성숙에 있어 우리 문학의 기여도는 희박하다. 청소년이 적절한 내적 혹은 외적 '매개'를 통해 삶을 실천해 간다는 사정을 참작할 때 이것은 매우 허전한 일이다. 적절한 전범의 설정과 야심의 조정 속에서 젊은이의 삶의 방위 설정이 이루어진다는 것은 널리 인정되고 있다. 서양 중세 기독인에게 있어 삶이 그리스도의 모방이었듯이 사람의 삶은 의식하건 안하건 누군가의 삶의 모방이랄 수 있다. 그리고 이 과정에서 비전을 넓혀 주는 것으로 이해되는 문학의 역할은 보다 단단하고 우람한 것이 되어야 옳다. 많은 사람들의 삶에서 우리 문학이 형성적인 영향력이 되지 못하고 있다는 것은 비전 확대에 기여하지 못했다는 말이 될 것이다.

4

문학의 형성적인 영향력을 말할 때 우리는 문학을 좁은 의미의 교훈 체계로 이해하는 것은 아니다. 그릇 큰 진정성의 문학은 고루한 교훈주의를 거부하고 부정함으로써 참다운 가르침이 되어 준다는 역설을 구현한다. 헤겔이 말하는 '정신의 세속화' 시대에 있어 문학은 한때 교회가 전담하였던 정신의 관리를 떠맡음으로써 문학 세계를 한정 없이 풍부하게 하였다. 그러나 여러 가지 사정으로 해서 다양한 관심을 배제하고 비전을 좁힘으로 해서 국부적 세련이라는 보상과 함께 순문학이라는 존칭을 얻은 우리 현대 문학이 정신의 관리와 비전의 확대에 있어 우리의 기대에 부응하지 못하는 것은 어쩔 수 없는 일이다. 그럼에도 문학이라는 이름과 작품이라는 이름으로 턱없이 숭상되는 경우도 허다하다. 가령 고등학교 졸업생들이 누구나 기억하고 감동한 글은 「페이터의 산문」이나 「우리를 슬프게 하는 것들」 같은 것들이다. 그럼에도 그만한 수준에서 '비전의 확장'에 가장 기여하는 이런 글들이 수필이라는 변두리 형식이기 때문에 간단히 잡문으로 처리되는 것이 보통이다. 우리는 통념상 변두리 형식이라 간주되어 온 것이라도 그것이 우리의 비전을 의미 깊게 넓혀 줄 때 그것을 문학이라는 이름으로 포용해도 좋을 것이다. 하필 허구적인 것으로 한정시켜 문학의 영역을 인위적으로 좁힐 필요가 없다. 또 저쪽의 '문학'이 허구적인 것으로 한정되어 있다는 사례에 무턱대고 압도될 필요가 없을 것이다.

이 점 근자에 나온 이영희(李泳禧) 교수의 「전장(戰場)과 인간」이란 글은 우리에게 시사하는 바가 많다. '한 젊은 지식인의 6 · 25체험'이란 부제가 달린 이 감동적인 글은 직접적인 경험담으로서 간략한 자전 형식으로 되어 있다. 1950년 7월 군에 입대하여 7년간의 군복무를 마치고 제대할 때까지를 다루고 있다. 이 시기는 우리 현대사에서 가장 파란만장한 시기의 하나였을 뿐 아니라 겨레 누구에게 있어서나 다난했던 시절이다. 전쟁이 끝나고서도 두고두고 이 시기를 다룬 소설과 비소설의 글들이 꾸준히 나오고 있다는 것은 이 시기의 체험이 누구에게나 충격적인 외상 경험으로 남아 있음을 말해 준다. 옛 그리스의 문학적 상상력이 트로이전쟁과 그 여파를 놓고 회전하였듯이 당분간 우리의 문학적 상상력은 1950년의 충격으로부터 자유롭지 못할 것이다.

앞서 감동적이란 말을 썼지만 이 글의 각별한 호소력은 내일을 기약할 수 없는 싸움터에서의 지속적인 자기교육의 성취에서 온다. 이공 기술계의 중학과정과 고등교육을 받은 작자는 20대의 황망한 7년 사이에 일급 통역과 일급 권총 사수라는 기술을 습득함과 아울러 말의 엄밀한 의미에 있어서의 일급 지식인으로 성장해 간다. 성장소설의 전통이 없고 '성장'적인 자전이나 회고록을 거의 찾기 어려운 우리의 지적 풍토에서 이 글은 성장소설의 등가물로서 이 분야의 독보적인 기여라 해도 좋을 것이다. 최악의 여건 속에서 당당한 자기교육을 성취할 수 있었던 것은 작자의 탐구심, 지적 정열과 날카로운 관찰력에서 온다. 30대의 경험을 50대로서 재경험하고 기록할 때 거기에는 50대의 지혜가 읽어 넣은 보충설명이 아주 없을 수는 없다. 역사는 현재와 과거의 대화이게 마련이고 그것은 개인사의 경우에도 변함이 없다. 그러나 이 글에는 전비(前非)를 뉘우치지 못하는 정치인의 회고담이나 이광수와 같은 대역죄인의 자서전에서 보게 되는 자기 변호적 '뒷날의 보충설명'이나 엄살은 없다.

작자의 관찰력은 이 자전적인 수기를 단순한 개인사로 멎게 하지 않고 그것을 역사와 만나게 함으로써 현대사의 일부로 만들어 주고 있다. 누구나 역사 속에서 살아가게 마련이지만 개인사가 역사의 일부로 드러나는 경우는 드물다. 그것은 개인의 크고 작음이나 맡은 바 역할의 중요성에 관련되기보다는 개별과 특수를 통한 전체적 역사 이해의 문제와 관련되는 것으로 생각된다. 짤막한 언급이 있을 뿐이지만 LST 선단•의 승무원 얘기라든지 석기시대로 돌려놓은 폐허 같은 역사 현장의 구체는 잘 의식되어 있지 않는 전쟁의 전체적인 파악에 필요한 삽화이다. 이 점 1950년의 전쟁을 경험하지 않은 사람에게는 가장 직접적인 대리 경험을 제공해 주는 장면으로 가득 차 있다. 그것은 생생한 세목의 제시를 통해서 극히 인상적으로 이루어진다. 통역장교의 병과 휘장인 소총 위에 올라앉은 앵무새, 군사원조비 항목에 기입된 헐려야 할 수용소 시설, 군복 교체로 해서 예복으로 한국군 장교에게 배급된 미장교복 등의 세목은 명작 속의 인상적인 장면처럼 망각되기를 거절하는 생생한 구체들이다. 이 글에 드러나 있는 또 하나의 특징은 인물에 대한 관심이다. 글의 성질상 간단히 언급되어 있을 뿐이지만 살아 있는 인물들이 많다. 젊은 장교의 객기를 부끄럽게 만들어 주는 진주 기생, 결투 대신 사과하는 메이슨 소령 등이 그러하다. 그러나 가장 인상적인 인물은 위험한 전투에서 칭병하여 참호 속에서 도장을 파다가 뒷날 무슨 국민대회 부의장의 직함을 갖고 나타나는 대대장일 것이다. 소설 속에 나오는 인물 같다.

범상한 사람들에게 있어 구체적인 경험은 뿔뿔이 흩어진 경험의 파편으로 기억되어 있는 것이 보통이다. 경험의 파편 사이에는 별다른 연계가 없다. 경험을 유기적으로 맺어 주는 조직의 원리를 가지고 있지 못하기 때문이다. 전체에 대한 투철한 인식을 가지고 있을 때 비로소 경험의 파편들은 의미 있는 전체의 살아 있는 부분으로 서로 맺어지게 마련이다. 이 글의 경험들이 흩어진 구체이면서도 또렷이 부각되어 있는 것은 작자의 단단한 현실 이해가 늘 전체와의 연관 속에서 경험의 단편들을 정리하고 있기 때문이다. 따라서 독자들에게 경험의 단편들을 질서 있는 전체로 정리하는 적절한 범례가 되어 주고 있다.

•LST 선단: 'landing ship tank'의 약자. 미국의 상륙 작전용 함정을 이름.

그러나 무엇보다도 「전장과 인간」의 가장 큰 강점은 진실에 대한 작자의 굽힘 없는 탐구에 있다. 진실에 대한 일종의 정열이 독자들을 매료한다. 「전장과 인간」 속에 토로된 관찰이나 관점에 대해서 부분적으로 의견을 달리하는 독자들도 있을 것이다. 그러나 그러한 독자라 할지라도 현상을 꿰뚫어 진실을 찾는 지적 정열을 부인하지는 못할 것이다. 따라서 자칫하면 판에 박힌 소리가 나올 수 있는 곳에서도 작자가 통념에의 무의식적 굴종을 거부하고 있음을 보게 된다. "훗날 내가 톨스토이의 민중 묘사 작품에 대해서보다는 노신의 작품에 대해서 더 많은 공감을 느끼게 되는 까닭이 어쩌면 그가 그린 소재로서의 당시의 중국 농민을 감각적으로 미화하지 않고 오히려 그들의 무지와 탐욕, 우직과 이기주의, 겉치레의 유교적 친족관념 속의 냉혈적 무관심 따위의 속성을 냉정하게 묘사했고, 그와 같은 인간상이 바로 나와 나의 가족이 뼈저리게 체험한 바로 그것이었기 때문인지도 모른다. 그들에 대한 노신의 따스함을 나는 도저히 따를 수가 없다. 그는 나와 나의 부모, 동생이 그들과의 관계에서 경험한 것 같은 현실적 생활을 체험하지 못한 탓이라고 해석하면서 자위하게 되었다." 이러한 대목에서 엿보이는 판에 박힌 통념의 거부와 진실에 대한 지적 정열이 이 글을 1950년의 전쟁에 대한 가장 생생한 기록의 하나로 만들어 주고 있다. 진실에 대한 탐구는 이른바 정신의 성실성이나 가치중립적인 객관성에 대한 지향만으로 성사되는 것은 아니다. 알게 모르게 사람의 사고를 뒤틀리게 하는 온갖 이데올로기의 왜곡작용으로부터 의연할 수 있는 지적인 건강과 정열을 필요로 한다. 이 글 가운데서 접하게 되는 회한이나 노여움은 이러한 파토스의 소산이고 흔히 있는 값 비싸지 못한 자기연민이나 후회의 감정이 아니다. 작자는 경험 현장에서의 지속적인 자기교육을 통해서 '민족의 발견'에 이르며 거기서 수기는 대단원에 이른다. 그리고 작자의 민족 발견은 거기에 이르기까지의 고생을 벌충하지는 못한다 하더라도 그야말로 헛되게 하지 않는 승화의 힘을 가지고 있다.

1950년의 전쟁에 대한 귀중한 방증 사료가 될 수 있는 이 수기는 1950년의 전쟁에 대한 판에 박힌 관용구들을 제쳐 놓고 전쟁의 '낯설게 하기'를 성취하고 있다. 전쟁은 선악이원론에 서게 마련이고 이 이원론에 입각한 통념이 대중적 상상력을 지배하고 있는 것이 사실이다. 그러한 통념을 결과적으로 탈신비화시키고 있는 이 수기가 전쟁의 생소화에 성공하고 있는 것은 당연하다. 전쟁을 다룬 문학이 많이 나왔지만 '낯설게 하기'에 있어 이만한 성공을 거둔 작품도 흔치 않을 것이다. 그러한 의미에서 이 수기는 빼어난 전쟁 문학이기도 하다.

최근 우리 사회에는 지난날의 정계비화나 이른바 회고담이란 것들이 쏟아져 나오고 있다. 대체로 방증사료로도 무가치한 것이 아닌가 한다. 역사를 재조명한다는 명분 아래 역사를 음모집단의 모의과정으로 분해해서 그 동력학을 사상하고 국민의 무력감을 조성하는 문화산업시대의 신판 야담일 뿐이다. 그러는 한편 '비전을 넓히는' 것을 본령으로 하는 소설 문학 쪽에서는 여러 가지 사정으로 괄목할 만한 작품들이 나오지 않고 있다. 이러한 상황 속에 나온 「전장과 인간」은 우리의 비전을 넓혀 주고 전쟁을 생소화해서 보여주고 있다는 점에서 소설 부진의 공간을 충족시켜 주고 있을 뿐 아니라 소설 실패의 이유까지도 우리에게 시사해 주고 있다. 그러한 의미에서 최근에 나온 가장 뜻깊은 산문 문학의 하나라 단언해도 좋을 것이다. 수기나 자전과 같은 방계적 형식의 선용이 가지고 있는 잠재성을 구현하고 있다는 점에도 그의의는 각별하다. 한편 진실에 대한 지적 정열을 모체로 하지 못한 어떠한 문학도 호소력을 발휘하지 못한다는 것을 다시 우리에게 일깨워 준다. 이 수기를 읽고 '회한'을 재경험해 보는 것은 형성적인 사건이 될 수 있을 것이다. 그리고 이러한 글을 문학으로 수용하지 못하는 문학관은 옹졸하고 편협한 것임을 면치 못할 것이다.

백범일지

김구

학동시대(學童時代)

이 즈음에 나는 한글을 배워서 소설책은 어느 정도 읽을 줄 알게 되었고, 한문도 천자문을 이 사람 저 사람에게 배워 조금 아는 정도는 되었다. 그러던 중 어느 날 집안 어른들이 지난 이야기를 하는 것을 듣고 크게 충격을 받았다. 몇 해 전 문중에 새로 혼인한 집이 있었는데, 그 집 할아버지가 서울에 갔다가 말꼬리로 만든 말총갓을 하나 사다가 집안에 감추어 두었다고 한다. 그 뒤 새 사돈을 보려고 밤중에 그 갓을 쓰고 나갔다가 이웃 동네 양반에게 발각되어 갓을 찢기고 나서는 다시는 갓을 못 쓰게 되었다고 하였다.

나는 힘써 물었다.

"그 사람들은 어찌하여 양반이 되었고, 우리 집은 어찌하여 상놈이 되었습니까?"

"침산 강 씨도 그 선조는 우리 선조만 못하였으나, 지금은 문중에 진사 벼슬을 한 사람이 셋씩이나 있지 않느냐. 오담(鰲潭)의 이 진사 집도 그러하니라."

"그럼, 진사는 어찌하여 되는 건가요?"

"진사 급제는 학문을 공부하여 큰 선비가 되면 과거를 봐서 되는 것이니라."

이 말을 들은 후부터 나는 글공부할 마음이 간절하였다. 그래서 아부님께어서 서당에 보내달라고 졸랐다. 아부님은 주저하는 빛이 있었다. 왜냐하면 동네에는 서당이 없어서 다른 동네로 보낼 수밖에 없는데, 그곳 양반의 서당에서는 잘 받지도 않으려니와 설혹 수용한다 하여도 양반의 자제들이 멸시할 터이니 그 꼴은 못 보시겠다는 것이다.

그래서 우리 문중의 학령 아동을 모으고 인근 상놈 친구의 아동을 몇 명 모아놓고 훈장을 부르기로 하였는데, 훈장 모시는 비용은 가을에 쌀과 보리를 모아서 주기로 하였다. 선생으로, 지금 그 이름은 잊었는데, 청수리(淸水里)에 사는 이 생원 한 분을 모셔왔다. 그분은 글이 넉넉지 못하여 양반이지만은 같은 양반으로서는 그분을 교사로 고용하는 사람이 없어서 결국 우리의 선생이 된 것이다.

나는 그 선생님이 오신다는 날, 너무 좋아서 못 견딜 지경이라 머리를 빗고 새 옷을 입고 영접을 나갔다. 저쪽에서 나이가 오십여 세나 되엄직한 장대한 노인 한 분이 오는데 아부님이 먼저 인사를 하고 나서,

"창암(내 어릴 때 이름)아, 선생님께 절 하여라."

하시었다. 나는 말씀대로 절을 공손히 하고 나서 그 선생을 보매, 마치 신인(神人)이라 할지 상제(上帝)라 할지 어찌나 거룩하여 보이는지 감상을 이루 다 말할 수 없었다.

제일 먼저 우리 사랑방을 학방으로 정하고 식사까지 봉양하게 되었다. 이때가 12세 즈음이다. 개학 첫날에 나는 '마상봉한식(馬上逢寒食: 말 위에서 한식을 맞이하도다)' 다섯 자를 배웠다. 뜻은 알든 모르든 기쁜 맛에 밤에도 어머님 밀가루 만드는 일을 도와드리면서 자꾸 외웠다. 새벽에는 일찍 깨어서 선생님 방에 가서 누구보다도 먼저 배우고, 밥 구럭을 메고 멀리서 오는 동무들을 내가 또 가르쳐 주었다.

이런 식으로 우리 집에서 석 달을 지내고 다른 학동의 집으로 옮아갔는데, 근처인 산동(山洞) 신 존위(申尊位) 집 사랑이 그곳이다. 학방이 그곳으로 이설됨에 나는 또한 아침이면 밥 구럭을 메고 산령을 넘어 다녔다. 집에서 서당에 가기까지, 서당에서 집에 오기까지 구불절성(口不絶聲: 입으로 소리를 멈추지 않음)으로 외우면서 통학을 하였다. 같이 배우는 학동 중에는 수준이 나보다 나은 아이도 있으나 묻고 답하는 데에는 언제든지 내가 최우등이었다.

그런데 불과 반년 만에 신 존위의 부친과 선생 사이에 반목이 생기어 그 선생을 해고하게 되었다. 표면적인 이유는 그 선생이 밥을 많이 먹는다는 것이

나, 기실은 자기 손자는 둔재로 공부를 잘 못하는데 내 공부는 일취월장(日就月將)하는 것을 시기함이었다. 얼마 전에 매달 보는 시험을 칠 때, 선생은 나에게 조용히 부탁을 한 적이 있었다.

"네가 늘 우등을 하였으니 이번에는 글을 일부러 못 외는 것처럼 하고, 내가 물어도 모른다고 하여라."

그래서 나는

"그리하오리다."

하고 선생 부탁과 같이 하였다. 그랬더니 그날은 신 존위 아들이 장원을 했다고 그 집안에서 술을 빚고 닭을 잡아 다들 한밥 잘 먹은 적이 있었다. 그러나 필경은 그 선생이 해고되었으니 이는 정말로 소위 상놈의 짓이 아닐 수 없다.

어느 날 내가 아직 아침밥을 먹기 전에 그 선생님이 집에를 와서 나를 보고서 작별을 고하였다. 나는 정신이 아뜩하여 그 선생의 품에 달려 매여 방성대곡을 하였다. 그 선생도 눈물이 비 오듯 하였다. 급기야는 눈물로 작별을 하고 나서는 나는 밥도 잘 안 먹고 울기만 하였다. 그 다음에 곧 그와 같은 돌림 선생을 한 분 더 모셔다 공부를 하였다.

그러다 호사다마격(好事多魔格)으로 아부님이 돌연 전신불수가 되셨다. 그 때부터는 공부도 못하고 집에서 아부님 심부름을 하게 되었다. 근본적으로 빈한한 살림에 의사를 부르고 약을 사용함에 가산은 탕진되고 말았다. 4, 5개월 치료 후에는 반 정도 회복되어 몸의 반 정도는 쓰실 수 있게 되었다. 입도 기울어 말소리가 분명치 못하고, 한 다리, 한 팔을 쓰지 못하나 반편이라도 쓰는 것은 퍽 신기해 보였다. 그리하자 돈이 없은즉 의원을 초빙하기는 불가능하여, 부모님 내외께서 무전여행을 떠나서 문전걸식을 하면서 어디든지 고명한 의원을 탐문하고 치료하고자 길을 나섰다. 집과 솥까지 다 팔고, 나를 큰어머니 댁에 맡겨 두고 떠나신 것이다. 나는 사촌들과 같이 소고삐를 끌고 산허리와 밭고랑에서 농사일을 하며 세월을 보내게 되었다.

그러나 나는 부모님이 그리워 견딜 수 없었다. 그리하여 여행하는 부모를 따라가서 신천(信川), 안악(安岳), 장련(長連) 등지로 함께 떠돌아 다녔다. 그러다 부모님은 나를 장련(長連) 대촌(大村)의 재종조 누이 집에 맡겨 두고, 조부

대상제(大祥祭)를 지내려 두 분만 고향으로 가시고 말았다. 내가 머문 그 댁도 농가인 까닭에 나는 집 주인과 같이 구월산(九月山)에 나무를 베러 다녔다. 내가 어려서는 유달리 크지를 못 하야 나무 짐을 지고 다니면 나무 짐이 걸어가는 것과 같았다. 그러한 고역을 처음 당하니 고통스럽기도 하였지만, 그보다 더 고통스러운 것은 책 읽는 소리였다. 그 동네에 큰 서당이 있었는데 그곳에서 밤낮 책 읽는 소리가 들려 올 때마다 나는 말할 수 없는 슬픔을 금할 수 없었다.

그 후 부모님이 그리로 오신 후에 나는 굳게 고향으로 가서 공부를 하겠다고 졸랐다. 그때에는 아부님이 한편 팔 다리도 좀 더 쓰고 기력도 차차 회복이 되신지라, 내가 그와 같이 공부에 열심인 것을 가상히 여겨 환향(還鄕)의 길을 떠났다. 급기야 고향에 돌아오고 보니 의식주 모든 것에 의지할 곳이 조금도 없는지라, 친척들이 추렴을 하여 겨우 자리를 잡고 나는 곧 서당에를 다니게 되었다. 서책은 빌려서 읽는다고 하지만, 붓과 먹을 살 돈은 어디 날 곳이 없었다. 그러다 어머님이 김매는 품을 팔고 길쌈을 하여 먹과 붓을 사주시면 어찌나 감사한지 말로 다 표현할 수 없었다.

그러나 나이가 14세나 되고 보니, 선생이라고 만나는 이가 대부분 고루하여 아모 선생은 '벼 열 섬짜리', 아모 선생은 '다섯 섬짜리' 등 수업료의 많고 적음으로 그 학력을 짐작하게 되었다. 그뿐 아니라 어린아이의 소견으로도 선생의 용심처사(用心處事)가 사람들의 사표(師表)의 자격으로 보이지 않는 이가 많았다. 그때 아부님은 종종 나에게 이런 훈계를 하시곤 하였다.

"밥 빌어먹기는 장타령이 제일이라고, 너도 큰 글을 하려고 애쓰지 말어라. 그러니 실용문에 주력하여라."

그리하여 '우명문사단(右明文事段)'으로 시작하는 토지문권, '우근진소지단(右謹陳訴旨段)'으로 시작하는 고소장, '유세차감소고(維歲次敢昭告)'로 시작하는 제축문(祭祝文)과 '복지제기자미유항려(僕之第幾子未有伉儷)'로 시작하는 혼인 관련 문서, '복미심(伏未審)'으로 시작하는 서한문 등을 짬짬이 연습하여, 나는 무지한 동네에서 하나의 별과 같은 존재가 되었다. 그래서 문중에서는 내가 장래에 상당한 존위(尊位: 마을 어른) 정도의 자격을 가질 것으로 기대하였다.

그러나 그때 내 한문 실력이라는 것이 겨우 글 몇 줄 짓는 정도에 불과하였다. 그럼에도 통감(通鑑)이나 사략(史略) 등의 수준 있는 책을 읽다가, "왕후장상이 어찌 따로 씨가 있겠느냐"는 진승(陳勝)의 말과, 칼을 뽑아 뱀을 베어버린 유방(劉邦)의 행동, 빨래하는 아낙에게 밥을 구걸하여 먹은 한신(韓信)의 사적을 볼 때에는 부지불식간에 양어깨가 들썩거리는 것을 참지 못하였다.

그리하여 어찌하든지 공부를 계속하고 싶었으나 집안이 넉넉하지 못하여 집을 떠나 고명한 선생을 찾아가 배울 형편이 되지 못한즉 아부님은 심히 고민하셨다. 그때 우리 동네서 동북쪽으로 십리 즈음에 학명동(鶴鳴洞)의 정문재(鄭文哉) 씨가 살고 있었다. 그 분은 우리와 같은 계급의 상민(常民)이었지만 당시 유생들이 손에 꼽는 선비요, 마침 백모(伯母)와 재종 남매간이었다. 그 정씨 집에는 사처(四處)에서 선비들이 모여들어 시도 짓고 부(賦)도 지으며, 한편으로는 서당을 겸설(兼設)하여 아동을 가르치기도 하였다. 아부님은 정 씨와 교섭하여 수업료를 내지 않는 면비학동(免費學童)으로 통학(通學)의 승낙을 얻어내었다. 나는 극히 만족하여 사계절을 물론하고 매일 밥 구럭을 메고 험령심곡을 넘어 다니며, 기숙하는 학생들이 일어나지도 않을 때에 그 서당에 도착한 적이 한두 번이 아니었다. 문장 창작으로 과거시험용 문장의 초보인 대고풍십팔구(大古風十八句)를, 주요 교과는 한당시(漢唐詩)와 대학(大學), 통감(通鑑)을, 글씨 연습으로는 분판을 사용하였다.

그때가 마침 임진년(1892)인데, 이때 나라에 경사가 있을 때 특별하게 치르는 과거인 경과(慶科)가 해주에서 거행한다는 공고가 나붙었다. 정 선생이 하루는 아부님에게 이런 사정을 말하였다.

"이번 과거 시험에 창엄이를 다리고 가면 좋겠네. 글씨는 분판에 연습을 해왔기 때문에 제 답지 써내는 데는 문제가 없긴 하겠지만, 종이에 연습하지 않으면 처음 써보는 사람은 제대로 못 쓸 터이니 종이에다 좀 연습을 시켰으면 좋겠는데, 노형이 빈한한 터에 주선할 도리가 없겠지?"

그러자 아부님은

"종이는 내가 주선을 하여 볼 터이니, 창엄이는 글씨만 쓰면 되겠는가?"

하시었다. 그러자 정 선생은

“글은 내가 지어줌세.”

하였다. 아부님은 심히 기뻐서 어찌하여 붓글씨용 종이 5장을 사주시었다. 나는 기쁘고 감사하여 필사(筆師)의 교법(教法)대로 정성을 다하여 연습하고 보니 백지가 흑지가 되었다. 과거 치를 때가 되었으나 과거 치를 비용을 마련하지 못하여 두 부자(父子)가 과거 시험까지 먹을 만치 곡식을 짊어지고 길을 떠났다. 선생을 따라서 해주에 도착하여, 아부님이 전에부터 친숙한 계방(稧房) 집에 기숙하면서 과거 치를 날을 기다렸다.

드디어 과거를 보는 당일이 되었다. 선화당 근처의 관풍각 주위에는 새끼줄로 엮은 그물을 둘렀다. 그리고 정각에 소위 부문(赴門), 즉 과장(科場)의 문을 개방하는 일을 한다고 한다. 여러 선비들이 같은 서당 출신의 모임인 접접(接接)마다 흰 헝겊에 산동접(山洞接), 석담접(石潭接) 등의 각기 접명을 써서 장대 끝에 달고, 대규모의 종이우산을 펼치고, 도포에 유건을 쓴 사람들이 제 접마다 좋은 자리를 선점하느라 덩치 큰 사람을 앞장세워 대혼란을 연출하는 광경이 꽤 볼 만하였다. 과장에서 이처럼 노소귀천이 없이 무질서한 것이 오래 전부터 내려오던 풍습이라 한다.

또 가관인 것은 노유(老儒)들의 ‘걸과(乞科)’라고 하는 것이었다. 관풍각을 향하여 새끼줄 그물에 머리를 들이밀고 머리를 조아리고 한 번 합격시켜달라고 사정하는 말이,

“소생의 성명은 아무개이옵니다. 먼 시골에 거주하면서 과거 때마다 와서 참여하였사온대, 금년에 제 나이 칠십여 세올시다. 요다음은 이제 늙어서 다시는 못 참석하겠습니다. 초시(初試)라도 한 번 합격이 되면 죽어도 한이 없겠습니다.”

하였다. 혹은 고성을 지르고 혹은 방성대곡을 하니 그 풍경이 비루해 보이기도 하고, 가련해 보이기도 하였다.

본 시험장에 와서 보니 선생과 접장들이 시험 치는 자를 대신하여, 글을 짓는 자는 글을 짓고, 글을 쓰는 자는 글을 써주고 있었다. 나는 선생님에게 노유들 걸과하는 정황을 말씀한 끝에 말하였다.

"이번에는 제 이름으로 말고 제 부친의 명의로 과거 시험지 작성을 하여 주시면 좋겠습니다. 저는 앞으로도 기회가 많지 않겠습니까?"
하니 선생님이 내 말에 감격하여 기쁘게 허락하였다. 이를 듣던 접장 한 분이 옆에서 거들며,

"그렇게 하는 게 좋겠구나. 그런데 네가 글씨는 나만 못할 터이니 너의 부친의 답지는 내가 써주마. 후일 네 과거는 더 공부하여 네 스스로 짓고 쓰고 하여라."

하여 나는,

"네, 고맙습니다."
하고 감사를 표하였다. 그날은 아부님의 명의로 과거 답지를 작성하여 새끼줄 그물 사이로 시관(試官) 앞을 향하여 쏘아 들여보냈다. 그러고 나서 주위 광경을 보면서 이런 말 저런 말을 듣는 중에 시관(試官)에 대하여 불평하는 말이 많이 들렸다. 시험을 관리하는 통인놈들이 시관에게는 보이지도 않고 과거 시험지 한 아름을 도적하여 갔다고 하는 말도 있었다. 그리고 과거 시험장에서 글을 짓고 쓸 때 남에게 보이지 않게 하는 것이 좋다고 하는 말도 들렸다. 그 이유는 글을 지을 줄 모르는 자가 남의 글을 보고 가서 자기의 글인 양 답지를 써낸다는 것이다. 또 괴이한 말은 돈만 많으면 과거도 할 수 있고, 벼슬도 할 수 있다는 것이었다. 글을 모르는 부자들이 거유(巨儒)의 글을 기백 량 기천 량씩 주고 사서 진사도 하고 급제도 하였다고 한다. 그 전인가 이번 시관은 아무개인즉 서울 아무 대신에게 서간을 써서 부쳤으니까 반드시 된다고 자신하는 사람도 있고, 아무개는 시관의 수청 기생에게 주단 몇 필을 선사하였으니 이번에 꼭 과거에 합격한다고 자신하는 사람도 있었다. 이런 말들을 듣고 나는 과거에 대하여 의문이 들었다.

'이런 몇 가지 현상으로만 보아도, 나라(나라가 임금이오, 임금이 곧 나라로 알게 된 시대)에서 과거제도를 시행할 필요가 도대체 어디 있으며, 합격한다고 한들 대체 무슨 가치가 있겠는가. 내가 심혈을 기울여 공부를 하는 것은 장래를 개척하기 위해서인데 선비가 되는 유일한 통로인 과거의 꼬락서니가 이 모양이고, 나라 일이 이 지경이면, 내가 시를 짓고 부를 지어 과문육체(科文六體)에

능통한다고 하여도 아무 선생, 아무 접장 모양으로 과거 시험장의 대서업자에 불과할지니 나도 이제 앞으로는 다른 길을 연구하리라.'

나는 과거시험에 참가하였다가 불쾌함 혹은 비감을 품고 집에 돌아와서 아부님과 상의하였다.

"이번 과장(科場)에서 여러 가지를 살펴보니 참으로 한탄스럽습니다. 제가 어디까지든지 공부를 성취하여 가지고 입신양명(立身揚名)을 하여 강 가, 이 가의 압제를 면하여 볼까 하였더니 유일통로라는 과장의 악폐가 이와 같은즉, 제가 비록 거유(巨儒)가 되어서 학력으로는 강 씨, 이 씨를 압도한다 하여도 그들에게는 돈의 마력이 있는데 어찌 하오리까. 또한 거유가 되도록 공부를 하려면 다소의 금전이라도 있어야 되겠는데, 집안이 이같이 적빈(赤貧)한즉 이제부터 서당 공부는 그만 두겠습니다."

내가 이렇게 아뢰니, 아부님도 역시 내 생각을 옳게 여기시고,

"너, 그러면 풍수(風水) 공부나 관상 공부를 하여 보아라. 풍수에 능하면 명당을 얻어 조상을 거기에 장사지내면 자손이 복록을 누리게 되고, 관상을 잘 보면 선인군자(善人君子)를 만나느니라."

하고 말씀하시었다. 나는 일리가 있다고 생각하여,

"그것을 공부하여 보겠습니다. 서적을 얻어 주십시오."

하였다. 아부님께서 우선 유명한 관상책인 마의상서(麻衣相書) 한 권을 구해다 주시기에 나는 독방에 들어가서 이 책을 공부하였다. 상서를 공부하는 방법이 거울을 보며 얼굴의 부위와 이름을 외우고, 자신의 얼굴에서 시작하여 다른 사람의 얼굴에 적용해가는 것이 첩경이다. 그래서 타인의 상보다 나의 상을 먼저 잘 살펴볼 필요가 있다고 생각하였다. 두문불출하고 석 달 동안이나 관상론에 의하여 자신의 관상을 관찰하였으나, 내 관상 어느 한 군데도 귀인이 될 상이나 부자가 될 상과 같은 달상(達相)이 없을 뿐만 아니라, 얼굴과 온몸에 천격(賤格), 빈격(貧格), 흉격(凶格)만이 가득하였다. 저번에 과장에서 얻은 비관을 벗어나기 위하여 상서를 공부했던 것이, 그보다 더 깊은 비관으로 빠지게 하는 꼴이 되어 버렸다. 그러면 나는 축생과 같이 단지 살기나 위해서만 살아야 할까, 하는 생각에 세상 살고 싶은 마음이 싹 달아나버렸다. 그런데

상서에 이런 구절이 있었다.

상호불여신호(相好不如身好)
신호불여심호(身好不如心好)

즉, 관상 좋은 것이 몸 좋은 것만 못하고, 몸 좋은 것이 마음 좋은 것만 못하다는 말이다. 나는 이것을 본 뒤에 관상 좋은 사람보다 마음 좋은 사람이 되어야겠다는 생각을 마음속에 굳게 갖게 되었다. 이제부터는 외적 수양은 어찌되든지 내적 수양을 힘써야만 사람 구실을 하겠다고 생각하였다. 그리고 종전에 공부를 잘 하여 과거를 보고 벼슬을 하여 부귀해지겠다는 생각은 순전히 허영이오, 망상이오, 마음이 좋은 사람이 취할 바가 아니라고 생각하였다. 그러나 마음이 좋지 않은 사람이 마음 좋은 사람이 되는 방법이 있는가 하고 자문해 보니 역시 막연하기만 하였다. 상서는 그만 덮어 버리고 풍수지리서도 좀 보았으나 취미를 얻지 못하고, 손무자(孫武子), 오기자(吳起子), 삼략(三略), 육도(六韜) 등의 병법 관련 서책을 본즉 이해치 못할 곳이 많았다. 그럼에도 그 중에 장수의 재질을 다루는 부분에 나오는,

눈앞에서 태산이 무너져도 마음이 흔들려서는 안 된다. (泰山覆於前心不妄動)
병사들과 더불어 기쁨과 괴로움을 함께 하라. (與士卒同甘苦)
나아가고 물러나기를 호랑이와 같이 하라. (進退如虎)
적을 알고 나를 알면 백 번을 싸워도 패하지 않는다. (知彼知己 百戰不敗)

등의 구절은 매우 강한 인상을 주어 흥미 있게 외우기도 하였다. 이처럼 열일곱 살 시절 일 년 동안은 동네 어린아이들을 모아 훈장질을 하면서 의미도 잘 모르는 병서만 읽으며 시간을 보냈다.

— 『백범일지』(1947)

3 문학과 현실은 어떤 관계인가

김윤식, 「문학 장르와 인류사의 이념」

엮은이의 추천 이유

이 글은 문학이 유토피아를 꿈꾸는 인류의 갈망을 어떻게 반영하고 있는지 살피고 있는 평문이다. 인류는 개인과 공동체의 완전한 합일이라는 이룰 수 없는 꿈을 지니고 있는데, 문학도 시나 소설 등 장르의 특성에 따라 이런 꿈을 실현시키는 데 동참하고 있다는 게 저자의 주장이다. 문학과 현실의 문제를 문학 장르의 본질에 주목하여 근원적으로 성찰하고 있다는 점에서 주목할 만하다.

출전: 김윤식, 『한국근대문학사상사』, 한길사, 1984

문학 장르와 인류사의 이념

– 서정양식과 서사양식의 지향점

김윤식

1. 황금시대의 의미

1979년 2월 중국이 베트남을 침략한 이른바 중월전쟁(中越戰爭)은, 승패 없이 단기간에 끝났음에도 불구하고 여러 가지 문제점을 제기한 것이라 말해진다. 아시아에 있어서의 마르크스사상의 존재 방식에 대한 분석과 검토는 이제 거의 외면할 수도 없거니와, 피상적으로 보아 넘길 성격일 수도 없음을 확실히 했다는 점에서, 특기할 만한 사건이라 평가되는 모양이다. 어째서 같은 사회주의 국가끼리 전쟁을 해야 하는가. 마르크스주의라는 이름의 강력한 이데올로기로써 정치체계를 구축한 나라끼리의 이른바 버릇가르치기란 무엇인가. 말끝마다 체제의 우수성을 내세웠던 그들이 아닌가. 소련과 중국 간의 불화가 표면화되었을 적에도 이런 의문이 제기되지 않은 바 아니었으나, 같은 아시아 속에서의 중국과 월남, 그리고 월남과 크메르 사이의 전쟁 상태는 위의 의문점을 한층 날카롭게 했으며, 특히 같은 아시아 사람들에 대하여 역사에의 깊은 통찰을 강요하는 것이었다. 그런 강요사항 앞에서 우리는 쉽사리 사회주의 이데올로기에 앞선 민족주의 이데올로기에 정면으로 마주치지 않으면 안 되게 된다.

서구적 개념에 기대면, 근대사회라고 하는 것은 산업혁명을 거쳐 자본주의적 경제체제를 바탕으로 한 민족국가와 분리되지 않는다. 마르크스의 사상은 그런 근대를 전제로 하여 다가올 사회를 구상한 것이어서, 근대사회가 가장 앞선 단계에 진입한 곳에서 비로소 정착될 것으로 전망되었지만, 누구나 아는 바와 같이 사실은 그 반대였다. 아시아에 있어서 사회주의는 중국이라든가 월남 모양, 근대에 이르지 못한 국가에서 일어났다. 정치권력의 이념이 마르크스주의를 표방하고 있을 뿐이지 사회기구 및 하부구조의 측면에서는 서구의 자본주의에 의해 달성된 근대에는 까마득히 이르지 못한 상태이다. 그러니까 근대화랄까 진보주의를 수행하지 않을 수 없게 되며, 그러자니 민족주의를 바탕으로 하여 근대 국가를 이룩해 온 19세기 서구근대화의 단계를 새삼 밟지 않을 수 없는 처지에 놓인다. 중국과 월남 간의 전쟁은 결국이 민족주의 측면에서의 충돌양상이라 규정될 것이다.

만일 이렇게 파악하는 일이 일고의 여지가 있는 것이라면, 중국이니 월남은 정치권력의 이념이 마르크스주의 혹은 사회주의이지만, 사회구조는 그에 따르지 못하는 근대 이전의 단계로 규정됨직하다. 발전단계설에 의하면 아시아적 정체성이 거론된다. 민중 구조, 경제 구조, 문화 구조 등등의 비근대적 유산을 그대로 안은 채 정치권력의 이념만을 사회주의화한 것, 그것은 정치혁명과 사회 구조의 병행 이론을 일거에 무화시킨 것이다. 대다수 민중은 자각 이전이니까 소수의 엘리트가 사회주의 이론으로 혁명을 일으키는 것, 후진국에서 사회혁명은 이런 유형이 대부분이었다.

아시아에 있어서 서구형 진보주의(근대화)를 표방하고 그 높은 수준에 도달한 나라로 일본을 들 수 있다. 속도를 기본으로 하는 진보주의는 마침내 사람 사이의 체험의 나눠가짐을 거부하여 극단적인 자유주의적 개인주의에로 치닫게 되지 않으면 안 된다. 이를 견제할 만한 윤리적 힘과 제도적 장치가 없는 한, 넓은 뜻의 일본형 진보주의는 자기 파멸이 예상된다. 일본이 정치기구의 측면에서는 보수적 · 후진적이며 경제적 구조에서는 극히 선진적인 체제라면, 중국은 정치 구조 쪽이 근대적이고 경제 · 사회 구조가 후진적이라 할 것이다. 이른바 아시아적 유토피아로서의 공동체를 아시아적 후진성이라 부른 것은 오직 경제적 근대화의 시각에서 바라볼 때만이다. 정치적 시각에서 보면, 아시아적 공동체 의식이 오히려 근대적인 것으로 되는 것이다. 중국의 경우, 민중이 개인으로서의 자각을 갖지 않은 상태에서 사회가 성립된 것은 일면의 근대적인 요인으로서 실상일 터이지만, 언젠가는 그 민중이 개인으로 자각하지 않을 수 없음을 전제로 한다는 측면에서 보면 이것은 허상일 수 있다. 여기까지 나아오면 우리는 다음과 같은 세 가지 단계를 나눠 볼 필요가 있겠다.

하나는 민중이 개인으로 자각하지 못하고 공동체로서만 존재하는 단계, 둘째는 민중이 개인으로 자각했지만 공동체를 이루지 못한 단계, 셋째는 민중이 개인으로 자각하면서 동시에 공동체의식을 달성한 단계. 이 세 번째 단계야말로 인류사가 달성하고자 하는 유토피아인지도 모른다. 일찍이 도스토예프스키는 인류의 이런 간절한 소망을 클로드 로랭의 그림 「아시스와 갈라테아」(드레스덴 미술관 소장)를 통해, '황금시대'라 부르고, 이렇게 외치고 있다.

이것은 멋진 꿈이며, 위대한 망집(妄執)이다. 황금시대, 이것이야말로 원래 이 지상에 존재한 공상 중에서 가장 황당무계한 것이지만 전 인류는 그 때문에 평생 온 정력을 다 바쳐 왔고 그 때문에 모든 희생을 해 왔다. 그 때문에 예언자로 십자가 위에서 죽거나 죽임을 당하거나 했다. 모든 민족은 이것이 없으면 산다는 일을 원치 않을뿐더러 죽는 일조차 불가능

할 정도이다.[1]

이러한 세계를 그리고자 한 것이 도스토예프스키의 소설이라면, 그것이 종래의 소설 세계와 당연히 다름은 새삼 물을 것도 없다. 도스토예프스키는 단 한 편의 소설도 쓰지 않았다고, 젊은 루카치가 그의 불세출의 저술 『소설의 이론』(1920) 끝 장에서 갈파한 것이 바로 이 점이다. 종래의 소설 개념으로는 살필 수 없는, 닥쳐올 제3의 세계를 그의 소설이 보여 주었기 때문이다.

2. 전체성 개념과 소설의 이론

도스토예프스키로 하여금 "이것이 없으면 모든 민족은 산다는 일을 원치 않을뿐더러 죽는 일조차 불가능할 정도"라고 외치게 한 것, 그 유토피아를 우리는 인류사의 목표로 동의할 수 있으리라. 이 유토피아는 소극적으로 말하면 이상이라든가 공상적이라 하겠지만 적극적인 시각에서 보면 하나의 사상 선택을 의미할 것이고 그것은 단순한 상상력의 차원에서가 아니라 행동을 통한 실천과 동시에 진행되는 것이 아닐 수 없게 된다. 그러한 사상 선택의 한 실례로서 우리는 헝가리의 철학자 루카치의 소설 이론을 들 수 있다.

서구 시민사회를 근대의 가장 높은 단계로 규정함에서 그의 사상 선택이 가능했다는 점을 우리는 무엇보다 먼저 알아차리지 않으면 안 된다. 이 경우 근대라고 함은 특히 헤겔철학에서의 개념에 이어진 것이다. 헤겔의 미학체계에 기대면, 이는 독일고전주의 역사철학의 속성이기도 하지만, 고대(희랍시대)와 근대를 대립시키고 그 지양태(止揚態)로

1. 도스토예프스키, 『악령』 제2부 「스따브로긴의 고백」, 동서문화사, 601쪽.

서 제3의 세계를 상정한다. 달리 표현하면 고전주의시대(희랍)와 낭만주의시대(근대)의 대립과 그 지양태로서의 제3의 세계를 상정하고 있다. 헤겔에 기대면, 그 이상 아름다운 것은 있을 수 없고 또 앞으로도 나올 수 없으리라고 주장된 예술은, 희랍 이전의 상징적 예술도 아니고 바로 희랍(고전주의)의 조각 예술을 두고 한 말이다. 인류사에 있어 최고의 예술이 완료형으로 파악된다는 것은, 조각으로 대표되는 희랍 예술이 내용과 형식, 혼(정신)과 육체, 주관과 객관의 완전한 균형을 이루어, 그 이상 나아갈 곳도 필요도 없다는 점의 지적에 다름아니다. 그 후의 모든 예술, 이른바 근대의 예술은, 내용과 형식, 정신과 육체, 주관과 객관의 균형의 파괴에서 시작되어 병적인 상태를 벗어나지 못한다. 예술의 최고 규정이 완료형으로 희랍시대에 끝나 버렸다.

근대의 예술은, 그러니까 낭만주의 예술은 육체에서 분리된 정신이, 외부세계와 내면세계의 분리에서 저 혼자의 고독한 길을 치닫는 형국이었다. 그 내면화, 육체에서 분리된 정신의 걷잡을 수 없는 분류 상태를 낭만적이라든가 근대라 한다면, 그것은 희랍의 고전적 예술이 조각에 대응되듯 음악예술에 대응된다.[2] 하이네가 예술 중 음악을 최고의 자리에 올린 일, 쇼펜하우어, 페이터 등은 물론, 보통 영문학상 고전주의자로 통칭되는 T. S. 엘리엇의 이른바 「햄릿」 해석에서 촉발된 '객관적 상관물 이론'도 결국 이런 흐름에 속하는 것, 다시 말해 낭만주의 흐름을 드러낸 것이라 말해질 수 있다. 이러한 정신의 내면화의 분류(奔流)가 릴케에 와서는 도저히 수습할 수 없는 골짜기를 갈라놓았다고 말해진다. 세계는 외부와 내면, 정신과 육체, 주관과 객관으로 갈라지며, 정신은 내면화의 여행에로 하도 은밀히 깊이 행해지기 때문에 아무도 이웃사람의 체험을 함께 나눌 수 없는 것이다. 마침내 이 속에서 정신

2. 김윤식, 『문학과 미술 사이』(일지사)의 1의 2, 「운명의 낭비자상」 참조.

은 우리를 섬뜩하게 하는 저 카프카의 한 마리 독충과 마주치게 된다.

"우리가 갈 수 있고, 또한 가야만 할 길의 안내판 구실을 하늘의 별이 해주는 시대는 행복하다"라고 루카치는 『소설의 이론』 첫 줄에서 썼다. 그러한 세계에는 철학이 있지 않다. 누구나 철학자이니까. 세상은 조금도 낯설지 않고 어디를 가나 혼이 이르는 곳은 마치 집안에 있는 것과 같은 상태를 빚는다. 외부와 내부, 정신과 육체, 내용과 형식이 분리되지 않고 행복한 공존을 이루고 있기 때문이다. 도스토예프스키로 하여금 '황금시대'라 부르게 한 목가적, 영웅적 상태가 이것이며, 헤겔로 하여금 예술의 최고 규정을 가능케 한 세계도 이것이다. 그런 균형은 근대가 시작되면서 깨어져, 하이데거의 표현을 빌면, 세계는 밤의 어둠으로 기울어졌다. 세계는 점점 걷잡을 수 없이 낯설어지며 정신은 내면으로 치달아 나르키소스의 운명을 밟게 된다. 자본주의 사회에 있어서의 인간 소외 현상, 훼손된 가치 속에서의 인간 소외 현상, 혼자 있음을 인간의 본질적 존재 조건으로 하는 전위예술(모더니즘)의 출현은, 근대가 본질적으로 낭만주의이며 병적 상태임을 말해주는 것으로 파악될 따름이다.

이를 극복하는 길을 물을 적에 우리는 손쉽게 루카치의 소설 이론을 살필 수 있다. 그에 기대면, 자본주의 사회, 소위 교환가치 혹은 훼손된 가치 속에서의 인간의 본질 파악은 혼자 있음을 존재 기반으로 하여 비로소 가능해지며, 조이스의 「율리시즈」나 카프카의 「변신」에서 보듯 그런 바탕 위의 예술은 병적이자 병리학적인 미학을 낳는다는 것이다. 즉 인간을 이해 불가능한 한 마리 독충이나 괴물로 묘사할 수밖에 없다는 것이다. 이런 개인주의적 자아주의 상태에서 인간의 인간다움을 찾고 해방하는 방식은 무엇인가. 소설이라고 그는 생각한다. 정확히 말하면 시도 희곡도 아니고 소설이다. 여기서 그가 말하는 소설은 물을 것도 없이 장편(Roman)만을 가리킨다. 그에 의하면 소설이라는 형식은 '신이 떠나버린 세계의 서사시'로 규정된다. 세계와 자아, 정신과 육체, 내용과 형식이 일치된 상태에선 신이 우리와 더불어 있다고 말했거니와, 그런 시대가 희랍뿐이었음은 이미 앞에서 살펴 왔다. 낡은 서사시와 다가올 새로운 서사시 사이의 중간적 '이행 과정의 형식'이 소설이다. 삶의 외연적 전체성을 이미 분명하게 가질 수 없게 되고 삶의 내면적 의미가 문제로 되어 버린 시대, 그럼에도 불구하고 전체성에의 지향을 지닌 시대의 서사시로 소설이 규정된다면, 고대 서사시와 새로 나타날 서사시의 중간에 놓인 소설 형식은 역사적 자리에서 고찰되어야 함이 드러난다. 인간의 내면이 외부적 사회 현실과 대립 저항한다는 뜻을 얻었을 때(그런 사실을 전제했을 때)에 비로소 성립되는 형식, 즉 내면의 고유한 가치의 형식인 소설의 주인공은 문제적 개인이 아닐 수 없게 된다. 그는 인간의 내면과 외부세계(환경세계) 사이의 조화를 찾아 헤매는 이행 도상의, 과정상의 인물이다. 그의 걸음은, 어떤 경우에는 외부적 세계 쪽이 그의 내면보다 월등히 커서, 오직 일직선으로 바깥세계를 향해 행동을 계속하는 돈키호테의 걸음이 되든가(추상적 이상주의 소설), 어떤 경우에는 내면 쪽이 외부적 세계보다 커서, 내면세계가 독자적 현실로서 자립하여 인물의 걸음이 내면에로 치닫는다(환멸의 낭만주의 소설). 이 둘을 통일하여 조화를 발견하고자 한 제3의 유형이 교양소설, 가령 괴테의 「빌헬름 마이스터—수업 시대」라고 그는 본다. 그 어느 경우에든 주인공의 걸음은 자기 자신과 외부세계(환경세계)와의 어긋남을 전제로 한 것이며 그 속에서 자기존재를 증명하고자 함을 특징으로 삼는다. "나는 내 혼을 증명하기 위해 떠난다(I go to prove my soul.)"는 것이 소설 주인공의 명제임을 그는 주장하고 있다.[3] 삶의 외연적 전체성을 이미 분명하게 가질 수 없게 되어 버린 시

3. 루카치, 『소설의 이론』, 루흐트한트사 판, 77쪽.

대, 그럼에도 전체성에의 지향을 지닌 시대의 형식이 소설이기에, 그것은 '길이 시작되자 여행은 끝났다'라는 명제로 표현될 수가 있다. 지향점은 분명하다. 즉 혼을 찾는 행위, 훼손되지 않은 참된 가치를 발견한다는 목표는 찾아졌고 따라서 길을 갈 이유는 있지만, 벌써 그 속에 접어들자마자 길을 찾게끔 사유케 한 기반이 붕괴되어 버린 상태에 놓인 형식, 그것이 소설이다. 새로운 제3의 세계가 도래하지 않는 한, '내 혼을 찾는 행위'는 번번이 실패할 운명이 아니면 안 된다. 그 새로운 세계란 도스토예프스키 소설 도처에 전개되어 있었다. 루카치의 『소설의 이론』이 도스토예프스키 본론의 서문으로 씌어졌음은 추측이 아니라 그 자신의 술회였던 것이다.

그 제3의 세계란 무엇인가. 인류로 하여금 이것 없이는 살기는 물론 죽기조차 원치 않게 하는, 인류를 미치고 환장케 하는 그 황금시대는 대체 어떻게 해야 이룰 수 있는가. 누가 감히 이런 인류의 간절한 소망을 외면하거나 소홀히 할 것인가. 그 방법에 있어 사람들은 저 나름의 길을 모색하였다. 루카치는 소설을 그 방법론으로 선택한 것일 따름이다. 다시 말해 그 유토피아에 도달하기 위해서는 크게 두 가지 길이 있으니, 하나는 개인의 철저한 자각을 통해 황금시대를 이루는 쪽이며, 다른 하나는 공동체의 철저한 자각을 통하는 길이다. 이중 뒤의 것을 택했다면 문학에서는 소설을 의미하게 되는 것이다.

3. 개성의 자각과 서정시의 이론

루카치의 철학이 삶의 전체성 이론을 기본바탕으로 하고 있음은 그의 이론 곳곳에서 생생히 드러난다. 소설은 삶의 전체성을 문제 삼는다. 삶의 외연적 전체성을 이미 가질 수 없게 된 시대이지만, 예술 작품을 통해 그 전체성을 실현함으로써 이른바 유적(類的) 전체성을 창출해야 한다는 것, 그러니까 유적 존재로서 인간의 본질을 규정하고 그것으로 인간 본질의 파악에 임하는 것으로 된다. 헤겔의 철학 개념에 의하면, 유적 존재라든가 유적 생활이란 인간을 다른 동물에서 구별하는 인간 독자의 본성을 뜻한다. 인간은 이론적으로나 실천적으로나 모든 자연을 자기의 의식적 생명활동의 소재로 삼음으로써 유적 생활(Gattungsleben)을 실현한다. 인간의 본성은 이와 같은 유적 생활 속에 있으니, 그는 자기 자신의 본질로서의 유(類)에 연결되는 존재이면서 또한 유적 존재로서의 자기에 연결되는 존재이다. 즉 의식적인 유적 존재이다. 다가올 사회에 있어 만인에 의한 자치를 꽃피우기 위해서는 먼저 유적 존재로서의 전체성을 목표로 해야 된다는 쪽에 루카치는 섰던 것이다. 확실히 개인과 전체와의 사이에 일정한 소외(낯섦)가 있는 시대에는 개인적 현존이 그대로 전체를 표명할 수 없고, 무엇인가 굴절 · 매개 · 비판 등의 작업을 통하지 않으면 개인은 전체와 결합될 수 없다. 그러나, 장래에 있어 만인의 자치적 협력의 세계에서는 개인은 이미 동질화된 전체의 개성적 부분으로 될 것이다. 부분을 부분으로 전형화함이 곧바로 동질의 전체를 그리는 것과 같아질 것이 아니겠는가. 즉 서정시의 형식이 그대로 사회 전체를 보편적 · 객관적으로 반영하는 것일 수도 있다. 지금 있는 사회의 모습을 그 사회의 구성원의 개성의 표명을 통해 묘사함이 가능해질 것이라면, 그 사회의 전체성을 가장 잘 드러낼 수 있는 것은 단지 한 편의 장대한 서사시(소설)보다 백만 인의 구성원이 부르는 백만 개의 서정시의 장려한 꽃다발일지도 모른다는 그러한 사상 선택에 설 수도 있다. 그럼에도 루카치는 평생을 통해 다만 전체성만을 고집했기에 소설을 유일한 가능성으로 내세웠고, 서정시엔 일고의 가치도 인정하지 않았다.

소설은, 헤겔에 기대면, 삶의 객관적 전체성을 그리는 점에서는 희곡과 일치하나, 희곡이 운동의 전체성을 그림에 대해 소설은 대상의 전체성을 그림에서 구별된다. 루카치는 예술 자체를 객관적 전체성의 반영으로 파악함으로써 주관적 개인적 자아주의에 기반을 둔 서정시의 존재권을 말살시키고자 한다. 그의 『미학』 체계에 의하면 객관을 반영하는 방향엔 두 가지가 있다. 하나는 과학에서 볼 수 있는 것으로, "될 수 있는 한 주관에서 해방된, 순수성에 있어서의 즉자존재(卽自存在; 대상) 그것에로 집중하는 것"이며, 이를 탈의인화작용(脫擬人化作用)이라 한다. 다른 하나는 의인화적 경향, 즉 대상이 미적 반응으로 드러나는 것으로서, "객체의 전체성을 항시 인간적 주관성과 끊기 어려운 관련 하에서 포착하고자" 하는 것이다. 미적 반영에는, 그러니까 의인화작용, 주관적 태도 결정의 요소가 불가결하게 개입된다. 이것이 과학적 반영에서 구별된 미적 반영의 특성이다. 그러나 이러한 미적 반영에는 하나의 어려운 문제가 가로놓인다. 즉 주관의 개입이 그것, 일상적인 단순한 주관성, 개별적인 그 특성이라는 요소의 부가 없이는 미적 반영이 불가능하다. 그렇다면 이 개별적인 것(주관 내포)을 매개로 하여 어떻게 하면 객체의 전체성을 포착할 수 있는가. 루카치의 주장에 의하면, 이 난점은 아래와 같이 해결될 수 있다. 미적 반영의 측면, 즉 주관에서 출발하여 이번엔 예술 작품의 창조로 향함으로써, 일상적 삶의 개별적 주관성을 넘어서서, 예술 작품이라는 '독자적인 객관성'을 구성할 수 있다. 예술 작품을 형성함으로써 단독 개체는 지양되고 주관은 변모되어, 혹은 극복되어, '객관화'된다. 이 '객관화'야말로 주관의 지양이자 유적 의식의 각성이다. 그러니까 예술작품은 유적 전체성이며 그 자체 고유한 객관이지만, 그렇다고 자기완결의 세계는 아니다. 어디까지나 객관적 현실의 반영·모사이어서 현실에 있는 세계의 재생산이다. 예술의 완성에 의해 주관이 지양되지만, 다른 한편 그 주관은 예술 제작 과정 속에서 보다 높은 차원에로 올라서는 것이며, 이를 통해 그 주관은 인류의 잃어버릴 수 없는 재산의 계기로서 보존된다. 그러니까 미적 반영(의인화 작용)은 엄연한 객관이다.

루카치의 예술원론이 이러하다면, 우리는 그의 문학론의 기본 핵이 주관(주관성)의 극복, 그것의 지양에 있음을 알아차리게 된다. 그의 변증법이 개별성과 보편성을 설정, 그 가운데 매개항으로 특수성을 두었음은 「미학적 범주로서의 특수성에 관하여」(1967)에서 자세하거니와, 이런 사고의 밑바닥에는 주관성, 개별성에 대한 거의 생리적인 적의와 무관심이 잠겨 있다.[4] 1930년대 안나 제거즈와의 표현주의 논쟁에서도 부분과 전체의 문제 제기에서 전체성만을 고집한 그의 생리적 고집을 여지없이 드러내었다. 인간은 보편성 · 유적 전체성 · 객관성의 세계에 이르지 않으면 안 된다는 것, 개인이라든가 개성 · 주관성 따위는 한갓 출발점이며, 지양되고 초극되어야 할 것이고, 기껏해야 인류의 기억 속에 보존될 재산일 따름이라고 그는 본다. 그가 예술 중에서도 오직 문학에만 관심을 두었다는 것, 음악이나 조각 · 미술 등에 대해서는 음치나 색맹에 가까왔다는 것은 널리 알려진 사실이다. 또한 문학 중에도 전체성을 다루는 희곡과 소설, 그 중에서도 소설에만 관심을 두었지, 시 따위는 안중에 없었음도 위의 사실에서 능히 알아낼 수 있다. 그는 오직 "이것이 없으면 인류는 죽기를 원치 않을 뿐만 아니라 살기조차 원치 않는" 황금시대를 꿈꾸고 있었던 것이다. 그것은 개인이나 주관이 극복된 단계, 이른바 유적 존재로서의 인간 공동체의 실현을 의미한다.

루카치에게 있어, 이 황금시대에의 요청은 한낱 꿈이 아니었다. 그에게 있어 그것은 현실이었다. 칼 만하임과 함께 유럽의 변방 동구권 헝가리에서 일차대전 직전에 성장한 지식인에겐, 합스부르크 제국의 붕괴의식과 새로운 세계에의 열망은 같은 것으로서 엄연한 현실이었던

4. 루카치, 『미학 논집』(루흐트한트사) 중, 「미학적 범주로서의 특수성에 관하여」 속의 제V항 참조.

것이다(칼 만하임의 명저 『이데올로기와 유토피아』의 발상법이 이를 대변하고 있다).

그렇다면 루카치는 서정시에는 끝내 무관심과 적의로 만년에까지 일관한 것인가. 이런 물음에 대한 답변은 대체로 "그렇다"고 말해질 것 같다. 만년의 미완성 대작 『미학』에서 비록 "서정시와 객관화하는 형식(소설)을 대립시킴의 경솔함"을 스스로 말하기도 하지만, 서정시의 주관적 정서 자체를 평가하거나 긍정한 것은 아니다. 주관적 공감(서정시의 속성)은 일종의 몽상이지 객관성일 수 없다는 점을 끝내 주장한 셈이다.

이 완강한 고집, 객관성에의 억센 신봉도 만년에 가서는 약간의 변화를 보였다고 말해진다. 그의 최후의 평론은 「솔제니친론」(1964)이다. 소설(장편)만을 유일한 거점으로 하여 리얼리즘론을 구축한 그가 솔제니친론에서는 중편(Novelle) 쪽에 관심을 두고, 잘 하면 단편에도 나아갈 수 있음을 암시하고 있다. 그것은 그가 끝내 신념으로 버티었던 전체성 · 객관성 사상을 약간이나마 완화한 것이라 할 것이다. 이러한 사상 변화가, 스탈린주의에 대한 노철학자의 환멸 및 조국 헝가리의 반란과 깊은 관련이 있음을 우리는 쉽게 알아차릴 수 있다. 전반기의 루카치가 지닌 소망이었던 전체성은 불가능해졌고, 의미를 잃은 전체성(나쁜 전체성)이 될 가능성도 생겼다. 개인의 행복을 희생한 바탕 위에서 이룬 전체성이라면 그것이 완벽하다 할 수 있을까라는 점을, 논리로써가 아니라 심정으로써 그가 파악한 것이라 생각되는 점에서, 「솔제니친론」은 뜻깊은 것이다. 물론 그는 사상가답게 어떤 경우에도 기품을 잃지는 않는다. 중편까지만, 즉 솔제니친의 「이반 데니소비치의 하루」까지만 인정할 뿐이다. 그럼에도 불구하고, 그의 전반기가 전체의 시각에서 개인(부분)을 바라보았다면, 만년에 와서는 개인에 있어 전체를 볼 수도 있다는 정도에서 그친다. 철학적으로 비유하면, "무매

개의 전체성에서 매개된 전체성으로"라고 표현될 수 있다.

여기까지 나아왔을 때, 우리는 하나의 작은 결론을 조심스럽게 이끌어낼 수 있다. 서정시나 소설이라는 장르 선택이 인류사의 염원에의 도달이라는 목표와 깊은 혹은 궁극적인 관련을 가졌을지도 모른다는 사실, 그 인류사의 목표는 도스토예프스키의 소설에서 이미 선열하게 드러났었다. 그것에의 도달이 전체성이냐 개성이냐, 혹은 객관이냐 주관이냐, 공동체 우선이냐 개인 우선이냐를 묻게 될 때, 우리는 소설 장르 선택이냐 서정시 장르 선택이냐에 마주치게 된다. 바로 여기에서 우리는 아시아적 역사방향의 문제와 또한 마주치지 않으면 안 된다. 민중이 개인으로 자각하지 않은 상태에서 공동체를 이루고 있는 중국적 역사와, 민중이 개인으로 자각한 단계이나 공동체를 이루지 못하고, 오히려 있었던 공동체조차 개인주의적 자유주의에 의해 파괴된 서구형 일본식 근대화 속에, 우리는 우리 역사의 방향을 가늠할 수 있으리라. 공동체의식의 가장 첨예한 문제가 분단 극복에 걸린다는 것, 그것은 또한 민중이 개인으로 자각하는 행위와 동시에 같은 것으로 행해져야 한다는 것은 명백한 논리일 것이다. 다시 말해, 이런 일이 소설을 선택하는 일과 서정시를 선택하는 일에 직결되었음을 알아차리는 것이 우리에겐 새삼 중요성을 가질 것이다. 개개인이 자기를 희생하여 거대한 전체성의 나사못이 됨으로써 장대한 서사시적 세계를 보여주는 쪽이냐, 또 그런 쪽이 정도이고 객관적이며 보다 바람직한 것인가. 또는 개개인이 만인의 자치를 이루는, 개인의 자각에 의한 활짝 핀 꽃송이의 묶음 그 자체를 수없이 보여주는 서정시의 세계가 오히려 바람직한 것인가를 숙고하는 일은, 마침내 예술가의 역사 감각의 날카로움과 비례하지 않을 수 없는 과제임이 틀림없다.

4. 우리 서정시의 낯선 부분

서정시의 본질을 묻는다면 많은 사람들이 눈살을 찌푸릴지도 모르겠다. 이런 물음은 하도 새삼스러운 것이기에 당황하기 쉽다. 그러나 필요한 물음이라면, 문학 입문서를 다시 들추는 일도 게을리 할 수 없다. 입문서라 했지만 하나마나한 추상적 해설이 고작이고, 제법 그럴듯한 것은 일종의 도그마인 경우일 것이다. 가령, 영시 이론가로 저명한 A. C. 브래들리에 기대면, 시 작품에 표현된 것은 '내적 경험'이어서 이 경험은 그 자체가 목적이고 또한 그것만으로 완전하며, 그 자체의 가치를 갖고 있다고 주장된다. 즉, 시는 현실세계의 일부도 아니며 그것을 모방하여 그린 것도 아닌, 그 자체로 독립되고 완전한 자율적 세계이기에 시 감상은 시의 세계에 들어가 그 법칙에 따라야 하고, 동시에 현실세계의 상황을 차단해야 하며, 현실의 사상이나 믿음을 끌고 들어가서는 안 된다고 주장한다.[5] 같은 영국인 I. A. 리처즈라는 사람은, 그런 독자적이고 해괴망측한 소위 '내적 경험'이 도대체 어디 있느냐고 반문하고 있다. 시를 읽는 일, 그런 감상 따위는 세수하는 일이나 양치질하는 일과 조금도 다름없는 체험의 일종일 따름이라 보는 것이다.[6]

이 두 가지 상반된 주장 앞에서 우리는 서정시 속에서도 많은 갈래와 지향점이 있음을 어느 정도 알아차릴 수가 있고, 동시에 시에 관한 이론도 그 자체로서 한계가 있다는 것, 아마도 최종적으로는 인류사의 지향점에서 울려오는 북소리를 듣는 일에 관련될지도 모른다는 것 등도 알아차릴 수가 있다. 그것은 각자가 얼마나 자기의 소속된 사회

5. A. C. 브래들리, 『시에 대한 옥스퍼드 강의』(맥밀란 페이퍼백, 31쪽) 중, 「시를 위한 시」 참조.
6. I. A. 리처즈, 『문예비평의 원리』(루트랫즈, 1948, 제10판), 19쪽.

와 역사를 자각하는가에 따르는 일이다. 이 점에 대해서는 칼 만하임의 통찰을 염두에 둘 필요가 있다. 즉 "인간은 자기가 그 속에 살고 있는 현실의 상황을, 자기가 그것에 잘 적응하고 있는 동안에는 이론적으로 파악하지 않는다. 그러한 존재 조건의 터전에서는 인간은 자기의 환경을 아무런 문제도 제기하지 않는 자명한 세계 질서의 일부로 볼 따름이다."[7] 우리 근대시사를 바라볼 경우, 위의 만하임의 지적은 가끔 음미될 필요가 있다고 생각된다. 소월(素月)이나 미당(未堂), 혹은 청록파(靑鹿派)의 전통적 흐름, 편석촌(片石村, 김기림), 김광균(金光均) 등의 모더니즘적인 흐름, 김영랑(金永郎)의 순수시의 흐름, 또는 김춘수(金春洙)의 무의미의 시, 김수영(金洙暎)의 의미의 시 등등이 주류를 이루어 왔다고 시사(詩史)에서는 적고 있다. 그러한 계보를 만들거나 주장하는 것을 받아들이고 안심하느냐 아니냐의 문제는 각자에게 달린 것이다. 다시 말해 자기가 그 속에 살고 있는 현실, 즉 1980년대 한국사회에서 잘 적응하고 있는 동안은 한국 현대시를 이론적으로 파악하지 않는다. 그런 존재 조건의 터전에서는 현실이 아무런 문제도 제기하지 않는 자명한 세계 질서로 보일 뿐이다. 특히 시 전문지, 동인지의 편집자에겐 이 점의 음미가 절실해질 것이다.

우리 현대시사의 검토에서는 위의 사실이 더욱 문제됨직하다. 주지하는 바, 문학사가란 예외적인 존재도 없지는 않겠으나 대체로는 현역 시인보다 사물 인식의 감정적 측면이 둔감한 편이며, 그로 인해 자칫하면 타성에 젖어, 이미 형성된 이데올로기에 매달리는 수가 많다. 주류라든가 유파를 묶고 가르는 일에 관여함으로써 심리적 안정감을 내고자 하는 성향이 있다. 앤솔러지 편자의 경우도 사정은 비슷하다.

1939년에 간행된 『현대조선시인선집』(임화 편, 학예사)에는 72명 시

7. 칼 만하임, 『이데올로기와 유토피아』(루트랫즈 페이퍼백, 영역, 1960), 206쪽.

인의 작품 72편(각 시인 1편)이 수록되어 있다. 이보다 한 달 뒤에 나온 『현대서정시선』(이하윤 편, 박문서관)엔 수록 시인 44명에 수록시편 146편이지만, 수록 시인 수에 있어서는 앞의 것이 28명이나 많다. 이 점에서만 보면 학예사 판은 해방 전에 나온 사화집으로서는 그 규모의 크기와 다양성에서 단연 으뜸을 차지하는 것으로 동의될 수 있다. 이보다 4년 전으로 거슬러 올라가면 『기해명시선』(오희병, 시원사)이 있어, 수록 시인 57명, 총 시편 73편이어서 상당한 규모의 것이지만, 거기에 시조시인이 포함되었다는 점을 감안하면 역시 학예사에 미치지 못한다.

학예사판과 박문서관판을 비교하는 일은 다음 두 가지 점에서 어떤 의의가 인정된다. 하나는 한 달 사이를 두고, 두 앤솔러지가 출현되었다는 점. 여기에는 아마도 어떤 문단적 흐름이랄까, 독자층의 수요 같은 것도 고려되었을 것이다(학예사판은 6개월에 3판까지 나오고 있다). 다른 하나는 전자가 '조선시(朝鮮詩)'라 했음에 대해 후자는 '서정시(敍情詩)'라고 했다는 점이다. 물론 우리는 서문에서 편자들이 내세운 저 나름의 작품 선택의 기준 혹은 안목의 제시를 읽을 수가 있었지만, 그러한 명시적 제시는 시의 안목과 별로 관계없는 것이기 쉬워서 사실의 해명에 별다른 보탬이 되기 어렵다.

우선 편의상 박문서관판에 수록된 시인 명단을 보면 아래와 같다.

김기림 김기진 김광섭 김동명 김동환 김명순 김상용 김억 김윤식 김정식 김현구 김형원 노자영 노천명 모윤숙 박영희 박용철 박종화 박팔양 변영로 백기만 백석 신석정 양주동 오상순 오희병 유도순 유춘성 이광수 이상화 이은상 이장희 임학수 임화 장정심 정지용 조명희 조운 조중흡 주요한 한용운 허보 홍사용 황석우이 명단에서 다만 몇 사람을 제하면 우리가 익히 아는 시인들이어서 거의 낯설지 않다. 편자의 주장대로 이들 시인은 당시 이미 각자의 시집을 갖고 있었음에 주목함직하다. 이에 비할 적에, 학예사 판은 퍽 낯선 이름을 포함하고 있다. 그 명단은 아래와 같다.

최남선 이광수 주요한 김억 남궁벽 조명희 김소월 이은상 박종화 이상화 홍사용 박영희 김형원 이장희 김동환 김기진 박팔양 양주동 박세영 정지용 유완희 임화 김해강 박용철 박아지 손풍산 권환 김기림 신석정 김동명 김병호 양우정 이정구 김광균 조벽암 이찬 양운한 이규원 이흡 황순원 안용만 김윤식 김태오 이응수 윤곤강 모윤숙 김상용 이병각 김용제 임사명 반상규 백석 노천명 정희준 임학수 김조규 마명 민병균 이상 오장환 윤태응 장기제 이시우 서정주 박재륜 이육사 김광섭 김대봉 김용호 이용악 유치환 을파소(김종한)

이 명단은 오늘날 우리의 시사적(詩史的) 안목으로 보면 퍽 낯선 이름들이 아닐 수 없다. 이중 몇몇은 해방 후 불가피한 이유로 우리 시사에서 제외될 수밖에 없었다는 점을 감안하고서도 매우 낯설다. 생각건대, 그것은 선택된 시의 내용의 낯섦에서 온 것이다. 하지만 우리 시사를 이해하고자 할 때 우리는 이것을 아주 방치해 버릴 수 없다. 그것이 사실 자체가 어떠했는가에 관심을 두는 실증주의자들의 호사벽 때문이라면 오히려 서글픈 일이겠지만, 실제로 오늘날 전개되는 시의 흐름의 맥락을 살피기 위해서는 새삼스럽게 그 뿌리를 묻지 않으면 안 되게 되는 것이다. 말하자면, 위의 두 사화집을 대하고 우리가 얼마나 낯설게 느끼느냐에서, 우리 자신 및 우리 시사의 가능성이 저울질될 수 있을 것이다.

학예사판의 낯섦이 수록 시인의 낯섦이기보다 시 내용의 그것임을 우리는 먼저 지적할 수 있었다. 그러나 거기에만 멈추는 것이라면 그 낯섦은 본질적이 못되고 시류적인 것이거나 호사벽에서 벗어나지 못하리라. 이 점과 관련하여 우리는 학예사판에 실린 다음 세 편의 시를 살펴보기로 한다. 그것은 서정시의 주인공이라는 문제와 관련된다.

(A) 「눈이 내리느니」(김동환)

북국에는 날마다 밤마다 눈이 오느니
회색 하늘 속으로 눈이 퍼부슬 때마다
눈 속에 파묻기는 하-연 북조선이 보이느니

가끔 가다가도, 당나귀 울리는 눈보래가
막북강 건너로 굵은 모래를 쥐여다가
추움에 얼어떠는 백의인의 귓불을 때리느니

춥길래 멀리서 오신 손님을
부득이 만류도 못하느니
봄이라고 개나리꽃 보러 온 손님을
눈발귀에 실어 곱게도 남국에 돌려보내느니

백웅이 울고 북랑성이 눈 깜박일 때마다
제비 가는 곳 그리워하는 우리네는
서로 부둥켜안고 적성을 손가락질하며 빙원벌에서 춤추느니-
모닥불에 비춰는 이방인의 새파란 눈알을 보면서

북국은 춥어라, 이 추운 밤에도
강녘에는 밀수입 마차의 지나는 소리 들리느니

어름장 깔리는 소리에 방울소리는 잠겨지면서

오, 저 눈이 또 내리느니 보-얀 눈이
북새로 가는 이사꾼 짐 우에
말없이 함박 같은 눈이 잘도 내리느니[8]

이 시의 주인공이 '우리'로 되었음을 우선 주목하기로 하자. 서정시에서의 주인공이라니, 한갓 화자(話者)일 뿐이 아닌가, 혹은 서정시에서 화자를 들먹이는 것조차 어불성설이라 주장하는 사람도, 그런 유파도 물론 있을 수 있으리라. 개인주의적 자아주의에 서 있는 문학관에서는 도대체 '너'라든가 '나', '우리' 따위의 시적 표현이란 염두에도 없는 것이다. 그들은 '무의미'의 추구야말로 시의 본도라고 주장하니까. 비대상(非對象)의 시, 즉 어떠한 객체도 객체로 의식하고 있지 않은 상태, 주 · 객체 사이의 경계가 무너진 상태를 그들은 노리는 것이다.

이와는 다른 자리에 서면 서정시야말로 주인공의 설정이 요청되는 장르로 파악될 것이다. 서정시의 기본적인, 가장 위력 있는 특질의 하나는, 기실 서정시의 주인공으로서 시인 자신인 나를 독자는 '자기'라고 느끼는 점에 있다. 고쳐 말해, '나'는 작품의 주인공이자 시인 자신이며, 한 독자로 하여금 서정시적 주인공으로 되게 한다는 점에서, 우리는 서정시의 위력을 찾을 수 있다. 서정시가 개인으로서의 시인의 구체적 체험에 바탕을 둔다는 것, 따라서 그 형상화가 주관화되지 않으면 안 된다는 것은 누구나 아는 일이다. 그 형상화에서는 화자가 사건을 통해서 드러나는 것이 아니라, 화자의 직접적 체험으로서 드러난다. 가령 서사적 장르에서 사용되는 것처럼, 외부적 사건을 통해 화자를

8. 『금성』 제3호(1924)에서 직접 인용. 원제목은 「적성을 손가락질하며」임.

드러내는 형식을 취한 다음 시에서도 우리는 여전히 시인 개인과 마주치고 만다.

(B) 「해협의 로맨티시즘」(임화)
바다는 잘 육착한 몸을 뒤척인다.
해협 밑 잠자리는 꽤 거친 모양이다.

맑게 갠 새파란 하늘
높다란 해가 어느새 한낮의 카브를 꺾는다.
물새가 멀리 날아나는 곳,
부산 부두는 벌써 아득한 고향의 포구인가!

그의 발 밑,
하늘보다도 푸른 바다,
태양이 기름처럼 풀려,
뱃전을 치고 뒤로 흘러가니,
옷깃이 머리칼처럼 바람에 흩날린다.

아마 그는
일본열도의 긴 그림자를 바라보는 게다.
흰 얼굴에는 분명히
가슴의 '로맨티시즘'이 물결치고 있다.

예술, 학문, 움직일 수 없는 진리……
그의 꿈꾸는 사상이 높다랗게 굽이치는 동경,
모든 것을 배워 모든 것을 익혀,

다시 이 바다 물결 위에 올랐을 때,

나는 슬픈 고향의 한 밤,

해보다도 밝게 타는 별이 되리라.

청년의 가슴은 바다보다 더 설레었다.[9]

이 시의 화자가 서사시나 소설에서 모양 외부 사건을 통해서 자기를 객관화하는 방식을 일단 취했음을 엿볼 수 있다. '그'로써 주인공을 삼았음이 이를 직접 말해 주는 것이다. 그렇지만, 여기서의 '그'는 현해탄을 넘나들던 1930년대 식민지 시절의 한국 젊은이의 포부와 좌절을 대변하는 것이기에 바로 '우리'일 수 있다. 뿐만 아니라, 그 '우리'는 대번에 '나'일 수 있다. 결국 '나'에로 귀착될 수밖에 없게 된다.

앞에서 우리는 모든 서정시가 '나'라는 구체적 체험 단위, 현실 속의 개인 단위, 그 주관적 상태에서 출발하기 때문에 독자로 하여금 자기 자신과 동일시 현상을 일으키게 함이 서정시의 최대의 장점이라 보았었다. 루카치로 하여금, 그 개인적 주관성으로 말미암아 일고의 여지도 없이 몰아붙이게 했던 서정시가, 도리어 이처럼 소설에서 볼 수 없는 강점을 갖고 있다면, 그때 서정시의 주인공(화자일 경우가 대부분이지만)은 시인 개인이자 동시에 그 시대의 전형을 드러내는 성격이지 않으면 안 될 것이다. 앞의 시 「해협의 로맨티시즘」에서 보듯, 주인공 '그'가 '나'로 변하면서 동시에 시인 자신이자 독자일 수도 있다면, 그것은 응당 힘 있는 시일 것이다. 물론 시대적 특성을 어떻게 성격 지우느냐를 묻는 일은 매우 어려운 과제이리라. 독자가 서정시의 주인공을 자신으로 동일시하기 위해서는 역사에 대한, 또 생활에 대한 공감대의 형성이 절대적으로 요청된다. 그 주인공의 의식이 독자 쪽보다 너무 높

9. 시집 『현해탄』에서 인용(전반부임).

으면 현실 초월이고 너무 낮으면 현실 미달이어서, 균형감각을 갖기란 매우 어려울 것이다. 서정시의 평가 기준이 여기에 있음은 새삼 말할 것도 없다. 이른바 현해탄 물결을 넘나들던 식민지 한국 젊은이의 역사 감각이나, 현실 감각이 아무리 날카롭더라도 지식인의 계보를 염두에 두지 않으면 독자의 동일시 현상은 현실 초월로서 공허해질 따름이리라. 그러니까 여기에서 우리는 계층 문제를 삽입하지 않을 수 없게 된다. 그 서정시적 주인공이 어느 계층, 어느 부류의 소속인가를 검토하는 단계, 이를 매개로 하여 역사의 흐름에 최종적으로 견주는 일이 요청될 것이다. 다음의 서정시를 보면 더욱 이 점을 문제 삼게 될 것이다.

(C) 「강동의 품」(안용만)
—생활의 강 아라가와여

가장 매력 있는 지구(地區)였다. 강동은……
남갈(南葛)의 낮은 하늘을 옆에 끼고 아라가와(荒川)의 흐릿한 검푸른 물살을 안은 지대다.
수천 각색 살림의 노래와 감정이
몬지와 연기에 쌓여 바람에 스며드는 거리—이곳이 내 첫 어머니였다.

내가 사랑턴 지구-강동…… 아라가와의 물이여!
세 살 먹은 갓난애 적…… 살 곳을 찾어 북국의 고향을 등지고 현해탄에 눈물을 흘리며 가족 따라 곳곳을 거쳐 대인 곳이 너의 품이었다.
누더기 '모멩' 옷 입고 끊임없이 '싸이렌'이 하늘을 찧는 소란한 거리 빠락에서 맨발 벗고 놀 때 '석양의노래'를 너는 노을의 빛으로 고요히 다듬어주었다.

아빠 엄마가 그 '콩쿠리' 담 속에서 나옴을 기다리며
나는 아라가와의 깊은 물살을 바라보았다.
너는 내 어린 그때부터 황혼의 구슬픈 어려운 살림의 복잡한 물결의 노래를 들려주었다.

내가 컸을 때 강가에 시들은 풀잎이 싹트고 낮게 배회하는 검은 연기 틈에 따뜻한 별이 쪼이는 봄!
나는 아라가와의 봄노래가 스며드는 '금속'의 젊은 직공으로 '오야지'— 그에게 키워 당임(當任)에까지 올랐다. 곤란한 몇 해를 겪어서

강동… 아라가와의 흐름이어!
네, 봄의 따뜻한 양광에 포만된 노래를 가득히 싣고 흐르는 푸른 얼굴을 바라볼 때
몇 번— 보지 못한 반도강산 그리고 고향의 북쪽 하늘가 멀리… 얄루(압록) 강의 흐름을 그리었는지 너는 안다. 너는 잔디 우에 누워 약조 마칠 때 설음의 마음으로 속삭이던 고향의 이야기를 깨어지는 물거품에 담아 실어갔다.
가장 매력 있는 '지구'였다. 강동은… 그리하야 지구를 전진키두 몇 번. 중부 성남 성서로—성서의 사절(四節)을 아름답게 물들이는 무사시노(武藏野) 벌판도 네 살림의 물결! 어머님 품인 아라가와에 비할 수 없었다.

아라가와여! 네 상류—물살에 단풍이 낙엽지고 우리들의 지낸 날의 일은 추억의 품속에 되풀이하던 가을날
나의 갈 곳은 고향—얄루 강반으로 결정되었다. 내 일생의 기록의 페이지에서 사라지지 않을 그날 나는 너를 버리었다.

그리하여 수평선 아득한 현해의 해협을 건너 고향의 산천도 바라볼 틈 없이 베르트의 반주 속에 너의 그리움의 노래 기쁨과 설음의 멜로디를

내 아라가와여! 오늘은 어떤 동무가 가쁜 숨을 쉬이며 고요히 네 노래에 귀를 기우릴지 너는 언제나 근로자의 가슴에서 버림받지 않으리라 네 어깨 우를 제비가 날겠지…….

광막한 대륙의 한 모퉁이에 낀 반도에도 봄이 찾아왔다.
얄루 강도 녹아 뗏목이 흘러나린다.
강산에 뻗힌 젖가슴 속에 꿈을 깨며 자라나
처녀지의 기록을 따뜻한 품속에 안어주려고
오! 강동이어! 나는 네 회상 속에 불길을 이루어 간다.[10]

이 작품의 주인공이자 시인인 '나'는 근로자로 일본 아라가와에서 잔뼈가 굵었으며, 그 후 압록강 근처의 고향으로 돌아와 지난 세월 속의 성장을 회상한다. 귀국하여 새로운 일터의 희망을 그린 것으로, 같은 해 『조선일보』(1935) 신춘문예 당선작 「저녁의 지구(地區)」에서 우리는 이 시인의 세계를 재확인할 수 있다. 습작기를 갓 벗어난 것이고, 자칫하면 센티멘털리즘으로 떨어지기 쉬운 요인을 너무도 많이 머금고 있으면서, 가까스로 이 작품이 견딜 수 있었던 것은 '나'의 개인적 체험이 그대로 근로자의 계층적 체험에 연결될 수 있었던 까닭이다. 계층적 연결이라 해도 노동쟁의라든지, 공장주와의 투쟁, 증오, 갈등의 요인이 전혀 없다는 점에서 그 계층적 연결은 일차적으로 제약된

10. 이 시는 1935년 조선중앙일보 신춘문예 당선작임. 이 시는 『을해명시선』에도 실려 있다. 작자에 대해서는 미상이나, 이 작품은 『시원』 창간호에, 그의 조선일보 당선작 「저녁의 지구」(1935)와 함께 실려 있다. 『시원』 창간호에서 인용함. 아라가와는 동경 강동구에 있는 지명임.

다. 그 다음으로 이 작품은, 식민지 근로자로서의 자각의 완전한 결여로 말미암아 계층적 연결이 제2차적으로 제약되고 있다. 이 두 가지 제약은, 거꾸로 말하면, 근로자 계층의 보다 넓은 공감대를 형성한 것으로 볼 수가 있을 것이다. 인간에겐 누구나 지난날을 회상할 권리가 있기 때문이며, 이 권리는 계층적 문제를 넘어서는 것으로, 일종의 삶의 원체험 같은 것이다. 바로 이 원체험으로서의 조건이야말로, 이 작품의 '나'가 근로자 아닌 독자들에게도 동일시 현상을 일으킬 수 있게끔 하는 감동의 요인으로 볼 수 있을 것이다.

5. 서정시의 주인공과 독자의 관계

이상에서 우리는 학예사판 사화집 속의 낯섦을 약간 엿보았다. (A), (B), (C)에서 드러나는 낯섦은 우리가 시사적으로 익혀 온(누구를 위한 시사였을까를 묻는 일은 그 다음 차례이겠지만) 전통파 · 모더니스트파 · 프로문학파 등 3분법에 맞지 않음에서 오는 것이며, 김수영 투의 의미의 계보와 김춘수 투의 무의미의 계보 등 2분법과도 맞지 않음에서 오는 것이기도 하다. 구체적으로 말하면, 첫째는 서정시의 주인공 문제이며 둘째는 장시 혹은 서사시의 가능성과 관련된 문제일 것이다.

서정시가 개인의 감정을 그대로 내세움으로써 그 타기할 주관성 때문에 공동체 의식을 무너뜨리고, 공동체 형성의 길을 늦춘다는 논법으로 서정시를 멸시하고 또한 무시하고자 했던, 그래서 객관성 · 전체성에 입각한 소설(장편)만을 논의의 대상으로 삼았던 세기적 이론가 루카치의 한계와, 그조차도 만년에 심경 변화를 일으켰음을 앞에서 우리는 되풀이하여 살폈었다. 수많은 개인이 완전한 자각 상태로 꽃핀다면, 그 꽃다발의 힘이나 아름다움은 개인을 나사못으로 하여 만든 객관적이고 전체성을 띤 장대한 서사시적 세계(장편)와 견줄 만한 것이 아니겠는가. 이런 논법은 아시아적 세계에 있어서라면, 민중이 개인으로 자각하는 단계와, 민중이 개인으로 자각하지 못하면서도 공동체를 이룬 단계에 각각 대응될 수 있다. 개인으로서 개성을 완전히 발휘하는 단계에서 공동체를 이루는 경지에는 인류는 아직도 도달된 바 없다는 점에서 보면, 어느 쪽이나 같다. 장편도 서정시도 이 공통의 목표를 위해 힘쓰고 있다 해도 틀린 말은 아닐 것이다. 그렇다면, 서정시가 개성의 자각이란 핑계로 개인주의적 자아주의에 치달아 감으로써 개성 파괴 및 개성 소멸의 상태에 함몰되는, 적어도 그런 경향으로 흐르는 전위주의(모더니즘, 반리얼리즘의 미학)는 비판을 면하지 못한다. 서정시에 어떻게 주인공이 있는가. 다만 대상에 대한 언어 배치와 이미지의 새로운 창조와 포착, 무의미(비대상의 시)만이 문제가 아닌가라는 관점은 마치 시적 체험이 별도로 있다는 논법과 같다. 개성의 파괴나 소멸은 이런 논법과 분리되기 어렵다. 이러한 모더니즘의 극복은, 서정시의 주인공 '나'의 철저한 자각을 통해 드러날 때 비로소 가능할지 모른다. 그럴 적에 서정시는 힘을 획득하리라. 주인공 '나'를 독자가 직접 자기 자신이라고 생각하는 장르는 서정시뿐이기 때문에.

우리 오빠와 화로

임화

사랑하는 우리 오빠 어저께 그만 그렇게 위하시던 오빠의 거북무늬 질화로가 깨어졌어요
언제나 오빠가 우리들의 '피오닐'* 조그만 기수라 부르는 영남(永男)이가
지구에 해가 비친 하루의 모—든 시간을 담배의 독기 속에다
어린 몸을 잠그고 사 온 그 거북무늬 화로가 깨어졌어요.

그리하야 지금은 화젓가락만이 불쌍한 우리 영남이하구 저하구처럼
똑 우리 사랑하는 오빠를 잃은 남매와 같이 외롭게 벽에 가 나란히 걸렸어요.

오빠……
저는요 저는요 잘 알았어요.
왜— 그날 오빠가 우리 두 동생을 떠나 그리로 들어가신 그날 밤에
연거푸 말은 궐련[卷煙]을 세 개씩이나 피우시고 계셨는지
저는요 잘 알었어요 오빠.

언제나 철없는 제가 오빠가 공장에서 돌아와서 고단한 저녁을 잡수실 때 오빠 몸에서 신문지 냄새가 난다고 하면
오빠는 파란 얼굴에 피곤한 웃음을 웃으시며
……네 몸에선 누에 똥내가 나지 않니— 하시던 세상에 위대하고 용감한 우리 오빠가 왜 그날만
말 한 마디 없이 담배 연기로 방 속을 메워 버리시는 우리 우리 용감한 오빠의 마음을 저는 잘 알았어요.

천정을 향하야 기어올라가든 외줄기 담배 연기 속에서— 오빠의 강철 가슴 속에 백힌 위대한 결정과 성스러운 각오를 저는 분명히 보았어요.
그리하야 제가 영남이의 버선 하나도 채 못 기었을 동안에
문지방을 때리는 쇳소리 마루를 밟는 거치른 구두 소리와 함께— 가 버리지 않으셨어요.

그러면서도 사랑하는 우리 위대한 오빠는 불쌍한 저의 남매의 근심을 담배 연기에 싸 두고 가지 않으셨어요.
오빠— 그래서 저도 영남이도
오빠와 또 가장 위대한 용감한 오빠 친구들의 이야기가 세상을 뒤집을 때
저는 제사기(製絲機)를 떠나서 백 장의 일전짜리 봉통(封筒)에 손톱을 부러뜨리고
영남이도 담배 냄새 구렁을 내쫓겨 봉통 꼬무니를 붊니다.
지금— 만국지도 같은 누더기 밑에서 코를 고을고 있습니다.

오빠— 그러나 염려는 마세요.
저는 용감한 이 나라 청년인 우리 오빠와 핏줄을 같이 한 계집애이고
영남이도 오빠도 늘 칭찬하든 쇠 같은 거북무늬 화로를 사온 오빠의 동생이 아니어요?
그러고 참 오빠 아까 그 젊은 나머지 오빠의 친구들이 왔다 갔습니다.
눈물 나는 우리 오빠 동모의 소식을 전해주고 갔어요.
사랑스런 용감한 청년들이었습니다.
세상에 가장 위대한 청년들이었습니다.

화로는 깨어져도 화젓갈은 깃대처럼 남지 않었어요.
우리 오빠는 가셨어도 귀여운 '피오닐' 영남이가 있고
그러고 모—든 어린 '피오닐'의 따듯한 누이 품 제 가슴이 아직도 더웁습니다.

그리고 오빠……

저뿐이 사랑하는 오빠를 잃고 영남이뿐이 굳세인 형님을 보낸 것이겠습니까?

섧지도 않고 외롭지도 않습니다.

세상에 고마운 청년 오빠의 무수한 위대한 친구가 있고 오빠와 형님을 잃은 수 없는 계집아이와 동생

저의들의 귀한 동무가 있습니다.

그리하야 이 다음 일은 지금 섭섭한 분한 사건을 안고 있는 우리 동무 손에서 싸워질 것입니다.

오빠 오늘 밤을 새워 이만 장을 붙이면 사흘 뒤엔 새 솜옷이 오빠의 떨리는 몸에 입혀질 것입니다.

이렇게 세상의 누이동생과 아우는 건강히 오는 날마다를 싸움에서 보냅니다.

영남이는 여태 잡니다. 밤이 늦었어요.

— 누이동생

— 『조선지광』(1929. 02)

*피오닐: 러시아 말로 '개척자, 선구자'라는 뜻으로, '공산소년단원'(9세~14세)을 일컬음.

지문을 부른다

박노해

진눈깨비 속을
웅크려 헤쳐 나가며 작업시간에
가끔 이렇게 일 보러 나오면
참말 좋겠다고 웃음 나누며
우리는 동회로 들어선다

초라한 스물아홉 사내의
사진 껍질을 벗기며
가리봉동 공단에 묻힌 지가
어언 육 년, 세월은 밤낮으로 흘러
뜻도 없이 죽음처럼 노동 속에 흘러
한 번쯤은 똑같은 국민임을 확인하며
주민등록 경신을 한다

평생토록 죄진 적 없이
이 손으로 우리 식구 먹여 살리고
수출품을 생산해 온
검고 투박한 자랑스런 손을 들어
지문을 찍는다
아
없어, 선명하게
없어,
노동 속에 문드러져

너와 나 사람마다 다르다는
지문이 나오지를 않아
없어, 정형도 이형도 문형도
사라져 버렸어
임석경찰은 화를 내도
긴 노동 속에
물 건너간 수출품 속에 묻혀
지문도, 청춘도, 존재마저
사라져 버렸나 봐

몇 번이고 찍어 보다
끝내 지문이 나오지 않는 화공약품 공장
아가씨들은 끝내 울음이 복받치고
줄지어 나오는, 지문 나오지 않는 사람들끼리
우리는 존재조차 없어
강도질해도 흔적도 남지 않을 거라며
정형이 농지껄여도
더 이상 아무도 웃지 않는다

지문 없는 우리들은
얼어붙은 침묵으로
똑같은 국민임을 되뇌이며
파편으로 내리꽂히는 진눈깨비 속을 헤쳐
공단 속으로 묻혀져 간다
선명하게 되살아날
지문을 부르며
노동자의 푸르른 생명을 부르며
되살아날

너와 나의 존재
노동자의 새봄을
부르며 부르며
진눈깨비 속으로,
타오르는 갈망으로 간다

—『노동의 새벽—30주년 개정판』(느린걸음, 2014; 초판 1984)

낙동강

조명희

낙동강 칠백 리 길이길이 흐르는 물은 이곳에 이르러 곁가지 강물을 한몸에 뭉쳐서 바다로 향하여 나간다. 강을 따라 바둑판 같은 들이 바다를 향하여 아득하게 열려 있고 그 넓은 들 품안에는 무덤무덤의 마을이 여기저기 안겨 있다.

이 강과 이 들과 저기에 사는 인간—강은 길이길이 흘렀으며, 인간도 길이길이 살아왔었다. 이 강과 이 인간, 지금 그는 서로 영원히 떨어지지 않으면 아니 될 것인가?

봄마다 봄마다
불어 내리는 낙동강물
구포벌에 이르러
넘쳐넘쳐 흐르네—
흐르네— 에— 헤— 야.

철렁철렁 넘친 물
들로 벌로 퍼지면
만 목숨 만만 목숨의
젖이 된다네
젖이 된다네— 에— 헤— 야.

이 벌이 열리고—
이 강물이 흐를 제

그 시절부터
이 젖 먹고 자라 왔네
자라 왔네— 에— 헤— 야.

천 년을 산, 만 년을 산
낙동강! 낙동강!
하늘가에 간들
꿈에나 잊을쏘냐
잊힐쏘냐— 아— 하— 야.

어느 해 이른 봄에 이 땅을 하직하고 멀리 서북간도로 몰려가는 한 떼의 무리가 마지막 이 강을 건널 제, 그네들 틈에 같이 끼여 가는 한 청년이 있어 뱃전을 두드리며 구슬프게 이 노래를 불러서, 가뜩이나 슬퍼하는 이사꾼들로 하여금 눈물을 자아내게 하였다 한다.

과연, 그네는 뭇 강아지떼같이 이 땅 어머니의 젖꼭지에 매달려 오래 오랫동안 살아왔다. 그러나 그 젖꼭지는 벌써 자기네 것이 아니기 시작한 지도 오래였다. 그러던 터에 엎친 데 덮친다고 난데없는 이리떼 같은 무리가 닥쳐와서 물어 박지르며 빼앗아 먹게 되었다.

인제는 한 모금의 젖이라도 입으로 들어가기 어렵게 되었다. 하는 수 없이 이 땅에서 표박하여 나가게 되었다. 이렇게 된 것을 우리는 잠깐 생각하여 보자.

이네의 조상이 처음으로 이 강에 고기를 낚고, 이 벌에 곡식과 열매를 딸 때부터 세지도 못할 긴 세월을 오래오래 두고 그네는 참으로 자유로웠었다. 서로서로 노래 부르며, 서로서로 일하였을 것이다. 남쪽 벌도 자기네 것이요, 북쪽 벌도 자기네 것이었었다. 동쪽도 자기네 것이요, 서쪽도 자기네 것이었다.

그러나, 역사는 한바퀴 굴렀었다. 놀고 먹는 계급이 생기고, 일하여 먹여 주는 계급이 생겼다. 다스리는 계급이 생기고, 다스려지는 계급이 생겼다. 그럼으로부터 임자 없던 벌판이 임자가 생기고 주림을 모르던 백성이 굶주려 가기 시작하였다. 하늘의 햇빛도 고운 줄을 몰라 가게 되고, 낙동강의 맑은 물도 맑은 줄을 몰라 가게 되었다. 천 년이다 오천 년이다 이 기나긴 세월을 불평의 평화 속에서 아무 소리 없이 내려왔었다. 그네는 이 불평을 불평으로 생각지 아니하게까지 되었다. 흐린 날씨를 참으로 맑은 날씨인 줄 알듯이. 그러나 역사는 또 한 바퀴 구르려고 한다. 소낙비 앞잡이 바람이다. 깃발이 날리었다. 갑오 동학이다. 을미 운동이다. 그 뒤에 이 땅에는, 아니 이 반도에는 한 괴물이 배회한다. 마치 나래 치고 다니는 독수리같이. 그 괴물은 곧 사회주의다. 그것이 지나치는 곳마다 기어가는 암나비 궁둥이에 수없는 알이 쏟아지는 셈으로 또한 알을 쏟아 놓고 간다. 청년운동, 농민운동, 형평운동, 노동운동, 여성운동…… 오천 년을 두고 흘러가는 날씨가 인제는 먹장구름에 싸여 간다. 폭풍우가 반드시 오고야 만다. 그 비 뒤에는 어떠한 날씨가 올 것은 뻔히 알 노릇이다.

이른 겨울의 어두운 밤, 멀리 바다로 통한 낙동강 어귀에는 고기잡이 불이 근심스러이 졸고 있고, 강기슭에는 찬 물결의 울리는 소리가 높아질 때다. 방금 차에서 내린 일행은 배를 기다리느라고 강 언덕 위에 웅기중기 등불에 얼비쳐 모여 섰다. 그 가운데에는 청년회원, 형평사원, 여성동맹원, 소작인조합 사람, 사회운동단체 사람들이 대부분을 차지하였다. 동저고리 바람에 헌 모자 비스듬히 쓰고 보따리 든 촌사람, 검정 두루마기, 흰 두루마기, 구지레한 양복, 혹은 루바시카 입은 사람, 재킷 깃 위에 짧은 머리털이 다팔다팔하는 단발랑(斷髮娘), 혹은 그대로 틀어 얹은 신여성, 인력거 위에 앉은 병인, 그들은 ○○ 감옥의 미결수로 있다가 병이 위중한 까닭으로 보석 출옥하는 박성운이란 사람을 고대 차에서 받아서 인력거에 실어 가지고 마을로 들어가는 길이다.

"과연, 들리는 말과 같이 지독했구먼. 그같이 억대호 같던 사람이 저렇게 될 때야 여간 지독한 형벌을 하였겠니. 에라 이 몹쓸놈들."

이 정거장에 마중을 나와서야 비로소 병인을 본 듯한 사람의 말이다.

"그래 가지고도 죽으면 병이 나서 죽었다 하겠지."

누가 받는 말이다.

"그러면, 와 바로 병원을 갈 일이지, 곧장 이리 온단 말고?"

"내사 모른다. 병인 당자가 한사라고 이리 온닥 하니……."

"이기 와 이리 배가 더디노?"

"아, 인자 저기 뱃머리 돌렸다. 곧 올락 한다."

한 사람이 저쪽 강기슭을 바라보며 지껄인다. 인력거 위의 병인을 쳐다보며,

"늬, 춥지 않나?"

"괜찮다. 내 안 춥다."

"아니, 늬 춥거든, 외투 하나 더 주까?"

"언제. 아니다 괜찮다."

병인의 병든 목소리의 대답이다.

"보소, 배 좀 빨리 저어 오소."

강 저편에서 뱃머리를 인제 겨우 돌려서 저어 오는 뱃사공을 보고 소리를 친다.

"예—"

사이 뜨게 울려 오는 소리다. 배를 저어 오다가 다시 멈추고 섰다.

"저 뭘 하고 있노?"

"각중에 담배를 피워 무는 모양이라꾸나. 에라, 이 문둥아."

여러 사람의 웃음은 와그르 쏟아졌다.

배는 왔다. 인력거 탄 사람이 먼저다.

"보소, 늬 인력거, 사람 탄 채 그대로 배에 오를 수 있는가?"

한 사람이 인력거꾼보고 묻는 말이다.

"어찌 그럴 수 있능기요."

"아니다, 내사 내리겠다."

병인은 인력거에서 내리며 부축되어 배에 올랐다. 일행이 오르자 배는 삐꺽 삐꺽 하는 노 젓는 소리와 수라수라 하는 물 젓는 소리를 내며 저쪽 기슭을 바라보고 나아간다. 뱃전에 앉은 병인은 등불빛에 보아도 얼굴이 참혹하게도 야위어졌음을 알 수 있다.

"보소, 배 부리는 양반, 뱃소리나 한마디 하소, 예?"

"각중에 이 사람, 소리는 왜 하라꼬?"

옆에 앉은 친구의 말이다.

"내 듣고 싶다…… 내 살아서 마지막으로 이 강을 건너게 될는지도 모를 일이다……."

"에라 이 백주 짬 없는 소리만 탕탕……."

"아니다, 내 참 듣고 싶다. 보소, 배 부리는 양반, 한마디 아니 하겠소?"

"언제, 내사 소리할 줄 아능기오."

"아, 누가 소리해 줄 사람이 없능가? …… 아, 로사! 참 소리하소, 의…… 내가 지은 노래 하소."

옆에 앉은 단발랑을 조른다.

"노래하라꼬?"

"응, '봄마다 봄마다' 해라, 의."

"봄마다 봄마다
불어 내리는 낙동강물
구포벌에 이르러
넘쳐넘쳐 흐르네
흐르네— 에— 헤— 야.
…………."

경상도의 독특한 지방색을 띤 민요(民謠) '닐리리 조'에다가 약간 창가 조를 섞은 그 노래는 강개하고도 굳센 맛이 띠어 있다. 여성의 음색으로서는 핏기가 과하고 음률로서는 선(線)이 좀 굵다고 할 만한, 그러나 맑은 로사의 육성은 바람에 흔들리는 강물결의 소리를 누르고 밤하늘에 구슬프게 떠돌았다. 하늘의 별들도 무엇을 느낀 듯이 눈을 끔벅끔벅하는 것 같았다. 지금 이 배에 오른 사람들이 서북간도 이사꾼들은 비록 아니었지마는 새삼스러이 가슴이 울리지 아니할 수 없었다.

그 노래 제삼절을 마칠 때에 박성운은 몹시 히스테리컬하여진 모양으로 핏대를 올려 가지고 합창을 한다.

"천년을 산 만년을 산

낙동강! 낙동강!

하늘가에 간들

꿈에나 잊을쏘냐

잊힐쏘냐— 아— 하— 야."

노래는 끝났다. 성운은 거진 미친 사람 모양으로 날뛰며, 바른팔 소매를 걷어 들고 강물에다 잠그며, 팔에 물을 적셔 보기도 하며, 손으로 물을 만지기도 하고 끼얹어 보기도 한다. 옆사람이 보기에 딱하던지,

"이 사람, 큰일났구먼. 이 병인이 지금 이 모양에, 팔을 찬물에다 정구고 하니, 어쩌잔 말고."

"내사 이래 죽어도 좋다. 늬 너무 걱정 마라."

"늬 미쳤구나…… 백죄……."

그럴수록에 병인은 더 날뛰며 옆에 앉은 여자에게 고개를 돌려,

"로사! 늬 팔 걷어라. 내 팔하고 같이 이 물에 정궈 보자, 의."

여자의 손을 잡아다가 잡은 채 그대로 물에다 잠그며 물을 저어 본다.

"내가 해외에 가서 다섯 해 동안을 떠돌아다니는 동안에도, 강이라는 것이 생각날 때마다 낙동강을 잊어 본 적은 없었다…… 낙동강이 생각날 때마다, 내가 이 낙동강의 어부의 손자요, 농부의 아들임을 잊어 본 적도 없었다…… 따라서, 조선이란 것도."

두 사람의 손이 힘없이 그대로 뱃전 너머 물 위에 축 처져 있을 뿐이다. 그는 다시 눈앞의 수면을 바라다보며 혼자말로,

"그 언제인가 가을에 내가 송화강(松花江)을 건널 적에, 이 낙동강을 생각하고 울은 적도 있었다…… 좋은 마음으로 나간 사람 같고 보면, 비록 만 리 밖을 나가 산다 하더라도 그같이 상심이 될 리 없으련마는……."

이 말이 떨어지자, 좌중은 호흡조차 은근히 끊어지는 듯이 정숙하였다. 로사는 들었던 고개가 아래로 떨어지며 저편의 손이 얼굴로 올라갔다. 성운의 눈에서도 한 방울의 굵은 눈물이 뚝 떨어졌다.

한동안 물소리만 높았다. 로사는 뱃전에 늘어져 있던 바른손으로 사나이의 언 손을 꼭 잡아당기며,

"인제 그만둡시다, 의."

이 말끝 악센트의 감칠맛이란 것은 경상도 여자의 쓰는 말 가운데에도 가장 귀염성이 드는 말투였다. 그는 그의 손에 묻은 물을 손수건으로 씻어 주며 걷었던 소매를 내려 준다.

배는 저쪽 언덕에 가 닿았다. 일행은 배에서 내리자, 먼저 병인을 인력거 위에다 싣고는 건넌마을을 향하여 어둠을 뚫고 움직여 나갔다.

그의 말과 같이, 박성운은 과연 낙동강 어부의 손자요, 농부의 아들이었다. 그의 할아버지는 고기잡이로 일생을 보내었었고 그의 아버지는 농사꾼으로 일생을 보내었었다. 자기네 무식이 한이 되어 그 아들이나 발전을 시켜 볼 양으로 그리하였던지, 남 하는 시세에 좇아 그대로 해보느라고 그리하였던지, 남의 논밭을 빌려 농사를 지어 구차한 살림을 해나가면서도, 어쨌든 그 아들을 가르쳐 놓았다. 서당으로, 보통학교로, 도립 간이농업학교로…….

그가 농업학교를 마치고 나서, 군청 농업 조수로도 한두 해를 있었다. 그럴 때에 자기 집에서는 자기 아들이 무슨 큰 벼슬이나 한 것같이 여기며, 만나는 사람마다 자기 아들 자랑하기가 일이었었다. 그리할 것 같으면 동네 사람들은 또한 못내 부러워하며, 자기네 아들들도 하루바삐 어서 가르쳐 내놀 마음을 먹게 된다.

그러다가, 마침 독립운동이 폭발하였다. 그는 단연히 결심하고 다니던 것을 헌신짝같이 집어던지고는, 독립운동에 참가하였다. 일 마당에 나서고 보니 그는 열렬한 투사였다. 그때쯤은 누구나 예사이지마는 그도 또한 일년 반 동안이나 철창생활을 하게 되었었다.

그것을 치르고 집이라고 나와 보니 그 동안에 자기 모친은 돌아가고, 늙은 아버지는 집도 없게 되어 자기 딸(성운의 자씨)에게 가서 얹혀 있게 되었다. 마침 그해에도 이곳에서 살 수가 없게 되어 서북간도로 떠나가는 이사꾼이 부쩍 늘 판이다. 그들의 부자도 그 이사꾼들 틈에 끼여 멀리 고향을 등지고 떠나가게 되었었다. (아까 부르던 그 낙동강 노래란 것도 그때 성운이 지어서 읊던 것이었다.)

서간도로 가보니, 거기도 또한 편안히 살 수가 없는 곳이었다. 그 나라의 관헌의 압박, 횡포는 여간이 아니었다. 그들 부자도 남과 한가지로 이리저리 떠돌았다. 떠돌다가 그야말로 이역 타향에서 늙은 아버지조차 영원히 잃어버리게 되었었다.

그 뒤에 그는 남북 만주, 노령, 북경, 상해 등지에 돌아다니며, 시종이 일관하게 독립운동에 노력하였었다. 그러는 동안에 다섯 해의 세월은 갔다. 모든 운동이 다 침체하고 쇠퇴하여 갈 판이다. 그는 다시 발길을 돌려 고국으로 향하게 되었다. 그가 조선으로 들어올 무렵에, 그의 사상상에는 큰 전환이 생기었다. 그것은 다른 것이 아니라 이때껏 열렬하던 민족주의자가 변하여 사회주의자로 되었다는 말이다.

그가 갓 서울로 와서, 일을 하여 보려 하였으나, 그도 뜻과 같지 못하였다. 그것은 이 땅에 있는 사회운동단체란 것이 일에는 힘을 아니 쓰고, 아무 주의 주장에 틀림도 없이, 공연히 파벌을 만들어 가지고, 동지끼리 다투기만 일삼는 판이다. 그는 자기와 뜻이 같은 사람끼리 얼리어 양방의 타협운동도 일으켰으나 아무 효과도 없었고, 여론을 일으켜 보기도 하였으나, 파쟁에 눈이 빨건 사람들의 귀에는 그도 크게 울리지 못하였다. 그는 분연히 떨치고 일어서며,

"이 파벌이란 시기가 오면 자연히 파멸될 때가 있으리라."

고 예언같이 말을 하여 던지고서는, 자기 출생지인 경상도로 와서 남조선 일대를 망라하여 사회운동단체를 만들어서 정당한 운동에만 힘을 쓰게 되었다.

그리고 자기는 자기 고향인 낙동강 하류 연안지방의 한 부분을 떼어 맡아서 일을 보게 되었다.

그리고, 그는 이 땅의 사정을 보아,

"대중 속으로!"

하고 부르짖었다.

그가 처음으로, 자기 살던 옛마을을 찾아와 볼 때에 그의 심사는 서글프기가이없었다. 다섯 해 전 떠날 때에는 백여 호 대촌이던 마을이 그 동안에 인가가 엄청나게 줄었다. 그 대신에 예전에는 보지도 못하던 크나큰 함석지붕집이

쓰러져 가는 초가집들을 멸시하여 위압하는 듯이 둥두렷이 가로 길게 놓여 있다. 그것은 묻지 않아도 동척 창고임을 알 수 있다. 예전에 중농이던 사람은 소농으로 떨어지고, 소농이던 사람은 소작농으로 떨어지고, 예전에 소작농이던 많은 사람들은 거의 다 풍지박산하여 나가게 되고 어렸을 때부터 정들었던 동무들도 하나도 볼 수 없었다. 그들은 모두 도회로, 서북간도로, 일본으로, 산지사방 흩어져 갔었다. 대대로 살아오던 자기네 집터에는 옛날의 흔적이라고는 주춧돌 하나 볼 수 없었고(그 터는 지금 창고 앞마당이 되었으므로) 다만 그 시절에 사립문 앞에 있던 해묵은 느티나무[槐木]만이 지금도 그저 그 넓은 마당 터에 홀로 우뚝 서 있을 뿐이다. 그는 쫓아가서, 어린아이 모양으로 그 나무 밑둥을 껴안고 맴을 돌아 보았다 빰을 대어 보았다 하며 좋아서 또는 슬퍼서 어찌할 줄을 몰랐다. 그는 나무를 안은 채 눈을 감았다. 지나간 날의 생각이 실마리같이 풀려 나간다. 어렸을 때에 지금 하듯이 껴안고 맴돌기, 여름철에 꼭대기까지 기어 올라가 매미 잡다가 대머리 벗겨진 할아버지에게 꾸지람 당하던 일, 마을의 젊은이들이 그네를 매고 놀 때엔 자기도 그네를 뛰겠다고 성화 받치던 일, 앞집에 살던 순이란 계집아이와 같이 나무그늘 밑에서 소꿉질하고 놀 제 자기는 신랑이 되고 순이는 새악시 되어 시집가고 장가가는 흉내를 내던 일, 그러다가 과연 소년 때에 이르러 그 순이란 새악시와 서로 사모하게 되던 일, 그 뒤에 또 그 순이가 팔려서 평양인가 서울로 가게 될 제, 어둔 밤, 남모르게 이 나무 뒤에 숨어서 서로 붙들고 울던 일, 이 모든 일이 다 생각에서 떠돌아 지나가자 그는 흐르륵 느껴지는 숨을 길게 한번 내어쉬고는 눈을 딱 떴다.

"내가 이까짓 것을 지금 다 생각할 때가 아니다…… 에잇…… 쩨……."
하고 혼자 중얼거리고는 이때껏 하던 생각을 떨어 없애려는 듯이 휙 발길을 돌려 걸어나갔다. 그는 원래 정(情)의 사람이었다. 그러나 그는 근래에 그 감정을 의지로 누르려는 노력이 많은 터이다.

'혁명가는 생무쇠쪽 같은 시퍼런 의지의 마음씨를 가져야 한다!'

이것이 그의 생활의 지표이다. 그러나 그의 감정은 가끔 의지의 굴레를 벗어나서 날뛸 때가 많았다.

그는 먼저 일할 프로그램을 세웠다. 선전, 조직, 투쟁, 이 세 가지로. 그리하여 그는 먼저 농촌 야학을 설치하여 가지고 농민 교양에 힘을 썼었다. 그네와 감정을 같이할 양으로 벗어붙이고 들이덤비어 그네들 틈에 끼여 생일도 하고, 농사 일터나, 사랑구석에 모인 좌석에서나, 야학시간에서나, 기회가 있는 대로 교화에 전력을 썼었다.

그 다음에는 소작조합을 만들어 가지고 지주, 더구나 대지주인 동척의 횡포와 착취에 대하여 대항운동을 일으켰었다.

첫해 소작쟁의에는 다소간 희생자도 내었지마는 성공이다. 그 다음 해에는 아주 실패다. 소작조합도 해산명령을 받았다. 노동야학도 금지다. 동척과 관영의 횡포, 압박, 이루 말할 수가 없었다. 아무리 열성이 있으나, 아무리 참을성이 있으나, 이 땅에서는 어찌할 수가 없었다. 모든 것이 침체되고 말 뿐이었다. 그리하여 작년 가을에 그의 친구 하나는 분연히 떨치고 일어서며,

"내 구마 밖으로 갈란다. 여기에서 무슨 일을 할 수 있는가? 하자면 테러지. 테러밖에는 더 없다."

"아니다, 그래도 여기 있어야 한다. 우리가 우리 계급의 일을 하기 위하여는 중국에 가서 해도 좋고 인도에 가서 해도 좋고 세계의 어느 나라에 가서 해도 마찬가지다. 하지마는 우리 경우에는 여기 있어 일하는 편이 가장 편리하다. 그리고 우리는 죽어도 이 땅 사람들과 같이 죽어야 할 책임감과 애착을 가지고 있다."

이같이 권유도 하였으나, 필경에 그는 그의 가장 신뢰하던 동무 하나를 떠나 보내게 되고 만 일도 있었다.

졸고 있는 이 땅, 아니 움츠러들고 있는 이 땅, 그는 괴칠할이 생기고 말았다. 그것은 다른 것이 아니다. 이 마을 앞 낙동강 기슭에 여러 만 평 되는 갈밭이 하나 있었다. 이 갈밭이란 것도 낙동강이 흐르고 이 마을이 생긴 뒤로부터, 그 갈을 베어 자리를 치고 그 갈을 털어 삿갓을 만들고, 그 갈을 팔아 옷을 구하고, 밥을 구하였었다.

기러기 떴다 낙동강 위에

가을 바람 부누나 갈꽃이 나부낀다.

이 노래도 지금은 부를 경황이 없게 되었다. 그 갈밭은 벌써 남의 물건이 되고 말았다. 그것은 이 촌민의 무지로 말미암아, 십 년 전에 국유지로 편입이 되었다가 일본 사람 가등이란 자에게 국유미간지 철일(拂)이라는 명의로 넘어가고 말았다. 이 가을부터는 갈도 벨 수가 없었다. 도 당국에 몇 번이나 사정을 하였으나, 아무 효과가 없었다. 촌민끼리 손가락을 끊어 맹세를 써서 혈서 동맹까지 조직하여서 항거하려 하였다. 필경에는 모두가 다 실패뿐이다. 자기네 목숨이나 다름없이 알던 촌민들은 분김에 눈이 뒤집혀 가지고 덮어놓고 갈을 베어 제쳤다. 저편의 수직꾼하고 시비가 생겼다. 사람까지 상하였다. 그 끝에 성운이 선동자라는 혐의로 붙들려 가서 가뜩이나 검찰당국에서 미워하던 끝에 지독한 고문을 당하고 나서 검사국으로 넘어가 두어 달 동안이나 있다가 병이 급하게 되어 나온 터이다.

그런데 여기에 한 에피소드가 있다. 그것은 이해 여름 어느 장날이다. 장거리에서 형평사원들과 장꾼—그 중에도 장거리 사람들과 큰 싸움이 일어났다. 싸움 시초는 장거리 사람 하나가 이곳 형평사 지부 앞을 지나면서 모욕하는 말을 한 까닭으로 피차에 말이 오락가락하다가 싸움이 되고 또 떼싸움이 되어서, 난폭한 장거리 사람들이 몽둥이를 들고 형평사원 촌락을 습격한다는 급보를 듣고, 성운이가 앞장을 서서, 청년회원, 소작인조합원 심지어 여성동맹원까지 총출동을 하여 가지고 형평사원 편을 응원하러 달려갔었다. 싸움이 진정된 후,

"늬도 이놈들, 새 백정이로구나."

하는 저편 사람들의 조소와 만매를 무릅쓰고도 그는,

"백정이나 우리나 다 같은 사람이다…… 다만 직업의 구별만 있을 따름이다…… 무릇 무슨 직업이든지, 직업이 다르다고 사람의 귀천이 있는 것은 결코 아니다. 그것은 옛날 봉건시대 사람들의 하는 말이다…… 더구나 우리 무산계급은 형평사원과 같이 손을 맞붙잡고 일을 하여 나가지 않으면 아니 된다…… 그러므로 형평사원을 우리 무산계급은 한 형제요 동무로 알고 나아가야 한

다……."

하고 여러 사람 앞에서 열렬히 부르짖은 일이 있었다.

이 뒤에, 이곳 여성동맹원에는 동맹원 하나가 더 늘었다. 그것이 곧 형평사원의 딸인 로사다. 로사가 동맹원이 된 뒤에는 자연히 성운과도 상종이 잦아졌다. 그럴수록에 두 사람의 사이는 점점 가까워지며 필경에는 남다른 정이 가슴속에 깊이 들어 배게까지 되었었다.

로사의 부모는 형평사원으로서, 그도 또한 성운의 부모와 마찬가지로 딸일망정 발전을 시켜 볼 양으로 그리하였던지 서울을 보내어 여자고등보통학교를 졸업시키고 사범과까지 마친 뒤에 여훈도가 되어 멀리 함경도 땅에 있는 보통학교에 가서 있다가 하기 방학에 고향에 왔던 터이다. 그의 부모는 그 딸이 판임관이라는 벼슬을 한 것이 천지개벽 후에 처음 당하는 영광으로 알았었다. 그리하여 그는,

"내 딸이 판임관 벼슬을 하였는데, 나도 이 노릇을 더 할 수 있는가?"

하고는, 하여 오던 수육업이라는 직업도 그만두고, 인제 그 딸이 가 있는 곳으로 살러 가서 새 양반 노릇을 좀 하여 볼 뱃심이었다. 이번에 딸이 집에 온 뒤에도 서로 의논하고 작정하여 놓은 노릇이다. 그러나, 천만뜻밖에 그 몹쓸 큰 싸움이 난 뒤부터 그 딸이 무슨 여자청년회동맹이니 하는 데 푸떡푸떡 드나들며, 주의자니 무엇이니 하는 사나이 틈바구니에 가서 끼여 놀고 하더니, 그만 가 있던 곳도 아니 가겠다, 다니던 벼슬도 내어놓겠다 하고 야단이다. 그리하여 이네의 집안에는 제일 큰 걱정거리가 생으로 하나 생기었다. 달래다, 구슬리다, 별별 소리로 다 타일러야 그 딸이 좀처럼 듣지를 않는다.

필경에는 큰소리까지 나가게 되었다.

"이년의 가시네야! 늬 백정놈의 딸로 벼슬까지 했으면 무던하지, 그보다 무엇이 더 나은 것이 있더노?"

하고 그의 아버지가 야단을 칠 때에,

"아배는 몇백 년이나 몇천 년이나 조상 때부터 그 몹쓸놈들에게 온갖 학대를 다 받아 왔으며, 그래도 그 몹쓸놈들의 썩어 자빠진 생각을 그저 그대로 가지고 있구먼. 내사 그까짓 더러운 벼슬이고 무엇이고 싫소구마…… 인자 참사

람 노릇을 좀 할란다."
하고 딸이 대거리를 할 것 같으면,
"아따 그년의 가시내, 건방지게…… 늬 뭐라 캤노? 뭐라 캐?"
그의 어머니는 옆에서 남편의 말을 거드느라고,
"야, 늬 생각해 보아라. 우리가 그 노릇을 해가며 늬 공부시키느라꼬 얼마나 애를 먹었노. 늬 부모를 생각기로 그럴 수가 있는가? ……자식이라꼬 딸자식 형제에서 늬만 공부를 시킨 것도 다 늬 덕을 보자꼬 한 노릇이 아니냐?"
"그러면, 어매 아배는 날 사람 노릇 시킬라꼬 공부시킨 것이 아니라, 돼지 키워서 이(利) 보드끼 날 무슨 덕 볼라꼬 키워 논 물건으로 알았는게오?"
"늬 다 그 무슨 소리고? 내사 한마디 몬 알아듣겠다…… 아나, 늬 와 이라노? 와?"
"구마, 내 듣기 싫소…… 내 맘대로 할라요."
할 때에, 그 아버지는 화가 버럭 나서,
"에라 이…… 늬 이년의 가시내, 내 눈앞에 뵈지 마라. 내사 딱 보기 싫다 구마."
하고는 벌떡 일어나 나가 버린다.
이리하고 난 뒤에 로사는 그 자리에 푹 엎으러져서 흑흑 느껴 가며 울기도 하였다. 그것은 그 부친에게 야단을 만나고 나서 분한 생각을 참지 못하여 그러는 것만도 아니었다. 그의 부모가 아무리 무지해서 그렇게 굴지마는, 그 무지함이 밉다가도 도리어 불쌍한 생각이 난 까닭이었다.
이러할 때도, 로사는 으레같이 성운에게로 달려가서 하소연한다. 그럴 것 같으면 성운은,
"당신은 최하층에서 터져 나오는 폭발탄 같아야 합니다. 가정에 대하여, 사회에 대하여, 같은 여성에 대하여, 남성에게 대하여, 모든 것에 대하여 반항하여야 합니다."
하고 격려하는 말도 하여 준다. 그럴 것 같으면 로사는 그만 감격에 떠는 듯이 성운의 무릎 위에 쓰러져 얼굴을 파묻고 운다. 그러면 성운은 또,
"당신은 또 당신 자신에 대하여서도 반항하여야 되오. 당신의 그 눈물—약

한 것을 일부러 자랑하는 여성들의 그 흔한 눈물도 걷어 치워야 되오…… 우리는 다 같이 굳센 사람이 되어야 합니다."

이같이, 로사는 사랑의 힘, 사상의 힘으로 급격히 변화하여 가는 사람이 되었다. 그의 본 성명도 로사가 아니었다. 어느 때 우연히 로사 룩셈부르크의 이야기가 나올 때에 성운이가 웃는 말로,

"당신 성도 로가고 하니, 아주 로사라고 지읍시다, 의."

그리고 참말 로사가 되시오 하고 난 뒤에, 농이 참 된다고, 성명을 아주 로사로 고쳐 버린 일이 있었다.

병든 성운을 둘러싼 일행이 낙동강을 건너 어둠을 뚫고 건넌마을로 향하여 가던 며칠 뒤 낮결이었다. 갈 때보다도 더 몇 배 긴긴 행렬이 마을 어귀에서부터 강 언덕을 향하고 뻗쳐 나온다. 수많은 깃발이 날린다. 양렬로 늘어선 사람의 손에는 긴 외올 벳자락이 잡혀 있다. 맨 앞에 선 검정테 두른 기폭에는 '고 박성운 동무의 영구'라고 써 있다.

그 다음에는 가지각색의 기다. 무슨 '동맹', 무슨 '회', 무슨 '조합', 무슨 '사', 각 단체 연합장임을 알 수 있다. 또 그 다음에는 수많은 만장이다.

'용사는 갔다. 그러나 그의 더운 피는 우리의 가슴에서 뛴다.'

'갔구나, 너는! 날 밝기 전에 너는 갔구나! 밝는 날 해맞이 춤에는 네 손목을 잡아 볼 수 없구나.'

'……'

'……'

이루 다 셀 수가 없다. 그 가운데에는 긴 시구같이 이렇게 벌여서 쓴 것도 있었다.

'그대는 평시에 날더러, 너는 최하층에서 터져 나오는 폭발탄이 되라, 하였나이다. 옳소이다. 나는 폭발탄이 되겠나이다.

그대는 죽을 때에도 날더러, 너는 참으로 폭발탄이 되라, 하였나이다.

옳소이다. 나는 폭발탄이 되겠나이다.'

이것은 묻지 않아도 로사의 만장임을 알 수 있었다.

이해의 첫눈이 푸뜩푸뜩 날리는 어느 날 늦은 아침, 구포역(龜浦驛)에서 차가 떠나서 북으로 움직여 나갈 때이다. 기차가 들녘을 다 지나갈 때까지, 객차 안 들창으로 하염없이 바깥을 내다보고 앉은 여성이 하나 있었다. 그는 로사이다. 아마 그는 돌아간 애인의 밟던 길을 자기도 한번 밟아 보려는 뜻인가 보다. 그러나 필경에는 그도 멀지 않아서 다시 잊지 못할 이 땅으로 돌아올 날이 있겠지.

—『조선지광』(1927. 07)

2부

시의 이해

4 시의 본질은 무엇인가

김준오, 「서정시의 장르적 특징」

엮은이의 추천 이유

이 글은 서정시의 본질을 서정성, 즉 자아와 세계의 동일성에 초점을 맞추어 살펴보는 논의이다. 저자는 시와 서정시를 동일시하며, 시의 본질을 서정시에 나타나는 세계관에서 찾는다. 서정시의 본질을 시적 주체가 세계와 합일되는 동일성으로 파악하여, 시 속에 나타나는 화자, 표현, 형식의 특성도 모두 서정성의 특성을 반영하고 있다고 설명한다. 시의 본질을 표면적, 형식적 차원이 아니라 그 바탕에 놓인 이념의 문제에 초점을 맞추어 살펴본 점이 주목할 만하다.

출전: 김준오, 『시론』(제3판), 삼지원, 1988.

서정시의 장르적 특징

김준오

1. 시적 세계관

세계관 또는 태도를 갈래 구분의 기준으로 삼을 때 이것은 표현론적 장르관이 된다.

서정시의 장르적 특징은 무엇보다도 시 정신 또는 시적 세계관이나 비전에서 발생한다. 서사나 극과 구분되는 시 정신은 단적으로 말해서 자아와 세계의 동일성에 있다. 여기서의 동일성이란 자아와 세계의 일체감이다.

> 유성에서 조치원으로 가는 어느 들판에 우두커니 서 있는, 한 그루 늙은 나무를 만났다. 수도승일까. 묵중하게 서 있었다.
>
> 다음날 조치원에서 공주로 가는 어느 가난한 마을 어구에 그들은 떼를 지어 몰려 있었다. 멍청하게 몰려 있는 그들은 어설픈 과객일까. 몹시 추워 보였다.
>
> 공주에서 온양으로 우회하는 뒷길 어느 산마루에 그들은 멀리 서 있었다. 하늘 문을 지키는 파수병일까. 외로와 보였다.

온양에서 서울로 돌아오자 놀랍게도 그들은 이미 내 안에 뿌리를 펴고 있었다. 묵중한 그들의, 침울한 그들의, 아아 고독한 모습. 그 후로 나는 뽑아낼 수 없는 몇 그루의 나무를 기르게 되었다.

— 박목월, 「나무」 전문

화자는 유성에서 조치원, 공주, 온양을 거쳐 서울로 돌아올 때까지 여러 나무들을 만났다. 그 나무들은 화자의 의식지향에 의해서 수도승과 과객과 파수병으로 이미지화되어 화자의 가슴에 존재하게 되었다. 그러나 이 이미지들은 마지막 연에 와서 어느새 화자와 일체가 되어 버린다. "묵중한 그들의, 침울한 그들의, 아아 고독한 모습"의 이미지들은 화자의 마음속에 뿌리를 내려 "뽑아낼 수 없는 몇 그루의 나무", 곧 그의 인격이 된 것이다.

외부세계의 충격에 대한 유기체의 반응이 인간의 존재양식이라 할 때, 그러나 시인의 경우, 이 반응은 단순한 수동적이 아니라 그 외부세계를 자기가 갖고 싶어 하는 세계로 변용시켜 자아와 세계가 동일성을 이루도록 하는 능동적인 의미도 지니고 있다. 이처럼 인간의 마음은 수동적 기록자인 동시에 능동적 참여자인 것이다. 그래서 시의 세계는 환상적 세계요, 가정의 세계이며 좀더 낮익은 말로 표현하면 가능의 세계다.

시에서 자아와 세계의 만남이 동일성으로서의 만남이 되는데, 이것을 듀이(John Dewey)는 미적 체험이라고 정의한다. 그에 의하면 유기체와 환경의 각각이 소멸되어 아주 충분히 통전되는 체험을 구성하도록 이 양자가 융합되는 한도에서 미적이다.[1] 즉, 자아와 세계가 각기 특수한 성격을 '상실'하고 하나의 새로운 동일성의 차원에서 승화되었

1. John Dewey, *Art as Experience*, G. P. Putnam's Sons, 1958, 249쪽.

을 때 미적 체험이 된다는 것이다. 이른바 주객일체의 경지, 바슐라르(G. Bachelard)의 말을 빌리면 “몽상하는 사람이 말할 때는 누가 말하는 것인가, 그인가, 세계인가?”의 경지가 그것이다. 물론 듀이의 정의는 체험이 물질적 측면만이나 정신적 측면만으로 이루어지지 않는다는 체험의 일반적 전체성을 바탕으로 한 것이지만 이것은 자아와 세계의 동일성이 시의 고유성이 되는 근거로 볼 수 있다.

밤이 자기의 심정처럼
켜고 있는 가등(街燈)
붉고 따뜻한 가등의 정감을
흐르게 하는 안개

젖은 안개의 혀와
가등의 하염없는 혀가
서로의 가장 작은 소리까지도
빨아들이고 있는
눈물겨운 욕정의 친화.

— 정현종, 「교감」 전문

이 작품에서 자아와 세계, 곧 인간과 사물 사이에는 간격이 없다. 자아와 세계는 서로 동화되어 어떤 것이 인간이고 어떤 것이 사물이라는 구별 없이 미적 전체로 통일되어 있다. 또한 핵심 이미지인 안개와 가등의 사물들 사이의 관계도 “눈물겨운 욕정의 친화”의 관계로 인간화된다. 그러므로 서정시는 극과 서사와 달리 자아와 세계 사이의 거리를 두지 않는다. ‘거리의 서정적 결핍(lyric lack of distance)’이 서정시의 본질이다. 자아와 세계가 구분되지 않을 만큼 동화되어 있듯이 서정시에 있어서 대상(세계)은 자립적 의의를 갖지 못하고 주관(자아)에 종속된다. '세계의 자아화', '회감(回感)', '내면화' 등의 용어들은 모두 이런 시적 비전을 기술한 것들이다.[2]

2. 서정적 자아

자아와 세계의 동일성은 시의 원래의 모습이자 시인이 몽상하고 갈망하는 고향이다. 이런 자아를 우리는 '서정적 자아'라 부른다. 대상을 자신의 욕망과 의지대로 변형시키는 서정시의 화자는 대상에 자립적 의의를 인정하고 그 대상과 대립하는 서사적 자아와는 분명히 변별된다.

또한 서정시에 존재하는 이 자아를 '역사적 자아(historical I)', '논리적 자아(theoretical I)', '실용적 자아(practical I)'와 엄격히 구분해서 서정적 자아라고 부른다. 이런 서정적 자아의 원형을 조동일 교수는 이기철학(理氣哲學)에서 발견하여 다음과 같이 기술한다.

> 서정적 자아는 객관과 맞서 있는 주관도 아니고 이성과 구별되는 감정도 아니다. 서정적 자아는 주관과 객관, 이성과 감정의 구분이 일어나지

2. '세계의 자아화'는 조동일의 용어다. 『한국소설의 이론』, 지식산업사, 1977, 103쪽; 「시조의 이론, 그 가능성과 방향설정」, 『고전문학을 찾아서』, 문학과 지성사, 1979, 186쪽.

슈타이거(E. Steiger)의 '회감(回感)'은 외연적 의미로 시제의 뜻을 지니나 자아와 세계의 상호동화라는 내포적 의미를 지닌 것이다. 이 회감의 작용으로 서정장르에서는 자아와 세계뿐만 아니라 리듬과 의미, 과거 · 현재 · 미래도 구분되지 않고 조화적으로 융합되어 있다. E. Steiger, *Grudbegriffe der Poetik*, 이유영 · 오현일 공역, 삼중당, 1978, 18쪽.

슈타이거의 장르론에 영향을 받은 카이저(Kaiser) 역시 자아와 세계가 자기표현적 정조의 자극 속에서 융합하고 상호침투하는 것, 곧 '대상의 내면화'가 서정시의 본질이라고 했다. Kaiser, *Das Sprachliche Kunstwerk*, 김윤보 역, 대방출판사, 1982, 520-521쪽 참조.

않은 상태의 것이라고 보아야 문제가 해결된다. 또한 서정적 자아는 세계와 접촉해서 세계를 자아화하고 있는 작용을 지칭한 것이 아니고 세계와의 접촉 없이도 존재하는 자아라고 보아야만 주관과 객관, 이성과 감정의 구분이 일어나지 않은 상태가 인정될 수 있다.[3]

그에 의하면 서정적 자아는 첫째로 주관과 객관, 감정과 이성이 구분되지 않는 상태이고, 둘째로 세계와의 접촉 없이도 존재하는 자아다. 이런 서정적 자아는 이기철학의 '성(性)'에 해당한다. 이 성(性)은 세계와 접촉하지 않기 때문에 그 모습을 드러내지 않는다. 반면에 이 성(性)이 사물에 응해서, 곧 세계와 접촉해서 그 모습을 드러낼 때 이것을 정(情)이라 한다.[4] 말하자면 정(情)은 서구의 '실현된 자아(embodied self)'의 개념과 유사하다. 따라서 성(性)으로서의 자아는 정(情)의 자아를 매개로 우리가 추측할 수 있을 뿐이다. 천인합일(天人合一)에 도달하려는 것이 유교의 이념이고 이런 천인합일의 경지는 성(性)으로서의 서정적 자아에게 가능해진다. 그런데 중요한 것은 이 '성(性)'이 다시 '본연지성(本然之性)'과 '기질지성(氣質之性)'의 두 서정적 자아로 분류되는 점이다. 따라서 천인합일, 곧 자아와 세계의 동일성은 이 두 서정적 자아에 의하여 두 가지 형태를 취하게 되는 것이다.

이기철학에 의하면 모든 존재는 리(理)와 기(氣)로 되어 있는데 사람이 갖고 있는 리(理)만 지칭할 때는 본연지성이 되고, 리(理)와 기(氣)를 함께 지칭할 때는 기질지성이 된다.[5] 여기서 리(理)는 동일 · 통일 · 보편화의 원리며, 기(氣)는 차별 · 분별 · 특수성의 원리다. 이런 근거에서 조동일 교수는 조선조 시가의 주류적 장르인 시조를 본연지성의 시조와

3. 조동일, 『고전문학을 찾아서』(1979), 190쪽.
4. 이황, 『성학십도』, 「제6심통성정도(心統性情圖)」, 그리고 이이, 『율곡전서』 14, 182쪽.
5. 이황, 「답이굉중(答李宏中)」. 여기서는 조동일의 위의 논문을 참조했음.

기질지성의 시조로 분류한다.[6]

본연지성은 사람이 갖고 있는 리(동일, 통일, 보편화의 원리)만 지칭한 것이기 때문에 본연지성에서 보면 자아와 세계가 처음부터 구분되지 않는 만큼 분별 · 대립이 없이 자아와 세계는 이미 동일성을 이루고 있다.

> 말업슨 청산이요 態업슨 流水ㅣ로다
> 갑업슨 淸風이요 님ᄌᆞ업슨 明月이라
> 이中에 病업슨 이몸이 分別업시 늙으리라.
>
> — 성혼(成渾)

말 없고 태(態) 없고 값 없고 임자 없는 세계와 병 없고 분별 없는 자아는 양자 간에 분별 · 갈등이 없이 혼연일체를 이루고 있다. 이런 주객일치, 천인합일의 경지가 유교적 이념이면서 미적 정서가 되는 것이다.

이런 서정적 자아의 원형을 우리는 쉴러(F. Schiller)의 '소박한 시인'의 개념과 연결시킬 수가 있다. 쉴러는 시인을 '자연으로서 존재'하든가 혹은 '상실한 자연을 추구'하든가의 두 가지 경우로 나누어서 전자를 소박한 시인이라 했고, 후자를 감상적 시인이라 했다.[7] 그에 의하면 시인이 순수한 자연으로서 있는 동안에는 순전한 감성적인 통일체로서 또는 전체가 조화된 존재로서 행동하며 감성과 이성, 사물을 받아들이는 능력과 자율적인 행동능력이 서로 분리되지 않고 대립되지 않는 상태에서 활동한다.

그러나 오늘날 우리는 문명의 시대에 살고 있으며, 따라서 소박한

6. 조동일, 앞의 책(1979), 196쪽. 여기서 그는 이퇴계의 이기철학에 의존하여 양자를 구분한다.
7. Friedrich Schiller, 'Über Naive und Sentimentale Dichtung', 한일섭 외 공역, 『세계평론선』, 삼성출판사, 1979, 151쪽.

시인은 더 이상 존재할 수 없다. 문명시대의 시인에게 있어서는 소박한 시인에게 '현실적'으로 존재했던 감각과 사고의 합일은 하나의 '이상'으로만 존재하고 이 이상을 인위적으로 추구하는 감상적 시인으로만 존재하게 된다. 소박한 시인에겐 자아와 세계의 합일이 실재하므로 '현실적인 것의 재현'이 그의 임무가 되지만 감상적 시인의 경우는 '이상의 표현'이 그의 임무가 된다.

이처럼 문명의 시대에 본연지성으로서의 서정적 자아는 하나의 이상으로만 존재하지 실존할 수 없다. 여기서 기질지성의 서정적 자아가 필연적으로 등장한다. 기질지성의 서정적 자아는 그가 지닌, 차이와 분별을 만드는 기의 작용에 따라 분별과 대립 · 갈등을 일으킨다. 기질지성에서 본 세계는 대립 · 갈등의 세계이지만 보편화의 원리인 리(理)에 의하여 이 대립 · 갈등을 극복하여 자아와 세계의 합일을 추구하게 된다. 다시 말하면 세계와의 갈등을 인위적으로 극복하여 합일의 경지를 몽상하게 된다.

3. 동일화의 원리

시인이 의식적으로 자아와 세계의 동일성을 추구하는 데 두 가지 방법이 있다. 동화(assimilation)와 투사(projection)가 그것이다.[8]

동화란 시인이 세계를 자신의 내부로 끌어들여서 그것을 내적 인격화하는 이른바 세계의 자아화다. 다시 말하면 실제로는 자아와 갈등의 관계에 있는 세계를 자아의 욕망, 가치관, 감정에 적합한 것으로 만들어 동일성올 이룩하는 작용이다.

8. J. L. Calderwood & H. E. Toliver(ed.), *Forms of Poetry*, Prentice-Hall, INC., 1968, 9쪽.

동짓달 기나긴 바믈 한허리를 버혀내어
春風 니불아래 서리서리 너헛다가
어른님 오신날 밤이여든 구븨구븨 펴리라.

— 황진이

님과 보내는 봄밤이 짧다는 것은 자아와 세계의 대립 · 갈등이다. 이것이 실제의 인간과 자연의 관계다. 그러나 동짓달 긴 밤을 둘로 잘라 짧은 봄 밤, 그러니까 "어른님 오신 날 밤"에 "구븨구븨 펴리라"는 경지는 자아와 세계가 일체감을 이룬 동일성의 세계다. 이처럼 실제의 세계는 자아와 대립 · 갈등의 관계에 있지만 상상 속에서의 그것은 자아화되어 동일성의 관계에 놓인다.

투사에 의한 동일성의 획득은 자신을 상상적으로 세계에 투사하는 것, 곧 감정이입에 의해서 자아와 세계가 일체감을 이루도록 하는 것이다.

모가지가 길어서 슬픈 짐승이여
언제나 점잖은 편 말이 없구나
관(冠)이 향기로운 너는
무척 높은 족속이었나 보다.

물속에 제 그림자를 들여다보고
잃었던 전설을 생각해 내고는
어찌할 수 없는 향수에
슬픈 모가지를 하고
먼데 산을 쳐다본다.

— 노천명, 「사슴」 전문

대상인 사슴을 자신의 의지와 욕망에 따라 자아화하는 것이 아니라 세속에 영합하지 못하는 고고한 삶의 자세와 비애를 사슴에 투사시켜(감정이입하여) 사슴과 자아와의 동일성을 이룩하고 있는 것이다. 이것은 세계 속에서 자아를 발견하는 방법이다. 이처럼 동화에 의하든 투사에 의하든 자아는 세계와의 관계에서 소외되거나 세계를 초월하지 않고 '연속'되어 있다. 이것이 서정시의 원초적 모습이다.

세계를 자아화한다는 점에서 서정적 자아는 어디까지나 '단일한 의미자'다. 다시 말하면 서정시는 '한' 의식의, '한' 목소리의 독백이다. 새로운 그리고 도전적인 미학으로서 바흐친(M. M. Bakhtin)의 대화주의가 서정장르의 독백성에 매우 비판적임은 지극히 당연하다. 여기서 대화주의란 "타인의 의식을 객체가 아니라 동등한 권리를 가진 주체"[9]로 보는 태도다. 다시 말하면 소설의 작중인물들이 작가의 시점이 아니라 자신들의 시점 속에 존재하는 주체들로 구성되는, 곧 인물들의 다양한 의식들의 공존과 상호작용으로 구성되는 것이 대화이론의 요체다. 작중인물들이 모두 주체들로서 작가의 간섭을 벗어나 '전대미문의 자유'를 누리는 이런 대화주의는 서정장르에서는 사실상 원천적으로 봉쇄되기 마련이다. 왜냐하면 서사장르에서는 인물들이 상호 주체가 되기도 하고 객체가 되기도 하지만 서정장르에서는 서정적 자아가 객체화되는 법이 없기 때문이다.

소설의 언어가 계급적으로 피지배계층에 속하며 언어를 획일화하려는 공식적 언술을 비판·해체하는 대화적 언어에 가까운 반면 시의 언어란 지배계층에 속하며 체제유지를 위해 언어를 획일화하는 공식적 독백의 언어에 가장 가까운 언어라고 변별한 것은 마르크시즘적 편견이지만 바흐친의 대화주의가 서구의 전통적 주체철학에 대한 의미심

9. Mikhail M. Bakhtin, *Problemy Poétiki Dostoevskogo*, 김근식 역, 정음사, 1988, 16쪽.

장한 도전이라는 사실에 주목할 필요가 있다. 이 주체철학은 타자를 자신과 동일한 존재로 전환시키는(세계의 자아화) 동일화의 원칙이다. 바흐친의 시에 대한 비판은 이런 '일방적 대상화'에 초점화된다.

문제는 여기서 끝나지 않는다. 이 주체철학은 개성을 '통일체'[10]로 존중하는 부르주아 휴머니즘이다. 작품세계의 통일성과 단일성은 자아의 통일성에 근거한다. 바흐친이 큰 갈래 중 가장 객관적인 극 장르를 부정한 이유도 여기에 있다. 텍스트를 여러 의식들이 공존하고 상호작용하는 그리고 결말을 전혀 예측할 수 없는 불완전한 것으로 보는 바흐친의 대화주의에서 작품의 구조적 통일성은 용납될 수 없다.

통일성의 부정은 최근의 문화비평에서 더욱 강조된다. 문화비평에서 작품의 통일성이란 계급 · 성 · 종족 · 이데올로기 중에서 어떤 문맥을 '특권화'시킨 산물이다.[11] 예컨대 조선조 양반시조의 통일성이란 충 · 효의 유교적 이념이나 양반계급의 문맥을 특권화시킨 결과의 구조적 통일성이다. 통일성을 거부하고 이를 해체하려는 문화비평의 관점에서는 작품의 여러 이질적 요소들이 어느 특권화된 문맥으로 통일됨이 없이 공존하고 갈등하는 단계로, 바흐친의 용어를 빌린다면 대화적 관계로 놓여 있어야 한다. 문화비평이 작품의 통일성과 자아의 통일성을 상동관계로 보는 부르주아 인문주의는 물론 여러 이질적 요소들을 하나로 통일시키고 종합하는 능력으로서 상상력을 강조한 낭만주의 시론을 비판한 것은 전연 놀랍지 않다.

사실 많은 현대시들에서 자아와 세계의 동일성은 좀처럼 찾아볼 수 없고 오히려 대립 · 갈등이 지배적이다. 이기철학의 용어를 빌린다면

10. 영어의 '개인 individual'이 분열되지 않음이란 의미를 가진 라틴어 individuus에서 유래했다는 담론적 해석. Antony Easthope, *Literary into Cultural Studies*, 임상훈 역, 현대미학사, 1994, 37쪽.
11. Easthope, 앞의 책, 14-25쪽 참조. 이스톱은 통일성의 판정을 싸잡아 '모더니즘적 읽기'로 매도한다.

차이 · 분별의 원리인 기(氣)만이 작용하고 있는 것 같다. 이것은 세계의 자아화라는 서정장르 이론과 전면적으로 일치하지 않으며 이 불일치 자체는 서정시 이론의 불충분함을 시사한다.

4. 순간과 압축성

시는 사물의 순간적 파악, 시인 자신의 순간적 사상 · 감정을 표현한 것, 인생의 단편적 에피소드, 영원한 현재 등으로 정의된다. 서정시란 연속적이고 역사적인 또는 서사적인 시간에 항상 관심이 적은 것이 그 본질이다. 그것은 경험이나 비전이 집중되는 결정(結晶)의 순간들 속에 존재한다. 그래서 아리스토텔레스의 모방론적 시학에서 서정시는 제외될 수밖에 없었다. 그에게 모방의 대상은 성격과 행위인데 서정시는 이 순간의 파악을 본질로 하기 때문에 줄거리가 없고 있을 필요도 없는 것이다.[12] 여기서 장르란 인식의 틀이며 근본적으로 인물묘사의 두 가지 기본형식이다.[13] 곧 서정시는 생의 순간적 파악이며, 따라서 줄거리 없는 인물묘사지만 서사장르는 시간적 연속을 통한 생의 파악이며 줄거리를 통한, 곧 완결된 경험을 통한 인물묘사다. 정확한 역사의식이 반드시 전제되어야 하지만 장르선택이 시대상황에 좌우된다는 상동론은 문학사적 관점에 매우 유익하다. 예컨대 서정장르는 1920년대 초 감상적 낭만시처럼 생의 순간적 파악만이 가능한 시대에 주류화 되고 서사장르는 개인과 사회의 발견이 가능한 비교적 안정된 시대에 주류

12. Paul Hernadi, *Beyond Genre*, Cornell University Press, 1972, 47쪽.
13. 김윤식, 『한국근대문학양식론고』, 아세아문화사, 1978, 59쪽. 그리고 Alfred North Whitehead, *Symbolism*, Capricorn Books, 1927, 27~28쪽. 여기서 Whitehead는 실제 인간이든 허구적 인물이든 인간은 전체 인생사에 있어서의 개인, 한 순간에 있어 개인 그리고 전체 인생사에서 반복되는 유형으로서 개인 등 세 가지 의미를 지닌다고 기술하고 있는데 이것은 장르 이론에 매우 유익하다.

화 된다.[14]

서정시의 모티브는 일반적으로 하나의 생각, 하나의 비전, 하나의 무드, 하나의 날카로운 정서이며, 소설과는 달리 플롯도 허구적 인물도 작품에 연속성을 부여하는 지적 주장도 없다.[15]

> 가을 저녁
> 추운 물 바쁘게시리 흘러간다
> 그 물소리 유난 떨어
> 저 만큼까지 이 아리며 들리는지
> 저문 들 귀 가다듬는다.
>
> — 고은, 「냇가」 부분

시는 순간의 장르이기 때문에 서정시의 본질적 시제는 현재다. 그러나 서정시는 하나의 의의 있는 순간뿐만 아니라 또한 긴밀한 연관의 연속적 순간들을 환기한다. 이것은 서정적 시간의 두 유형이다. 서정시의 현재는 고립된 현재가 아니다. 시인의 의식상에 있어서 현재의 순간에 많은 과거들, 체험들이 동시적으로 공존해 있는 순간이거나, 이 순간 속의 사항들이 무엇이든 이것들이 결합되어 하나의 의의 있는 패턴을 가지게 되는 연속적 순간이다. 이것은 기억의 순간들을 보다 많이 한 순간에 집중시킬수록 기억이 우리에게 부여하는 물질을 지배하는 힘도 더욱 확고해진다는, 즉 현재의 대상을 상상하는 데 그치는 지각(직관의 한 순간)에 지속의 수많은 순간들, 보다 많은 과거를 집중시킴으로써 그 대상의 의미가 더욱 풍부해진다는 베르그송(H. Bergson)

---

14. 김윤식, 「식민시대의 허무주의와 시의 선택」, 『한국문학사론고』, 법문사, 1973, 161쪽; 「문학사와 장르 선택의 문제」, 『한국문학』, 1974. 10월호 참조.
15. Susanne K. Langer, *Feeling and Form*, Charles Scribner's Sons, 1953, 259쪽.

의 논리(그에게 있어 의식은 기억이다)와 같다.[16] 서정시의 한 순간은 '충만한 현재'다. 비록 인생의 줄거리가 없이도 시는 한 순간 속에 오히려 강렬하고 집약된 형태로 자아를 표현한다. 시인이 의식적이거나 무의식적 기억 가운데 동시적으로 존재하는, 시간에 따른 잡다한 체험들을 선택 · 결합하여 하나의 유의적 패턴의 새로운 통일체로 변용 · 창조한다는 것은 지속적 자아감각을, 그 개인적 독특성을 한 순간 속에 압축적으로 표현한다는 뜻이다.

한 송이 국화꽃을 피우기 위해
봄부터 소쩍새는
그렇게 울었나 보다.

한 송이의 국화꽃을 피우기 위해
천둥은 먹구름 속에서
또 그렇게 울었나보다.

그립고 아쉬움에 가슴 조이던
머언 먼 젊음의 뒤안길에서
인제는 돌아와 거울 앞에 선
내 누님같이 생긴 꽃이여.

노오란 네 꽃잎이 피려고
간밤에 무서리가 저리 내리고
내게는 잠도 오지 않았나 보다.

— 서정주, 「국화 옆에서」 전문

16. Henri Bergson, *Matter and Memory*, Humanities Press, Inc., 1970, 127~128쪽 참조.

국화꽃이라는 하나의 생명이 탄생하는 순간 속에 봄의 소쩍새 울음과 여름의 천둥 번개 그리고 가을의 무서리 등 여러 가지 체험이 융합되어 있다. 만약 시인이 현재의 지각에만 머물렀다면 "노오란 네 꽃잎"처럼 국화가 노란 빛깔이므로 노랗다고 할 수밖에 없는, 곧 대상에 구속되는 빈약한 의미가 될 것이다. 그러나 그 지각의 순간은 결코 고립되고 정태적인 순간이 아니다. 여러 체험들이 퇴적되어 있는 순간이고, 많은 과거들이 내포되어 집중적으로 압축되어 있는 한 통일체를 형성하고 있는 순간이다. 그리하여 이 작품은 체험의 순간적 표현이라는 본래의 서정 양식 속에서 체험의 연속성을 두드러지게 드러내고 있다. 이런 점에서 서정시는 '영원한 현재'다. 물론 모든 서정시가 현재라고 하는 특정의 시제에 한정되지 않지만 '현재'는 흔히 서정적 세계관의 한 목록으로 지목된다.

인간은 끊임없이 자기를 만들어 간다. 흔히 인격이니 개성이니 하는 이 자기 정체성(self identity)의 형성과정이 우리의 인생이다. 따라서 국화가 피기까지 여러 과정을 겪듯이 "그립고 아쉬움에 가슴 조이던/ 머언 먼 젊음의 뒤안길"의 방황 끝에 '내 누님' 같은 하나의 완성된 자기 정체성이 성취되는 것이다.

서정시가 순간의 장르로 규정되는 것은 서정시가 짧아야 한다는 결정적인 근거다. 짧은 장르이기 때문에 서정시는 율격, 비유 등 여러 수사적 장치들을, 곧 언어의 모든 특질들을 동원하게 된다. 중요한 것은 서정장르의 한 특성인 이 순간성이 주관성과 연관되는 사실이다. 헤겔(G. W. F. Hegel)이 서사의 '확장'과 대비시켜 서정장르를 '집중'으로 기술했을 때 바로 이 점을 시사한 것이다.[17]

17. G. W. F. Hegel, *Aesthetics*, 최동호 편역, 열음사, 1987, 183쪽.

여기서 집중이란 시인의 내면세계로의 집중, 곧 대상의 내면화를 의미한다. 서정시가 외형률이든 내재율이든 리듬에 의한 고도의 조직성과 압축성을 지니게 되는 것은 이 집중의 필연적 소산이다.

(ㄱ)

우리 외할아버지는 배를 타고 먼 바다로 고기잡이 다니시던 漁夫로, 내가 생겨나기 전 어느 해 겨울의 모진 바람에 어느 바다에선지 휘말려 버리곤 영영 돌아오지 못한 채로 있는 것이라 하니, 아마 외할머니는 그 남편의 바닷물이 자기 집 마당에 몰려 들어오는 것을 보고 그렇게 말도 못하고 얼굴만 붉어서 있었던 것이겠지요.

(ㄴ)

외할먼네 마당에 올라온 해일요
예순 살 나이에 스물한 살 얼굴을 한
그리고 천 살에도 이제 안 죽기로 한,
신랑이 돌아오는 풀밭길이 있어요

생솔가지울타리 옥수수밭 사이를
올라오는 해일 속 신랑을 마중 나와
하늘 안 천길 깊이 묻었던 델 파내서
새각시 때 연지를 바르고 할머니는

다시 또 파, 무더기 웃는 청사초롱에
불 밝혀선 노래하는 나무 잎잎에
주저리 주저리 매어달고 할머니는

갑술년이라던가 바다에 나갔다가
해일에 넘쳐 오는 할아버지 혼신(魂身) 앞
열아홉 살 첫사랑 적 얼굴을 하고

(ㄱ)은 서정주의 산문시 「해일」의 일부이고 (ㄴ)은 서정시 「외할머니네 마당에 올라온 해일」 전문이다. (ㄱ)은 그의 자서전 『내 마음의 편력』 해당 부분과 거의 구분되지 않는 산문시고 (ㄴ)은 4음보를 기본 율격으로 같은 소재를 조직한 서정시다. 따라서 (ㄱ)과 (ㄴ)의 차이는 산문으로서의 전기(傳記)와 서정시의 차이라 해도 무방하다. 다시 말하면 (ㄱ)과 (ㄴ)은 같은 대상, 같은 경험의 서로 다른 의미영역이다.

시가 산문에 비하여 '보다' 조직적인데 이런 고도의 조직성은 리드미컬한 언어 사용에 있다.[18] 리드미컬한 언어 사용에 의한 이런 고도의 조직성은 그대로 암시성으로 연결된다. 산문이 '축적의 원리'에 의한 설명이지만 시는 '압축의 원리'에 의한 암시성을 그 본질로 한다. 그리하여 시 형식이 산문보다 조직이 긴밀한 것은 세부의 보다 첨예한 선택성, 암시성의 강조, 세부 배열의 중요성 등의 세 가지로 요약할 수 있다. 서정시는 축약된 발화 방식이다. 그러나 현대의 장시화 내지 요설화 경향은 순간의 단일성이나 압축의 암시성 등 여러 원형적 특질들로부터 많이 이탈해 가는 현대시의 변모다. 다시 말하면 순간성과 압축성은 서정시의 절대적 조건이 아니다.

5. 주관성과 서정

낭만주의의 표현론처럼 원래 서정시란 대상의 '재현'이 아니라 자기

18. Cleanth Brooks & Robert Warren, *Understanding Poetry*, Holt, Rinehart and Winston, 1960, 75~76쪽, 120쪽.

표현(self-expression)이다. 주관적 경험(이것이 Erlebnis란 용어의 내포다), 내적 세계의 '표현'이 서정 스타일이다. 서정형식은 세계에 대한 것이라기보다 '자기 자신'에 대한 직접적 관계 속에 자신의 이미지들을 제시한다. 주관·객관은 장르를 구분하는 낯익은 전통적 기준들 중의 하나다.[19] 주관적 장르이기 때문에 서정시가 일인칭의 화자(이 일인칭은 반드시 단수일 필요는 없다. '우리'라는 복수 일인칭도 흔히 채용된다)를 채용하기 마련이다.[20] 서정시가 감정을 표현하기 위해 응축된 순간의 체험을 겨냥하고 필연적으로 짧아져야 한다는 사실은 간과될 수 없다.[21]

독일문예학에서 서정장르의 본질은 주관성이고 이 주관성의 실체(고리)로서 체험과 감정을 강조한다.[22] 그러나 체험과 감정을 주관성의 두 가지 요소로 굳이 구분할 필요가 없다. 왜냐하면 개인의 독특한 경험으로서 체험은 감정의 독특성이기 때문이다. 주관성이 가장 강조되는 곳이 서정장르라는 정의는 감정이 가장 강조되는 곳이 서정장르라는 정의와 같다. 감정의 기준은 서정시의 본질적 조건으로서 주관성과 결합된다. 개인적 감정과는 대조적으로 사회적, 정치적 내용의 공적인 시의 서정인 경우에도 서정시가 서정적 구조라는 사정에는 변함이 없다.

그러나 서정장르 이론상 감정이 사적이냐 또는 공적이냐 하는 분류

19. 객관의 서사, 주관의 서정, 주·객의 종합인 극을 3분한 것은 헤겔의 유명한 변증법적 갈래론이다. 곧 서정은 시인의 내면상태를 표현한 것이고, 서사는 주인공보다 환경을 더 중시하여 사회의 전체적 모습을 드러낸 것이고, 극은 이 전체적 모습이 주인공의 행동에 집약된 것이다.

20. Roman Jakobson, *Language in Literature*, 신문수 역, 문학과지성사, 1994, 60-61쪽 참조. 야콥슨은 작품세계에 초점을 둔 헤겔의 모방론과는 달리 구조론적 관점에서 서사가 3인칭 중심으로 언어의 지시적 기능을 주로 활용하는 반면, 1인칭 지향의 서정시는 언어의 감정 표시적 기능을 주로 활용한다고 변별했다.

21. David Lindley, Lyric, Martin Coyle 편, *Encyclopedia of Literature and Criticism*, Routledge, 1991, 188쪽.

22. Rene Wellek, *Discrimination*, Yale University Press, 1972, 246쪽.

보다 더 유익한 두 가지 문학적 감동에 주목할 필요가 있다. 서정적 감동과 파토스적인 감동이 그것이다.[23] 서정시는 말할 필요 없이 서정적 감동을 준다. 슈타이거(E. Steiger)에 의하면 서정적인 것은 우리의 마음을 부드럽게 한다. 시적 세계관에서 볼 수 있었던 것처럼 서정시에서 자아와 세계는 분리되지도 않을 뿐만 아니라 대결하지도 않는다. 서정적인 것은 적대감정이 아니라 조화의 감정이다.

당신을 나의 누구라고 말하리
나를 누구라고 당신은 말하리
마주 불러볼 정다운 이름도 없이

잠시 만난 우리
오랜 이별 앞에 섰다.

갓 추수를 해들인
허허로운 밭이랑에
노을을 등진 그림자 모양
외로이 당신을 생각해 온
이 한철

삶의 백 가지 가난을 견딘다 해도
못내 이것만은 두려워했음이라
눈 멀 듯 보고지운 마음
신의 보태심 없는 그리움의
벌이여

23. E. Steiger, 앞의 책, 210~212쪽.

이 타는 듯한 갈망

당신을 나의 누구라고 말하리
나를 누구라고 당신은 말하리

우리
다 같이 늙어진 어느 훗날에
그 전날 잠시 창문에서 울던
어여쁘디 어여쁜
후조라고나 할까

옛날 그 옛날에
이러한 사람이 있었더니라.

— 김남조, 「후조(候鳥)」 부분

부드러움과 조화의 감동은 이 작품을 그대로 서정적 표본이 되게 한다. 이런 서정적 감동 속에 적대감정이 개입될 여지가 없다. 이별 앞에서 화자는 연인과의 재회를, 그리고 연인과 함께 있는 상황을 '있어야' 하는 당위적 상태로 욕망하지 않는다. 서정적인 것은 무엇을 욕구하지 않는다. '있는 그대로'와 '있어야 함'의 갈등이 없다.

서정시에서 유동적인 요소인 정서는 모든 고정된 것을 융해시켜 자아와 세계가 구분되지 않는 혼융의 상태를 보여 준다.

바다 위에서 눈은
부드럽게 죽는다.

죽음을 덮으며
눈은 내리지만

눈은 다시
부드럽게 죽는다.

부드럽게 감겨 있는
눈시울의 바다

얼굴 위에 쌓인
눈의 무게는
보지 못하지만

그의 내면에는
눈이 내리고 있다.

— 허만하, 「데드마스크」

눈은 끊임없이 내려 바다와 일체가 된다. 이 일체는 실상 눈의 죽음이다. 그러나 이 죽음까지도 부드럽다. 이 부드러움의 정서는 유동적 요소가 되어 눈과 바다를 융해시키고 눈과 바다를 의인화(인간화 · 내면화)시켜 우리에게 서정적인 감동을 주고 있다.

이런 서정적인 것과 대립하여 파토스적인 감동은 적대 감정이다. 파토스적인 감동은 자아와 세계의 대립 · 갈등을 전제로 하고 이것을 타개하려 한다.

'마돈나' 가엾어라, 나는 미치고 말았는가, 없는 소리를 내 귀가 들음은—

내 몸에 피란 피— 가슴의 샘이 말라버린 듯, 마음과 목이 타려는도다.

'마돈나' 언젠들 안 갈 수 있으랴, 갈 테면 우리가 가자. 끄을려 가지 말고!
너는 내 말을 믿는 '마리아'— 내 침실이 부활의 동굴임을 네야 알련만—

'마돈나' 밤이 주는 꿈, 우리가 엮는 꿈, 사람이 안고 궁그는 목숨의 꿈이 다르지 않으니,
아, 어린애 가슴처럼 세월 모르는 나의 침실로 가자. 아름답고 오랜 거기로.

'마돈나' 별들의 웃음도 흐려지려 하고, 어둔 밤 물결도 잦아지려는도다.
아, 안개가 사라지기 전으로, 네가 와야지, 나의 아씨여, 너를 부른다.

— 이상화, 「나의 침실로」 부분

파토스(pathos)는 불운 · 고뇌 · 격정 등 병적 상태라는 어원적 의미를 가진다. 마음의 병적 상태이기 때문에 때로 광기의 병리학적 용어로도 기술된다. 파토스는 격정이기 때문에 절제를 떠나 방황하는 마음상태다. 격정과 적대감정으로서 파토스는 또한 무엇인가를 지향하는 갈망이다. 그래서 서정적인 것과는 달리 파토스적인 것은 무엇을 욕구하는 것이 그 특징이다. 이 욕구 자체는 실제로 '있음'과 '있어야 함'의 분리에 대한 반응이다. '있어야 함'의 당위적 세계가 아직 지금 여기에 없으므로 격정 · 방황하는 마음이 되고 세계에 대한 적대감정이 될 수밖에 없다. 그래서 파토스적인 것은 언제나 "무엇을 찾느냐?", "어디로 가느냐?" 하는 물음을 동반한다.[24] 그러나 당위적 세계가 아직 존재하지 않

는 상태이므로 파토스는 공허한 태도일 수밖에 없다. 20년대 초기 낭만시에서 많이 나타나고 있는 동굴의 이미지처럼 이 작품의 화자가 애타게 갈망하는 "아름답고 오랜 거기"의 세계는 존재하지도 존재할 수도 없는 공허한 세계다. 이런 파토스적인 감동의 시는 저항시가 될 수 있다. 그러나 파토스는 대립 · 갈등을 본질로 하는 극의 본령이지 서정시에는 원래 어울리지 않는 요소다.

김춘수가 김소월 시를 분석하면서 우리 시가의 전통을 '서정주의'로 규정했을 때[25] 이것은 큰 갈래 개념에서가 아니라 한 하위 유형으로서 서정시를 가리킨 것이다. 그는 서정성을 우리의 '체질'로까지 보았다. 말하자면 지성 또는 주지주의와 대립되는 서정적 태도를 우리 고유의 반응양식으로 재인식한 것이다. 이런 근거에서 그는 우리의 전체시사에서 전통의 단절은 없었다고 단언한다.

90년대 현대시의 자기반성이 서정성의 회복을 목표로 했을 때 이것은 현대시의 누적된 반(反)서정주의의 극복을 시사한 점에서 주목된다. 서정성 자체가 전근대적이거나 현실도피적 세계관의 산물인양 금기시되기도 한 것은 사실이다. 이 자기반성은 심지어 시의 위기감으로까지 확산되어 매우 심각했다. 중요한 것은 개인적이고 주관적인 서정이 역사적으로 변화한다는 사실이다. 정서는 동적 개념이므로 '신서정'은 필연적이고 자연적인 현상이면서 또한 예술의 요청사항이다. 따라서 90년대 서정성의 논의들이 '신서정'으로써 지향점을 삼은 것은 지극히 당연하다.

이와 마찬가지로 보편적이고 불변적인 것으로 간주되는 큰 갈래 개념의 내포도 글쓰기의 조건과 독자와의 계약에 따라 변화하기 마련이다. 다시 말하면 서정장르의 개념의 내포는 유동적이며 시대적 제약을

24. E. Steiger, 위의 책, 243쪽.
25. 김춘수, 『한국현대시형태론』, 해동문화사, 1959, 162-163쪽.

받는다. 웰렉(R. Wellek)이 서정적인 것의 '일반적 특성'을 정의하려는 시도는 포기되어야 한다고 주장한 것은 이런 문맥에 놓인다.[26] 그러나 웰렉의 이런 주장이 큰 갈래의 부정론이 아니라 큰 갈래도 역사적 감수성과 연관되는 사실을 시사한 것으로 보아야 한다. 세계를 자아화하는 시적 세계관을 비롯하여 주관성·정조·순간성·압축성·체험·음악성 등 서정시의 결정인자들이 문학사의 모든 시기마다 똑같이 중요한 것이 아니라 문학사의 각 단계마다 강조점의 차이에 따라 상대적으로 달리 정의되기 마련이고 실제 그렇게 정의되어 왔다. 여기서 장르 구분의 또 하나의 기준으로서 '제시형식'을 살펴볼 필요가 있다.

6. 제시형식

장르의 제시형식이란 문학이 독자(청중 또는 관객)에게 어떻게 향유되는가의 문제, 곧 시인과 독자 사이에 확립되는 여러 조건들의 문제다. 이런 제시형식에 의해서 문학작품은 여러 장르로 범주화 되는 것이다. 그래서 제시형식은 독자에 대한 시인의 태도로 정의되기도 한다.[27]

서정시의 용어가 현악기에서 유래한다는 어원적 의미나 우리 시가가 전통적으로 음악에 종속되어 왔다는 사실, 그러니까 서정시가 원래 음악과 관련을 맺고 있다는 사실은 벌써 서정시의 제시형식을 시사한다.

묵자가 『시경』의 "시 삼백을 읊고, 시 삼백을 연주하며, 시 삼백을 노래하고, 시 삼백을 춤추었다"[28]고 했을 때 이것은 바로 서정시의 제시형식을 기술한 것이다. 당대는 음악에 의존하여 시를 가르쳤기 때문에 음악 수반은 필수적이었다. 다 알다시피 『시경』의 시 305편은 성질

26. R. Wellek, 앞의 책, 252쪽.
27. James H. Druff, 'Genre and Mode,' *Genre*, Vol. 4, University of Oklahoma, 1981. 3.
28. 墨子, 『墨子』, 孔孟篇, "誦詩三百, 技詩三百, 歌詩三百, 舞詩三百".

상 풍(風) · 아(雅) · 송(頌)의 셋으로 분류되어 있다. '풍'은 각 지방 고유의 음악에 얹혀 불리던 민요, 곧 민중의 노래고, '아'는 선정(善政)과 실정(失政)을 내용으로 한 정치시, 또는 궁중의 악장문학으로서 사대부의 노래이며, '송'은 종묘제사 때 조상의 은덕을 기리는 내용으로 연주되던 제가(祭歌)다. 묵자가 이런 시체(詩體)의 차이에 따른 제시형식의 차이를 밝히지 않고 또 다른 문학 장르의 제시형식을 밝히지 않은 것은 유감스러우나 최초로 문학의 제시형식을 인식한 점에서는 매우 주목된다.

서구의 경우 경제학자로 알려진 밀(John Stuart Mill)이 「시란 무엇인가」에서 최초로 서정시를 '엿들어지는 독백'(soliloquy overheard)이라고 정의한 것은 다소 놀라운 일이다. 서정시는 엿들어지는 독백이기 때문에 독자가 무시(부재)되고, 이야기꾼이 작중인물의 역할까지 겸하는 점에서 서사는 작중인물이 무시되고, 연극으로 상연되어 배우들의 대화와 행동을 통해 직접적으로 향유된다는 점에서 극은 작가가 무시된다. 엘리엇은 이런 밀의 제시형식에 대한 아무런 참조표시도 하지 않은 채 「시의 세 가지 목소리」에서 제1의 목소리인 서정적 목소리는 시인이 자기 자신에게 말하는 것으로 정의한다.[29]

신화 · 원형 비평가인 프라이(N. Frye)의 경우 제시형식에서 비로소 장르명칭을 사용한다. 곧 프라이에게 제시형식은 장르 구분의 유일한 기준이다. 시인과 독자 사이에 확립되는 조건이 실제로는 어떻게 되어 있든 '이상적으로'(곧 원칙상) 서사시는 청중 앞에 낭송되고(이런 점에서 서사시는 공동체성을 고무하는 공적 서사(public narrative)이다), 소설은 인쇄되어 개인에 의해서 읽히고(이런 점에서 소설은 부르주아의 개인주의 이

29. 엘리엇에 의하면 제2의 목소리는 시인이 청중에게 말하는 것이고 제3의 목소리는 시인이 작중인물이 되어 말하는 것으로 변별하면서도 이 세 가지 목소리가 정도의 차이는 있지만 문학작품에 뒤섞이거나 뒤섞이어야 한다는 다성성을 강조했다.

데올로기를 반영하는 사적 서사(private narrative)이다), 희곡은 상연되듯이 서정시는 '가창된다.'[30] 제시형식이 청중에 대한 의식(sense) 또는 태도로 정의되기 때문에 "장르비평의 기초는 수사적인 것이다."[31] 양반과 평민이 다 함께 향유하기 위해 고급문체와 하급문체로 이중화된 판소리는 이런 제시형식의 적절한 예가 된 것이다. 프라이가 장르비평의 목적을 전통과 관례들의 재구성에 둔 것은 당연하다. 왜냐하면 이것은 장르의 형성이나 변화와 같은 문학적 관련 상황을 드러내기 때문이다. 향가는 노래로 불리어졌지만 고려속요는 속악정재라는 공연물의 춤과 노래, 기악 연주에 얹혀서 제시되었으며 조선조 중기 이후 당악이 쇠퇴해 가는 대신 민속악의 발달로 판소리 · 잡가가 형성되었고 개화기 창가는 서양곡조에 맞추어 불린다는 제시형식에 의해 새로운 장르가 되었다.

시가가 이름 그대로 노래로 불리는 제시형식은 개화기까지 지속된다. 신체시의 문학사적 의의는 그 형식의 새로움보다는 '듣는' 시가로부터 탈피하여 '보는' 시가 된 사실에 있으며 개화기 시조는 인쇄되어 읽히게 되었다는 점에서 노래로 불리던 고시조와 구분된다. 현대시는 낭송되기도 하고 옛날처럼 음악과 춤을 곁들여 감상되기도 한다. 그러나 대부분 인쇄되어 읽힌다. 그래서 '소통방식'의 견지에서 노래하기에 보다 적합한 것과 낭독되기에 보다 적합한 것 그리고 읽기에 보다 적합한 것의 세 유형으로 서정시를 분류하기도 하는데[32] 여기서 '소통방식'의 견지란 물론 제시형식을 가리킨 말이다. 예컨대 일정한 율격을 갖추었으며 연의 형태가 일정한 서정시는 노래 부르기에 보다 적합할 것이며, 비교적 짧은 서정시는 낭독에 보다 적합할 것이고, 산문시나

30. N. Frye, *Anatomy of Criticism*, 임철규 역, 한길사, 1982, 345~346쪽.
31. N. Frye, 위의 책, 345쪽.
32. Dieter Lamping, *Das Lyrische Gedicht*, 장영태 역, 문학과지성사, 1994, 127쪽.

요설체의 서정시는 읽기에 보다 적합할 것이다.

제시형식은 장르 구분의 기준일 뿐만 아니라 장르 변화의 한 요인이다. 새로운 매체의 고안은 새로운 제시형식을 수반한다. 따라서 새로운 매체의 고안은 장르를 변화시키는 요인으로 작용한다. 최근 대중매체의 발달은 장르의 변화라기보다 문학의 위기를 느끼게 할 만큼 그 위력은 아무리 강조해도 지나치지 않다. 예컨대 전자 글쓰기의 대표적 형식인 '하이퍼텍스트'는 놀랄 만한 제시형식의 변화다. 다시 말하면 아직 일반화되지는 않았지만 PC통신에 의하여 서정시가 향유되기도 하는 것이다.

초혼

김소월

산산이 부서진 이름이어!
허공중에 헤어진 이름이어!
불러도 주인 없는 이름이어!
부르다가 내가 죽을 이름이어!

심중에 남아있는 말 한마디는
끝끝내 마저 하지 못하였구나.
사랑하든 그 사람이어!
사랑하든 그 사람이어!

붉은 해는 서산마루에 걸리었다.
사슴의 무리도 슬피 운다.
떨어져 나가앉은 산 우에서
나는 그대의 이름을 부르노라

서름에 겹도록 부르노라.
서름에 겹도록 부르노라.
부르는 소리는 빗겨가지만
하늘과 땅 사이가 너무 넓구나.

선 채로 이 자리에 돌이 되어도
부르다가 내가 죽을 이름이어!
사랑하든 그 사람이어!
사랑하든 그 사람이어!

—『진달래꽃』(1925)

백록담(白鹿潭)

정지용

1

절정에 가까울수록 뻐꾹채 꽃키가 점점 소모(消耗)된다. 한마루 오르면 허리가 스러지고 다시 한마루 위에서 모가지가 없고 나중에는 얼굴만 갸웃 내다본다. 화문(花紋)처럼 판(版) 박힌다. 바람이 차기가 함경도 끝과 맞서는 데서 뻐꾹채 키는 아주 없어지고도 팔월 한철엔 흩어진 성신(星辰)처럼 난만(爛漫)하다. 산그림자 어둑어둑하면 그렇지 않아도 뻐꾹채 꽃밭에는 별들이 켜 든다. 제자리에서 별이 옮긴다. 나는 여기서 기진했다.

2

암고란(巖古蘭), 환약(丸藥)같이 어여쁜 열매로 목을 축이고 살아 일어섰다.

3

백화(白樺) 옆에서 백화가 촉루(髑髏)가 되기까지 산다. 내가 죽어 백화처럼 흴 것이 숭없지• 않다.

4

귀신도 쓸쓸하여 살지 않는 한모롱이, 도체비꽃이 낮에도 혼자 무서워 파랗게 질린다.

5

바야흐로 해발 육천 척(尺) 위에서 마소가 사람을 대수롭게 아니 여기고 산다. 말이 말끼리, 소가 소끼리, 망아지가 어미소를, 송아지가 어미 말을 따르다가 이내 헤어진다.

6

첫새끼를 낳노라고 암소가 몹시 혼이 났다. 얼결에 산길 백 리를 돌아 서귀포로 달아났다. 물도 마르기 전에 어미를 여윈 송아지는 움매 — 움매 — 울었다. 말을 보고도 등산객을 보고도 마구 매어달렸다. 우리 새끼들도 모색(毛色)이 다른 어미한테 맡길 것을 나는 울었다.

7

풍란(風蘭)이 풍기는 향기, 꾀꼬리 서로 부르는 소리, 제주 휘파람새 휘파람부는 소리, 돌에 물이 따로 구르는 소리, 먼데서 바다가 구길 때 솨 — 솨 — 솔소리, 물푸레 동백 떡갈나무 속에서 나는 길을 잘못 들었다가 다시 칡덩쿨 기어간 흰돌배기 꼬부랑길로 나섰다. 문득 마주친 아롱점말이 피(避)하지 않는다.

8

고비 고사리 더덕순 도라지꽃 취 삿갓나물 대풀 석이(石栮) 별과 같은 방울을 달은 고산식물을 색이며 취(醉)하며 자며 한다. 백록담 조찰한 물을 그리어 산맥 위에서 짓는 행렬이 구름보다 장엄하다. 소나기 놋낫 맞으며 무지개에 말리우며 궁둥이에 꽃물 이겨 붙인 채로 살이 붓는다.

9

가재도 기지 않는 백록담 푸른 물에 하늘이 돈다. 불구(不具)에 가깝도록 고단한 나의 다리를 돌아 소가 갔다. 쫓겨온 실구름 일말(一抹)에도 백록담은 흐리운다. 나의 얼굴에 한나절 포긴 백록담은 쓸쓸하다. 나는 깨다 졸다 기도(祈禱)조차 잊었더니라.

— 『문장』(1939. 04)

• 숭업다: 흉업다. 말이나 행동 따위가 불쾌할 정도로 흉하다.

흰 바람벽이 있어

백석

오늘 저녁 이 좁다란 방의 흰 바람벽에
어쩐지 쓸쓸한 것만이 오고 간다
이 흰 바람벽에
희미한 십오촉(十五燭) 전등이 지치운 불빛을 내어 던지고
때글은 다 낡은 무명셔츠가 어두운 그림자를 쉬이고
그리고 또 달디단 따끈한 감주나 한잔 먹고 싶다고 생각하는 내 가지가지 외로운 생각이 헤매인다
그런데 이것은 또 어인 일인가
이 흰 바람벽에
내 가난한 늙은 어머니가 있다
내 가난한 늙은 어머니가
이렇게 시퍼러둥둥하니 추운 날인데 차디찬 물에 손을 담그고 무이며 배추를 씻고 있다
또 내 사랑하는 사람이 있다
내 사랑하는 어여쁜 사람이
어느 먼 앞대• 조용한 개포가의 나즈막한 집에서
그의 지아비와 마조 앉어 대구국을 끓여 놓고 저녁을 먹는다
벌써 어린것도 생겨서 옆에 끼고 저녁을 먹는다
그런데 또 이즈막하야 어느 사이엔가
이 흰 바람벽엔
내 쓸쓸한 얼골을 쳐다보며
이러한 글자들이 지나간다
　　나는 이 세상에서 가난하고 외롭고 높고 쓸쓸하니 살어가도록 태어

낫다

그리고 이 세상을 살아가는데

내 가슴은 너무도 많이 뜨거운 것으로 호젓한 것으로 사랑으로 슬픔으로 가득찬다

그리고 이번에는 나를 위로하는 듯이 나를 울력•하는 듯이
눈질을 하며 주먹질을 하며 이런 글자들이 지나간다

하늘이 이 세상을 내일 적에 그가 가장 귀해 하고 사랑하는 것들은 모두

가난하고 외롭고 높고 쓸쓸하니 그리고 언제나 넘치는 사랑과 슬픔 속에 살도록 만드신 것이다

초생달과 바구지꽃과 짝새와 당나귀가 그러하듯이

그리고 또 프랑시스 잼과 도연명과 라이너 마리아 릴케가 그러하듯이

—『문장』(1941. 04)

• 앞대: 어떤 지방에서 그 남쪽의 지방을 이르는 말.
• 울력: 여러 사람이 힘을 합하여 일함. 또는 그런 힘.

병산서원에서 보내는 늦은 전언

서안나

지상에서 남은 일이란 한여름 팔작지붕 홑처마 그늘 따라 옮겨 앉는 일

게으르게 손톱 발톱 깎아 목백일홍 아래 묻어주고 헛담배 피워 먼 산을 조금 어지럽히는 일 햇살에 다친 무량한 풍경 불러들여 입교당 찬 대청마루에 풋잠으로 함께 깃드는 일 담벼락에 어린 흙내 나는 당신을 자주 지우곤 했다

하나와 둘 혹은 다시 하나가 되는 하회의 이치에 닿으면 나는 돌 틈을 맴돌고 당신은 당신으로 흐른다

삼천 권 고서를 쌓아두고 만대루에서 강학(講學)하는 밤 내 몸은 차고 슬픈 뇌옥 나는 나를 달려나갈 수 없다

늙은 정인의 이마가 물빛으로 차고 넘칠 즈음 흰 뼈 몇 개로 나는 절연의 문장 속에서 서늘해질 것이다 목백일홍 꽃잎 강물에 풀어쓰는 새벽의 늦은 전언 당신을 내려놓는 하심(下心)의 문장들이 다 젖었다

—『립스틱 발달사』(2013)

매미

박현수

숲 속의 가객(歌客) 한 분이 돌아가셨다 오장육부에 감겨 있던 노래 다 풀어내자 육신이 훨씬 가벼워졌다 노래 빠져 나간 가객의 몸이란 이렇듯 텅 빈 관(棺)일세 염을 하던 바람이 한 마디 하자 풀잎들이 연신 고개를 끄덕인다 소리 하나로 뼛속까지 탕진한 삶이니 제 누운 곳이 곧 양명(亮明)한 자리다 십년 독공(獨功)으로 얻은 수리성 거두어 버리자 숲도 바스락거리는 꺼풀에 지나지 않았다 호상이라고 단풍잎 붉게 속삭인다 기나긴 행렬을 이끌고 운구는 개미가 맡았다

—『겨울 강가에서 예언서를 태우다』(2015)

5 시에서 비유는 왜 중요한가

이형기, 「비유의 원리와 시의 본질」

엮은이의 추천 이유

이 글은 시의 중요한 요소인 비유의 원리와 특징을 설명하고 있는 논의이다. 비유의 원리가 이질성 속에서 동질성을 찾는 데 있다고 보고 있으며, 직유, 은유 그리고 의인법을 검토하면서 비유의 구체적인 특성을 설명하고 있다. 직유와 은유의 차이점과 난해한 비유가 지닌 의의 등을 설명하고, 물활론적 사유에 바탕하고 있는 의인법을 시의 본질과 연계시키고 있다. 비유에 대한 필자 자신의 창의적인 분석이 돋보인다.

출전: 이형기, 『현대시 창작교실』, 문학사상사, 1991.

비유의 원리와 시의 본질

이형기

1. 이질성 속에서 찾는 동질성

비유는 실상 시의 본질과도 직결되는 요소이다. 비유는 비교에 의한 사물 이해의 방식이라고 규정할 수 있다. 달리 말하면 A라는 사물(대상)을 B라는 사물(대상)과 비교해서 이해한 결과의 언어적 표현이 비유인 것이다. A를 여자, B를 장미라고 가정한다면 '그 여자는 장미 같다'는 말이 그러한 비유의 한 보기로 지적될 수 있다. 그렇다면 왜 A를 그냥 A라 하지 않고 구태여 B와 비교해서 이해하게 되는가란 물음이 제기된다. 이 문제를 밝히기 위해서는 먼저 분명히 알아두어야 할 일이 있다. 그것은 A를 A라고 말하는 것이 이미 그렇게 말해진 것의 반복에 불과하다는 사실이다. 말한다는 것은 인식을 뜻한다. 어떤 대상이 A라고 일컬어지게 된 것은 내가 아닌 다른 사람이 그것을 이미 그렇게 인식한 결과이다. 그러니까 나도 기왕에 다른 사람들이 그랬던 것처럼 A를 A라고 인식할 경우에는 특별한 표현의욕을 느낄 리가 없다. 특별한 표현의욕을 느끼게 되는 것은 그 A가 그동안 다른 사람들이 수없이 말해 온 것처럼 그냥 A로만 인식되지 않고 거기에 자기나름의 독특한 알파가 보태져 인식될 경우인 것이다. 바꾸어 말하면 그것은 A가 A 이외의 또는 A 이상의 다른 무엇으로 인식되는 경우라 하겠다. 그때의 그 플러스 알파가 된 A를 우리는 어떻게 표현할 것인가.

플러스 알파가 된 A는 여태까지 우리가 알고 있던 것과는 다른 미지의 그 무엇, X인 것이다. 그러나 그렇다고 Z라고 즉 모른다고 할 수는 없다. 그것은 표현의 포기인 것이다. 그러므로 우리는 그 X의 정체를 파악해서 그에 합당한 이름을 붙여주지 않으면 안 된다. 이름을 붙여주는 그것이 바로 언어를 통한 표현인 것이다. 이러한 표현을 위해서는 문제의 X를 우리가 이미 알고 있는 다른 무엇과 비교해서 두 개의 사물이 어떻게 같고 어떻게 다른가를 밝혀낼 필요가 있다. 처음 대하는 사물, 그러니까 아직 보편화되지 않은 새로운 미지의 경험은 언제나 이런 방식으로 이해되는 것이다. 예를 들어 말하면 캄캄한 어둠 속에서 정체를 알 수 없는 커다란 물체가 나타났다고 하자. 그때 우리는 흔히 '황소만한 것이 나타났다'고 말한다. 이것은 그 미지의 물체 A와 이미 알고 있는 황소 B를 크기로 비교해서 A를 이해한 결과인 것이다. 사물에 대한 새로운 경험은 이와 같이 이미 알고 있는 사물과 그것과의 비교를 통해 이해된다는 사실을 여기서 우리는 확인하게 된다. 이 비교에 의한 이해의 언어화가 곧 비유인 것이다. 그러므로 모든 비유에는 우리가 그 정체를 정확하게 드러내야 할 미지의 사물과 그러기 위해 그것과 비교해 보는 기지(旣知)의 사물이 있게 마련이다. 전자를 원관념(tenor)이라 하고 후자를 보조관념(vehicle)이라 한다. T+V가 비유의 기본구조인 것이다.

그리고 이때의 T와 V는 서로 비교될 수 있는 유사성을 지녔다고 전제되고 있다. 이를테면 '쟁반같이 둥근 달'은 '달'이라는 T와 '쟁반'이라는 V가 합쳐져 만들어진 비유인데, 그 둘 사이에는 '모양이 둥글다'는 유사성이 있는 것이다. 그러나 이와 같이 유사성이 있다 해도 '달'

과 '쟁반'은 분명 별개의 이질적 사물이 아닐 수 없다. 그렇기 때문에 비유를 만드는 일은 이질성 속에서 동질성을 찾아내는 작업이라 할 수 있는 것이다.

이러한 비유에는 여러 가지 종류가 있다. 직유, 은유, 제유, 환유, 의인법 등이 그것이다. 그러나 제유와 환유는 은유의 일종으로 치부해도 무방하기 때문에 앞으로는 직유, 은유, 의인법의 3가지 비유에 중점을 두고 그것들이 시에서 어떻게 쓰이고 있는지 살펴보기로 한다.

2. 직유의 표현 효과

V가 T를 보완하는 묘미

직유(simile)는 비교되는 두 개의 사물, 즉 T와 V가 '처럼', '같이', '인양', '보다' 등의 관계사에 의해 결합되는 비유이다. 앞에 든 '쟁반 같이 둥근 달'도 '달'이라는 T와 '쟁반'이라는 V가 '같이'라는 관계사를 매개로 해서 하나의 직유를 이루고 있다. 우리가 일상의 대화에서 흔히 쓰는 '앵도 같은 입술'이나 '목석 같은 사내'라는 말도 같은 예가 된다.

'입술'과 '사내'가 T, '앵도'와 '목석'이 V인 것이다. 그리고 보다시피 거기서는 V가 T를 보완하고 있다. 달리 말하면 T는 V의 힘을 빌어 제 속에 있는 V다운 성질을 자신의 특징으로 내세우고 있는 것이다. '목석'이라는 V의 무뚝뚝한 성질이 '사내'라는 T의 특징을 이루고 있는 직유가 '목석 같은 사내'라는 사실을 생각하면 이 말은 더욱 쉽게 이해될 수 있다.

당연한 일이지만 이 경우에도 '사내'와 '목석' 사이에는 어떤 유사성이 있다고 전제되어 있다. 표정이 없는 무뚝뚝함이 바로 그 유사성인 것이다. 그러니까 비유를 이해하기 위해서는 T와 V가 공유하는 그 유사성을 유추해 내지 않으면 안 된다. 상상적 유추이다.

그러나 '목석 같은 사내'나 '앵도 같은 입술'의 경우는 T와 V가 공유하는 유사성의 유추에 특별한 노력이 필요하지 않다. '사내'와 '목석', '입술'과 '앵도'의 유사성은 이미 습관화되어 있는 인식의 결과인 것이다. T와 V의 유사성에 대한 인식이 이처럼 습관화되어 있는 비유는 죽은 비유(dead metaphor)라 한다. 그리고 그것은 사물과 세계를 낯설게 만드는 새로운 인식의 소산이 아니라 일종의 상투어(cliche)이기 때문에 시인은 원칙적으로 그 사용을 기피하는 것이다.

혈관 속에 시내처럼 흘러
돌, 돌, 시내 차가운 언덕에
개나리, 진달래, 노오란 배추꽃,

삼동을 참아온 나는
풀포기처럼 피어난다.

— 윤동주, 「봄」 부분

위의 인용시에는 두 개의 직유가 등장한다. 두 개의 직유의 앞것은 '봄'이라는 T가 '시내'라는 V와 결합되어 있고 뒷것은 '나'라는 T가 '풀포기'라는 V와 결합되어 있다. '처럼'이라는 관계사를 매개로 해서 이루어진 결합이다. 그리고 그것이 만들어 낸 직유를 통해서 우리는 화자(話者)의 봄에 대한 느낌과 또한 그 봄에 자기 자신이 어떤 상태에 있는가를 말해주는 인식내용을 구체적으로 알 수 있게 된다. 그 봄은 화자의 '혈관 속에 시내처럼' 흐르는 것이고 따라서 화자 자신은 또 그러한 봄을 맞아 '풀포기처럼' 피어나는 존재인 것이다. 결코 흔치 않은 개성적인 느낌이요 개성적인 그만큼 독창적인 인식이 아닐 수 없다.

내용 없는 아름다움처럼

가난한 아희에게 온
서양나라에서 온
아름다운 크리스마스 카드처럼

어린 양들의 등성이에 반짝이는
진눈개비처럼

— 김종삼, 「북치는 소년」 전문

위의 시는 3연이 모두 '처럼'으로 끝나 있다. 그러니까 각 연이 직유로 되어 있는 시인 것이다. 그러나 그 직유들은 V만 있고 T가 없다. 좀 더 구체적으로 말하면 첫 연에 있어서는 무엇이 '내용 없는 아름다움'과 비교되고 둘째 연에 있어서는 무엇이 '크리스마스 카드'와 비교되며 또 셋째 연에 있어서는 무엇이 '진눈개비'와 비교되는지를 알 수 없게 되어 있는 것이다. 말하자면 주어가 없는 불완전한 문장이라 하겠다. 그러나 시인이 그 정도의 사실을 모르고 이 시를 썼을 리는 없다. 오히려 일부러 불완전한 문장을 만들어냄으로써 독자로 하여금 드러나지 않는 그 주어를 스스로 찾도록 하려는 숨은 뜻을 이 시는 간직하고 있는 것이다. 그리고 그 점에 유의하면서 이 시를 다시 읽어 보면 제목이 되어 있는 '북치는 소년'이 감추어진 주어임을 짐작할 수 있게 된다. 다만 '북치는 소년'은 사실 차원의 대상이 아니라 어떤 그림의 제목이다. 그렇게 보아야만 뜻이 통할 수 있게 되어 있는 것이 이 시의 전체적 문맥인 것이다.

그러니까 첫 연은 〈북치는 소년〉이란 그 그림이 '내용 없는 아름다움처럼' 보인다고 말하고 있는 것이 된다. 그러나 '내용 없는 아름다움'은 구체성이 없다. 그래서 둘째 연과 셋째 연에서는 그 점에 대한 보완을 시도한다. 즉 그 '내용 없는 아름다움'은 '가난한 아희'가 받은 '서양나라에서 온/ 크리스마스 카드처럼' 아름답다는 것이 둘째 연의 보완이다. 그리고 셋째 연은 그 크리스마스 카드를 다시 구체화시킨다. 그 카드엔 '어린 양들의 등성이에' 진눈개비가 내린 그림이 그려져 있는데 그 눈송이는 까실까실한 반짝이로 표시되어 있는 것이다. '반짝이는 진눈개비'라는 구절이 그것을 말해주고 있다. 이러한 해석을 종합하여 평론가 이남호는 이 시의 내용을 "〈북치는 소년〉이란 그림이 마치 어렸을 때 받은 서양나라의 크리스마스 카드처럼 아름답다는 사실을 일깨우는 것"이라고 요약하고 있다. 한 폭의 그림을 보고 어렸을 때 받은 서양나라의 아름다운 크리스마스 카드가 안겨준 감동을 되살려 낸다는 것은 미상불 티없이 맑고 깨끗한 추억이다. 그 자체가 바로 순수한 동심을 표상하는 그러한 추억은 세속적인 계산이나 의미의 해석을 초월하는 세계이기 때문에 '내용 없는 아름다움'이라 할 수도 있다. 이 시 「북치는 소년」은 3개의 직유를 통해 그러한 추억의 세계를 간결하고도 함축성 깊게 표현하고 있는 작품이다. 그리고 이 시는 '북치는 소년'이라는 하나의 T가 3개의 V와 결합되고 있다는 점에서도 직유 일반의 경우와 구별된다.

이질적인 사물의 폭력적 결합

비유 중에서 가장 큰 비중을 갖는 것은 직유가 아니라 은유이다. 눈여겨 살펴보면 금방 드러나는 일이지만 시에서도 직유보다는 은유가 압도적으로 많이 쓰이고 있다. 그래서 직유는 은유보다 등급이 낮은 비유라고 지적되는 일도 없지 않다. 그러나 은유의 비중이 비록 크다고 하더라도 비유에 등급을 매기기는 어렵다. 특히 비유를 시의 표현장치라고 볼 때는 직유와 은유 사이에 본질적 우열이 있다고 말할 수는 없다. 직유를 써야할 땐 직유를 쓰고 은유를 써야할 땐 은유를 써야만 성공할 수 있는 것이 시의 표현인 것이다. 앞에서 예시한 시들은 직유를 썼기 때문에 그 표현이 성공한 경우에 속한다. 그러므로 직유와 은유 사이에는 등급의 우열이 아니라 성질의 차이가 있다고 보아야 할 것이다. 그 차이가 현저하게 드러나는 직유의 한 특징으로서는 그것이 T와 V를 분명하게 양립시켜 직접 비교한다는 사실을 들 수 있다. 그래서 T와 V를 비교하기도 쉽고 따라서 그 비교의 결과를 이해하기도 그만큼 쉽다고 말할 수 있다. 설명적 요소가 있음에 기인하는 이 이해하기 쉬움은 직유의 커다란 장점인 것이다.

그러나 이 말은 모든 직유가 무조건 이해하기 쉽기만 하다는 뜻이 아니다. T와 V의 유사성이 얼른 납득되지 않는 어려운 직유를 쓰고 있는 시도 얼마든지 찾아볼 수 있다.

① 그러면 이제 가세, 그대와 나.
저녁노을이 수술대 위에 에테르로 마취된 환자처럼
하늘에 펴질 때.

② 잠자리가 오솔길 모퉁이에 나타날 때 푸른 잔가지는 머리를 숙인다
나는 어떤 묘비에 다가선다 그것은 구름보다 투명하고 우유처럼 하얗게 석탄처럼 하얗게 또 벽처럼 하얗게 하얗게

인용문 ①은 T. S. 엘리엇의 시 「프루프록의 연가」의 첫머리, ②는 프랑스의 초현실주의자 로베르 데스노스(Robert Desnos)의 시 「밤의 자살자」의 첫머리이다. 그리고 여기에 나타나 있는 직유들은 T와 V의 거리가 매우 먼 것이라 할 수 있다. '저녁노을'을 수술 직전의 '마취된 환

자'와 비교한 엘리엇의 경우도 그러하지만, 특히 「묘비」를 '우유처럼 하얗게 석탄처럼 하얗게…'라 한 데스노스의 경우는 그야말로 폭력적인 억지를 부려서 T와 V를 결합시켰다 하지 않을 수 없는 것이다. 다른 것은 백보를 양보한다 하더라도 '석탄처럼 하얗게'란 대목은 도무지 말이 되지 않는다. 그 옛날 중국 진나라의 조고(趙高)는 말을 사슴이라고 우겼다지만 데스노스는 그보다 한술 더 떠서 검은 석탄을 희다고 우기고 있는 셈이 아닌가.

그러나 이것을 실수나 억지라고 보아서는 안 된다. 실수나 억지가 아니라 그것은 시인의 의도적인 방법론인 것이다. 그러니까 거기에는 그 나름의 이유가 없을 수 없다. 그 이유의 핵심이 되는 것은 이질적인 사물의 폭력적 결합이 사물 상호 간에 새로운 관계를 만들어 냄으로써 그 사물 자체는 물론 사물의 총화인 세계를 또한 새롭게 인식토록 한다는 사실이다. 어떤 사물도 그 자체로 고립되어 있는 것은 없다. 가령 분필 하나를 예로 들어 보더라도 그것은 칠판과 교실과 학교와 또 그것들을 뒷받침하는 근대적인 학교 교육제도… 등과 불가분의 관계를 맺고 있는 것이다. 그 관계의 그물코 중에서 어느 하나라도 빠져 버리면 분필은 온전한 존재가 될 수 없다. 아니 보다 정확하게 말하면 적어도 오늘날 우리가 그것을 그렇게 인식하고 있는 테두리 안에서의 온전한 분필이 될 수는 없을 것이다. 이와 같이 모든 사물의 의미는 그것과 결합되는 다른 사물과의 관계의 그물 속에서 결정된다. 그 관계가 만들어내는 가장 큰 그물이 세계요 또 우주인 것이다.

그러나 여기서 우리는 사물의 그러한 관계의 그물이 영구불변일 수는 없다는 사실을 기억할 필요가 있다. 다시 분필을 예로 들면 원래는 서로 무관했던 석회와 물과 풀… 기타를 어느 날 인간이 새롭게 결합시켜 그 분필을 만드는 것이다. 그리고 그 분필은 또 칠판과 교실… 기타의 다른 사물과 결합되었다. 말하자면 새로운 관계의 형성인데, 그 새로운 관계는 곧 세계의 창조적 변혁을 의미하는 것이다. 일반적 상식에 의하면 거리가 멀다고 할 수 있는 이질적인 사물을 폭력적으로 결합시키는 직유도 바로 그와 같은 사물 상호 간의 새로운 관계 형성을 지향한다. 새로운 관계의 그물 속에 놓일 때 사물은 비로소 새롭고 창조적인 의미를 획득하게 되는 것이다. 시가 사물을 낯설게 만든다는 것도 근본적으로는 그 새롭고 창조적인 의미의 획득을 통해서만 실현될 수 있는 작업이다.

이질적인 사물의 폭력적 결합은 그 결과가 현실의 질서를 배반하게 된다. 현실적으로는 검은 석탄을 희다고 말하는 데스노스의 경우가 단적으로 보여주는 바와 같이 그것은 엄청난 허구를 만들어 내는 것이다. 허구는 상상력의 소산이다. 따라서 결합되는 두 사물의 거리가 멀면 멀수록 더 큰 상상력이 필요하게 된다. 초현실주의자들은 그 상상력의 최대한의 해방을 추구하고 있다. 그래서 데스노스 역시 도무지 말이 되지 않는다 할 정도로 과격한 직유를 만들고 있는 것이다. 그러나 그러한 직유는 그것이 아무리 합당한 이유를 갖는다 하더라도 독자의 이해와 공감을 얻기가 거의 불가능하다는 약점을 벗어나지 못한다. 이 약점을 극복하기 위해서는 T와 V의 거리를 적당히 조절할 필요가 있다. 거리가 너무 가까우면 이해하기는 쉽지만 통속적 표현이 될 우려가 많고 반대로 거리가 너무 멀면 데스노스의 재판이 되기 십상이다. 그리고 T와 V의 거리는 직유뿐 아니라 다른 비유에도 해당되는 문제이기 때문에 앞으로 다시 언급할 기회를 갖고자 한다. 현대시가 어렵다는 말을 듣는 중요한 이유의 하나도 실은 그 사용하는 비유의 T와 V의 거리가 자꾸만 멀어져 간다는 데 있는 것이다.

3. 언어를 창조하는 은유

제3의 의미가 여기 있다

이번에는 은유를 살펴보기로 하자. 은유도 물론 비유이기 때문에 T+V라는 구조를 갖게 된다. 그러나 T와 V가 결합하는 방식은 직유와 같지 않다. 직유의 경우는 우리가 이미 아는 바대로 T와 V가 '처럼'이나 '같이'라는 비교 조사를 매개로 해서 결합하지만 은유는 그것을 중간에 끼우지 않고 T와 V가 직접 결합하는 것이다. 그래서 예를 들면 '불꽃같은 사랑'은 직유가 되고 '사랑의 불꽃'은 은유가 된다. 이것이 직유와 은유를 구분하는 일반화되어 있는 형태상의 차이점이다.

이러한 형태상의 차이점만을 통해 보면 은유는 직유에서 단순히 비교조사만을 빼내어 그것을 약간 압축시킨 비유라 할 수 있게 된다. 그리고 실제로 은유와 직유가 그 정도의 차이밖에 갖지 않는 것이라면 그 의미 내용의 차이도 대단한 것이라 할 수가 없다. 그러나 직유와 은유 사이에는 결코 비교조사의 유무에만 그치지 않는 중요한 차이가 가로 놓여 있다. 그 차이가 무엇인지를 알아보는 데 필요한 유력한 단서는 T와 V의 원형 보존 여부이다.

먼저 직유를 살펴보면 거기서는 '사랑'이란 T와 '불꽃'이란 V가 각각 원래의 모습을 그대로 지닌 채 서로 비교되어 후자가 전자를 보완하고 있다. '불꽃'이 '사랑'의 어떤 상태를 인상적으로 조명하고 있는 것이 그 보완의 내용이다. 이러한 조명의 배후에는 '사랑'과 '불꽃'의 속성에 대한 그 나름의 합리적 사고가 작용하고 있다. 즉 사랑은 이러저러하고 불꽃은 이러저러하기 때문에 이런 보완이 가능하다는 식으로 내용 설명이 가능한 것이다. 상대적인 말이기는 하지만 직유는 합리적, 설명적 요소를 갖는 비유라 할 수 있다.

그러나 은유는 그렇지 않다. 우선 거기서는 T와 V가 원형을 유지한다 할 수가 없다. T인 '사랑'과 V인 '불꽃'이 서로 상대방 속에 침투되어 원래의 사랑, 원래의 불꽃을 다른 모습으로 바꾸어 놓고 있는 것이다. 상호 침투에 의해 모습이 바뀌어진 두 가지 사물은 의미론적으로도 변화를 일으키지 않을 수 없다. 따라서 그것은 이질적인 사물이 일체화되어 그것들이 따로 떨어져 있을 때는 결코 그렇게 될 리 없는 제3의 새로운 의미를 창출한 언어라고 규정될 수 있는 것이다. 정한모의 말을 빌면 이러한 은유는 네모꼴(□) T와 마름모꼴(◇) V가 합쳐져 새로운 그림(⊠)을 만들어 낸 것이라 할 수 있다.

이 새로운 그림, 즉 은유가 창출한 새로운 의미는 직유의 경우처럼 V로써 T를 설명적으로 보완하는 것이 아니다. 게다가 은유에 있어서는 또 T와 V의 결합이 합리성을 초월한 직관적 사고에 의해 이루어져 있는 것이다. 사랑의 어떤 속성을 '불꽃과 같은 것'(직유)이라 할 때는 합리적 분석을 통해 그 이유를 캐볼 수 있다. 그러나 사랑을 바로 불꽃 그 자체(은유)라 할 때는 합리적 대응이 원칙적으로 봉쇄되어 버린다. 은유가 합리성을 초월한 직관적 사고의 소산이란 사실은 이로써 더욱 분명하게 드러나는 것이다.

직관은 상상력의 한 양식이다. 직관의 소산인 은유는 그래서 사랑을 불꽃 그 자체라고 명백한 상상적 허구를 제시한다. 우리는 그 상상력이 시의 원동력이라는 것을 이미 알고 있다. 그러므로 은유는 보다 시적인 비유, 나아가서는 그 뿌리가 시의 본질로 직결되는 비유라고 말할 수 있는 것이다. 이러한 은유를 어찌 직유에서 비교조사만 뺀 것이라고 하겠는가.

우리가 은유라고 번역해 쓰고 있는 영어인 메타포(metaphor)는 원래의 뜻이 '옮김' 또는 '자리바꿈'이었던 고대 희랍어 메타포라(metaphora)에 어원을 두고 있다. 자리바꿈이 되게 옮겨지는 대상은 언어이다. 그래서 아리스토텔레스는 은유를 '어떤 사물에다 다른 사물에 속하는 이름을 갖다 붙인 것'이라고 말한다. 그렇게 되면 자리바꿈을 한 그 이름, 즉 언어는 의미론적 변화를 일으키게 되는 것이다. '사랑의 불꽃'이란 은유도 언어의 그러한 자리바꿈과 그에 따른 의미의 변화를 실증하고 있다. 동어반복의 느낌이 있지만 이해를 돕기 위해 그 사정을 다시 한 번 설명한다면 거기서는 '사랑'과 '불꽃'이 서로 상대방 쪽으로 자리를 옮겨 하나로 어우러져 있고 또 그 어우러진 하나가 새로운 제3의 의미를 만들어내고 있는 것이다.

언어는 의미의 기호이기 때문에 새로운 의미의 창출은 곧 새로운 언어의 창조를 뜻하게 된다. 그리고 새로운 언어의 창조는 세계를 언제나 새롭게(낯설게) 바라보고 그리하여 그 새로운 인식을 언어로 표현하려는 시인의 필수적 과제이다. 흔히 시인을 언어의 창조자라고 말하는 까닭이 거기 있다. 그러나 사회적 공유물인 언어를 개인이 함부로 만들 수는 없다. 그렇다면 시인의 언어 창조 작업은 어떻게 수행될 수 있을 것인가? 얼핏 생각하면 길이 전혀 없을 것 같은 이 문제에 대해 해결의 길을 열어주고 있는 것이 바로 은유이다. 그 은유가 언어의 자리바꿈을 통해 만들어낸 새로운 의미의 기호, 그것이 곧 새로운 언어인 것이다.

그러나 모든 은유가 다 새로운 언어는 아니다. 처음 만들었을 땐 새로웠던 은유도 되풀이해 쓰다보면 헌 것이 되고 마침내는 습관화된다. 이른바 죽은 은유(dead metaphor)인 것이다. 앞에 든 '사랑의 불꽃'도 실은 죽은 은유이다. 우리는 일상생활에서도 죽은 은유를 엄청나게 많이 쓰고 있다. '교통전쟁', '입시지옥', '증권파동', '무거운 침묵', '달콤한 말', '자연의 숨결' 등 예를 들자면 그야말로 한이 없다.

이처럼 우리의 생활 구석구석에 널리 퍼져있는 무수한 은유도 누군가에 의해 만들어진 것이다. 여기서 우리는 은유가 언어를 새로 창조하는 방법의 모델이란 사실을 재확인하게 된다. 시인을 언어의 창조자라고 하는 것은 그러니까 시인이 은유를 새로 만든다는 뜻에 다름 아닌 것이다. 그러한 은유가 시에서 차지하는 비중이 얼마나 큰 것인가는 구태여 두말할 나위가 없다.

'소주는 국어'

"은유는 계속적으로 수명이 다해서 죽어간다. 쓸모없는 시인은 자기도 모르게 죽어가거나 죽은 은유를 사용하지만 훌륭한 시인은 끊임없이 새로운 은유를 창조한다." 이것은 이미지즘 운동의 창시자인 T. E. 흄(Hulme)의 말이다. 새로운 은유는 물론 그것을 만든 시인이 처음 쓰게 되지만 두 번 다시는 쓰지 않는다. 두 번 쓰면 두 번째는 이미 낡은 은유이기 때문이다. 그런 뜻에서 시인의 은유는 영원한 일회용이라 할 수 있다.

널리 알려져 있는 유치환의 「깃발」의 첫 구절 '이것은 소리 없는 아우성'도 '깃발'과 '아우성'을 일체화시킨 빛나는 은유의 하나이다. 그러나 이러한 은유를 그 자체로 독립된 시의 부분적인 표현장치라고 생각해서는 안 된다. 하나하나의 은유를 따로 떼어 본다면 그런 생각이 나올 수도 있지만 사실은 그 하나하나가 유기적으로 결합되어 통일된 전체를 이루고 있는 것이 한 편의 시이다. 시는 작은 은유들이 모여서 이룩한 큰 은유 덩어리라 할 수 있다.

소주는 서울에서 제일 사나이다운 잘난 사람들의 국어다
진눈깨비 내리는 저녁에는 소주를 파는 집에 가자
두부찌개 명태들이 바다를 밀고 가는 물결소리 빈대떡 균일 몇 십 원짜리 불티들
모두 친구들의 이름과 얼굴들이다
하늘 높은 줄 모르고 날마다 올라가는 도깨비들처럼 올라가는 빌딩

소주집은 강한 침묵이 잎사귀를 피운 수풀
소주는 서울에서 제일 사나이다운 잘난 사람들의 국어다

— 김요섭, 「소주론」 부분

이 시에는 첫 줄부터 '소주'와 '국어'를 일체화시킨 은유가 등장한다. 그리고 그 뒤를 이어 '명태들이 밀고 가는 바다', '몇 십 원짜리 불티', '강한 침묵', '침묵의 수풀' 등과 또 그밖에 다른 은유들이 계속되고 있다. 이 모든 은유들은 물론 따로 떼어 볼 수 있는 것이고 또 그렇게 봐도 충분히 평가에 값하는 것들이다. 특히 인용문에서 두 번 되풀이되고 있는 '소주는…국어다'의 은유는 소주잔과 함께 서로 마음을 주고받는 건강하고 선량한 서민들의 생활 감정을 새로운 시각에서 성공적으로 표현한 은유라고 생각된다. 상대방에게 권하는 소주 한 잔이 백마디 천 마디의 언어보다 더 깊이 가슴에 와닿는 진실에 찬 언어 구실을 한다는 인식이 이 은유를 뒷받침하고 있는 것이다. 그러나 그런 점을 아무리 강조해도 이 시에 등장하는 모든 은유들을 '독불장군'적 존재라 할 수는 없다. 서로 유기적으로 결합하여 시라는 통일체를 형성하는 부분으로서 그것들은 기능하고 있는 것이다.

다시 제기된 거리의 문제

아리스토텔레스는 『시학』에서 '은유는 남에게서 배울 수 없는 것이며, 천재의 표적'이라고 말하고 있다. 이 천재라는 말의 개념을 어마어마한 초인적 능력이라고 생각할 것은 없다. 오직 자기만이 그럴 수 있는 개성적 능력을 그것은 의미하고 있는 것이다. 개성적 능력은 아닌 게 아니라 남에게서 배울 수가 없다. 은유는 직관의 소산이라는, 우리가 이미 알고 있는 사실도 아리스토텔레스의 말과 그 의미의 문맥을 같이 한다. 그야말로 남에게서는 배울 수 없는 개성적 능력의 정수가 직관인 것이다. 그리고 은유는 그 직관이 상상력의 한 양식임을 입증하고 있다. 따라서 은유는 그것을 이해하려는 사람에게도 필수적으로 상상력의 발동을 요구하게 되는 것이다. 차라리 은유는 독자의 상상력을 자극하는 충격 장치라 할 수 있다. 앞에서 우리가 '소주는… 국어다'라는 은유를 상상적 유추로써 해석한 것도 그에 따른 필연적 방법론이었던 것이다.

상상력은 현실을 초월한다. 현실을 초월한 그 저쪽에 있는 것은 허구의 세계이다. 그러나 그 허구의 세계도 현실적 존재인 인간이 만든 것이기 때문에 인간의 그 현실적 경험을 재료로 하지 않을 수 없다. 현실적 경험을 재료로 하면서도 현실이 아닌 허구의 세계, 그것은 현실적 경험을 현실의 질서와는 다르게 재구성한 세계인 것이다. 상상의 동물인 용은 그러한 허구의 좋은 표본이 된다. 부분적으로는 모두 현실에 있는 사물을 현실의 질서와는 완전히 다르게 재구성해 만든 동물이 용인 것이다. 그러므로 은유를 만들 때의 직관과 또 그것을 해석하는 우리의 상상적 유추도 현실적 경험의 초현실적 재구성이라는 원칙을 벗어날 수 없다.

한마디로 현실적 경험의 초현실적 재구성이라 해도 그것을 막상 실천에 옮길 때는 실로 무수한 정도의 차이가 나타나게 된다. 이를테면 현실의 경험으로부터 한걸음만 떨어진 재구성과 몇 천 킬로, 몇 만 킬로 멀리 떨어진 재구성이 있을 수 있는 것이다. 이것은 이미 말한 T와 V 간의 거리의 문제이다. 거리가 가까우면 가까울수록 그 재구성의 결과는 이해하기 쉽지만 동시에 그만큼 신선감을 잃게 된다. 반대의 경우는 물론 그 반대여서 이해는 어렵지만 사람을 놀라게 하는 효과, 즉 충격은 커지게 되는 것이다.

그렇다면 시인이 서야 할 자리는 현실로부터 어느 정도 떨어진 지점일 것인가. 수학의 방정식과 같은 정답은 있을 수 없지만, 일반론을 펴

자면 쉬운 이해보다 충격 쪽에 좀더 무게가 실릴 수 있는 지점인 것이다. 그런 지점에서 만들어진 은유는 이해를 거부하는 것이 아니다. 얼핏 보면 이해하기 어려울지 몰라도 진폭이 큰 상상력에 의하면 얼마든지 이해될 수 있는 충분한 가능성을 안고 있다. 앞에 든 '소주는…국어다'도 그렇다. 현실과의 거리가 상당히 멀기 때문에 충격은 충격대로 주면서 상상적 유추에 의한 이해는 그것대로 가능할 수 있게 되어 있는 것이 그 은유들에 나타나 있는 초현실의 세계인 것이다.

그러나 현실과의 거리를 상당히가 아니라 의도적으로 아주 멀리함으로써 이해보다는 충격 쪽에 훨씬 큰 무게를 실어주고 있는 은유도 있다.

> 사랑하는 나의 하나님, 당신은
> 늙은 비애다.
> 푸줏간에 걸린 커다란 살점이다.
> 시인 릴케가 만난
> 슬라브 여자의 마음속에 갈앉은
> 놋쇠 항아리다.
>
> — 김춘수, 「나의 하나님」 부분

이 시는 첫머리에 나오는 '나의 하나님'이 나머지 구절 모두와 T+V의 관계를 맺고 있는 하나의 은유이다. 그러니까 V가 복수로 되어 있는 이 은유도 물론 시인의 상상력의 소산이고 따라서 우리도 상상적 유추를 통해 그것을 이해하지 않으면 안 된다. 유추는 기본적으로 T와 V가 서로 결합될 수 있는 가능성, 즉 그 유사성을 발견하는 데서부터 시작되는 것이다. 그러나 이 시의 경우는 '하나님'과 '늙은 비애', '하나님'과 '푸줏간의 살점', 또 '하나님'과 '놋쇠 항아리'의 그 어느 대목에서도 그러한 유사성을 찾아내기 어렵다. 그래서 이 시를 이해하려는 우리의 노력은 첫걸음도 제대로 떼보지 못하게 되는 이 어려움이 뜻하는 것은 T와 V 사이의 거리가 너무 멀다는 사실이다. 그 거리는 사물 상호 간의 이질성과 비례한다. 거리가 먼 T와 V의 결합, 그것은 곧 이질적 사물의 폭력적인 결합을 가리키는 것이다.

거리가 멀면 멀수록 사물은 결합되기 어렵다. 그것을 억지로(폭력적으로) 결합시키자면 보다 큰 상상력, 또는 보다 괴짜스러운 상상력이 요구된다. 그러한 상상력이 만들어내는 허구는 그 양상이 너무나 엉뚱하고 괴이해서 완만한 상상력은 유추의 손길을 뻗칠 수 없다. 즉 이해가 거의 불가능한 것이다. 그러나 그 대신 그 엉뚱함, 그 괴이함으로부터 받는 충격은 크다. 큰 충격이란 잘만 하면 그것이 사물과 세계를 상식의 틀로부터 해방시키는 데 있어서 혁명적인 효과를 가져올 수도 있는 충격이다. 이질성이 지나치게 큰 사물을 폭력적으로 결합해 만든 은유는 그러한 효과를 노리고 있는데, 이 시 「나의 하나님」도 그런 예의 하나라 할 수 있다. 그리고 그것을 염두에 둔다면 이번에는 이해가 되고 안 되고를 구태여 문제 삼지 않는 데서 오는 새로운 재미를 맛볼 수도 있다. 그것은 그 은유의 엉뚱함을 그 자체로 즐기면서 또 그것이 촉발하는 자유 연상의 날개를 맘껏 펼쳐보는 재미이다. 좀 어렵게 말하면 그것은 의미로부터 해방되는 재미라 할 수 있다. 의미로부터 해방된 공간은 무의미의 세계이기 때문에 김춘수는 스스로 자기 시를 무의미의 시라고 말하고 있다. 「나의 하나님」의 난해한 은유는 김춘수가 자신이 남에게서는 배울래야 배울 수 없는 직관을 통해 개성적으로 창조한 새로운 언어인 것이다. 역시 은유는 언어를 창조한다. 그러나 아무리 그렇다 하더라도 이해가 거의 불가능하다는 사실은 은유의 강점이 될 수가 없다. 극복해야 할 약점인 것이다.

4. 만물에 마음 주는 의인법

인간화되는 사물들

시는 마음의 거울에 비친 세계를 표현하는 것이다. '마음의 거울에 비친 세계'란 우리가 어떤 사물이나 대상을 '마음의 눈'으로 바라본 결과이다. 눈을 가졌을 리 없는 마음이 어떻게 사물을 보고 말고 하느냐고 반문하는 사람에게는 '마음을 투사한 사물 이해'라고 달리 설명할 수도 있다. 이를테면 우리가 솟아오른 아침 해를 보고 '햇님이 웃는다'고 말하는 것은 사물에 그렇게 마음을 투사하여 이해한 손쉬운 예가 된다. 천체의 하나인 해가 웃는다는 것은 있을 수 없는 일이다. 하지만 우리가 웃음이 깃든 밝은 마음으로 해를 바라보면 해도 또한 웃음 띤 모습으로 우리 눈에 비치게 된다. 그것은 해의 자발적인 웃음이 아니라 해에게 투사된 우리의 밝은 마음이 지어낸 웃음이다. 마음의 눈으로 사물을 바라본다는 것은 바로 이처럼 마음을 투사하여 대상을 이해한다는 뜻에 다름아닌 것이다.

'햇님이 웃는다'고 말하는 것은 우리의 일상적 경험에 속한다. 그리고 우리의 일상생활은 미상불 그런 류의 경험, 즉 마음의 눈으로 사물을 바라보고 이해한 경험의 엄청나게 많은 축적 위에서 영위되고 있다. '바다는 부른다'든가, '밤비가 흐느낀다'든가, '대지가 숨쉰다'든가 하는 말을 우리가 예사로 하고 있는 것이 그 좋은 예증이다. 생명도 없고, 의지와 감정도 갖지 않기 때문에 실제로는 도저히 그럴 수 없는 바다와 밤비와 대지가 사람을 부르거나 흐느끼거나 숨쉬거나 하는 것은 그것들의 어떤 상태가 우리의 마음의 눈에 비친 모습인 것이다.

이처럼 사물의 모습은 물론 사실을 객관적으로 재현한 것일 수 없다. 우선 바다가 사람을 부른다는 경우만 하더라도 현실세계에서는 그런 바다가 존재하지 않는다. 웃는 해, 흐느끼는 밤비, 숨쉬는 대지도 역시 그러하다. 그것들은 모두가 해당사물의 현실적인 존재양태를 벗어난 이상한 모습을 하고 있는 것이다. 그런데 이러한 사물의 변용은 개별적 양상의 차이 여하를 막론하고 하나의 공통점을 지니고 있다. 그것은 그 변용의 결과로서 해당 사물이 모두 인간적 속성을 부여받게 되었다는 점이다. 해의 웃음, 바다의 부름, 밤비의 흐느낌, 대지의 숨쉼이 모두 인간적 속성임은 구태여 두말할 나위가 없다. 인간적 속성이 주어짐에 따라 사물은 이제 인간화된 것이다.

이러한 사물의 인간화는 그 사물과 인간을 비교하는 의식의 뒷받침을 받게 된다. 이 말을 좀더 구체적으로 부연하면 '해의 웃음'은 해의 어떤 상태를 인간의 웃음과 비교하여 유사성을 발견한 결과라고 설명할 수 있는 것이다. 이처럼 유사성을 발견하기 위해 두 개의 사물을 비교하는 행위는 비유를 낳게 된다. 그렇다면 사물의 인간화 역시 비유의 일종이라 할 것이 아닌가. 실제로 인간화된 사물은 그렇게 되기 이전의 원래의 사물을 T로 하고 인간을 V로 하는, 의인법(擬人法: personification)이라고 불리는 비유이다. 그리고 그것은 T와 V가 '같이'나 '처럼' 같은 비교조사의 매개 없이 직접 결합된 은유인 것이다.

이러한 의인법이 사물을 마음의 눈으로 바라본 결과라는 사실을 우리는 이미 알고 있다. 그 속에 투사된 인간의 마음이 사물로 하여금 인간적 속성을 갖도록 만든 은유가 의인법인 것이다. 이러한 의인법이 보여주는 세계, 즉 우리의 마음의 눈에 비쳐진 세계를 시는 표현한다. 그러므로 의인법은 사물을 시적으로 이해하는 가장 기본적인 방법이라고 규정될 수 있는 것이다. 그렇기 때문에 시라는 시의 그 대부분이 많건 적건 의인법 내지 의인법에 준하는 표현을 사용하고 있다. 조금만 주의해서 시를 읽어보면 이것은 누구나 어렵잖게 발견할 수 있는 사실이다. 그동안 우리가 검토해본 여러 종류의 이미지와 직유와 은유도 의인법으로 표현되어 있는 것이 압도적 다수를 차지하고 있다.

이러한 의인법이 사물을 시적으로 이해하는 특성은 그것과 과학을 비교해 볼 때 더욱 선명하게 드러난다. 과학은 의인법의 경우처럼 사물을 마음의 눈으로 바라보지 않고 오직 사실만을 추구하는 차가운 객관의 눈으로 바라본다. 그리하여 과학은 이를테면 물을 산소와 수소가 1:2의 비율로 화합한 물질이라고 규정하게 되는 것이다. 사물의 이러한 과학적 이해는 물론 그것대로 귀중한 가치를 창출하게 된다. 현대의 눈부신 과학문명은 사물의 과학적 이해가 창출한 가치의 위대성을 웅변하고 있다. 그러나 그 이점을 아무리 강조한다고 하더라도 물을 산소와 수소의 화합물이라고만 할 때는 인간이 시를 가질 수 없게 된다.

> 땅에 배를 붙이고 낮은 곳으로 기어가는 물은 눈이 없다. 그것은 순리(順理). 채우면 넘쳐 흐르고 차면 기우는 물의 진로. 눈이 없는 투명한 물의 머리는 온통 눈이다.
>
> — 박목월, 「비유의 물」 부분

이것이 우리들로 하여금 시를 가질 수 있게 하는 물의 한 예이다. 보다시피 이 시의 물은 의인화되어 있다. 그러니까 그것은 시인의 마음이 그 속에 투사된 물인 것이다. 이러한 물은 우리의 육체적 갈증을 해소시켜주지 못한다. 과학적 이용의 대상도 안 된다. 그러나 이 시를 이해하는 사람에게는 새롭고도 뜻깊은 경험의 세계로 자기를 이끌어 주는 물이 거기 있는 것이다.

시의 본질과 의인법

이러한 의인법은 대상을 꼭 인간화하지 않는다 하더라도 성립될 수 있다. 생명이 없는 추상적 관념이나 무생물(無生物)을 생명 있는 존재로 바꾸어 놓는 표현도 의인법인 것이다. 모든 생명은 본질적으로 인간의 생명과 같은 것이라는 사고가 무생물을 생물화시키는 이 의인법을 뒷받침하고 있다.

아침이면
눈을 부라리고 꽈리를 부는
짐승이 있다.

(2연 생략)

지루한 속앓이를 외색(外色) 못하는 진종일
부신 가루를 회수해다
환약을 빚고 나면 저녁이다.

장엄하게 투약(投藥)을 받아 먹고는
잠이 드는
짐승이 있다.

— 김광림, 「산 4」 부분

이 시에서는 무생물인 산이 생명이 있는 짐승으로 바뀌어져 의인법을 이루고 있다. 첫 연의 '꽈리를 부는 짐승'은 등성이 너머로 아침 해가 막 솟아오른 산이고, 마지막 연의 '투약을 받아먹고 잠이 드는 짐승'은 일몰과 함께 어둠 속에 묻히는 산이다. 붉은 아침 해가 꽈리로, 지는 저녁 해가 환약으로 비유되고 있음은 구태여 두말할 나위가 없다. 기발한 발상이다. 그리고 산 전체는 또 꽈리를 불고 환약을 받아먹는 짐승으로 의인화됨으로써 상식의 틀을 벗어난 새로운 모습을 보여

주고 있다. 그것은 살아있는 짐승이기 때문에 신비로운 느낌도 그만큼 커져 있는 산이다.

의인법에는 여러 표현법이 포괄될 수 있다. 먼저 돈호법(頓呼法)이라는 수사학의 용어가 있다. 인간도 대상이 될 수는 있지만 일반적으로는 인간 이외의 대상을 마치 상대방이 듣기나 하듯 불러보는 어법을 돈호법이라고 한다. 이를테면 '구름아, 너 어디 가느냐?' 할 때의 '구름아'가 돈호법인 것이다. 이러한 돈호법도 대상을 인간화하고 있는 의인법의 일종이다. 시에도 심심찮게 쓰이고 있다.

의인법이 범위를 넓히면 이번에는 그 형태가 의인법과는 반대로 되어 있는 그러나 뿌리는 역시 의인법으로 돌아가는 또 다른 표현법을 발견하게 된다. 그것은 인간이나 생물을 무생물화하는 그러니까 의물법(擬物法)이라고 말할 수 있는 표현법이다. '인간은 생각하는 갈대'라고 한 파스칼의 유명한 말도 인간을 갈대로 바꾸는 의물법을 사용하고 있다.

물활론(物活論)이라는 사상이 있다. 만물유생론(萬物有生論)이라고 일컬어지기도 하는 이 사상은 모든 물질이, 아니 우주의 삼라만상이 생명과 혼과 마음을 가졌다고 주장한다. 일체 만유가 신성을 가졌다는 범신론과 본질을 같이하는 사상이다. 이러한 물활론은 비과학적인 원시적 사고의 소산이라 할 수 있다. 따라서 과학적 사고가 주조를 이루고 있는 현대에 있어서는 일종의 미신으로 치부되기도 하는 것이다. 그러나 비과학적인 그 물활론적 사고가 완전히 사라져버린 곳에서는 인간이 사물과 세계를 과학이 아닌 마음의 눈으로 이해할 수 있는 길도 막혀 버린다. 그때 우리 앞에 전개되는 것은 그야말로 피도 눈물도 없는 차가운 무기질의 세계인 것이다. 시는 그런 세계를 거부한다. 그래서 시는 과학이 무슨 소리를 해도 사물과 세계를 마음의 눈으로 바라보는 태도를 굽히지 않는다. 그것은 사물과 세계를 또한 마음 있는 존재로 바꾸어서 그것들이 그 마음으로 인간에게 응답해 오도록 하는 태도인 것이다. 그 응답의 내용을 표현하는 기본방법이 의인법이다. 여기서 우리는 의인법이 단순한 표현장치로만 그치지 않고 시의 본질에 뿌리를 두고 있는 사물 이해의 방법이란 사실을 알 수 있게 된다. 그리고 의인법적 사물 이해의 방법은 시뿐 아니라 우리의 생활 구석구석에도 광범위하게 침투되어 있다. 물활론은 이러한 의인법이 체계적 논리를 갖추려고 할 때 크게 힘을 빌 수 있는 사상이다. 그러나 의인법도 비유인 만큼 시에 있어서는 독창성이 없으면 무의미한 것이 되고 만다.

알 수 없어요

한용운

바람도 없는 공중에 수직(垂直)의 파문을 내이며 고요히 떨어지는 오동잎은 누구의 발자취입니까?
지리한 장마 끝에 서풍에 몰려가는 검은 구름의 터진 틈으로 언뜻언뜻 보이는 푸른 하늘은 누구의 얼굴입니까?
꽃도 잎도 없는 깊은 나무에 푸른 이끼를 거쳐서 옛 탑(塔) 위의 고요한 하늘을 스치는 알 수 없는 향기는 누구의 입김입니까?
근원은 알지도 못할 곳에서 나서 돌뿌리를 울리고 가늘게 흐르는 작은 시내는 구비구비 누구의 노래입니까?
연꽃 같은 발꿈치로 가이 없는 바다를 밟고 옥 같은 손으로 끝없는 하늘을 만지면서 떨어지는 해를 곱게 단장하는 저녁놀은 누구의 시(詩)입니까?
타고 남은 재가 다시 기름이 됩니다.
그칠 줄을 모르고 타는 나의 가슴은 누구의 밤을 지키는 약한 등불입니까?

—『님의 침묵』(1926)

여름산

오세영

자지러져 검푸르기까지 한
여름 산 짙은 녹음은 차라리
짐승의 무성한 털갈기 같다.
태풍이 치는 밤.
쩌렁쩌렁 우는 그 포효소리를 들은 적이 있는가.
언뜻 보인다.
번갯불 사이로
온 몸을 땀에 흠뻑 젖은 채
대지에 웅크리고 있는 그 거대한
수컷 한 마리.
주체할 수 없는 욕망에
꽃을 잡아먹어, 새를, 숲을 잡아먹어 마침내
씩씩대며 나를 노려보고 있는 그
맹수 한 마리.

—『시와 표현』(2012, 여름)

곱추

김기택

지하도 그 낮게 구부러진 어둠에 눌려
그 노인은 언제나 보이지 않았다.
출근길 매일 그 자리 그 사람이지만
만나는 건 늘
빈 손바닥 하나 동전 몇 개뿐이었다.
가끔 등뼈 아래 숨어 사는 작은 얼굴 하나
시멘트를 응고 시키는 힘이 누르고 있는 흰 얼굴 하나
그것마저도 아예 안 보이는 날이 많았다.

하루는 무덥고 시끄러운 정오의 길바닥에서
그 노인이 조용히 잠든 것을 보았다.
등에 커다란 알을 하나 품고
그 알 속으로 들어가
태아처럼 웅크리고 자고 있었다.
곧 껍질을 깨고 무엇이 나올 것 같아
철근 같은 등뼈가 부서지도록 기지개를 하면서
그것이 곧 일어날 것 같아
그 알이 유난히 크고 위태로워 보였다.
거대한 도시의 소음보다 더 우렁찬
숨소리 나직하게 들려오고
웅크려 알을 품고 있는 어둠 위로
종일 빛이 내리고 있었다.

다음 날부터 노인은 보이지 않았다.

— 『한국일보』(1989. 01. 01)

타이어의 못을 뽑고

복효근

사랑했었노라고 그땐
또 어쩔 수 없었노라고
지금은 어디서 어떻게 사는지도 모를 너를 찾아
고백하고도 싶었다

—그것은 너나 나나의 가슴에서 못을 뽑아버리고자 하는 일

그러나 타이어에 박힌 못을 함부로
잡아 뽑아버리고서 알았다
빼는 그 순간 피식피식 바람이 새어나가
차는 주저앉고 만다

사는 일이 더러 그렇다
가슴팍에 대못 몇 개 박아둔 채
정비소로 가든지 폐차장으로 가든지
갈 데까지 가는 것
갈 때까지는 가야 하는 것
치유를 꿈꾸지 않는 것
꿈꾼대도 결국 치유되지 않을 것이므로
대못이 살이 되도록 대못을 끌어안는 것

때론 대못이
대못 같은 것이
생이 새어나가지 않게 그러쥐고 있기도 하는 것이다

—『문학 선』(2011, 겨울)

흑판

정재학

수업 중 판서를 하다가 갑자기 뭔가 물컹하더니 손이 칠판 속으로 들어가 버린다. 몸의 절반이 들어갔을 때 "선생님! 새가 유리에 부딪혀 떨어졌어요!" 라고 외치는 소리가 들렸다. 뒤돌아보고 싶었으나 몸을 움직일 수 없었고 물에 빠지듯 흑판에 빨려 들어갔다. 칠판 속으로 들어가니 반대편 교실에서 중학교 교복을 입고 앉아 있는 내 모습이 보였다. 나는 짝과 떠들다가 생물 선생님에게 걸려서 철 필통으로 뺨을 맞았다. 맞을 때마다 샤프가 흔들려 덜그럭거렸다. 아이들이 웃었다. 뺨보다 그 쇳소리가 더 아파왔다. 나는 자리로 돌아가 교문 밖의 고양이를 멍하니 바라보았다. 아이들이 "종속과목강문계!"를 외치는 소리를 들으며 다시 칠판을 건너오자 교실에 아이들은 없고 유리창 여기저기 검붉은 핏자국만 가득하다.

— 『현대시학』(2012. 04)

현대시에도 리듬이 있는가

박현수, 「현대시의 가락」

엮은이의 추천 이유

이 글은 현대시의 리듬(가락)의 문제를 구체적인 예를 통하여 다루는 논의로서, 저자의 『시론』에 실린 글의 일부이다. 저자는 현대시에서 리듬이 외형적으로 분명하게 드러나지 않고 시 속에 내재화되어 나타난다고 보고, 그 내재화의 양상을 세 가지 면에서 살펴보고 있다. 어휘나 구절 등의 반복을 통한 최소한의 반복성으로 나타나는 경우, 완전히 내면화되어 기표와 기의의 차원에서 나타나는 경우, 행과 연의 배치를 통한 시의 형식으로 나타나는 경우가 그것이다.

출전: 박현수, 『시론』, 울력, 2015.

현대시의 가락

박현수

현대시에서 가락(리듬)은 잠재적 형태로 나타난다. H. 리드는 이를 "시의 운율의 미묘한 불규칙성을 깨닫게 하는 배후의 유령"[1]이라 부른 바 있다. 마치 유령처럼 구체적으로 증명되지 않는 현대시 가락의 성격에 대한 재미있는 지적이라 할 수 있다. 외적 형식으로서 운율이 성립하려면 누구나 인지 가능한 반복성과 규칙성을 지녀야 한다.

가령 우리 시에서 확인할 수 있는 외적 형식으로서의 운율, 즉 외형률은 주로 마디율(혹은 음보율)이라고 부르는 것으로 나타난다.

(가) 아리랑 아리랑 아라리오
　　아리랑 고개를 넘어간다
　　나를 버리고 가시는 님은
　　십리도 못 가서 발병 난다

(나) 벽상(壁上)에 칼이 울고 흉중(胸中)에 피가 뛴다

1. H. Read, *English Prose Style*, 59-60쪽; 김용직, 『현대시원론』, 학연사, 1988, 232쪽에서 재인용.

살 오른 두 팔뚝이 밤낮에 들먹인다

시절아 너 돌아오거든 왔소 말을 하여라

(가)는 세 마디로, (나)는 네 마디로 나누어지는 구체적인 리듬을 지니고 있다. 이런 리듬은 각 행마다 반복적으로 나타나고 있으며, 예외 없이 작품 전체에 규칙적으로 적용되고 있다. 이처럼 외형적으로 확인 가능한 반복성과 규칙성을 지니고 있을 때, 이를 각각 3음보, 4음보의 외형률을 지닌 작품이라 부른다.

그러나 현대시는 이와 같이 외적으로 확인할 수 있는 반복적이고 규칙적인 가락을 지니지 않는다. 그래서 '배후의 유령'으로서 현대시의 가락은 크게 세 가지 방식으로 이 문제에 대응한다. 첫째는 이 중 규칙성을 버리고 반복성만 취하고, 그것도 최소한의 것만 취하는 경우이다. 둘째는 최소한의 반복성마저 포기하고 가락을 완전히 내면화하여, 기표와 기의, 그리고 심상 차원의 미묘한 작용으로 대체하는 경우이다. 마지막으로 행갈이와 연나눔 등을 통한 시 형태도 외형률적인 가락의 대체로서 다룰 수 있다. 현대시에 있어서 시형의 문제가 중시되는 이유도 외형률적인 가락의 소멸과 관련이 깊기 때문이다.

1. 최소한의 반복성

1) 동일한 어구나 문장의 반복

먼저 최소한의 반복으로 가락을 만들어 내는 방식이다. 이 경우는 어느 정도 퇴화된 상태로나마 운율의 형태를 유추해 볼 수 있다. 가장 많이 사용되는 것이 동일한 어구나 문장의 반복이다. 현대시에서 가장 많이 사용하는 가락 생성 방식이다. 단순한 어구만 반복하는 경우도 있고 문장 전체를 동일하게 혹은 다소 변주하여 반복하는 경우도 있다. 다음 예는 동일한 어구를 반복하는 경우이다.

나 죽으면 부조돈 오마넌은 내야돼 형, 요새 삼마넌짜리도 많던데 그래두 나한테는 형은 오마넌은 내야돼 알었지 하고 노가다 이아무개(47세)가 수화기 너머에서 홍시 냄새로 출렁거리는 봄밤이다.

어이, 이거 풀빵이여 풀빵 따끈할 때 먹어야 되는디, 시인 박아무개(47세)가 화통 삶는 소리를 지르며 점잖은 식장 복판까지 쳐들어와 비닐 봉다리를 쥐어주고는 우리 뽀뽀나 하자고, 뽀뽀를 한번 하자고 꺼멓게 술에 탄 얼굴을 들이대는 봄밤이다.

좌간 우리는 시작과 끝을 분명히 해야 혀 자슥들아 하며 용봉탕집 장사장(51세)이 일단 애국가부터 불러제끼자, 하이고 우리집서 이렇게 훌륭한 노래 들어보기는 츰이네유 해싸며 푼수 주모(50세)가 빈자리 남은 술까지 들고 와 연신 부어대는 봄밤이다.

십이마넌인데 십마넌만 내세유, 해서 그래두 되까유 하며 지갑들 뒤지다 결국 오마넌은 외상을 달아놓고, 그래도 딱 한 잔만 더, 하고 검지를 세워 흔들며 포장마차로 소매를 서로 끄는 봄밤이다.

죽음마저 발갛게 열꽃이 피어
강아무개 김아무개 오아무개는 먼저 떠났고
차라리 저 남쪽 갯가 어디로 흘러가
칠칠치 못한 목련같이 나도 시부적시부적 떨어나갔으면 싶은

이래저래 한 오마넌은

더 있어야 쓰겠는 밤이다.

— 김사인, 「봄밤」 전문

각 연의 마지막에 '봄밤이다'라는 어구가 반복되면서 산문 형식에도 불구하고 자연스러운 가락을 느끼게 하는 작품이다. 이처럼 마지막에 반복되는 어구가 놓이면 각 연의 내용의 양과 질이 달라도 규칙적인 가락을 지닌 것처럼 느껴진다. 또한 이런 반복은 내용의 이질성을 자연스럽게 봉합하는 효과도 낸다. 즉 이 시의 각 연은 직접적인 연계성을 지니지 않는 파편화된 에피소드들로 구성되어 있지만, 동일 어구가 반복적으로 사용되면서 그 간격과 이질성이 사라져버려 한 편의 완결된 시가 된 것이다.

이와 달리 동일한 어휘나 어구를 다양하게 변주하여 반복함으로써 현란한 가락을 만드는 경우가 있다. 이것은 보통 실험적인 시에서 자주 사용된다. 대표적으로 이상(李箱)의 다음 시가 있다.

싸움하는사람은즉싸움하지아니하던사람이고 또싸움하는사람은싸움하지아니하는사람이었기도하니까 싸움하는사람이싸움하는구경을하고싶거든싸움하지아니하던사람이싸움하는것을구경하든지 싸움하지아니하는사람이싸움하는구경을하든지 싸움하지아니하던사람이나싸움하지아니하는사람이싸움하지아니하는것을구경하든지하였으면그만이다.

— 이상, 「오감도 시제3호」 전문

이 시는 내용상의 특별한 어떤 메시지를 전달하는 데 목적이 있지 않다. 오로지 '싸움하는 사람'이라는 어휘를 복잡하게 변주하여 시각적, 청각적 가락의 느낌을 주는 데 시의 초점을 맞추고 있다. 이 시의 어투를 빌리자면 이런 작품을 즐기려는 사람은 내용이 곧 가락이니 내용을 가락으로 보든지 가락을 가락으로 보든지 하면 그만이다.

다음 예는 동일한 문장을 반복하는 경우이다. 이 경우에는 '수미상관'이란 이름을 붙인다. 시의 앞부분에 사용하였던 시행을 동일한 상태로나 혹은 유사한 형태로 마지막 부분에서 반복하는 것이다.

> 엄마야 누나야 강변 살자.
> 뜰에는 반짝이는 금모래빛,
> 뒷문 밖에는 갈잎의 노래,
> 엄마야 누나야 강변 살자.

— 김소월, 「엄마야 누나야」 전문

수미상관은 외적으로 드러나는 반복을 통하여 가락을 느끼게 해준다. 게다가 처음과 마지막 부분에 반복되는 구절을 둠으로써 그 안에 내용을 품게 되어 작품의 완결성을 보장해 주는 효과도 낸다. 그러나 내용상으로 더 진전될 수 있는 어떤 가능성을 서둘러 봉합해 버린 듯한 아쉬움을 주기도 한다. 이 작품에서도 강변의 풍경 제시를 둘러싸고 있는 앞뒤의 반복되는 시행은 그 자체의 회화성과 따스한 정서를 잘 싸안고 있지만 단순한 그림을 넘어선 어떤 것을 기대한 사람에게는 이런 봉쇄가 불만일 것이다.

2) 문장의 점층적 반복

근래의 시는 문장을 그대로 사용하기보다는 변주를 통해 그 반복이 기계적으로 보이지 않게 하면서 가락을 만들어 낸다. 즉, 문장의 점층적 반복이 그것이다. 다음 시가 대표적인 예가 된다.

> 기침을 하자

젊은 시인이여 기침을 하자
눈 위에 대고 기침을 하자
눈더러 보라고 마음 놓고 마음 놓고
기침을 하자

눈은 살아 있다.
죽음을 잊어버린 영혼(靈魂)과 육체(肉體)를 위하여
눈은 새벽이 지나도록 살아 있다.

기침을 하자
젊은 시인이여 기침을 하자
눈을 바라보며
밤새도록 고인 가슴의 가래라도
마음껏 뱉자

— 김수영, 「눈」 전문

이 시는 '기침을 하자'라는 최소한의 문장에 부가적인 요소를 하나씩 덧붙이면서 형식과 내용을 점층적으로 강화시키고 있다. 동일한 문장을 확장하면서 의미도 강조하고 가락도 만드는 방법이다. 마지막에서 이 문장을 "가래라도/마음껏 뱉자'로 변주하면서 기계적 반복의 단조로움을 피하고 있다.

2. 내면화된 반복성

현대시는 도식적 주기성, 반복적 규칙성을 거부하여 그 반복성이 내면화되었다. 외형적인 반복성을 거부할 경우, 시에서 가락은 어떤 식으로 남아 있을 것인가. 여기에는 세 가지 경우가 있을 수 있다. 기표의 상징적 가치, 즉 뉘앙스에 주목하는 경우와 기표 그 자체의 음향에 주목하는 경우, 그리고 마지막으로 심상의 흐름과 충돌이 그것이다.

1) 기표의 상징적 가치

먼저, 기표의 상징적 가치에 주목하는 경우이다. 기표의 상징적 가치란 기표의 음성적 측면으로부터 생성되는 뉘앙스나 심상 같은 상징적인 느낌을 말한다. 현대시의 가락에 대해 쓴 글에서, 조향은 이런 기표를 "상징으로서의 음"이라 부른 바 있다. 그에 따르면 상징으로서의 음은 정형률처럼 어음의 외적 리듬을 중시하는 것이 아니라, 음이 상징하는 감각과 감정의 미가 "유동적인 몽롱한 분위기에 의해 상징적인 형태를 만드는 것"이다. 발레리에서 비롯하여 브레몽, 랭보 등을 거쳐 형성된 순수시론과 그 이전의 상징주의가 이런 경향의 기원이 된다. 규칙적이며 외적 형식을 강요하는 외형률에서의 음은 이제 내부적, 질적인 면의 뉘앙스로 전환하게 된 것이다.

자유시가 말하는 내면율, 혹은 내재율의 출발도 이런 음의 존재에 있다.[2] 외형률을 파기한 보들레르와 상징시파들이 찾아낸 새로운 대안으로서의 이 "음질적 내용률"(조향)은 시를 이해와 해석의 대상이 아니라 미해(味解)하고 느끼는 대상으로 만들었다. 상징주의에서 언어를 "개념적으로 이지적으로 쓰지 않고 암시적으로 음악적으로" 사용한 것도 이와 관련된다. 베를렌의 시 「시론」이 이런 지향을 잘 설명해 준다.

> 음악, 음악 모든 것 제껴두고 먼저 음악이어라.
> 그러기 위해선 나누기 어려운 것을 고르리라.

2. 내재율에 대한 명칭은 내용률, 내재율, 내면율, 내율(內律), 심률(心律) 등으로 불린다. 황석우, 「조선시단의 발족점과 자유시」, 『매일신보』, 1919. 11. 10.

무척 아슴푸레한, 꺼질락말락한 것을.

진정 거기엔 손으로 헤아릴 수도 놓을 수도 없는 것이 있어라. (…)

좋은 말을 고르려면 무심히 하라.

말을 차라리 업신여기어라. (…)

우리는 색채를 구하지 않는다. 뉘앙스를 구하노라.

뉘앙스, 참으로 그 밖엔 아무것도 없어라.

1920년대 상징주의에서도 자주 인용된 바 있는 이 시는 프랑스 상징주의의 시론과 신조를 단적으로 표현한 작품이다. 이 시에서 중시되는 것은 음악적 분위기일 뿐이다. '말을 업신여기라'는 표현은 기의를 무시하라는 의미이다. 기의에 대한 이런 거부는 '언어의 순수화' 전략과 맞물려 있다. 상징주의자들이 추구한 언어의 순수화는 결국 순수 언어의 좌표를 음악적 영역에다 설정했으며, 이에 따라 가락에서 빚어지는 몽롱하고 유동적인 분위기가 시의 전부가 되었던 것이다. 기존의 관념들에 의해 혼탁해진 언어를 순수하게 만들기 위해서 "말의 뜻", 즉 의미의 세계를 추방시킨 결과 상징으로서의 음이 주요한 시적 요소로 등장하게 된 것이다.

한국에는 음악성에 초점을 맞춘 모범적인 상징주의 시가 거의 없다. 오히려 김영랑 같은 경우가 이런 경향을 가장 성공적으로 보여 준 시인이라 할 수 있다.

내 가슴 속에 가늘한 내음

애끈히 떠도는 내음

저녁 해 고요히 지는 제

머ㄴ 산허리에 슬리는 보랏빛

오! 그 수심 뜬 보랏빛
내가 잃은 마음의 그림자
한 이틀 정열에 뚝뚝 떨어진 모란의
깃든 향취가 이 가슴 놓고 갔을 줄이야.

얼결에 여윈 봄 흐르는 마음
헛되이 찾으려 허덕이는 날
뻘 위에 철-석 갯물이 놓이듯
얼컥 니-는 훗근한 내음

아! 훗근한 내음 내키다 마-는
서어한 가슴에 그늘이 도-나니
수심 뜨고 애끈하고 고요하기
산허리에 슬리는 저녁 보랏빛

— 김영랑, 「가늘한 내음」 전문

이 시가 전달하고자 하는 구체적인 메시지는 뚜렷하게 잡히지 않는다. 정확하게 지시할 수 없는 미묘한 마음의 상태를 노래하고 있는 작품이라고 그저 짐작할 뿐이다. 마음의 구체적 상태는 드러나지 않고 '가늘한 내음', '산허리에 슬리는 보랏빛' 등의 어휘가 풍기는 몽롱하고 애상적인 뉘앙스만 가득하다. 베를렌의 "뉘앙스, 참으로 그 밖엔 아무것도 없"는 경지가 잘 나타난 경우라 할 수 있다.[3]

3. 조향은 '상징으로서의 음'을 강조한 상징주의를 "시의 영토를 음악에다 넘겨 준 별스레 명예롭지도 못한 계보"라고 비판하며, "이런 방법론을 아직도 금과옥조처럼 생각하고 있다는 것은 현대시인으로서의 명예가 될 수는 없다"고 평가한다. 조향, 『조향전집2』, 열음사, 1994. 254쪽.

2) 기표 그 자체의 음향

다음으로, 기표 그 자체의 음향에 주목하는 경우이다. 이것은 기표의 음상(音相)이나 음색 같은 것에서 가락의 요소를 발견하는 것이다. 음상이나 음색은 시의 내용과도 밀접하게 연관되어 시의 분위기와 가락을 미묘하게 조정하는 청각 형태이다. 조향은 이런 시적 청각 형태를 "음향의 포에지"라 불렀다. 이 말은 "음향이 주는 이미지의 문제", 즉 "음원(音源)에서 발음된 음현상(音現象)이 피발음자(듣는 사람)에게 어떤 수동적 청각영상을 주느냐에 관한 문제"와 연관된다. 이때의 음향(파열음, 마찰음)은 우리의 뇌리에 즉각적으로 형성하는 현대적인 청각영상을 말하는 것이다.

조향에 따르면, 청각 형태로 볼 때 시의 가락은 규칙적인 진동에서 일어나는 "악음(樂音)"으로 구성된 것과 "불규칙적인 진동에서 일어나는 음파"인 "조음(噪音)"으로 구성된 것으로 나누어진다. 전자는 고전시의 외형률과 상징주의 시의 내면율을 포함하고, 후자는 모더니즘 시의 실험적 음향을 포함한다. 모더니즘에 있어서 음향에 불과한 소음이 기존의 규칙적인 리듬을 거부하며 새로운 시적 청각 형태의 대안으로 등장한 것이다.

이런 탈리듬적인 경향이 현대시의 주조가 되어 왔다. 음향 중심적인 시의 전범은 스티븐 스펜더의 「급행열차(Express)」가 잘 보여 준다.

After the first powerful plain manifesto

The black statement of pistons, without more fuss

But gliding like a queen, she leaves the station.

위의 시는 스티븐 스펜더어의 「Express」라는 시의 첫 석 줄이다. 김○○(김기림-인용자) 씨의 말을 빌릴 필요도 없이, 널려 있는 파열음 P, K, Q,

T, 마찰음 F, S 등에서 울려오는 음향은 마악 정거장을 떠나기 시작한 "급행열차"의 역동적인 검은 모습 혹은 "검은 진술(The black statement)"의 이메지를 효과시키는 데에 적절하다.[4]

위의 인용문처럼 현대의 시는 음향이 내용과 조화를 이루면서 가락을 만들어 낸다. 스펜더의 시에서처럼 파열음, 마찰음이 정거장을 출발하는 급행열차의 역동적인 심상과 자연스럽게 연계될 때 바람직한 운율이 탄생하는 것이다. 이것이 바로 조향이 생각하는 "시대가 요구하는 새로운 운"이다.

3) 심상의 흐름과 충돌

마지막으로, 심상의 흐름과 충돌 역시 가락을 형성한다. 이것은 현대시에 나타나는 내면화된 가락의 대표적인 예가 된다.

감자 껍질을 벗겨봐 특히 자주감자 껍질을 벗겨봐 감자의 살이 금방 보랏빛으로 멍드는 걸 보신 적 있지 속살에 공기가 닿으면 무슨 화학변화가 아니라 공기의 속살이 보랏빛이라는 걸 금방 알게 되실 거야 감자가 온몸으로 가르쳐 주지 공기는 늘 온몸이 멍들어 있다는 걸 알게 되지 제일 되게 타박상을 받는 타박상의 일등(一等), 공기의 젖가슴이 가장 심해 그 타박의 소리를 어느 한밤 화성 근처 보통리 저수지에서 들은 적 있어 밤 이슥토록 떼로 내려앉았다가 무엇의 습격을 받았는지 일시에 하늘로 치솟아 오르던, 세상을 들어 올리던 청둥오리 떼의 공기, 일만 평으로 멍드는 소리를 들은 적 있어 폭탄 터졌어 그밤 그순간 내 사랑도 일만 평으로 멍

4. 조향, 위의 책, 274쪽. 인용된 시의 해석은 다음과 같다. "강력하고도 분명한 첫 선언 뒤에/더 이상의 소란 없는, 피스톤의 검은 진술/그러나 여왕과 같이 미끄러져, 그녀는 역을 떠난다."

들었어 그 소리의 힘으로 나 여기까지 왔지 알고 보면 파탄이 힘이야 멍을 힘이라고 말할 수밖에 없어 나를 감자 껍질로 한번 벗겨봐 힘에 부치시걸랑 나의 멍을 덜어가셔 보탬이 될 거야 이젠 겁나지 않아 끝내 너를 살해할 수 없도록 나를 접은 공기, 공기는 내 사랑!

— 정진규, 「공기는 내 사랑」 전문

이 산문시는 언어적으로 다소 반복적인 요소를 보여 주긴 하지만 그 반복이 두드러지진 않는다. 그럼에도 유장한 시적 가락이 잘 느껴진다. 그것은 '감자 껍질-멍-공기' 등으로 발전해 나가는 심상의 흐름이 시의 내용과 맞물리면서 미묘한 가락을 형성해 낸 것이다. 감자 껍질에서 시작된 자줏빛 심상은 멍의 심상으로, 그것은 다시 공기의 속살, 청둥오리 떼의 공기로 연쇄적으로 진행되면서 심상의 흐름과 연쇄가 훌륭한 가락을 만들어 낸 것이다. 시적 통찰과 잘 어울린 심상의 가락이라 할 수 있다.

이와 달리 모더니즘 계열의 실험적인 작품은 심상의 흐름을 의도적으로 끊으면서 새로운 가락을 만들어 내기도 한다. 심상과 심상의 전위차(電位差)[5]를 충분하게 고려하여, 낯선 심상들을 의도적으로 충돌시킬 때 앞에서 본 서정적인 가락과 전혀 다른 차원의 가락이 형성되는 것이다. 다음 시가 대표적이다.

낡은 아코오뎡은 대화를 관뒀습니다

5. 전위차는 초현실주의의 용어이다. "한 줄기의 특수한 광채가 발휘되는 곳은 어떤 점에 있어서는 우연적인 두 단어가 접근되는 점에서이며 우리는 이 〈이미지의 광채〉에 대하여 지극히 민감하다. 이미지의 가치는 이렇게 해서 얻어진 불꽃의 아름다움에 의하여 좌우되는 것이며, 따라서 그것은 두 개의 전도체 사이에서 발생되는 전위차의 작용이라고도 할 수 있다." André Breton, 「제1차 선언」, Tristan Tzara 외, 송재영 옮김, 『다다/쉬르레알리슴 선언』, 문학과지성사, 1987, 144쪽.

— 여보세요?

폰폰따리아
마주르카
디이젤-엔진에 피는 들국화

— 왜 그러십니까?

  모래밭에서
수화기
 여인의 허벅지
   낙지 까아만 그림자

— 조향, 「바다의 층계」 부분

이 작품은 의미상 연계를 전혀 지니지 않는 심상들을 의도적으로 충돌시키면서 새로운 가락을 형성하고 있다. 의미에 대한 부담을 덜어내면서 오히려 전면적으로 심상의 흐름에 온몸을 맡긴 형태라 할 수 있다.

반복성을 떠났으면서도 내적으로 더욱 증폭되는 현대시의 가락은 현대 시인들의 꿈이었다. 보들레르가 산문 시집 서문에서 다음과 같이 고백하지 않았던가.

> 우리들 중 누가 한창 야심만만한 시절, 이같은 꿈을 꾸어보지 않은 자가 있겠습니까? 리듬과 각운이 없으면서도 충분히 음악적이며, 영혼의 서정적 움직임과 상념의 물결침과 의식의 경련에 걸맞을 만큼 충분히 유연

하면서 동시에 거칠은 어떤 시적 산문의 기적의 꿈을 말이오.[6]

외형적으로 나타나는 정형적 요소로서의 가락이나 운이 없지만, 영혼과 꿈과 의식의 출렁거림과 어울리는 가락을 보들레르는 '시적 산문', 즉 '산문시'의 기적이라 부른다. 물질적, 음성적 울림이 아니라 영혼이나 의식의 울림이라는 이 내적인 울림, 이것이 바로 현대시가 꿈꾸는 새로운 가락이다. 현대시는 그 기적을 향해 지금도 전진해 가고 있다.

3. 시형, 가락의 시각화

근대시가 청각적인 노래를 시각적인 시로 재편하면서 가락을 띄어쓰기, 행갈이 등으로 대체하였다. 행갈이는 음성적 휴지의 시각화로 고안된 것이다. 이는 띄어쓰기의 도입이라는 역사적 순간에 빚지고 있다.[7] 띄어쓰기는 말하기의 무의식적 흐름에 가한 의식적 분절이다. 말하기의 연속성은 띄어쓰기가 나타나기 전까지 자연스러운 현상이고 분절의 대상으로 의심된 적이 없다. 마치 물소리나 바람소리처럼 잘라질 수 없는 소리의 덩이였다. 띄어쓰기는 이 흐름을 분절함으로써 의미도 분절해 낸다. 음성 단위의 분절은 의미를 드러낸다. 형식이 내용을 압도하는 것이다. 청각의 정형성이 약화되는 것도 이 때문이다. 의미와 호흡단위의 연계도 여기서 드러난다.

고전소설의 띄어쓰기 결여는 구술의 기록이기 때문이다. 거기에 구두점이 있다 해도 이는 호흡의 그림자에 불과하다. 초기의 띄어쓰기는 비록 인쇄 매체로 나타난다 하더라도 인쇄 시대의 재현이라 할 수 없

6. Ch. Baudelaire, 윤영애 옮김, 「아르젠느 우세에게(서문)」, 『파리의 우울』, 민음사, 1979, 19쪽.
7. 개화기 시가에서 띄어쓰기가 처음 나타나는 것은 1902년 11월, 『제국신문』의 「시사단설」이다. 김영철, 『21세기 한국시의 지평』, 신구문화사, 2008, 80쪽.

다. 의미의 덩어리가 세분화되지 않고 호흡에 종속되어 있다. 여전히 음성구술 시대에 속한다. 인쇄 매체의 독자성이 아직 발견되지 않은 것이다. 근대시는 인쇄 매체의 시각화 이후의 일이다. 상징주의나 모더니즘도 그 이후의 일이다.

개화기 시(특히 가사)는 기계적 띄어쓰기를 채용하고 있다. 벽돌을 쌓아 놓는 것처럼 정형적이다. 가끔씩 '황제'를 강조하는 강조어의 어두 배치는 절대군주제의 시각화이다. 벽돌형의 최고 형태가 가사이다. 개화기에 가사가 절대적인 지위를 지닌 것도 청각에 대한 향수가 시각과 만난 탓이다. 가사는 호흡의 우세를 보여 준다, 의미는 호흡에 종속된다. 끊어 읽기와 의미상의 나눔이 일치하지 않음은 호흡의 절대적인 지위를 보여 준다. 벽돌의 붕괴는 서서히 이루어진다. 행의 길이가 동일하지 않게 되면서 변형이 생긴다.

띄어쓰기가 시적 차원에 적극적으로 도입되면서 행갈이가 나타나며 근대적 시형이 출현한다. 띄어쓰기는 행갈이의 선구적 형태인 것이다. 행갈이는 근대시에서 서서히 소멸해 가는 가락의 존재 양상을 보여 준다.

행갈이는 산문을 시로 전환하는 중요한 수단이다. 행갈이는 산문적 진술을 시적 발화로 변화시키며 독자로 하여금 시에 반응할 준비를 하게 만드는 시의 일차적 표지이다.

나는
오늘도 버스를 타고 먼지의 도시로 간다
나는 오늘도
버스를 타고 먼지의 도시로 간다
나는 오늘도 버스를
타고 먼지의 도시로 간다

나는 오늘도 버스를 타고
먼지의 도시로 간다
나는 오늘도 버스를 타고 먼지의
도시로 간다
나는 오늘도 버스를 타고 먼지의 도시로
간다
나는 오늘도 버스를 타고 먼지의 도시로 간다

— 이가림, 「오랑캐꽃7 — 물거품의 나날」 전문

이 작품은 "나는 오늘도 버스를 타고 먼지의 도시로 간다"는 진술을 행갈이를 하면서 반복한다. 단 하나의 문장이 행갈이만 달리하면서 7번이나 등장하는 것이다. 산문에서는 이것이 동일한 문장일 수 있지만, 시에서는 행갈이를 달리 할 때마다 전혀 다른 문장이 된다.

(가) 나는
오늘도 버스를 타고 먼지의 도시로 간다

(나) 나는 오늘도
버스를 타고 먼지의 도시로 간다

(가)와 (나)는 동일한 문장이지만, 다른 행갈이로 배치되면서 이 두 문장은 전혀 다른 문장이 된다. 그 차이를 두 가지로 정리할 수 있다. 먼저 강조점의 차이다. (가)는 '오늘'을 앞세우면서 시간적 요소에 주목하게 만들고, (나)는 '버스'를 앞으로 내어 교통수단에 주목하게 한다. 그 다음은 정서의 차이다. (가)는 길이의 불균형으로 뭔가 불편한 정서를 담아내고, 먼지의 도시로 가는 그 길이 지루하고 힘겨움을 암

시한다. (나)는 상대적으로 안정된 형태를 보여 주며, 정서에 있어서도 적당히 편안한 느낌을 준다. 이처럼 시에서 행갈이는 여러 측면에서 의미의 변화를 가져온다.

그리고 행갈이는 문장의 흐름에 대한 상투적인 기대를 의도적으로 거역함으로써 인식의 충격을 겨냥하기도 한다.

> 펄럭하고 문이 열렸다.
> 하루 종일 나의 등 뒤에서
> 펄럭펄럭 문이 열리는 것은
> 불안한 일이었다.
> 라는 것은
> 찢어진 봉창문 같은 나의 생활이
> 펄럭거리기 때문이다.
> 펄럭하고 문이 열렸다.
> 또한 꽝하고 닫겼다.
> 라는 것은
> 자식들이 어리기 때문이다.

— 박목월, 「문」 부분

처음 두 문장까지 읽으면, 읽기의 습관상 독서가 일차적으로 완료된다. 시행의 배치로나 문장부호로 볼 때 이 부분은 두 문장으로 완결된 문장이기 때문이다. 특히 첫 문장("펄럭하고 문이 열렸다.")이 짧게 완료되어 두 번째 문장도 역시 의심 없이 종료된 것으로 보인다. 그러나 바로 그 다음에 "라는 것은"이라는 표현이 한 행으로 들어서면서 지금까지 읽으며 형성되었던 의미나 기대 같은 것이 여지없이 무너져 내린다. 그래서 "봉창문 같은 나의 생활"의 불안정성이 더욱 강조된다. 이런 기법은 인식상의 충격을 의도적으로 노리고 있으며, 또한 성공적이라 할 수 있다.

의미상 적절하게 분절되지 않은 지점에서 부자연스럽게 행해지는 행갈이는 행걸침, 즉 앙장브망(enjambement)이라 부른다. 행걸침은 현대 자유시의 특징이다.

> 내가 살아온 것은 거의
> 기적적이었다
> 오랫동안 나는 곰팡이 피어
> 나는 어둡고 축축한 세계에서
> 아무도 들여다보지 않는 질서
>
> 속에서, 텅 빈 희망 속에서
> 어찌 스스로의 일생을 예언할 수 있겠는가
>
> — 기형도, 「오래된 서적」 부분

이 시 1연의 3-4행('피어/나는')과 1, 2연의 연결 부분('질서//속에서')에서 행걸침이 나타나고 있다. 일상적인 용법에서는 어떤 휴지도 부자연스러운 부분이다. 황석우는 이런 행걸침을 자유시의 저항 정신으로 보았다.

> 자유시의 발상지는 더 말할 것도 없이 피(彼) 불란서입니다. 자유시 이전의 재(在)한 서시(西詩)는 음수(音數), 체재 등에 관한 복잡한, 괴난(怪難)한 법칙에 지배되었었습니다. 피 알렉산드리안조의 12철음의 법칙과 같음은 그 현저한 예입니다. 이것은 '일행(一行) 일단락제'라고도 할 법칙이었습니다. 이 법칙에서는 일행에 포(包)할 의미는 차행(次行)에 급(及)치

않음을 그 원칙으로 하였습니다. 곧 그 행행(行行)이 각각 '의미독립'을 보(保)치 않으면 아니 되었습니다. 이런 부자유의 고전적 외적 제율(制律)이 시인의 자유, 분방(奔放)의 정상(情想)을 구속 압박하여 왔습니다. 근경 우리의 흔히 듣는 '앙장브망'이란 어(語)는 이 시대의 토산어품(土産語品)입니다. 곧 피 법칙에 반(反)한 시는 '앙장브망'이라고 호(呼)하였기 때문입니다. 이 전제시형에 반항하여 입(立)한 자가 곧 자유시입니다.[8]

이 글을 통해 행걸침은 프랑스 알렉상드리앙조의 '1행 1단락제'를 위반한 행갈이임을 알 수 있다. 또한 의도적인 행걸침은 자유시를 위한 투쟁으로 인식될 수 있음도 짐작할 수 있다. 변격적인 시행으로서의 행걸침은 이와 같은 문학사상을 깔고 있는 것이다.

특수한 행갈이로서의 행걸침의 의미는 이보다 더 나아간다. 행걸침은 의미와 호흡의 불균형을 의도적으로 구현한 경우에 속한다. 행걸침은 호흡 단위가 인위적인 활자 배치에 의하여 소멸해 가고 있음을 보여 준다. 그래서 행걸침이 청각 위주의 정형성에 대한 부정으로 읽히는 것은 당연하다. 이런 청각과의 거리두기는 모더니즘 문학, 특히 아방가르드 문학에 이르러서는 절정에 달한다.

행갈이는 다양한 시적 형태를 창출한다는 점에서도 새로운 의미를 지닌다. 각 시행에서 발생하는 행갈이의 변화가 최종적으로 도달하는 곳이 바로 시형이기 때문이다. 행갈이 방식에 따라 시형도 변화한다. 현대시에 있어서 행갈이에 대한 관심이 현대시의 가락에 대한 의식을 보여 준 것이라 한다면, 행갈이에 기인하는 시형 자체도 가락의 한 형식이라 할 수 있다. 가락과 관련해서 시형을 다루는 까닭이 여기에 있다.

8. 황석우, 「조선시단의 발족점과 자유시」, 『매일신보』, 1919. 11. 30. 표기는 현대 맞춤법에 맞추었음.

산

김소월

산새도 오리나무
위에서 운다
산새는 왜 우노, 시메 산골
영 넘어 갈려고 그래서 울지

눈은 내리네 와서 덮이네
오늘도 하룻길은
칠팔십리
돌아 서서 육십리 가기도 했소

불귀(不歸) 불귀 다시 불귀
삼수갑산에 다시 불귀
사나이 속이라 잊으렸만
십오년 정분을 못잊겠네

산에는 오는 눈, 들에는 녹는 눈
산새도 오리나무
위에서 운다
삼수갑산 가는 길은 고개의 길

— 『개벽』(1923.10)

가정(家庭)

이상(李箱)

문을암만잡아다녀도안열리는것은안에생활이모자라는까닭이다.밤이사나운꾸지람으로나를졸른다.나는우리집내문패앞에서여간성가신게아니다.나는밤속에들어서서제웅•처럼자꾸만감(減)해간다.식구야봉(封)한창호어데라도한구석터놓아다고내가수입(收入)되어들어가야하지않나.지붕에서리가내리고뾰족한데는침(鍼)처럼월광(月光)이묻었다.우리집이앓나보다그러고누가힘에겨운도장을찍나보다.수명(壽命)을헐어서전당(典當)잡히나보다.나는그냥문고리에쇠사슬늘어지듯매어달렸다.문을열려고안열리는문을열려고.

—『가톨릭청년』(1936. 02)

•제웅: 짚으로 만든 사람 모양의 물건. 전통 민속에서 액막이용으로 사용함.

성씨보(姓氏譜)

— 오래인 관습, 그것은 전통을 말함이다

오장환

내 성은 오씨(吳氏). 어째서 오가인지 나는 모른다. 가급적으로 알리워 주는 것은 해주로 이사온 일청인(一淸人)이 조상이라는 가계보의 검은 먹글씨. 옛날은 대국 숭배(大國崇拜)를 유심히는 하고 싶어서, 우리 할아버니는 진실이가였는지 상놈이었는지 알 수도 없다. 똑똑한 사람들은 항상 가계보를 창작하였고 매매하였다. 나는 역사를, 내 성을 믿지 않어도 좋다. 해변 가으로 밀려온 소라 속처럼 나도 껍데기가 무척은 무거웁고나. 수통하구나. 이기적인, 너무나 이기적인 애욕을 잊을랴면은 나는 성씨보가 필요치 않다. 성씨보와 같은 관습이 필요치 않다.

— 『조선일보』(1936. 10. 10)

쉬!

문인수

그의 상가엘 다녀왔습니다.
환갑을 지난 그가 아흔이 넘은 그의 아버지를 안고 오줌을 뉜 이야기를 들었습니다.

생(生)의 여러 요긴한 동작들이 노구를 떠났으므로 하지만 정신은 아직 초롱같았으므로
노인께서 참 난감해 하실까봐 "아버지, 쉬, 쉬이, 아이쿠, 아이쿠, 시원허시겄다아"
농하듯 어리광부리듯 그렇게 오줌을 뉘였다고 합니다.

온몸, 온몸으로 사무쳐 들어가듯 아, 몸 갚아드리듯 그렇게 그가 아버지를 안고 있을 때
노인은 또 얼마나 더 작게, 더 가볍게 몸 움츠리려 애썼을까요. 툭, 툭, 끊기는 오줌발, 그러나 그 길고 긴 뜨신 끈, 아들은 자꾸 안타까이 땅에 붙들어 매려 했을 것이고 아버지는 이제 힘겹게 마저 풀고 있었겠지요.
쉬—

쉬! 우주가 참 조용하였겠습니다.

—『쉬!』(2006)

검은 비닐봉지를 뒤집어 쓴,

유홍준

새벽 재래시장을 가보면
재밌는 풍경,
어김없이 검은 비닐봉지를 뒤집어 쓴 할머니들이 있다
어김없이 검은 비닐봉지를 뒤집어 신은 아줌마들이 있다
재밌다, 어떤 도구가
전혀 아무 상관도 없는 어떤 곳에 쓰일 때의 즐거움 즐거움
학교에도 경찰서에도 우체국에도 그게 없는데 시장에는 그게 있다

단 한 평 가게도 없는
비닐봉지여
머리가 시리고 발가락이 시려
검은 비닐봉지를 뒤집어 쓴 노점이여

아무나 비닐봉지를 뒤집어쓰지 않고 아무나 비닐봉지를 뒤집어 신지 않는다
초겨울 새벽
재래시장에 가 보면
임기응변으로 살아야 하는 사람들만이 그런다

검은 비닐봉지를 뒤집어 쓴 할머니가 호객을 한다
과일을 담아주고
채소를 담아줄 검은 비닐봉지를 뒤집어쓰고 손님을 청한다

—『시산맥』(2012. 봄)

3부

소설의 이해

7 소설은 근대의 문학 장르인가

방민호, 「한국에서의 소설, 현대소설 그리고 현대」

엮은이의 추천 이유

이 글은 한국에서 소설의 개념이 어떻게 형성되었는지를 고찰하는 평문이다. 많은 현대소설 학자들이 근대의 소설과 그 이전의 소설이 지닌 불연속성을 강조하는 관례를 따르고 있는 데 반하여, 필자는 소설 유통의 현황과 개념의 전개를 고찰하여 근대 이전의 소설과 근대 소설이 근원적으로 연속성을 지니고 있다고 판단한다. 한국 소설 개념의 성격과 형성을 이해하는 데 도움을 주는 글이다.

출전: 방민호, 『한국현대소설사』(출판 예정) 서론

한국에서의 소설, 현대소설 그리고 현대

방민호

소설이라는 말은 아주 유구한 역사를 가지고 있다. 한자어인 이 말은 아주 오래전에 중국에서부터 쓰기 시작했으며, 이것이 한국과 일본, 베트남 등 동아시아 한자문화권에 전파되었다.

그 결과, 이들 나라에서는 소설이라는 말이 특정한 서사 양식에 속하는 작품들을 가리키는 말로서 일상적으로 통용되었다. 전기소설(傳奇小說)•로 분류되는 중국의 『전등신화』, 한국의 『금오신화』, 베트남의 『전기만록』의 존재는 이를 잘 보여주는 대표적인 사례다.[1]

이 전기소설 양식은 소설이라는 것이 한자문화권인 동아시아 공동의 유산임을 보여준다. 전기소설 말고도 동아시아 각국에 공히 나타나는 장회체• 한문소설 같은 유형이 보여주듯이, 서양에서와 마찬가지로 동아시아에서도 중세는 공동의 문어를 바탕으로 공통적인 문화적 가치를 공유하려 한, 공동문어 문학의 시대였다.[2] 이 시대에 동아시아에서 한문의 위상은 유럽에서의 라틴어와 유사한 것이었다. 한문은 그것

1. 박희병, 「한국, 중국, 베트남 전기소설의 미적 특질 연구—『금오신화』, 『전등신화』, 『전기만록』을 대상으로」, 『대동문화연구』 36, 2000 참조.
2. 조동일, 「한국문학사의 시대 구분과 세계문학사」, 『한국문학과 세계문학』, 지식산업사, 1991, 76~95쪽.

을 쓰는 사람들로 하여금 공동의 문화적 인식을 가질 수 있게 해주었다.

소설은 그러한 동아시아 공동의 문화적 행위 가운데 하나였다. 동아시아에 있어 소설이라는 말이 지닌 보편성은 전통(tradition)에 대한 엘리엇의 견해를 상기시킨다. 이어령에 따르면 엘리엇은 전통을 각각의 나라의 지방적인 문학에서 찾지 않고 서양 문화를 꿰뚫는 고전적인 교양에서 찾았다. 그런 엘리엇에게 있어 전통이란 지방성을 탈각시키려는 노력, 영국의 중요한 현대 비평가인 매슈 아놀드가 말한 지적 연맹의 실현을 의미했다.[3] 즉 소설은 동아시아 각 나라가 공유하고 있던 지적인 그들 각자만의 문화가 아니라 지방적인 것, 국지적인 것을 바로잡아 보편적인 데에 이르는 것이라고 했던 엘리엇의 말을 상기시킨다.[4]

•전기소설: 기이하고 비현실적인 이야기를 다룬 소설.
•장회체: 긴 이야기를 여러 장(章)이나 회(回)로 나누어 서술하는 소설 형식.

소설이라는 말이 생겨난 고대 중국에서 이 말은 '보잘것없는 말' 또는 '하찮은 담론'이라는 뜻을 가지고 있었다. 이 보잘것없음과 하찮음은, 두 가지 의미에서 그러했다. 먼저, 철학적 의미에서 그것은 파괴적이거나 교훈적인 힘을 가지고 있기는 하지만, 이단적인 원리나 상이한 의견을 담고 있는 하위의 저작물을 의미했다. 소설가는 유가나 도가와 같은 반열에 들어갈 수 없는 하등의 철학적 담론 주체를 의미했다. 다음으로 역사 기술의 측면에서 소설은 사소하고, 믿을 만하지 못하고, 비천한 기술을 의미했다. 그것은 격조 높은 기술에는 어울리지 않는, 소문과 여론, 신빙성 없는 사실, 꾸며낸 이야기, 백성들에 관한 일 등을 포함하고 있는 역사 기술이었다.[5]

그러므로 소설이란 철학적으로 볼 때 중요성이 덜하고 역사적으로

3. 이어령, 「토인과 생맥주」, 『연합신문』, 1958.1.12.
4. 엘리엇, 「전통과 시인의 재능」, 참조.
5. 루사오펑, 『역사에서 허구로—중국의 서사학』, 조미원 · 박계화 · 손수영 옮김, 길, 2001, 77쪽.

볼 때 믿을 만하지 못한 것이었으나, 어느 경우에는 귀담아들을 수도 있는 것들을 의미했다. 그것은 중요성을 부여받은 철학적 담론 양식이나 역사 기술 유형으로 분류할 수 없는 나머지 것들을 의미했지만, 어느 때는 이와 같은 '정전'들이 말하지 못하는 것들을 담고 있는 것으로 취급되기도 했다.

이런 의미에서 소설은 서구에서 말하는 픽션(fiction)과는 다른 의미를 지닌 것이었다. 소설이라는 말이 어원적으로 한담(閑談)이나 일화 같은 것을 의미한다면, 픽션이란 저자에 의해서 만들어지고 창조된 것을 의미한다. 소설이 중요하지 않지만 실제로 일어났다고 생각되는 것들을 의미한다면 픽션이란 작가가 그의 마음속에서 꾸며낸 것을 의미한다.[6]

그럼에도 당나라 시대의 전기(傳奇) 문학의 융성, 송나라 시대의 소설학의 발전을 거쳐, 명청 시대에 이르면 허구적인 서사물이 비역사적인 창조물로서 그 나름의 방식대로 이해되어야 한다는 사실을 분명하게 인식하게 되며, 이로부터 사실성과 다른 핍진성에 대한 요구가 나타났다.[7]

한편으로, 이러한 소설이 동아시아 각국에서 똑같은 의미를 가지고 있었던 것은 아니다. 중국과 한국, 일본에서 소설이라는 말이 어떻게 쓰여 왔는가를 살펴보면 이 사실이 분명해진다. 중국의 문언문학에서 소설은 앞에서 살펴본 것처럼 다양한 이야기나 잡담거리의 기록을 총칭하는 뜻을 가졌다가, 백화문학(白話文學)•에 오면, 역사성이 없는 단편 이야기를 뜻하는 좁은 뜻으로 쓰이기도 하고, 산문의 범위를 넘어서는 온갖 이야기를 지칭하기도 했다. 이런 의미에서의 소설은 오늘날의 소설의 한 하위 갈래를 가리키는 말이 되기도 하고, 서사적인 것 모

6. 위의 책, 80쪽의 빅터 메어(Victor Mair)의 견해 참조.
7. 위의 책, 154-237쪽, 참조.

두를 두루 일컫는 말이 되기도 한다.[8]

•백화문학: 중국에서 구어와 속어로 쓰인 문학.

한국에서 소설은 처음에는 중국에서와 마찬가지로 대단치 않은 수작을 의미하는 뜻으로 통용되었다. 그런 넓은 뜻에서, '잡기(雜記)', '잡록(雜錄)', '만록(漫錄)', '쇄록(鎖錄)', '기사(記事)', '기이(記異)', '일기(日記)', '야언(野言)', '쇄언(瑣言)', '척언(摭言)', 총화(叢話), '한화(閑話)', '냉화(冷話)', '시화(詩話)', '신화(新話)', '촌담(村談)', '극담(劇談)'과 같은 다양한 말이 모두 소설에 귀속되는 것으로 여겨졌다. 골계소설(이세좌), 패관소설(김춘택) 등의 용어가 나타나고, 한문소설과 국문소설을 구별해서 지칭하는 말이 나타나기도 하면서(소설고담, 이양오), 나중에는 소설이라는 말 속에 이 양자가 모두 포섭되었다. 홍희복(洪羲福, 1794~1859)에 이르러 소설은, 전하는 일을 거두어 적은 기록이라는 처음의 뜻에서 벗어나 거짓 일을 펩진하게 써서 사람들로 하여금 믿고 즐길 수 있도록 한 것이라는 뜻을 갖기에 이르렀다.[9]

일본에서는 소설이라는 말이 18세기에 들어서서야 사용되었다. 또 소설은 그 시대의 해당 작품을 두루 지칭하는 용어가 되지 못했다. 체제나 내용에 따라 각각의 작품들이 오토기조시(御伽草子), 가나조시(假名草子), 요미혼(讀本), 사례본(洒落本), 곳케이본(滑稽本), 닌죠본(人情本), 구사조시(草雙紙) 등 다양한 용어로 불리었을 뿐이고, 소설은 요미혼의 일부를 지칭하는 말에 국한되어 사용되었다. 또한 소설은 일본식 구두점을 붙여 간행한 중국의 백화 단편소설을 지칭하는 용어로 사용되기도 했다.

19세기 말에 이르러 쓰보우치 쇼요(坪內消遙, 1859~1935)는 자신의 소설이론서인 『소설신수(小說神髓)』(1885)에서, 일본 재래의 이야기,

8. 조동일, 『한국문학과 세계문학』, 지식산업사, 1991, 317쪽.
9. 위의 책, 319-326쪽.

즉 물어류(物語類), 패사물어(稗史物語), 소설패사(小說稗史) 등과 구별되는 새로운 문학을 소설이라 규정하고, 소설이라는 말은 서양의 노블(novel)•을 번역한 말로 써야 한다면서, 한자어인 '小說'을 노베루(ノベル)라고 훈독하여 읽기까지 했다.[10] 이와 같이 소설이 노블의 번역어로 재규정됨으로써, 소설이라는 말은 이식된 서양소설을 가리키는 것으로 생각되는 경향이 생겨났다.[11]

여기서 한 가지 의문이 발생한다. 한국의 현대소설이란 과연 서양의 현대적 서사 양식의 하나인 노블의 번역어로 이해되어야 하는가, 그렇지 않으면 전통적인 소설과의 연관성 속에서 이해되어야 하는가 하는 문제가 그것이다.

이와 관련해서 『조선소설사』(1933)를 쓴 김태준은, "정말 기미독립 전후로 문학혁명이 일기 전까지는 롱 씨가 정의한 노블은 한 권도 없었다. 그러나…… 예전 사람들이 의미하는 소설은 헤아릴 수 없이 많다."[12]라고 하여, 노블과 다른 의미에서의 소설이 한국에서 오래전부터 있어왔음을 주장한 바 있다. 이러한 주장과 관련하여 구한말에 한국에 체류하면서 한국의 문화 역사에 대해 풍부하고도 다양한 기록을 남긴 호머 헐버트의 다음과 같은 지적은 깊이 음미할 만한 가치가 있다.

> 만약 "노블"이라는 말이, 아주 세밀하게 발달한 허구적인 작품(a work of fiction)과 최소한 몇 페이지 이상이 되는 것에 국한되는 용어라면, 한국은 많은 노블을 소유했다고 말할 수는 없을 것이다. 그러나, 허구적인 작품이라는 것이, 말하자면, 디킨즈의 「크리스마스 캐럴」이 노블이라고 불릴 수 있는 만큼의 근거를 가진 것이라면, 한국에는 수천 권의 노블이 있

10. 위의 책, 326-331쪽.
11. 위의 책, 330-331쪽.
12. 김태준, 『증보 조선소설사』, 학예사, 1939, 13쪽. 여기서 말하는 롱 씨란 William J. Long(1867~1952)으로 추정된다.

는 셈이다.[13]

•노블: 근대 유럽에서 시작된, 허구성을 지니며 길이가 긴 소설.

여기서 헐버트는 '노블'의 조건을 허구성과 어느 정도의 길이로 제시하고 있는데, 이는 서구의 노블과 한국의 소설이 같지 않음을, 만약 서구에서 한국의 소설과 유사한 작품을 찾는다면 그것은 찰스 디킨즈의 「크리스마스 캐럴」과 같은 것이 될 수 있음을 의식한 결과다. 이와 같은 관점에서 그는 『홍길동전』, 『창선감의록』, 『구운몽』, 『금산사몽유기』, 『숙부인전』, 『토생원전』 같은 한문소설들은 물론, 한글소설이 광범위하게 유행하는 현상을 실감 나게 서술하고 있다. 그는 "한글소설들이 나라 안의 모든 서점들에서 판매되고 있고, 서울에서만도 한문소설과 순한글소설이 수백 권씩 구비되어 있는 세책방(circulating library)이 몇 개씩이나 있다"[14]고 서술했다.

헐버트가 이 저작 『The Passing of Korea(대한제국멸망사)』의 초판을 발간한 것은 1906년이다. 그가 처음 서울에 온 것은 1886년이었고 재차 한국을 방문한 것은 1893년이다. 그는 1901년경부터 『The Korea Review』의 편집을 주관하면서 한국에 관한 글을 발표했으므로, 한국의 소설에 관한 그의 관찰 역시 이 무렵에 이루어진 것이라 보아야 할 것이다.

이 시대에 한국에서는 한문과 한글로 쓰인 소설들이 식자층을 위시한 모든 계층의 사랑을 받고 있었다. 그리고 이 시대에 한국은 을사조약과 한일합병이 말해주듯 일본에 의한 식민지화 과정에 들어서고 있었다.

이러한 시대적 분위기 속에서 이인직은 『만세보』에 1906년 7월 22

13. Homer B. Hulbert, The Passing of Korea, Seoul: by Yonsei University Press, 1969, 310쪽.
14. 위의 책, 311쪽.

일부터 10월 10일까지 50회에 걸쳐 신소설 『혈의 누』를 연재하였고, 이를 약간 고쳐 1907년 3월에 광학서포(廣學書舖)라는 곳에서 단행본으로 발간한다. 이것은 새로운 타이프의 소설이었고, 때문에 신소설이라는 새로운 명칭을 얻는다. 그리고 이를 흔히 한국 근대문학의 효시라고 간주하곤 한다. 그러나 이러한 평가는 보다 보충적이고 또 심층적인 논의를 필요로 한다.

다음과 같은 질문이 가능하다. 우선 근대(the modern period)란 무엇인가? 근대는 전근대와 어떻게 다른가? 이름하여 근대성(modernity)이란 무엇인가? 이 문제에 관한 마르크시즘의 답변은 근대를 자본주의 체제와 동일시하는 것이다. 마르크스는 『자본주의적 생산에 선행하는 제형태』라는 저술에서 자본주의는 토지, 곧 자연으로부터 인간을 최종적으로 분리시킨 시대로 이해했다. 고대 노예제가 노예를 자연의 일부로 간주했고 중세 농노제가 농노를 자연에 부속된 존재로 보았다면, 자본주의에서 프롤레타리아는 자연으로부터 분리된 존재로서, 그 이전 시대와는 달리 농업이 아니라 공업 생산의 담당자가 된다. 그러나 이 근대라는 말에 대해서는 더 본질적인 성찰이 필요할 수도 있다.

서양의 5세기에 교황 겔라시우스 1세는 예수의 시대와 비교하여 자신의 시대를 '지금', '지금의 시대'를 의미하는 라틴어 '모데르누스(modernus)라 표현했다. 그러나 이 말은 곧 고전시대와 근본적으로 구별되는 현재라는 의미로 사용되기도 했다.[15] 12세기에는 이른바 '신구논쟁'이라는 것이 시작되었는데, 이는 고전시대와 모던한 현재 사이의 우월성 문제에 관한 물음을 담고 있었다. 이러한 과정을 거쳐 모던한 시대, 즉 근대는 하나의 독자적인 시대로서의 위치를 부여받게 되었다. 근대는 그 이전 시대와는 근본적으로 구별되는 시대로서 그 전개

15. 황정아, 「새로움으로서의 근대성」, 『영미문학연구』 26, 2014, 136쪽.

는 아직 끝나지 않았다. 이른바 포스트모던(탈근대)이나 포스트모더니티라는 말이 성행하고 있지만 이것은 오지 않은 근대라는 시대가 아직도 진행 중이고 또 진행 중일 수밖에 없기 때문에 오지 않은 미래를 가리키는 상징적인 수사학적인 의미를 지닐 수밖에 없다.

그러면 이전 시대와 대비되는 근대의, 근대만의 독자적 특성은 무엇인가? 이를 마르크스는 "무한히 반복되는 새로움"에서 찾았다. "견고한 모든 것은 대기 속에 녹아버린다(All that is solid melts into air)"라는 『공산당 선언』의 한 문장이 그의 근대성 개념을 잘 보여준다. 이 문장은 나중에 마샬 버먼의 명저 『현대성의 경험(Experience of Modernity)』(1982)의 부제이자 핵심적 키워드로 활용된다. 마르크스는 자본주의적 상품 생산의 원리를 이 정식에서 찾았으며, 이러한 원리 또는 경향에 기초한 근대 사회는 새로움이라는 사회적, 문화적, 미적 범주를 특권화하는 특질을 지니게 된다. 그런데 이러한 의미에서의 근대성은 근대의 새로움에 대비되는 오래된 것, 낡은 것, 지속되는 것의 가치를 평가절하 하는 경향을 띨 수 있으며, 근대에까지 지속되면서 들어와 있는 이전 시대의 산물과 가치들의 존재를 간과하는 경향을 띨 수도 있다. 근대주의 또는 근대화주의의 폭력 또는 억압적 기제가 작동할 수 있다.

서양에서 역사 시대를 구분 지어온 전통적인 방법은 '고대-중세-근대'의 삼분법이었다고 할 수 있다. 예를 들어 『모더니티의 다섯 얼굴』의 저자인 칼리니스쿠는 "서구 역사를 세 개의 시대 — 고대, 중세, 그리고 근대 — 로 구분하는 것은 르네상스 초기에 연원을 두고 있다는 사실이 설득력 있게 예증되어 왔다. 이 시대 구분 자체보다 더욱 흥미로운 것은 이 세 시대 각각에 대해 행해진 가치 판단들이다. 이는 바로 빛과 어둠, 낮과 밤, 깨어 있음과 잠들어 있음이라는 은유적 표현들로 이루어진 가치 판단들을 말한다. 고전적 고대는 찬연한 빛과 연결되었고, 중세는 야행성을 지니고 망각 상태에 있는 '암흑시대'로 비유되었다. 반면 근대는 밝게 빛나는 미래를 예고하는, 암흑으로부터 탈출한 시대, 즉 깨어남과 '부활(renascene)'의 시대로 생각되었다."[16]라고 쓰고 있다.

이러한 역사 구분법은 헤겔의 『정신현상학』(1806) 같은 저술에도 그대로 투영되어 있다. 그는 "개인들 속에 내재한 국가의 생동성(Lebendigkeit)"을 "인륜성(Sittlichkeit)"으로 명명했는데,[17] 그에 따르면 정신이 세계 속에서 스스로를 전개하는 바 진리 정신(der wahrhafte Geist)은 고대의 인륜성에서 빛을 발하며 중세의 종교와 근세의 계몽은 이러한 정신의 자기 소외 과정을 보여준다. 그는 중세의 종교를 차안과 피안으로 분열된 세계, 현실로부터의 도피로 이해했으며 근대를 그 회복과정으로 간주했다. 또한 마르크스가 역사를 '원시공산제-고대 노예제-봉건제-자본주의-공산주의'의 다섯 단계로 파악한 것 역시 삼분법에 기초를 둔 것이라 생각된다.

국문학자 조동일은 이러한 서구적 삼분법을 세계사에 두루 적용할 수 있는 역사 발전 과정으로 전제하면서 고대문학과 구별되는 중세문학의 특질을 공동문어문명에 기초한 공동문어문학 규범의 성립에서 찾고자 했다. 그는 다음과 같이 썼다.

> 공동문어는 중세에 생겨나고, 종교의 경전어로 정착되었다. 유교 및 북방불교의 한문, 불교와 힌두교 세계의 산스크리트, 이슬람계의 고전아랍어, 기독교의 라틴어가 가장 큰 규모의 공동문어이다. 그보다 작은 것들은 더 많다.[18]

16. 마타이 칼리니스쿠, 『모더니티의 다섯 얼굴』, 백한울 외 역, 1993, 30~31쪽.
17. 게오르크 빌헬름 프리드리히 헤겔, 『세계사의 철학』, 서정혁 역, 지만지, 2009, 106쪽.
18. 조동일, 「한국문학사, 동아시아문학사, 세계문학사의 상관관계」, 『비교문학』 19,

그는 이러한 공동문어문명론의 맥락에서 중세 동아시아 한문문학권의 중심부에 중국문학이, 중간부에는 한국문학이, 그리고 주변부에는 일본문학이 자리 잡고 있다고 보았으며, 근대 이행기를 거쳐 근대에 접어들면서 서구적 충격과 그 교섭에 따른 공동문어문학의 해체가 주변부로부터 시작되기에 이른다고 주장했다. 그가 말하는 문학의 근대는 각각의 민족이 자신의 민족어로 문학을 하는 시대이며, 우리의 경우에는 한글문학이 주를 이루게 되는 시대를 가리킨다. 그의 명저 『한국문학통사』의 제3, 4권은 근대로의 이행기의 문학에 관한 서술을 담고 있다. 특히 4권은 "동학 창건에서 삼일운동 이전 1918년까지의 문학"을 다룬 것으로, "1860년을 계기로 안으로 중세를 청산하고 밖으로 민족을 수호하는 과업이 다급하게 된 것과 함께 근대 민족문학을 지향하는 움직임이 더욱 뚜렷해졌다"고 했다.[19]

이런 근대 이행기 설정은 독특한 것이지만 마르크시즘 정치경제사를 연구하는 쪽에서 오랫동안 돕(Dobb) 스위지(Sweezy) 논쟁 같은, 자본주의 이행 논쟁이 선행해 있었음을 생각할 수도 있다.

조동일의 사유가 시사적인 것은 근대를 서구 중심적으로 보지 않고 '다중적 근대'나 '대안적 근대'와 같은 개념을 가지고 사유할 수 있게 해준다는 것이다. 그럼으로써 한국의 근대문학을 서양 표준에 의해 일방적으로 재단되는 문학이 아닌, '문화의 위치(location of culture)'로 인하여 그것과 전혀 다르고 독자적일 수밖에 없는 한국 문학 자체의 논리를 탐구할 수 있게 해준다는 점이다.

이와 관련하여 필자는 지금까지 한국현대문학 연구 쪽에서 논의되어 온 근대문학 또는 현대문학의 기점 논의를 재검토할 필요가 있다고

1994, 25쪽.
19. 조동일, 『한국문학통사』 4, 지식산업사, 1989, 3쪽.

본다. 무엇보다 그 '기점'이라는 것에 관한 이해가 새로워져야 한다. 이른바 18세기 기점설과 1890년대 이후 기점설 등 이른바 '기점' 논의가 전개되어 온 지난 시기 동안 국문학계를 지배한 사고틀 가운데 하나는 일종의 본질주의 같은 것이다. 무엇이 근대적인 것이냐, 근대적인 정신이란 무엇이냐 하는 물음은 근대라는 문제를 근대적 정신의 문제로 환원하고, 따라서 근대문학이라는 개념은 근대적 정신을 담은 문학이라는 것으로 단순화된다. 이러한 본질, 요체에 대한 논의를, 노블에 관한 루카치의 선험적 논의에 대한 바흐친의 귀납적 논의의 선례를 따라, 근대문학의 지표들(indices)에 대한 논의로, 그 방향이나 방법을 수정해야 할 필요가 있다. 본질주의적 문제 설정 방법은 근대문학의 본질적 요건을 그 정신, 의식에서 찾고, 이것이 나타난 것이 18세기냐 갑오경장 이후냐 하는 식으로 묻는다. 하지만 지표 중심적 사유는 많은 현상적 사실들과 예외들을 고려하면서도 근대 또는 근대문학의 개념을 충족시키는 여러 개의 중심적 지표들을 중심으로 탄력적으로 사유할 수 있게 한다.

근대란 무엇인가 하고 생각해 볼 때 이러한 사유법의 특징이 좀 더 명료하게 드러날 수 있다. 앞에서도 언급했듯이 근대란 서구에서는 이른바 고대 및 중세라는 개념과 따로 떼어 생각하기 어렵다. 고대를 인간중심적인 견지에서의 이상적인 질서의 세계로 보고 중세를 그로부터 멀어진 어둠의 시대로 인식할 때 빛의 회복 또는 그것이 진행되는 시기로서의 근대의 위상, 특히 고대에 대한 근대의 위상이 드러난다. 이러한 역사 삼분법을 우리는 사실상 아무런 성찰 없이 동양 또는 한국사에 대입해 왔는데, 왜 우리에게도 역사가 '고대-중세-근대'의 삼분법을 가져야 하는가는 합리적으로 설명되지 않았다. 조동일의 『한국문학통사』가 아주 중요한 사례다. 그에게 있어 중세란 왜 중세라 불리어야 하는가에 대한 별다른 설명 없이 공동문어문학의 시대로 규정된다. 라틴어, 산스크리트어, 이슬람어, 한문 등 공동문어가 지배하고 그러한 언어를 중심으로 공동의 종교적, 문명적 가치를 추구한 시대의 문학을 중세라 불렀다. 삼분법을 그대로 가져오기는 했지만 그의 논의는 아주 중요하다. 이러한 근대 관념 아래 그는 이른바 근대 이행기를 아주 넓게 설정하고 있으며 특히 1860년대 이후를 근대이행기 문학의 제2기로 설정했다.[20]

이러한 조동일의 근대이행기 문학 제2기는 이광수의 『무정』(1917)까지 포괄하는 긴 시기 개념이지만 그러한 약점보다는 과정 개념으로서의 탄력성에 보다 더 가치를 부여할 수 있다. 한국근대문학 기점 논쟁에서의 '기점' 개념에 대해 조동일의 '이행기' 개념은 훨씬 더 탄력적이라는 이점이 있기 때문이다. 무엇보다 전자는 일종의 점 개념이지만 후자는 연속적인 선 개념이고 과정의 개념이다. 이러한 면에서 '이행기' 개념의 장점을 염두에 두면서 근대라는 문제를 그 본질 규정보다는 몇 개의 중심적 지표들을 통해 중층적으로 생각해 볼 필요가 있다.

예를 들어, 근대란 조동일의 경우에서처럼 각 나라나 민족이 공동문어 대신에 자국어로 문학하는 흐름이 나타난 시대라고 할 수 있다. 이때 한글문학의 대두와 성장은 매우 중요한 지표가 된다. 이러한 맥락에서 신재효 등에 의한 판소리 개작 및 정리는 중요한 현상이다. 그는 1860년대에 판소리 열두 마당을 『춘향가』, 『심청가』, 『흥부가』, 『수

20. 위의 책, 「머리말」, 참조. 특히, "『한국문학통사』 제4권인 이 책은 1860년 동학 창건에서 삼일운동 이전 1918년까지의 문학을 다룬, 중세문학에서 근대문학으로의 이행기 제2기의 문학사이다. 제3권에서 서술한 바와 같이, 임진왜란 이후의 조선 후기문학도 중세문학에서 근대문학으로의 이행기다운 모습을 다채롭게 보여주었지만, 1860년을 계기로 안으로 중세를 청산하고 밖으로 민족을 수호하는 과업이 다급하게 된 것과 함께 근대 민족문학을 지향하는 움직임이 더욱 뚜렷해졌다. 이행기의 제1기에는 중세문학의 국면이 근대문학의 국면보다 더 큰 비중을 차지했었는데, 제2기가 되자 둘 사이의 관계가 역전되었다고 할 수 있다. 그렇지만 아직도 중세적인 방식에 의해 근대민족문학을 수립하려는 이중적인 태도가 적지 않게 보여, 이 시기의 문학은 이행기가 끝난 1919년 이후의 문학과 성격이 다르다."

궁가』, 『적벽가』 등 다섯 마당을 중심으로 재편했다. 이들 다섯 마당은 상층 계급의 미의식을 수용하는 한편 하층민의 공감을 사는 방식으로 더늠• 등의 변이를 통해 많은 이본을 거느린 작품군으로 성장했으며, 특히 방각본•, 활자본 간행과 맞물려 큰 인기를 누렸다. 신재효가 이 과정에서 큰 역할을 했다. 그는 광대들을 모아 후원하고 판소리 공연을 이끌었으며 판소리 이론을 가다듬고 판소리 사설을 개작하는 등 두드러진 활동을 보였다. 본래 신재효는 흥선대원군 이하응의 사람이었고 이러한 입지가 판소리의 '국민문학'화에 큰 역할을 했다. 1902년에 고종이 즉위 40년을 기념하여 서양식 극장을 짓고 협률사라는 기구를 만들고, 이것이 민간 극단 원각사로 개편되는 과정에서 판소리는 높은 인기를 누리며 창극 등으로 변형되기도 했다. 또 신소설 작가인 이해조는 명창들의 구술을 토대로 『춘향가』, 『심청가』, 『흥부가』, 『수궁가』 등을 각각 『옥중화』, 『강상련』, 『연의 각』, 『토의 간』 등으로 개작, 편집했다. 신재효는 1867년부터 1884년 사이에, 이해조는 1912년에 판소리를 개작함으로써 판소리는 전통 예술의 총아로 성장할 수 있었으며, 이 과정을 한글문학의 대두와 성장의 측면에서 재고할 수 있다. 이러한 한글문학의 기반 위에서, 그 연장선에서 근대문학의 형성을 사고할 수 있다.[21]

또한 근대는 개인과 사회(또는 공동체)의 관계에 있어 사회에 대한 개인의 지위가 신장되고 개인을 중심으로 한 사유가 성립된 시기라고 볼 수도 있을 것이며, 종교적으로는 전통적인 규범적 종교를 대체하려는 각종 새 종교가 나타난 때라고 할 수도 있다.

이 또한 1860년대부터 나타난 현상이다. 1860년(철종 11년)에 최제우가 동학을 창건했다. 역사적 전환이 요청되는 시기에 이에 부응하

21. 위의 책, 51~59쪽, 참조.

여 새로운 종교가 나타난 것이다. 후천개벽 사상을 중심으로 한 동학은 한문경전인 『동경대전』 외에 국문경전, 국문가사를 중심으로 왕조에 의해 처형될 때까지 만 3년간 포교활동을 벌였다. 1860년의 「용담가」, 「안심가」, 「교훈가」, 1861년의 「도수사」, 「몽중노소문답가」, 「검결」, 1862년의 「권학가」, 1863년의 「도덕가」, 「흥비가」 등을 합쳐 『용담유사』라 하며 이중 「검결」만은 따로 전한다. 이것들은 2세 교주 최시형에 의해 1880년대 초에 목판으로 간행되었다.

•더늠: 판소리 창자 개인이 사설과 음악 등을 새롭게 짜 넣은 소리 대목 혹은 특정 창자가 다른 창자들에 비해 월등히 잘 부르는 소리 대목을 지칭하는 판소리 용어.
•방각본: 조선 시대에 판매를 목적으로 민간에서 간행한 서적.

『용담유사』 중 「몽중노소문답가」는 "십이제국 괴질운수 다시 개벽 아닐런가 / 태평성세 다시 정해 국태민안 할 것이니 / 개탄지심 두지말고 차차차차 지냈거라 / 하원갑 지나거든 상원갑 호시절에 / 만고 없는 무극대도 이 세상에 날 것이니"라 하여 세계사의 위기와 전환을 알리고, 「검결」을 통해서는 민란을 통한 체제혁명을 주창했다. 2세 교주 최시형과 전봉준에 의한 동학혁명이 실패로 돌아간 후 3세 교주 손병희는 러일전쟁의 소용돌이를 겪으며 1905년 천도교로 개칭, 새로운 시대적 흐름에 적응하고자 했다.

이러한 신흥종교 주창의 흐름은 1901년에 증산교를 창건한 강일순에까지 이른다. 그는 "이 시대는 해원시대라 사람도 무명한 사람이 기세를 얻고 땅도 무명한 땅에 기운이 도나니라"라고 선언했으며, 동학 및 전봉준의 동학봉기에 큰 자극을 받아 새로운 종교의 길을 열었다. 이와 같은 흐름의 맥락에서 1909년에는 나철에 의해 대종교가 창시되었다. 최제우가 금강산 도사를 만났듯이 나철은 백두산에서 온 노인에게 『삼일신고』 등의 경전을 얻었다 하며 이것이 상고시대에 이룩된 오랜 경전이라 하여 대종교 신앙의 근거로 삼았다. 최제우가 유학과 불교의 시대가 갔다는 세계인식 위에 새로운 종교를 창건한 것과 다른 방식을 취한 것이다. 나철은 1911년에 만주로 가 백두산 산록에 대종교 본부를 설치하고, 북간도에서 상해, 노령에서 서울에 이르는 교구를 두어 단군 시대의 판도를 재현하고 만주를 민족사의 본거지로 내세웠다. 그는 1915년 대종교가 일제에 의해 불법화되자 국내로 돌아와 1916년 황해도 구월산 삼성사 성지에서 유서와 함께 「중광가」, 「이세가」 등의 국문 시가를 남기고 자결했다. 그가 묘향산 암벽에서 찾아냈다는 『천부경』은 『삼일신고』의 내용이 간결하게 집약된 것이다. 이와 같은 시기에 단군 사상 계통의 여러 서적이 출현했던바, 계연수에 의해서, 『삼성기』, 『단군세기』, 『북부여기』, 『태백일사』 등이 편집 간행된 『환단고기』도 그 하나라 할 수 있다.[22]

한편으로 이 시기는 사회경제적으로 보면 자본주의 같은 새로운 생산양식이 형성, 전개되기 시작한 때이고, 국제관계상으로 보면 '중세적' 국가관, 국가관계가 해체되고 국민국가적 개념에 입각한 국가가 등장하고 그에 기반한 국제질서가 나타나며, 특히 제국-식민지 세계체제가 성립된 시기다. 뿐만 아니라 근대는 매체 면에서는 대량 복제적 인쇄, 출판술이 나타나 지식과 문학을 대중화하고 이른바 대중이 문화형성에 새로운 방식으로 참여, 개입해 들어온 시기이기도 하다. 이와 관련하여 19세기 후반경은 중요한 변화가 일어난 시기였다. 17세기 이후에 형성되기 시작한 방각본 출판문화가 19세기 후반경에 이르러 크게 융성하여 서당 교과서류와 함께 다수의 소설들이 출판 보급되었다. 그러나 목판 인쇄의 특성상 대량 유통에 한계를 가졌던 것이 신식활자를 이용한 활판 인쇄로 변모하게 되었다. 1883년에 정부에서 박문국이라는 이름의 인쇄소를 차려 최초의 신문인 『한성순보』를 찍어낸 것을 계기로 활자본 인쇄가 활성화되기 시작하고 여러 민간인 출판사가 출

22. 동학, 증산교, 대종교 등에 관한 약술 내용은, 위의 책, 13~41쪽, 인용 및 참조.

현하기에 이른다. 이러한 활판 인쇄 메커니즘의 형성이 한글소설 등 국문문학의 형성, 발전에 크게 기여했음은 물론이다.

또한 젠더적 측면에서 근대는 남성에 대한 여성의 문제가 새로운 각도에서 사유되기 시작한 때로서 여성해방과 가부장제 전복을 위한 노력이 전개되기 시작한 때라고 말할 수 있고, 또 미적 기준 면에서는 공동체적 규범보다는 개별적, 개인적, 개체적 취향과 판단이 중시되고 그것이 미적 원리로까지 확장, 제시된 시기이기도 하다.

김태준은 『조선소설사』에서 춘향전의 근대적 성격을 적극적으로 드러냈고 이것은 김현, 김윤식 공저의 『한국문학사』(1973)가 영 · 정조 기점설을 내세우는 먼 근거가 되었다. 한글문학사의 맥락에서 조선 전통의 고전 문헌들을 폭넓게 수집하고 그 보존과 역주, 주해 작업에 진력한 이병기의 노력 역시 간과될 수 없다. 김현과 김윤식이 혜경궁 홍씨의 『한중록』을 중시한 이유도 그 선례를 김태준과 이병기에서 찾았기 때문이었다.

지표론의 관점에서 보면 18세기 기점설이라든가 1890년대설이라든가 1900년대설 같은 것은 저마다 한계를 가지고 있는 것처럼 보인다. 필자는 1860년대부터 근대를 향한 본격적인 행정이 시작되고 이와 더불어 근대문학이라 지칭될 수 있는 문학적 현상들이 넓게 나타난 것으로 보고자 한다. 근대문학 또는 현대문학으로의 이행은 이처럼 상대적으로 넓은 시간에 걸쳐 이루어진, 여러 가지 지표를 중심으로 사유해야 할 문제다.

한국에서 소설 및 현대소설의 문제는 소설이라는 장르에 대한 평가, 그리고 현대소설의 위상이나 지위에 대한 질문, 나아가 현대라는 시대를 설정하는 데 따르는 제반 문제 등을 포괄하는 복합적인 주제라 할 것이다. 이에 관하여 이 글은 한국의 현대소설이 일본을 경유하여 서구로부터 노블이라는 서구의 근대적 문학 양식을 이식한 산물이라는 견해에 대해 비교적 비판적인 입장을 취하고 있다. 이 글의 입장에 따르면 한국에서의 현대소설은 동양, 즉 한문문화권의 일부로서 한국이 오랫동안 향유해 온 소설이라는 양식과 서구로부터 '온' 양식이 접합되어 이루어진 것이라 할 수 있다.

전통의 변용이나 서구로부터의 이식 대신에 접붙이기(engraftation)라는 식물학적 용법을 차용함으로써 한국의 현대소설 그리고 현대소설사가 더 잘 설명될 수 있으리라는 것이 이 글의 시각이다. 다시 말해 한국의 현대소설은 전승되어 온 것만의, 그 형질 안에서의 변형인 것만도 아니요, 그런 것 없이 외부로부터 온 것만의, 불모지에서의 싹틔움도 아니다. 그것은 원래부터 서 있는 나무에 다른 가지를 접붙임으로써 새롭게 열린 열매와 같은 것이라 할 수 있다.

혈의 누(血의淚)

이인직

전체 줄거리

1894년 청일전쟁이 평양 일대를 휩쓸었을 때 일곱 살 난 여주인공 옥련(玉蓮)은 피난길에서 부모(김관일, 최 씨 부인)를 잃고 부상을 당한다. 아버지 김관일은 부인과 딸이 죽은 줄 알고 부국강병의 뜻을 품고 미국으로 유학을 떠난다. 최 씨 부인도 남편과 딸이 죽은 것으로 생각하고 자살을 하려다 극적으로 구조되어 남편의 생존을 알고 남편을 기다리며 살아간다.

한편 옥련은 피난길에 부상을 당하였으나 일본군에 의해 구출되어 이노우에[井上] 군의관의 도움으로 일본에 건너가 소학교를 다니게 된다. 그러나 이노우에 군의관이 전사하고 그 부인한테 구박을 당하게 된 옥련은 갈 곳을 찾지 못하고 방황하던 중 구완서라는 청년을 만나 함께 미국으로 건너간다. 워싱턴에서 공부하던 옥련은 극적으로 아버지를 만나게 되어 구완서와 약혼한다. 한편 평양에서는 죽은 줄만 알았던 딸의 편지를 받고 어머니는 꿈만 같이 기뻐한다.

일청전쟁(日淸戰爭)의 총소리는 평양 일경이 떠나가는 듯하더니, 그 총소리가 그치매 사람의 자취는 끊어지고 산과 들에 비린 티끌뿐이라.

평양성의 모란봉에 떨어지는 저녁볕은 뉘엿뉘엿 넘어가는데, 저 햇빛을 붙들어 매고 싶은 마음에 붙들어 매지는 못하고 숨이 턱에 닿은 듯이 갈팡질팡하는 한 부인이 나이 삼십이 될락말락하고, 얼굴은 분을 따고 넣은 듯이 흰 얼굴이나 인정 없이 뜨겁게 내리쪼이는 가을볕에 얼굴이 익어서 선앵둣빛이 되고, 걸음걸이는 허둥지둥하는데 옷은 흘러내려서 젖가슴이 다 드러나고 치맛자락은 땅에 질질 끌려서 걸음을 걷는 대로 치마가 밟히니, 그 부인은 아무리

급한 걸음걸이를 하더라도 멀리 가지도 못하고 허둥거리기만 한다.

남이 그 모양을 볼 지경이면 저렇게 어여쁜 젊은 여편네가 술 먹고 한길에 나와서 주정한다 할 터이나, 그 부인은 술 먹었다 하는 말은 고사하고 미쳤다, 지랄한다 하더라도 그따위 소리는 귀에 들리지 아니할 만하더라.

무슨 소회가 그리 대단한지 그 부인더러 물을 지경이면 대답할 여가도 없이 옥련이를 부르면서 돌아다니더라.

"옥련아, 옥련아 옥련아 옥련아, 죽었느냐 살았느냐. 죽었거든 죽은 얼굴이라도 한번 다시 만나 보자. 옥련아 옥련아, 살았거든 어미 애를 그만 쓰이고 어서 바삐 내 눈에 보이게 하여라. 옥련아, 총에 맞아 죽었느냐, 창에 찔려 죽었느냐, 사람에게 밟혀 죽었느냐. 어리고 고운 살에 가시가 박힌 것을 보아도 어미 된 이 내 마음에 내 살이 지겹게 아프던 내 마음이라. 오늘 아침에 집에서 떠나올 때에 옥련이가 내 앞에 서서 아장아장 걸어다니면서, 어머니 어서 갑시다 하던 옥련이가 어디로 갔느냐."

하면서 옥련이를 찾으려고 골몰한 정신에, 옥련이보다 열 갑절 스무 갑절 더 소중하게 생각하는 사람을 잃고도 모르고 옥련이만 부르며 다니다가 목이 쉬고 기운이 탈진하여 산비탈 잔디풀 위에 털썩 주저앉았다가 혼자말로 옥련 아버지는 옥련이 찾으려고 저 건너 산 밑으로 가더니 어디까지 갔누 하며 옥련이를 찾던 마음이 홀지에 변하여 옥련 아버지를 기다린다.

기다리는 사람은 아니 오고, 인간 사정은 조금도 모르는 석양은 제 빛 다 가지고 저 갈 데로 가니 산빛은 점점 먹장을 갈아 붓는 듯이 검어지고 대동강 물소리는 그윽한데, 전쟁에 죽은 더운 송장 새 귀신들이 어두운 빛을 타서 낱낱이 일어나는 듯 내 앞에 모여드는 듯하니, 규중에서 생장한 부인의 마음이라, 무서운 마음에 간이 녹는 듯하여 숨도 크게 쉬지 못하고 앉았는데, 홀연히 언덕 밑에서 사람의 소리가 들리거늘, 그 부인이 가만히 들은즉 길 잃고 사람 잃고 애쓰는 소리라.

"에그, 깜깜하여라. 이리 가도 길이 없고 저리 가도 길이 없으니 어디로 가면 길을 찾을까. 나는 사나이라 다리 힘도 좋고 겁도 없는 사람이언마는 이러한 산비탈에서 이 밤을 새고 사람을 찾아다니려 하면 이 고생이 이렇게 대단하거든, 겁도 많고 다녀 보지 못하던 여편네가 이 밤에 나를 찾아다니느라고 오죽 고생이 될까."
하는 소리를 듣고 부인의 마음에 난리중에 피란 가다가 부부가 서로 잃고 서로 종적을 모르니 살아 생이별을 한 듯하더니 하늘이 도와서 다시 만나 본다 하여 반가운 마음에 소리를 질렀더라.

"여보, 나 여기 있소. 날 찾아다니느라고 얼마나 애를 쓰셨소."
하면서 급한 걸음으로 언덕 밑으로 향하여 내려가다가 비탈에 넘어져 구르니, 언덕 밑에서 올라오던 남자가 달려들어서 그 부인을 붙들어 일으키니, 그 부인이 정신을 차려 본즉 북두갈고리 같은 농군의 험한 손이 내 손에 닿으니 별안간에 선뜩한 마음에 소름이 끼치면서 가슴이 덜컥 내려앉고 겁결에 목소리가 나오지 못한다.

그 남자도 또한 난리 중에 제 계집 찾아다니는 사람인데, 그 계집인즉 피란 갈 때에 팔승 무명을 강풀 한 됫박이나 먹였던지 장작같이 풀 센 치마를 입고 나간 터이요, 또 그 계집은 호미자루, 절굿공이, 다듬잇방망이, 그러한 셋궂은 일로 자라난 농군의 계집이라, 그 남자가 언덕에서 소리하고 내려오는 계집이 제 계집으로 알고 붙들었는데, 그 언덕에서 부르던 부인의 손은 명주같이 부드럽고 옷은 십이승 아랫질 세모시 치마가 이슬에 눅었는데, 그 농군은 제 평생에 그 옷 입은 그런 손길을 만져 보기는 고사하고 쳐다보지도 못하던 위인이러라.

부인은 자기 남편이 아닌 줄 깨닫고 사나이도 제 계집 아닌 줄 알았더라. 부인은 겁이 나서 간이 서늘하고 남자는 선녀를 만난 듯하여 홍김, 겁김에 가슴이 두근거리면서 숨소리는 크고 목소리는 아니 나온다. 그 부인의 마음에 아까는 호랑이도 무섭고 귀신도 무섭더니, 지금은 호랑이나 와서 나를 잡아먹든지 귀신이나 와서 저놈을 잡아가든지 그런 뜻밖의 일을 기다리나, 호랑이도 아니 오고 귀신도 아니 오고, 눈에 보이는 것은 말 못 하는 하늘의 별뿐이요, 이 산중에는 죄 없고 힘 없는 이 내 몸과 저 몹쓸 놈과 단 두 사람뿐이라.

사람이 겁이 나다가 오래 되면 악이 나는 법이라. 겁이 날 때는 숨도 크게 못 쉬다가 악이 나면 반벙어리 같은 사람도 말이 물 퍼붓듯 나오는 일도 있는지라.

"여보, 웬 사람이오. 여보, 대답 좀 하오. 여보 남을 붙들고 떨기는 왜 그리

떠오. 여보, 벙어리요 도둑놈이오? 도둑놈이거든 내 몸의 옷이나 벗어 줄 터이니 다 가져가오."

그 남자가 못생긴 마음에 어기뚱한 생각이 나서 말 한마디 엄두가 아니 나던 위인이 불 같은 욕심에 말문이 함부로 열렸더라.

"여보, 웬 여편네가 이 밤중에 여기 와서 있소? 아마 시집살이 마다고 도망하는 여편네지. 도망꾼이라도 붙들어다가 데리고 살면 계집 없느니보다 날 터이니 데리고 갈 일이로구. 데리고 가기는 나중 일이어니와…… 내가 어젯밤 꿈에 이 산중에서 장가를 들었더니 꿈도 신통히 맞힌다."

하면서 무지막지한 놈의 행위라 불측한 소리가 점점 심하니, 그 부인이 죽어서 이 욕을 아니 보리라 하는 마음뿐이나, 어느 틈에 죽을 겨를도 없는지라.

사람이 생목숨을 버리는 것은 사람이 제일 설워하는 일인데, 죽으려 하여도 죽지도 못하는 그 부인 생각은 어떻다 형용할 수 없는 터이라.

빌어 보면 좋을까 생각하여 이리 빌고 저리 빌고 각색으로 빌어 보니 그놈의 귀에 비는 소리가 쓸데없고 하릴없을 지경이라. 언덕 위에서 웬 사람이 소리를 지르는데 무슨 소린지는 모르나 부인은 그 소리를 듣고 죽었던 부모가 살아온 듯이 기쁜 마음에 마주 소리를 질렀더라.

"사람 좀 살려 주오……"

하는 소리가, 아무리 부인의 목소리라도 죽을 힘을 다 들여서 지르는 밤소리라 산골이 울리니 언덕 위의 사람이 또 소리를 지른다. 언덕 위와 언덕 밑이 두 간 길이쯤 되나 지척을 불변하는 칠야에 서로 모양도 못 보고 또 서로 말도 못 알아듣는 터이라, 언덕 위의 사람이 총 한 방을 놓으니 밤중의 총소리라, 산이 울리면서 사람이 모여드는데 일본 보초병들이러라.

누구는 겁이 많고 누구는 겁이 없다 하는 말도 알 수 없는 말이라. 세상에 죄 있는 사람같이 겁 많은 사람은 없고, 죄 없는 사람같이 다기 있는 것은 없다. 부인은 총소리에도 겁이 없고 도리어 욕을 면한 것만 천행으로 여기는데, 그 남자는 제가 불측한 마음으로 불측한 일을 바라던 차이라, 총소리를 듣고 저를 죽이러 온 사람으로 알고 달아난다. 밝은 날 같으면 달아날 생각도 못하였을 터이나, 깜깜한 밤이라 옆으로 비켜서기만 하여도 알 수 없는 고로 종적

없이 달아났더라. 보초병이 부인을 잡아서 앞세우고 가는데 서로 말은 못 하고 벙어리가 소를 몰고 가듯 한다.

계엄중(戒嚴中) 총소리라 평양성 근처에 있던 헌병이 모여들어서 총 놓은 군사와 부인을 데리고 헌병부로 향하여 가니, 그 부인은 어딘지 모르고 가나 성도 보이고 문도 보이는데, 정신을 차려 본즉 평양성 북문이라.

밤은 깊어 사람의 자취도 없고 사면에서 닭은 홰를 치며 울고 개는 여염집 평대문 개구멍으로 주둥이만 내어놓고 짖는다. 닭소리 개소리에 부인의 발이 땅에 떨어지지 못하여 걸음을 멈추고 섰는데, 오장이 녹는 듯하고 눈물이 앞을 가린다. 개는 명물이라 밤사람을 알아보고 반가와 뛰어나오다가 헌병이 칼을 빼어 개를 차려 하니 개가 쫓겨 들어가며 짖으나 사람도 말을 통치 못하거든 더구나 짐승이야…….

"개야, 너 혼자 집을 지키고 있구나. 우리가 피란 갈 때에 너를 부엌에 가두고 나왔더니 어디로 나왔느냐. 너와 같이 집에 있었더면 이러한 일이 생기지 아니하였을 것을 살 곳 찾아가느라고 죽을 길 고생길로 들어갔다. 나는 살아와서 너를 다시 본다마는 서방님도 아니 계시다, 너를 귀애하던 옥련이도 없다, 내가 너와 같이 다리 힘이 좋으면 방방곡곡이 찾아다닐 터이나, 다리 힘도 없고 세상에 만만하고 불쌍한 것은 여편네라 겁나는 것 많아서 못 다니겠다. 닭도 주인 없는 집에서 혼자 울고, 개도 주인 없는 집에서 혼자 짖는구나. 개야, 이리 나오거라. 나는 어디로 잡혀가는지 내 발로 걸어가나 내 마음으로 가는 것은 아니다."

헌병이 소리를 질러 가기를 재촉하니 부인이 하릴없이 헌병부로 잡혀가는데 개는 멍멍 짖으며 따라오니 그 개 짖고 나오던 집은 부인의 집이러라.

그날은 평양성에서 싸움 결말나던 날이요, 성중의 사람이 진저리내던 청인이 그림자도 없이 다 쫓겨나가던 날이요, 철환은 공중에서 우박 쏟아지듯 하고 총소리는 평양성 근처가 다 두려빠지고 사람 하나도 아니 남을 듯하던 날이요, 평양 사람이 일병 들어온다는 소문을 듣고 일병은 어떠한지, 임진난리에 평양 싸움 이야기하며 별공론이 다 나고 별염려 다하던 그 일병이 장마통에 검은 구름 떠들어오듯 성내 성외에 빈틈없이 들어와 박히던 날이라.

본래 평양성중 사는 사람들이 청인의 작폐에 견디지 못하여 산골로 피란 간 사람이 많더니, 산중에서는 청인 군사를 만나면 호랑이 본 것 같고 원수 만난 것 같다. 어찌하여 그렇게 감정이 사나우냐 할 지경이면, 청인의 군사가 산에 가서 젊은 부녀를 보면 겁탈하고, 돈이 있으면 빼앗아가고, 제게 쓸데없는 물건이라도 놀부의 심사같이 장난하니, 산에 피란 간 사람은 난리를 한층 더 겪는다. 그러므로 산에 피란 갔던 사람이 평양성으로 도로 피란 온 사람도 많이 있었더라.

그 부인은 평양성 북문 안에 사는데 며칠 전에 산에 피란도 갔다가 산에도 있을 수 없고, 촌에 사는 일가집으로 피란갔다가 단간방에서 주인과 손과 여덟 식구가 이틀 밤을 앉아 새우고 하릴없어 평양성 내로 도로 온 지가 불과 수일 전이라. 그때 마음에 다시는 죽어도 피란가지 아니한다 하였더니, 오늘 새벽부터 총소리는 천지를 뒤집어 놓고 사면 산꼭대기들 가운데에 불비가 쏟아지니 밝기를 기다려서 피란길을 떠났는데, 아무것도 가진 것 없고 젊은 내외와 어린 딸 옥련이와 단 세 식구 피란이라.

성중에는 울음 천지요, 성 밖에는 송장 천지요, 산에는 피란군 천지라. 어미가 자식 부르는 소리, 서방이 계집 부르는 소리, 계집이 서방 부르는 소리, 이렇게 사람 찾는 소리뿐이라. 어린아이를 내버리고 저 혼자 달아나는 사람도 있고, 두 내외 손을 맞붙들고 마주 찾는 사람도 있더니, 석양판에는 그 사람이 다 어디로 가고 없던지 보이지 아니하고, 모란봉 아래서 옥련이 부르고 다니는 부인 하나만 남아 있더라.

그 부인의 남편 되는 사람은 나이 스물아홉 살인데, 평양서 돈 잘 쓰기로 이름 있던 김관일이라. 피란길 인해(人海) 중에 서로 잃고 서로 찾다가 김관일은 저의 집으로 혼자 돌아와서 그날 밤에 빈집에 혼자 있다가 밤중에 개가 하도 몹시 짖거늘 일어나서 대문을 열고 보려 하다가 겁이 나서 열지는 못하고 문틈으로 내다보기도 하였으나 벌써 헌병이 그 부인을 앞세우고 가니, 김관일은 그 부인이 헌병에게 붙들려 가는 줄은 생각 밖이요, 그 부인은 그 남편이 집에 있기는 또한 꿈도 아니 꾸었더라.

김 씨는 혼자 빈집에 있어서 밤새도록 잠들지 못하고 별생각이 다 난다. 북문 밖 넓은 들에 철환 맞아 죽은 송장과 죽으려고 숨넘어가는 반송장들은 제각각 제 나라를 위하여 전장에 나와서 죽은 장수와 군사들이라. 죽어도 제 직분이어니와, 엎드러지고 곱들어져서 봄바람에 떨어진 꽃과 같이 간 곳마다 발에 밟히고 눈에 걸리는 피란군들은 나라의 운수련가. 제 팔자 기박하여 평양 백성 되었던가. 땅도 조선땅이요 사람도 조선 사람이라. 고래 싸움에 새우등 터지듯이, 우리나라 사람들이 남의 나라 싸움에 이렇게 참혹한 일을 당하는가. 우리 마누라는 대문 밖에 한걸음 나가 보지 못한 사람이요, 내 딸은 일곱 살 된 어린아이라 어디서 밟혀 죽었는가. 슬프다, 저러한 송장들은 피가 시내 되어 대동강에 흘러들어 여울목 치는 소리 무심히 듣지 말지어다. 평양 백성의 원통하고 설운 소리가 아닌가. 무죄히 죄를 받는 것도 우리나라 사람이요 무죄히 목숨을 지키지 못하는 것도 우리나라 사람이라. 이것은 하늘이 지으신 일이런가, 사람이 지은 일이런가. 아마도 사람의 일은 사람이 짓는 것이다. 우리나라 사람이 제 몸만 위하고 제 욕심만 채우려 하고, 남은 죽든지 살든지, 나라가 망하든지 흥하든지 제 벼슬만 잘하여 제 살만 찌우면 제일로 아는 사람들이라.

평안도 백성은 염라대왕이 둘이라. 하나는 황천에 있고 하나는 평양 선화당에 앉았는 감사이라. 황천에 있는 염라대왕은 나이 많고 병들어서 세상이 귀치않게 된 사람을 잡아가거니와, 평양 선화당에 있는 감사는 몸 성하고 재물 있는 사람은 낱낱이 잡아가니, 인간 염라대왕으로 집집에 터주까지 겸한 겸관이 되었는지, 고사를 잘 지내면 탈이 없고 못 지내면 온 집안에 동토가 나서 다 죽을 지경이라. 제 손으로 벌어 놓은 제 재물을 마음 놓고 먹지 못하고 천생 타고난 제 목숨을 남에게 매어 놓고 있는 우리나라 백성들을 불쌍하다 하겠거든, 더구나 남의 나라 사람이 와서 싸움을 하느니 지랄을 하느니, 그러한 서슬에 우리는 패가하고 사람 죽는 것이 다 우리나라 강하지 못한 탓이라.

오냐, 죽은 사람은 하릴없다. 살아 있는 사람들이나 이후에 이러한 일을 또 당하지 아니하게 하는 것이 제일이다. 제 정신 제가 차려서 우리나라도 남의 나라와 같이 밝은 세상 되고 강한 나라 되어 백성 된 우리들이 목숨도 보전하고 재물도 보전하고, 각도 선화당과 각도 동헌 위에 아귀 귀신같은 산 염라대왕과 산 터주도 못 오게 하고, 범 같고 곰 같은 타국 사람들이 우리나라에 와서 감히 싸움할 생각도 아니하도록 한 후이라야 사람도 사람인 듯싶고 살아도 산 듯싶고, 재물 있어도 제 재물인 듯하리로다.

처량하다. 이 밤이여. 평양 백성은 어디 가서 사생 중에 들었으며, 아귀 같은 염라대왕은 어느 구석에 박혔으며, 우리 처자는 어떻게 되었는고. 우리 내외 금실이 유명히 좋던 사람이요, 옥련이를 남다르게 귀애하던 가정이라. 그러하나 세상에 뜻이 있는 남자 되어 처자만 구구히 생각하면 나라의 큰일을 못하는지라. 나는 이 길로 천하 각국을 다니면서 남의 나라 구경도 하고 내 공부 잘한 후에 내 나라 사업을 하리라 하고 밝기를 기다려서 평양을 떠나가니, 그 발길 가는 데는 만리 타국이라.

그 부인은 일본군 헌병부로 잡혀 갔으나, 규중에서 생장한 부인이 그러한 난리중에 그러한 풍파를 겪었다 하는 말을 듣는 자 누가 불쌍타 하지 아니하리요. 통변이 말을 전하는 대로 헌병장이 고개를 기울이고 불쌍하다 가이없다 하더니, 그 밤에는 군중에서 보호하고 그 이튿날 제 집으로 돌려보내니, 부인은 하룻밤 동안에 세상 풍파를 다 지내고 본집으로 돌아왔더라.

아침 날 서늘한 기운에 빈집같이 쓸쓸한 것은 없는데 그 부인이 그 집에 들어와 보더니 처창한 마음이 새로이 나서 이 집구석에서 나 혼자 살아 무엇하리 하면서 마루 끝에 털썩 걸터앉더니 정신없이 모으로 쓰러졌다.

어젯날 피란갈 때에 급하고 겁나는 마음에 밥도 먹지 아니하고 나섰다가 하룻날 하룻밤에 고생한 일은 인간에 나 하나뿐인가 싶은 마음에 배가 고픈지 다리가 아픈지 모르고 지냈더니, 내 집으로 돌아오니 남편도 소식 없고 옥련이도 간 곳 없고, 엉성한 네 기둥과 적적한 마루 위에 덧문 척척 닫힌 방을 보고, 이 몸이 앉은 채로 쓰러져 없었으면 좋으련마는, 그렇지 아니하면 무슨 경황에 내 손으로 저 방문을 열고 내 발로 저 방으로 들어갈까 하는 혼잣말을 다 마치지 못하고 정신을 잃었더라.

평시절 같으면 이웃사람도 오락가락하고 방물장수 떡장수도 들락날락할 터인데, 그때는 평양성중에 살던 사람들이 이번 불소리에 다 달아나고 있는 것은 일본 군사뿐이라. 그 군사들이 까마귀떼 다니듯하며 이집 저집 함부로 들어간다.

본래 전시국제공법(戰時國際公法)에, 전장에서 피란가고 사람 없는 집은 집도 점령하고 물건도 점령하는 법이라. 그런고로 군사들이 빈집을 보면 일삼아 들어간다.

김 씨 집에 들어와서 보는 군사들은 마루 끝에 부인이 누웠는 것을 보고 도로 나갈 뿐이라. 아마도 부인을 구하여 줄 사람은 없었더라. 만일 엄동설한에 하루 동안을 마루에 누웠으면 얼어 죽었을 터이나, 다행히 일기가 더운 때라, 종일 정신없이 마루에 누웠으나 관계치 아니하였더라.

밤이 되매 비로소 정신이 나기 시작하는데, 꿈 깨고 잠 깨이듯 별안간에 정신이 난 것이 아니라 모란봉에 안개 걷듯 차차 정신이 난다. 처음에 눈을 떠서 보니 하늘에는 별이 총총하고, 다시 눈을 둘러보니 우중충한 집에 나 혼자 누웠으니 이곳은 어디며 이집은 뉘 집인지, 나는 어찌하여 여기 와서 누웠는지 곡절을 모른다.

차차 본즉 내 집이요, 차차 생각한즉 여기 와서 걸터앉았던 생각도 나고 어젯밤에 일본 헌병부로 가던 생각도 나고, 총소리에 사람 모여들던 생각도 나고, 도둑놈에게 욕을 볼 뻔하던 생각이 나면서 새로이 소름이 끼친다.

정신이 번쩍 나고 없던 기운이 번쩍 나서 벌떡 일어앉았으니, 새로 남편 생각과 옥련이 생각만 난다.

안방에는 옥련이가 자는 듯하고, 사랑방에는 남편이 있는 듯하다. 옥련이를 부르면 나올 듯하고, 남편을 부르면 대답을 할 것 같다. 어젯날 지낸 일은 정녕 꿈이라 내가 악몽을 꾸었지, 지금은 깨었으니 옥련이를 불러 보리라 하고 안방으로 고개를 두르고 옥련아, 옥련아, 옥련아, 부르다가 소름이 죽죽 끼치고 소리가 점점 움츠러진다. 일어서서 안방 문 앞으로 가니, 다리가 덜덜 떨리고 가슴이 두근두근한다. 방문을 왈칵 잡아당기니 방 속에서 벼락치는 소리가 나며 부인은 외마디 소리를 지르고 주저앉았더라.

어제 아침에 이 방에서 피란 갈 때에는 방 가운데 아무것도 늘어놓은 것 없었더니, 오늘 아침에 김관일이가 외국에 가려고 결심하고 나갈 때에 무엇을 찾느라고 다락 속 벽장 속에 있는 세간을 낱낱이 내어놓고 궤문도 열어 놓고, 농문도 열어 놓고, 궤짝 위에 농짝도 놓고 농짝 위에 궤짝도 얹었는데, 단정히 놓인 것도 있지마는 곧 내려질 듯한 것도 있었더라. 방문은 무슨 정신에 닫고 갔던지, 방 안의 벽장문, 다락문은 열린 채로 두었더라.

강아지만한 큰 쥐가 다락에서 나와서 방 안에서 제 세상같이 있다가, 방문 여는 소리를 듣고 궤 위에서 방바닥으로 내려 뛰는데, 그 궤가 안동하여 떨어지니, 그 궤는 옥련의 궤라 조개껍질도 들고, 서양 철조각도 들고 방울도 들고 유리병도 들었으니, 그 궤가 떨어질 때는 소리가 조용치는 못하겠으나 부인이 겁결에 들은즉 벼락치는 소리같이 들렸더라.

부인이 정신을 차려서 당성냥을 찾으려고 방 안으로 들어가니, 발에 걸리고 몸에 부딪히는 것이 무엇인지 무서운 마음에 도로 나와서 마루 끝에 앉았더라. 이 밤이 초저녁인지 밤중인지 샐 녘인지 모르고 날 새기만 기다리는데, 부인의 마음에는 이 밤이 샐 때가 되었거니 하고 동편 하늘만 바라보고 있더라.

두 날개 탁탁 치며 꼬끼요 우는 소리는 첫닭이 분명한데 이 밤 새우기는 참 어렵도다. 그렇게 적적한 집에 그 부인이 혼자 있어서 하루 이틀 열흘 보름을 지낼수록 경황없고 처량한 마음이 조금도 감하지 아니한다. 감하지 아니할 뿐 아니라 날이 갈수록 심란한 마음이 깊어가더라. 그러면 무슨 까닭으로 세상에 살아 있는고. 한 가지 일을 기다리고 죽기를 참고 있었더라.

피란갔던 이튿날 방 안에 세간이 늘어놓인 것을 보고 남편이 왔던 자취를 알고 부인의 마음에는 남편이 옥련이와 나를 찾아다니다가 찾지 못하고 집에 돌아와서 보고 또 찾으러 간 줄로 알고, 그 남편이 방향 없이 나서서 오죽 고생을 할까 싶은 마음에 가이없으면서 위로는 되더니, 그날 해가 지고 저무니 남편이 돌아올까 기다리는 마음에 대문을 닫지 아니하고 앉아 밤을 새웠더라. 그 이튿날 또 다음날을, 날마다 밤마다 때마다 기다리는데 사람의 소리가 들리면 뛰어나가 보고, 개가 짖으면 쫓아가서 본다.

고대하던 마음은 진(盡)하고 단망하는 마음이 생긴다. 어느 곳에서 사람이 많이 죽었다 하는 소문이 있으면 남편이 거기서 죽은 듯하고 어느 곳에서는 어린아이 죽었다는 말이 들리면 내 딸 옥련이가 거기서 죽은 듯하다.

남편이 살아오거니 하고 고대할 때는 마음을 붙일 곳이 있어서 살아 있었거니와, 죽어서 못 오거니 하고 단망하니 잠시도 이 세상에 있기가 싫다.

부인이 죽기로 결심하고 대동강 물에 빠져 죽을 차로 밤 되기를 기다려 강가로 향하여 가니, 그때는 구월 보름이라 하늘은 씻은 듯하고 달은 초롱같다. 은가루를 뿌린 듯한 백사장에 인적은 끊어지고 백구는 잠들었다. 부인이 탄식하여 가로되,

"달아 물어 보자, 너는 널리 보리로다. 낭군이 소식 없고 옥련은 간 곳 없다. 이 세상에 있으면 집 찾아왔으련만 일거 무소식하니 북망객 됨이로다. 이 몸이 혼자 살면 일평생 근심이요, 이 몸이 죽었으면 이 근심 모르리라. 십오 년 부부정과 일곱 해 모녀정이 어느 때 있었던지 지금은 꿈같도다. 꿈같은 이내 평생 오늘날뿐이로다. 푸르고 깊은 물은 갈 길이 저기로다."

이러한 탄식을 마치매 치마를 걷어잡고 이를 악물고 두 눈을 딱 감으면서 물에 뛰어내리니, 그 물은 대동강이요 그 사람은 김관일의 부인이라. 물 아래 뱃나들이에 한 거룻배가 비꼈는데, 그 배 속에서 사공 하나와 평양성 내에 사는 고장팔이라 하는 사람과 단둘이 달밤에 밤윷을 노는데, 그 사공과 고가는 각 어미 자식이나 성정은 어찌 그리 똑같던지, 사공이 고가를 닮았는지, 고가가 사공을 닮았는지, 벌어먹는 길만 다르나 일만 없으면 두 놈이 함께 붙어 지낸다.

무엇을 하느라고 같이 붙어 지내는고. 둘 중에 하나만 돈이 있으면 서로 꾸어 주며 투전을 하고, 둘이 다 돈이 없으면 담배내기 밤윷이라도 아니 놀고는 못 견딘다. 하루 밥을 굶어라 하면 어렵게 여기지 아니하나 하루 노름을 하지 말라 하면 병이 날 듯한 놈들이라. 그 밤에도 고가가 그 사공을 찾아가서 단둘이 밤윷을 놀다가 물 위에서 이상한 소리가 들리나 윷에 미쳐서 정신을 모르다가, 물 위에서 웬 사람이 떠내려 오다가 배에 걸려서 허덕거리는 것을 보고 급히 뛰어내려서 건진즉 한 부인이라. 본래 부인이 높은 언덕에서 뛰어내렸더면 물이 깊고 얕고 간에 살기가 어려웠을 터이나, 모래톱에서 물로 뛰어 들어가니 그 물이 한두 자 깊이가 될락말락한 물이라, 물이 낮아 죽지 아니하였으나 부인은 죽을 마음으로 빠진 고로 얕은 물이라도 죽을 작정만 하고 드러누우니 얼른 죽지는 아니하고 물에 떠서 내려가다가 배에 있던 사람에게 구원한 것이 되었더라.

화약 연기는 구름에 비 묻어 다니듯이 평양의 총소리가 의주로 올라가더니

백마산에는 철환 비가 오고 압록강에는 송장으로 다리를 놓는다.

평양은 난리 평정이 되고 의주는 새로 난리를 만났으니 가령 화재 만난 집에서 안방에는 불을 잡았으나 건넌방에는 불이 붙는 격이라. 안방이나 건넌방이나 집은 한집이언만, 안방 식구는 제 방에만 불 꺼지면 다행으로 안다. 의주서는 피비 오는데 평양성 중에는 차차 웃음소리가 난다. 피란 가서 어느 구석에 숨어 있던 사람들이 차차 모여들어서 성중에는 옛 모양이 돌아온다.

집집의 걸어 닫혔던 대문도 열리고, 골목골목에 사람의 자취가 없던 곳도 사람이 오락가락하고, 개 짖고 연기 나는 모양이 세상은 평화 된 듯하나, 북문 안의 김관일의 집에는 대문이 닫힌 대로 있고 그 집 문간엔 사람이 와서 찾는 자도 없었더라. 하루는 어떠한 노인이 부담말 타고 오다가 김 씨 집 앞에서 말에서 내리더니, 김 씨 집 대문을 흔들어 본즉 문이 걸리지 아니하였거늘 안으로 들어가더니 나와서 이웃집에 말을 묻는다.

"여보, 말 좀 물어 봅시다. 저 집이 김관일 김초시 집이오?"

"네, 그 집이오, 그 집에 아무도 없나 보오."

"나는 김관일의 장인 되는 사람인데, 내 사위는 만나 보았으나 내 딸과 외손녀는 피란갔다가 집 찾아왔는지 아니 왔는지 몰라서 내가 여기까지 온 길이러니, 지금 그 집에 들어가서 본즉 아무도 없기로 궁금하여 묻는 말이오."

"우리도 피란갔다가 돌아온 지가 며칠 되지 아니하였으니 이웃집 일이라도 자세히 모르겠소."

노인이 하릴없이 다시 김 씨 집에 들어가서 자세히 살펴보니 사람은 난리를 만나 도망하고 세간은 도둑을 맞아서 빈 농짝만 남았는데, 벽에 언문 글씨가 있으니, 그 글씨는 김관일 부인의 필적인데, 대동강 물에 빠져 죽으려고 나가던 날의 세상 영결하는 말이라.

노인이 그 필적을 보고 놀랍고 슬픈 마음을 진정치 못하였더라.

그 노인은 본래 평양성 내에서 살던 최 주사라 하는 사람인데 이름은 항래라. 십 년 전에 부산으로 이사하여 크게 장사하는데, 그때 나이 오십이라. 재산은 유여하나 아들이 없어서 양자하였더니 양자는 합의치 못하고, 소생은 딸 하나 있으니 그 딸은 편애할 뿐 아니라 그 딸을 기를 때에 최 주사는 애쓰고 마음 상하면서 길러 낸 딸이요, 눈살 맞고 자라난 딸인데.

최 씨가 그 딸 기를 때의 일을 말하자 하면, 소진(蘇秦, 중국전국시대 설객)의 혀를 두 셋씩 이어 놓고 삼사월 긴긴 해를 몇씩 포개 놓을지라도 다 말할 수 없는 일이러라. 그 부인의 이름은 춘애라. 일곱 살에 그 모친이 돌아가고 계모에게 길렀는데, 그 계모는 부인 범절에는 사사이 칭찬 듣는 사람이나 한 가지 결점이 있으니, 그 흠절은 전실 소생 춘애에게 몹시 구는 것이라. 세간 그릇 하나라도 전실 부인이 쓰던 것이면 무당 불러서 불살라 버리든지 깨뜨려 버리든지 하여야 속이 시원하여지는 성정이라. 그러한 계모의 성정에 사르지도 못하고 깨뜨리지도 못할 것은 전실 소생 춘애라. 최씨가 그 딸을 옥같이 사랑하고 금같이 귀애하나 그 후취 부인 보는 때는 조금도 귀애하는 모양을 보이면 춘애는 그 계모에게 음해를 받을 터이라. 그런고로 최 주사가 그 딸을 칭찬하고 싶은 때도 그 계모 보는 데는 꾸짖고 미워하는 상을 보이는 일도 많다.

그러면 최 주사가 그 후취 부인에게 쥐여 지내느냐 할 지경이면 그렇지도 아니하다.

그 후취 부인은 죽어 백골 된 전실에게 투기하는 마음 한 가지만 아니면 아무 흠절이 없으니, 그러한 부인은 쇠사슬로 신을 삼아 신고 그 신이 날이 나도록 조선 팔도를 다 돌아다니더라도 그만한 아내는 얻기가 어렵다 하는 집안 공론이다. 최 씨가 후취 부인과 금슬도 좋고 전취 소생 춘애도 사랑하니, 춘애를 위하여 주려 하면 후실 부인의 뜻을 맞추어 주는 일이 상책이라. 춘애가 어려서부터 총명하고 눈치 빠르기로는 어린아이로 볼 수가 없다. 계모에게 따르기를 생모같이 따르면서 혼자 앉으면 눈물을 씻고 죽은 어머니를 생각하더라. 춘애가 그러한 고생을 하고 자라나서 김관일의 부인이 되었는데, 최 씨는 딸을 출가한 딸로 여기지 아니하고 젖 먹이는 딸과 같이 안다.

평양의 난리 소문이 다른 사람 듣기에는 이웃집에 초상났다는 소문과 같이 심상히 들리나, 부산 사는 최항래 최 주사의 귀에는 소름이 끼치도록 놀랍고 심려되더니, 하루는 그 사위 김관일이가 부산 최 씨 집에 와서 난리 겪은 말도 하고, 외국으로 공부하러 가고자 하는 목적을 말하니, 최 씨가 학비를 주어서 외국에 가게 하고, 최 씨는 그 딸과 외손녀의 생사를 자세히 알고자 하여 평양에 왔더니, 그 딸이 대동강 물에 빠져 죽을 차로 벽상에 그 회포를 쓴 것을 보니, 그 딸 기를 때의 불쌍하던 마음이 새로이 나서, 일곱 살에 저의 어머니 죽을 때에 죽은 어미의 뺨을 대고 울던 모양도 눈에 선하고, 계모의 눈살을 맞아서 조접이 들던 모양도 눈에 선하고, 내가 부산갈 때에 부녀가 다시 만나 보지 못하는 듯이 낙루하며 작별하던 모양도 눈에 선한 중에 해는 점점 지고 빈집에 쓸쓸한 기운은 날이 저물수록 형용하기 어렵더라.

최 씨가 데리고 온 하인을 부르는데 근력 없는 목소리로,

"이애 막동아, 부담 떼서 안마루에 갖다 놓아라."

"말은 어데 갖다 매오리까?"

"마방집에 갖다 매어라."

"소인은 어디서 자오리까?"

"마방집에 가서 밥이나 사서 먹고 이 집 행랑방에서 자거라."

"나리께서도 무엇을 좀 사다가 잡숫고 주무시면 좋겠습니다."

"나는 술이나 먹겠다. 부담에 달았던 술 한 병 떼어 오고 찬합만 끌러 놓아라. 혼자 이 방에 앉아 술이나 먹다가 밤 새거든 새벽길 떠나서 도로 부산으로 가자. 난리가 무엇인가 하였더니 당하여 보니 인간에 지독한 일은 난리로구나. 내 혈육은 딸 하나 외손녀 하나뿐이러니 와서 보니 이 모양이로구나. 막동아, 너같이 무식한 놈더러 쓸데없는 말 같지마는 이후에는 자손 보존하고 싶은 생각 있거든 나라를 위하여라. 우리나라가 강하였더면 이 난리가 아니 났을 것이다. 세상 고생 다 시키고 길러 낸 내 딸자식 나 젊고 무병하건마는 난리에 죽었구나. 역질 홍역 다 시키고 잔주접 다 떨어 놓은 외손녀도 난리 중에 죽었구나."

"나라는 양반님네가 다 망하여 놓셨지요. 상놈들은 양반이 죽이면 죽었고, 때리면 맞았고, 재물이 있으면 양반에게 빼앗겼고, 계집이 어여쁘면 양반에게 빼앗겼으니, 소인 같은 상놈들은 제 재물 제 계집 제 목숨 하나를 위할 수가 없이 양반에게 매였으니, 나라 위할 힘이 있습니까. 입 한번을 잘못 놀려도 죽일 놈이니 살릴 놈이니, 오금을 끊어라 귀양을 보내라 하는 양반님 서슬에 상놈이 무슨 사람값에 갔습니까. 난리가 나도 양반의 탓이올시다. 일청전쟁도

민영춘이란 양반이 청인을 불러왔답니다. 나리께서 난리 때문에 따님아씨도 돌아가시고 손녀아기도 죽었으니 그 원통한 귀신들이 민영춘이라는 양반을 잡아갈 것이올시다."
하면서 말이 이어 나오니, 본래 그 하인은 주제넘다고 최 씨 마음에 불합하나, 이번 난리 중 험한 길에 사람이 똑똑하다고 데리고 나섰더니 이러한 심란 중에 주제넘고 버릇없는 소리를 함부로 하니 참 난리 난 세상이라. 난리 중에 꾸짖을 수도 없고 근심 중에 무슨 소리든지 듣기도 싫은 고로 돈을 내어주며 하는 말이, 막동아 너도 나가서 술이나 싫도록 먹어라. 홧김에 먹고 보자 하니 막동이는 밖으로 나가고, 최 씨는 혼자 술병을 대하여 팔자 한탄하다가 술 한 잔 먹고, 세상 원망하다가 술 한 잔 먹고, 딸 생각이 나도 술 한 잔 먹고, 외손녀 생각이 나도 술 한 잔 먹고, 술이 얼근하게 취하더니 이 생각 저 생각 없이 술만 먹다가 갓 쓴 채로 목침 베고 드러누웠더니 잠이 들면서 꿈을 꾸었더라. 모란봉 아래서 딸과 외손녀를 데리고 피란을 가다가 노략질군 도둑을 만나서 곤란을 무수히 겪다가 딸이 도둑을 피하여 가느라고 높은 언덕에서 떨어져 죽는 것을 보고 최 씨가 도둑놈을 원망하여 도둑놈을 때려죽이려고 지팡이를 들고 도둑을 때리니, 도둑놈이 달려들어 최 씨를 마주 때리거늘, 최 씨가 넘어져서 일어나려고 애를 쓰는데 도둑놈이 최 씨를 깔고 앉아서 멱살을 쥐고 칼을 빼니 최 씨가 숨을 쉴 수가 없어 일어나려고 애를 쓰니 최 씨가 분명 가위를 눌린 것이다.

곁에서 사람이 최 씨를 흔들며 아버지 여기를 어찌 오셨소, 아버지, 아버지 하는 소리에 깜짝 놀라 깨치니 남가일몽이라. 눈을 떠서 자세히 본즉 대동강 물에 빠져죽으려고 벽상에 회포를 써서 붙였던 딸이 살아온지라, 기쁜 마음에 정신이 번쩍 나서 생각한즉 이것도 꿈이 아닌가 의심난다.

"이애, 네가 죽으려고 벽상에 유언을 써서 놓은 것이 있더니 어찌 살아왔느냐. 아까 꿈을 꾸니 네가 언덕에서 떨어져 죽었더니 지금 너를 보니 이것이 꿈이냐, 그것이 꿈이냐? 이것이 꿈이어든 이 꿈을 이대로 깨지 말고 십 년 이십 년이라도 이대로 지냈으면 그 아니 좋겠느냐."
하는 말이 최 씨 생각에는 그 딸 만나 보는 것이 정녕 꿈같고 그 딸이 참 살아

온 사기는 자세히 모른다.

원래 최 씨 부인이 물에 빠져 떠내려갈 때에 뱃사공과 고장팔에게 구한 바이 되었는데, 장팔의 모와 장팔의 처가 그 부인을 교군에 태워서 저희 집으로 모시고 가서 수일을 극진히 구원하였다가 그 부인이 차차 완인이 되매 그날 밤 들기를 기다려서 부인이 장팔의 모를 데리고 집에 돌아온 길이라. 장팔의 모는 길가에서 무엇을 사가지고 들어온다 하고 뒤떨어졌는데, 그 부인은 발씨 익은 내 집이라 앞서서 들어온즉 안마루에 부담 상자도 있고 안방에는 불이 켜서 밝은지라. 이전 마음 같으면 부인이 그 방문을 감히 열지 못하였을 터이나 별 풍상 다 지내고 지금은 겁나는 것도 없고 무서운 것도 없는지라, 내 집 내 방에 누가 와서 들어앉았는가 생각하면서 서슴지 아니하고 방문을 열어 보니 웬 사람이 자다가 가위를 눌려서 애를 쓰는 모양인데, 자세히 본즉 자기의 부친이라. 부인이 그때에 부친을 만나니 반가운 마음에 아무 말도 아니하고 나오느니 울음뿐이라.

뒤떨어졌던 고장팔의 모가 들어 달려오면서 덩달아 운다.

“에그, 나리마님이 이 난리 중 여기 오셨네. 알 수 없는 것은 세상 일이올시다. 나리께서 부산으로 이사 가실 때에 할미는 늙은 것이라 살아서 다시 나리께 뵙지 못하겠다 하였더니 늙은 것은 살았다가 또 뵈옵는데 어린 옥련 애기와 젊으신 서방님은 어디 가서 돌아가셨는지 나리 오신 것을 못 만나 뵈네.”
하는 말은 속에서 솟아나오는 인정이라. 그 노파가 그 인정이 있을 만도 한 사람이다.

고장팔의 모가 본래 최 씨집 종인데 삼십 전부터 드난은 아니하나 최 씨의 덕으로 살다가 최 씨가 이사 갈 때에 장팔의 모는 상전을 따라가고자 하나 장팔이가 노름군으로 최 씨의 눈 밖에 난 놈이라 최 씨를 따라가지 못하고 끈떨어진 뒤웅박같이 평양에 있었더니, 이번에는 노름 덕으로 대동강 배 속에서 밤잠 아니 자고 있다가 최 씨 부인을 구하여 살렸으니, 장팔이 지금은 노름하는 칭찬도 들을 만하게 되었더라.

최 씨 부인이 그 부친에게 남편 김 씨가 외국으로 유학하러 갔다는 말을 듣고 만리의 이별은 섭섭하나 난리 중에 목숨을 보전한 것만 천행으로 여겨서,

부친의 말하는 입을 쳐다보면서 눈에는 눈물이 가득하나 얼굴에는 기쁜 빛을 띠우더라.

"이애 김집아, 네 집은 외무주장하니 여기서 고단하여 살 수 없을 것이니 나를 따라 부산으로 내려가서 내 집에 같이 있으면 좋지 아니하겠느냐."

"내가 물에 빠져 죽으려 하기는 가장이 죽은 줄로 생각하고 나 혼자 세상에 살아 있기가 싫은 고로 대동강에 빠졌더니, 사람에게 건진 바이 되어 살아 있다가 가장이 살아서 외국에 유학하러 갔다는 소식을 들었으니 나는 이 집을 지키고 있다가 몇 해 후가 되든지 이 집에서 다시 가장의 얼굴을 만나 보겠으니 아버지께서는 딸 생각 말으시고 딸 대신 사위의 공부나 잘하도록 학비나 잘 대어 주시기를 바랍나이다. 나는 이 집에서 장팔의 어미를 데리고 박토 마지가에서 도지섬 받는 것 가지고 먹고 있겠소. 그러나 옥련이가 있었더면 위로가 되었을 걸, 허구한 세월을 어찌 기다리나."

하는 소리에 최 주사가 흉격이 막히나 다사(多事)한 사람이 오래 있을 수 없는 고로 수일 후에 부산으로 내려가고 최 씨 부인은 장팔의 어미를 데리고 있으니, 행랑에는 늙은 과부요 안방에는 젊은 생과부가 있어서 김 씨를 오기만 기다리고 세월 가기만 기다린다. 밤에는 밤이 길고 낮에는 낮이 긴데 그 밤과 그 낮을 모아 달 되고 해 되니, 천하에 어려운 것은 사람 기다리는 것이라. 부인의 생각에는 인간의 고생이 나 하나뿐인 줄로 알고 있건마는, 그보다 더 고생하는 사람이 또 있으니, 그것은 부인의 딸 옥련이라.

당초에 옥련이가 피란 갈 때에 모란봉 아래서 부모의 간 곳 모르고 어머니를 부르면서 발을 동동 구르다가 난데없는 철환 한 개가 넘어오더니 옥련의 왼편 다리에 박혀 넘어져서 그날 밤을 그 산에서 목숨이 붙어 있었더니, 그 이튿날 일본 적십자 간호수가 보고 야전병원으로 실어 보내니 군의(軍醫)가 본즉 중상은 아니라. 철환이 다리를 뚫고 나갔는데 군의 말이, 만일 청인의 철환을 맞았으면 철환에 독한 약이 섞인지라 맞은 후에 하룻밤을 지냈으면 독기가 몸에 많이 퍼졌을 터이나, 옥련이가 맞은 철환은 일인의 철환이라 치료하기 대단히 쉽다 하더니, 과연 삼 주일이 못되어서 완연히 평일과 같은지라. 그러나 옥련이는 갈 곳이 없는 아이라, 병원에서 옥련의 집을 물은즉 평양 북문

안이라 하니 병원에서 옥련이가 나이 어리고 또한 정경을 불쌍케 여겨서 통사를 안동하여 옥련의 집에 가서 보라 한즉, 그때는 옥련의 모친이 대동강 물에 빠져 죽으려고 벽상에 그 사정 써서 붙이고 간 후이라, 통변이 그 글을 보고 옥련을 불쌍히 여겨서 도로 데리고 야전병원으로 가니, 군의 정상 소좌(井上少佐)가 옥련의 정경을 불쌍히 여기고 옥련의 자품을 기이하게 여겨 통변을 세우고 옥련의 뜻을 묻는다.

"이애, 너의 아버지와 어머니가 어디로 간지 모르냐?"

"……"

"그러면 네가 내 집에 가서 있으면 내가 너를 학교에 보내어 공부하도록 하여 줄 것이니, 네가 공부를 잘하고 있으면 아무쪼록 너의 나라에 탐지하여 너의 부모가 살았거든 너의 집으로 곧 보내 주마."

"우리 아버지 어머니가 살아 있는 줄을 알고 나를 도로 우리집에 보내 줄 것 같으면 아무데라도 가고 아무것을 시키더라도 하겠소."

"그러면 오늘이라도 인천으로 보내서 어용선을 타고 일본으로 가게 할 것이니, 내 집은 일본 대판이라. 내 집에 가면 우리 마누라가 있는데, 아들도 없고 딸도 없으니 너를 보면 대단히 귀애할 것이니 너의 어머니로 알고 가서 있거라."
하면서 귀국하는 병상병(病傷兵)에게 부탁하여 일본 대판으로 보내니, 옥련이가 교군 바탕을 타고 인천까지 가서 인천서 유선을 타니, 등 뒤에는 부모 소식이 묘연하고 눈앞에는 타국 산천이 생소하다.

만일 용렬한 아이가 일곱 살에 난리 피란을 가다가 부모를 잃었으면 어미 아비만 생각하고 낯선 사람이 무슨 말을 물으면 눈물이 비죽비죽하고 주접이 덕적덕적하고 묻는 말을 대답도 시원히 못할 터이나, 옥련이는 어디 그러한 영리하고 숙성한 아이가 있었던지 혼자 있을 때는 부모를 보고 싶은 마음에 죽을 듯하나 사람을 대할 때는 어찌 그리 천연하던지, 부모 생각하는 기색이 조금도 없더라.

(후략)

— 『만세보』(1906. 07)

플롯의 매력은 이제 사라졌는가

한용환, 「현대소설과 플롯」

역은이의 추천 이유

이 글은 소설에서 플롯, 즉 치밀한 논리적 구성이라는 기존의 중요한 공식이 폐기되었음을 주장하는 논문이다. 필자는 정교한 기하학적 구도와 짜임으로서의 플롯은 19세기 소설가들이 추구하던 하나의 이상일 뿐이라 평가하며, 현대 소설에서 이 개념은 효력을 상실했다고 판단한다. 이에 따라 기존의 '닫힌 서사'는 현대의 '열린 서사'로 대체되었다고 본다. 플롯 개념에 대해 성찰하게 한다는 점에서 의미를 지닌다.

출전: 한용환, 「현대소설과 플롯」, 『한국어문학연구』, 2002.

현대소설과 플롯

한용환

1. 폐기된 공식들

서사구조의 원칙들을 탐색하기 전에 우리는 그런 의도가 쓸데없다는 진지하고도 풍자적인 증언들을 고려해봐야 할 것이다. 대중적인 픽션에서 그 원칙적인 구조적 공식들이 남아있다고는 하지만 오히려 진지한 장·단편소설에는 그러한 공식들을 비웃는 경향이 증가해왔을 뿐만 아니라 그것으로부터의 철저한 일탈이 또한 증가해왔기 때문이다. 그래서 텍스트에서 기저를 이루고 있는 일련의 구조적 원칙을 발견하려는 의욕은 미진할 뿐이며 결국 규칙성을 향한 우리들의 열망은 당연히 논박될 것이다. (중략) 프리드만과 몇몇 이론가들은 현대소설에서 '개방적 형식'이라는 관심사를 통하여 집단적인 질서나 개인적인 질서 모두를 거부한다. 이때 '개방적 형식'이란 서사적 완결성과 그에 따르는 의미의 확실성을 모두 배제한다.

위의 글은 W. 마틴의 『소설이론의 역사 — 로망스에서 메타픽션까지』에서 인용한 것이다. 지금까지 작가들에 의해 서사의 이상으로 추구되어왔던 서사의 논리적이며 구조적인 완결성은 현대의 작가들에 의해 부정되거나 의도적으로 기피되었으며 그 결과 '개방적 형식'이라는 새로운 서사유형이 비평적 관심사가 되었다. '개방적 형식'에서 서사적 완결성과 의미의 명료성은 무시되고 배제된다. 위의 글의 요점은 이렇게 요약될 수 있을 것이다.

서사적 논리와 의미의 통합을 가능케 하는 전통적인 플롯의 원리가 현대의 소설에서는 더 이상 작동하지 않는다는 사실을 지적하고 있다고 보면 될 것이다. 이 같은 이론적 판단에는, 필자가 보기에는, 현대소설의 현실에 대한 세심한 관찰이 담겨 있는 것 같다. 특히 사건의 논리적이며 긴밀한 얽어짜기라는 측면에 관찰의 초점을 두고 살펴볼 때 현대소설의 형식적 개방성은 좀 더 두드러져 보일 것이다.

2. 플롯의 현실

현대의 서사물에서 플롯의 개념은 이제 고사했다는 비평적 판단에 필자는 동의한다. 플롯의 개념이 고사했다는 판단에 담긴 뜻은, 서사 혹은 서사행위가 궁극적으로 추구하는 것이 무엇인가 하는 물음에 진지하게 응답해 보면 그 의미가 좀 더 명백해진다. 서사 또는 서사 행위가 궁극적으로 추구하는 것은 경험 자체이지 그 경험을 해석하는 일이 아니다. 경험의 공유는, 경험의 해석이나 평가에 앞서는 서사의 궁극적이며 본질적인 목표이다. 서사물의 수용자의 입장에서 보아도 마찬가지이다. 소설을 포함하는 서사물의 독서행위는 교훈이나 의미를 추구하는 행위라고 볼 수 없다. 교훈이나 의미를 추구하고자 한다면 독자에게는 굳이 서사물을 선택할 이유가 없다. 서사물의 독서에서 본질적으로 추구되는 것은 경험 그 자체 혹은 사건 그 자체이다. 무엇보다도 이 같은 판단은 서사물의 현실적인 존재방식에 의해 그 현실성과 개연성이 입증된다.

부정할 여지가 없는 현대(2001년 3월 20일)에 초판본이 발매된 이제하의 『독충』(사실 이것은 말 그대로 무작위로 선택한 사례에 지나지 않는다)에는 모두 여섯 편의 소설이 실려 있는데, 그 하나하나는 모두 좋은 보기들이다.

> 아무리 그럴만한 세상 그럴싸한 장소여서라고는 해도, 쳇바퀴 돌 듯 부근에서 두어 번을 부딪치고서야 녀석이 고교 동창이라는 직감이 든 것은 좀 어이가 없었다. 산그늘 자리로 땅거미가 겹쳐들면서 먹처럼 암울해진 골짜기에 허연 해골떼처럼 뒤덮인 사람들을 나는 올려다보았다.
>
> 땀을 들이러 모두들 아우성치듯이 몰려나왔다고는 하지만, 이건 영락없이 막다른 곳으로 몰린 피난민 떼의 그것이다.
>
> — 어!

이것은 스님과 인터뷰를 하기 위해 암자로 올라간 아내를 기다리며 유원지를 서성이던 화자가 우연히 고교 동창과 조우하는 「견인」의 서두이다.

이 서두는 그러나 논리적인 발전으로 이어지지 않는다. 비록 우연스레 마주치긴 했지만 그야말로 오랜만에 조우한 고교 동창들답지 않게 그들은 금방 헤어지고 화자는 차를 세워둔 곳으로 내려와 또 다른 고교 동창 M에게 전화를 건다. 그래서는 M으로부터 다소는 특별한 동창의 행각에 대해 듣게 된다. 이 소설은 다음과 같은 서술로 결말을 맺는다.

> 녀석과 지선희를 앞세운 채 그 뒤를 따라 오솔길을 걸은 지 얼마 안 돼 음식점 건물이 나타났고, 앞치마를 두른 뚱뚱한 사내 하나가 현관 앞에서 있었다.

…… 도움이 필요하다고?

웅얼거리듯 하면서, 그렇다면 조건을 받아들이겠느냐는 눈으로 뚱보가 주의 깊게 이쪽을 바라봤다. 나는 고개를 끄덕였다. 뚱보가 턱으로 다른 쪽 문을 가리켰다. 아마 그가 '양산박' 주인이었을 것이다. 녀석과 지선희를 그리로 데리고 가 등을 밀어 넣자 문이 닫혔다.

단칼에 연놈이 작살나는 비명소리가 안에서 들렸다. 내일 아침이면 형체도 없는 만두 속이 돼 연놈은 아마 접시에나 얌전히 담겨 나오게 되리라.

— 우리가 무슨 짓을 저지른 거야?

힘껏 천막을 친 바지 앞을 움켜쥔 채, 와들와들 떨며 아내가 중얼거렸다.

결말이 보여주다시피, 그들은 물론 다시 만난다. 그러나 이 만남 역시 서사의 논리적 맥락과는 무관하게 이루어진 만남이다. 화자의 아내는 암자로 오르던 중 지선희라는 이름의 여자를 만나서는 그녀를 차에 동승시켜주겠노라고 약속하는데 공교롭게도 그녀는 바로 우연히 마주쳤던 동창의 동행이었던 것이다.

그리하여 화자는 자신의 아내와 고교 동창 일행을 차에 태우고 서울로 돌아오게 되는데, 도중에 타이어 네 개가 깡그리 펑크를 내는 바람에 북악스카이웨이 한가운데서 차를 멈출 수밖에 없게 된 화자는 인근의 만두집에다 도움을 청한다. 그리고 엽기적인 사건이 뒤따른다.

그러나 가속된 서술과 태연스런 어조는 독자로 하여금 결말 부분에 재현되어 있는 사건의 진상을 반신반의하게 만든다. 실제로 무슨 일이 벌어졌는지 독자는 어리둥절하다. 도대체 그까짓 하찮은 곤경에서 벗어나기 위해 만두집의 뚱보 주인과 그런 엄청난 거래를 한단 말인가. 도대체 요즘 세상에 사람을 잡아 속을 채우는 만두집이 실제로 있을 수 있단 말인가. 아니 대명천지 21세기의 북악스카이웨이에 웬 난데없는 수호지의 양산박이란 말이냐. 기가 찰 일이지만 그러나 이내 독자들은 깨닫게 되는 것이다. 「견인」의 서술자는 하도 심심한 나머지 독자들을 상대로 문장놀이를 벌이고 있는 것이고, 소설의 결말쯤이야 어떻게 된들 대수냐고 하품을 하고 있으며, 소설이 결말에 도달하는 방식은 수백 수천 가지이니 정 못마땅하다면 독자여 당신 멋대로 결말을 채워 넣어 보시오라고 말하고 있다는 사실을.

플롯이 변모했거나 소멸했다는 논지를 뒷받침하기에 사실 이제하의 소설들은 매우 적절한 사례들이다. 그러나 엄밀하게 말하자면 그것들은 지극히 자의적으로 선택된 사례에 지나지 않는다. 무작위적인 선택의 결과라고 말해도 좋을 것이다. 이 같은 진술이 암시하는 것은, '적절한 사례'들은, 여타 작가의 작품들에서도 얼마든지 손쉽게 찾아낼 수 있다는 사실이다. 사실이 그렇다. 박태원의 「소설가 구보 씨의 일일」과 최인훈의 『하늘의 다리』, 『화두』는 물론이고 근래 널리 읽히는 성석제의 『순정』, 『홀림』 등도 사례로 나무랄 데 없는 소설들이다. 크게 봐서 이것들은 동일하거나 유사한 문학들이다. 그러나 제각각의 서사들이 플롯의 구속과 억압에서 일탈하고 있는 양상들까지가 똑같다고 보기는 어렵다.

『독충』은 비약 혹은 논리의 배척이 두드러져 보이는 서사유형이다. 이러한 유형의 서사에서 허구와 현실의 괴리는 극대화된다. 그 극대화된 괴리감이 바로 환상을 야기하는 것인데 카프카와 마르께스의 소설들이 이런 유형의 범주에 속한다.

『소설가 구보 씨의 일일』과 『하늘의 다리』는 서사적 정체성이 특징으로 지적될 수 있는 서사유형이다. 오정희의 소설들도 이 유형에 들어올 수 있을 것이다. 이 유형의 소설에서 별다른 사건은 일어나지 않거나 일어나더라도 거의 발전하지 않는다. 한국의 문학 독자들에게 비교적 친숙한 마르그릿 뒤라스의 『앙테스마 씨의 오후』도 동일한 유형의 소설이다. 캐더린 맨스필드와 셔우 앤더슨 같은 영미 작가도 이 범주에 끼워 넣을 수 있을지 모르겠다.

성석제의 소설은 연대기가 플롯을 대체한 경우라고 볼 수 있는데, 이러한 유형의 서사는 전대의 서사 관습의 현대적 재현이라는 점이 특징으로 지적될 법하다. 바로 그 같은 이유 때문에 이 같은 유형의 서사는 때로 신화적인 광휘를 거느리기도 하는데 성석제의 소설들이 바로 그런 경우이다. 특히 그의 「조동관 약전」은 다른 어떤 작품에서보다도 신화의 광휘가 짙게 드리워진 소설의 사례이다. 연대기가 플롯을 대체한 서사 유형은 너무 흔하다. 그런 이유로 일일이 사례를 열거하는 일은 생략되어도 무방할 듯싶다.

3. 플롯의 원리('인과-논리')와 '시간-논리'

비극의 생명은 플롯이라고 아리스토텔레스가 말한 이래로 플롯의 문제는 그 동안 전통시학의 중심 주제로 자리잡아왔던 게 사실이다. 그러나 주지하다시피 현대의 시학은 플롯의 개념을 폐기시켰다. 현대의 시학이 주제와 더불어 플롯을 논의대상 항목에서 제외시킨 이유는 매우 단순하다. 주제가 텍스트에 종속된 자질이 아니듯이 플롯 역시 서사 텍스트의 표면으로부터 가시적으로 추출해 낼 수 있는 자질이 아니라는 사실이 그 이유이기 때문이다.

플롯이란 무엇인가.

그것은 매우 다양하게 규정되는 개념이다. 아마도 하고자만 한다면 개념의 모델을 백 개 정도는 거뜬히 만들어 낼 수 있을 것이다. 개념의 해석이 이처럼 구구해지는 것은 그것이 실질을 가지지 않기 때문이다. 이처럼 관점과 주장에 따라 모양이 달라지는 추상적인 것을 대상 삼는 논의는 논의 자체가 추상성에 떨어지는 운명을 피할 수 없다. 따라서 그 같은 논의에 고집스럽게 집착한다면 그것은 어리석고 소모적인 일이라고 보아야 옳다.

그러나 간과해서 안 될 사실이 한 가지 있다.

현대의 시학이 플롯의 개념을 폐기시켰다는 진술은 현대의 시학이 플롯의 이념까지를 부정한다는 뜻으로 해석되어서는 안 된다. 이야기의 '심미적 구조화'는 문학 서사가 어떤 경우에도 포기할 수 없는 궁극적인 이념이다. 바로 이 이념 때문에 소설을 포함하는 모든 문학 서사는 비문학적 서사, 즉 신문의 사건 기사나 경찰의 심문조서와 구별되는 것이다. 예상되고도 남는 일이겠지만, 플롯이라는 개념에 의존하지 않고서도 이야기의 심미적 구조화의 원리를 설명할 수 있는 장치의 개발은, 따라서 필수적인 과제가 되는 셈이다.

이 과제를 해결한 사람이 G. 쥬네트이다.

> 이야기의 심미적 구조는 스토리를 가장 적절하게 처음과 중간과 끝의 관계로 배분함으로써 달성된다. 가장 적절하게 구현된 '처음'은 호기심을 불러일으킴으로써 독자를 이야기 속으로 끌어들인다. 촉발된 호기심을 고조시켜서 독자로 하여금 견딜 수 없는 궁금증에 빠져들게 하는 것은 '중간'이 수행하는 역할이며, 호기심을 충족시키고 조바심을 진정시킴으로써 독자를 해소시키고 해방시키는 역할은 결말의 몫이다.

이 같은 이야기의 과정을 흔히 플롯의 단계라고 불러왔다.

그런데 생각해 볼 일이다. 이른바 플롯의 단계라고 불리는 것이 결정적으로 의존하는 것은 무엇일까? 대답은 자명하게도 플롯의 단계를 가리키는 처음 · 중간 · 끝이라는 말 그 자체 속에 담겨 있다. 그것은 바로 시간의 개념에 근거하는 말이고 당연히 플롯의 단계가 결정적으로 의존하는 것은 시간일 수밖에 없다. 이러한 사실을 염두에 두고 다시

한 번 질문에 응답해 보도록 하자. 이야기가 심미적으로 구조화되기 위해 행동과 사건의 단위들을 의미 있게 순서 지워주고 그것들을 상호 흥미 있는 관계로 연결시켜주는 것은 무엇인가?

이 질문에 대처함에 있어서 전통시학과 구조시학은 입장을 달리한다.

구조주의자들은 그것은 시간이라고 본다. 그리고 이야기의 논리를 결정짓는 것은 '시간-논리'라는 주장엔 상당한 설득력이 있어 보인다. 일상적 경험의 세계에서 뒤에 일어난 일이 앞서 발생한 일의 원인이 되는 경우란 결코 없다. 언제나 그 반대 즉 앞에 일어난 일은 뒤따르는 일의 원인이 되거나 계기가 될 뿐이다. 따라서 인과관계라는 이야기의 논리를 발생시킨 것은 의심할 여지없이 시간이다.

그러나 '시간-논리'와는 별개의 논리 체계가 존재한다고 주장하는 생각에도 근거가 없는 것은 아니다. 그런 주장을 대표하는 사람 중의 하나가 E. M. 포스터인데, 그에 의하면, 시간-논리는 '그래서?'라는 물음에는 응답할 수 있지만 '왜?'라는 질문에는 대답할 수 없다는 것이다. 그가 예로 드는 일화의 내용이야 모두들 알고 있을 것이다. '왕이 죽었다. 왕비도 죽었다'라는 서사에 시간 체계는 있지만 논리 체계는 누락되어 있다는 것이 그의 주장의 요체이다, 이 서사가 인과성-논리 체계('인과-논리')를 획득하자면 '왕이 죽었다. 비탄에 잠긴 나머지 왕비도 죽었다'로 서사가 재구성되어야 한다는 것이다. 포스터는 이 두 가지 서사 유형을 구분하고는 앞의 것을 '스토리' 그리고 뒤의 것을 '플롯'이라고 명명했다. 따라서 포스터에 따르자면 이야기에 논리 체계를 발생시킨 것은 전적으로 플롯의 역할이다.

그러나 구조주의자들은 이러한 설명을 받아들이려하지 않는다. 포스터가 플롯, 즉 구조화된 이야기가 아니라 스토리에 불과하다고 주장한 '왕이 죽었다. 왕비도 죽었다'라는 서사는 플롯의 원리에 의존하지 않고서도 심미적 구조화가 가능하다고 그들은 반박한다. 인간 심리에는 구조를 추구하고자 하는 본능적인 성향이 내재되어 있으며 별개의 독립적인 두 사건이지만 그것이 쌍으로 묶여 서술되고 있는 데는 이미 인과의 논리관계가 수렴되어 있다는 것이 구조주의자들의 주장이다.

설령 포스터의 설명대로 시간 체계와 별도로 작동하는 어떤 논리 체계를 가정해볼 수 있다고 하더라도 그것의 존재를 서사 텍스트로부터 가시적으로 추출해내기는 불가능하다는 사실도 현대의 시학으로 하여금 플롯이라는 개념에 의존하기를 주저케 하는 하나의 이유로 작용한다.

이 같은 사실이 시사하는 바는 무엇인가. 이야기 구조 속에서의 구조화의 원리, 논리 체계란 시간 체계에 다름 아니거나 시간 체계에 의존하는 어떤 체계일 것이라는 사실을 시사한다. 요컨대 이야기 구조 내에서의 사건의 배열이라는 플롯의 역할이란 행동과 사건의 시간을 뒤섞거나 변조하는 일과 무관하지 않으며 따라서 현대의 시학이 플롯의 분석을 스토리와 담론의 차원에 배분된 시간의 분석으로 대치시킨 것은 충분히 납득되는 일이다.

언어 서사물에 내포된 시간 성분을 세밀하고도 조직적으로 분석해낸 것은 구조주의 시학의 무엇보다도 눈에 띄는 성과인 것처럼 생각된다. 스토리와 담론의 양편 모두에게 시간은 필수불가결한 요소이며 서사 텍스트의 분석은 스토리와 담론의 시간 관계의 분석일 뿐이라는 쥬네트의 주장은 설득력을 얻고도 남는다. 요컨대 구조주의자들은 두 가지 시간 간의 관계가 밝혀지면 플롯에 대한 별도의 고찰은 필요 없어진다고 믿는 것이다. 그 같은 믿음은 크게 잘못된 것이라고 생각되지 않는다.

스토리와 담론의 시간을 조정하거나 변조하는 일은 플롯의 역할이나 기능과 별다르지 않다고 보아야 한다. 예컨대 스토리의 시간과 담론의 시간의 불일치로 발생하는 시간 모순현상이나 가속과 감속에 의해 사건의 가치와 인상이 강화되거나 약화되는 일 등은 플롯의 작용의 결과와 동일한 것이다.

이 같은 사실은 이야기가 작동하는 원리를 설명하는 데서 굳이 플롯이라는 개념에 의존하지 않아도 되는 사정을 납득시켜준다.

4. 19세기 소설과 플롯

지금까지의 논의를 요약하자면 아마도 다음과 같이 될 것이다. 플롯이라는 개념은 현대의 서사물에서 무용지물이 되었을 뿐만 아니라 이론적 개념으로서도 용도가 폐기되었다.

이러한 판단이 독선이거나 과장된 것이라고 생각된다면 현대의 사례를 두루 살펴보는 것은 물론, 과거의 사례로도 돌아가 볼 필요가 있다. 가령 비록 타국의 문학들이지만 우리에게 너무나 친숙한 O. 헨리, 포, 모파상을 먼저 살펴보기로 하자. 이들 19세기 작가들에게 있어서 사건은 정교한 기하학적 구도와 짜임 속에 담긴다.

발단된 사건은 예외 없이 극적인 긴장 구도로 발전하고 또한 예외 없이 놀람과 경이 곧 의외성으로 결말에 이른다. 이들의 소설은 이들이 이야기를 독자들에게 가장 충격적인 방법으로 전달하기 위해 얼마나 머리를 싸매고 궁리에 궁리를 거듭했는지 짐작하기에 어렵지 않게 해준다. 이들은 그 같은 목적을 달성하기 위해 속임수를 쓰는 일조차 불사했다. 밝혀지고 나면 뻔한 사유가 놀람과 경이가 되기 위해서는 불가피했을 것이다.

한순간의 허영 때문에 빌린 보석 목걸이를 도난당한 하급 관리의 아내가 이를 보상하기 위해 일생을 허비했지만 막상 그것은 가짜 보석에 지나지 않았다는 사실이 판명되는 「진주 목걸이」나 마지막 한 잎마저 떨어지면 자신의 생명도 끝날 것이라고 확신하고 있는 폐결핵 환자인 작중인물이 비바람이 사납게 몰아친 다음 날 아침 커튼을 열어보았더니 여전히 나뭇잎이 가지에 매달려 있는 믿기 어려운 사실을 확인하고는 거뜬히 소생하는데 알고 보니 그것은 이층의 화가 노인에 의해 그려 붙여진 것이었다는 「마지막 잎새」 따위가 그런 예이다.

이 같은 이야기들이 독자에게 경이로움으로 받아들여지기 위해서는 사실이 판명되는 순서, 결말에 이르는 과정이 치밀하게 계산되고 정교하게 계획되지 않으면 안 된다. 적절한 암시와 복선이 필요하고 서사정보는 결정적인 단계에 이르기까지는 엄정하게 통어된다. 19세기 작가들의 야심이 무엇인지는 짐작하기에 어렵지 않을 것 같다. 그들이 열망했던 것은 아마도 '치명적인 서사구조'였을 것이다. 치명적인 서사구조란 어떠한 서사구조인가. '소설의 서두에서 작중인물이 벽에 못을 박았다고 썼다면 결말에서 그 못에 목을 매고 죽어야 한다.'라고 안톤 체홉은 말한 바 있는데, 바로 이러한 서사구조를 가리킨다.

이러한 서사구조에 실현되어 있는 것은 무엇인가. 아리스토텔레스가 말한, 바로 그 절대로서의 처음과 중간과 끝이다. 절대로서의 처음의 앞에는 당연히 어떠한 이야기의 단계도 놓일 수 없고 끝에는 또한 어떠한 이야기의 단계도 뒤따를 수 없다. 아마도 플롯의 최고의 이상은 이와 같은 처음과 중간과 끝의 관계로 이야기를 배치할 때 달성된다고 할 수 있을 것이다. 그리고 19세기 작가들이 도달하고자 열망했던 것이 바로 이 이상이었을 것이다.

그러나 현대의 작가들에게서 이 같은 열망의 흔적을 발견하는 것은 흔한 경우가 아니다. 현대의 작가들은 19세기의 작가들이 도달하고자 했던 목표를 포기한 것일까. 그럴지도 모르겠다. 많은 현대의 작가들은 사건의 치밀하고 정교한 구조화를 추구하기는커녕 사건다운 사건 자체에 대한 관심조차 상실한 것처럼 보인다. 서두 부분에 이름을 언급한 바 있는 캐더린 맨스필드와 셔웃 앤더슨은 물론 제임스 조이스의 「더블린 사람들」에 실려 있는 열네댓 편과 버지니아 울프와 토마스 울프의 소설에서도 사건다운 사건과 수미의 관계가 긴박한 사건의 구조는 찾기 어렵다. 그런 탓에 20세기의 소설들은 무책임하게도 아무 데서나 이야기를 시작하고 결말은 흐지부지 싱겁기만 하다는 불평의 대상이 되기도 한다.

이 같은 현대의 소설들과 비교하자면 19세기의 소설들은 얼마나 찬란한 이야기의 세계인가. 19세기 소설의 스토리는 쓰이기보다는 설계되는 것에 가까우며 그것의 서사구조는 빈틈없이 지어진 건축물에 비교됨직하다. 19세기의 소설에 비교하게 되면 그 허술함과 산만함이 더 한층 두드러져 보이는 현대 소설의 무계획성을 어떻게 이해해야 되는가. 「현대 단편소설의 서사구조」라는 논문에서 A. L. 베이더는 그 같은 현상은 현대의 작가들이 플롯의 작위성을 거부한 결과라고 말한다. 20세기의 소설들은 경험을 제시하기는 하지만 경험을 해석하거나 평가하지는 않는다는 것이다.

19세기의 작가들과는 달리 20세기의 작가들은 인생을 '산뜻한 사건들의 정연한 결합'이라고 보지 않게 되었다는 사실도 플롯과의 결별을 촉진시킨 주요한 한 가지 원인이라고 보자면 볼 수 있을 것 같다. 인생이 산뜻한 사건들의 정연한 결합이 아니라면 그 인생에 관한 이야기가 산뜻하고 정연한 모습을 가지는 것은 모순이겠기 때문이다.

5. 닫힌 서사와 열린 서사

플롯의 원리를 활용하는 서사와 그렇지 않은 서사의 차이는 결말의 양상에서 두드러진다. 전자는 대체로 폐쇄된 결말에 도달하는 데 반해 후자는 십중팔구 개방된 결말을 취한다.

닫힌 서사와 열린 서사. 우리는 그 두 가지 서사 유형을 이 같은 명칭으로 구별해 볼 수 있을 것이다. 찬찬히 살펴보고 따져 보았다면, O. 헨리 소설의 결말은 결코 다른 모양으로는 제시할 수 없으리라는 사실을 시인하지 않을 수 없게 될 것이다. 왜냐하면 그것은 이야기의 순탄한 흐름에 뒤따랐거나 즉흥적으로 만들어진 결말이 아니고, 치밀하게 계획되고 주도면밀하게 예비한 결말임이 분명하기 때문이다. 동원된 서술적 계략들, 암시와 복선 그리고 트릭들은 모두 결말의 가능성을 최대한으로 좁혀서, 제시된 것과 같은 결말이 대체될 수 없는 결말임을 확신케 하는데 구사되고 있다. 참으로 하찮고 단순한 동기, 가짜 모티프 하나를 가지고 그처럼 절박한 운명의 서사를 이끌어 내는 데서 모파상이 활용한 것 역시 이 서술적 계략이다. 두말할 필요도 없이 「검은 고양이」의 그 무시무시한 결말 역시 피할 수 없는 파국이고 대체될 수 없는 결말일 것은 물론이다.

물론 이 같은 결말의 양상은 19세기의 소설에서만 보이는 것은 아니다. 20세기의 소설, 특히 리얼리즘 소설들은 여전히 폐쇄된 결말, 결코 다른 모습으로는 제시할 수 없는 결말의 구조를 선호한다.

「까치 소리」에서 김동리는 노회한 작가답지 않게 서술을 낭비하고 있다.

"단골 서점에서 신간을 뒤적이다 「나의 생명을 물려다오」 하는 얄팍한 책자에 눈길이 멎었다…"에서부터 "특히 내가 재미있다고 생각한 소위 그의 문학적 표현으로서 그의 본고장인 동시, 사건의 무대가 된 마을의 전경을 이야기한 첫머리를 거의 그대로 옮겨보면 다음과 같다"까지는 단순히 화자를 도입하기 위한 절차치고는 좀 장황해 보인다. 인용한 문장에 뒤따르는 문장이 이 소설의 실질적인 서두인 셈인데 장황한 느낌을 준다는 점에서는 앞의 서사와 별다르지 않다. 수미의 관계가 긴박한 서사구조를 의도하고 있음이 분명해 보이는 서사로서는 만족스럽게 실현된 서두처럼 보이지 않는다.

> 마을 한복판에 우물이 있고, 우물 앞뒤엔 늙은 회나무 두 그루가 거인 같은 두 팔을 치켜든 채 마주보고 서 있었다. 몇 아름씩이나 될지 모르는 굵고 울퉁불퉁한 밑동은 동굴처럼 속이 뚫린 채, 항용 천년으로 헤아려지는 까마득한 세월을 새까만 침묵으로 하나 가득 메우고 있었다.
>
> ……
>
> 앞 나무에 둘, 뒷나무에 하나, 까치둥지는 셋이 처져 있었으나 까치들이 모두 몇 마리나 그 속에서 살고 있는지 아무도 똑똑히 몰랐다. 언제부터 둥지를 치기 시작했는지도 역시 안다는 사람은 없었다.
>
> 나무와 함께 대체로 어느 까마득한 옛날부터 내려오는 것이거니 믿고 있을 뿐이었다.
>
> ……아침 까치가 울면 손님이 오고, 저녁 까치가 울면 초상이 나고…… 한다는 것도, 언젠가부터 전해져오는 말인지, 누구 하나 알 턱이 없었다. 그래서 그런 아침 까치가 유난히 까작거린 날엔 손님이 잦고, 저녁 까치가 까작거리면 초상이 잘 나는 것이라고 그들은 은근히 믿고 있는 편이기도 했다. 그런대로 까치는 아침저녁 울고, 또 다른 때도 울었다.
>
> 까치가 울 때마다 기침을 터뜨리는 어머니는 아주 흑흑 하며 몇 번이나 까무라치다시피 하다 겨우 숨을 돌이키면 으레 봉수(奉守)야 하고, 나의 이름을 부르곤 했다. 그것도 그냥 이름을 부르는 것이 아니라 반드시 '죽여다오'를 붙였다.
>
> … 쿨룩쿨룩쿨룩, 쿨룩쿨룩쿨룩, 쿨룩…

인용이 길어진 데는 그럴만한 이유가 있다. 이것은 플롯화된 서두의 전형적인 사례이고, 이 같은 사례를 충실히 음미하기 위해서는 필요하다고 생각되는 부분을 생략할 수 없었기 때문이다.

「까치소리」의 서두에 담겨 있는 것은 단순히 서두의 서사 상황을 보고하는 서사 정보라고만 볼 수 없다. 이것들은 현재뿐만 아니라 미구에 전개될 서사 상황은 물론 결말의 윤곽까지를 아울러 암시하고 있는 서사 정보이다.

이 소설을 읽는 이가 만일 숙련된 독자라면, 틀림없이 그는 주요한 몇 가지 사실을 눈치채게 될 것이다. 그것들은 서두에서 듣게 된 기침소리를 서사의 진전과 더불어 되풀이해서 듣게 될 거라는 사실과 어머니의 '죽여 다오'라는 목소리 역시 실제의 음성으로든 혹은 환청으로든 지속적으로 그의 귀에 들러붙게 될 것이며, 그 호소를 끝끝내 외면할 수 없게 된 봉수는 종국에 가서 어떤 형태로든 살인의 상황에 연루될 것이라는 사실… 등을 가리킨다. 그리고 서사를 뒤쫓은 끝에 결말에 도달하게 된 독자는 애초의 예상이 하나도 빗나가지 않았다는 사실을 확인하게 될 것이다.

> 그녀는 그때 이미 실신상태에 빠져 있었는지도 몰랐다. 아니 그보다도 역시 자기의 모든 것을, 생명을, 내가 그렇게 원통하다고 울어대던 것의 대가로 치러주는 것이라고 생각하고 있었는지도 모른다.
>
> 이때 까치가 울었던 것이다. 까작 까작 까작 까작하는, 어머니가 가장 모진 기침을 터뜨리게 마련인, 그 저녁 까치 소리였던 것이다. 그리고 이와 동시 나의 팔다리와 가슴 속과 머리 끝까지 새로운 전류 같은 것이 흘러들기 시작했던 것이다. 까작 까작 까작 까작, 그것은 그대로 나의 가슴 속에서 울려오는 소리였다.
>
> 나는 실신한 것 같이 누워있는 영숙이를 안아 일으키기라도 하려는 듯 천천히 그녀의 가슴 위에 손을 얹었다. 그리하여 다음 순간 내 손은 그녀의 가느란 목을 누르고 있었던 것이다.

이것은 서두가 이미 예비한 결말이고 이 결말에 무난히 도달하기 위해 암시와 복선이 되풀이되었던 셈이다. (이와는 경우가 반대인 서사도 있다. 결말에 이르러서야 중간과 처음이 해명되는 서사가 그런 경우이다. 치밀하게 설계된 서사라는 점에서 그리고 독자로 하여금 만족스런 구조감을 체험케 한다는 점에서 두 경우는 동일한 서사 현상으로 보아도 좋을 것이다.)

6. 넉넉한 그릇 혹은 서사적 탄력

「까치소리」가 닫힌 서사의 전형적인 사례인 것만치 박태원의 「소설가 구보 씨의 일일」은 열린 서사의 극적인 사례이다. 앞질러 판단하자면 박태원의 모던한 소설에서 일화와 시퀀스들은 논리의 고리를 통해 구조화되지 않고 단지 나열될 뿐이다. 부연하자면 이 소설의 부분들은 전체로 통합되어 있지 않다.

오히려 작가는 그 부분들이 구조적인 결집력으로 묶이게 되는 것을 고의로 방해하고 있는 듯한 인상마저 준다. 아니 인상만 그런 게 아니고 실제로 그렇다. 이 소설에서 서술자는 서사 단락들을 행간을 두어 갈라놓고는 그것만으로는 안심이 되지 않는지 분리를 강조하고 강화하기 위한 매우 특별한 방책을 고안해내고 있다. 각 서사 단락에서 첫 어휘를 추출해서는 그것을 마치 독립된 단락의 소제목처럼 내세우는 방책이 그것이다. 박태원의 소설은 표면상 '어머니는' 시퀀스로부터 시작해서 '오전 두 시의' 시퀀스에서 끝나기까지 도합 31개의 단락들로 구성되어 제시되고 있다.

> '어머니는' 아들이 제 방에서 나와, 마루 끝에 놓인 구두를 신고, 기둥 못에 걸린 단장을 떼어 들고, 그리고 문간으로 나가는 소리를 들었다.
>
> '어디 가니?'

대답은 들리지 않았다.

중문 앞까지 나간 아들은, 혹은, 자기의 한 말을 듣지 못하였는지도 모른다. 또는 아들의 대답 소리가 자기의 귀에까지 이르지 못하였는지도 모른다. 그 둘 중의 하나라고 생각한 어머니는 이번에는 중문 밖까지 들릴 목소리를 내었다.

'일쯔거니, 들어오너라'

역시, 대답은 들리지 않았다. 중문이 소리를 내어 열려지고, 또 소리를 내어 닫혔다. 어머니는 엷은 실망을 느끼려는 자기 자신을 스스로 위로하려 한다.

중문 소리만 크게 나지 않았더라면, 아들의 '네-' 소리를, 혹은 들을 수 있었을지도 모른다. …

어머니는 다시 바느질을 하며, 대체 그 애는 매일 어딜 그렇게 가는 겐가, 하고 그런 것을 생각하여 본다.

이것이 플롯의 원리에 의해 작동하는 서두가 아니라는 사실은, 인용된 마지막 문장에 이르러 명백하게 드러난다. '어머니는 다시 바느질을 하며, 대체 그 애는 매일 어딜 그렇게 가는 겐가, 하고 그런 것을 생각하여 본다'는 서술은 이 서두가 묘사하고 있는 것이 특별한 사건이 발생하는 특별한 어느 하루가 아니라 매일 반복되는 어느 하루에 지나지 않는다는 사실을 말해주는 것이다.

"'아들은' 그러나 돌아와 채 어머니가 무어라고 말할 수 있기 전에, 입때 안 주무셨어요, 어서 주무세요, 그리고 자리옷으로 갈아입고 책상 앞에 앉아, 원고지를 펴 논다. …" 이렇게 시작되는 두 번째 단락 역시 앞과 경우가 다르지 않다. 세 번째 시퀀스인 '구보는' 단락에서 서사의 개방성은 좀더 확대된다. '집을 나와, 천변 길을 광교로 향하여 걸어가며' 구보는 자신이 어머니에게 좀더 다정하게 대해 드리지 못한 걸 속으로 후회하는데, 구보가 '천변 길을 광교로 향하여' 걷고 있다는 사실은, 서사의 논리라는 측면에서 보면, 아무런 필연성도 가지지 않는 일이다.

> 구보는 마침내 다리 모퉁이에 이르렀다. 그의 일 있는 듯싶게 꾸미는 걸음걸이는 그곳에서 멈추어진다. 그는 어딜 갈까, 생각하여 본다. 모두가 그의 갈 곳이었다. 한 군데라 그가 갈 곳은 없었다.

인용이 보여주다시피 구보에게는 모든 곳이 갈 곳이면서 막상 그가 갈 곳은 한 군데도 없다. 따라서 그는 천변 길을 광교로 향해서 걷든 다른 어떤 곳, 가령 남대문이나 동대문을 향해서 걷든 무방한 것이다. 한낮의 거리 위에서 구보는 갑자기 격렬한 두통을 느끼고 자기의 왼편 귀의 기능에 의혹을 품지만, 이 경우에도 사정은 마찬가지이다. 다시 말하자면, 한낮의 거리 위에서 구보가 느낀 것은 꼭 두통일 필요만은 없어 보인다는 얘기이다.

그가 느낀 것은 현기증이나 갈증일 수도 있고 혹은 성욕이나 다른 어떤 충동일 수도 있다. 그랬더라도 서사의 양상에 별다른 변화가 초래되지 않았을 것은 물론 서사의 진전이 방해를 받는 일도 발생하지 않았을 것이다. 이 같은 서사적 개방성은 이 소설의 거의 모든 서사 단락들에서 거듭 확인된다. 그뿐만이 아니다. 이 개방성은 사실은 이 소설의 구조의 특성이기도 하다. 「소설가 구보 씨의 일일」은 모두 서른한 개의 단락으로 구성되어 있지만, 단락을 한두 개 생략하거나 반대로 추가시켰더라도, 이 소설의 구조는 아무런 손상도 입지 않았을 것이다.

「까치 소리」의 경우와 비교해 보라. 김동리의 소설에서 그런 일이 생긴다면, 「까치 소리」의 서사구조는 단박에 일그러지고 말았을 것이다.

왜냐하면 「까치 소리」에서 시퀀스들은 상호 의존하고 제약함으로써 기하학적인 서사구조에 다다르고 있기 때문이다. 이와 비교하자면, 박태원 소설의 서사구조는, 넉넉한 그릇에 비유될 수 있을 것이다. 넉넉한 그릇의 장점은 덜어낼 수도 더 담을 수도 있다는 데서 찾아진다. 이렇게 해석하게 되면, 현대소설의 허술하고 느슨한 서사구조는, 생산적인 탄력성으로 바뀌는 것인지도 모르겠다.

7. 거부된 플롯과 반(反) 스토리

지금까지 필자는 이론의 문제를 따지기보다는 사례를 제시하고 분석하는 일에 더욱 치중했다. 예컨대 필자는 플롯이 소멸한 개념이라는 이론적 판단을 뒷받침하기 위해 이제하의 『독충』을 분석했고 「까치 소리」와 「소설가 구보 씨의 일일」을 대비시킴으로써 폐쇄된 서사와 개방된 서사라는 두 가지 서사유형을 부각시켜 보았다. 이 과정에서 필자는 이 작업이 다소간은 모험주의로 비칠지도 모르는 가능성을 잠시 우려했다. 특히 '현대의 서사물에서 플롯은 변모한 개념이 아니고 소멸한 개념이다'라고 쓰면서 그랬다. 그러나 그 같은 우려는 기우에 지나지 않는다는 사실 또한 필자는 잘 알고 있다. 그것은 『소설이론의 역사』의 저자가 20여 년 전에 확인했던 것과 동일한 판단에 지나지 않기 때문이다. 어찌됐거나 박태원의 소설이 서사적 개방성을 가졌다는 사실에는 변함이 없고, 이 개방성은 현대의 모더니즘 소설들에서 공통적으로 발견되는 특성들 중 하나이기도 하다(최인훈의 『화두』는 또 다른 좋은 사례이지만 상세한 분석은 생략한다). 그리고 이 개방성은 플롯을 거부한 결과로 얻어진 것이다.

아마도 보르헤스의 소설은 이 개방성이 극단으로 치달은 보기라고 할 수 있을 것이다. 그것은 반(反) 스토리 혹은 다중 갈래 서사라고 불리는 서사의 세계인데, 사이버 서사와는 달리, 언어서사의 지배적인 미래의 모습으로 자리 잡을지는 아직 판단하기 어렵다.

이러한 현대소설의 경향은 그러나 서사의 근본적이면서 유보할 수 없는 이념에 비추자면 모순되는 현상인 것처럼 보인다. 이야기가 흥미있게 수용되는 것은 모든 서사 생산자들의 한결같은 열망이고 이 열망은 이야기의 심미적인 구조화에 성공함으로써만 이루어진다는 사실을 감안한다면, 구조의 이완 혹은 형식의 개방성은 이 열망을 스스로 배반하는 결과를 가져올 게 분명하기 때문이다. 그러나 이 모순은 현대의 작가들은 과거의 작가들이 모색했던 것과는 다른 모양의 서사구조를 모색하는 것인지도 모른다고 가정하면 자연스럽게 해소된다. W. 마틴이 암시하고 있듯이 현대의 작가들은 사건을 생산하는 일보다는 담론 그 자체의 생산을 추구하는 것인지도 모르겠다.

산골 나그네

김유정

밤이 깊어도 술꾼은 역시 들지 않는다. 메주 뜨는 냄새와 같이 퀴퀴한 냄새로 방 안은 쾨쾨하다. 윗간에서는 쥐들이 찍찍거린다. 홀어미는 쪽 떨어진 화로를 끼고 앉아서 쓸쓸한 대로 곰곰 생각에 젖는다. 가뜩이나 침침한 반짝 등불이 북쪽 지게문에 뚫린 구멍으로 새 드는 바람에 번득이며 빛을 잃는다. 헌 버선짝으로 구멍을 틀어막는다. 그러고 등잔 밑으로 반짇그릇을 끌어당기며 시름없이 바늘을 집어 든다.

산골의 가을은 왜 이리 고적할까! 앞뒤 울타리에서 부수수 하고 떨잎은 진다. 바로 그것이 귀밑에서 들리는 듯 나직나직 속삭인다. 더욱 몹쓸 건 물소리, 골을 휘돌아 맑은 샘은 흘러 내리고 야릇하게도 음률을 읊는다.

퐁! 퐁! 퐁! 쪼록 퐁!

바깥에서 신발 소리가 자작자작 들린다. 귀가 번쩍 띄어 그는 방문을 가볍게 열어 젖힌다. 머리를 내밀며,

"덕돌이냐?"

하고 반겼으나 잠잠하다. 앞뜰 수풀 위를 감돌아 싸늘한 바람이 낙엽을 훌뿌리며 얼굴에 부딪힌다.

용마루가 쌩쌩 운다. 모진 바람 소리에 놀라 멀리서 밤 개가 요란히 짖는다.

"쥔어른 계서유?"

몸을 돌리어 바느질거리를 다시 들려 할 제 이번에는 짜장 인기가 난다. 황급하게,

"누구유?"

하고 일어서며 문을 열어 보았다.

"왜 그리유?"

처음 보는 아낙네가 마루 끝에 와 섰다. 달빛에 비끼어 검붉은 얼굴이 해쓱

하다. 추운 모양이다. 그는 한 손으로 머리에 둘렀던 왜수건을 벗어 들고는 다른 손으로 흩어진 머리칼을 쓰담아 올리며 수줍은 듯이 쭈뼛쭈뼛한다.

"저— 하룻밤만 드새고 가게 해주세유."

남정네도 아닌데 이 밤중에 웬일인가, 맨발에 짚신짝으로. 그야 아무렇든…….

"어서 들어와 불 쬐게유."

나그네는 주춤주춤 방 안으로 들어와서 화로 곁에 도사려 앉는다. 낡은 치맛자락 위로 삐어지려는 속살을 아무리자 허리를 지그시 튼다. 그리고는 묵묵하다. 주인은 물끄러미 보고 있다가 밥을 좀 주려느냐고 물어 보아도 잠자코 있다. 그러나 먹던 대궁을 주워 모아 짠지쪽하고 갖다 주니 감지덕지 받는다. 그리고 물 한 모금 마심 없이 잠깐 동안에 밥그릇의 밑바닥을 긁는다.

밥숟갈을 놓기가 무섭게 주인은 이야기를 붙이기 시작하였다. 미주알 고주알 물어 보니 이야기는 지수가 없다. 자기로도 너무 지쳐 물은 듯싶은 만치 대고 추근거렸다. 나그네는 싫단 기색도 좋단 기색도 별로 없이 시나브로 대꾸하였다. 남편 없고 몸 붙일 곳 없다는 것을 간단히 말하고 난 뒤,

"이리저리 얻어먹고 단게유."

하고 턱을 가슴에 묻는다.

첫닭이 홰를 칠 때 그제야 마을 갔던 덕돌이가 돌아온다. 문을 열고 감사나운 머리를 디밀려다 낯선 아낙네를 보고 눈이 휘둥그렇게 주춤한다. 열린 문으로 억센 바람이 몰아들며 방 안이 캄캄하다. 주인은 문 앞으로 걸어와 서며 덕돌이의 등을 뚜덕거린다.

젊은 여자 자는 방에서 떠꺼머리 총각을 재우는 건 상서롭지 못한 일이었다.

"얘, 덕돌아, 오늘은 마을 가 자고 아침에 온."

가을할 때가 지났으니 돈냥이나 좋이 퍼질 때도 되었다. 그 돈들이 어디로 몰키는지 이 술집에서는 좀체 돈맛을 못 본다. 술을 판대야 한 초롱에 오륙십 전 떨어진다. 그 한 초롱을 잘 판대도 사날씩이나 걸리는 걸 요새 같아선 그

알량한 술꾼까지 씨가 말랐다. 어쩌다 전일에 펴 놓았던 외상값도 갖다 줄 줄을 모른다. 홀어미는 열벙거지가 나서 이른 아침부터 돈을 받으러 돌아다녔다. 그러나 다리품을 들인 보람도 없었다. 낼 사람이 즐겨야 할 텐데 우물쭈물하며 한단 소리가 좀 두고 보자는 것이 고작이었다. 그렇다고 안 갈 수도 없는 노릇이다. 나날이 양식은 딸리고 지점집에서 집행을 하느니 뭘 하느니 독촉이 어지간치 않음에랴…….

“저도 이젠 떠나가겠에유.”

그가 조반 후 나들이옷을 바꾸어 입고 나서니 나그네도 따라 일어서다 그의 손을 자상히 붙잡으며 주인은,

“고달플 테니 며칠 더 쉬어 가게유.”

하였으나,

“가야지유, 너무 오래 신세를…….”

“그런 염려는 말구.”

라고 누르며 집 지켜 주는 셈치고 방에 누웠으라 하고는 집을 나섰다. 백두고개를 넘어서 안말로 들어가 해동갑으로 헤매었다. 헤실수로 간 곳도 있기야 하지만 말갛다. 해가 지고 어두울 녘에야 그는 흘부들해서 돌아왔다. 좁쌀 닷 되밖에는 못 받았다. 다른 사람들은 돈 낼 생각커녕 이러면 다시 술 안 먹겠다고 도리어 을러 보냈던 것이다. 그러나 이만도 다행이다. 아주 못 받느니보다는 끼니 때 가지였다. 그는 좁쌀을 씻고 나그네는 솥에 불을 지피어 부랴사랴 밥을 짓고 일변 상을 보았다.

밥들을 먹고 나서 앉았으려니깐 갑자기 술꾼이 몰려든다. 이거 웬일인가. 처음에는 하나가 오더니 다음에는 세 사람 또 두 사람. 모두 젊은 축들이다. 그러나 각각들 먹일 방이 없으므로 주인은 좀 망설이다가 그 연유를 말하였으나 뭐 한동리 사람인데 어떠냐 한데서 먹게 해달라는 바람에 얼씨구나 하였다. 이제야 운이 트나 보다. 양푼에 막걸리를 딸쿠어 나그네에게 주어 솥에 넣고 좀 속히 데워 달라 하였다. 자기는 치마꼬리를 휘둘러 가며 잽싸게 안주를 장만한다. 짠지, 동치미, 고추장, 특별 안주로 삶은 밤도 놓았다. 사촌 동생이 맛보라고 며칠 전에 갖다 준 것을 아껴 둔 것이었다.

방 안은 떠들썩하다. 벽을 두드리며 아리랑 찾는 놈에, 건으로 너털웃음 치는 놈, 혹은 수군숙덕하는 놈…… 가지각색이다. 주인이 술상을 받쳐 들고 들어가니 짜기나 한 듯이 일제히 자리를 바로잡는다. 그 중에 얼굴 넓적한 하이칼라 머리가 야로가 나서 상을 받으며 주인 귀에다 입을 비켜 댄다.

"아주머니, 젊은 갈보 사왔다지유? 좀 보여 주게유."

영문 모를 소문도 다 듣는다.

"갈보라니 웬 갈보?"

하고 어리뻥뻥하다 생각을 하니, 턱없는 소리는 아니다. 눈치 있게 부엌으로 내려가서 보강지 앞에 웅크리고 앉았는 나그네의 머리를 은근히 끌어안았다. 자, 저 패들이 새댁을 갈보로 횡보고 찾아온 맥이다. 물론 새댁 편으론 망측스러운 일이겠지만 달포나 손님의 그림자가 드물던 우리집으로 보면 재수의 빗발이다. 술국을 잡는다고 어디가 떨어지는 게 아니니요, 욕이 아니니 나를 보아 오늘만 좀 팔아 주기 바란다…… 이런 의미를 곰살궂게 간곡히 말하였다. 나그네의 낯은 별반 변함이 없다. 늘 한 양으로 예사로이 승낙하였다.

술이 온몸에 돌고 나서야 뒷술이 잔풀이가 난다. 한 잔에 오 전, 그저 마시긴 아깝다. 얼간한 상투백이가 계집의 손목을 탁 잡아 앞으로 끌어댕기며,

"권주가 좀 해, 이건 꾸어 온 보릿자룬가."

"권주가? 뭐야유?"

"권주가? 아 갈보가 권주가도 모르나, 으하하하."

하고는 무안에 취하여 푹 숙인 계집 뺨에다 꺼칠꺼칠한 턱을 문질러 본다. 소리를 아무리 시켜도 아랫입술을 깨물고는 고개만 기울일 뿐. 소리는 못 하나 보다. 그러나 노래 못 하는 꽃도 좋다. 계집은 영 내리는 대로 이 무릎 저 무릎으로 옮아 앉으며 턱밑에다 술잔을 받쳐 올린다.

술들이 담뿍 취하였다. 두 사람은 곯아져서 코를 곤다. 계집이 칼라 머리 무릎 위에 앉아 담배를 피워 올릴 때 코웃음을 홍 치더니 그 무지스러운 손이 계집의 아래 뱃가죽을 사양 없이 움켜잡았다. 별안간 '아야' 하고 퍼들껑 하더니 계집의 몸뚱어리가 공중으로 도로 뛰어오르다 떨어진다.

"이 자식아, 너만 돈 내고 먹었니?"

한 사람 새 두고 앉았던 상투가 콧살을 찌푸린다. 그리고 맨발 벗은 계집의 두 발을 양 손에 붙잡고 가랭이를 쩍 벌려 무릎 위로 지르르 끌어올린다. 계집은 앙탈을 한다. 눈시울에 눈물이 엉기더니 불현듯이 쪼록 쏟아진다.

방 안에서 악머구리 소리가 끓어오른다.

"저 잡놈 보게, 으하하하하."

술은 연실 데워서 들여 가면서도 주인은 불안하여 마음을 졸였다. 겨우 마음을 놓은 것은 훨씬 밝아서이다.

참새들은 소란히 지저귄다. 기직 바닥이 부스럼 자국보다 질 배 없다. 술, 짠지쪽, 가래침, 담뱃재…… 뭣 해 너저분하다. 우선 한길치에 자리를 잡고 계배를 대보았다. 마수걸이가 팔십오 전, 외상이 이 원 각수다. 현금 팔십오 전, 두 손에 들고 앉아 세고 또 세어 보고…….

뜰에서는 나그네의 혀로 끌어올리는 인사.

"안녕히 가십시게유."

"입이나 좀 맞치고 뽀! 뽀! 뽀!"

"나두."

찌르쿵! 찌르쿵! 찔거러쿵!

"방아머리가 무겁지유? ……고만 까부를까."

"들 익었에유. 더 찧어야지유."

"그런데 얘는 어쩐 일이야……."

덕돌이를 읍엘 보냈는데 날이 저물어도 여태 오지 않는다. 흩어진 좁쌀을 확에 쓸어 넣으며 홀어미는 퍽으나 애를 태운다. 요새 날씨가 차지니까 늑대, 호랑이가 차차 마을로 찾아 내린다. 밤길에 고개 같은 데서 만나면 끽소리도 못 하고 욕을 당한다.

나그네가 방아를 괴놓고 내려와서 키로 확의 좁쌀을 담아 올린다. 주인은 그 머리를 쓰담고 자기의 행주치마를 벗어서 그 위에 씌워 준다. 계집의 나이 열아홉이면 활짝 필 때이건만 버캐 된 머리칼이며 야윈 얼굴이며 벌써부터 외양이 시들어 간다. 아마 고생을 짓한 탓이리라.

날씬한 허리를 재빨리 놀려 가며 일이 끊일 새 없이 다구지게 덤벼 드는 그를 볼 때 주인은 지극히 사랑스러웠다. 그리고 일변 측은도 하였다. 뭣하면 딸과 같이 자기 곁에서 길게 살아 주었으면 상팔자일 듯싶었다. 그럴 수 있다면 그 소 한 마리와 바꾼대도 이것만은 안 내놓으리라고 생각도 하였다.

아들만 데리고 홀어미의 생활은 무던히 호젓하였다. 그런데다 동리에서는 속모르는 소리까지 한다. 떠꺼머리 총각을 그냥 늙힐 테냐고. 그러나 형세가 부치므로 감히 엄두도 못 내다가 겨우 올봄에서야 다붙어 서둘게 되었다. 의외로 일은 손쉽게 되었다. 이리저리 언론이 돌더니 남촌산에 사는 어느 집 둘째딸과 혼약하였다. 일부러 홀어미는 사십 리 길이나 걸어서 색시의 손등을 문질러 보고는,

"참 애기 잘도 생겹세!"

좋아서 사돈에게 칭찬을 뇌고 뇌곤 하였다.

그런데 없는 살림에 빚을 내어 가며 혼수를 다 꼬여매 놓은 뒤였다. 혼인날을 불과 이틀 격해 놓고 일이 그만 빗났다. 처음에야 그런 말이 없더니 난데없는 선채금 삼십 원을 가져오란다. 남의 돈 삼 원과 집의 돈 오 원으로 거추꾼에게 품삯 노비 주고 혼수하고 단지 이 원…… 잔치에 쓸 것밖에 안 남고 보니 삼십 원이란 입내도 못 낼 소리다. 그 밤 그는 이리 뒤척 저리 뒤척 넋잃은 팔을 던져 가며 통 밤을 새웠던 것이다.

"어머님! 진지 잡수세유."

새댁에게 이런 소리를 듣는다면 끔찍이 귀여우리라. 이것이 단 하나의 그의 소원이었다.

"다리 아프지유? 너무 일만 시켜서……."

주인은 저녁 좁쌀을 쓸어 넣다가 방아다리에 깝신대는 나그네를 걸삼스럽게 쳐다본다. 방아가 무거워서 껍적이며 잘 으르지 않는다. 가냘픈 몸이라 상혈이 되어 두 볼이 새빨갛게 색색거린다. 치마도 치마려니와 명주 저고리는 어찌 삭았는지 어깨께가 손바닥만하게 척 나갔다. 그러나 덕돌이가 왜포 다섯 자를 바꿔 오거든 첫대 사발화통된 속곳부터 해 입히고 차차 할 수밖엔 없다.

"같이 찝시다유."

주인도 나머지 방아다리에 올라섰다. 그리고 찌껑 위에 놓인 나그네의 손을 눈치 안 채게 슬며시 쥐어 보았다. 더도 덜도 말고 그저 요만한 며느리만 얻어도 좋으련만! 나그네와 눈이 고만 마주치자 그는 열적어서 시선을 돌렸다.

"퍽도 쓸쓸하지유?"

하며 손으로 울 밖을 가리킨다. 첫밤 같은 석양판이다. 색동저고리를 떨쳐 입고 산들은 거방진 방아 소리를 은은히 전한다. 찔그러쿵! 찌러쿵!

그는 나그네를 금덩이같이 위하였다. 없는 대로 자기의 옷가지도 서로서로 별러 입었다. 그리고 잘 때에는 딸과 진배없이 이불 속에서 품에 꼭 품고 재우곤 하였다. 하지만 자기의 은근한 속심은 차마 입에 드러내어 말을 못 건넸다. 잘 들어 주면이거니와 뭣하게 안다면 피차의 낯이 뜨뜻할 일이었다.

그러자 맘먹지 않았던 우연한 일로 인하여 마침내 기회를 얻게 되었다. 나그네가 온 지 나흘 되던 날이었다. 거문관이 산기슭에 있는 영길네 벼방아를 좀 와서 찧어 달라고 한다. 나그네는 줄밤을 새우므로 낮에나 푸근히 자라고 두고 그는 홀로 집을 나섰다.

머리에 겨를 보얗게 쓰고 맥이 풀려서 집에 돌아온 것은 이럭저럭 으스레하였다. 늙은 한 다리를 끌고 뜰 앞으로 향하다가 그는 주춤하였다. 나그네 홀로 자는 방에 덕돌이가 들어갈 리 만무한데 정녕코 그놈일 게다. 마루 끝에 자그마한 나그네의 짚신이 놓인 그 옆으로 질목 채 벗은 왕달 짚신이 왁살스럽게 놓였다. 그리고 방에서는 수군수군 낮은 말소리가 흘러나온다. 그는 무심코 닫은 방문께로 귀를 기울였다.

"그럼 와 그러는 게유? 우리집이 굶을까 봐 그리시유?"

"……"

"어머이도 사람은 좋아유…… 올해 잘만 하면 내년에는 소 한 바리 사놀 게구 농사만 해두 한 해에 쌀 넉 섬, 조 엿 섬, 그만하면 고만이지유…… 내가 싫은 게유?"

"……"

"사내가 죽었으니 아무튼 얻을 게지유?"

옷 터지는 소리, 부시럭거린다.

"아이! 아이! 아이! 참! 이거 노세유."

쥐죽은 듯이 감감하다. 허공에 아롱거리는 낙엽을 이윽히 바라보며 그는 빙그레한다. 신발 소리를 죽이고 뜰 밖으로 다시 돌쳐섰다.

저녁상을 물린 후 그는 시치미를 딱 떼고 나그네의 기색을 살펴보다가 입을 열었다.

"젊은 아낙네가 홀몸으로 돌아다닌대두 고생일 게유. 또 어차피 사내는……."

여기서부터 사리에 맞도록 이말 저말을 주섬주섬 꺼내 오다가 나의 며느리가 되어 줌이 어떻겠느냐고 꽉 토파를 지었다. 치마를 흡싸고 앉아 갸웃이 듣고 있던 나그네는 치마끈을 깨물며 이마를 떨어뜨린다. 그리고는 두 볼이 빨개진다. 젊은 계집이 나 시집가겠소 하고 누가 나서랴. 이만하면 합의한 거나 틀림없을 것이다.

혼수는 전에 해둔 것이 있으니 한시름 잊었다. 그대로 이앙이나 고쳐서 입히면 고만이다. 돈 이 원은 은비녀, 은가락지 사다가 각별히 색시에게 선물 내리고…….

일은 밀수록 낭패가 많다. 금시로 날을 받아서 대례를 치렀다. 한편에서는 국수를 누른다. 잔치 보러 온 아낙네들은 국수 그릇을 얼른 받아서 후룩후룩 들이마시며 시악시 잘났다고 추었다.

주인은 흥겨움에 너무 겨워서 축배를 흔근히 들었다. 여간 경사가 아니다. 뭇사람을 삐집고 안팎으로 드나들며 분부하기에 손이 돌지 않는다.

"얘 메누라! 국수 한 그릇 더 가져온."

어째 말이 좀 어색하구먼…… 다시 한번,

"메누라 얘야! 얼른 가져와."

삼십을 바라보자 동곳을 찔러 보니 제물에 멋이 질려 비드름하다. 덕돌이는 첫날을 치르고 부썩부썩 기운이 난다. 남이 두 단을 털 제면 그의 볏단은 석 단째 풀려 나간다. 연방 손바닥에 침을 뱉어 붙이며 어깨를 으쓱거린다.

"끅! 끅! 끅! 찍어라, 굴려라, 끅! 끅!"

동무의 품앗이 일이다. 거무투룩한 젊은 농군 댓이 볏단을 번차례로 집어

든다. 열에 뜬 사람같이 식식거리며 세차게 벼알을 절구통 배에서 주룩주룩 흘려 내린다.

"애! 장가들고 한턱 안 내니?"

"일색이더라. 딴딴히 먹자. 닭이냐? 술이냐? 국수냐?"

"웬 국수는? 너는 국수만 아느냐?"

저희끼리 찧고 까분다. 그들은 일을 놓으며 옷깃으로 땀을 씻는다. 골바람이 벼깔치를 부옇게 풍긴다. 옆산에서 푸드득 하고 꿩이 날며 머리 위를 지나간다. 갈퀴질을 하던 얼굴 넓적이가 갈퀴를 놓고 씽급하더니 달려든다. 장난꾼이다. 여러 사람의 힘을 빌리어 덕돌이 입에다 헌 짚신짝을 물린다. 버들껑거린다. 다시 양귀를 두 손에 잔뜩 훔켜잡고 끌고 와서는 털어 놓은 벼무더기 위에 머리를 틀어박으며 동서남북으로 큰절을 시킨다.

"야아! 야아! 아!"

"아니다, 아니야. 장갈 갔으면 산신령에게 이러하다 말이 있어야지. 괜스레 산신령이 노하면 눈깔망나니(호랑이) 내려 보낸다."

뭇 웃음이 터져 오른다. 새신랑의 옷이 이게 뭐냐. 볼기짝에 구멍이 다 뚫리고…… 빈정대는 사람도 있다. 그러나 덕돌이는 상투의 먼대기를 털고 나서 곰방대를 피워 물고는 싱그레 웃어 치운다. 좋은 옷은 집에 두었다. 인조견 조끼, 저고리, 새하얀 옥당목 겹바지, 그러나 아끼는 것이다. 일할 때엔 헌옷을 입고 집에 돌아와 쉴 참에나 입는다. 잘 때에도 모조리 벗어서 더럽지 않게 착착 개어 머리맡에 위해 놓고 자곤 한다. 의복이 남루하면 인상이 추하다. 모처럼 얻은 귀여운 아내니 행여나 마음이 돌아앉을까 미리미리 사려 두지 않을 수도 없는 노릇이다. 그야말로 이십구 년 만에 누런 이 조각에다 어제야 소금을 발라 본 것도 이 까닭이었다.

덕돌이가 볏단을 다시 집어 올릴 제 그 이웃에 사는 돌쇠가 옆으로 와서 품을 안는다.

"애 덕돌아! 너 내일 우리 조마댕이 좀 해줄래?"

"뭐 어째?"

하고 소리를 빽 지르고는 그는 눈귀가 실룩하였다.

"누구보고 해라야? 응? 이 자식 까놀라!"

어제까진 턱없이 지냈단대도 오늘의 상투를 못 보는가!

바로 그날이었다. 윗간에서 혼자 새우잠을 자고 있던 홀어미는 놀라 눈이 번쩍 띄었다. 만뢰 잠잠한 밤중이다.

"어머니! 그거 달아났에유. 내 옷도 없구……."

"응?"

하고 반마디 소리를 치며 얼떨김에 그는 캄캄한 방 안을 더듬어 아랫간으로 넘어섰다. 황망히 등잔에 불을 댕기며,

"그래 어디로 갔단 말이냐?"

영산이 나서 묻는다. 아들은 벌거벗은 채 이불로 앞을 가리고 앉아서 징징거린다. 옆자리에는 빈 베개뿐 사람은 간 곳이 없다. 들어 본즉 온종일 일하기에 피곤하여 아들은 자리에 들자 고만 세상을 잊었다. 하기야 그때 아내도 옷을 벗고 한자리에 누워서 맞붙어 잤던 것이다. 그는 보통때와 조금도 다름없이 새침하니 드러누워서 천장만 쳐다보았다. 그런데 자다가 별안간 오줌이 마렵기에 요강을 좀 집어 달래려고 보니 뜻밖에 품안이 허룩하다. 불러 보아도 대답이 없다. 그제는 어레짐작으로 우선 머리맡 위에 놓았던 옷을 더듬어 보았다. 딴은 없다.

필연 잠든 틈을 타서 살며시 옷을 입고 자기의 옷이며 버선까지 들고 내뺐음이 분명하리라.

"도적년!"

모자는 관솔불을 켜들고 나섰다. 부엌 잿간을 뒤졌다. 그리고 뜰 앞 수풀 속도 낱낱이 찾아봤으나 흔적도 없다.

"그래도 방 안을 다시 한번 찾아보자."

홀어미는 구태여 며느리를 도적년으로까지는 생각하고 싶지 않았다. 거반 울상이 되어 허벙저벙 방 안으로 들어왔다. 마음을 가라앉혀 들쳐 보니 아니나다르랴 며느리 베개 밑에서 은비녀가 나온다. 달아날 계집 같으면 이 비싼 은비녀를 그냥 두고 갈 리 없다. 두말없이 무슨 병패가 생겼다. 홀어미는 아들을 데리고 덜미를 잡히는 듯 문 밖으로 찾아 나섰다.

마을에서 산길로 빠져나가는 어귀에 우거진 숲 사이로 비스듬히 언덕길이 놓였다. 바로 그 밑에 석벽을 끼고 깊고 푸른 웅덩이가 묻히고 넓은 그물이 겹겹 산을 에돌아 약 십 리를 흘러내리면 신연강 중턱을 뚫는다. 시내에 반쯤 파묻히어 번들대는 큰 바위는 내를 싸고 양쪽으로 질펀하다. 꼬부랑길은 그 틈바귀로 뻗었다. 좀체 걷지 못할 자갈길이다. 내를 몇 번 건너고 험상궂은 산들을 비켜서 한 오 마장 넘어야 겨우 길다운 길을 만난다. 그리고 거기서 좀더 간 곳에 냇가에 외지게 잃어진 오막살이 한 간을 볼 수 있다. 물방앗간이다. 그러나 이제는 밥을 찾아 흘러가는 뜬 몸들의 하룻밤 숙소로 변하였다.

벽이 확 나가고 네 기둥뿐인 그 속에 힘을 잃은 물방아는 을씨년궂게 모로 누웠다. 거지도 고 옆에 홑이불 위에 거적을 덧쓰고 누웠다.

거푸진 신음이다. 으! 으! 으흥!

서까래 사이로 달빛은 쌀쌀히 흘러든다. 가끔 마른 잎을 뿌리며…….

“여보 자우? 일어나게유 얼핀.”

계집의 음성이 나자 그는 꾸물거리며 일어앉는다. 그리고 너털대는 홑적삼을 깃을 여며 잡고는 덜덜 떤다.

“인제 고만 떠날 테이야? 쿨룩…….”

말라빠진 얼굴로 계집을 바라보며 그는 이렇게 물었다.

십 분 가량 지났다. 거지는 호사하였다. 달빛에 번쩍거리는 겹옷을 입고서 지팡이를 끌며 물방앗간을 등졌다. 골골하는 그를 부축하여 계집은 뒤에 따른다. 술집 며느리다.

“옷이 너무 커…… 좀 적었었으면…….”

“잔말 말고 어여 갑시다, 펄쩍…….”

계집은 부리나케 그를 재촉한다. 그리고 연해 돌아다보길 잊지 않았다. 그들은 강길로 향한다. 개울을 건너 불거져 내린 산모퉁이를 막 꼽뜨리려 할 제다. 멀리 뒤에서 사람 욱이는 소리가 끊일 듯 날 듯 간신히 들려온다.

바람에 먹히어 말소리는 모르겠으나 재없이 덕돌이의 목성임은 넉히 짐작할 수 있다.

"아 얼른 좀 오게유."

똥끝이 마르는 듯이 계집은 사내의 손목을 겁겁히 잡아 끈다. 병든 몸이라 끌리는 대로 뒤툭거리며 거지도 으슥한 산 저편으로 같이 사라진다. 수은빛 같은 물방울을 뿜으며 물결은 산벽에 부닥뜨린다. 어디선지 지정치 못할 늑대 소리는 이산 저산서 와글와글 굴러내린다.

—『동백꽃』(삼문사, 1938)

시점과 서술은 무엇인가

나병철, 「소설의 시점과 서술」

엮은이의 추천 이유

이 글은 소설의 시점과 서술이 지니는 특성과 유형에 대하여 고찰하고 있는 평문이다. 서술자가 존재하는 서사 장르에서는 시점과 서술이 다양하게 나타나게 되는데, 필자는 화자시점 서술, 인물시점 서술, 1인칭 서술상황으로 나누어 시점과 서술의 다양한 양상을 구체적으로 설명하고 있다. 소설의 시점과 서술이 지니는 성격과 그 스펙트럼을 구체적으로 이해하는 데 도움을 주는 글이다.

출전: 저자의 집필 원고

소설의 시점과 서술

나병철

1. 재현 예술로서 소설의 시점

시점은 문학 같은 재현적이고 조형적인 예술에서 나타나는 기법적인 요소이다. 문학과 회화, 조각이 재현적 · 조형적 예술이라면 음악, 장식, 건축은 표현적 · 비조형적 예술이다. 우리는 문학과 회화에서 시점이 중요한 반면 음악과 장식에서는 크게 긴요하지 않다고 말할 수 있다.

그런데 재현 예술 중에서도 소설에서는 시점이 필수적이지만 연극에서는 상대적으로 덜 중요하다. 또한 문학 중에서도 소설에 비해 서정시에서는 시점이 그리 긴요한 개념이 아니다. 그 이유는 연극이 재현 예술이면서도 소설에 비해 표현적 요소를 많이 갖고 있으며 서정시 역시 소설보다 더 표현적이라는 점 때문이다.

시점은 '재현자'와 '재현된 것' 사이의 관계가 중요한 예술에서 특징적으로 나타난다. 그런 측면에서 시점이 중요한 예술의 순서로 배열하면 소설, 회화, 연극, 무용, 음악의 차례가 될 것이다. 소설은 모든 예술 중에서 시점이 가장 필수적인 장르이며 시점과 거의 무관한 장르는 음악이다.

소설에서 시점이 중요한 것은 재현자와 재현된 것 사이의 관계가 시점의 주체와 이야기의 관계로 계속 나타나기 때문이다. 회화에서도 시점이 중요하지만 회화는 시간적 요소를 지니지 않기 때문에 소설보다 이 문제가 덜 복잡하다. 그러나 회화에서도 그림 내부의 신의 시점에서부터 외부의 화가의 원근법에 이르기까지 다양한 시점이 나타난다.[1]

연극은 소설처럼 이야기를 지닌 시간적인 재현 예술이다. 그러나 연극은 화자라는 중개성이 없고 관객 앞에서 직접 공연되기 때문에 소설보다 시점이 단순하다. 직접성의 장르인 연극은 재현적 요소와 표현적 요소의 양면성을 지닌 양식이라고 할 수 있다. 연극은 극장르에 속하며 배우의 연기와 연출자의 연출은 서사장르에 비해 매우 표현적이다. 또한 연극에서는 관객의 시점이 주도적이며 인물의 시점으로 제시하는데 어려움을 지닌다. 하지만 연극에서도 배우들이 관객을 향해 정면으로 서 있어야 했던 과거와 보다 자유로워진 오늘날을 비교하면 시점의 문제가 전혀 없는 것은 아니다.[2] 현대 연극에서는 극중 인물의 시점으로 장면을 제시하는 방식 역시 빈번히 사용된다.

소설과 더불어 시점이 매우 중요한 장르는 바로 영화이다. 영화에서는 소설에서처럼 이야기가 직접 제시되지 않고 중개성의 영역을 통해 재현된다. 영화는 시각적 재현의 측면에서 연극과 비슷한 점이 있지만 극장르의 직접성 대신 소설과 유사한 중개성의 방식을 사용한다. 영화에서 우리는 소설과 달리 화면 속의 인물을 직접 본다고 느낀다. 그러나 우리는 이미 어떤 시점에 의해 보인 장면과 인물을 보는 셈이며 그 점은 소설과 비슷하다. 소설과 영화는 시점에 의해 중개된 장면과 인물을 보여주는 점에서 연극의 극장르와 구분되는 대표적인 서사장르들이다.

1. 우스펜스키, 김경수 역, 『소설구성의 시학』, 현대소설사, 1992, 170쪽.
2. 위의 책, 24쪽.

재현자와 재현된 것의 관계가 중요한 소설과 영화의 특징은 현실에 대한 재현 능력이 무한하다는 것이다. 직접성의 장르인 연극은 현장의 관객에 대해 강렬한 호소력을 지니지만 시공간적인 제약에 의해 재현이 한정된다. 반면에 소설과 영화에서는 시점과 서술이라는 중개성의 영역을 이용하기 때문에 편집의 자유로움과 함께 무한한 재현의 가능성을 얻는다. 오늘날 소설과 영화가 강력한 경쟁상대인 것은 비슷하게 그런 풍부한 재현의 능력을 갖고 있기 때문이다.

그러나 소설과 영화는 시점을 이용하는 방식에서 중요한 차이점을 지닌다. 소설에서는 시점의 일관성이 요구되는 반면 영화에서는 오히려 수시로 시점이 바뀌어야 한다. 우리는 특정한 소설을 전지적 시점이나 1인칭 시점, 인물시점 등 일관된 시점에 따라 분류한다. 반면에 영화를 보며 우리는 정면에서 보다가 옆에서, 위에서 보기도 하며, 인물시점으로 감상하기도 한다.

이런 차이는 소설의 중개성의 영역에는 시점과 함께 언어를 사용하는 화자가 있지만 영화에는 그런 화자가 없기 때문이다.[3] 서사장르의 중개성 영역은 장면을 바라보는 시점 기능과 그것을 감상자에게 전달하는 서술 행위라는 두 가지 역할을 한다. 그런데 이미지 서사인 영화에서는 서술 언어의 사용이 제한되어 있기 때문에 시점의 다양한 변주에 의해 영화언어를 만들어내야 한다. 영화의 빈번한 시점의 전환은 그처럼 영화언어를 만들어내기 위한 것이다.

예컨대 『초록 물고기』(이창동 감독)의 첫 장면에서는, 기차 난간에 매달린 주인공 막동(한석규)의 뒷모습과, 그의 시점으로 바라보는 달리는 기차의 전경이 교차된다. 막동의 눈앞에는 앞 칸 난간에 매달린 낯선 여자(미애, 심혜진)의 모습이 나타나며, 이어 막동의 뒷모습과 그의 시

3.. 영화에서 명시적인 화자를 사용하는 것은 목소리와 자막을 이용할 때이다.

점으로 보는 여자의 모습이 다시 교차된다. 여자의 목에서 진홍색 스카프가 풀려 날리기 시작하고 이때 그 스카프를 바라보는 여자의 얼굴이 나타난다(막동의 시점). 그 다음 막동의 얼굴이 클로즈업되는데, 이는 스카프가 바람에 날리는 다음 장면이 그의 시점임을 강조하기 위한 것이다. 공중을 날아온 스카프가 막동의 얼굴을 휘덮는 다음 쇼트[4]는 앞 칸 여자의 시점으로 보인 것이기도 하다.[5]

여러 시점들이 교차되는 『초록 물고기』의 첫 장면에서는 서정적 음악과 함께 막동의 내면의 은밀한 감정이 표현된다. 만일 이 장면을 단일한 시점으로 처리했다면 무미한 사실들의 전달에 그쳤을 것이다. 그러나 여러 시점들을 미묘하게 조립시킴으로써, 내밀한 정서적 표현과 더불어 두 주인공의 운명적 만남에 대한 은유적인 암시가 드러난다. 시점의 복합적 조합에 의해 이 장면에서는 "막동과 미애 사이에 운명적 만남의 끈이 이어졌다"라는 내포적인 영화언어가 들려온다. 그런 암시적인 영화언어는 이미지 서사가 지속되는 가운데 계속 만들어지며 우리는 그것을 영화의 내포적 서술이라고 부를 수 있다.

영화에서는 자막과 목소리라는 명시적인 서술과 함께 시점의 조합에 의한 내포적 서술(영화언어)이 사용된다. 반면에 화자에 의한 서술이 지속되는 소설에서는 일관된 시점이 사용되는 것이 일반적이다. 그처럼 방법은 다르지만 시점과 서술이라는 중개성의 영역이 중요한 것이 서사장르인 영화와 소설의 공통점이다.

재현예술과 서사장르의 중개성을 설명하는 과정에서 우리는 시점 이외에 서술의 요소가 중요함을 살폈다. 시점과 서술은 서로 겹쳐지기도 하지만 그 기능이 똑같은 것은 아니다. 이제 시점과 서술의 관계를 살펴보면서 소설의 새로운 시점이론을 논의하기로 하자.

4. 한 번의 연속적인 카메라 촬영으로 만들어진 단편적인 장면을 말함.
5. 나병철, 『소설의 이해』, 문예출판사, 1998, 381쪽.

2. 시점과 서술의 새로운 분류방식

시점과 서술은 소설의 중개성의 두 가지 핵심적 요소이다. 이제까지 우리는 시점이론에 서술의 개념을 포함시켜 왔지만 양자의 중첩성을 알려면 먼저 그 둘을 분리시켜야 한다. 시점과 서술의 미묘한 중첩을 이해하는 것은 중개성의 영역의 미세한 분석을 위해 매우 긴요한 일이다.

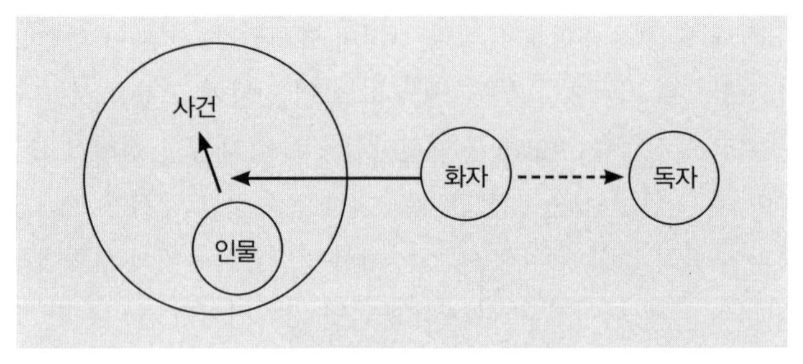

시점과 서술(실선-시점, 점선-서술)

시점이 '누가 보느냐'와 연관된다면 서술은 '누가 말하느냐'의 문제이다. 전자가 이야기 세계를 향한 인식과 지각의 행위라면 후자는 독자를 향한 언어적 행위이다. 일반적으로 서술은 화자에 의해 진행되지만 시점에는 인물시점과 화자시점의 두 가지 경우가 있다. 시점의 행위는 눈으로 보는 것과 내면의식의 전개, 사유의 관점 등으로 구체화된다.

여기서 화자 이외의 인물이 시점의 주체가 될 수 있다는 사실은 매우 중요하다. 기존의 시점이론에서는 특정한 인물이 지속적으로 시점의 주체가 되는 경우를 간과했기 때문에 그에 따른 시점의 분류가 없다. 그러나 현대소설의 상당히 많은 작품들이 인물의 시점에 의존하는 양식을 이용하고 있다. 우리는 그 같은 양식을 인물시점 서술이라고 부를 수 있다. 예컨대 「약한 자의 슬픔」(김동인)에서부터 「소설가 구보 씨의 일일」(박태원), 「소나기」(황순원), 「님」(윤정모), 『깊은 슬픔』(신경숙) 등 수많은 소설들이 모두 인물시점 소설이다.

인물시점 서술에 대응하는 양식은 화자시점 서술이다. 화자시점 서술은 일반적으로 전지적 시점으로 불리고 있다. 화자는 이야기 세계의 외부에 존재함으로써 인물과 달리 모든 것을 알 수 있는 특권이 생겨난다. 그런데 화자시점에서 화자가 본다는 것은 인물시점과는 달리 은유적인 표현이라고 할 수 있다. 화자가 이야기 세계를 바라본다는 것은 그의 눈으로 직접 보기보다는 머릿속에서 지각(인식)하는 행위일 것이다. 이때 화자는 이야기 세계 속으로 자신을 이동시켜 현장(이야기 세계)에서 사건을 보는 위치에 있을 수도 있고 또 인물의 내면에 스며들 수도 있다. 화자가 인물의 내면에 침투하는 것은 실상 인물의 시점을 빌리는 셈이 된다. 화자시점에서는 인물시점과는 달리 여러 인물의 내면에 침투해 그의 시점을 빌릴 수 있다. 화자의 존재가 분명히 부각되는 화자시점 서술에서는 이 다양한 시점이 모두 사용될 수 있다. 화자시점 서술은 화자의 주석의 사용이나 이야기 세계의 침투 가능성에 따라 전지적 시점에서 목격자적 시점까지의 스펙트럼을 이루고 있다.

화자시점 서술과 인물시점 서술 이외에 또 다른 양식은 인물과 화자가 동일인인 경우의 서술상황이다. 인물과 화자가 동일인인 서술상황을 우리는 1인칭 서술이라고 부른다. 1인칭 서술은 화자가 자기 자신의 사건을 이야기하기 때문에 3인칭 서술과는 다른 독특한 특징이 생겨난다. 그와 함께 1인칭에서도 인물에 해당하는 경험하는 '나'와 화자에 해당하는 서술하는 '나'가 (시간적 · 경험적으로) 분리되어 있으므로 양자의 관계에 따라 다양한 양식이 나타난다. 흔히 인물로서의 '나'를 경험자아로, 화자로서의 '나'를 서술자아로 부르는데, 그 두 개의 '나'의 다양한 관계에 의해 1인칭 서술의 스펙트럼이 만들어진다.

이제 우리는 세 양식에서의 시점과 서술의 중첩관계를 말할 수 있다.

화자시점 서술에서는 화자의 서술의 목소리가 계속 들리지만 인물시점의 요소가 지속되면 일시적으로 인물에 감정이입해 그의 목소리를 듣는 듯한 느낌이 든다. 거기서 더 나아가 소설의 전체가 인물매체에 의존하는 인물시점 서술은 인물에 대한 감정이입이 증폭된 경우이다. 인물시점 서술에서도 화자의 서술이 계속되는 셈이지만 우리는 마치 화자가 사라지고 인물의 목소리를 계속 듣는 듯한 느낌을 갖는다. 또한 1인칭 서술의 경우에는 경험자아에 서술자아가 침투하는 정도에 따라 다양한 관계가 나타난다. 1인칭에서도 서술자아의 침투가 거의 없으면 1인칭 인물시점 서술상황이 된다.

지금까지의 논의를 바탕으로 기존의 시점이론과 새로운 분류방식의 차이를 살펴보자. 새로운 시점이론의 핵심은 인물시점의 존재를 파악하는 것과 1인칭에서 경험자아와 서술자아의 관계를 이해하는 데 있다. 이는 시점과 서술의 다양한 관계에 의한 분류이기도 하다. 새로운 시점이론을 이해하기 위해 먼저 기존의 시점이론을 표시하면 다음과 같다.

	사건의 내부적 분석	사건의 외부적 분석
1인칭	주인공 시점	부수적 인물 시점
3인칭	전지적 시점	관찰자 시점

브룩스의 전통적인 4분법은 1인칭, 3인칭의 분류와 주인공과 관찰자의 기능에 의거한 것이다.[6] 여기에는 인물시점 서술이라는 현대소설의 유력한 서술방식에 대한 분류가 없다. 또한 1인칭의 다양한 경우에 대한 세밀한 구분이 나타나지 않는다. 우리는 브룩스의 4분법을 포괄하는 보다 유용한 새로운 분류법을 만들어야 한다.

6. Cleanth Brooks · Robert Penn Warren, *Understanding Fiction*, Prentice-Hall, Inc., 1979, p. 174.

<table>
<tr><td rowspan="2">3인칭 서술상황</td><td>화자시점 서술</td></tr>
<tr><td>인물시점 서술</td></tr>
<tr><td colspan="2">1인칭 서술상황</td></tr>
</table>

새로운 분류법은 인물시점 서술의 중요성을 말해준다. 또한 1인칭 서술상황이 화자시점과 인물시점을 포함한 다양한 경우로 출현함을 암시한다. 브룩스의 분류에 따른 전지적-관찰자의 스펙트럼은 위에서 화자시점 서술에 포괄되며, 주인공-목격자는 1인칭 서술에 포함된다. 그처럼 기존의 분류를 포괄하면서 새로운 시점이론에서는 인물시점이 독립된 기법으로 분류되어야 함을 강조한다. 또한 1인칭 서술에서는 3인칭에 준하는 여러 양식들이 만들어질 수 있을 뿐 아니라 경험자아와 서술자아의 긴장감이 고조된 독특한 1인칭 주인공 서술이 나타난다. 이제 새로운 분류에 따른 시점과 서술의 세부적인 특징들을 살펴보자.

3. 화자시점 서술

화자시점 서술은 전지적 시점과 주석적 서술이 가능한 서술방식이다. 그런 두 가지 기능의 정도에 따라 화자시점에서는 3인칭 전지적 시점에서 관찰자 시점에 이르는 스펙트럼이 만들어진다. 전지적 시점이란 이야기의 모든 정보뿐 아니라 인물들의 내면까지도 서술할 수 있는 능력을 뜻한다. 또한 주석적 서술이란 이야기에 대한 주석 · 해설 · 평가를 부가하는 기능을 의미한다. 그런 상호연관된 두 가지 기능이 축소된 극단에 3인칭 관찰자적 시점이 위치한다.

전지적 시점은 화자의 총체적 · 편집자적 관점은 물론 이야기 세계 내의 가상적 존재의 시점과 다양한 인물시점을 모두 이용할 수 있다. 그에 상응해서 주석적 서술은 화자의 목소리로 마치 참견을 하듯이 인물과 사건에 대한 주석과 평가를 들려준다. 전지적 시점과 주석적 서술은 세계를 총체화하려는 열망과 연관이 있으며 고소설과 근대 초기 소설에 많이 나타난다. 다만 고소설과 근대소설의 차이는 전자가 심리적·분석적 시점이 약화된 대신 유교이념과 연관된 정형화된 문구가 많다는 것이다.

전지적 시점에서 관찰자적 시점으로 향하는 스펙트럼은 두 가지 요인에 의해 일어난다. 하나는 세계가 명시적으로 총체화하기 어려운 경우 화자가 침묵함으로써 독자 스스로 숨겨진 정황을 짐작하도록 암시하는 때이다. 이 경우에는 화자 뒤에 숨은 내포작가와 독자 사이에 아이러니적인 의사소통이 있게 된다.[7] 화자 자신은 인물에 감정이입하지 않을뿐더러 사건에 대해 어떤 평가도 제시하지 않기 때문이다. 이 같은 3인칭 관찰자 시점은 묘사가 단순하고 건조해져서 흡사 연극 대본처럼 되어 버릴 수도 있는데 그 대표적인 작품이 오상원의 「모반」이다.

관찰자 시점이 되는 또 다른 경우는 비관적인 세계에서 열정을 불러일으킬 만한 사건이 일어나지 않을 때이다. 「운수 좋은 날」(현진건)처럼 어두운 세계이지만 김첨지같이 동정을 받을 만한 인물이 등장하면, 인물과 상황에 거리두기와 감정이입이 반복되는 서술이 진행된다. 그러나 이야기 세계 내에 공감할 만한 인물이나 사건이 없을 경우 냉담한 거리를 두는 서술이 계속된다. 흔히 방관자적 시점으로 불리는 김동인의 「감자」가 대표적인 작품이다.

전지적 시점	관찰자 시점
『무정』『삼대』	「감자」「모반」

7. 아이러니적인 의사소통이란 화자가 말하는 것 이면의 내용을 내포작가가 독자에게 은밀히 전달하는 상황을 말한다.

3인칭 관찰자 시점은 주석과 평가가 없을 뿐 아니라 인물의 내면제시도 잘 나타나지 않는 경우이다. 여러 인물의 시점이나 내면제시가 가능한 것이 전지적 시점이라면 어떤 인물의 내면도 잘 드러나지 않는 것이 관찰자 시점이다. 그런데 전지적 시점에서 관찰자 시점과는 다른 방향으로 나아가는 스펙트럼이 있는데 그것은 한 인물의 내면제시에 제한되는 인물시점 서술의 방향이다. 여러 인물의 시점과 내면을 제시하는 전지적 시점이 주석과 평가도 가능한 반면, 인물시점은 한 인물의 시점과 내면에 국한되는 동시에 주석과 평가도 거의 없어진다.[8] 또한 전지적 시점에서는 요약서술과 장면제시가 반복되지만 인물시점에서는 소설 전체가 장면제시로 계속된다는 느낌을 준다. 이 같은 전지적 시점 서술과 인물시점 서술의 중간에 있는 작품이 인물에 대한 거리두기와 감정이입이 반복되는 「운수 좋은 날」이다.

전지적 시점 서술		인물시점 서술
『무정』『삼대』『고향』	「운수 좋은 날」	『광장』[9]『깊은 슬픔』

화자시점 서술에서는 장면제시에서 인물시점을 사용하는 경우에도 화자의 목소리가 완전히 사라지지는 않는다. 일반적으로 화자시점 서술에서는 화자시점, 가상적 존재자 시점, 인물시점 등 다양한 시점을 포괄하는 동안 어렴풋이라도 화자의 존재가 계속 느껴진다. 그런 특징과 함께 현대소설에서는 화자시점 서술이라도 화자의 목소리가 낮춰지는 경향을 보인다.

8. 현대소설에서 인물시점 서술은 화자시점 서술과 구분되는 또 다른 서술방식으로 양식화된다.
9. 『광장』은 첫부분과 결말이 화자시점 서술로 되어 있지만 중간 부분은 인물시점의 요소가 강화되어 있다. 이는 슈탄첼이 분류한 반성자-인물 유형으로 볼 수 있다.

그런데 화자의 인격의 추상적 존재감을 주는 대신 인물의 개인 언어를 빌려 쓰는 또 다른 화자시점이 있다. 예컨대 김유정의 소설들은 3인칭임에도 마치 인물처럼 구어적인 생동감 있는 서술을 진행한다. 이처럼 인물의 언어와 같은 언어를 사용하는 화자는 인물에게 심리적 감정이입과는 다른 묘한 공감적 효과를 드러내게 된다. 인물의 개인 언어를 빌려쓰는 이 독특한 화자는 외부시점이면서도 어법적 차원에서는 내부시점인 셈이다. 그에 따라 주석적 서술에서 어법적 내부시점의 방향으로 향하는 또 다른 스펙트럼이 만들어진다.

주석적 서술	어법적 내부 시점
『유충렬전』『무정』『삼대』	「우리동네 김씨」「땡볕」「솥」

4. 인물시점 서술

인물시점 서술은 전통적 시점이론으로는 분류되지 않지만 현대소설의 유력한 서술방식의 하나이다. 현대소설에서 인물시점 서술이 많아지는 이유는 이야기 세계를 생생하게 전달하려는 열망에 의한 것이다. 인물시점 서술은 장면제시로 계속된다는 느낌을 주면서 현장의 상황을 실감나게 전달한다. 또한 특정한 인물의 내면이 지속적으로 제시되기 때문에 인물매체에 대한 감정이입이 계속된다. 이런 서술상황은 한 인물의 시점에 의존하는 방식이므로, 어떤 3인칭 소설이 인물시점인지 알려면 주인공의 이름이나 대명사를 '나'로 바꿔도 이상하지 않은지 살피면 된다.

인물시점 소설의 등장은 우리가 세계에 접근하는 인식론적인 방법의 변화를 나타낸다. 화자시점 서술이 총체성의 열망과 연관된다면, 인물시점 서술은 한 인물의 시점을 통해 세계 전체를 이해할 수 있다는 믿음과 관련이 있다. 화자시점 서술에서 인물시점 서술로의 변환은 데카르트에서 칸트로의 코페르니쿠스적 전환과도 비슷하다. 인물시점 서술에서는 화자가 사라진 듯이 여겨지는 대신 특정한 인물(인물매체)의 내면에 지속적으로 밀착되는 느낌을 받는다. 이는 추상적 화자를 통해 세계를 총체화하려는 열망에서 '개인의 감각을 통한 세계의 접근'으로라는 서술방식상의 코페르니쿠스적인 전환이다.

인물시점 서술의 독특한 효과는 한 인물의 내면에 밀착해서 세계를 경험하는 것이 오히려 객관적으로 느껴진다는 점이다. 화자시점 서술이 화자의 주석에 매개된다는 느낌을 버리기 어려운 반면, 인물시점 서술에서는 화자의 목소리가 사라짐으로써 이야기 세계에 생생하게 진입한다는 감각을 갖는다. 고도의 능력을 지닌 지적 안내자 대신 개인의 한계를 지닌 인물매체를 통해 감각적으로 몰입하는 것이 더 현장에 임석해 있다는 실감을 주는 것이다. 이는 모든 경험은 개인의 표상의 필터를 거친 것이라는 칸트의 코페르니쿠스적 전환과 연관이 있다. 그와 함께 인물시점 소설에서는 개인의 표상의 감각을 넘어서서 세계의 핵심에 접근하려는 노력이 동반된다.

그 때문에 인물시점 서술에서는 인물매체가 누구냐가 매우 중요하다. 인물매체가 우리와 비슷하거나 긍정적 인물일 때에만 지속적인 감정이입이 가능하기 때문이다. 이 말은 중립적인 개성 없는 인물매체가 사용되어야 한다는 뜻은 아니다. 인물매체는 개성적인 동시에 감정이입이 가능한 조건을 갖고 있어야 한다. 그래야만 우리는 인물매체에 몰입해 인물의 주관을 경험하는 동시에 객관적 감각으로 그가 겪고 있는 상황을 이해한다.

우리가 어떤 인물에게 감정이입을 하는 것은 그 인물의 내면이 지속적으로 제시되는 경우이다.[10] 설령 인물시점 소설이 아니라도 인물의 내면이 계속 제시되면 우리는 감정이입을 하게 된다. 예컨대 「운수 좋은 날」은 인물시점 소설이 아니지만 우리는 (김첨지의 내면이 제시될 때) 김첨지에게 감정이입을 해 마치 그와 함께 하루를 지낸 듯이 느낀다. 물론 「소나기」(황순원), 「님」(윤정모), 『깊은 슬픔』(신경숙) 등의 인물시점 소설에서는 「운수 좋은 날」보다 더 감정이입이 지속적으로 진행된다. 그러나 인물시점 서술이더라도 만일 인물매체가 부정적 인물로 판단된다면 우리의 감정이입은 곧 중단된다. 예컨대 윤정모의 「님」에서 교수부인 같은 부정적 성격의 인물매체가 사용되는 경우이다.

「님」은 이런 인물매체의 성격에 따른 효과를 매우 잘 보여준다. 「님」의 주인공 진국은 일본에서 만난 조청련계 여자를 사랑하는 청년으로서 특별한 경험을 하는 인물이다. 그처럼 진국은 매우 개성적인 인물이지만 우리는 진정한 사랑을 하는 그에게 쉽게 감정이입을 한다. 우리는 진국의 개성적 인격을 이해하는 동시에 그의 의식의 프리즘을 통해 제시되는 상황을 객관적으로 생생하게 경험한다.

래영이는 설계 일을 하는 오빠한테 남겨두고 그들 부모님들만 떠났다는 것은 나중에 알았다. 그애 오빠가 인하 형과도 아주 친하다고 했지만 형은 그때 집을 나간 뒤 좀체 들어오지 않았다. 그는 몇 차례 래영이가 살던 집을 찾아가 보곤 했다. 주인이 바뀌었다는 것이, 이젠 래영이를 다시 만날 수 없다는 것이 그렇게 서운할 수가 없었다. 이렇게 떠날 줄 알았으면 잡고 이야기나 나누어보는 건데, 탁구를 얼마나 잘 치느냐, 일본애들을 눌러 이겼을 때 마을 동포들이 장구를 쳤다는데 그 기분은 어땠느냐, 장래 희망은 무엇이냐, 그런 거라도 물어 놓는 건데……. 한 소녀에 대한 아쉬움들이, 마치 그 소녀로부터 꽃잎 편지라도 받은 듯 그의 가슴에 곱게 간직되어 있었다. 스물한 살짜리 젊은이의 가슴에.

10. 웨인 부스, 최상규 역, 『소설의 수사학』, 새문사, 1985, 306쪽.

위의 예문은 진국('그')이 조청련계 래영이 이사를 간 후 그녀가 살던 집을 찾아가 아쉬움을 느끼는 장면이다. 진국은 평범하지 않은 경험을 하는 개성적인 인물이지만 우리는 그에게 감정이입을 하면서 그의 슬픔을 우리의 것으로 느낀다. 그것은 진국의 시점과 내면의식으로 제시되는 효과와 함께 그의 사랑의 진정성에 공감하기 때문이다. 그와 함께 진국을 통해 반공 이데올로기를 넘어서서 우리는 일상보다 더 진실한 감각으로 세계를 경험하게 된다. 여기서 우리는 진국의 표상의 프리즘이라는 개성적 인격을 경험하는 동시에 개인적 표상의 감각을 넘어서서 객관적으로 세계를 이해하게 된다. 특히 북한이 고향인 래영의 마음을 궁금해하는 진국의 생각에서 우리는 이데올로기를 넘어선 차원을 경험한다. 예문은 개성의 필터와 그 필터를 넘어선 세계에의 접근이라는 인물시점의 미묘한 효과를 잘 보여준다.

그러나 인물매체가 진국에서 교수부인으로 바뀌는 순간 우리는 감정이입이 중단되며 이데올로기에 갇힌 답답한 풍경을 보게 된다. 진국은 한국에 잠시 귀국한 후 수사당국에 쫓기며 문교수 집에 숨어 지내게 된다. 그런데 문교수와는 달리 그의 부인은 숨어 지내는 진국을 못마땅해 하며 그를 신고할 생각까지 하게 된다.

> 아까 휜이가 조무래기들을 데리고 왔을 때도 청년은 문을 열어주지 않았다. 얼굴이 알려질까봐 두려웠던 때문일 것이라 부인은 단정했다. 그의 죄가 좌경적이거나 간첩이라고. 그러자 이번에는 그가 언제 이 집에서 나가주느냐가 아니라 곧장 신고하고 싶은 충동으로 온몸에 전율이 느껴졌다. 보상금이 문제가 아니었다. 그저 터무니없이 곤두서는 욕구였다.

교수부인의 '터무니없이 곤두서는 욕구'는 이데올로기적인 욕망이다. 이데올로기는 사랑만큼이나 충동과 전율을 느끼게 하는 것이다. 교수부인은 진국의 진정성을 이해하지 못하는 경직된 인물이며 우리가 그녀에게 감정이입을 잘 하지 못하는 것은 그 때문이다. 그처럼 인물매체가 경직된 필터로 느껴지는 순간 우리는 그녀의 내면의 반공 이데올로기로 채색된 상황을 일상보다 더 답답하게 느끼게 된다. 진국의 인물시점이 우리 내면의 이데올로기적 잔재마저 넘어서게 한다면 교수부인의 인물시점은 일상의 이데올로기가 얼마나 경직된 것인가를 실감하게 해준다.

이처럼 인물시점 서술은 인물매체의 성격에 따라 교묘한 내면의 효과를 빚어낸다. 진국과 교수부인의 인물시점이 전혀 다른 효과를 나타냄은 그 점을 암시한다. 그러나 인물매체가 한계를 지녔다고 무조건 그에게 감정이입이 중단되는 것은 아니다. 인물매체가 삶에 대한 태도에서 문제를 드러낸다 해도 교수부인과 달리 그 나름의 진정성이 있는 경우 우리는 그를 이해하며 그에 대한 감정이입을 지속시킨다. 그리고 그를 일방적으로 탓하기보다는 왜 그가 그런 행동을 했는지 곰곰이 생각하게 된다.

예컨대 이창동의 「녹천에는 똥이 많다」의 준식이 그런 경우이다. 이 소설에서 운동권 출신으로 경찰의 수배를 피해 다니는 민우는 긍정적 인물이며 그의 이복형인 준식은 소시민적인 중도적 인물이다. 그런데도 우리는 준식에게 감정이입을 하게 되는데 그것은 이 소설이 그의 인물시점으로 된 소설이기 때문이다. 또한 준식은 「님」의 교수부인과는 달리 반성력이 있는 인물이며 그의 소시민적 한계는 1990년대 전반을 사는 사람들과 공유하는 것이기도 하다. 우리는 준식의 내면의식을 통해 그의 비속한 삶의 태도에 답답함을 느끼는 동시에 그가 심연에서는 자신의 삶과 반대방향을 바라보는 인물임을 알게 된다. 준식에게 못마땅해 하면서도 감정이입이 지속되는 것은 그 때문이다.

준식은 아내를 동요시키며 자신의 안위를 뒤흔드는 민우를 마침내 경찰에 신고한다. 이때 준식의 행동을 받아들일 수 없는 우리는 그로부터 거리를 두게 된다. 그러나 우리는 곧 다시 준식의 내면에 다가가며 연민을 느끼게 되는데 이는 그가 가장 부정적으로 되는 순간 자신의 숨겨진 심연을 드러내기 때문이다.

> 그러나 준식은 걸음을 멈추지 않고 계속 달아났다. 정신없이 달리면서도, 내가 왜 이렇게 뛰고 있는가, 내가 경찰을 피할 이유는 아무것도 없지 않은가, 수배자는 내가 아니라 동생이 아닌가, 하는 토막난 생각들이 머리를 스쳐지나갔지만, 그러나 도무지 걸음을 멈출 수가 없었다.
>
> (중략)
>
> 그는 고개를 쳐들어 하늘을 보았다. 비록 똥구덩이에서 쳐다보는 것이라 할지라도 밤하늘의 별은 참 예쁘게도 반짝이고 있었다. 문득 그의 눈에서 까닭모를 물기가 흘러내리기 시작했다.

준식이 걸음을 멈출 수 없는 것은 그 역시 심연에서는 비속한 삶으로부터 달아나고 싶었기 때문이다. 준식은 민우와 가장 멀어진 순간 무의식 속에서는 그와 가장 가까워지고 있었던 것이다. 하지만 준식은 민우와 달리 똥구덩이가 있는 제자리에 주저앉을 수밖에 없다. 그런데 똥구덩이에 앉아 하늘의 별을 쳐다보는 순간 준식은 다시 민우와 가까워진다. 달아날 수 없고 별처럼 살 수 없는 준식은 일상 자체에서 민우처럼 영어되어 살아가는 셈이었기 때문이다. 그처럼 준식의 심연을 이해하는 순간 우리는 준식을 나무라기보다는 그가 그렇게 살 수밖에 없게 만드는 오욕의 현실을 비판하게 된다.

준식처럼 중도적 인물이면서도 그보다 더 능동적인 방식으로 현실을 비판하는 인물시점 소설은 김남천의 「경영」, 「맥」 연작이다. 「맥」

에서 주인공 최무경은 애인 오시형이 일본의 신체제 사상으로 전향하는 순간 도지사 딸에게 애인을 빼앗기는 슬픔을 겪는다. 최무경은 신체제의 사상을 의식적으로 비판하는 인물은 아니다. 그러나 오시형이 신체제로 전향하는 순간은 그가 아버지가 강요하는 도지사 딸에게 돌아서는 때이기도 했다. 오시형이 공판정에서 전향선언을 하는 순간 모든 것이 안정되지만 단지 애인을 잃은 최무경만이 물밑에서 동요하게 된다. 그 순간 최무경의 인물시점에 공감해온 독자들은 그녀와 비슷한 슬픔 속에서 신체제의 절대적 안정성을 경험하게 된다. 이 소설은 인물시점의 은밀한 효과를 통해 이데올로기적 안정성을 심연의 동요를 매개로 경험하게 함으로써 경직된 체제를 물위의 도시로 만들어버린다.

「녹천에는 똥이 많다」와 「경영」, 「맥」에서의 인물시점 서술의 독특한 효과는 인물매체에게 감정이입이 지속되게 만드는 데서 나타난다. 그와 함께 인물시점 서술은 생생한 극적 환영을 유지하는 효과는 지니고 있다. 인물매체의 지속적인 시점과 풍부한 내면제시가 그런 기능을 한다고 할 수 있다. 그런데 모더니즘 이후에는 인물매체의 내면제시의 기능이 한도를 넘어서면서 오히려 극적 환영을 파괴하는 기능을 하는 쪽으로 나아가기도 했다. 최소한의 의식의 통제마저 사라진 의식의 흐름, 제한적 이동, 몽타주 등의 기법이 사용되면 감정이입이 방해를 받으면서 일상에서 탈영토화된 의식을 암시하게 된다. 이것이 바로 자동화된 일상에서 벗어나려는 모더니즘의 낯설게 하기 기법이다. 박태원의 「소설가 구보 씨의 일일」의 일부에서 그런 효과가 나타나며 그보다 더 전면적인 방해의 미학은 이상의 「지주회시」이다.

실험적인 인물시점 서술의 또 다른 방향은 인물매체의 성격이 지나치게 투명해지는 경우이다. 인물시점 서술의 묘미는 인물매체의 성격의 제시와 함께 현장에 임석한 듯한 객관적 상황묘사가 가능하다는 것이다. 그런데 인물매체가 투명해지면서 인격성을 잃고 광학렌즈처럼 되어버리면 오히려 감정이입이 방해되는 효과가 나타난다. 그처럼 인물매체가 광학렌즈화 되면 감정이입의 중단과 함께 외부세계는 렌즈에 비쳐진 광선의 효과처럼 나타난다. 이런 극단적인 실험적 소설이 바로 로브-그리예의 『질투』[11] 같은 누보로망이다. 『질투』에서는 어디서도 존재가 감지되지 않는 인물매체가 외부세계를 렌즈를 통과한 광선들의 무관심한 대상의 이미지로 지각하고 반사한다. 인물시점 서술이 모더니즘의 낯설게 하기나 광학렌즈화된 누보로망으로 나아가는 방향은 다음과 같이 표시될 수 있다.

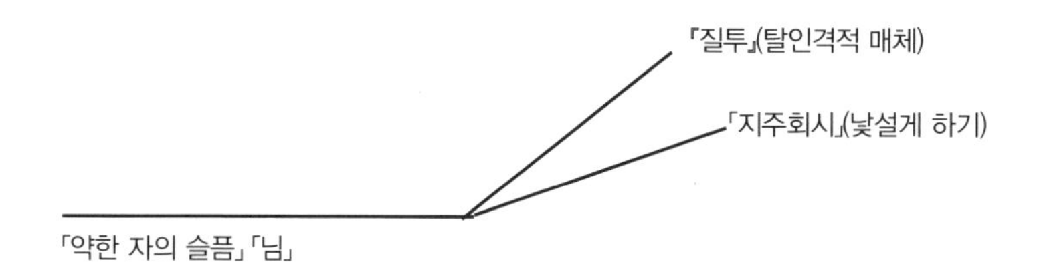

5. 1인칭 서술상황

1인칭 소설은 단순하게 1인칭의 지칭이 가능한 소설이라는 뜻이 아니다. 가령 인물시점 서술을 확인할 때 주인공의 자리에 '나'를 대입하라는 말은 인물시점이 1인칭과 유사함을 나타내는 지표로 볼 수 없다. 1인칭 소설은 3인칭에 준하는 폭넓은 기능을 가지고 있으며 1인칭 인물시점은 그중의 하나일 뿐이다. 반대로 말해, 1인칭 소설의 '나'를 3인칭으로 바꾼다고 모든 소설이 3인칭 인물시점 서술이 되지는 않는다.

그와 연관해 1인칭 소설을 '나'의 사용으로 설명하는 것도 적절하지

11. 『질투』는 3인칭과 1인칭의 경계에 있는 소설이며 1인칭 인물시점의 실험적 극단으로도 볼 수 있다.

않다. 3인칭 편집자적 전지 소설 역시 빈번히 자신을 '나'로 지칭하기 때문이다. '나'를 사용하는 3인칭 전지적 소설과 1인칭 소설의 차이는 전자의 경우 이야기 세계에 화자가 등장하지 않는다는 점이다.

따라서 1인칭 소설은 화자가 이야기 세계에 등장함으로써 인물과 화자가 동일인이 되는 방식이라고 정의할 수 있다. 인물과 화자라는 두 개의 '나' 중에서 화자는 시간적으로 인물이 사건을 경험한 후에야 자신의 기능을 부여받을 수 있다. 그런 두 개의 '나' 중에서 사건을 경험하는 '나'를 경험자아로, 이야기를 서술하는 '나'를 서술자아로 부른다. 1인칭 소설은 경험자아와 서술자아의 다양한 관계에 따라 폭넓은 스펙트럼으로 나타난다.

먼저 서술자아의 기능이 강화되어 편집적 전지의 서술을 할 때 1인칭 소설은 화자시점 서술과 겹쳐진다. 예컨대 디포의 『로빈슨 크루소』와 스위프트의 『걸리버 여행기』는 화자시점 서술에 접근한 1인칭 소설이다. 반대로 경험자아의 기능이 우세해져 서술자아가 사라진 듯할 때 1인칭 소설은 인물시점 서술과 중첩된다. 예컨대 박태원의 「거리」와 최수철의 「신문과 신문지」는 대표적인 1인칭 인물시점 소설이다. 1인칭 인물시점의 극단에서도 3인칭 인물시점에서처럼 모더니즘적인 의식의 흐름이나 방해의 미학이 나타날 수 있다.

그처럼 3인칭과 겹쳐지는 영역 이외에 1인칭 서술만의 독특한 속성은 인물과 화자가 동일인이라는 사실에서 생겨난다. 여기서 생겨나는 1인칭의 고유한 특징은 두 가지 점을 들 수 있다. 먼저 1인칭 서술에서는 화자로서의 '나'(서술자아)의 '인격적 면모'가 매우 구체적으로 드러난다.[12] 3인칭 편집자적 전지에서도 화자가 자신을 '나'로 지칭할 수

12. 슈탄첼, 『소설의 이론』, 앞의 책, 141쪽. 3인칭 편집자적 전지(혹은 화자-인물)의 경우에도 화자의 인격성이 얼마간 나타나지만 신체적 존재와 구체적 형상은 드러날 수 없다.

있지만 이 경우에는 화자의 인격적 자질이 생생하게 드러나지 않는다. 3인칭의 경우 만일 화자가 인물처럼 극화되려면 반드시 액자의 형식을 빌려야 한다. 반면에 1인칭 화자(서술자아)는 이미 경험자아로서 세세한 면모(신체나 성격 등)가 밝혀졌으므로 어떤 경우에도 구체적으로 인격화된다. 더 나아가 1인칭에서 서술자아(화자)의 세계가 부각될 경우 그것은 자연히 경험자아(인물)의 세계와 연관되며, 따라서 액자형식이 없이도 극화된 화자가 가능해진다. 인물과 동일한 정도로 극화된 화자가 등장할 수 있는 것은 1인칭 서술의 경우일 뿐이다.[13] 예컨대 주요섭의 「사랑 손님과 어머니」와 채만식의 「치숙」이 대표적인 경우이다.

1인칭 서술의 또 다른 특징은 화자(서술자아)의 서술행위의 동기가 그 자신의 '존재론적 요구'로부터 생겨난다는 점이다.[14] 1인칭 서술자아(화자)는 경험자아(인물)가 중요한 사건을 통해 후회 · 개심 · 변화 등을 겪은 후의 상태와 일치한다. 따라서 서술자아는 그의 경험을 회상하면서 자신의 전생애에 대해 중요한 언급을 하려는 격렬한 충동을 갖게 된다.[15] 그 때문에 경험자아의 체험(직접체험이나 목격)은 서술자아의 서술행위에 직접적인 영향을 미치게 된다. 반대로 서술자아는 서술행위 자체를 통해 경험자아의 삶의 완성에 영향을 끼친다. 이처럼 경험과 서술이 상호연관됨에 따라 1인칭 서술은 진실을 입증하는 '자기 증언의 형식'이라는 독특한 특성을 갖게 된다.

반면에 3인칭의 경우 화자의 서술행위는 대부분 미학적 목적에 종속된다. 3인칭 서술에서 화자가 인물의 경험에 연루된 서술적 충동을 지니는 것은 액자형식을 빌릴 때뿐이다. 이 경우에도 자기 자신의 경험에 의해 동기화되지는 않는다.

13. 나병철, 앞의 책, 459쪽.
14. 슈탄첼, 앞의 책, 145~47쪽.
15. 이는 경험자아가 목격자일 경우에도 마찬가지이다.

1인칭 서술의 두 번째 특성을 잘 드러내는 것은 경험자아와 서술자아가 긴장관계를 이루는 1인칭 주인공 소설이다. 경험자아는 운명적인 사건을 서술하는 화자의 전신이므로 경험자아에 감정이입한 독자는 양자 사이에서 미묘한 긴장을 느끼게 된다. 반대로 서술자아는 현재의 운명이 결정되기 이전의 자기 자신을 반추하는 가운데 그 미결정성의 흐름 때문에 심리적인 긴장감이 고조된다. 이런 두 개의 나 사이의 심리적 드라마를 포함하는 서술은 1인칭 소설에서 양식화되어 있다. 예컨대 『호밀밭의 파수꾼』(샐린저), 『이방인』(카뮈), 「만세전」(염상섭), 「탈출기」(최서해), 「추락하는 것은 날개가 있다」(이문열) 등이 그런 소설들이다.

이 소설들에서 주인공은 인생을 뒤바꿔 놓는 사건을 전후로 경험자아와 서술자아로 나눠진다. 소설의 핵심적 사건은 그 두 개의 자아가 중첩되는 과정 속에서 일어난다.[16] 그 때문에 경험자아가 서술자아로 전이되는 순간 주인공은 자신의 전생애를 되돌아보며 '나는 누구냐'라는 질문을 하려는 충동을 갖게 된다. 그와 함께 세계와 자아의 관계에 대해 중요한 말들을 쏟아내려는 격정을 느끼게 된다. 예컨대 「만세전」의 이인화는 식민지 현실이 '구더기가 들끓는 무덤'이라고 외치며, 「탈출기」의 박군은 '우리는 험악한 제도의 희생자로 살아왔다'라고 절규한다. 또한 「추락하는 것은 날개가 있다」의 임형빈은 애인 서윤주의 비극이 '1970년대의 아메리카니즘 때문이 아니냐'고 반문한다.

「추락하는 것은 날개가 있다」에서 임형빈은 오스트리아에서 애인 서윤주를 총으로 쏘아 죽인 후 경찰에 체포된다. 단 한 사람밖에 사랑할 수 없는 심장을 가진 그는 유일한 애인을 살해해야 했던 충격으로 치매상태에 빠진다. 얼마간 시간이 흐른 후 그는 한국인 영사 앞에서

16. 서술이 진행되는 과정에서도 경험자아에 대한 서술자아의 침투는 수시로 일어난다.

입을 열기 시작하는데, 영사의 태도가 너무 사무적인 것을 참지 못하고 이렇게 외친다.

> "(전략) 제기랄. 교수대에 매달든 전기의자에 앉히든 마음대로 하란 말이야! 나는 다만 내 윤주를 얘기하고 싶었을 뿐이었어. 우리말로 우리의 사랑을 마지막으로 한번 더 추억하고 싶었을 뿐이었어……"[17]

임형빈의 냉정한 세계에 대한 중대한 발언은 아메리카니즘을 넘어서려는 사랑의 증언이었다. '추락하는 것'의 날개란 죽음을 통해서도 소멸될 수 없었던 서윤주에 대한 사랑일 것이다. 임형빈은 격정을 억누르고 이야기의 회상을 시작하는데 이렇게 해서 액자형식에서 1인칭 내화의 첫 부분이 전개되는 것이다.

경험자아와 서술자아의 변증법적 관계는 사건을 겪은 후 시간이 많이 지나서 서술이 시작되는 또 다른 유형에서도 특징적으로 나타난다. 물론 여기서는 경험자아가 서술자아로 전이되는 순간의 격정의 표현이 없다. 그러나 이런 유형에서 소설의 문체적 특징은 경험자아의 세계에 서술자아의 사고가 얼마나 침투하느냐에 따라 다양하게 나타난다. 가령 서술자아의 침투가 많아지는 순서로 배열하면 「장마」, 「기억 속의 들꽃」(윤흥길), 「옛 우물」(오정희), 『새의 선물』(은희경)의 순서가 될 것이다. 이 소설들에서는 유년기나 청소년 시절의 일들이 소설의 중요한 사건으로 그려진다. 그런데 「장마」에서는 서술과정에서 어른의 말투의 침입이 잘 느껴지지 않지만 『새의 선물』에서는 인생에 대한 미묘한 암시와 경구가 수시로 침투한다.

이제까지 1인칭 서술의 독특한 특징을 살펴봤지만 앞서 살폈듯이 1

17. 이 소설은 액자형식으로 되어 있으며 임형빈의 진술이 1인칭 서술이 되면서 내화(內話)가 시작된다.

인칭 소설은 3인칭 서술과 유사한 방식의 스펙트럼을 만들 수 있다. 예컨대 3인칭 서술에 관찰자 시점이 있듯이 1인칭 서술에도 목격자 시점이 있다. 다만 3인칭 관찰자 시점은 이야기 세계 내부에 가상적 존재자를 설정하지만 1인칭 목격자 시점에서는 경험자아 자신이 목격자가 될 수 있다. 따라서 1인칭에서는 경험자아의 이야기 내부의 역할에 따라 주인공 시점과 목격자 시점의 스펙트럼이 만들어진다.

주인공 시점			목격자 시점
「탈출기」	「빈처」	「달밤」	「화수분」

1인칭 목격자 시점의 극단에는 경험자아가 단순한 증언자로 나타나는 전영택의 「화수분」 같은 소설이 위치한다. 「화수분」에서 1인칭 화자는 화수분의 셋집 주인의 위치(증언자로서의 경험자아)에서 화수분 일가의 일을 담담하게 서술한다. 화수분의 죽음은 매우 비극적이지만 화자는 목격자의 시점에서 거리를 두고 거의 감정을 개입시키지 않는다.

반면에 이태준의 「달밤」에서 1인칭 화자(서술자아)는 이야기 내부에서 목격자(경험자아)이면서도 주인공 황수건을 연민어린 눈으로 바라보고 있다. 이 소설의 서정적 분위기는 황수건의 내면을 바라보는 지식인 목격자-화자('나')의 따뜻한 시선에 의해 얻어진 것이다. 1인칭 목격자가 이야기에 보다 더 연루된 경우로는 현진건의 「빈처」를 들 수 있다. 「빈처」에 이르면 1인칭 목격자는 거의 주인공의 위치에 접근한다. 여기서 한발 더 나아가 경험자아가 주인공 역할을 하는 소설로는 「탈출기」(최서해), 「옛 우물」(오정희), 『외딴방』(신경숙) 등의 다양한 소설이 있다.

한편 3인칭에서 화자시점 서술과 인물시점 서술의 띠를 설정할 수 있듯이 1인칭에서도 비슷한 스펙트럼이 존재한다. 앞서 살폈듯이 1인칭의 경우에는 서술자아가 강화되면 화자시점 서술에 접근하며, 경험자아가 우세해지면 인물시점 서술과 유사해진다. 예컨대 『로빈슨 크루소』와 『걸리버 여행기』 같은 1인칭 편집자적 전지는 3인칭 화자시점 서술에 접근하고 있다. 1인칭 편집자적 전지는 화자의 주석이 많아진 점에서 3인칭 주석적 서술과 비슷하지만 전지적 기능은 주로 자유로운 편집의 특권에 주어진다. 3인칭 화자시점 서술과 구분되는 1인칭 편집자적 전지의 특징은 화자/서술자아가 경험자아의 연장선상에서 나타남으로써 보다 그럴듯한 리얼리티를 부여할 수 있다는 점이다.

슈탄첼이 논의하듯이,[18] 근대소설사의 초기에 1인칭이 자주 사용된 것은 화자가 실제로 경험한 이야기처럼 여겨지게 할 수 있기 때문이었다. 특히 환상적인 이야기에 근대적인 리얼리티를 부여할 때 1인칭이 도입되었다. 예컨대 토마스 모어의 『유토피아』나 스위프트의 『걸리버 여행기』가 그런 경우이다. 개인의 감각으로 진실을 입증하는 형식이라는 1인칭 서술의 특징은 1인칭 편집자적 전지에도 적용되는 셈이다.

1인칭 편집자적 전지와 반대되는 방향에는 1인칭 인물시점이 위치한다. 1인칭 인물시점은 경험자아의 지속적 시점과 내면제시에 의존하는 점에서 3인칭 인물시점과 유사하다. 또한 1인칭 인물시점의 극단에서 모더니즘적 의식의 흐름과 낯설게 하기가 나타나는 점도 3인칭과 유사하다. 서술자아의 서술의 유희에서 시작해서 경험자아의 내부시점에 이르는 이 또 다른 스펙트럼은 다음과 같이 표시될 수 있다.

1인칭 편집자적 전지	1인칭 인물시점
『유토피아』『걸리버 여행기』	「거리」「신문과 신문지」

18. 슈탄첼, 앞의 책, 58쪽.

휴업(休業)과 사정(事情)

이상

삼년 전이 보산과 SS와 두 사람 사이에 끼어들어 앉아 있었다. 보산에게 다른 갈 길 이쪽을 가르쳐주었으며 SS에게 다른 갈 길 저쪽을 가르쳐주었다. 이제 담 하나를 막아놓고 이편과 저편에서 인사도 없이 그날그날을 살아가는 보산과 SS 두 사람의 삶이 어떻게 하다가는 가까워졌다, 어떻게 하다가는 멀어졌다 이러는 것이 퍽 재미있었다. 보산의 마당을 둘러싼 담 어떤 점에서부터 수직선을 끌어놓으면 그 선 위에 SS의 방의 들창이 있고 그 들창은 그 담의 매 앤꼭대기보다도 오히려 한 자와 가웃을 더 높이 나있으니까 SS가 들창에서 내어다보면 보산의 마당이 환히 들여다보이는 것을 보산은 적지않이 화를 내며 보아 지내왔던 것이다. SS는 때때로 저의 들창에 매어달려서는 보산의 마당의 임의의 한 점에 침을 배앝는 버릇을 한두 번 아니내애는 것을 보산은 SS가 들키는 것을 본 적도 있고 못 본 적도 있지만 본 적만 쳐서 헤어도 꽤 많다. 어째서 남의 집 기지[1]에다 대이고 함부로 침을 배앝느냐 대체 생각이 어떻게 들어가야 남의 집 마당에다 대이고 침을 배앝고 싶은 생각이 먹힐까를 보산은 알아내기가 퍽 어려워서 어떤 때에는 그럼 내가 어디 한번 저 방 저 들창에가 매어달려볼까 그러면 끝끝내는 나도 이 마당에다 대이고 침을 배앝고 싶은 생각이 떠오르고야 말 것인가 이렇게까지 생각하고 하고는 하였지만 보산은 아직 한 번도 실제로 그 들창에 가 매어달려본 적은 없다고는 하여도 보산의 SS의 그런 추잡스러운 행동에 대한 악감이나 분노는 조금도 덜어지지 않은 채로 이전이나 마찬가지다. 아침 오후 두 시—보산의 아침 기상 시간은 대개 오후에 들어가서야 있는데 그러면 아침이라고 할 수는 없지만 그날로서는 제일 첫 번 일어나는 것이니까 아침이라고 하는 것이 좋다—에 일어나서 투스브러쉬를 입에 물고 뒤이지[2]를 손아귀에 꽉 쥐이고 마당에 내려서면 보산은 위선 SS의 얼굴을 찾아보면 으레 그 들창에서 눈에 띄는 법이었다. SS는 보산을 보자마자 기다렸는 듯이 침을 큼직하게 한입 뿌듯이 글어 모아서 이쪽 보산의 졸음 드얼 깨인[3] 얼굴로 머뭇거리는 근처를 겨냥 대어서 한 번에 배앝는다. 그 소리는 퍽 완전한 것으로 처음 SS의 입을 떠날 때로부터 보산의 마당 정해진 어느 한군데 땅—흙 위에 떨어져 약간의 여운 진동을 내이며 흔들리다가 머물러 주저앉아버릴 때까지 거의 교묘한 사격이 완료된 것과 같은 모양으로 듣(고보)는 사람으로 하여금 부족한 감이 없을 만하게 얌전한 것이다. 단번에 보산은 얼빠져버려서 버엉하니 장승 모양으로 섰다가 다시 정신을 자알 가다듬어 가지고 증오와 모욕이 가득 찬 눈초리로 그 무례한 침략자 SS의 침 가까이로 가만가만히 다가서는 것이다. 빛깔은 거의 SS의 소화작용의 일부분을 담당하는 타액선의 분비물이라고는 볼 수 없을 만큼 주제가 남루하며 거의 침이라는 체면을 유지하지 못하고 있는 꼴이 보산의 마음을 비록 잠시 동안이나마 몹시 센티멘털하게 한다. SS는 그의 귀중한 침으로 하여 나의 앞에 이다지 사나운 주제를 노출시켜 스스로의 명예의 몇 부분을 훼손시키는 딱한 일이 무엇이 SS에게 기쁨이 되는 것일까 보산은 때마침 탄식하였다.

변소에서 보산의 앞에 막혀있는 느얼[4] 담벼락은 보산에게 있어서는 종이를 얻는 시간이 느얼이 얻는 시간보다도 훨씬 더 많을 만큼 으레히 변소에 들어온 보산에게 맡겨서는 종이노릇을 하는 것이다. 종이노릇을 하노라면 보산은 여지없이 여러 가지 글을 썼다가 여지없이 여러 번 지잇고[5] 말아버린다. 어떤 때에는 사람된 체면으로서는 도저히 적을 수 없는 끔찍끔찍한 사건을 만들어서 당연히 그 위에다 적어 놓고 차곡차곡 내려 읽는다. 그리고 난 다음에는 또 짓는다. 보산은 SS의 그런 나날이의 좋지 못한 도전적 태도에 대하여서 생각하여 본다. 결코 SS에게는 보산에게 대하여 악의가 없는 것을 보산이 알기는 쉬웠으나 그러나 그러면 왜 그 들창에서 앞으로 일백팔십 도의 넓은 전개를 가졌으면서도 구태여 이 마당을 향하여 침을 배앝느냐 그리고도 아주 천연스러운 시치미를 딱 뗀 얼굴로 앞 전망을 내어다 보거나 들창을 닫거나 하는 것은 누가 보든지 혹은 도전적 태도라고 오해하기 쉽지 않은가를 SS는 알 만한데도 모르는가 모르는 체 하는가 그것을 물어보고 싶지만 나는 그까짓 뚱뚱보 같은 자와는 말을 주고받기는 싫으니까 그러면 나는 그대로 내어버려 두겠느냐 날마다 똑같은 일이 똑같은 정도로 계속되는 것은 인생을 심심하게 하는 것이니까 나에게 있어서 그보다도 더 무서운 일은 다시 없겠으니 하루바삐 그것을 물리쳐야 할 것인데 그러면 나는 SS의 부인에게 편지를 쓰리라.

SS군에게

군은 그 사이 안녕한지에 대하여 소생은 이미 다 짐작하였노라 그것은 날마다 때때로 그 들창에 나타나는 군의 얼굴의 산 문어와 같은 붉은 빛과 그리고 나날이 작아 들어가는 군의 눈이 속히속히 나에 군의 건강상태의 일진월장을 증명하며 보여 주는 것이다. 나의 건강상태에 대하여서는 말할 것 없고 다만 한 가지 항의하는 것은 다른 것이 아니라 군은 대체 어찌하여 그 들창에 매어 달린즉슨 반드시 나의 집 마당에 대고—그것도 반드시 나의 똑바로 보고 섰는 앞에서—침을 배앝는가. 군은 도무지가 외면에 나타나서 사람의 심리를 지배하지 아니치 못하는 미관이라는 데 대하여 한 번이라도 고려하여 본 일이 있는가. 또는 위생이라는 관념에서 불결이 여하히 사람의 육체뿐만 아니라 정신적으로도 사람에게 해를 끼치는가를 아는가 모르는가. 바라건댄 군은 속히 그 비신사적 근성을 버리는 동시에 침 배앝는 짓을 근신하라. 이만.—

이런 편지를 써서는 떡 SS의 부인에게 먼저 전하여 주면 SS의 부인은 반드시 이것을 읽으리라 읽고 난 다음에는 마음 가운데에 니이는[6] 분노와 모욕의 염을 이기지 못하여 반드시 남편 SS에게 육박하리라—여보 대체 이런 창피를 왜 당하고 있단 말이오 당신은 도야지만도 못한 사람이오 하고 들이 대이면 뚱뚱보 SS는 반드시 황겁하여 아아 그런가 그렇다면 오늘부터라도 그 침 배앝는 것만은 그만 두지 배앝을지라도 보산의 집 마당에다 대고 배앝지 않으면 고만이지 창피할 것이야 무엇이 있나 이러면 SS의 부인은 화가 막 보꾹[7]까지 치받쳐서 편지를 짝짝 찢어버리고 그만 울고 말 것이니까 SS는 그러면 내 다시는 침 배앝지 않으리라 그래 가면서 드디어 항복하고 말 것이다. 아아 그러면 된다 보산은 기쁜 생각이 아침의 기분을 상쾌히 한 것을 좋아 하면서 변소를 나서면 삼십분이라는 적지 아니한 시간이 없어졌다. 나와 보면 아직도 SS

는 들창에 매어 달려 있으며 보산이 이리로 어슬렁어슬렁 걸어오면서 싱글싱글 웃는 것을 보자마자 또 침을 큼직하게 한 번 탁 뱉었다. 역시 이번에도 보산의 마당의 가까운 한 점에 가래가 떨어진다. 그것을 보는 보산은 다시 화가 치뻗쳐서 어찌할 길을 모르고 투스브러쉬를 빼어 던지고 물을 한 입 문 다음 움질움질하여 가지고 SS의 들창 쪽을 향하여 확 뿜어본다. 이리하기를 서너 번이나 하다가 나중에는 목젖에다 넘겨가지고 그렁그렁해가지고는 여러 번 해매내이면 SS도 견딜 수 없다는 듯이 마지막으로 침을 한 번 탁 배앝은 다음에 들창을 홱 닫쳐버리고 SS의 그 보산의 두 갑절이나 되는 큰 대가리는 자취를 감추어버리고야 말았다. 보산은 세숫대야에다 손을 꽂아 담그고는 오늘 싸움에는 대체 누가 이겼나 자칫하면 저 뚱뚱보 SS가 이긴 것인지도 모른다 그렇지만 십상팔구는 내가 이긴 것이다 그렇게 생각하여 버리면 상쾌하기는 하나 도무지 한구석에 꺼림칙한 생각이 남아 있어 씻겨 나가지를 않아서 보산은 세수를 하는 동안에 몹시도 고생을 한다. 노랫소리가 들려온다 SS의 오지 뚝배기 긁는 소리 같은 껄껄한 목소리다. 아하 그러면 SS가 이긴 모양이다 그렇지 않고야 저렇게 유쾌한 목소리로 상규를 일한[8] 높고 소란한 목소리로 유유히 노래를 부를 수야 있을 수가 있을까 보산은 사기[9]가 별안간 저상하여 초췌한 얼굴빛을 차마 남에게 보여줄 수가 없어서 뜨거운 물에다 야단스럽게 문질러댄다. 문득 보산을 기쁘게 할 수 있는 죽어가는 보산을 살려낼 수 있는 생각 하나가 보산의 머릿속에 떠오른다. 옳다 되었다 나도 저렇게 노래를 부르면 그만이 아닌가 나도 개선가를 부르면

삭풍은 나무 끝에 불고 명월은 눈 위에 찬데
만리변성에 일장검 짚고 서서
수파람 한 큰소리에 거칠 것이 없어라.

꼭 한 시간만 자고 일어날까 그러면 네 시 또 조금 있다가는 밥을 먹어야지 아니지 다섯 시 왜 그러냐 하면 소화가 안 되니까 한 시간은 앉았다가 네 시에 드러누우면 아니지 여섯 시 왜 그러냐 하면 얼른 잠이 들지 아니하고 적어

도 다섯 시까지 한 시간을 끄을 것이니까 여섯 시 여섯 시에 일어나서야 전깃불이 모두 들어와 있을 것이고 해도 져서 도로 밤이 되어 있을 터이고 저녁밥끼도 벌써 지냈을 것이니 그래서야 낮에 일어났다는 의의가 어느 곳에 있는가 공원으로 산보를 가자 나무도 보고 바위도 보고 소학교 아이들도 보고 빨래하는 사람도 보고 산도 보고 시가지를 내려다보고 매우 효과적이고 의미심장한 일이 아닐까 보산은 곧 일어나서 문간을 나선다.

공원은 가까이 바로 산 밑에서 산과 닿아있으니 시가지에서 찾을 수 없는 신선한 공기와 청징한[10] 경치가 늘 사람을 기다리고 있는 곳으로 보산은 그러한 훌륭한 장소가 자기 집 바로 가까이 있다는 것을 퍽 기뻐하여 믿음직하게 여기어 오는 것이다. 가지는 않지만 언제라도 가고 싶으면 곧 갈 수 있지 않으냐 이다지 불결한 공기 속에서 살아간다고 하지만 신선한 공기가 필요한 때에는 늘 곁에 있다는 것을 생각할 수 있으며 또 곧 가서 충분히 마시고 올 수가 있지 아니하냐 마시지는 않는다 하여도 벌써 심리적으로는 마신 것과 마찬가지가 아니냐 사람에게는 생리적으로보다도 심리적으로 위생이 더 필요한 것이 아닐까 그런고로 보산은 늘 건강지대에서 살고 있는 것과 조금도 다름이 없는 것이 아닐까 아니 차라리 더 한층 나은 것이 아닐까. 때로는 비록 보산일망정 이렇게 신선한 공기를 마시러 공원으로 산보를 가고 있지 아니하냐. 보산의 마음은 기뻐졌다.

문간을 나서자 보산은 SS를 만났다. 느니보다도 SS가 SS의 집 문간에 나와 있는 것을 보지 않을 수 없었다. SS는 그 바위만한 가슴과 배 사이 체내로 치면 횡경막의 위치 부근에다 SS의 딸어린[11] 아이를 안고 나와 서 있다. 느니보다도 어린아이는 바위 위에 열렸거나 놓여 앉아 있거나 달라붙어 매어 달려 있거나의 어느 하나이었다.

—에 끔찍끔찍이도 흉한 분장이로군 저것이 가면이라면?

엣 엣 에엣—

뚱뚱보 SS의 뇌는 대단히 나쁠 것은 정한 이치다. 그렇지 아니 하고야 그런 혹은 이런 추태를 평연히 노출시키지는 대개 아니할 것이니까. 보산은 이렇게 생각하며 못내 그 딸어린 아이를 불쌍히 여기느라고 한참이나 애를 쓴 이유는 어린아이도 따라서 뇌가 나쁘리라 장래 어린아이의 시대가 돌아왔을 때에는 뇌가 나쁜 사람은 오늘의 뇌가 나쁜 사람보다도 훨씬 더 불행할 것이 틀림없을 것이니까. SS는 어린아이의 장래 같은 것은 꿈에도 생각할 줄 모르는가 왜 스스로 뇌를 개량치를 않는가 아니 그것은 이미 할 수 없는 일이라고 하자 하여도 왜 피임법을 써서 불행함에 틀림없을 딸어린 아이를 낳기를 미연에 막지 않았는가 그것도 SS가 뇌가 나쁜 까닭이겠지만 참으로 딱하고도 한심한 일이라고 볼 수밖에 없을 것이다. SS의 딸어린 아이는 벌써 세 살 딸어린 아이의 시대도 멀지 아니하였으니 SS나 나이나 그 어린아이의 얼마나 불행한가를 눈으로 바로 볼 것이니 그것은 견딜 수 없는 일이다. 차라리 SS에게 자살을 권할까 그렇지만 뇌가 나쁜 SS로서는 이것을 나의 살인행위로밖에 해석지 아니할 것이니 SS가 자살할 수 있을까는 싶지도 않은 일이다. 보산은 다시는 SS의 딸어린 아이를 안고 문간에 나와선 사나운 모양은 보지 아니 하리라 결심하려 하였으나 그것은 도저히 보산의 마음대로 되는 일은 아닐 터이니까 고 결심하는 것까지는 그만두기로 하였으나 될 수 있으면 피할 도리를 강구할 것을 깊이 마음 가운데 먹어두기로 하였다. 또하나 옳다 그러면 SS에게 그렇지 아니하면 SS의 부인에게 피임법에 관한 비결을 몇 가지만 적어서 보낼까 그렇게 하자면 나는 흥미도 없는 피임법에 관한 책을 적어도 몇 권은 읽어야 할 터이니 그것도 도무지 귀찮은 일이다 그만 두자 그러자니 참으로 SS의 부부와 딸어린 아이는 불행하고 나를 생각하면 보산은 또한번 마음이 센티멘털하여 들어오는 것을 느끼지 아니 할 수는 없었다.

밤이 이슥히 보산의 한낮이 다달아 와 있었다. 얼마 있으면 보산의 오정이 친다. 보산은 고인의 말대로 보산이 얼마나 음양에 관한 이치를 잘 이해하여 정신수양을 하고 있는 것인가를 다른 사람들은 하나도 모르는 것이 섭섭하기도 하였으며 또는 통쾌하기도 하였다. 보산은 보산의 정신상태가 얼마나 훌륭히 수양되어 있는 것인가 모른다는 것을 마음속에 굳게 믿어오고 있는 것이었다. 양의 성한 때를 잠자며 음의 성한 때를 깨어있어 학문하는 것이 얼마나 이치에 맞는 일인가 세상 사람들아 왜 모르느냐 도탄에 묻힌 현대 도시의 시민들이 완전히 구조되기에는 그들이 빠져있는 불행의 깊이가 너무나 깊어버리고 만 것이로구나 보산은 가엾이 여긴다. 읽던 책을 덮으며 그는 종이를 내어놓아 시를 쓴다.

세상에서 땅바닥에 달라붙어 뜯어 먹고 사는 천하 인간들의 쓰는 시와는 운소[12]로 차가 나는 훌륭한 시를 보산은 몇 편이나 몇 편이나 써놓은 것이건만 그 대신 세상 사람들은 그의 시를 이해하여 줄 리가 없는 과대망상으로밖에는 볼 수 없는 것이었다. 이것을 보산 혼자만이 설어하고 있으니 누가 보산이 이것을 설어하고 있다는 것조차 알아줄 이가 있을까. 보산은 보산이야말로 외로운 사람이라고 그렇게 정하여 놓고 앉아 있노라면 눈물 나는 한 구 고인의 글이 그의 머리에 떠오른다 보산을 위로한답시고 보산아 보산아 들어보아라

덕불고 필유린(德不孤必有隣)[13]

보산의 방 안에 걸린 여러 가지 그림틀들은 똑바로 걸려서 있지 아니하면 안 된다. 보산은 곧 일어나서 똑바로 서있지 아니한 것을 똑바로 세워놓는다. 보산은 보산의 방 안에 있는 무엇이든지이고는 반드시 보산을 본받아야 할 것이라고 생각하자마자 고단한 몸 불편한 몸을 비드슴이 담벼락에 기대이고 있던 것을 얼른 놀란 듯이 고쳐서는 똑바로 앉는다. 그리고는 그림틀들은 다 보산을 본받은 것이 아니냐 라고 생각하며 흔연히 기뻐하는 것이었다.

시계가 세 시를 쳤다. 보산은 오후 같았다. 밤은 너무나 고요하여서 때로는 시계도 제꺽거리기를 꺼리는 듯이 그네질을 자꾸 그만 두려고만 드는 것 같았다. 보산은 피곤한 몸을 자리 위에 그대로 잠깐 눕혀 본다. 이제부터 누우면 잠이 들 수 있을까 없을까를 시험하여 보기 위하여 그러나 잠은 보산에게서는 아직도 머언 것으로 도무지가 보산에게 올까 싶지는 않았다. 보산은 다시 몸을 일으키어 책상머리에 기대이면 가만가만히 들려오는 노랫소리는 분명히 SS의 노랫소리에 틀림이 없는데 아마 SS도 저렇게 밤을 낮으로 삼아서 지내

는가 그러면 SS도 음양의 좋은 이치를 터득하였단 말인가 아니다. 그따위 뚱뚱보 SS의 나쁜 뇌를 가지고는 도저히 그런 것을 깨달아 낼 수가 있다고는 추측되지 않는 일이다. 저것은 분명히 SS의 불섭생으로 말미암아 일어나는 불면증이다. 병이다 잠이 아니오니까 저렇게 청승스럽게 일어나 앉아서 가장 신비로운 것을 보기나 하듯이 노래를 부르고 있는 것이다. 그러나 그것은 그렇다고 하여 두겠지만 아까 낮에 들리던 개선가의 SS의 목소리는 들을 수 없을 만치 지저분히 흉한 것이었음에 반대로 이 밤중의 SS의 목소리의 무엇이라고 저렇게 아름다움이여. 하고 보산은 감탄하지 아니 할 수 없었을 만치 가늘고 기일고 떨리고 흔들리고 얇고 머얼고 얕고 한 것을 듣고 앉아 있는 보산은 금시로 모든 것을 다아 잊어버릴 수밖에는 없었을 만치 멍하니 앉아서 듣기는 듣고 있지만 그것이 과연 SS의 목소리일까 뚱뚱보 SS의 나쁜 뇌로서 저만치 고운 목소리를 자아낼 만한 훌륭한 소질이 어느 구석에 박혀 있었던가 그렇다면 뚱뚱보 SS는 그다지 업수이 여길 수는 없는 뚱뚱보 SS가 아닐까 목소리가 저만하면 사람을 감동시킬 만한 자격이 넉넉히 있지만 그까짓 것쯤 두려울 것은 없다 하여 버리더라도 하여간 SS가 이 한밤중에 저만큼 아름다운 목소리를 내일 수 있다는 것은 참 신기한 일이라고 아니 칠 수 없지만 그렇다고 이 보산이 그에게 경의를 별안간 표하기 시작하게 된다거나 할 일이야 천부당만부당에 있을 법한 일도 아니련만 보산이 그래도 SS의 노랫소리에 이렇게도 감격하고 있는 것은 공연히 여태까지 가지고 오던 SS에 대한 경멸감과 우월감을 일시에 무너뜨려버리는 것이 되고 말지나 않을까 그것이 퍽 불안하면서도 보산은 가만히 SS의 노랫소리에 귀를 기울이고 앉아 있다.

오늘은 대체 음력으로 며칟날쯤이나 되나 아니 양력으로 물어도 좋다 달은 음력으로만 뜨는 것이 아니고 양력으로 뜨는 것이 아니냐 하여간 날짜가 어떻게 되어 있길래 이렇게 달이 밝을까 달이 세 시가 지내었는데 하늘 거의 한복판에 그대로 남아 있을까 보산의 그림자는 보산을 닮지 아니하고 대단히 키가 작고 뚱뚱하다느니보다도 똥똥한 것이 거의 SS를 닮았구나 불유쾌한 일이로구나 왜 하필 그까짓 뇌가 나쁜 뚱뚱보 SS를 닮는단 말이냐 그렇지만 뚱뚱한 것과 똥똥한 것은 대단히 다른 것이니까 하필 닮았다고 말할 것도 아니니까 그까짓 것은 아무래도 좋지 않으냐 하더라도 웬일로 이렇게 SS의 목소리가 아름다울까 하고 보산은 그 SS가 매어달리기만 하면 반드시 이 마당에다 대고 침을 배앝는 불결한 들창이 있는 담 밑으로 가까이 가서 가만히 그쪽 SS의 방 노랫소리가 흘러나오는 것이 과연 여기인가 아닌가 하고 자세히 엿들어보아도 분명히 노랫소리가 나오는 곳은 여기인데 그렇다면 그 노래는 SS의 노랫소리에는 틀림이 없을 것을 생각하니 더욱더욱 이상하다는 생각만이 보산의 여러 가지 생각의 앞을 서는 것이었다. 그러나 보산은 또다시 생각하여 보면 그 노랫소리는 SS의 부인의 노랫소리가 아닌지도 모르지만 그렇다고 SS와 SS의 부인은 한방에 있는지 그렇다면 딸어린 아이가 세 살 먹었는데 피곤한 어머니의 몸이 여태껏 잠이 들지 않았다고는이야 생각할 수는 없는 사정이 아니냐 잠이 안 들었다 하여도 어린아이가 잠에서 깨일까봐 결코 노래를 부르거나 할 리는 없지만 또 누가 남의 속을 아느냐 혹은 어린아이가 도무지 잠이 들지 아니하므로 자장가를 부르는 것이나 아닐까 하지만 보산이 아무리 아무것도 모른다 한대야 불리우는 노래가 자장가이고 아닌 것쯤이야 구별하여 낼 수 있음직한데 그래도 누가 아나 때가 때인 만큼 그렇지만 보산의 귀에는 분명히 일본 야스기부시[14]에 틀림없었다. 설마 SS의 부인이 일본 야스기부시를 한밤중에 부르려 하여도 그런 것들은 하여간 SS와 SS의 부인이 한 방에 있다는 것은 대단히 문란한 일이라고 생각한다. 더욱이 둘이 한방에 있다는 것을 보산에게 알린다는 것은 다시없이 말 들을 만한 문란한 일이다 보산은 이렇게 여러 가지로 생각하며 그 담 밑에서 노랫소리에 귀를 기울이고 있었다.

한 개의 밤 동안을 잤는지 두 개의 밤 동안을 잤는지 보산에게는 똑똑히 나서지 않았을 만하니 시계가 아홉 시를 가리키고 있더라는 우연한 일이다. 마당에 나서는 보산의 마음은 아직 자리 가운데에 있었는데 아침은 이상한 차림차림으로 보산을 놀라게 하였을 때에 보산의 방 안에 있던 마음이 냉큼 보산의 몸뚱어리 가운데로 튀어들고 보니 그리고 난 다음의 보산은 아침의 흔히 보지 못하던 경치에 놀라지 아니할 수 없었다. 지붕 위에 까치가 한 마리가 있었는데 그것이 어떻게도 마음 놓고 머물러 있는 것같이 보이는지 그곳은 마치 까치의 집으로밖에 아니 여겨진다면 또 왜 까치는 늘 보산이 일어나는 시간인 오후 세 시 가량해서는 어디를 가고 없느냐 하면 그것은 까치는 벌이를 하러 나간 것으로 아직 돌아오지 아니한 탓이라고 그렇게 까닭을 붙여놓고 나면 보산에게는 그럴듯하게 생각하게 되니 보산이 일어날 때마다 보살펴 보지도 아니하는 지붕 위에 한 자리는 까치가 사는 집—사람으로 치면—이 있는 것을 보산은 몰랐구나 생각하노라면 보산은 웃고 싶었는데 그럼 까치는 어느 때에 벌이자리[15]를 향하여 떠나서는 집을 뒤에 두고 나서는 것일는지가 좀 알고 싶어서 한참이나 서서 자꾸만 치어다보아도 까치는 영영 날아가지는 않으니 아마 까치가 집을 나설 시간은 아직 아니 되고 먼 모양이로구나 한즉 보산은 오늘은 나도 꽤 일찍 일어났구나 생각을 먹는 것이 부끄럽지 않고 무어 거리낌한 일도 없어서 퍽 상쾌한 기분이다. 그러나 SS가 여전히 그 들창에 매어달려서는 이쪽 보산의 마당을 노려보고 있는 것을 본 보산은 가슴이 꽉 막히는 것 같아지며 별안간 앞이 팽팽 돌아들어 오는 것을 못 그러게 할 수 없었다. 대체 SS가 이 이른 아침에 웬일인가 SS는 이렇게 일찍 일어날 수 있는 사람은 물론 보산에게는 아니었고 아침으로부터 보산이 일어나서 처음 SS를 만나는 시간까지 그동안 SS는 죽은 사람이라고 쳐도 관계치 않을 것인데 인제 보니 SS는 있구나 밤 네 시로부터 아침 이맘때까지는 구태여 SS를 없는 사람이라고 치지는 않는다 피차에 잠자는 시간이라고 치고라도 이것은 천만에 뜻하지 못한 일이다. SS는 보산을 향하여 예언자와 같은 엄숙한 얼굴을 하더니 떡큼직하게 하품을 한 번 하고 나서는 소프라노에 가까운 목소리로 소가 영각할 때 하는 소리와 같은 기성을 한번 내어보더니 입맛을 쩍쩍 다시면서 지난밤에 아름다운 노랫소리를 그대는 들었는지 과연 그것이 이 SS이라면 그대는 바야흐로 놀라지 아니하려는가 하는 듯이 보산의 표정이 내어걸린 간판의 무슨 빛깔인가를 기다린다는 듯이 흠뻑해야 그것이 그것이지 하는 듯이 보산을 내려 보며 어디 다른 곳에서 얻어온 것 같은 아름다운 미소를 얼굴에 띠는 것이었다. 보산은 그 다음은 그러면 무엇이냐는 듯이 SS를 바라다보면 SS는 아아 그것은 네가 왜 잘 알고 있지 아니하냐는 듯이 침을 입 하나 가득히 거의 보산의 발

가까운 한 점에다 배앝아 놓고는 만족하다는 데 가까운 표정을 쓱하여 보이면 보산은 저것이 아마 SS가 만족해서 못 견디는 데에 하는 얼굴인가 보다 끔찍이도 변변치 못하다 생각하였다는 체하는 표정을 보산은 SS에게 대항하는 뜻으로 하여 보여도 SS는 그까짓 것은 몰라도 좋다는 듯이 한 번 해놓은 표정을 변경치—좀체로는—않는다.

횡포한 마술사 보산이 나타나자 그 느얼조각은 또 종이노릇을 하노라면 종이가 상상할 수 있는바 글자라는 글자 말이라는 말 쳐놓고 안 씌우는 것이 없다. SS야 나는 너에게 도저히 경의를 표할 수는 없다.

너의 그 동물적 행동은 무엇이냐. 나의 자조의 너에게 대한 모멸적 표정을 너는 눈이 있거든 보느냐 못 보느냐 보고나서는 노하느냐 웃느냐 너도 사람이거든 좀 노할 줄도 알아 두어라 모르거든 너의 부인에게 물어 보아라 빨리 노하라. 그리하여 다시는 그와 같은 파렴치적 행동을 거듭하지 말기를 바란다. 그러면 SS는 보산아 노하는 것이란 다 무엇이냐 나는 적어도 그까짓 일에 노하고 싶지는 않다 따라서 나의 그 동물적 행동이란 대체 나의 어떠한 행동을 가리켜 말하는 것인지는 모르나 나의 행동의 어느 하나라도 너를 위하여 변경할 수는 없다 이렇게 답장이 오면 SS야 나는 너에게 최후통첩을 보낸다. 너 같은 사회적 저능아를 그대로 두어서는 인류의 해독이 될 것이니까 나는 너를 내일아침 네가 또 그따위 짓을 개시하는 것과 동시에 총살을 하여버리리라 총 총 총 총 총은 나의 친한 친구가 공기총을 가진 것을 나는 잘 알고 있으니까 그는 그것을 얼른 빌려줄 줄로 믿는다. 너는 그래도 조금도 무섭지 않은가 네가 즉사까지는 하지 않을지 모르지만 얼굴에 생길 무서운 험을 무엇으로 가리려는가 너는 그 흉한 험으로 말미암아 일생을 두고 결혼할 수 없는 불행을 맛보리라 그러면 보산아 너는 무슨 정신이냐 나는 이미 결혼하였다는 것을 모르느냐 나의 아내는 너를 미워하리라 그러면 SS 들어 보아라 나는 너의 부인에게 편지를 하여 버릴 것이다 너의 그 더러운 행동을 사실대로 일일이 적어서는 그러면 너의 부인은 너를 얼마나 모욕하며 혐오할 것인가를 너 같은 뚱뚱보의 나쁜 뇌를 가지고는 아마 추측해내기는 어려울 것이다 그러면 보산아 너는 무엇이라고 나를 놀리느냐 너는 나의 아내를 탐내는 자인 것이 분명하다. 나는 너를 살인죄로 고소할 것이다 법률이 너에게 가할 고통을 너는 무서워하지 않느냐 그러면.

보산은 적을 물리치기 준비에 착수하였다. 잉크와 펜 원고지에 적히는 첫자가 오자로 생겨먹고 마는 것을 화를 내는 걷잡히지 않는 보산의 마음에 매어달려 데룽데룽 하는 보산의 손이 종이를 꼬기꼬기 구겨서는 마당 한가운데에 홱 내어던진다는 것이 공교스러이도 SS가 오늘 아침에 배앝아 놓은 침에서 대단히 가까운 범위 안에 떨어지고 만 것이 보산을 불유쾌하게 하여서 보산은 얼른 일어나 마당으로 내려가서는 그 구긴 종이를 다시 집어서는 보산이 인제 이만하면 적당하겠지 생각하는 자리에 갖다 떡 놓고 나서 생각하여 보니 그것은 버린 것이 아니라 갖다가 놓은 것이라 보산의 이 종이에 대한 본의를 투철치 못한 위반된 것이 분명하므로 그러면 이것을 방 안으로 가지고 돌아가서 다시 한 번 버려보는 수밖에 없다 하여 그렇게 이번에야 하고 하여 보니 너무나 공교스러운 일에 공교스러운 일이 계속 되는 것은 이것도 공교스러운 일인지 아닌지 자세히 모르는 것 같은 것쯤은 그대로 내어버려 두어도 관계치 않고 우선 이것을 내가 적당하다고 인정할 때까지 고쳐 하는 것이 없는 시간에 급선무라 하여 자꾸 해도 마찬가지고 고쳐 해도 마찬가지였다 하다가는 흥분한 정신에 몇 번이나 했는지 도무지 모르는 동안에 일이 성공이 되고 보니 상쾌한지 안 한지 그것도 도무지 보산 자신으로서는 판단하기 어려운 일이었는데 그렇다면 당할 사람이라고는 아무도 없지 아니하냐고 하지만 우선 편지부터 써야 하지 않겠느냐 생각나니까 보산은 편지부터 써서 이번에는 그런 고생은 안 하리라 하고 정신을 차려 썼다는 것이 겨우 다음과 같은 것이었다.

SS야 내가 어떠한 사람인가 너의 부인에게 물어 보아라 너의 부인은 조금도 미인은 아니다.

오늘은 분명히 무슨 축제일인가 보다 하고 이상한 소리에 무슨 일이 생겼을까 하고 생각하며 귀를 기울이고 있노라면 보산의 방에 걸린 세계에 제일 구식인 시계가 장엄한 격식으로 시계가 칠 수 있는 제일 많은 수효를 친다. 보산은 일어나 문간을 나섰다가 편지를 SS의 집 문간에 넣으려는 생각이 막 니일기[16] 전에 이상스러운 것을 본 것이 있다. SS의 집 대문을 가로질러 매어진 새끼줄에는 숯과 붉은 고추가 매달려 있었다. 이런 세상에 추태가 어디 있나 SS는 참으로 이 세상에서 제일 가엾은 사람이니까 나는 SS에게 절대 행동을 하는 것만은 고만 두겠다고 결심하고 난 다음에는 보산은 그대로 대단히 슬픈 마음도 있기는 있는 것이다 하면서 어슬렁어슬렁 걸어서는 간다는 것이 와보니 보산의 마당이다.

—『조선』(1932. 04)

〈주해〉

• 보산(甫山)이라는 필명으로 발표된 이 작품의 원문은 띄어쓰기가 되어 있지 않다. 그러나 같은 잡지의 다른 글도 동일한 형태로 되어 있어서, 독특한 띄어쓰기에 저자의 의도가 담겨 있다고 보기 힘들다. 따라서 현재 띄어쓰기 규정에 맞추어 이 글을 여기에 옮긴다.

1) 기지: 터전, 기초.
2) 뒤이지: 뒤지. 밑씻개로 쓰는 종이.
3) 드얼 깨: 덜 깨인. 원문 '듣얼깨인'은 오식으로 보임.
4) 느얼: 널, 널빤지.
5) 지잇고: '짓고'. '지우고'의 예스러운 말.
6) 니이는: 이는. 일어나는. 원문 '이니는'은 오식.
7) 보꾹: 지붕의 안쪽. 원문은 '법곡'.
8) 상규(常規)를 일(逸)한: 일상적인 규칙을 벗어난.
9) 사기: 원문엔 '사지'. '사기가 저상하다'는 '사기가 떨어지다'는 의미.
10) 청징한: 원문의 '청등한'은 '청징(淸澄)한'(맑고 깨끗한)의 오기.
11) 딸어린: 딸린.
12) 운소: 높은 하늘. 여기서는 '천양지차'의 뜻.
13) 덕불고 필유린(德不孤必有隣): 『논어』에 나오는 말. '덕 있는 사람은 외롭지 않나니 반드시 자신을 알아주는 이웃이 있다'는 뜻.
14) 야스기부시: 일본 민요에서 온, 밝고 쾌활한 일본의 노래.
15) 벌이자리: 밥벌이를 하는 곳, 직장.
16) 니일기: 일기, 일어나기.

4부

희곡의 이해

10 '극적'이란 것은 무엇인가

양승국, 「희곡의 존재 방식」

엮은이의 추천 이유

이 글은 희곡의 기본적인 특징을 문학성과 연극성의 측면에서 고찰하는 평문이다. 희곡은 문학의 중요한 장르이면서 동시에 연극의 한 요소이다. 따라서 문학성과 연극성은 희곡이라는 텍스트에 동시에 존재하고 있을 수밖에 없다. 필자는 이런 특성을 배우의 입장, 무대의 조건, 관객의 존재라는 요소를 통하여 설명하고 있다. 희곡이 지니는 이중적인 측면을 이해하는 데 도움을 주는 글이다.

출전: 양승국, 『희곡의 이해』, 태학사, 1996.

희곡의 존재 방식

양승국

1. 문학성과 연극성

흔히 연극의 4요소로 희곡, 배우, 무대, 관객을 일컫는다. 이때 '요소'란 없어서 안 될 구성 분자를 말하는 것으로, 이에 따르면 당연히 희곡은 연극을 만드는 데에 필수적인 것이 아닐 수 없다. 그 누구도 희곡이 없는 연극이란 상상할 수조차도 없다. 그러나 한 편의 연극을 보았을 때, 그 연극에서 희곡을 발견해 내기란 그렇게 쉬운 일이 아니다. 떠오르는 것은 줄거리와 인상일 뿐, 희곡이라고 하는 실체는 온 데 간 데도 없다. 어떻게 하여 공연 대본을 손에 넣고 읽어 보아도, 빈 껍데기만을 만진 느낌이 들 뿐, 연극이 가져다 준 생생한 감흥은 맛볼 수 없다.

문학의 3대 장르로서 우리는 서정, 서사, 극을 말하고, 각각을 대표하는 하위 개념의 장르로서 시, 소설, 희곡을 지적한다. 그러나 한 편의 시나 소설을 읽는 것과 희곡을 읽는 것은 분명히 무엇인가 다르다. 시 속에서는 시인의 서정을 느끼고 소설 속에서는 서사적 화자가 알려 주는 사건을 쫓아서 진행해 나가면 그만이지만, 희곡에서는 그와는 다른 '또 하나의 그림'이 머릿속에 그려지지 않고서는 사건의 면모가 제대로 발견되지 않는다. 이때의 '또 하나의 그림'이란 바로 무대를 의미한다.

이렇듯 희곡을 일러 연극의 한 요소이면서 문학 장르 중의 하나라고 한다. 그런데, 이렇게 말하는 많은 사람들조차도, 이러한 희곡의 이중성이 지니고 있는 진정한 의미를 간과하는 경우가 흔하다. 희곡이 연극의 한 요소이면서 문학 장르 중의 하나라고 하는 사실은, 곧 희곡은 이미 문학성과 연극성을 동시에 지니고 있다는 것을 의미한다. 그것은 문학으로서의 희곡이 연극의 요소로도 될 수 있다든가, 연극의 대본이 문학의 한 장르일 수 있다든가 하는 식의 개념이 아니다. 희곡은 문학이면서도 연극의 한 요소인 것이다.

바로 이 점을 간과하여 문학의 입장에서는 희곡을 연극을 만들기 위한 한 요소로 인정하면서도 그 속에 담겨 있는 연극성의 파악에는 미흡하고, 이와는 반대로 고정된 희곡과 끊임없이 재창조되는 대본을 혼동하는 연극의 입장에서는 희곡의 문학성이란 애초부터 무시하고 있는 실상인 것이다. 희곡의 이중성을 강조하자면 문학과 연극 양쪽의 입장에서 모두 이러한 희곡의 특성에 주목하여야 할 터이지만, 유감스럽게도 이와는 정반대로 그렇기 때문에 오히려 희곡에 무관심한 실정인 것이다.

문학성과 연극성은 희곡에서는 하나이다. 이 말은 한 편의 희곡은 그 속에는 반드시 문학성과 연극성을 아울러 지니고 있어야 한다는 것을 의미한다. 그런데 이렇게 말하면서도 많은 사람들은 이때의 연극성을 끊임없이 움직이는 무슨 활극(活劇) 같은 것으로만 파악하려는 편견을 지니고 있다. 그리하여 무대 위에서 무엇인가 놀랄 만한 사건이 계속하여 벌어지고, 그에 따라 배우들이 바쁘게 움직여야만 비로소 연극성이 있는 것으로 착각하고 있는 것이다.

이때의 연극성이란 바로 '극적인 것'을 의미하는 것에 지나지 않는다, 그런데 바로 이러한 '극적인 것'을 보통은 '충격적인 사건'과 같은 것으로 여겨서 '무인도에 표류한 수녀와 병사' 또는 '매몰된 탄광에 갇힌 광부들'과 같은 흔하지 않은 사건으로 제한시키려는 잘못을 범하고 있는 것이다.

2. 희곡의 조건

처음에 제기한 문제로 잠시 되돌아가 보기로 하자. 우리는 이미 희곡이 연극의 한 요소임을 알고 있다. 이때 연극을 이루는 요소인 희곡, 배우, 무대, 관객은 각각 독립된 요소이면서도 각각은 그 속에 다른 세 요소의 성질을 이미 지니고 있는 것이다. 희곡에 중심을 두고 말하자면, 희곡 속에는 배우, 무대, 관객이라고 하는 연극의 요소가 이미 들어 있는 것이다. 이것이 바로 희곡이 지니고 있는 연극성이기도 한 것이다. 그러니까 독립된 한 편의 희곡을 들고 그 위에 배우들의 움직임, 무대의 조건, 관객의 반응들을 덧붙이는 것이 아니라, 우리는 그 속에서 이러한 제요소들을 발견해 내는 것이다. 바로 이러한 작업의 까다로움 때문에 희곡 읽기가 어렵게 느껴지는 것이기도 하다.

먼저 배우의 입장을 생각해 보자.

연극의 배우는 영화배우나 TV 탤런트와도 그 연기의 성질이 다르다. 우리는 때때로 TV 화면을 통하여 방영되는 연극의 한 장면을 볼 수 있거니와, 그때마다 우리는 "아하 저것은 연극이로구나." 하는 사실을 금방 깨닫곤 한다. 그것은 제한된 무대 세트 때문이기도 하겠지만, 그보다는 배우들의 연기의 선(線)이 무엇인가 다르게 느껴졌기 때문인 것이다. 그렇다면 연극배우들의 연기는 무엇이 다른 것일까. 그것은 연극과 영화 혹은 TV드라마와의 다른 점을 의미하는 것이 될 터인데, 간단히 말하자면, 연극배우들은 자신을 전체로 직접 관객에게 보여 주어야 하는 데 반하여, 영화배우나 탤런트들은 카메라에 의해 비쳐지는 자신의 모습을 보여 줄 수 있을 뿐이라는 것이다. 이 점은 본질적으로 영화나 TV 드라마의 서사적인 특성을 반영하는 것이기도 하지만, 그렇기 때문에 당연히 연극배우는 자신의 연기가 관객에게 골고루 보여지게 해야 하는 것이다. 희곡에서는 바로 이 점을 알고 있어야 한다. 그것은 곧, 희곡에는 배우의 연기를 고려한 대화와 행동이 들어 있어야 한다는 것이다.

A : (눈물을 글썽이며) 언제 다시 오실 거예요.
B : 당신이 생각날 때면. (슬쩍 입을 맞춘다)
A : (얼굴을 붉히며) 아이, 남들이 봐요.

위와 같은 희곡의 대화가 있다고 하자. 이때 A와 B의 ( ) 안의 무대 지시문(stage direction)은 서로 성격이 다르다. B와는 달리 A의 무대 지시는 전혀 배우들의 행동을 지시해 주지 못하고 있다. 무대 위의 배우는 의도적으로 눈물을 글썽이거나 얼굴을 붉힐 수가 없으며, 뿐만 아니라 설사 그럴 수 있다고 하더라도 관객에게는 그와 같은 사실이 전혀 전달되지 않는다. 다시 말해서 눈물을 글썽이거나 얼굴을 붉혀야만 하는 필연적 감정이라면 다른 방법으로 무대 위에서 드러날 수 있어야 한다. 그 일반적인 방법은 당연히 대화와 행동인 것이다.

이와 함께 대화는 배우들이 발음하기에도 편해야 한다. 종종 극작가들은 자신이 만든 등장인물의 대화를 자신의 입 속에서 중얼거려 보는 일이 있는데, 이것도 바로 배우들이 등장인물의 대화를 제대로 발음해 낼 수 있는지를 확인하고자 하는 이유에서 비롯되는 것이기도 하다. 또한 특정한 한 인물에게만 대화가 집중된다든가, 그의 말이 장광설로 일관한다든가 하는 점을 피하는 것도, 한편으로는 배우의 연기를 고려한 때문이기도 한 것이다.

무대의 조건도 마찬가지이다.

공연을 할 때, 한 희곡을 택하여 그것에 맞게 무대를 선택할 수도 있지만, 극작가는 어떠한 무대를 머릿속에 이미 설정하여 놓고, 그 구도에 맞게 희곡올 써 나가는 것이 보통이어서, 연출가는 그러한 무대를 구체적으로 다시 그려내는 것이다. 따라서 대극장을 의식하고 쓴 희곡과 소극장의 여건에 맞게 쓴 희곡은 우선 등장인물의 수나, 사건의 취급 방법에서부터 차이가 나게 마련이다. 당연히 연극 환경은 이미 주어져 있는 것이기 때문에 그러한 무대를 의식하고, 희곡을 구성해 나가게 되는 것이다. 심지어는 배역에 맞는 각각의 배우를 의식하고 희곡이 쓰이기도 한다.

근향과 근소노, 어린 궁녀의 3인, 치마로 얼굴을 싸고 물에다 몸을 던진다, 남어 있는 궁녀들도 제각기 2, 3인씩 꼭 붙들고 물로 뛰어든다. 뒤이어 산록에서 이 광경을 보았나 보다. '같이 죽자', '나도 죽겠다' 하며 궁녀들 떼가 올라온다. 비바람은 점점 높아가고 전광, 뇌명(雷鳴)의 소야(騷夜)에 사방에서 물로 뛰어드는 풍덩풍덩하는 소리만이 처참히 들려올 뿐.

— 함세덕, 「낙화암(落花岩)」(1940)

함세덕의 「낙화암」의 마지막 장면이다. 이 장면을 보면 작가가 대극장을 의식하고 위 작품을 창작하였음을 짐작할 수 있는데, 다음과 같은 부기(附記)를 보면 이 점이 더욱 분명해진다.

사기에 의하면 투신하여 정절을 지킨 궁녀 수는 삼천을 헤인다 한다. 도저히 이 허다한 인물을 등장시킬 수 없을 것이므로 무대에는 3, 40명만 연극을 시키고 '나도', '나도' 하고 따라 올라오는 궁녀떼가 막 뒤에 연결되어 있는 것처럼 할 것.

낙화암에 삼천 궁녀가 투신하는 장면을 어떻게 처리할 것인가에 대한 작가의 요망 사항이다. 여기에서 작가는 무대에 3, 40명으로 제한시킬 것을 요구하고 있지만, 이것만 해도 대단히 많은 숫자이다. 당연히 이 무대는 대극장 무대임을 알 수 있다.

무대와 연관된 희곡의 창작은 서양에서의 연극 발달사를 보면 더욱 더 분명해진다. 19세기 말엽부터 시작된 프랑스, 영국, 독일, 에이레, 러시아 등의 리얼리즘 연극 운동은 '자유극장', '독립극장' 등의 소극장 운동에서 비롯된 것이며, 그에 따라 그러한 무대에 맞는 리얼리즘 희곡들이 창작될 수 있었던 것이다. 운문 희곡에서 산문 희곡으로의 발전은 바로 이러한 소극장 무대의 여건과 결부된 것이라고 할 수 있다. 간혹 이러한 무대 조건을 넘어서는 선구적인 희곡이 창작되는 경우가 있긴 하지만, 그러한 작품이 실제로 공연되는 일은 점진적인 무대 양식의 발전을 기다려서야 비로소 가능해진다. 따라서 공연을 전제로 하는 희곡 작품의 특성으로 본다면, 무대 조건을 고려하여 희곡이 창작되는 일은 매우 자연스러운 현실이라고 할 수 있다.

마지막으로 희곡 속에서는 관객의 존재를 의식하고 있어야 한다. 무대 위에서의 배우의 연기는 당연히 구석구석에 앉아 있는 관객에 의하여 알아차려져야 하는 것이지만, 그러기 위해서는 무엇보다도 먼저 희곡이란 연극의 대본이 되어야 한다는 전제를 다시금 상기할 필요가 있다.

관객은 희곡을 읽는 것이 아니라 연극을 보고 있는 것이기 때문에, 가급적이면 무대 위에서 벌어지고 있는 사건이 무엇을 의미하는지 쉽게 알아차릴 수 있어야 한다. 물론 의도적으로 그러한 사건 진행에 대한 이해를 더디게 만드는 경우가 있긴 하지만, 그것은 특수한 목적에서일 뿐이다.

전화를 받고 있는 다음의 대화를 주목해 보자.

응, 나(철수)야, 누구? 아, 너(영희)로구나, 그래 지금 (오후 6시인데) 만나자구. 어디? 그래, 거기, 늘 만나던 데(그래, 휘앙세 카페)에서. 좋아, 금방 갈게.

현실 속에서는 전화를 받을 때에는, 상대방이 누구인지 잘 알고 있을 경우는 위의 대화에서 ( ) 속의 부분은 생략하는 것이 일반적이다. 그러나 연극 속에서는 대개 ( ) 속의 부분까지 발화되는 것이 보통이다. 왜 그럴까. 그것은 바로 관객에게 전화의 내용까지를 알려 주기 위해서이다. 상식적으로 관객은 전화 저편의 목소리를 알아들을 수 없다. 그러나 사건의 전개상 그에 대한 정보를 반드시 알아들어야만 할 경우에는 어쩔 수 없이 이쪽에서 그 편의 목소리까지 중계해 주어야만 한다. 간혹 리얼리티를 강조하는 경우엔 수화자의 목소리만을 들려주기도 한다. 그럴 때에는 그만큼 더 교묘한 극적 장치가 필요하다. 그러나 TV 드라마나 영화의 경우에는 사정이 다르다. 이때는 화면을 나누는 방법에 의해서나, 아니면 화면의 교체에 의해서 송 · 수화자를 동시에 보여줄 수 있기 때문이다. 간혹 연극 무대 위에서도 전화를 주고받는 두 사람이 동시에 보일 때가 있다. 그러나 이것은 어디까지나 예외적인 것이며, 또한 그때에는 그만한 필연성이 작품 속에 내재되어 있어야 한다.

소설을 읽다가 간혹 모르는 옛말이 튀어나올 경우에는 읽기를 중단하고 사전을 찾을 수 있다. 혹은 낯선 내용일 경우엔 선배에게 자문을 구할 수도 있다. 그러나 이러한 상식도 희곡은 거부한다. 희곡을 읽다가 모르는 말이 나와서 사전을 찾아본다면 그 희곡은 실패다. 왜냐하면 연극을 전제로 한 문학이 희곡이므로 연극을 보다가 무대를 정지시키고 사전을 뒤적일 수는 없기 때문이다. 그렇기 때문에 연극 속에서는 어려운 문자를 사용할 경우엔 이를 다시 풀이해 주는 것이 보통이다.

희곡의 사건은 어디까지나 관객의 심리적 흐름과 일치하여 진행되어야 한다. 웃어야 할 대목에서 관객들이 여전히 긴장해 있다거나, 반대로 엉뚱한 곳에서 웃음을 터뜨려 배우들을 어리둥절하게 만들고 있다면, 분명히 그 희곡은 잘못된 것이다. 물론 그 흐름을 바로 잡아 주어야 할 책무가 연출가에게도 있긴 하지만, 이러한 결함은 일차적으로는 당연히 희곡 속에서 관객의 호흡을 전혀 고려하지 못한 극작술의 미비 때문이라고 해야 할 것이다.

이상에서 보았듯이, 희곡이 문학인 동시에 연극의 한 요소라는 것은, 희곡은 문학성과 연극성을 동시에 지니고 있어야 함을 의미한다. 아울러 희곡에서 연극성을 의미할 때, 그것은 연극의 제반 요소가 결합되어 있는 성격으로서의 연극성인 것이다. 따라서 한 편의 희곡을 읽는다는 것은 그 속에서 문학성과 함께 연극성을 탐구하는 일이며, 독자로부터 관객으로 나아가는 일이기도 한 것이다. 바로 이 점에 희곡 읽기의 어려움과 즐거움이 함께 자리잡고 있는 것이다.

청춘예찬

박근형

등장인물

청년
아버지
어머니
여자
용필
독사
이쁜이
선생

아버지, 김치에 소주를 놓고 마시고 있다.

청년 뭐해?
아버지 보면 몰라. 테레비 보잖아.
청년 재미있어?
아버지 별로.
청년 근데 왜 봐?
아버지 그냥 보는 거야.
청년 집에서 놀지 말고 노가다라도 좀 뛰어.
(사이) 은실이 틀어 봐
아버지 끝났어. 지금 몇 신데.
어디서 오냐.

청년　학교요.

아버지　너 퇴학시킨대.
아까 9시 뉴스 끝날 때 네 담임 왔다 갔어.
(편지를 건네며) 학교 오기 싫으면 전화라도 하래.
요번 주안에.

청년　돈이 어디서 났어?

아버지　가서 빌어!
고등학교는 나와야지. 졸업하면 바로 군대나 가!
전방이 밥은 잘 나온대더라.

청년　아버지! 또 천호동 갔었구나.
엄마한테 자꾸 가지 마. 쪽팔리지도 않냐 아버진.
(사이) 아직도 그 새끼랑 산대?

아버지　응 그런가 봐. 안 물어 봤어.

청년　어유 병신들! 아버지! 우리 일본에 가서 살까.

아버지　아무나 가냐? 일본이 너를 받아 준대?

청년　내 친구 아버지가 일본서 빠찡꼬 크게 한대.

아버지　야쿠샤구나.

청년　빠찡꼬 하면 다 야쿠샤야?

아버지　그럼 야쿠샤 똘마니구나?

청년　아버진 왜 그렇게 생각이 삐뚤어졌어.

아버지　네 친구 누구?

청년　용필이.

아버지　걔는 애비는 홍콩에서 언제 일본으로 갔냐.
미친놈.
친구 골라서 사귀어!
하나를 만나도 제대로 된 인간을 만나.
그래야 나이 들어 고생 안 한다.
나처럼! (사이)

술이나 한잔하자? (둘 대작한다)

청년　돈 아껴 써. 몇 만원 생겼다고 펑펑 쓰지 말구.

아버지　이거 괜찮지? 순하지?

청년　뭐야 조잡스럽게, 술에 정신이 없어.

아버지　정신?

청년　영혼이 없어. 그냥 진로가 훨 나.

아버지　음식 가지고 까탈스럽게 굴지 마.

복 달아난다. (사이)

야! 노래나 하나 불러 주라.

청년　궁상맞게 무슨 노래야.

아버지　하나만.

청년　집에 오면 귀찮게 좀 하지 마.

(사이) 누구 꺼.

아버지　아무거나.

그거 있잖아. 이렇게 하는 거. (자리에서 일어나서)

나나 나나 나나나아아 행복~~하~~여~~라

이거. (앉는다)

청년　아버지 행복해지고 싶어?

아버지　너는?

청년　따라 하지 좀 마!

친구나 아는 데 없어? 나가서 잘 만한 데.

아버지　나 보고 나가라구? 어디로?

청년　같이 있으면 피곤하잖아 서로.

아버지　너는 나 보면 피곤하냐?

청년　조금. 사람이 왜 일을 안 해?

사지 육신이 멀쩡해 가지구.

아버지　그럼 멀쩡한 네가 나가서 일해라!

청년　난 학생이잖아.

아버지 미친놈! 나이롱 뽕 학생도 학생이냐.
싫으면 네가 나가! 내 집에서 내가 왜 나가냐?

청년 이게 왜 아버지 집이야. (사이)

아버지 나도 마찬가지야.

청년 뭘?

아버지 너 보면 피곤한 거.
넌 친구도 많잖아. 안 찾아다닐게 집 싫으면 나가!

청년 사람이 왜 그래 아버진.
아들 하나 있는 거 못 잡아먹어서.

아버지 너나 하나 있는 아버지 잡아먹을 생각하지 마! (사이)

청년 밥은 먹었어?

아버지 아니.

청년 차려 줄까.

아버지 됐어.

청년 그럼 라면 먹을래?

아버지 밀가루 냄새나 지겹다, 라면. (사이) 있냐?

청년 사 올게.

아버지 됐다 그럼.

청년 같이 먹자. (나가는데)

아버지 신라면으로!

걸려 오는 전화벨. 아버지, 전화를 급히 받는다.

아버지 여보세요 ?
받아, 네 담임이래.

그냥 나가는 청년
환하게 밝아 오는 텔레비전

술을 따르는 아버지 음악 흐른다.
장면 바뀌면 교실.

선생　16세기 중엽에 시작된 서방 동진 정책은 동양의 특산물을 유럽에 전매함으로써 이익을 얻는 중계무역에 그 목적이 있었다.
그러나 산업 혁명이 일어나 공산품이 산더미처럼 쏟아져 나오게 되자 영국을 위시한 유럽 열강은 동양을 단순한 중계무역의 대상이 아니라 자기 나라의 원료 공급지, 상품 시장으로 바라보게 되었다.
1839년에 일어난 아편전쟁은 이러한 배경이 누적되어 발생했다.
참고로 누가 만들었는지는 모르지만 얼마 전에 중국 감독이 만든 영화가 있다.
제목도 아편전쟁 그대로다.
산더미 같은 아편을 태우는 장면이….
한번 봐 둬도 괜찮다.
예나 지금이나 바뀐 것은 없다.
힘이 없는 민족은 망한다.
힘은 어디에서 나오나?

용필　용가리 아가리에서요.
(담배 연기를 뿜어 대며) 하악!

선생　힘은 무턱대고 보이지 않는다.
너희들! 용가리 봤나?

용필　까고 있네.

선생　학생들! 감히 말하지만 속지 마라!
속인다고 속으면 그건 바보다!
(청년 등장)

청년　선생님!

선생　야이 치사한 새끼야. 너 정말 약속을 안 지킨다.
너 정말 그러고 싶냐?

청년 죄송합니다.

선생 분명히 일주일이라고 네 입으로 못 박았지.
근데 3주만에, 그것도 내가 겨우 겨우 네 집을 찾아가야 네가 학교에 나타나.

청년 죄송합니다.

선생 그거 가지곤 안 돼.
내가 월급 몇 푼 벌라고 선생질 하긴 하지만 너 때문에 머리가 다 빠진다.

청년 잘못했습니다.

선생 네가 봐도 난 참 복이 없지?

청년 네!

선생 왜 나는 4년 동안 네 담임이 되고 너는 왜 아직도 2학년생이냐. 그것도 위태위태하게.
대학교 다니는 친구들 보면 쪽팔리지도 않냐?
답이 없어. 집에서 쉬어!
그게 서로 좋다. 어떻게 생각해?

청년 그 말이 맞습니다.

선생 가져와! 회초리.
넌 아직도 정신을 못 차렸어, 내가 볼 때 선생과 학생을 떠나서 넌 좀 맞아라. 맞고 얘기하자.

청년 네. (회초리를 가져다준다)

선생 이거 열 대 맞고 반성해라. 공분 안 해도 좋다.
내일부터 학교 열심히 나와라 엉?

청년 저 선생님 맞긴 맞는데 학교 나오는 건 한 일주일만 더 생각하다 오면 안 되겠습니까?

선생 진짜 이 새끼가!
안 때릴게 내 앞에 나타나지 마! 새꺄.

청년 아직 결론을 못 내렸습니다. 어떻게 해야 할지.

선생　뭘? 뭘? 뭘? 이 개새끼가 진짜….
힘들어도 우선 졸업을 해!
그리고 힘든 건 또 그때 생각해!
맨날 생각만 하지 말고 어?
지금 네가 상상도 못하는 일이 그때 또 나타난단 말야.
이 개쌍놈의 새끼야아~.

청년　죄송합니다.

선생　죄송으로 안 끝나. 독후감은?
썼어?

청년　그것도 아직….
아직 다 못 읽었습니다.

선생　읽기 싫으면 찢어 버려!
책은 책이야 새꺄. 그냥 종이 뭉치란 말야, 읽지 않으면. 야 새끼야!
너 학교가 돈 생기면 오는 나이트클럽이냐?
요새도 술 많이 마시지?

청년　아뇨.

선생　거짓말 하지 마!
월급 타면 내가 매일, 집에도 안 가고 너 술 매일 사줄게. 그냥 집에서 쉬어. 차라리 학교 근처에 나타나질 마.
넌 말이 안 통하는 새끼야. 알았어?

청년　그럼 저 짤리는 겁니까?

선생　그래, 너 이제 짤리는 거다.
넌 말로도 안 되고 다 안 돼.
나 너한테 포기! 가 새꺄 보기 싫어.

청년　알겠습니다. 가겠습니다. 건강하세요.

선생　일루와.
일루 와서 갈 땐 가더라도 맞고 가. 너 그냥 못 보내!
(청년 회초리를 집어 준다)

그래 오늘 날 잡자. 백 대 맞을 자신 있어?

청년　네!

선생　장난 아니야.

청년　네!

선생　숫자 세!

청년　하나, 둘, 셋

무대 어두워졌다 밝아오면

용필　넷, 다섯, 여섯, 쎄븐, 여덟 … 열아홉, 스물.
아 씨발. 왜 담배는 스무 가치야.
한 달은 30일인데. (용필 담배를 문다)

이쁜이　야 이 새끼 왜 이렇게 안 나와. 튄 거 아냐?

용필　튀어야 벼룩이지. 지가 가면 어딜 가겠냐.
담배나 하나 더 때리자.

이쁜이　국산 피워! 돈두 없는 게….

용필　이게 어때서, 좋잖냐.
까멜! 그러지 마세요, 아저씨.
우린 낙타 새끼를 주머니에서 키웁니다.
아이~~씨발. 이걸 받아 버려.
담배 맛 좋고 값도 적당하고 뽐도 나고 일석삼조의 정신!
신토불이! 그거 까는 소리야.
힘은 용필이 아가리에서 나온다!

이쁜이　미친놈! 뼈 삭어! 담배가 그렇게 좋아?

용필　좋지. 난 담배가 좋다.
난 담배 피는 거 하고 운전 배우는 게 어릴 때부터 소원이었다. 중 3 때, 겨울에 집에 갈 때는 버스 타면 꼭 운전사 뒷자리에 앉아서 갔어. 운짱이 기어 변속하는 거 배울라고. 그러다가 창문 조금 열어 놓고 버스 기사가 담배 필 때 속으로 야 그 연습만 했다.
집에 걸어가면서 입김으로 후우 후우.

이쁜이 독사 이 새끼 안 오네.

용필 참 이상하지. 눈 딱 감고 이거 한 대만 물고 있으면 꼭 방송국 스테이지에서 한춤추는 기분이 든단 말이야. 중삐리 관중 졸 나게 많은데서 썬그라스에 흰 쫄바지 짝 입구.
(춤추며 노래한다)

청년 (들어오며) 뭐하냐? 용필아!

용필 아싸! 괜찮아?

청년 내가 누구냐 마!
인간 박해일 청년 박해일 아니냐, 짜식아.

이쁜이 오빠!

청년 야 징그러 이년아, 오빠는.

이쁜이 오빠 뭐 했어, 그 동안.

청년 뭐하긴 그냥 뭐 했지, 여기 저기 놀면서 떠다니고.

이쁜이 그냥 돌아 다녔어?

청년 그냥이 어딨어 년아. 생각하면서 다니는 거지.

용필 무슨 생각?

청년 네가 말하면 아냐, 청년의 깊은 생각을….

이쁜이 많이 다녔어?

청년 응 많이 다녔지. 아 씨발 근데….
금강산은 뜻대로 안 되대…. 비싸! 역시!
다음에 한 번 같이 가자, 졸도!

이쁜이 어디가 지금? 이제 학교 계속 올 거야?

청년 글쎄 봐야지.
아마 다음 주부터.

용필 일주일 휴가더냐?

청년 글쎄 그렇게 됐다. 근데 뭐 재미있는 일 없냐?

용필　재미?
있지, 오늘 한잔 때리자.
이쁜이　오빠? 오늘 나 번개 맞았어.
청년　번개?
이쁜이　글쎄…. 봄바람이 뭔지, 사방에서 제비 새끼들이 나 팔고 다니는 거 있지.
용필　야! 독사다! 독사 왔어!
이쁜이　야 독사! 컴 온!
독사　왜 그래?
이쁜이　어쭈구리 개겨! (따귀를 때린다.)
청년　오랜만이다.
독사　어, 오늘 학교 왔어?
이쁜이　야? 오빠가 네 친구냐 응.
그건 그렇고 네가 나 씹는대며.
독사　누가? 뭐라구?
이쁜이　물레 돌리지마 이 씹새끼야!
네가! 나랑 잤다며!
독사　내가?
이쁜이　그래 네가! 나 따 먹구 다녔다 좆나 나발 댄다며 이 씨뱅아.
독사　난 그런 말 한 적 없어.
이쁜이　핫! 애 골 때리네. 삼자 심문할까? 너 증인 있다!
독사　증인? 누구?
이쁜이　용필이! 아까 한 애기 고대루 해봐!
용필　엊그저께 네가 그랬잖아. 겨울 방학 때 홍대 앞 파파이스에서 만났다구, 우연히!
독사　저 개새끼!
이쁜이　그리고?
용필　그리고, 그 앞에서 레몬 소주 먹구.

망원동 네 친구네 집에 데려가서 새벽까지 돌렸다구.

독사 뭘 돌려 새꺄.

이쁜이 가만! 나는 착하게 살고 싶다 독사야. 정직하게 말이다.
그런데 너는 왜 틈만 나면 뻥을 까구 다니냐.
왜 죄 없구 선량한 여자들의 가슴에 멍을 들게 하냐.

독사 멍들다니? 그리고 망원동에 가긴 갔잖아.

이쁜이 가긴 갔잖아? 네가 말로 안 통하는구나. 그래서?

독사 나랑 자자 그랬잖아.

이쁜이 내가?

독사 그래 술 이빠이 꼴아서.

이쁜이 계속해 봐.

독사 난 가만 있는데 네가 나 안았잖아.

이쁜이 얘가 오늘 나 뚜껑 완전히 열게 만드네. 그 다음에.

독사 그래서 나도 기분이 좋아져서 막 옷 벗으려고 그러는데 네가 갑자기 오바이트 했잖아. 걔네 이불에.

이쁜이 스톱! 거기까지!
넌 오늘 갔다, 내 손에. 구라를 쳐도 정도가 있지. 내 자존심을 완전히 뭉개버렸어.
무릎 꿇어. 꿇어. (독사 눈치를 살피다 무릎을 꿇는다)
용필아! 칼 줘 봐.

용필 칼이라니!

이쁜이 스위스 칼!

용필 잘 안 드는데. (용필, 이쁜이에게 칼을 준다.)

이쁜이 생각 같아선, 네 주둥이를 확 찢어 주고 싶지만 네 장래도 있고 시간 관계상 손톱만 뽑아 주겠다.
딱 두 개만. 이의 있냐?

독사 잘못했어. 제발, 제발.

이쁜이 괜찮아! 새꺄.

괜찮아. 안 죽어. (머리통을 쓰다듬다 후려치며 손을 끌어 잡는다.)

독사　아아아아 악.

이쁜이　아직 칼 안 댔어. (칼을 손톱에 댄다.)

독사　아아아아아 악.

이쁜이　오빠! 이 새끼 거북인가 봐. 칼이 안 들어가.

청년　빨리 좀 해. 그거 갖고 쩔쩔 매냐, 줘 봐.
손톱 두 개라고 그랬어?

용필　아! 씨발.
조명이 왜 이렇게 밝아!

다방 뒤 골방

이쁜이　야! 독사! 잘해라.
다음엔 까불면 돈으로 안 된다. 진짜 뽑는다.

독사　알았어, 술사잖아 오늘.

이쁜이　오빤 뭐해? 아까부터.

청년　숙제한다.

이쁜이　숙제?

독사　조르바!

용필　세계사가 사 줬잖아!
몰라? 저거 읽고 독후감 쓰는 게 해일이 숙제야.
아직도 다 못 읽었냐?

청년　읽긴 읽었는데 독후감이 써져야지?

이쁜이　오빠 이 책 재미있어?

청년　이년아! 넌 책을 재미로 읽니?
말은 쉬운데, 근데 어려워. 모르겠어.

이쁜이　뭐가?

청년　그런 게 있어.

용필　세계사 그 새낀 사람을 너무 편애해.

똑같이 잘못해도 누군 이렇고 누군 저렇고.

간첩 아냐? 그 새끼.

청년　까불지 마 새꺄.

독사　맨 앞에 머리말만 베껴서 내. 단어만 몇 개 바꿔서.

청년　넌 세계사가 뭐 호군지 아니?

용필　그나저나 뭐야 여기, 술집도 아니고, 곰팡내 팔팔 풍기고 다방이 이래도 되냐?

돈은 다 버네. 커피 팔고, 티켓 팔고….

씨발 다방에서 순 술이나 팔고.

이쁜이　누구라고, 여기 있는 애가?

독사　우리 누나.

용필　네 누나 뭐 빨랐다고 여기서 개기냐. 돈 많이 버냐? 친누나?

독사　아냐, 친누나.

먼 외할아버지 쪽으로 뭐 그렇데, 옛날에 그런 거 있잖아?

성도 다르고 다 틀려. 몰라 나 잘.

용필　예쁘냐? 이것도 나가냐?

독사　아냐 새꺄. 그냥 주방도 보면서.

못 생겼어. 갈 데도 없어. 착해.

근데 저 누나….

여자　왔어. 뭐 줄까?

독사　어 술! 그리고 아무거나.

다 끝났어?

여자　응 나 혼자야. 간판 끄고 올게!

독사　누나, 여기서 혼자 자?

여자　응, 너희 잘 데 없니?

용필　뭐 잘 데라기보다….

여자　너희들 여기서 못 자. 4시 전에 나가야 돼. (사이)

나도 인제 딴 데 알아봐야 돼. 요번 주까지만 있기로 했어.

독사 왜?

여자 (침묵)

독사 싸웠어?

여자 싸우긴 어린애들하고 뭘 싸워. (사이) 내가 싫대.

독사 왜?

여자 새벽에 애들 다 들어와, 아가씨들.

용필 몇 명이나요? 예뻐요?

독사 친구야. 용필이라구!
애네 가족 전부가 조용필 팬클럽이야.

용필 새끼는 좋은 이름 놔두고.
안녕하세요, 조용필입니다.

독사 (청년을 가리키며) 앤 나보다 한참 많아.

용필 2년밖에 안 꿇었어요!

여자 기다려. 너희 노래 부를래?

청년 됐습니다.

여자 나간다.

용필 와 완전 하마다 하마.

독사 들려 새꺄.

용필 들으라지 뭐. 내가 뭐 없는 말했냐?

이쁜이 너랑은 쌩판 안 닮았다.

독사 외가 쪽이라니까.
저 누나 엄마는 좆나 예뻤대. 근데 무슨 첩살인가 하다, 갑자기 발작을 한 거야. 애까지 밴 상태서.

용필 발작?

독사 간질병 있잖아.

이쁜이　그거 전염되잖아?

청년　전염은 아니고 유전!

독사　임신을 했는데 겁나니까 그 집에서 독한 한약 먹여서 애 떨라고 그랬는데도 배가 점점 남산 만해지는 거야.
저 누나 엄마가 오갈 데 없이 헤매다 애를 딱 나니까 저런 거지. 첨엔 쌍둥인지 알았대.

용필　이 새끼 이거 구라야.

독사　진짜야. 우리 엄마가 그랬어.
저 누나도 흥분하면 이거 돌아.

용필　봤어?

독사　한 번 획가닥 가면
눈깔에 백태만 남구 완전히 돌아가지구….

이쁜이　아 재수 없어…. 오빠 나가자.
이 새끼 너 술 산다 그럴 때 알아봤어 내가.
씨박 새끼 넌 술이 들어 가냐? 이런 환경에서.

용필　뭐 어때. 우리끼리 먹을 건데.

독사　그래 우선 마시고 보자.
그리고 찝찝하면 그때 나가도 되잖아.

이쁜이　오빠아, 나가자.
나가자~~아.

여자 쟁반에 술과 안주를 들고 들어오자 이쁜이 자리에서 일어난다.

여자　안주가 별로 없어. 한잔하자.
그렇지 않아도 답답했는데….
(이쁜이에게) 앉아. 왜 가게?

이쁜이　아쭈 애 말 까네?

여자 왜 그래?

이쁜이 너 존 말 할 때 꺼져!

독사 너 왜 그래?

이쁜이 독사! 넌 빠져라 엉. 꺼지라니까 이 씨발년이!

여자 얘 왜 그래? 내가 뭐 잘못했니?

이쁜이 언제 봤다구 야자야? 내가 네 친구야?
재수 좆나게 없네, 오늘!

청년 독사는 독이라도 있지. 용필아! 칼 줘 봐.

용필 왜?

독사 해일아!

이쁜이 (청년에게 매달리며)
울 오빠 성질 네가 모르지 이년아, 넌 이제 죽었다.

청년 이년아?

이쁜이 오빠!

청년 오빠라고 부르지 마!

이쁜이 오빠!

청년 아직도 기억을 못 하겠니? 왜 이 상처가 났는지.
내가 제일 싫어하는 게 뭔지 알어?
뻥끼! 유식한 말로 허위의식이라고 하지.
이년아! 왜 폼을 잡니, 개폼을!
네가 네 아가리를 사랑해야지, 누가 네 아가리를 존중하겠니?
이 개 같은 년아!

안마 시술소. 엄마가 남자의 몸, 안마를 해주고 있다.

어머니 아뇨, 안마 시작한 지는 얼마 안 됐어요.
원래부터 이런 거 아녜요. 제가 바보 같아서요.
그냥 잠자코 가만있었으면 됐을 걸….

남편하고 싸웠어요. 다들 그러잖아요.
싸우면 며칠 안 가서 화해하고,
그러면 또 그 전처럼들 살고….
제가 괜히 눈 부라리고 따지고 드니까 그 양반이, 홧김에 집는다는 게 화장실 청소할 때 쓰는 염산이에요.
제가 참아야 되는데 고래고래 악쓰면서 뿌려라 뿌려 이 병신아. 이렇게 대들었어요. 빤히 쳐다보면서. 눈앞이 하얘졌어요. 함박눈 오는 날처럼 염산 맞으면서도 눈뜨고 있었어요.
제 객기가 그 양반 성질에 불 지핀 거죠.
아뇨 지금은 따로 살아요.
그 양반 괜히 미안하니까.
그 다음부턴 툭하면 소리치고 집어던지고 제가 참고 사는 게 그 사람한테는 힘들었나 봐요
눈감고 할 수 있는 일 찾다 보니 이렇게 됐어요.
지금 같이 사는 사람도 앞을 못 봐요.
잘 됐지요 뭐, 다 자기들 팔자지요.
죄송해요.
(사이) 주무세요? 선생님!

아버지 서류봉투를 들고 등장.

아버지　여보.
어머니　왜 또 왔어요.
아버지　미안. 일 때문에 왔다가 할 말이 있어서.
어머니　이러면 나 죽어요.
아버지　미안. 정말 일 때문에 왔다니까.
돈 타러 온 거 아냐. 아직 남아 있어.
어머니　5분밖에 시간 없어요.

아버지　나 아무래도 일본 갈 거 같애. 해일이랑 같이.

어머니　일본 어디요?

아버지　거기 있잖아.
테레비에 자주 나오는 데, 멋있게 생긴 성 이렇게 있는 데.

어머니　어디요? 오사카요?

아버지　응 거기.

어머니　언제요?

아버지　이젠 여기 찾아오고 싶어도 못 와.
곧 떠날 거 같애.
이삼 개월 안에. 지금 대사관 갔다 오는 거야.

어머니　일본말도 못하면서, 누가 보내 준대요.

아버지　군대 동긴데….
거기서 지금 크게 빠찡코 한대. 직원들은 다 한국 사람이래.
한국 야쿠샤가 그쪽은 꽉 잡았대.
가면 편지할게 너무 걱정 마.
슬프지? 당신도 약간 섭섭하지?
일 끝날 때까지 기다릴게, 술 한잔할까 모처럼.

어머니　집에 가야죠.
나, 들어갈게요. 지금은 돈 없고.
나중에 일본 가기 전에 해일이랑 한번 와요.
전화 먼저 하세요.

아버지　나, 가라구?

어머니　바빠요. 사람들 줄서 있어요. (안마하러 간다)

아버지　저기. 당신 키가 몇이야.

어머니　1m 52요

아버지　당신 원래 이렇게 작았나?
(사이) 요 앞에서 기다릴까?

어머니　우리 이혼했잖아요.

이러지좀 마요. 들어가요 나. (어머니 들어간다.)

아버지 어디로 가지

일본을 갈까? 진짜.

여인숙. 속옷 차림의 청년과 여자

청년 그래서?

여자 미안하다, 나 지금 그땐데.

청년 그때라니?

여자 배란기!

청년 배란기?

여자 애 배는 때!

청년 허! 나! 그래서?

여자 난 잊지 않을 거야 어제 네 모습.

고마워. (사이) 사랑해! 나 이해해 줘서.

청년 나 너 안 사랑해. 나 너 이해 안 해.

너 누군지도 모르고!

여자 거짓말 하지 마.

내가 한번 그러면 다들 나 색안경 끼고들 봐.

청년 나도 똑같애, 징그럽고.

내가 취해서 그런 거야. 됐지.

너 빨리 옷 입어! 빨리!

여자 네가 첨이야.

청년 첨이라니?

흉해! 빨리 옷 입어 이년아!

여자 날 위해 화내 준 사람.

청년 널 위해서 그런 게 아냐.

너 간질병 걸린 게 나하고 무슨 상관 있어?

씨발 이년 재수 좆 나게 없네.

여자 욕하지 마!

우린 밤에 사랑을 했잖아.

청년 술을 마시면 사람이 가!

가는 거야! 무의식으로!

사랑한 게 아니라 그냥 술 취해서 어쩌다 잔 거야, 이년아!

여자 우리 아버지도 그랬어. 엄마한테.

청년 너 저능아니?

여자 아니.

청년 근데 왜 말귀를 몰라.

여자 이거 유전이래.

청년 아! 나! 좆같네. 너 까불면 죽탱이 돌아간다.

여자 나… 안 믿어도 좋은데 네가 처음이야.

청년 뭐가?

여자 난 티켓 안 나가 봤어.

청년 누가 너 같은 뚱땡이 년 불러 준대. 미친년!

여자 몰라서 그래. 나 같은 체형 좋아하는 사람도 꽤 있어.

청년 그래서.

여자 저번 달에도 나 불렀다가 내가 안 나가니까

다방 찾아와서 불 지른다고 행패 부린 사람도 있어.

청년 그래서? 그럼 저번 달에 나가지 이년아.

왜 나한테 덤테기를 씌우려고 그래

이 씨발년 아주 씨발년이네.

여자 욕하지 마. 나 발작 안 할게.

청년 미친년!

너 간질이 무섭냐? 병신아!

사람들은 너한테 관심도 없어.

세상은 잘 돌아가고, 병신아!

여자 나 너랑 살면 안 될까?

청년 어디서?

여자 너희 집에서.

(사이) 아니면 아무 데서나.

청년 내가 집시냐?

여자 내가 봐도 나 착하고 괜찮아.

청년 우리 아버지도 착해.

여자 (사이) 만약에

만약에 애 안 생기면 그땐 내가 너 떠나면 되잖아.

우리 같이 살면 안 될까?

청년 아주 꼴값을 떠는구나.

여자 여기도 오늘, 내일 해.

청년 아까 얘기했잖아 그 말! 너 다방에서 짤렸다고!

여자 잘할게 너한테.

청년 말 놓지 마 너!

여자 이렇게 옷 벗고 남 앞에 있기는 처음이야.

청년 누군. 너 아주 땡 잡았구나.

여자 첨인데도 부끄럽지가 않아.

(사이) 사람들이 나 싫어하는 거 봤지 너?

청년 너 자꾸 너, 너 하지 마.

여자 싫어? 내가 너보다 언닌데?

청년 너 하나 물어 볼게. 빤스만 입구 맞아 본 적 있니?

여자 아니.

청년 그럼 입 다물어.

여자 그럼 뭐라고 불러.

청년 돌겠네. 뚱땡아 그냥 너.

어~~휴, 나 돌겠네.

네가 뭘 모르는데, 나도 참 대충인데,

너처럼 정신없는 년 처음이다.

여자　정신 차릴게 나.

청년　미쳤구나 너.

여자　미치면 어때?

청년　허허허 같이 미칠 자신 있어?

여자　응.

청년　진짜?

여자　너한테 잘 할게.

청년　누가 보면 울겠다.
울다가 욕하겠다.
욕하다, 아 나 죽이네 얘.

여자　왜?

청년　불쌍한 년놈들이니까.
(담배를 입에 문다. 불을 켜서 주는 여자의 라이터를 뺏으며)
티 내지마! (사이)
그래 가 보자. 가자.
돌아 버리자!
근데 너 이거 알아둬라. 아주 힘들다.
참고로 얘기하는데, 우리 엄마 장님이야.
지금은 딴 새끼랑 살고. 안마하다 만났고, 행복하겠지 지금은.
우리 아버지 개야, 자세한 건 보면 알고.
그리고 나도 개고!
왜 고생을 할려고 하니. 뭔가 달라질 거 같아, 사는 게?
그래 맛 좀 보자 서로….
개고기 맛 좀 볼래. 허허허허허.
미친년….
(여자의 얼굴을 어루만지며)
어유 이 미친년아!

집

청년　뚱땡아!

아버지 김치에 소주를 마시고 있다.

청년　인사해. 아버지야.
여자　안녕하세요.
아버지　누구냐?
청년　우리 집에서 살 거예요.
아버지　누가?
청년　얘요.
아버지　왜?
청년　집이 없어요. 간질병 환자예요.
아버지　그래서?
청년　그래서는 무슨 그래서예요.
아버지　집이 없고 간질병 환잔데. 왜 우리랑 같이 사냐?
청년　다방에서 일 하는데, 툭 하면 거품 무니까 기집애들이 놀리고 쫓겨났어요.
아버지　누구 맘대로 여기서 사냐.
청년　맘은 무슨 맘이에요. 그냥 사는 거지.
내가 좋대요.
아버지　왜?
청년　앞으로 밥하고 빨래하고 얘가 다 할 거예요.
근데 나이는 나보다 많아요.
아버지　몇인데.
청년　다섯 살 많아요.

여자　잘 할게요. 아버님!

아버지　아버님? 같이 살이 부대꼈냐?

청년　몰라요.

아버지　네가 모르면 누가 알아.

청년　얘가 나 보고 책임지래요.

아버지　얘가 왜 댁을 책임지나요?

작정을 했구나, 막 살기루.

청년　사돈 남말하지 말아요.

야! 보면 알겠지만 우리 돈 가진 거 하나도 없어.

너 먹을 건 네가 구해 와.

아버지　많이 먹겠다.

청년　사람 무안을 주세요. 전화도 받는 거밖에 안 돼.

아버지　이젠 받는 것도 안 돼.

앞으로 네가 아버지 해라.

내일 동사무소 가서 호주 이름 바꿔 줄게

청년　화났어요?

아버지　응 화나지. 너 같으면 화 안 나겠냐?

청년　한번 봐 주세요.

어유, 좀 그러면 안 돼요.

청년 앉으면 아버지 일어난다.

청년　인사해 아버지야.

여자　안녕하세요?

아버지　누구세요.

청년　우리하고 같이 살 거예요.

아버지　누가요?

청년　얘요.

아버지 기품이 철철 넘치십니다.

청년 집이 없어요. 간질병 환자예요

아버지 집이 없고 간질병 환자면 당연히 같이 살아야죠.

청년 다방에 다니는데 툭하면 거품 물고 그러니까
기집애들이 놀려대고 쫓겨났어요.

아버지 쯔. 쯔. 쯔. 저런 못된 년들.
이해하세요, 물장사하는 년들 다 그렇죠 머.
산전수전 공중전 고생이 꽤 많으셨군요.

청년 근데, 내가 좋대요.

아버지 그럼요, 눈이 상당히 높으시네요.
우리 아들이 보기보다 꽤 괜찮은 구석이 많습니다.

청년 앞으로 밥하고 빨래하고 얘가 다 할 거예요.
근데 나이는 나보다 많아요.

아버지 실례지만 올해 연세가?

청년 다섯 살 많아요.

여자 잘 할게요. 아버님!

아버지 아버님이라니요. 말씀 낮추세요.
두 분이 같이 살이 빼걷대셨나요?

청년 몰라요.

아버지 당신이 모르면 누가 아나요.

청년 얘가 나보고 책임지래요.

아버지 작정을 하셨군요. 막살기로.
좋습니다. 프리한 인생들!

청년 사돈 남말 하지 마세요.
야! 보면 알겠지만 우리 돈 가진 거 하나도 없다.
너 먹을 건 네가 구해 와.

아버지 많이 잡으시겠습니다.

청년 무안을 주고 그러세요.

전화도 받는 거밖에 안 돼.

아버지　이젠 받는 것도 안 돼요.
앞으로 당신이 아버지 하세요.
내일 동사무소 가서 호주 이름 바꿔 줄게요.

청년　화났어요?

아버지　화나지. 너 같으면 화 안 나겠냐.

다시 원래의 상황. 아버지 자리에 앉는다.

청년　한번 봐 주세요.
밥 차릴까요, 야!

여자　예!

아버지　밥이 넘어 가냐?

청년　그럼, 라면 먹을래요?

아버지　오손도손 너희 둘이나 끓여 먹어라. (소주를 따라 마신다.)

청년　그럼 술이나 한잔할까요?

아버지　됐어. 먹고 싶으면 따로 사 먹어라, 너희끼리.

청년　노래 해줄까요? (사이)

아버지　인생 금방이야. (사이, 여자를 보며)
너 노래 좀 하니? 한잔 따라 봐라.
(여자 술을 따른다) 태진아 알아?

여자　예.

아버지　태진아!

여자 일어나 노래를 부른다. (노란 손수건)
아버지 젓가락 장단을 맞추며 술을 마신다.

청년　(술상을 엎으며)

	그래서 뭘 잘해서 병신 새끼처럼.
	내가 안 죽이고 데리고 사는 게 고마운 줄 알아야지.
	사람이면 안 그래? 꼴에 애비라고 지금 폼 잡는 거야?
아버지	앉아라.
청년	까지마!
아버지	(따귀를 친다) 정신 좀 드냐. 너는 미쳤어 새끼야.
청년	그래, 나는 미쳐서 그런다. 근데 정신은 안 든다.
	아니, 아냐 아주 맑아지는데.
아버지	맨 정신에 이러면 몰라도 술 처먹고 이러면 개야 개.
	개 되면 그 순간에 인생 끝나는 거야.
	이 불쌍한 새끼야.
청년	너나 개 되지 마라, 이 불쌍한 아버지야. 이걸 그냥!
여자	(몸을 떨며) 싸우지 마세요.
청년	가만있어 이년아. 너 요러다 전에처럼 지랄할라구 그러지?
아버지	너나 지랄하지 마 새꺄.
청년	너 발작하면 아주 죽여 버린다.
아버지	그 전에 내가 너 죽여 이 새끼야.
여자	(몸을 떨며) 욕하지 마세요.
청년	놀고 있네. 떨지 마 이년아.
	쑈 하지 말라니까, 아버지 이년 되게 웃기지?
아버지	(청년을 때리며) 네가 웃겨. 이 웃기는 새끼야!
여자	욕하지 마세요. 싸우지 마세요.
	나 떨고 있는 거 안 보여요. 이러면 저 쓰러져요.
	아버님 그만 하세요. 저 쓰러지면 아무도 못 말려요.
	전에는 바지에 똥까지 쌌단 말예요.
	보통 10분이면 되지만, 어떨 땐 한 시간이 넘은 적도 있어요.
청년	(괴로워 병나발을 분다)
여자	그럼 다들 챙피하잖아요.

저 바지에 똥 싼단 말예요. 해일 씨 제발 그러지 마세요.
욕하지 마세요.
(여자 절정에 이르자 청년 부둥켜안으며)

청년 그래 알았어. 알았으니까 그만해.
그만해, 그만 하라니까.

드디어 발작의 절정, 여자 쓰러져 발작.
무대 다시 조명 들어오면
청년 아버지 여자 한 이불을 덮고 자고 있다.
무대 한켠 화장실
후레쉬를 들고 일을 보는 용필.

용필 씨발 완전히 졸았다. 연극이 코메디가 없어!
영화나 연극이 뭐냐? 재미 아니냐? 액션과 스펙타클!
사람들이 말야 응?
비싼 돈 내고 뭐 빨았다고 거길 가겠냐 응?
인생이 답답하고 재미없으니까 극장을 가는 거 아냐? 응.
뭔가 새로운 그 무언가를 맛보려고 응?
근데 이건 처음부터 끝까지 질질 짜면서 항아리 깨는 소리나 하고.
제목은 좋더만 벚꽃 동산!
그럼 내용도 좀 쌈박해야지, 옥수수 밭도 아니고….
벚꽃 동산에서 한번 해도 되는 거 아냐, 낭만적으로 훌러덩.
관객이 원하는데 씨발, 써비스 정신이 하나도 없어!
프로야구나 청춘의 덫이 백배 낫다, 씹새끼들!
단체 관람이 뭐 호군줄 아냐? 오천원이 땅 파면 나오냐?
(사이) 자냐? 해일아?
해일아? (대답이 없다)

용필　씨발 손님을 초대해 놓고 이거 뭐하는 거야. 지들끼리만 자고.
아버지　난 안 잔다.
용필　안 주무셨어요?
아버지　아니, 자다 하두 시끄러워서 깼다.
용필　다 들으셨어요?
아버지　미안하다 다 들려서. 넌 몇 살 때부터 그렇게 말이 많았냐?
용필　죄송합니다, 주무시는데….
아버지　죄송하면 그만 자라.
용필　누울 데가 없는데요.
아버지　콩 한 쪽도 나누어 먹는 게 사람의 도리다. 좁혀서 자면 돼.
용필　그럼 실례 좀 하겠습니다.
아버지　미안하다, 손님을 초대해 놓고.
용필　아버님! 베개 남는 거 하나 없을까요.
아버지　미안하다 다음에 준비하마.
용필　하하하하.
아버지　왜 웃냐, 미쳤냐?
용필　아버님이 '하마' 이러니까 웃겨서요.
하마 누난 요새 뭐 해요? 낮에?
아버지　밀지 마라.
용필　제가 그런 거 안예요.
아버지　미친놈! 뭐 한다.
용필　뭐요?
아버지　몰라, 네 아버진 요새 뭐하시니?
아직도 돈 많이 버시니?
용필　돈이야 많이 버시죠 뭐. 근데 돈 있으면 뭐해요.
아버지　돈 있으면 좋지. 네 어머닌 좋겠다.
꼬박 꼬박 매달 송금 오니, 일본에서?
용필　일본이라뇨?

아버지　벌써 다른 데로 갔니?

용필　그럼요. 한참 됐어요. 내일 모레쯤 한국에 들어오세요.

아버지　어디 계신데.

용필　엊그제 편지 왔었어요. 참치 잡고 계시다고.
남태평양 어디 뭐 그런데 있대요. 거긴 물 반 참치 반이래요.
어떤 건 사람보다 크대요.

아버지　거짓말.

용필　진짜예요.

아버지　네가 봤어?

용필　봐야 아나요 상식이죠. 아버님은 그렇게 상식이 없으세요.

아버지　미안하다 상식이 없어서. 빠찡꼬는 왜 그만 두셨대니?

용필　거기도 단속이 심하대요. 정권 바뀔 때마다 그런 거요.
한국이나 일본이나 그런 건 다 똑같아요.
아버님! 말난 김에 저희 아버지 한번 만나 보실래요?
부산인가 어디로 오신다는데.
흉금을 털어놓고 사나이들끼리 인생의 가치에 대해서 이야기 한 번 해보자는 거죠 뭐.

아버지　그래 흉금을 털어놓고 한번 만나 보자. 자자.

용필　네. 좋은 꿈 많이 꾸세요.
(용필 아버지 옆에 눕는다.)

아버지　너 만화 좋아하니?

용필　아뇨, 어릴 때 좋아했어요.
지금은 다 컸는데요 뭐. 애들인가요 제가.
왜요?

아버지　왜요는 일본 담요란다.
난 가끔 요새도 만화방 간다. 기본요금 얼마만 내면, 라면에 커피에 메이저리그 야구도 보고 시간 때우기는 최고지.
용필아! 너 만화에 나오는 애랑 비슷하다고 생각해 본 적 없니?

용필　제 꿈은 영화배운데요.
아버지　자자.
(사이) 용필아!
내가 상식 하나 가르쳐 줄까?
용필　예.
아버지　널 낳아 주신 분이 누구니?
용필　그야 당연히 엄마죠!
아버지　아니다. 아버지다.
(사이) 가끔 아버지 면회 가라!
용필　….

교실

선생　소비에트 내에는 처음에는 사회 혁명당 멘셰비키의 세력이 강하였으나 4월에 레닌, 5월에 트로츠키 등이 망명에서 돌아온 뒤에는 볼셰비키의 세력이 차츰 강해졌다.
임시정부는 큰 전과를 얻고자 6월 하계 대 공세를 취하였으나 도리어 독일군에게 대패하였다.
이 보도가 들리자 민중은 차츰 좌경하여 7월에 페테스부르크의 노동자 농민들이 볼셰비키의 지도 아래 봉기하여 정권 탈취를 기도하였으나 진압 당했다.
트로츠키를 위시한 많은 볼셰비키가 체포당하고 레닌은 핀란드로 망명하였다.
결국 그는 나중에 우편 화물차에 숨어 조국의 품으로 돌아왔다.
청년　선생님! 잘못했습니다.
백 대 맞겠습니다.
선생　응, 왔니?
청년　죄송합니다. 잘못했습니다.

선생　오랜만이다.

청년　선생님! 이제 내일부터 학교 열심히 나오겠습니다.

선생　왜?

청년　잘못했습니다. 때려 주세요.

선생　해일아!

청년　잘못했습니다. 저 독후감 써 왔습니다.

선생　다 읽었어?

청년　네.

선생　해일아!

너 학교 짤렸어. 아주.

이젠 더 이상 고통스럽지 않아도 돼. 나중에 나이 들어서 뭘 알면 그때 다시 공부해. 검정고시!

(사이) 괜찮아?

청년　네.

선생　아쭈! (사이)

나 사표 냈다. 공부하고 싶어서. 우리 마누라하고 여기 떠나 외국 간다.

청년　유학이요?

선생　유학은, 뉴질랜드에 통나무집 많대.

거기서 소 키우고 놀 거야. 너처럼 맘대로 살 거야.

청년　선생님.

선생　여긴 재수가 없어.

청년　선생님!

선생　네가 말하면 알아? 까불지 마. 가서 목수 될 거야. 목수 공부해야지.

(사이) 야! 가 새꺄. 재수 없어.

청년　언제요?

선생　알 거 없어.

청년　조르바는요? 조르바는 어떡하라구요?

선생　미친놈. 읽어 봐.

청년　(원고를 읽는다) 녹로 돌리는 데 방해가 된다고,
제 손가락을 도끼로 잘라 버린 사나이, 여자의 치모를 수집하여 베개를 만들어 베고 자던 사나이.
모태의 대지에서 탯줄이 아직 떨어지지 않은 사람 중에 가장 영혼이 트이고, 육체는 자신감에 넘치며, 가장 자유롭게 자신의 영혼과 투쟁한 조르바.

선생　숨 막히는 이 나라에서 조르바는 죽었다!
해일아! 네가 원한다면 계절에 상관없이 갈대밭을 걸어 봐.
(사이) 찢어 버려.
(사이) 건방진 얘기 같지만.
나는 이 나라 포기다. 역사는 힘이 없어! 원래는 그게 아닌데….
(사이) 행복해라. 넌 그래야지.
젊으니까.

안마 시술소
어머니 안마를 한다.
어머니, 아버지 들어오자 그쪽으로 간다.

어머니　미안해요. 어떡하죠.
여비라도 마련하려고 했는데….
언제 가요?

아버지　어딜?

어머니　일본이요.

아버지　안 가기로 했어.

어머니　돈 때문에?

아버지　아니, 그거 다 거짓말이야. 내가 지어 낸 거야.
(사이) 실은 먼 바다에 가. 참치 잡으러.

어머니　참치요?

아버지　남태평양 어디에 참치가 많대.
거긴 물 반 참치 반이래. 어떤 건 사람보다 크대.

어머니　거짓말. 당신이 봤어요?

아버지　아니, 그걸 꼭 봐야 아나, 상식이지.
당신은 그렇게 상식이 없어?
(사이) 식구가 하나 더 늘었어, 집에.

어머니　당신 식구요?

아버지　아니, 해일이 식구.
거기다 한 명 더 늘지도 몰라.

어머니　그런데 왜 힘이 없어요?
당신도 늙었군요.

아버지　당신도 여전해.
해일이 여자 웃기게 생겼어. 순하고 몸도 건강하고.

어머니　잘 됐네요.

아버지　잘 됐지. 근데 몸이 아파.

어머니　어디가요?

아버지　그냥 뭐 조금 어쩌다.
어쩌다 잠깐씩 괜찮아.

어머니　해일이 중학교 입학했을 때
한강 갔었잖아요.

아버지　음, 그랬지.

어머니　택시 타고 한강에서 세몬가 네몬가 유람선 타고 하루 종일 놀았죠, 우리.
당신은 주머니 속에 팩소주 넣어서 배타면서도 빨대로 빨아 마시고.
안내 방송으로 무슨 다리 아래라 그러는 소리 들리고.
그때 비 왔죠. 다리 지날 때부터 집에 갈 때까지….
(사이) 들어갈게요.

아버지 기다릴까, 밖에서?

어머니 그냥 가요. (주머니에서 돈을 꺼내며)
5만원이면 돼요?

아버지 돈 있는데. (받으며) 집에 한번 와 봐. 천장에 별 붙여 놨어.
야광별! 애기 나면 보라구, 예뻐.
(사이) 아! 당신은 볼 수가 없지.

어머니 그래도 한번 보고 싶어요.

아버지 (사이) 우리 셋이 누우면 방이 꽉 끼어서 되게 따뜻해.
꼭 관 속에 누운 거 같애. (사이)
갈게. 다음엔 전화하고 올게.

마주보고 서 있는 두 사람
음악이 흐르며 무대 어두워진다.

-막-

—『박근형 희곡집 1』(연극과인간, 2007)

11 극적 시·공간은 어떻게 구성되는가

김재석, 「극 시간과 공간의 운용 방식」

엮은이의 추천 이유

이 글은 연극에서 시간과 공간이 지니는 특성에 대하여 설명하고 있는 평문이다. 연극에서 시간과 공간의 운용은 많은 제약이 있는데, 이런 제약이 극의 시간과 공간의 특징을 만들어 낸다. 필자는 극 시간에 있어서 물리적 시간과 심리적 시간의 측면에서, 극 공간에 있어서는 가시적 공간 영역과 비가시적 공간 영역을 통해서 그 특성을 고찰하고 있다. 극적 시·공간의 특성을 이해하는 데 좋은 지침이 되는 글이다.

출전: 김재석, 『한국 현대극의 이론』, 연극과인간, 2011.

극 시간과 공간의 운용 방식

김재석

극은 극 시간과 공간의 운용에 많은 제약을 가지고 있다. 연극 공연은 관객 앞에서 직접 이루어지기 때문에 '현재성'과 '실재화'(實在化)의 두 조건을 무시할 수 없기 때문이다. 현재성이란 관객이 경험하는 시간과 연극의 진행 시간은 동일한 차원에 있다는 것이며, 실재화란 관객이 보고 느낄 수 있도록 극작품의 여러 요소들이 무대 상에 실제로 존재하고 있어야 한다는 것이다. 관객 앞에 현존하는 무대 공간만 이용하여 한 편의 이야기를 무난하게 전개하기 위해서 연극담당자들은 극 시간과 공간의 운용 효율성을 높이기 위해 많은 노력을 기울여 왔다. 공연기법의 변화와 발달은 극 시간과 공간 운용의 효율성을 높이려는 노력과 시도 그 자체라 해도 과언은 아닐 것이다.

극 시간과 공간 운용의 특징은 영화와 비교해보면 쉽게 이해할 수가 있다. 영화 「동승」(주경중 감독)은 함세덕의 「동승」을 기본으로 하고 있지만 전혀 다른 느낌을 주고 있는 작품이다. 그 다름에 대해 많은 설명이 필요하지만, 시간과 공간 운용의 차이에서 오는 바가 제일 크다 하겠다. 영화는 시간과 공간 운용에 아무런 제한이 없으므로 다양한 삽화들을 삽입할 수 있었기 때문이다. 또래의 아이들과 어울려 놀고 싶은 도념은 계곡에서 물놀이를 하고 있는 아이들을 찾아가기도 하고, 학교 수업시간에 가서 몰래 엿보기도 한다. 여자 친구 집에 가서는 고기를 앞에 두고 심각한 혼란을 경험하기도 한다. 관객들은 다양한 장소에서 벌어지는 도념에 대한 삽화들을 보면서 절에서 성장한 그의 처지를 잘 알 수가 있게 된다.

영화에서 시간과 공간의 운용이 편집을 통해 이루어진다면, 극에서는 공연기법을 통해 운용된다. 극단적으로 말하자면, 극에서도 시간과 공간 운용의 자유로움을 누릴 수도 있다. 극 시간과 공간의 개념 자체를 해체시켜버리면 되는데, 관객이 인지만 하면 극의 시간과 공간은 존재한다고 보면 되는 것이다. 그러나 그 나름의 고유한 시간과 공간 개념이 있기 때문에 극예술의 독자성이 인정되고 있다는 점도 잊어서는 안 될 것이다. 그 특징을 극 시간과 극 공간으로 나누어 살펴보기로 하자.

1. 극 시간

우리가 경험하는 시간은 두 가지로 나누어진다. 하나는 물리적 시간이며, 또 다른 하나는 심리적 시간이다. 물리적 시간은 시계를 통하여 측정이 가능한 시간이며, 각각의 사람마다 상황과 조건이 다를지라도 편차가 생겨나지 않는 특성을 가지고 있다. 거기에 반해 심리적 시간은 개개인의 경험과 자각에 의해 느껴지는 시간이며, 개개인의 상황과 조건에 따라서 편차가 존재한다는 점에서 차이가 있다.

1) 물리적 시간 영역

극은 공연시간의 제약을 크게 받는다. 공연시간이란 한 편의 극이 시작하여 끝마칠 때까지 걸리는 시간 전체이다. 극의 공연시간의 길이는 시대에 따라 달라져 왔는데, 현대극에서는 장막극이라 하더라도 특별한 경우가 아니면 세 시간을 넘지 않고 있다. 그것은 퇴근 이후 공연을 관람하는 현대 사회의 관습과 관련이 있을 것이다. 극창작자에게 있어서는 세 시간 이내에 공연을 마쳐야 한다는 사실은 엄청난 압박감으로 작용하게 된다. 소설가는 독자의 독서시간에 대해서는 전혀 고려할 필요가 없으므로 소설의 양에 대해서도 자유롭다. 그러나 관객이 바라보고 있는 극장 무대에서 극창작자는 한정된 시간 내에 자신이 하고자 하는 이야기를 완료해야 하므로 극의 공연시간을 의식하지 않을 수 없다.

물리적 시간인 공연시간은 관객이건 배우이건 동일하게 느껴지는 시간이다. 무대 위의 시간과 관객의 시간이 동일하게 흘러가고 있으므로 특별한 이유가 있지 않은 한 미래를 향해 끊임없이 나아가는 보편적 시간 특성이 그대로 나타나게 된다. 극에서 시간의 연속성을 깨뜨리기 위해서는 막 혹은 장을 달리하여 시간을 새롭게 설정하는 방법을 쓰고 있다. 막과 장은 진행되던 시간에 단절 효과를 주기 때문에 시간의 연속성을 깨뜨리는 효과를 얻을 수 있다. 단막극의 경우에는 막과 장에 의한 효과를 얻을 수 없으므로 시간의 운용에 상당한 어려움이 있다. 시간의 연속성을 깨뜨리지 못하면, 공연시간과 '극중 사건의 전체 시간' 사이에 생겨나는 시간의 차이를 조절하기가 너무 어려워진다. '극중 사건의 전체 시간'이란 해당 작품에서 다루어지는 사건이 발생된 시점부터 종료된 시점까지의 전체 시간을 말하는 것이다. 「제향날」을 예로 들어 보기로 하자. 「제향날」은 채만식이 갑오농민혁명과 3·1운동을 경험한 최 씨 할머니를 통해 우리 민족의 과거를 점검하고, 그것을 통하여 미래의 방향을 모색해보려 한 작품이다. 그러므로 「제향날」의 '극중 사건의 전체 시간'은 최 씨 할머니의 남편이 갑오농민혁명에 참여했던 1894년부터 극중 현재인 1937년까지, 약 43년간이 된다. 만일 시간의 연속성을 깨뜨리지 못한다면, '극중 사건의 전체 시간'에 해당하는 43년의 공연시간이 필요하게 될 것이다. 그러나 그러한 작품은 실제로 없다. 무대상의 시간을 적절하게 조절하는 공연기법이 있기 때문이다.

고대 그리스극에서는 "태양의 일 회전, 혹은 이와 유사한 시간 내에 한정"(『시학』)함으로써 공연시간과 '극중 사건의 전체 시간'의 차이를 최대한 좁혀 보려고 했다. 무대기술이라 부를 만한 것들이 거의 없이 공연해야 했던 상황에서 불가피한 선택이었을 것이다. 16세기 이탈리아의 카스텔비토로(Castelvetro)에 의해 이른바 '삼단일'(three units)이 강조되었다. 삼단일은 『시학』의 견해를 경직되게 해석한 것이며, 극행동의 단일, 시간의 단일, 장소의 단일을 주장했다. "현실과 예술 사이의 일치"를 높여 극의 효과를 증대시켜 보려는 시도였다. 그러나 신고전주의 작가 중에서 라신(Racine) 정도를 제외하고는 "극중에서 흐른 시간은 관객이 극장에서 보낸 시간과 일치"시키지 못했다.[1] 공연시간과 '극중 사건의 전체 시간'을 일치시킨 극작품을 만들어낸다는 것이 그만큼 어려울 뿐 아니라, 무대기술과 공연기법이 발달한 오늘에서는 꼭 그렇게 해야 할 이유도 없다.

최근 미국의 여성극작가인 마샤 노먼(Marsha Norman)의 「잘 자요, 엄마」('night, Mother)란 작품은 의도적으로 삼일치 법칙을 준수하여, 어느 여성의 자살이라는 충격을 관객들이 더욱 생생하게 느끼게 하였다. 제씨 케이츠(Jessie Cates)는 그녀의 어머니 델마 케이츠(Thelma Cates)와 시골의 외딴 집에 살고 있다. 극이 시작되자 딸은 엄마에게 자신이 자살을 할 것이라고 말한다. 딸의 말이 거짓이라 여긴 엄마는 처음엔 가볍게 흘려듣지만, 극이 진행되면서 그 말이 진실이라는 사실을 깨닫고 자살을 막아보려 애쓰지만 그녀는 자살하고 만다. 작가는

1. 브로케트, 김윤철 옮김, 『연극개론』, 한신문화사, 1990, 248쪽. 이경식, 『아리스토텔레스의 「시학」과 신고전주의』, 서울대학교출판부, 1997, 499~586쪽.

저녁 8시 15분경에 극이 시작하도록 하여, 시간의 비약이 없고 공간의 이동도 없이 극이 진행되므로, 관객의 시간과 동일하게 흘러가도록 설정하고 있다. 마치 관객들이 자살의 현장에 위치하고 있는 듯한 느낌을 주어 사실성을 극도로 높이고자 하는 의도이다.

함세덕의 「동승」은 공연시간이 한 시간 정도인 단막극이다.[2] 한 시간의 공연시간으로 15년에 이르는 '극중 사건의 전체 시간'을 담아내기 위해 「동승」에서는 전체 이야기의 마지막 순간을 극화하는 방식을 쓰고 있다. 즉 '무대에서 가시화된 사건의 전체 시간'을 공연시간에 거의 일치시킴으로써 시간의 연속성을 깨뜨리지 않고도 자신이 원하는 효과를 얻어낸 것이다. '무대에서 가시화된 사건의 전체 시간'이란 배우들에 의해 구현되어 관객들이 직접 목격한 사건의 전개에 소요된 시간의 전체를 말한다. 장막극의 경우에는 막과 장에 따라 각각 무대화된 시간을 합한 것이 되겠다. 「동승」의 경우를 예로 들어 정리해보기로 하자.

극중 사건의 전체 시간 (약 15년)	약 15년 전에 절 근처에 여승이 있었다. 그 여승은 사냥을 위해 산에 자주 올라오던 포수와 사랑하게 되었다. 임신을 한 여승은 아기를 낳아 스님께 맡기고는 속세로 내려가 버렸다. 도념을 한 번 찾아오기는 하였으나 사정이 어려워 아직 데려가지 못하고 있는 형편이다. 주지 스님은 어미의 업보를 씻어내기 위해서 도념을 훌륭한 스님으로 키우려고 애를 쓰고 있다. 그러나 도념은 주지 스님의 말씀을 따르지 않고 속세에 내려가 어머니를 찾을 궁리만 하고 있다.
무대에서 가시화된 사건의 전체 시간(1시간)	오후 시간에 도념은 재를 올릴 준비를 하다가 미망인을 만나게 되고, 양자를 삼고 싶다는 뜻을 전해 듣는다. 완강하게 거절하는 주지 스님을 설득하여 반허락을 얻은 상태에서, 대웅전에 숨겨둔 토끼털 목도리가 발견되어 무산되어 버린다. 너무나 크게 실망한 도념은 저녁 공양 무렵에 절을 떠난다.

2. 극작품이 공연될 때에 공연담당자의 의지와 공연 상황에 따라 공연시간이 조절되기도 하지만, 원래의 공연시간을 크게 벗어나지 않는 것이 관례이다.

「동승」에서 관객이 목격하는 사건은 도념에 관한 전체 이야기 중에서 가장 마지막 부분이다. 오늘날 도념이 겪게 되는 아픔은 이미 15년 전에 시작된 사건의 연속이며, 15년 동안 도념이 겪은 아픔도 엄청나게 많았을 것이다. 그것을 드러냄에 있어서 도념이 태어난 사연에서부터 시간의 순차성에 따라 이야기를 전개하지 않고, 함세덕은 비극적 사건의 마지막 결과라 여겨지는 부분만을 극화하여 제시하고 있다. 그러므로 도념이 절을 떠나는 극의 마지막 장면도 관객의 면전에서 전개된 사건의 결과로 볼 것이 아니라 15년에 걸쳐 계속되어온 사건의 결과로 보는 편이 작품을 올바르게 이해하는 길이라 하겠다.

'무대에서 가시화된 사건의 전체 시간'이 '극중 사건의 전체 시간'에 비해 턱 없이 줄어들었기 때문에 관객에 대한 설득력이나 극적 현실감이 떨어질 수밖에 없다. 「동승」에서 그러한 문제점이 해결된 것은 과거 시간을 현재 시간으로 끌어들이는 공연기법을 통해서이다. 과거를 현재 시간대로 끌어들이는 공연기법에는 '회상의 장면화'와 '대화에 의한 삽입'이 있다. '회상의 장면화'는 과거 시간대의 사건을 극중 현재 시간대에 형상화하여 직접 보여주는 것인데, 관객에게 극적 효과를 강하게 줄 수 있는 방법이긴 하나 장막극이 아닌 경우 자칫 잘못 사용하면 극의 질서가 깨어지기 쉬운 단점이 있다.

「동승」은 '대화에 의한 삽입' 방법을 통해 과거를 현재 시간대에 끌어넣고 있는데, 공연 시간이 짧은 단막극의 특성을 고려한 결과로 보인다.

총각 재가 그 처녀중이 나가지고 삼밭에다 버리구 간 애랍니다.

노인 처녀중이?

총각 네, 지금은 없어졌지만, 10여 년 전에 이 산 너머에 여승들만이 사는 니암(尼庵)이 있었대요.

노인　그럼, 파계를 한 셈이군?

총각　그렇지요. 아주 신앙이 굳은 여자였었는데, 아무래도 젊은 사람들이란 할 수 없나 봐요.

노인　남자는 뭐하는 사람인데?

총각　사냥꾼이라는군요. 매일 사냥하러 이 산에 드나드는 중에 둘이 눈이 맞었다나 봅니다.

노인　그럼 지금두 살아 있긴 하겠군?

총각　살아 있다나 봅니다.

노인　그럼, 스님이 오늘까지 잴 주워다가 키우셨겠군?

총각　그렇지요. 지 어머니가 재가 아홉 살 때 한번 다녀갔다는군요. 허지만 재는 보지두 못했지요. 스님한테만 갈 적에, 내년 봄보리 비구 나서 꼭 데리러 온다구 하더니 이내 깜깜소식이라는군요.

노인　그럼, 스님께선 즈이 부모 사는 데를 아시긴 하겠군?

총각　아시지만, 당최 안 가르쳐 주시는 모양이에요. (「동승」)

노인과 총각은 절에서 열리는 재를 구경하기 위해 가고 있는 사람들이다. 재도 구경할 겸, 음식도 얻어먹을 겸해서 길을 나섰다가 우연히 도념을 만난 것으로 보아야 하겠다. 총각은 도념을 잘 알고 있으나 노인은 그렇지 못하다. 노인의 궁금증을 풀어주기 위하여 총각이 설명해 주는 가운데 도념의 모든 내력이 관객에게 소개되는 것이다. 그로 인하여 관객들은 어린 나이에 물지게를 지고 고생하는 도념의 처지를 비로소 바로 바라보게 된다. 과거 시간이 현재에 들어옴으로써 관객들은 도념이 미처 알고 있지 못하는 정황까지 알게 되고, 도념을 불쌍하게 여기는 마음이 생겨나게 되면서 극의 주조인 '슬픔의 정서'가 생겨나게 되는 것이다. 인물의 기능 측면에서 보자면, 「동승」의 노인과 총각은 과거 시간을 현재 시간에 끌어넣는 기능을 수행하는 인물이다.

도념이 절에서 성장하면서 생모를 그리워하였고, 미망인을 보면서 자신의 어머니를 꿈꾸었던 과거에 대한 정보도 역시 '대화에 삽입' 방식으로 해결하고 있다. 도념이 어머니를 그리워하는 마음이 어제오늘의 일이 아니라는 사실은 도념이 놓인 상황을 이해하는 데 아주 큰 도움이 된다.

도념 인수 아버지, 정말 바른 대루 애기해 주세요. 우리 어머닌, 언제 오신다구 하셨어요?

초부 내년 봄보리 베구 나면 오신다드라.

도념 또 거짓말? (「동승」)

내년 봄보리 벨 때쯤에 오실 것이라는 초부의 대답에 도념은 "또 거짓말"이라 답한다. 같은 류의 질문과 답이 꽤 오래 전부터 있어왔음을 알게 하는 것이며, "인수 아버지네 보리를 벌써 다섯 번째 비었지만 어디 오세요?"에서, 도념을 불쌍하게 여기고 항상 보호해주려는 초부에게 도념은 철이 들면서부터 어머니의 행방에 대해 물어 왔다는 사실을 알 수가 있다. 도념과 미망인의 인연의 시작에 대해서도 동일한 방식으로 다루고 있다.

도념 그러믄요. 어렸을 때부터 안 걸요. 그이가 처음 불공을 드릴 때 '난 아이가 없어 축원까지 드리는데 어쩌면 느 어머닌 너를 이 절에다 두구 돌보지도 않니' 하면서 울랴구 하겠지요. (「동승」)

지금은 미망인이면서 자식까지 먼저 보낸 상태이지만 처음에 이 절에 올 때에는 아이를 얻기 위한 기도 때문이었으며, 어린 도념을 보면서 이미 모성을 느꼈다는 사실이 관객에게 전해진다. 이처럼 과거 시간이 현재 시간에 삽입되어 들어옴으로써 미망인이 도념을 수양아들로 삼아 데리고 가려는 사건이 순간적인 충동에 의한 것이 아님을 알게 하여 극적 효과를 높이는 것이다.

2) 심리적 시간 영역

심리적 시간은 관객의 감성에 포착되는 시간이다. 무대 상에 존재하는 모든 것들은 관객과 동일한 시공간에 놓여 있으므로 관객이 심리적으로 동의해주지 않는 한 현실감을 가지기가 어렵다. 그런 점에서 극은 무대상의 현존이라 하더라도 관객의 상상력과 결합되지 않으면 의미를 획득하기 어려운 예술이라 하겠다. 무대 지시문을 통해 전달되는 극의 심리적 시간은 두 가지로 나누어 볼 수 있다. 첫 번째가 '정지된 시간 표지'이며, 두 번째는 '시간의 인위적 보내기'이다. 흔히 극작품의 서두에 극중 시간이라 표기되어 있는 정지된 시간 표지는 극중의 현재 시간을 설정해주며, 시간의 인위적 보내기는 극의 전개상 자연스럽게 흘러가는 일상적 시간 흐름이 아니라 작가의 필요에 의해 갑작스럽게 흘려보내는 시간을 말한다.

「동승」의 정지된 시간 표지는 '첫겨울'만 나타나고 있다. 연도를 나타내는 시간 표지 없이 그냥 계절 시간 표지만 나타나 있어서 시간 특징을 구체화하기가 어렵다.[3] 극작품에 연도를 나타내는 시간 표지가 존재하지 않을 경우에는 작품이 발표되는 동시대라고 보아도 좋을 것이다. 등단작인 「산허구리」에서도 연도를 나타내는 시간 표지를 사용하지 않고 있어서 동시대를 극중 시간으로 삼는 함세덕 극작품의 특징을 보여주고 있다. 첫겨울이라는 극중 시간 설정은 이 작품이 약동하

3. 예를 들어, '1935년의 첫겨울'과 '2005년의 첫겨울'은 동질적 느낌을 가질 수가 없다. 1935년과 2005년의 시간이 주는 다른 느낌은 관객의 학습과 경험에 의해 구축된다.

는 힘을 바탕으로 하는 밝은 분위기의 작품이 아니라, 주인물의 시련과 고난을 그리는 우울한 경향의 작품임을 드러내어 주는 역할을 한다. 점점 추워지기 시작하는 첫겨울의 시간이 지나는 느낌을 관객이 심리적으로 동의하고 나면, 물지게를 지고 일어서다가 기진하여 쓰러지는 도념의 처지에서 더 큰 슬픔을 느끼게 된다.

'시간의 인위적 보내기'는 관객의 감정적 승인을 전제로 한다. 무대상의 시간이 특별히 빨리 가거나 늦게 갈 수는 없지만 관객이 그것을 문제 삼지 않았을 때에야 가능한 기법이라 하겠다. 관객의 감정적 승인은 극에 대한 관객의 긴장에서 얻어질 수 있다. 물리적 시간이 아니라 인간의 감정에서 받아들이는 시간의 경우는 인간의 자각 수준에 따라 달라진다는 사실이 정설로 되어 있다.[4] 관객이 극중 인물에 몰입하여 있고, 극중 사건의 전개에 기대를 가지고 있을 때 그의 감각에 포착된 시간은 일상적 시간과는 다르다. 이러한 조건을 잘 이해하여 공연에 적극 활용하는 기법이 바로 '시간의 인위적 보내기'인 것이다. 「동승」에 아주 효과적으로 사용되고 있다.

미망인의 수양아들로 서울에 가기로 거의 내락을 받은 상태에서 토끼털 목도리가 발각되어 모든 게 수포로 돌아가고 만다. 미망인 역시 "아씨께서 서방님을 잃으시고 외아들마저 잃으신 것두 다 전생에 죄가 많으셨던 탓"이라는 주지의 말에 도념을 포기하고 만다. 그로 인하여 절에서 도념은 더 이상 희망을 발견할 수가 없다. 어머니를 결코 포기할 수 없는 그에게 남은 것은 떠남뿐이다.

정심, 산문 앞의 등잔에 불을 켜고 다시 원내로 들어간다.

4. 스튜어트 매크리디 편, 남경태 옮김, 『시간의 발견』, 휴머니스트, 2002, 266쪽. 예를 들어, 자동차 사고 바로 직전의 상황에서는 외부 시간이 '느려지는' 것처럼 느껴진다고 한다.

미망인 내가 원체 죄가 많은 년이니까 너를 데리고 갔다가 너한테까지 또 무슨 화가 끼칠지, 난 그게 무서워졌다. 어서 들어가자. 그 대신 내가 한 달에 한 번씩 보름날 달 밝은 밤엔 꼭 널 보러 오마.

미망인, 우는 도념을 달래 가지고 원내로 들어간다. 주위는 차츰차츰 어두워진다. 이윽고 범종 소리 들려온다. 멀리 산울림. 초부, 나무를 안고 나와 지게에 얹고, 담배를 한 대 피운다. 흩날리는 초설을 머리에 받은 채 슬픈 듯한 표정으로 종소리를 듣는다. (「동승」)

정심이 산문 앞의 등잔에 불을 켜는 것으로 보아 이미 저녁 시간으로 들어섰음을 알 수가 있다. 미망인이 도념을 달래어 원내로 들어가면서 주위가 어두워져서 저녁 시간임을 확실히 알 수가 있게 된다. 극의 시작부터 별다른 시간 변화 없이 사건이 전개되어 왔으므로 무대상의 시간 흐름과 관객석의 시간 흐름이 동일하다고 보아야 한다. 그렇다면 도념이 모든 것을 잃게 되는 순간에 저녁 시간이 된다는 사실은 이치에 맞지 않다. 관객들이 도념을 만나고 한 시간도 채 되지 않았기 때문이다. 재를 올리는 시간을 늦추어 잡아서 오후에 시작했다 하더라도 재를 구경하러 오는 손님들이 있는 것으로 보아 곧바로 어두워질 무렵에 사건이 시작된 것이 아님은 분명하다.

그렇지만 모든 것을 잃어버린 도념의 슬픔을 강조하기에는 저녁 시간 무렵이 적절하기 때문에 함세덕은 인위적으로 시간을 빠르게 보내버린 것이다. 산사의 저녁 시간은 속세에 비해 고즈넉해서 쓸쓸하다는 사실은 관객 누구나 알고 있을 터이므로, "촛불만 깜박깜박하는 법당"이나 "궂은비가 줄줄 내리는 밤이나 부엉이가 우는 새벽"을 두려워하는 도념의 슬픈 마음을 받아들이기가 쉬워진다. 감정적으로 시간의 변화를 받아들인 관객은 도념의 가출에 대해서도 동의하게 된다. 도념은 범종을 치고 나서 "고깔을 쓰고 바랑을 걸머지고, 깽매기를 들고 나온다." "벌써 언제부터 나갈랴구 별렀"던 계획을 실천하려는 것이다. 곧바로 어둠이 닥치는 시간대에 산사를 떠난다는 사실은 이치에 맞지 않는 면이 있다. 그러나 밝은 시간에 떠나는 것에 비해 저녁 시간대에 떠나는 상황이 슬픔을 훨씬 강하게 드러내는 효과가 있다. 포근하게 잠자리에 들 시간에 목적지도 불투명하고, 어머니를 찾으리라는 약속도 없이 어둠을 향해 떠나는 것은 관객의 눈물샘을 자극하기 마련이다. 함세덕은 시간의 인위적 보내기를 적절하게 활용하여 극의 서정성을 확보하는 데 성공하였다.

2. 극 공간

무대 상에 재현되어야 한다는 특징 때문에 극작품의 공간은 제약을 많이 받는다. 광활한 사막에서 벌어지는 대규모 전투 장면, 어둠 속의 심해를 항해하는 잠수함과 그 배를 좇는 구축함 사이의 전투 등등은 극에 거의 등장하지 않는다. 지금까지의 무대 기술로는 이러한 공간이 가지는 효과를 무대 위에 제대로 재현해낼 수가 없기 때문이다. 극작가가 극의 공간을 선택할 때에는 이러한 사실을 염두에 두어야 공연에 무리를 주지 않게 된다. 극의 공간에는 무대에 재현되어 있어 관객이 볼 수 있는 '가시적 공간'과 관객의 상상에 의해 구축되는 '비가시적 공간'이 있다. '비가시적 공간'은 무대 위에 직접 형상화하지 못하는 공간을 활용할 수 있게 해주는 것이어서, 극의 공간 확장에 유용하게 쓰이고 있다.

1) 가시적 공간 영역

가시적 공간의 핵심은 극중 장소 설정이다. 극의 중심 사건이 전개되는 극중 장소를 공연에 적절한 공간으로 설정하는 일은 매우 중요하다. 막과 장을 달리하지 않고서는 극중 장소를 자유롭게 이동하기 어려운 사실적 무대극에서는 더더욱 그렇다. 특히 단막극의 경우에는 막과 장을 활용하기도 어려우므로 대체로 단일한 장소를 잘 활용하여 극을 이끌어 나가지 않으면 안 된다. 극중 장소는 극작품의 서두에 극중 시간과 함께 소개되는 것이 일반적 관례이다. 「동승」을 살펴보기로 하자.

> 동리에서 멀리 떨어진 심산고찰.
>
> 숲을 뚫고 가는 산길이 산문으로 들어간다. 원내에 비각, 그 뒤로 산신당, 칠성당의 기와지붕. 재 올리는 오색 기치가 펄펄 날린다. 후면은 비탈. 우변 바위 틈에 샘에서 내려오는 물을 받는 물통이 있다. (「동승」)

극중 장소는 산문 앞이다. 도념이 생활하는 절은 배경으로 자리하고 있고 산문 앞의 샘터가 극의 주공간이다. 주인물들이 스님이라는 점을 생각하고 보면 「동승」의 극중 장소 설정은 이해되기 어려울 것이다. 절의 중심인 대웅전과 그 앞뜰 정도가 무난할 듯한데, 산문 앞은 절의 공간으로 이해되기 어려운 측면이 있기 때문이다. 함세덕이 산문 앞을 「동승」의 극중 장소로 선택한 것은 극의 주제를 구현하는데 있어서 가장 적절한 공간이기 때문이다.

「동승」에 등장하는 인물은 절에 거주하는 인물군과 마을에 거주하는 인물군으로 나눌 수가 있다. 주지, 정심, 도념이 전자에 속한다면, 미망인, 초부, 인수 등은 후자에 속한다. 이 두 인물군이 자연스럽게 접할 수 있는 공간이 바로 산문 앞인 것이다. 산문 앞은 성과 속이 마주하는 공간이다. 산문 앞은 절의 영향권 안에는 있지만 경내는 아니어서 주지의 뜻대로 모든 것을 처리할 수 있는 곳은 아니다. 그와 마찬가지로, 마을 사람들이 자기 의지대로 활동할 수 있는 공간이기는 하지만 절과 이어지는 공간이어서 주지의 의사를 무시할 수는 없는 곳이다. 이 공간이야말로 경내에 머물면서도 속세의 삶을 그리워하고 있는 도념이 자리하기에 적절한 공간이라고 하겠다. 이 공간에서 도념은 속세를 '오탁(五濁)의 사바(娑婆)'라는 스님에게 절대 그렇지 않다고 강변하고, 동네사람들의 이야기를 주지의 이야기보다 더 믿고 있는 모습을 보여준다. 마침내 "스님, 바른 대루 말이지 저는 이 절에 있기 싫습니다"라며, 절 안이라면 감히 드러낼 수 없는 속내를 도념이 과감하게 드러낼 수 있는 것도 산문 앞이라는 공간이기 때문에 가능한 일이다.

이처럼 산문 앞이라는 극중 공간은 대단히 유용하지만, 한편으로는 극 전개에 어색함을 가져오기도 한다. 경내의 인물들이 산문 앞으로 나와야 하기 때문에 끊임없이 무대에 등장하는 인물들에게 동기를 부여해주어야 한다. 예를 들어 미망인이 도념과 이야기를 나누기 위해서도 절 밖으로 나와야 하는데, "골치가 좀 아푸길래, 바람 좀 쐴려구 나왔지"라고 하여 동기를 부여하는 것 등이다. 그렇다고 하더라도 어색한 부분이 생겨나는 것은 어쩔 수 없다. 상식적으로 보자면 대웅전에서 토끼털 목도리가 발견되었을 때 사건의 현장으로 달려가는 것이 정상적이다. 그러나 산문 밖이 극중 장소로 설정되어 있기 때문에 주지가 "토끼 목도리 한뭉텡이를 손끝에 들고 노기 심두에 달하야 나"오고, "뒤따라 정심과 승들, 참예인들, 구경꾼 남자들"이 몰려나오게 되는 것이다. 스님들이 주요 인물임에도 불구하고, 또 상황 전개에 있어서 다소의 어색함을 무릅쓰고도 절 바깥을 주무대로 삼은 이유는 극중 장소를 활용하여 극적 효과를 배가시킬 수 있다는 함세덕의 생각이 있었기 때문이다. 극적 반전을 불러오는 사건 전개와 결말의 떠남을 통해 그 사실을 확인해볼 수 있다.

함세덕의 극작술이 탁월한 점이 잘 드러나는 것이 이른바 '토끼털 목도리 사건'이다. 미망인의 수양아들이 되어 서울로 떠나게 되었을 때 어머니에게 주려고 만들어 두었던 토끼털 목도리 때문에 모든 것이 수포로 돌아간다. 극적인 상황만을 본다면, 대웅전에 숨겨둔 토끼털 목도리가 발견되는 것만으로도 도념이 서울에 갈 수 없게 되는 상황 설정에는 아무런 무리가 없다. 그러나 함세덕은 반전에 반전을 거듭시켜 관객의 긴장을 늦추지 않으려는 의도에서 산문 앞이라는 극중 공간을 적극 활용하여 뛰어난 솜씨를 보여준다.

도념　퍽퍽 쏟아져두 좋아요. 샘가에 빙판이 지면 또 물을 어떻게 긷나 하구 걱정했지만 인젠 괜찮아요. 서울 아씨댁엔 시종들이 많으니까 제가 안 길어두 될 거예요. (2, 3보 나가다가 돌연 생각난 듯이 발을 멈추며) 에구 깜박 잊어 버렸드랬네. (하고 급히 비탈길로 달려간다)

초부　(펄쩍 뛰며) 너 또 토끼 덫을 쳐놓은 게구나?

도념　(돌아보며) 걸쳤을 거예요. (하고 쏜살같이 내려간다. 초부, 부근의 낙엽을 긁는다)

도념의 소리　인수 아버지, 인수 아버지.

초부　(내려다보며) 걸쳤니?

도념의 소리　네, 여간 크지 않아요. 망 좀 잘 봐주세요.

초부　그래라.

이때 주지, 미망인과 원내에서 나온다.

초부　(절하며) 스님, 안녕하셨습니까?

… (중략) …

초부, 원내로 들어가며 손을 돌려 도념에게 스님 오신 신호를 한다. 그러나 도념은 모르는 모양이다. (「동승」)

수양아들로 가게 되는 기쁨에 젖어 날이 흐려도, 추워져도 걱정이 없다고 기뻐하는 모습도 잠시이고 도념은 곧바로 곤경에 빠지게 된다. 토끼 덫을 손보다가 스님에게 발각되기 때문이다. 도념이 토끼를 잡고 있는 사이에 주지와 미망인이 원내에서 나옴으로써 도념의 곤경은 예상되기 시작한다. 초부가 스님 몰래 신호를 해주어도 토끼에 정신이 팔린 도념은 알아채지 못하고, 결국에는 스님에게 현장을 들키고 만다. 그러한 절대적 위기도 이곳이 절 바깥이기 때문에 해결될 여지를 가지고 있다. 산문 밖에서는 초부가 도념을 도와줄 수가 있기 때문이다. 초부는 "제가 나무하는 동안, 덫을 잠깐 봐달라구 했"다고 하면서 도념을 변호해주고, 결국에는 스님도 그 사실을 받아들이게 된다. 관객은 도념이 절대적 위기로부터 벗어나는 것처럼 보여 안심하지만, 다음에 올 반전을 더욱 강하게 살리기 위한 함세덕의 극전략이었음을 뒤에 알게 되는 것이다.

극의 말미에 도념이 절을 떠나는 장면에서도 극중 공간은 훌륭한 기능을 한다.

초부, 나무를 지고 내려간다. 도념 두어 걸음 나갈 때 법당에서의 주지의 독경 소리. 발을 멈추고 생각난 듯이 바랑에서 표주박을 꺼내 잣을 한 움큼 담아서 산문 앞에 놓는다.

도념 (무릎을 꿇고) 스님, 이 잣은 다람쥐가 겨울에 먹으려구 등걸 구멍에다 모아 둔 것을 제가 아침에 몰래 꺼내 뒀었어요. 어머니 오시

> 면 드리려구요. 동지 섣달 긴긴 밤 잠이 안 오시어 심심하실 때 깨무십시오. (산문에 절을 한 후) 스님, 안녕히 계십시오.
>
> 멀리 동리를 내려다보고 길-게 한숨을 쉰다. 정숙. 원내에서는 목탁과 주지의 염불 소리만 청청히 들릴 뿐, 눈은 점점 펑펑 내리기 시작한다. 도념, 산문을 돌아다보며 돌아다보며 비탈길을 내려간다. (「동승」)

산문 밖에서 도념이 절을 향해 떠남을 알림으로써 그의 의지를 확고하게 보여줄 수 있을 뿐만 아니라, 속세를 향해 떠나가는 그의 모습을 관객에게 직접 보여주어 도념이 속세에서 겪게 될 일을 상상하게 하는 효과를 얻기 때문이다. 절 안의 풍경은 보이지 않는 곳에 존재하지만 절 밖의 풍경은 가시적으로 드러나고 있어서 그러한 함세덕의 의도를 살리는 데 부족함이 없다. 이 모든 것이 산문 앞을 극중 공간으로 삼았기 때문에 가능했던 것이다.

2) 비가시적 공간 영역

비가시적 공간은 무대 상에 직접 형상화되지는 않지만 관객의 상상에 의해 구축되어 극 전개에 활용되는 공간이다. 비가시적 공간의 활용은 무대를 새로 구성하지 않고서도 극의 공간을 확장하는 방법이다. 극에서 비가시적 공간을 설정하는 방법은 여러 가지가 있다. 그 중에서도 많이 활용되는 기법은 '대화에 삽입하기', '담장 넘어 보기'이다. '대화에 삽입하기'는 극 인물들의 대화 도중에 특정한 장소가 지칭되면서 의미를 생성하는 것이며, '담장 넘어 보기'는 현재의 무대 공간에서 멀리 떨어진 곳에서 극 사건이 진행되고, 그것이 무대 공간에 영향을 미치는 경우이다.

앞에서도 언급하였다시피 「동승」의 가시적 공간, 즉 극중 장소는 산문 앞이다. 무대에 실제 형상화되어 있는 부분은 그리 많지가 않다. 절 내부도 훤하게 들여다보이지 않도록 되어 있어서 비가시적 공간에 해당한다. 도념이 주지에게 거칠게 대항하는 데 활용된 산문 근처의 연못도 무대에서는 보이지 않는 공간이다. 가시적 공간에서는 나타나지 않는 공간으로 관객의 상상 속에서 구축되는 공간이다. 함세덕은 '대화에 삽입하기' 방식으로 공간을 확장하였다.

주지　이게 무슨 죄받을 소리니? (조용히 달래며) 도념아, 너 저 연못을 봐라. 5월이 되면 꽃이 피고, 잎사귀엔 구슬 같은 이슬이 구르구 있지 않니? 저렇게 잔잔한 연못두 한 겹물만 퍼내구 보면 시꺼먼 개흙투성이야. 그것뿐인 줄 아니? 10년 묵은 이무기가 용이 돼서 하늘루 올라갈랴구 혓바닥을 낼름거리며 비 오기만 기다리구 있단다. 동네두 꼭 저 연못과 마찬가지야. 겉으루 보면 모두 즐겁구 평화한 듯하지만 속에는 모든 죄악과 진애(塵埃)가 들끓는 그야말루 경문에 아로새겨 있는 글자 그대루 오탁(五濁)의 사바(娑婆)니라.

도념　아니에요. 모두들 그렇지 않대요. 연못 속에는 연근이라는 뿌럭지가 있지, 이무기는 없대요. (「동승」)

산사와 연꽃이 피어 있는 연못은 무척 어울리는 관계이므로 관객은 쉽게 떠올릴 수 있다. 그 순간 「동승」의 무대 공간은 그만큼 더 확장이 되는 것이다. 비가시적 공간으로 등장하는 연못은 도념을 절에 잡아두려는 주지의 입장이 설득력이 없다는 사실을 말해주는 역할을 한다. 관객 중의 어느 누구도 연못 안에 이무기가 살고 있다고 믿지는 않을 것이기 때문이다. 그 이전에는 주지의 말에 수긋하게 듣고만 있었을 도념이지만 이날만은 그렇지 않았다. 미망인을 따라가지 않으면 안 된다는 절박함이 있었기 때문이다. 산문 근처에 있는 연못은 무대에 직접 형상화된 공간은 아니지만, 도념의 마음을 잘 알게 해주는 극 공간으로 기능하고 있는 것이다.

도념에게 큰 위기를 가져다 준 토끼를 잡는 공간도 비가시적 공간에 해당한다. 그가 수많은 토끼를 잡은 장소는 산문 앞에서 이어지는 비탈길로 연결되어 있는 곳이다. 그곳은 산문 앞에서 그리 멀지 않아서 부르면 소리가 들리고, 손짓으로도 의사를 표현할 수 있을 정도의 거리이다. 주지의 눈에 뜨이기 쉬운 산문 가까운 곳에서 토끼를 잡는다는 설정은 사실성에서는 떨어지는 측면이 있다. 산문에서 가까운 곳을 설정한 까닭은 절을 마음대로 떠날 수도 없는 도념의 입장을 반영하면서, 산문에 서 있는 극 인물들이 바로 볼 수 있는 공간이어야 하기 때문이다. 함세덕은 무대상의 극 공간을 실제로 이동하지 않고 처리하기 위해서 '담장 넘어 보기' 방식으로 공간을 설정하고 있다.

도념이 토끼 덫을 보러 간 사이에 주지와 미망인이 산문 앞으로 나온다. 초부가 "뒤로 손을 돌려 도념에게 스님 오신 신호를" 하지만 도념은 눈치를 채지 못한다. 이때부터 관객에게 있어서 연극은 가시적 공간과 비가시적 공간의 두 곳에서 동시에 진행되게 된다. 무대 상에서 도념의 장래에 대해 이야기를 나누는 주지와 미망인이 있고, 보이지 않는 공간에서 토끼를 잡고 있는 도념이 있다. 이 두 공간의 존재는 관객의 긴장을 강화하는 역할을 한다. 미망인의 간절한 부탁에 주지는 "생각할 여유를 좀 주십쇼"라며 그의 완강한 태도를 누그러뜨려 도념에게 새로운 희망이 주어진다. 그러나 그때까지 주지가 나온 것을 모르고 있던 도념은 그만 소리를 질러 버린다.

도념의 소리 토끼똥 많은 데다 쳐놓으면, 영락없어요.

초부 (황급히 도념의 소리를 막을랴고 고함을 질른다) 인수야, 인수야, 저놈이 겁두 없이 또 저 나무 꼭대기에 올라갔군! 선뜩 내려오지 못하겠니? 에이구, 저놈의 나무 우에 새집 지어논 것만 보면 맥이 풀려요.

도념의 소리 인수 아버지, 스님 아직 안 나오셨지요? … (중략) …

주지 저 소리가 아니야? (비탈을 향하야) 도념아, 도념아, 너 거기서 뭘하구 있니?

도념의 떨리는 소리 아무것두 안 합니다. (「동승」)

주지의 태도가 바뀌는 순간에 도념이 현장에서 적발되어 버렸다. 초부가 도념을 보호해주려고 노력을 하였음에도 불구하고, 혼자 기분에 들떠 있던 도념이 전혀 알아듣지 못하여 일이 크게 벌어진 것이다. 웅크리고 앉아 있는 도념이 보이기 때문에 주지는 도념이 토끼를 잡고 있다는 사실까지 짐작하게 된다. 도념에게 크나큰 위기가 닥치게 되었다. 이렇듯이, 「동승」은 가시적 공간으로 설정된 산문 앞을 변화시키지 않고도 비가시적 공간을 적절하게 사용하여, 극적 효과를 강화시키는 데 성공하고 있다.

호신술

송영

등장인물

김상룡 공장주, 50세
김정수 그의 부, 70세
홍경원 그의 처, 33세
혜숙 그의 딸(소학생), 12세
윤상천 체육가(체육구락부), 30세
박정훈 의학박사, 37세
이우인 변호사, 40세
서춘보 충복(노인), 60세
젊은 하인 A, B, C

곳: 김상룡의 집의 응접실

때: 현대, 어느 토요일날 오후

무대: 양실, 벽에는 시계, 전화, 괘화(掛畵) 등등.

테이블, 의자들을 우편 구석에다 쌓아 놓고, 실내는 텅 비었다. 바닥 중앙에다가는 모포(담요)를 깔아 놓았다. 우편은 뜰로 통하는 문. 좌편은 서재로 통하는 문. 중앙 후벽에는 큰 들창.

들창 옆에는 '건강은 행복의 모(母)' '운동은 호신(護身)의 보(寶)'라는 표어가 달려 있다.

상룡　(셔츠 바람으로 발을 벗고 뒷짐을 지고 몇 번 왔다갔다 한다) 입때들 뭣들을 하나. (담배를 피어 물고) 춘보! 춘보! (더 크게) 춘보!

춘보　(늙었으나 건강한 노복. 정직은 하나 어리석은, 곧이곧대로 생긴 사람. 언제든지 웃고 다니는 사람. 허둥지둥 들어오며) 네— 네— 네— 부르셨습니까?

상룡　아니 귀가 먹었어—. 왜 단번에 대답이 없이!

춘보　네—. 그러게 한데 몰아서 세 번씩이나 대답을 했습죠, 히히히히.

상룡　듣기 싫어.

춘보　그럼 잘못된 것 같습니다.

상룡　(발을 구르며) 그게 또 무슨 소리야.

춘보　(뒤로 물러서며) 네—. 뭐 말씀에요?

상룡　허— 참, 자네하고 말하다가는 내가 미쳐 죽겠네……. 요담부터는 단 한마디에 대답을 해.

춘보　그럼요. 듣기만 하기만야— 두말 없습지요.

상룡　그런데— 말야.

춘보　네에—.

상룡　오늘이 무슨 날인 줄 알지.

춘보　(사람을 집어치는 형용을 하며) 이런 짓을 연습하시는 날이지요.

상룡　허허…… 그래 그래. 그런데 여봐—.

춘보　네—. 뭘 봐요.

상룡　오늘은 무슨 손님이시든지 간에 저녁에 오십시사고 해…….

춘보　네 그럭합쇼. 그런데 변호사 영감두요.

상룡　아니 변호사 영감하고 박 박사하고 서 회장하고 세 분만은 들어오시라고 해…….

춘보　네, 세 분요. 가만 있자. (혼자말로) 변호사 영감, 박 박사하고 서 회장하고 이렇게 세 분 말이지요.

상룡　그래—. 그런데 참 노 영감마님하고 마님하고 이리로 들어오시라고 해라.

춘보 네—.

상룡 어서—.

춘보 네에—. (달음박질 나간다)

정수 노인, 경원 두 사람 등장.

상룡 (의자를 갖다 놓으며) 아버지 이리 와 앉으십시오. 부인도 이리 앉으우.

정수 (앉으며) 아니 방 안이 왜 이렇게 휑하게 됐니? 아니 씨름판을 벌이니 담요는 왜 깔아 놓고 야단이냐.

상룡 네 아버지. 오늘은 뭐 좀 배는 게 있어서요.

정수 아니 다 늙게 배는 게 다 뭐야. 대관절 뭐냐.

경원 에구 아버지두. 왜 접때두 아범이 배지를 않았습니까?

정수 오— 그래 그래. 툭탁툭탁 치고 쾅쾅 나가 떨어지는 거 말이냐.

상룡 네, 바루 그것입니다.

정수 아니 그까진 것은 배서 뭣하니? 씨름판을 나갈 테냐? 전장판을 나갈 터냐?

상룡 허— 아버니는 좀 덜— 아셨습니다. 싸움판이나 전장판으로 나가려고 하는 것이 아니오라 다만 제 몸을 보호하기 위한 호신술 연습입니다.

정수 뭐? 호신술. 그게 무슨 소용야. 너 같은 사람이 체면과 명예두 생각해야지.

상룡 에구 아버지께서는 똑 옛날만 생각하십니다그려. 지금은 그전과 다르답니다. 노동자들이, 더군다나 지금에는 직조 공장이 스트라익 가운데에 있지 않습니까.

정수 그렇지만 법이 있지 않으냐. 밤중도 대낮 같은 밝은 세상에서 그까짓 게 뭐 무서우냐? 그리고 이번에도 죄 잡어 갔다지…….

경원 에구 아버지께서두 딱하십니다. 아모리 앞잽이 년놈들은 잡아갔다고 하드래도 더—들 야단인 것을 어떡합니까. 더군다나 고것들은 죽을 때까지 싸운다고 하든데요.

상룡 그리구요 아버지. 인제는 노동자들이 여간 지독한 것들이 아니에요. 전에는 몇만 잡아두면 흐지부지되든 것이 저 아니 이번엔 당초에 쇠 떵이같이 모여서 야단이거든요. 그리고 요새는 '데모'를 하느니 공장을 습격하느니 우리 집을 쳐온다니 하는 별소문이 다 나는데요.

경원 그러니까 법은 멀고 주먹은 가까운 경우가 생길는지 누가 알어요.

정수 글쎄 그렇지만 그것들이 설마 손이야 대겠니?

상룡 설마가 뭡니까? 작년에 서쪽 어느 곳에서는 국수집 노동자들이 동맹파업을 했답니다. 그때도 왼밤중에 노동자들이 여러 패를 갈라 가지고 모두 들이 부쉈답니다. 그때 통에 어느 집주인은 한 달 동안이나 치료를 받을 부상을 당했대요.

정수 뭐? 그놈들을 그래 가만뒀어? 그런 망할 자식들 봤나? 왜 저희들은 돈이 없으랬나?

경원 그리구요 아버지. 저 우리 공장에서두요.

정수 그래.

경원 저— 저기서두 이번에 여직공들이 조합이라나 공장위원회라나 하는 것을 맨들어 가지고 있대요. 그래서 그전같이 잘 헤지도 않고 단합이 되여 있대요.

정수 아니 고까진 계집애들두.

경원 그럼요—. 아주들 맹랑들 하답니다.

상룡 (좀 흥분이 되여서) 뭐? 맹랑해! 저희들이 쥐뿔이나 알구들 그러나? 그 주의자 녀석들 때문에 그렇지.

경원 에구 인제는 전과는 다른가 봅디다—. 전에는 주의자들이 뻥뻥 겉으로 돌아다니면서 선동을 하드니만 인제는 아마 직공 속에 섞여 있나 봅디다.

상룡 섞여 있으면 별 수가 있나. (시계를 보며) 에구 이 윤 선생이 왜 입때 아니 오나.

정수 그런데 대관절 나를 오라는 것은 이런 연설을 들려주려구 그랬니?

(부부가 웃는다)

상룡 아냐요, 실상은 아버지께서도 오늘은 몇 가지만 배와 보시라구요.

정수 (놀라 일어서며) 뭐? (손을 저며) 싫다 싫다, 아니 날더러 하루바삐 죽으란 말이냐. 에구 글쎄 이 늙은 뼈가 한번 꽝하고 나가 자빠져만 봐라—. 어떻게 되나. 에구 뼈두 성치 못한 귀신이 되게.

상룡 아냐요. 그렇게 위험한 것이 아니랍니다. 정말이지요. 아버지나 저는 공장을 여럿을 가지고 했으니까 나종에 어떤 봉변을 할 줄 압니까. 좀 어렵드래도 몇 가지만 배워두면 아주 긴할 때가 많을 건데요.

정수 글쎄 그렇지만—. 다 늙게 배서 뭬 되겠니?

상룡 뭐요, 서 선생 말이 병신이라두 배울 수가 있다든데요. 이것 보세요. 이것은 저번에 하나 밴 건데요. (돌려치는 형용을 하며) 이것은 뒤에 덤비는 놈을 집어치는 법이랍니다. 어떱니까?

경원 하하하, 어쩌면 그렇게 선수가 되셨지요.

정수 참 그럴 듯한데.

상룡 또 이것은요. 옆으로 오는 놈을 딴죽을 거는 법이랍니다. (몇 가지를 신이 나서 흉내를 낸다.) (숨이 차서 헐떡헐떡하며) 그런데 당신두 오늘은 한 가지를 배두우.

경원 잘 될까요. 〈부인지우〉에두 그런 게 나긴 했지만 실지로 보지를 못해서 잘 모르겠든데요. 에구, 별안간에 손목을 잡는 놈을 어떻게 하드라. (사이) 오라 이것 봐요. (남편의 손목을 붙잡는다) 나를 좀 붙잡어 봐요. (붙잡는다) 옳지, 자— 정신 채려요. (홱 돌려친다.) (상룡, 뚱뚱한 몸이 쿵하고 떨어진다) 오라 이렇게 하드군. 하하하. 그런데 과히 다치지 않으셨수?

상룡 (일어나지를 못하며) 에구 엉치야. 에구에구 아니 그렇게 사람을 골리유.

경원 하하. (가서 일으키려고 한다)

정수 (입맛을 다시며) 아니 말만 가지고는 이야기를 못하니? 허— 참.

경원 하하—. 어디 그렇게 될 줄을 알았나요. 어떻든지 내가 기억력은 좋지요.

상룡 글쎄 좋긴 좋지만 하필 실지 연습을 내게다 하느냐 말이야. 예구 엉치야. (일어나려다가 다시 넘어진다)

그때 춘보가 급히 들어오다가 이 광경을 보고 허리를 펴지 못한다.

상룡 (겨우 일어서서 버티며) 왜 웃어…….

춘보 네—.

경원 아니 늙어갈수록 왜 저 모양이야. 쥔 영감이 넘어지셨는데 웃는 법이 어딨어.

춘보 네—. (억지로 참느라고 뺨이 불룩해진다) (나가려고 한다)

상룡 그런데 왜 들왔어?

춘보 참 네—. 잊어버렸습니다그려. 박 박사 의사 영감이 오셨습니다.

상룡 응, 들어오시라고 해라.

춘보 네. (나간다)

경원 (나가려고 한다)

상룡 아니 가만 있소.

경원 왜? (도루 앉는다)

상룡 차차 보면 알지…….

정수 아니 박정훈이 말이냐?

상룡 네—. 저— 오늘 건강진단을 좀 보아달라려구 해서 불렀지요.

춘보의 인도로 금테 안경 쓴 박정훈 등장.

상룡 네—. 어서 오슈.

의사 네—. 그동안 안녕하셨습니까. (정수를 보고) 에구 영감이십니까? 기력 안녕하셨습니까?

정수 어— 박 박사요. 자 그리로 앉으시지유.

의사 (상룡과 마주앉는다) 그래 그동안에 진보나 좀 되셨습니까.

춘보 담배를 가져 온다. 피여들 문다.

상룡 온— 얼마 배웠나요. 박사 말씀대로 그동안에는 우유하고 계란 같은 간단한 것만 먹었지요.

의사 잘 하셨습니다.

경원 나간다.

상룡 가만 있어요.

경원 아냐요. 곧 단겨 들어오겠어요.

상룡 그런데 오늘은 특히 좀 수고를 좀 하십사고 한 것은 오늘이 두 번째 연습하는 날인데 혹 사람의 일이란 알 수가 없어 넘어지다가 어디를 삘는지도 모르고 해서 좀 응급수단을 좀 해줍시사구요.

의사 참 영감은 용의가 주도하십니다. 저두 실상은 오늘에는 급한 환자가 오는 데가 여러 곳이 있는데에두 불구하고 왔습니다.

상룡 참 감사합니다. 그런데 좀……우리 아버지 좀 보아 주십시요. 노인이 되시어서 좀 어려우실 것 같기는 합니다마는 그래도 사람 일을 알 수가 없어서 몇 가지만 배우시게 하는 게 어떨까 하는데, 몸에 해로우시지가 않을까 좀 진단 좀 해주십시오.

의사 허— 그거야 어렵습지 않겠습죠.

정수를 진찰한다. 다리도 만지구 가슴에 귀도 대고.

정수 여보 대강 보슈.

의사 허— 참 건강하시온데요. 똑 팔이 젊은 사람 같으십니다그려. 심장의 고동도 퍽— 순조인데요. 에구 또 허리 근처는 상당한 지방질이 많으신데요. 허— 퍽— 정력이 계십니다. 허— 이러길래 사람이란 것은 영양물을 많이 잡수셔야 해요.

정수　그야 그렇겠지 않겠소—. 음식도 잘 먹었지만 아마 인삼과 녹용의 힘이 많은가 봅디다.

의사　(다 보고 나서) 너무 과히 하시지 마시고 또 배우신 뒤에는 반드시 온양 온천이나 석왕사 같은 데로 약 한 달 예정으로 정양을 가셔야 합니다.

상룡　그거야— 문제없겠지요. 자— 그럼 나는.

의사　(또 진찰을 한다) 참 영감의 살은 여간 우량하신 게 아닙니까? 대개 살찐 사람들을 보면 이렇게 건강과 미가 겹쳐 있기는 어려운 모양인데요. (엉치를 만지니까)

상룡　(상을 찡그리며) 앗 악!

의사　아니, 왜 그러십니까.

상룡　(어름어름하며) 저 좀 넘어져서요.

의사　허— 그럼 타박상을 당하셨습니다그려. 이따가 약을 갖다가 드리지요.

춘보　(들어오며) 윤 선생이 오셨습니다.

상룡　응, 어서 들어오시라고 해.

춘보가 나가서 윤상천과 같이 들어온다.

상천　(헴멧트 모자를 쓴 장년) 점 늦었습니다.

상룡　온 천만에……자 이리로 앉으슈.

정수　윤 선생은.

상천　에구 안녕하십니까. 박 박사두 오래간만입니다그려.

의사　네—. 그동안 재미 좋으셨습니다?

경원　(새 옷을 입고 장갑을 끼고 나온다) 퍽— 기대리셨습니다.

상룡　아니 어디 출입하슈.

경원　아뇨!

상룡　그런데 왜 새 옷은!

경원　하하하. 그런 공부를 헌 옷을 그대로 입고 한단 말씀은—. 하하하.

상룡　허— 참 그런데 이 더운데 장갑은.

춘보　에구 영감도 딱하십니다. (넘어지는 시늉을 하며) 이렇게 돼서두 손바닥이 벳겨지시지가 않으시지유.

일동 웃는다.

경원　(발칵 성을 내며) 아니 왜 저 모양야. 뵈기 싫어 나가.

춘보　(주춤하다가 웃으며) 네—. (나간다.) (곧 들어오며) 변호사 영감이 오셨습니다.

상룡　어서 들어오시라구 해.

춘보 나가서 변호사 이우인과 같이 들어온다.

변호사　어— 안녕들 하십니까? 에구 영감도 계십니다그려.

모두들 인사들을 했다.

상룡　자— 모두들 앉으시지요. (경원을 보고 눈짓을 한다)

경원　자— 잠깐 실례합니다. (나갔다)

모두 둘러 앉었다.

상룡　오늘은 여러분들도 다 아시겠지만 호신술을 더— 배워 보려고 하는데요. 더욱이 요사이는 파업단의 기세가 점점 험악해져서 별별 소문이 다 들려오니까. 아주 얼른 배 두지를 않으면 마음이 놓이지를 않습니다그려.

체육가　아니 이번에는 왜 그렇게 지독합니까?

상룡　글쎄요, 암만해두 등 뒤에 딴 것이 있는 모양 같은데요. 더욱이 이번에 기숙사도 개량해주마— 월급도 조금만 내리마— 밤일은 될 수 있는 대로 아니 시키마— 하고 여간 양보를 한 것이 아닌데요.

변호사　허— 참 공연히 과격들만 해서 걱정입니다.

의사　그만큼 이쪽에서 양보를 했으면 그만이 아니예요.

상룡　노동자가 무슨 큰 뻿지인지 여간들 하는 게 아닙니다그려. 어떻든지 이번에는 공장이 망하는 한이 있대도 이 이상 더 양보는 안 하려고 합니다.

일동　그럼요 지당한 말씀이지요.

상룡　그런데 한 가지 걱정이, 그것들이 폭동을 일으킬까봐 겁이 나는데요.

변호사　그거야 법이 있는 다음에야 걱정하실 게 뭐 있습니까.

상룡　그래도 안심은 됩니다그려. 그리고 윤 선생 오늘은 우리집 왼 가족이 단 한 가지씩이라두 배울까 하는데요. 저번에 우리 안에서 봉변을 할 뻔 했어요.

정수　아이구 참 그때 나도 혼이 났는걸요. 그저 고것들이 앙큼하게 방물장수 모양하고 들어와서는 그저 막 지랄을 치는구려.

의사　저— 퍽 놀라셨겠습니다그려.

상룡　자, 그까진 이야긴 이제 그만두고 우리 시작해 보시지요.

체육가　그러시지요.

정수　여보 우리 같은 늙은이두 되겠수.

체육가　글쎄요, 아주 쉬운 것 몇 가지는 되시겠지요.

정수　오 글쎄, 암만해두 좀 거북한 것 같은데.

상룡　그런데— 저— 여러분두 아시겠지만 워낙 시절이 험악해서 이따위 고생을 하는구료.

체육가　그렇지요. 더군다나 영감은 서울 안에만 해두 공장을 셋이나 가지고 계시고 또 지금이 파업 중이고 하니까.

상룡　허— 세상은 참 고약해—. 없는 놈일수록 다수굿하고 잘 생각들은 못하고 그저 멀쩡하게 서로 똑같이 노나먹자는 수작만 한담.

변호사　글쎄요. 아마 가정해서 이 세상이 사회주의의 사회로 개혁이 된다고 하면 아마 그때는 모두 게을러져서 사회는 담박 영락이 될 걸요. 그렇지 않습니까?

의사　첫째 자유와 경쟁이 없을 테니까요. (일동 웃음)

경원과 춘보　(맥주와 안주를 가지고 들어온다)

경원　아무 것두 없습니다.

일동　(예와 겸사의 말)

상룡　자— 먼저 목이나 좀 축이시지요.

일동 먹는다.
어린 여학생 혜숙이 울며 들어온다.

경원　아니 웬일이냐. 아니 온통 흙투성이가 됐니. 너 또 넘어졌구나.

혜숙　(더 운다) 아니…….

상룡　누구하고 싸웠니?

혜숙　아니. (그대로 운다)

경원　(안으며) 아니 왜 그렇게 울기만 하니? 어서 말해.

혜숙　(억지로 그치고 느끼며) 저 행길에서 애들이 막 놀리고 흙을 끼얹고 그래.

상룡　아니 누가—.

혜숙　접때 그 녀석들야—. 너희 아버지는 꿀돼지라고 하면서 창가까지 하고 막 놀리겠지……. (운다)

경원　아니 일꾼 자식들 말이냐?

혜숙　응, 이것 봐— 어머니. 그저 막, 아버지더러, 욕심쟁이니 뚱뚱보니 배가 터지느니 막 그랬겠지.

경원　뭐? 에히 배라먹을 자식들 같으니. 아니 여보, 그게 누구 자식들인가 얼른 조사를 해봐 가지고 파업이 끝난 뒤라도 내쫓아요. 아니 그런 법이 있소. 저희들의 목숨이 매여 달린 권의 딸을 때리다니.

정수　음, 망할 것들이군, 여, 얼른, 처치를 해라!

상룡　(흥분) 에히 어디 보자, (사이) 옳지 혜숙이는 참 이쁘지. 울기만 하는 바보가 아니지!

혜숙　응. 그런데 이것 봐. (하고 스카트를 쳐드니까 무르팍이 조금 벗겨진 것이 보인다)

경원　아니 이런—.

의사　어— 대단합니다그려.

정수　자— 어서 좀 봐주슈.

의사　(만져보고 들여다보고 있다) 과히 속으로는 다치지 않았군요. 저— 병원으로 사람을 좀 보내서 약을 좀 가져 오게 하시지요.

경원　과히 염려는 없을까요?

의사　네……관계없습니다.

상룡　여보게 춘보. 누구 병원에 점 보내주게.

춘보　네—. (나간다)

혜숙　그런데, 할아버지 그 자식들이 이렇게 노래를 부르겠지.

〈뚱뚱보 노래〉(할미꽃 곡)

꿀꿀꿀꿀 꿀돼지 뒷둥뒷둥 꿀돼지
뒤룩뒤룩 뚱뚱보 무얼 먹고 살쪘나
욕심쟁이 꿀돼지 착취쟁이 뚱뚱보
남산만한 배통이 터질까봐 겁나지

아니 이렇게 하겠지.

경원　에히 망할 자식들. 그럼 저희 애비들처럼 꼴뚜기나 북어조각같이 못돼서 걱정인가.

체육가　자— 인제 연습을 시작하시지요.

상룡　그러시지요. 자— 혜숙아 너두 배라. 그래서 요담에 고자식들을 만나거든 거저 막 집어쳐라.

경원　아범, 상 물리게.

춘보　(상 물려간다. 다시 들어온다)

상룡　자— 춘보 자네두 오늘 한 가지 배게.

춘보　네— 히히 제가요.

상룡　그래, 자네는 우리집에서 40년이나 같이 있었으니 우리집 식구나 뭐 다른가?

춘보　그저 그렇습니다. 그러면 웃통은 벗어야 합지요. (웃저고리를 벗는다)

모두 앉는다.

체육가　저리루들 서시지요.

우편으로부터 상룡이, 정수, 경원, 혜숙, 춘보가 죽 섰다. 의사와 변호사는 한편에 가 앉었다. 체육가, 해수욕복만 남기고 다— 벗는다. 몇 번 팔뚝을 올리고 내리고 한다. 불뚝거리는 근육.

체육가　자— 여러분께 실례합니다. 먼저 기본 체조를 몇 가지만 해보시지요. 자— 기착합쇼.

각인 각양으로 기착을 한다.

혜숙　에구 선생님. 기착이지 기착합쇼가 뭐야요!

일동 웃음.

경원　에구 고것. 가만있어—. 여기서는 그러시는 것야.

체육가　왼발을 앞으로 내놉쇼—. 내놉쇼.

춘보 너무 내놓다가 넘어졌다가 다시 일어선다. 정수 왼팔을 내놓는다.

체육가 왼팔이 아닙니다. 왼발입니다.

정수 응, 왼발야. 당초에 귀가 좀 어두워서—. 인제부터는 크게 호령을 하슈.

체육가 네, 무릎을 반쯤만 꾸부립쇼—. 꾸부립쇼. (더 크게)

상룡 벌벌 떤다. 춘보 넘어질 것 같애서, 벽을 잔뜩 붙잡고 선다.

체육가 두 팔을 허리에다 꺾어 붙이십쇼—. 붙이십쇼.

춘보 여봅쇼. 난 이것 그만 두겠습니다. 팔을 어떻게 꺾어요.

혜숙 에구 할아범두 이렇게 하란 말야.

춘보 응.

모두 웃는다.

체육가 다시 무릎을 펍쇼—. 펍쇼.

각인 각양.

체육가 자— 지금같이 번호를 붙여서 하십쇼. 악을 크게 쓰셔야 합니다. 보통 번호가 아닙니다. 악 쓰시는 연습이십니다. 자— 시작.

1, 2, 3, 4를 크게 부른다.
넘어졌다 일어났다 야단이다.
춘보는 숫제 주저앉어서 악만 쓴다.
상지(上肢) 운동, 요(腰) 운동 몇 가지를 한다.

역시 각인 각양.

체육가 자— 지금부터는 한 분씩 해보시게 하지요. 먼저 노 영감부터 해보시지요.

정수 아니 그 쿵쾅거리는 거요. 난 그건 싫소. 이만쯤 해두 그만인데.

체육가 아니올시다.

정수 글쎄 싫다는데 왜 이러우. 정— 뭘 하면 말로 말씀허우.

의사 윤 선생, 노인께는 말씀만 해드리도록 해보시지요.

체육가 글쎄요. 자 이렇습니다. 자— 그럼 춘보 이리 오슈.

춘보 (억지로 온다)

체육가 자— 저하고 춘보하고 하는 것을 자세히 봅쇼. 자— 춘보 내 멱살을 잡우.

춘보 네, 자— 음. (잔뜩 쥔다)

체육가 자— 여러분 자세히 봅쇼. 이런 경우에는 이렇게 합쇼. (하면서 팔을 왼쪽 어깨에다 메고 들러메친다. 탕 하고 나가떨어진다)

모두 박수.

체육가 어떱니까?

춘보 에구 엉치야—. 에구 영감 난 인제 그만둡니다. (찔찔 멘다)

정수 (성이 나서 일어나서) 아니 애 상룡아, 이런 것을 날더러 배라구 그랬니? 엥히 난 나가우, 여러분 잘 배오우. (분연히 나간다)

체육가 허— 영감께서 역정이 나셨습니다그려.

변호사 노인이 되셔서 허허…….

일동 웃음.

상룡 자, 어서 계속하시유.

체육가　자— 춘보 또 일어나서 내 등덜미를 잡어요.

춘보　(앉은 채로 뒤로 물러가며) 전 인제 싫습니다.

경원　어서 일어나.

혜숙　엥히 바보.

상룡　어서 일어나.

춘보　(억지로 일어나 상을 찡그린 채로 체육가의 어깨를 쥐였다)

체육가　자— 자세히 봅쇼. 이런 때에는 이렇게 (몸을 꾸부려서 앞으로 메다친다) 집어칩니다.

일동 박수.

춘보　(우는 소리로) 아이구 머리야 어깨야. 영감 살려줍쇼. 에구 허리야. 의사 영감 나 좀 봐줍쇼.

의사　(웃으며) 고까진 것쯤을 가지고야 뭘 그랴.

변호사　괜히 엄살만 하는군그려.

춘보　에구에구 에구 허리야.

경원　왜 저 모양야. 뵈기 싫어 나가.

춘보　(반기며) 네 나가요. (기어서 나가려고 한다)

상룡　거기 있어.

춘보　네—. (울려고 한다) 또— 거기 있어요.

체육가　자— 이번에는 영감 나오십쇼. 자 힘껏 내 빰을 갈기십쇼.

상룡　움— 자— (핵 갈긴다.) (어느 틈엔지 윤은 손목을 잡아서 홱 제쳤다. 상룡, 쾅 하고 넘어졌다) 에구.

체육가　에구 다치지 않으셨어요.

의사　(급히 보며) 어디가 결리지 않습니까.

상룡　(억지로) 괜찮소—. (일어난다) 옳아 그럭한다.

체육가　이번에는 부인 나오십쇼. 자— 실례올시다만 제 허리를 두 손으로 껍쇼.

경원 (머뭇거리고 고개를 숙인다)

상룡 자, 괜찮어요. 어서, 활발하게……. 그런데 윤 선생 설명을 먼저 하슈.

체육가 네, 이것은 어떤 무뢰배가 별안간에 덤빌 때에 방어하는 것입니다. 자 — 그러니까 내가 부인 셈이고 부인께서 그 무뢰— 어(어물어물) 셈이십니다.

경원 (억지로 허리를 낀다)

체육가 자— 자세히 봅쇼—. (손목을 잡고 한 번 맴을 돌아서 내던진다. 경원 "에구머니"하고 떨어지며 그냥 혼도를 해버린다. 혜숙이 운다. 야단이 났다. 의사가 달겨든다. 체육가 쩔쩔 맨다)

의사 어— 아주 큰일입니다. 곧 입원을 하시게 하십시오. 어서 자동차!

상룡 얘 춘보야, 어서 자동차!

춘보, 달음박질 나간다. 경적소리.

정수 (허둥지둥 들어오며) 그러게 내가 뭐랬니.

체육가 에구 참 이걸 어쩌나.

변호사 허— 어쩌다가.

상룡 자 어서. (부인을 안어가지고 나간다. 의사와 변호사, 모두 따라 나간다)

춘보가 들어오다가 마주쳤다.

상룡 여보게 자네는 이 방을 치게.

춘보 네……. (사이) 얘들아.

하인 A, B, C, 비와 걸레를 가지고 들어온다.

춘보 어서들 치자.

하인A 아니 어쩌다 그렇게 되셨어.

춘보　내 어쩐지 마음에 그럴 듯하드라. 어서 치기나 하지.

하인B　에구 호신술이 무슨 소용야.

하인C　제미, 호신술도 배지 말고 너무 그악스럽지두 말지.

춘보　쉬—. 괜히 밥줄이 왔다갔다 한다—. 국으로 치기나 하자—.

모두 치웠다.

춘보　애들아, 너희들 호신술 좀 배렴.

하인A　어디 할 줄 아슈.

춘보　그럼. 자— 좍들 서서— 봐—. 기착—. 옳지. 발을 뒤로 들어, 아니 앞으로 들어—.

하인B　이건 어떡하란 말야.

춘보　가만있어. 기본 체조야. 다리를 앞뒤로 흔들면서 하나 둘, 해.

악들을 쓴다.

춘보　참 팔을 꺾어.

하인C　뭐? 난, 그것 못하겠소—.

춘보　자 그럼 그만두자—. 인제는 하나씩이다—. 너 나와.

하인B　자— 나왔소.

춘보　내 멱살을 잡아.

하인B　자—. (꼭 붙잡는다)

춘보　아— 아구 아구—. 이놈아 숨맥혀 죽겠다.

하인B　왜 붙잡으라드니.

춘보　가만히 잡어—. 옳지. (집어치려다가 되레 넘어졌다)

일동 소(笑).

하인A　아니 요게 겨우 호신술야.

하인C　첫째 기운이 있어야지—. 이렇게 뚱뚱한 것이 잘도 남을 집어치겠다.

춘보　아니 너 나하는 대로 넘어지지를 않고 나를 넘어뜨렸어—.

대소(大笑).

하인B　그러면서 무슨 호신술이라야.

상룡　(급히 등장) (모두 치는 척 한다) 아니 너희들 뭣들 했어—.

춘보　네—. 그런데 마님께서 어떻게 되셨어요.

상룡　몰라 이 자식아.

춘보　네—. 그렇습죠.

하인 등 억지로 웃음을 참는다.

상룡　이것 봐—. 얘들아—.

일동　네—.

상룡　물론 누구든지 오늘 찾아오거든 내가 시골 갔다구 그래라—.

일동　네—.

상룡　그리고 춘보는 저 들창을 조금 열고 누가 오나 봐. 그리고 너희들 대문을 꼭꼭 잠그고 누구들이 오나 봐—.

일동　네.

춘보　그런데 왜 그러셔요?

상룡　이 자식아 몰라? 직조 공장에서 야단이 났어.

춘보　네, 왜요? 거기서도 호신술을 연습하다가 다쳤나요.

상룡　가만 있어— 이놈아—. 얘들아, 너희들도 어서 다 가—.

3인 나간다.

춘보 (창을 활짝 열어 놓는다)

상룡 아서 꼭 닫어—. 이놈아— 틈으로만 내다 봐—.

춘보 네—. (무엇이 생각이 난 듯이) 네— 네— 네— 인제 알었습니다. 파업단이 쳐—들어 옵니까?

상룡 가만 있어 이눔아—.

춘보 네—. 그런데 무슨 걱정이세요. 이렇게 호신술만 쓰시면—.

상룡 (발을 구르며) 에구 이놈아 듣기 싫어, 자— 전화—. (전화를 한다) 네 영감이슈— 뭐요, 지금 왼통 야단입니다. 얼른 해산을 시켜주슈. 네, 여러 군데 응원까지 청을 하겠어요. 네—. 고맙습니다.

춘보 에구 영감 저것 보세요—. 경관이 산더미같이 몰려옵니다.

상룡 응, 정말, 그럼 살었다.

춘보 에구 영감, 계집애들, 한 사내들 한 500명이나 옵니다. 에구 쌈이 났습니다.

멀리 떠드는 소리. 악쓰고 노래하는 소리.

하인A (달음박질 들어오며) 어느 틈엔지 와서 대문을 뚜들깁니다.

상룡 어서 나가 지켜.

하인A 퇴장.
돌 한 개가 날아와서 창을 깨친다.

춘보 에엑크— 에구— 영감 큰일났습니다.

욕하는 소리가 들린다.

하인B (급히 들어오며) 마님께서 병원에서 나오셨답니다. 그런데 오시다가 그만 길에서 여공에게 붙들리셨답니다.

상룡　뭐! 이놈아, 어서 나가 있어.

춘보　아이구 영감, 대문을 깨뜨립니다.

깨지는 소리. 노랫소리.

하인C　영감, 잠깐 만나만 뵈옵자고 합니다.

상룡　이놈아 나가 다시는 들오지를 말어.

춘보　영감. 이 이 이것 봅쇼. 이 돌……. (돌이 날아 들어온다. 집으며) 여기 종이가 있습니다. (끌러 준다)

상룡　(보고) 뭐! 어째, 최후까지 싸우겠다. 그 엥히 건방진 년들.

더 떠드는 소리. ××가 소리.

춘보　에구 자동차로 막 실어갑니다. 에구 저것 봅쇼. 똑 둑이 터진 것 같습니다그려. 저렇게 실어가도 더들 야단들입니다그려.

상룡　아 이놈아, 듣기 싫다.

더 떠드는 소리.

- 막 -

— 『시대공론』(1931.09-1932.01)

12 연극과 영화의 차이는 무엇인가

이형식, 「영화와 연극」

엮은이의 추천 이유

이 글은 영화의 파급력이 막강해진 현실에서 비슷한 장르로 인식되는 연극과 영화의 차이점을 구체적으로 다루고 있는 평문이다. 필자는 연극과 영화의 차이점을 작품의 발표 방식의 성격, 텍스트의 특성, 작품 내적 시·공간의 특성 및 창작자(작가, 감독)의 위치를 통하여 살펴보고 있다. 영화와 연극의 차이점을 간단하면서도 요령 있게 정리하여 두 장르의 특성을 이해하는 데 도움을 주고 있다.

출전: 이형식, 『영화의 이해』, 건국대학교출판부, 2001.

영화와 연극

이형식

1. 영화와 연극

영화를 비롯한 영상매체는 우리가 원하든 원하지 않든 우리 생활의 중요한 일부가 되어버렸다. 우리가 어디로 눈을 돌리든 우리는 영상을 접하게 되고 그것으로부터 피할 수가 없다. 거리의 전광판이나 텔레비전의 뉴스, 광고, 비디오는 문자보다 훨씬 더 강하게 우리의 의식을 파고든다. 자라나는 아이들은 말을 하기 전부터 텔레비전을 보고 자라며 기성세대가 책을 통해 읽은 고전을 텔레비전에서 만화영화의 형태로 본다. 밤을 새며 소설을 읽던 사춘기의 경험은 동네 비디오 가게에서 비디오 한두 편을 빌려 밤늦게까지 보는 행위로 대치되었다. 학생들에게 문학을 설명할 때 영화를 예로 들어 스토리의 진행, 등장인물의 성격 설정을 설명하면 훨씬 더 잘 먹혀들게 되었다. 어른들도 직접 극장에 가지 않더라도 텔레비전의 영화 프로그램이나 비디오를 통해 많은 영화를 접하게 된다. 오늘날을 포스트모던 시대라고 규정할 때 영상이 문자를 대치하게 된 것을 포스트모던의 가장 큰 특징으로 꼽을 수 있을 것이다.

연극과 영화는 인간의 행위를 모방적인 양태로 보여주는 예술이라는 점에서 공통점을 가지고 있다. 문학은 언어를 매체로 인간의 삶을 표현하고 음악은 선율의 시간적인 진행을 통해 인간의 감정을 표현하지만 연극과 영화는 살아 있는 인간을 통해서 삶의 모습을 재현한다. 연극은 천 년이 훨씬 넘는 역사를 통해 발전해 왔지만, 사진이라는 기술적 토대를 바탕으로 한 영화는 비교적 짧은 역사를 가지고 있다. 그러나 영화가 등장한 이래 연극과 영화는 서로와 경쟁하면서, 또 서로에게서 도움을 받으면서 인간에게 사랑받는 예술형태가 되어 왔다.

영화, 그 중에서도 극영화는 매력적인 스토리에 그 성패가 달려있기 때문에 그 소재를 찾기 위해 문학으로 눈을 돌려왔다. 그 중에서도 연극은 영화와 마찬가지로 극적인 양태를 통해 삶을 표현하는 공통점 때문에 영화를 만드는 사람들은 연극에서 많은 영감을 받았다. 「햄릿」, 「헨리 5세」, 「로미오와 줄리엣」, 「오셀로」, 「리처드 3세」 등 1990년 이후 쏟아져 나온 셰익스피어 영화들은 보편적이고 지속적인 감동을 지니고 있는 연극작품을 변화하는 감성과 기술로 포착하는 대중에게 다가가려는 영화의 시도를 잘 보여주는 현상이다.

여기서는 이처럼 우리에게 밀접하게 다가온 영화를 이해할 수 있는 하나의 방법으로 연극작품을 영화로 만든 각색본에 초점을 맞추려고 한다. 연극과 영화의 미학이 가지고 있는 공통점과 차이점을 살펴보고 연극작품을 영화로 각색하는 과정에서 어떠한 변화가 일어나는지, 그 이유가 무엇인지, 그것이 관객에게 어떠한 메시지를 전달하는지 등을 알아보려고 하는 것이다, 영화 각색의 미학을 살펴보는 데는 같은 작품을 여러 감독이 다른 해석으로 만든 영화들을 상호 비교해 보는 것이 가장 좋은 방법이다. 이를 위해 셰익스피어의 작품만큼 좋은 대상은 없다. 셰익스피어의 극작품은 영화가 발명된 이래로 수많은 감독들이 영화로 만들었으며 그 중에는 불후의 명작으로 손꼽히는 작품도 많이 있다. 최근에 화제가 된 「로미오와 줄리엣」을 1968년에 프랑코 제피렐리 감독이 만들어서 인기를 끈 「로미오와 줄리엣」과 비교해 본다든지, 로렌스 올리비에의 유명한 「햄릿」을 멜 깁슨의 「햄릿」, 혹은 케네스 브라나의 「햄릿」과 비교하는 과정에서 영화를 만든 감독들의 해석과 미학뿐만 아니라 당시의 시대상황까지도 알 수 있다.

2. 연극의 미학

연극은 희곡을 토대로 무대 위에서 재현되는 공연예술이다. 연극은 대개 한정된 공간 안에서 일정한 수의 관객을 대상으로 공연되며 매 공연은 나름대로의 독자성을 갖는다. 왜냐하면 그 날의 극장의 분위기, 관객의 수준, 관객의 수, 배우의 컨디션에 따라 공연이 크게 영향을 받기 때문이다. 기호학적으로 볼 때 연극에서의 의사소통은 상호적이다. 관객은 무대 위에서 제시되는 언어적 · 공간적 · 육체적 · 장면적 기호들을 수용하고 그것에서 의미를 유추해 내지만 배우 또한 관객의 웃음, 박수, 소음 등에 의해 피드백을 받고 그것을 연기에 반영한다.

연극의 토대가 되는 희곡은 문학의 한 장르이다. 희곡은 대개 공연이 먼저 된 후 출판이 되지만 경우에 따라서는 공연에 상관없이 출판될 수가 있다. 구태여 공연을 보지 않더라도 출판된 희곡 대본을 통해 문학으로서 그 작품을 감상하는 것이 가능한 것이다. 이럴 때 가장 중요한 역할을 하는 요소는 물론 언어적 요소, 즉 대사이다. 대사는 공연되는 연극에서도 가장 큰 비중을 차지한다. 물론 대사가 없는 무언극도 있지만 연극을 생각할 때 우리가 가장 먼저 머리에 떠올리는 것은 문학성이 있는 유명한 대사들이다.

연극은 살아 있는 사람을 이용하여 관객이 위치한 것과 같은 공간에서 극적 환상을 만들어낸다. 이러한 극적 환상을 구축하는 데 있어서 필수 불가결한 것은 "믿어지지 않는 것을 잠시 멈추는 것(suspension of disbelief)"이다. 무대 위에서 펼쳐지는 이야기가 시간적 · 공간적으로 먼 곳의 이야기일지라도 우리는 믿어지지 않는 것을 잠시 멈추고 그곳에 몰입하도록 스스로를 허용한다. 이것이 가장 중요한 연극의 관행(convention)이다. 그래서 우리 앞의 무대가 엘지노어• 성이 되기도 하고 아든의 숲• 속도 되는 것이다. 이것은 연극의 큰 단점이면서 장점이다. 무대가 실제로 지리적인 특정 위치가 아님에도 불구하고 그것을 믿도록 만드는 억지가 단점이지만 또한 그렇게 함으로써 관객의 상상력을 자극하고 적극적인 참여를 이끌어내는 장점도 있다.

•엘지노어: 덴마크 수도 코펜하겐이 있는 질란드 섬의 지명 중 하나. 셰익스피어의 희곡 「햄릿」의 무대가 되었다.
•아든의 숲: 셰익스피어의 희곡 「당신 좋으실 대로」에 나오는 이상적인 공간.

이밖에도 연극 공연에 필요한 관행들은 많이 있다. 연기자들은 일상적으로 말하듯이 대사를 말하지 않는다. 그들은 특별한 발성 훈련과 발음 훈련을 하고 대사가 또렷하게 전달되도록 다소 과장되게 대사를 외운다. 그래야 극장 뒤편에 있는 관객에게까지 그것이 전달될 수 있기 때문이다. 또한 대사 자체도 일상적으로 쓰이는 말보다는 훨씬 정돈되고 시적이고 문학적이다. 낭만주의 멜로드라마에 대한 반발로 사실주의 연극이 시작되면서 과장되고 고양된 시적인 대사가 일상적인 언어로 대치되기는 했지만 사실주의 대사 역시 여전히 일상생활에서 보통 사람들이 사용하는 말은 아니다. 왜냐하면 사실주의 연극에서는 매우 무식하고 못 배운 사람조차도 자신의 감정이나 생각을 조리 있게 표현하는 데 아무런 어려움이 없기 때문이다. 또한 실제 상황에서는 두세 사람이 동시에 말을 한다든가, 오버랩 되는 경우가 많지만 연극에서는 반드시 주고받는 대사만이 가능하다.

이러한 점은 제스처와 동작에 있어서도 마찬가지이다. 그래서 우리가 '연극적'이라고 하면 다소 과장된 몸짓과 말투를 의미하게 되는 것이다. 연기자는 관객을 위해서 연기한다. 사실주의 무대에서는 비록 제 4의 벽이 관객과 무대를 가로막고 있기는 하지만 극적 세계에서의 등장인물의 존재는 관객의 시선과 이해에 그 바탕을 두고 있다.

연극에서 연출가의 역할은 희곡에 생명을 부여하는 일이다. 피터 브룩의 「한여름 밤의 꿈」 공연처럼 연출가 나름대로 독자적인 해석을 가하여 원작에 상당한 변화를 가하여 기억되는 공연을 남기는 경우도 없지는 않지만 대부분의 경우 연출가는 극작가의 지시를 충실히 따라서 극작가의 의도대로 연극을 무대에 올린다. 연출가라는 존재 자체가 출현한 지 얼마 되지 않는 짧은 역사를 가지고 있고 본래는 극작가 자신이 연출하는 경우가 많았음을 생각할 때 연극에 있어서 창조자는 극작가라고 할 수 있을 것이다. 아무리 유명한 공연이 있다고 할지라도 여전히 그 연극은 셰익스피어의 작품, 유진 오닐의 작품, 테네시 윌리엄스의 작품인 것이다.

3. 영화의 미학

연극이 일회성과 독자성을 가지는 공연예술인 반면 영화는 조각이나 회화처럼 장시간의 시행착오와 수정 작업을 거쳐 완성되는 예술품이다. 연극은 관객과의 끊임없는 교류와 상호 의사소통을 통해 만들어지지만 영화는 관객과 단절된 상태에서 반복적인 시행착오와 촬영을 통해 만들어진다. 연극은 소수의 관객을 대상으로 매 시간 배우가 무대에 출연함으로써 존재하지만 영화는 일단 제작되고 나면 전 세계적으로 배포되어 무수히 많은 관객에게 반복적으로 파고 들어간다.

영화 대본은 희곡과 달리 독자적인 문학의 장르로서 존재하기보다는 영화를 찍기 위한 골격만 제공해 주는 역할을 한다. 영화의 감동은 대사 한마디 한마디의 문학성보다는 인간의 전체적인 행동, 움직임, 이미지, 자연의 여러 가지 모습에서 비롯된다. 따라서 이러한 이미지에 많은 정도를 의존하는 영화는 극단적으로 말해서 대사가 없이도 존재할 수 있다. 앙드레 바쟁의 다음과 같은 말은 영화가 이미지를 통해 얼마나 많은 메시지를 전달할 수 있는가를 단적으로 보여준다.

•미장센: 연극과 영화 등에서 연출가가 무대 위의 모든 시각적 요소들을 배치하는 작업.

> 연극에서는 사람이 가장 중요하다. 스크린 속의 드라마는 배우가 없이도 존재할 수 있다. 문이 꽝하고 닫히는 것이나 바람에 굴러가는 낙엽이나 해변에 부딪히는 파도가 극적인 효과를 높일 수 있다. 어떤 걸작 영화들에서는 자연이 주인공이 되고 인간은 단지 액세서리나 엑스트라로 이용된다. (Bordwell에서 재인용 122)

영화와 연극을 구분하는 독특한 기호체계가 있다면 그것은 카메라와 편집이다. 연극을 공연하는 극장에서 관객은 무대 위에 제시되는 미장센•의 어느 곳으로나 눈을 돌릴 수 있다. 관객은 특별한 의상이나 무대 구석에 놓여 있는 소품이나 화려한 조명 어느 곳에든지 자신이 원하는 곳으로 초점을 맞출 수 있다. 그러나 영화에서는 카메라가 관객이 보아야 할 것을 지정해 준다. 특정 등장인물의 섬세한 눈빛의 변화라든지, 창밖에 어른거리는 낯선 그림자라든지, 에로틱한 영화의 경우 여성의 신체 일부 등 감독이 강조하고 싶은 곳에 카메라를 향하고 관객에게 그것을 보도록 요구할 수 있는 것이 영화의 특징이다,

그러나 대개의 경우 영화는 관객이 이처럼 조종당하고 있다는 느낌을 받지 않게 한다. 그것을 성취하는 도구는 바로 연속 편집이다. 영화는 수많은 장면들의 편집으로 이루어져 있지만 영화를 보는 동안 관객은 작은 장면들이 서로 엮어져 있다는 사실을 깨닫지 못하고 영화의

환상 속으로 몰입한다. 가끔 자기만의 독특한 스타일을 가진 감독들이 카메라를 의식적으로 사용하여 관객으로 하여금 영화 자체의 메커니즘에 주의를 돌리게 만들고 감독의 손길을 느끼게 만드는 경우가 있기는 하지만 대부분의 극영화의 경우 관객은 편안한 환상 속으로 그냥 빠져드는 것이다.

카메라는 영화를 장소의 한계에서 해방되게 만든다. 로케이션 촬영은 영화에 생생한 사실감을 부여하고 모든 자연환경을 무대로 만든다. 관객은 객석에 편안히 앉아서 베로나•의 거리와 아든의 숲속을 볼 수 있다. 연극 무대에서는 배우가 관객의 관심의 대부분을 차지하지만 영화에서 인간은 전체적인 미장센의 일부에 지나지 않는다. 서부 영화와 같은 장르에서는 사막과 협곡, 대평원 그 자체가 하나의 등장인물처럼 성격을 지니고 우리에게 다가온다.

카메라는 멀리서 본 자연의 모습과 그 속에서의 인간을 그리기도 하지만 그 반대로 극도의 클로즈업을 통해 연극 무대에서 표현하지 못한 섬세한 부분을 관객에게 전달해 주기도 한다. 얼굴 근육의 미묘한 씰룩거림, 눈꼬리의 미세한 변화, 눈자위에 서서히 고이는 눈물, 긴장했을 때 이마에 송글송글 돋아나는 땀방울, 이러한 것들의 표현은 카메라라는 현대의 테크놀로지가 없이는 불가능하다.

조명, 편집, 촬영 등 영화의 각 요소는 각각의 전문가를 필요로 하지만 이 모든 것을 총괄하는 창조자는 영화감독이다. 영화감독은 이 모든 기술적인 문제에 대한 이해가 있어야 하며 집약된 노력의 결과로 만들어지는 영화에 자신만의 독특한 스타일을 부여한다. 작가 이론(auteur theory)•은 바로 이러한 관점에서 나온 이론이다. 연극에서 작품의 주된 창조자는 극작가이지만 영화에서는 시나리오 작가가 아니라 감독이 바로 작가인 것이다. 우리가 영화를 이야기할 때 히치콕의 영화, 존 포드의 영화, 프랜시스 코폴라의 영화로 지칭하는 것은 바로 이러한 이유에서이다.

•베로나: 이탈리아 베네토주에 있는 도시. 셰익스피어의 희곡 「로미오와 줄리엣」의 배경지.
•작가 이론: 영화의 배후에 존재하는 창조적 의식의 주역을 감독으로 보는 영화 이론.

4. 연극에서 영화로

연극을 영화로 만드는 가장 중요한 이유 중의 하나는 바로 흥행에 대한 어느 정도의 보장일 것이다. 영화는 오랜 제작 기간과 엄청난 제작비가 드는 사업이다. 따라서 제작자에게 있어서 가장 중요한 관심거리는 좋은 대본을 확보하는 일이고 그러한 이유에서 이미 연극으로서 성공한 대본에 관심을 돌리는 것이다. 지금까지 할리우드 영화의 경우 연극을 영화로 각색하여 흥행 면에서 성공을 거둔 예는 뮤지컬에 거의 집중되어 있다. 「사운드 오브 뮤직」, 「코러스 라인」, 「남태평양」 등 브로드웨이에서 롱런을 한 뮤지컬을 영화로 만든 것은 이러한 작품의 예술성 못지않게 오락성에 비중을 둔 결정이었을 것이다. 이에 비하여 뮤지컬이 아닌 순수연극을 각색한 경우 영화로 성공한 경우는 뮤지컬보다 훨씬 적다고 할 수 있으며 그나마 셰익스피어 작품에 치우쳐 있는 편이다. 연극을 영화로 각색할 경우 어떠한 변화가 생기는지, 왜 그러한 변화가 생길 수밖에 없는지, 관객의 반응은 어떻게 다른지를 살펴보는 것은 매우 흥미롭고 유익한 작업일 것이다.

영화 제작자들은 비단 연극뿐만 아니라 소설이라는 장르에도 눈을 돌려왔으며 기억될 만한 영화들을 많이 만들어냈다. 앙드레 바쟁이나 세르게이 에이젠슈타인과 같은 사람들은 소설가들이 '영화적인 눈'을 가졌다고 지적하면서 소설이 더 영화로 옮기기에 적합한 장르라고 주장한다. 모방적인 예술이라는 점에서 영화로 각색하기에는 연극이 더 어울리는 장르인 것처럼 여겨지지만 소설을 영화로 각색하여 성공을 거둔 예도 많이 찾아볼 수 있다. 근래에 와서 흥행기록을 경신하고 있는 「쥬라기 공원」, 「잃어버린 세계」와 같은 영화들을 보면 대부분 인기 있는 소설을 영화로 만든 작품이다. 또 소설을 쓰기만 하면 반드시 영화로 각색되는 존 그리샴(John Grisham)의 작품을 보면 영화로 각색될 것을 염두에 두고 쓴 것 같은 느낌을 줄 정도로 내러티브의 성격이 영화적이다. 또한 최근에 유행하고 있는 18세기, 19세기 소설의 영화화를 보면 소설가의 서술적 관점이 영화로 각색하기에 더 용이한 것처럼 여겨진다. 「제인에어」, 「센스 앤 센서빌리티」, 「엠마」, 「귀부인의 초상」 등은 아름다운 영국의 전원을 카메라로 포착하면서 그 속에서 벌어지는 남녀의 사랑 이야기를 서술적으로 풀어내고 있다.

소설이건 희곡이건 문학작품을 영화로 각색할 때 가장 문제가 되는 부분은 극영화가 가지고 있는 2시간 내외라는 시간적 제약이다. 물론 「벤허」, 「바람과 함께 사라지다」, 「전쟁과 평화」와 같은 서너 시간짜리 영화가 있기는 하지만 이러한 영화 역시 서사적인 소설이 가지고 있는 세세한 부분을 영화라는 틀 속에 모두 담아내지는 못했다. 그렇다면 필연적으로 일어날 수밖에 없는 것이 원작의 구조적인 변화이며 이런 과정에서 취사선택이 불가피하게 된다. 영화 각색본이 원작을 훼손한다는 비난을 우리는 심심치 않게 들을 수 있는데 이러한 비난은 바로 극영화가 가지고 있는 구조적 제약에 그 원인을 돌릴 수 있다.

영화로 각색되는 과정에서 원작이 겪게 되는 두 번째 구조적 변화는 이러한 영화의 대부분이 할리우드에서 만들어진 미국 영화라는 사실에서 기인한다. 미국 영화는 클래식 할리우드 시기 이래로 장르•라는 영화적 틀을 구축해 왔으며 문학작품을 영화로 만든 각색본조차도 이러한 장르의 틀 속에 끼어 맞추려는 경향을 가지고 있다. 따라서 원작이 애초에 전하려고 하는 메시지는 애정 영화, 스포츠 영화, 전쟁 영화, 가족 영화, 탐정 영화라는 커다란 카테고리 속에서 약화 혹은 상실되게 된다. 심지어 원작의 결말부분까지도 완전히 변화시켜 해피엔딩으로 끝나게 하는 예를 우리는 수없이 볼 수 있다. 가령 마크 메도프

(Mark Medoff)의 「작은 신의 아이들」(Children of a Lesser God)은 농아들의 권리와 억압을 담은 강한 정치적 연극이었으나 그 영화 각색본은 주인공 남녀의 사랑에 초점을 맞춘 애정 영화로 변화시키면서 원작의 메시지를 크게 약화시켰다. 뿐만 아니라 원작과 달리 결말 부분에서 납득할 만한 상황 설정도 없이 그들을 다시 화해시킴으로써 억지로 해피엔딩을 갖다 붙인 듯한 인상을 주었다.

•장르(영화): 주제, 양식, 극적 구성, 분위기 등의, 유사하고도 인습적인 성격으로 분류되는 영화. 장르영화의 대조적인 개념은 작가주의 영화이다.

빌 니콜스는 그의 책 『이데올로기와 이미지』에서 해피엔딩으로 영화의 결말을 맺으려는 미국영화의 고질적인 특징 저변에는 현상유지와 제도권 옹호라는 이데올로기가 깔려 있다고 주장한다. 장르를 막론하고 미국 영화는 기존의 질서를 제시한 후 그 질서가 이질적인 요소와 상황, 혹은 등장인물 간의 갈등에 의해 파괴되는 것으로 시작된다. 그런 과정에서 미국 문화와 인간이 가지고 있는 문제들이 제시되고 해결되면서 마지막에는 다시 질서가 회복되는 것으로 끝난다. 이런 미국 영화의 구조는 예술성을 강조하는 유럽 영화와 달리 흥행성과 오락성에 치중하는 미국 영화의 특징에 그 바탕을 두고 있다. 또한 미국 영화를 보는 관객의 기대감 또한 영화를 통해 지적인 자극을 얻거나 새로운 통찰을 얻기보다는 현실로부터의 도피, 대리 경험을 통한 만족에 있기 때문에 영화를 통해서 현실에서 가능하지 않은 문제 해결을 맛보려고 한다.

이러한 구조적이고 이데올로기적인 제약에도 불구하고 영화 각색의 과정을 최종적으로 결정하는 사람은 감독이다. 가능한 한 원작에 충실하면서 자신의 아이디어를 스크린에 반영할 것인지 아니면 원작은 뼈대로만 사용하고 자신의 세계와 안목을 스크린에 펼칠 것인지는 감독이 결정할 몫이다. 따라서 희곡을 영화로 각색하는 데에도 원작에 얼마나 충실한가에 따라 여러 가지의 단계가 있을 수 있으며 로저 맨블(Roger Manvell)은 그 단계를 다음과 같이 분류한다.

> ① 극장에서 공연되는 연극을 그대로 찍은 영화. 그러나 여러 군데에 설치한 카메라를 통해 여러 가지 시점에서 장면을 볼 수 있다.
>
> ② 유명한 무대 공연을 스튜디오로 옮겨 촬영한 영화. 로렌스 올리비에의 「오셀로」가 대표적인 예이다.
>
> ③ 유명한 무대 공연을 영화적 언어를 사용하여 다시 찍은 것. 피터 홀이 로열 셰익스피어 극단의 「한여름 밤의 꿈」 공연을 영화적으로 다시 찍은 것이 그 예이다.
>
> ④ 원작의 공연을 영화 스튜디오에서 세트를 사용하고 전쟁 장면 등은 로케이션 촬영하여 만든 영화. 맨키비츠의 「줄리어스 시저」가 여기에 속한다.
>
> ⑤ 이전에 있었던 무대 공연과 상관없이 모든 시대의 연극을 영화로 각색한 것. 이 카테고리에 대부분의 각색 영화가 속한다. 영화적 테크닉을 사용하면서도 연극적인 장점을 유지하도록 한다. 올비의 「누가 버지니아 울프를 두려워하랴?」.
>
> ⑥ 원작을 완전히 변화시킨 각색. 구로사와 감독이 「맥베스」를 일본으로 무대를 옮겨 만든 「피의 왕좌」가 이에 속한다고 할 수 있는데 이 작품의 대사 또한 구로사와가 직접 썼다. (36-37)

한편, 셰익스피어의 영화화를 연구한 잭 조전스(Jack Jorgens)는 맨블과 달리 각색의 형태를 연극적 방법, 사실적 방법, 영화적 방법으로 구분한다. 연극적 방법은 영화를 투명한 매체로만 사용하여 연극을 그대로 반영한다. 주로 롱 테이크•와 롱 쇼트•를 이용하며 작품의 의미 대부분은 배우의 대사와 제스처에서 비롯된다. 이러한 방법의 장점은 대본을 손질할 필요가 없고 영화적인 관행의 제약으로부터 자유롭다는 것이지만 영화 자체가 지루해지는 단점이 있다. 사실적 방법은 사실을 있는 그대로 보여주는 카메라의 장점을 이용하여 사실적인 세부를 강조하는 것이다. 이러한 방법의 단점은 시적인 연극을 사실주의로 옮길 경우 부자연스럽기 때문에 원작에 많은 손질을 가해야 한다는 점과 원작의 표면만 다루고 미묘한 감정, 사상, 시적인 표현, 이데올로기를 전달하지 못한다는 점이다. 세 번째로 영화적 방법은 외부적인 표면 묘사의 제약을 극복하여 내면을 묘사하며 시적인 상상력과 서브텍스트를 영화적 장치를 이용해 표현하는 것이다. 때에 따라서 상상력을 통해 여과된 현실은 왜곡되거나 뒤틀리게 보일 수도 있고 사실적이면서도 비사실적이다. 이러한 방법은 특히 셰익스피어의 시적 연극을 표현하는데 효과적이다. 올 잭 조전스는 이러한 여러 양태를 제시하면서 좋은 영화는 이러한 양태를 유연하게 왕래하면서 그것을 자유자재로 활용하는 영화라고 말한다(7-14).

•**롱 테이크**: 영화의 쇼트 구성 방법 중 하나. 1~2분 이상의 쇼트가 편집 없이 길게 진행되는 것을 말함.
•**롱 쇼트**: 피사체를 먼 거리에서 넓게 잡는 촬영법.

따라서 우리가 접하게 되는 많은 영화 각색본은 결국 원작에 대한 감독의 예술적인 해석과 선택이다. 같은 영화의 여러 가지 각색본을 비교해 보면 그들이 원작을 영상으로 옮기는 과정에서 어떠한 고민을 했고 어떻게 예술적인 결정을 내렸는지를 알 수 있게 된다.

희곡을 영화로 각색할 때 겪게 되는 궁극적인 변화는 공간의 차이에서 비롯된다. 앞에서도 언급했듯이 연극과 영화를 구분하는 기호체계가 바로 카메라와 편집이기 때문에 현실을 예술적 형태로 변화시키는 언어 자체가 다른 것이다. 앤서니 데이비스(Anthony Davies)는 영화적 공간과 연극적 공간을 구분하여 설명하면서 연극은 무대라는 소우주 속에 모든 행동을 포함한다고 말한다(8-9). 극장에는 관객의 공간, 배우가 연기하는 공간, 극적 행동을 위한 세팅의 세 개의 공간적 요소가 존재하며, 관객 · 배우 · 연출가는 서로 공간 게임을 하는 것이다. 그리고 연극이 진행되면서 관객의 관심은 배우의 행동에 집중된다. 연극은 언어적 기호에 크게 의존하며 배우의 대사 한 마디 한 마디가 중요한 의미를 갖는다.

•프레임: 스크린에 나타나는 영상의 둘레를 말하며 회화의 액자처럼 그림을 둘러싸는 경계를 가리킴.

이와 반대로 영화는 프레임•으로 존재한다. 영화는 스크린 속에 모든 극적 행동이 포함되지 않으며 배우가 설사 스크린에 나타나지 않더라도 우리에게 숨겨진 영화 속 세계에 존재한다. 따라서 연극과는 달리 관객은 배우나 감독과 공모하는 것이 아니라 영화라는 이차원적인 매체와 공모하고 그 관행을 인정해야 한다. 영화는 카메라로 인해 관객과 스크린 사이의 거리가 무너지면서 심리적 공간과 건축적 공간이 구분된다. 관객은 다른 관객과 함께 영화관에 앉아 있지만 영화 보는 행위 그 자체는 매우 개인적이며 혼자만의 것이다. 연극과 달리 영화 속의 배우는 주변의 배경과 한 덩어리가 되어 둘 다 그림에 지나지 않는다. 영화는 언어적 기호보다 시각적 기호가 더 큰 의미를 갖는다.

동승

함세덕

등장인물

주지
정심(淨心) 상좌승
도념(道念) 사미승, 14세
미망인 서울 안대가(安大家)집 딸
초부(樵夫)
인수(仁壽) 초부의 아들
미망인의 친정모
미망인의 친척들
과부(구경꾼)
새댁(구경꾼)
노인(구경꾼)
총각(구경꾼)
참예인(參詣人)들
젊은 승들

초겨울.

동리에서 멀리 떨어진 심산고찰(深山古刹)
숲을 뚫고 가는 산길이 산문(山門)으로 들어간다. 원내(院內)에 비각, 그 뒤로 산신당, 칠성당의 기와지붕, 재 올리는 오색 기치(旗幟)가 펄펄 날린다. 후면은 비탈. 우변(右邊) 바위 틈에 샘에서 내려오는 물을 받는 물통이 있다.

재 올린다는 소문을 들은 구경꾼떼들 산문으로 들어간다.

청청한 목탁 소리와 염불소리 이따금 북소리.

도념, 물지게에 걸터앉은 채, 멀거니 동리를 내려다보고 있다. 이따금 허공을 응시하다가는, 고개를 탁 떨어뜨리고 흐느낀다.

초부, 나무를 한 짐 안고 들어와, 지게에 얹는다.

도념 인수 아버지. 정말 바른 대루 얘기해 주세요. 우리 어머니 언제 오신다고 하셨어요?

초부 내년 봄보리 베구 나면 오신다드라.

도념 또 거짓말?

초부 거짓말이 뭐니? 세상 없어두 이번엔 꼭 데리러 오실 걸.

도념 바위 틈에 할미꽃이 피기가 무섭게, 보리 비나 하구 동네만 내려다 봤어요. 인수 아버지네 보리를 벌써 다섯 번째 비었지만 어디 오세요?

초부 내년만은 틀림없을 게다.

도념 동지, 섣달, 정월, 2월, 3월, 4월, 아이구 아직도 여섯 달이나 남았군요?

초부 뭘, 세월은 유수 같다는 말두 있지 않니?

도념 여섯 달을 또 어떻게 기다려요?

초부 눈 꿈쩍할 사이야.

도념 또 봄보리 비구 나서 안 오시면 도라지꽃이 필 때 온다고 넘어갈라구?

초부 이번만은 장담하마. 틀림없을 게다. (도념의 팔을 붙잡고 백화목 밑으로 끌고 가며) 이리 오너라. 내가 여섯 달을 빨리 기다리는 법을 가르쳐 주마.

도념 그만둬요. 또 속일려구?

초부 한 번만, 더 속으려무나.

초부. 도념을 나무에 세우고 머리 위에 세 치쯤 간격을 두고 도끼를 들어 금(線)을 긋는다.

도념　(발돋움하며) 이거 너무 높지 않어요? 작년 봄에 그은 금은, 두 치밖에 안 됐어요.

초부　높은 게 뭐니? 네가 이 금까지 자랄 땐 여섯 달이 다 가구, 뒷산엔 꾀꼬리가 울구, 법당 뒤엔 목련꽃이 화안히 필 게다. 그럼 난 또 보리를 비기 시작하마.

도념　눈이 오나 비가 오나, 하루 안 빠지고 아침이면 키를 재 봤어요. 그은 금까지 키는 다 자랐어두 어머니는 안 오시던데요 뭐?

도념, 물지게를 지고 일어선다.
서너 걸음 걷다가 기침하여 퍽 쓰러진다.

초부　(달려가 붙들며) 아니. 물은 하루 종일 길으라든?

도념　할 수 있나요.

초부　제-기. 마당에다 배를 띨라나 부다.

도념　가마솥에, 세 번이나 꼭 차게 길어 부었는데두, 모자라는 걸요.

초부　그걸 다 어따 쓴다디?

도념　어따 쓰는 게 뭐예요? 떡을 세 시루나 찌구, 전야 부침개를 이틀을 두고 부쳤는데, 그 설거지가 좀 해요?

초부　거 참 누군지 굉장히 지낸다.

도념　왜, 우리 절 도사들이 댁에는 안 갔었어요? 서울 안대갓집 재 올리니 시주하라구 갔었을 텐데?

초부　오셨더라. 아, 요전 사십구일재 지냈으면 그만이지, 백일재는 또 뭐니?

도념　죽은 혼이, 백일 만에야 가시문을 열구, 극락엘 들어가거든요.

초부 그 댁이 아마, 이 절에 시주 그 중 많이 했을 걸?

도념 저- 칠성당두, 그이 할머니가 지으셨대요. 작년에 종각 기둥이 썩어서 쓰러지게 됐을 때두, 그 댁에서 고쳐주구요.

초부 참, 언젠가 스님두 그러시더라, 서울 안대갓집 아니면 이 절을 버티어 나갈 수가 없다구.

도념 못 꾸려나가구 말구요. 우리 절은 본산(本山)처럼 추수하는 게 없구, 시주 받는 것두 적거든요. 그런데 그 대갓집에서는, 해마다 쌀을 열 가마씩 공양해주구, 한번 재를 올리는 날이면, 노구메를 두 솥씩 세 솥씩 지어줘요. 그래서 재가 끝나면 그 밥을 말렸다가 다음 잿날까지, 두구두구 먹는 걸요.

구경 오는 부인네들 한 패가 숨을 가쁘게 쉬며 올라온다.

과부 극락이 이렇게 높다면, 난 지옥엘 갈망정 안 갈테유.

새댁 숨 좀 돌려 가지구 들어갑시다. (원내를 기웃거리다 안을 가리키며 초부에게) 저이가 서울서 온 분이에요?

초부 (나가며) 난 이 절 사람이 아니요. (도념을 가리키며) 얘더러 물어 보슈.

초부, 다시 나무를 긁으러 내려간다.

도념 네, 저이가 바로 서울서 오신 안대갓집 아가씨세요.

과부 어디?

새댁 지금 법당 앞에서 신발 신는 이가, 바루 그 대갓집 딸이라는구료.

도념 (자랑하는 듯이) 저 아씨는 언제든지 하아얀 두루마기에다 하아얀 털목도리를 하구 오신답니다.

과부 대갓집 딸이란, 아닌 게 아니라 다르군요. 인품이 절절 흐르는데.

도념 머리에두 모두 금붙이만 꽂았어요. 참 이쁘지요?

새댁 (웃으며) 이 녀석아. 이쁜지 미운지, 네가 아니?

도념　왜 몰라유? 이 절에 오는 사람 중에서 저 아씨같이 예쁜 이는 없어요. 목도리를 벗으면 목이 눈같이 하아예요.

과부　조그만 녀석이 그게 무슨 소리야?

새댁　그럼 넌 예전부터 알았겠구나?

도념　그러믄요. 어렸을 때부터 안 걸요. 그이가 처음 불공을 드릴 때 '난 아이가 없어 축원까지 드리는데 어쩌면 느 어머닌 너를 이 절에다 두구 돌보지도 않니' 하면서 울랴구 하겠지요.

과부　에구 고것이야. 말두 음전하게 하네.

도념　참, 어데서들 오셨지요?

새댁　여기서 한 백 리 떨어진 가좌을서 왔어.

도념　저, 그 동네에 혹시 저 대갓집 따님 같은 이 사시는 것 모르세요.

과부　그런 인 없어. 왜?

도념　우리 어머니두 꼭 저이같이 생기셨거든요.

새댁　그래?

도념　만나시거든 꼭 나한테 좀 알려주세요.

과부　그래라.

여자 구경꾼들 산문으로 들어간다.
남자 구경꾼들 또 한 패가 올라온다.

총각　얘. 재 다 지냈니?

도념　아니여요. 조금 있으면 끝나요. 어서들 들어가 보세요.

노인　누군지 자식 한번 똑똑하겐 났군.

총각　그러게 말이에요.

노인　애가 이렇게 출중하게 생겼을 땐 애 어머닌 얼마나 이뻤겠나?

도념, 원망스러운 듯이 구경꾼들을 쳐다본다. 고개를 푹 숙이고 물지게를 들고 비틀거리며 나간다.

총각 얘, 내가 좀 들어다주랴?

도념 스님 보시면 꾸중하셔요.

노인 아아니, 왜 꾸중을 하시니?

도념 아침에두 저어기서 나무하는 이가 길어 준다구 하시기에 맡겼다가 혼난 걸요. '서방 대사들은 가시덤불이나 바위 위에 앉은 채 3년씩 4년씩 식음을 전폐하구 난행 고행을 하시며 수업을 하시는데, 너는 요까짓 물 긷는 괴로움두 못 참느냐'구 하시면서 야단야단 하셨어요. (하고 원내로 들어선다)

총각 재가 그 처녀중이 나가지고 삼밭에다 버리구 간 애랍니다.

노인 처녀중이?

총각 네, 지금은 없어졌지만, 10여 년 전에 이 산 너머에 여승들만이 사는 니암(尼庵)이 있었대요.

노인 그럼, 파계(破戒)를 한 셈이군?

총각 그렇지요. 아주 신앙이 굳은 여자였었는데, 아무래도 젊은 사람들이란 할 수 없나 봐요.

노인 남자는 뭐하는 사람인데?

총각 사냥꾼이라는군요. 매일 사냥하러 이 산에 드나드는 중에 둘이 눈이 맞었다나 봅니다.

노인 그럼 지금두 살아 있긴 하겠군?

총각 살아 있다나 봅니다.

노인 그럼, 스님이 오늘까지 잴 주워다가 키우셨겠군?

총각 그렇지요. 지 어머니가 재가 아홉 살 때 한번 다녀갔다는군요. 허지만 재는 보지두 못했지요. 스님한테만 갈 적에, 내년 봄보리 비구 나서 꼭 데리러 온다구 하더니 이내 깜깜소식이라는군요.

노인 그럼, 스님께선 즈이 부모 사는 데를 아시긴 하겠군?

총각 아시지만, 당최 안 가르쳐 주시는 모양이에요.

도념, 물을 붓고 빈 물지게를 지고 다시 나온다.
구경꾼들 '쉬' 하구 말을 뚝 그친다.

도념　왜들 안 들어가구 서셨어요?

총각　지금 들어갈란다.

도념　지금 내 얘기를 하셨지요?

총각　아-니.

도념　아니가 뭐예요.

총각　우리가 네 얘기를 왜 하니?

도념　그럼 왜 내가 나오니까, 얘기하시다가 뚝 그치세요?

총각　네가 그렇게 생각하니까 그렇지.

도념　뭘요? 절에 오는 사람들치구 내 얘기 안하는 사람 있나요? 모두들 소군소군만 하지. 한 사람두 나한테 우리 어머니 사시는 데를 가르쳐 주는 이는 없어요.

노인　모두 모르니까 그러겠지.

남자 구경꾼들 원내로 들어간다.
초부의 아들 인수, 새 꾸러미를 허리에 차고 느름치기를 들고 소리를 하며 들어온다.

인수　새야 새야 파랑새야. 녹두밭에 앉지 마라, 녹두꽃이 떨어지면 청포장수 울고 간다. (원내로 들어가려고 한다)

도념　(쫓아가 앞을 막아 서며) 못 들어가.

인수　왜? 다아들 들어가는데 왜 나만 못 들어가?

도념　새 꾸러미를 들고 어델 들어가려구 이래? 스님 보시면 펄펄 뛰실 텐데.

인수　꾸중 들어두 내가 듣지 네가 들어?

도념　으응? 너를 왜 절 안에 들여보냈냐구 날 가지구 꾸중하시니까 걱정이지.

인수 산문으로 안 들어가면 그만이지. (비탈로 내려서며) 이 길루 돌아서 가두 꾸중하셔?

도념 (당황하며) 너 그 길룬 못 간다.

인수 오오라. 너 또 덫을 쳐놨구나? 흥! 똥 묻은 개가 겨 묻은 개 나무랜다구, 저는 토끼를 산 채루 막 잡으면서 내가 새 좀 잡는다구 절에도 못 들어가게 했겠다. 어디 보자. (하고 산문과 비탈길 사이로 나간다)

동리 어린이들 한패가 산문에서 나와 인수의 노래를 따라 부르며 비탈길로 나란히 내려간다. 도념, 나무에 기대서서 동리 아이들을 멀거니 바라본다. 무슨 설움이 복받치는지 나무에 얼굴을 파묻고 허희(虛欷)한다. 상좌승(25세쯤) 정심, 산문에서 나온다.

정심 도념아, 재 다 끝났다. 어서 들어가, 마님들 진지상 봐라.

도념 (무언)

정심 너 또 동네 내려가구 싶은 게구나?

도념 알면서 왜 물으세요?

정심 너는 언제나 스님의 말씀을 터득한단 말이냐?

도념 나두 쟤들처럼 좀 맘놓구 놀구 싶어요.

정심 넌, 아직두 그런 생각밖에 할 게 없니? 스님께서 밤낮 뭐라고 하시든? 우리들은 인간 속세 가운데서 그중 유복한 사람들이라구 늘 하시지 않든?

도념 유복이 무슨 유복이에요.

정심 이게 무슨 소리니?

도념 1년에 한 번두, 동네에 내려가서 놀라구 하신 적이 있어요? 남들은 단오날은 그네를 뛰구 노는데 여기서는 재만 지내지 않어요? 정월이라구 윷 한번을 놀게 한 적이 있어요?

정심 아무래두 네가 요새 마(魔)에서 섭(攝)한 모양이다. 요새가 그중 위험한 때야. 만일 믿음이 약해 꾀임에 넘어간다면, 이때까지 쌓은 공덕두 다 허사가 되구 만다.

도념　좌상께서는, 어깨동무하고 내려가는 동네 애들을 보시면서두 그러세요?

정심　그럼 넌, 저애들이 유복하단 말이야?

도념　네, 어머니 아버지가 있구, 동생들 누나들두 있구, 참 재미나게 산다니, 그게 정말 유복이지 뭐예요?

정심　스님께서 그 소릴 들으셨다면 또 펄쩍 뛰시겠다. 사람이 부모를 따르거나, 동네에 가서 살구 싶어하는 것은, 모두 번뇌 때문이라구 말씀하시던 것을 또 잊은 게구나? 산하구 절밖에 세상을 모르구 사는 것이니까 우리들 신세야말로 부처님께 치하하지 않으면 안 된다구 하시지 않더냐?

도념　그 말은 귀에 젖었으니까 그만 하시구, 저한테 우리 어머니 얘길, 몰래 좀 들려주실 수 없어요?

정심　나이도 그만큼 먹었는데, 넌 입때 어머니 생각을 하구 있니?

도념　요새는 참말 참말 한번 보구 싶어요. 좌상은 우리 어머닐 보셨으니까 아시지요?

정심　본 적 없어.

도념　뭘요? 또 속이시려구. 우리 어머니가 날 버리구 이 절을 도망하시던 해까지, 3년이나 같이 계셨다구들 그러든데요 뭐?

정심　그건 공연히 하는 소리들이야.

도념　꼭 좀 가르쳐 주세요, 네? 스님. 몰래 지금 계신 데를 좀 가르쳐 주세요.

정심　벌써 그때가 10년 전 일인데, 낸들 지금 어떻게 알겠니?

도념　스님이 가르쳐 주지 말라구 하셔서 그러시지요?

정심　스님두 모르셔.

도념　모르시는 게 뭐예요? 5년 전에 여기 다녀까지 가셨다는데? 어쩌면 나만 살짝 빼놓구 못 보게 하셔? 좌상은 얼굴은 아시겠지요? 어떻게 생기셨지요?

정심 하두 오래 돼서 그것도 잊어버렸다.

도념 대강 어렴풋이라두 생각은 나시겠지요?

정심 눈앞에 모습이 가물가물하다가는 희미해져 버리니까 통 기억이 안 난다.

도념 생각나시는 대루만두 좋으니 좀 얘기해 주세요.

정심 작년에두 얘기했지만, 저 서울 안대갓집 아씨같이 생기신 것만은 틀림없다.

도념 정말 그렇게 이쁘셨어요?

재가 끝났나 보다.
원내에서 북소리 요란히 들린다.

정심 얘 그만 캐라. 넌 오늘 밤에 강 받을 경문을 다 외놓기나 하구 이러니?

도념 못 왰어요.

정심 또 스님께 꾸중을 듣게 됐구나 (한숨을 쉬고. 혼잣말로) 나두 나이를 먹을수록, 너는 감히 상상두 못할 여러 가지 번뇌가 들끓구 있단다. 그 중에두 여인에 대한 사랑과 욕정의 번뇌는, 날로 나를 괴롭혀가기만 한다. 그러기 때문에, 매일 밤 고덕하신 스님의 강의를 받구두 여지껏 번뇌에서 해탈(解脫)치 못하는구나. 너는 아직 어리니까 나 같은 괴로움을 못 가진 것만도 행복하다구 생각해야 한다. 뭣 때문에 동네 내려갈 궁리를 하구 어머닐 그리워하며 경문 공부까지 게을리 한단 말이냐?

도념 인젠 참말 진저리가 나서 경문은 못 외겠어요.

정심 마음이 밤낮 딴 곳에 가 있기 때문에 그러지?

도념 한참 읽고 있으면 경전 속에 어머니 얼굴이 스스로 떠올라와요.

정심 그것만두 아니야. 가만히 보니까, 요새 모두 너 하는 짓이 수상하더라.

도념 수상하긴 뭣이 수상하다구 그러세요?

정심 너, 어젯밤에 법당에 왜 들어갔니?

도념 (돌연 낭패해진다. 평정을 지으며) 경문을 외우다 힐끗 보니까, 촛불이 꺼졌겠지요. 그래 불을 켜노려구 들어갔어요.

북소리와 법당에서 나오는 참예인들의 왁자지껄한 떠드는 소리.

정심 모두들 나오시는 모양이다.

도념 으응? 아씨가 왜 이리 나오실까요?

장안부자, 안대갓집 딸, 시름없이 나온다. 하아얀 소복을 입었다. 얼굴엔 수심이 가득히 끼었다.

정심 (허리를 굽혀) 얼마나 가슴이 아프시겠습니까?

미망인 기만 막힐 따름이지 슬프지두 않군요.

도념 황홀한 눈으로 미망인을 주시한다.

정심 남달리 영악하구 귀여운 도련님이었으니까, 부처님께서 몸소 가까이 두시려구 불러 가신 모양입니다.

미망인 그 애는 극락엘 갔으니 좋겠지만, 내야 그래두 살아 있는 것만 어디 합니까?

정심 인간 번뇌 모르구 타계(他界)하는 게 얼마나 행복합니까?

미망인 그 애 하나를 날려구 꼭 백일 기도를 했었어요. 오늘 백일제를 지낼 줄이야 꿈엔들 생각했겠어요?

정심 상심되시겠습니다.

미망인 (비로소 도념이 자기를 뚫어질 듯 바라보고 있는 것을 발견한다) 재가 사월 파일날 내가 불탄제 올리러 왔을 때 산목련(山木蓮) 꺾어주던 애지요?

정심 그랬던가요?

미망인 (도념에게) 아니 너 그동안 퍽 컸구나.

도념 (수줍어 고개를 숙인다)

미망인 네가 준 그 목련꽃, 갖다가 병에 꽂아뒀는데, 보름이나 살았더랬어.

도념 (의아한 듯) 그래요? 여기선 방에 갖다두면 향불내에 단박에 시들어버려요. 역시 동넨 좋군요?

정심 그날 아씨께서 내려가신 후, 얘는 산에서 저절로 나는 생물을 두구 보지 꺾었다구 스님께 여간 꾸중을 듣지 않었답니다.

미망인 아이 저를 어쩌나, 나 때문에요?

도념 울 듯 울 듯 미망인을 바라본다.

미망인 그렇게 나를 자꾸 보지 마라.

정심 도념아 그만 들어가라.

도념 네.

미망인 (나가려는 도념을 붙들며) 그대로 두세요. 잠깐만 더 있다 가게. (도념에게) 아까 내가 방에 들어갔을 때두 창틈으로 들여다보구 있었지?

도념 아아니요.

미망인 아니가 뭐야? 내가 두 눈으로 봤는데? 그리구 승방에 갔을 때두 뭘 뒷문으로 내다보구서 뭘?

도념 좌상께서 우리 어머니 얼굴두 꼭 아주머니 같이 이쁘다고 하셨어요. 그래서 난 아주머니만 보면 왜 그런지 괜히 좋아요.

미망인 응? 나같이 생기셨어?

도념 (울음 섞인 소리로) 그렇지만 마음만은 야차(夜叉)같이 악독하시대요. 그래서 저를 데려가시지 않는대요.

미망인 그러시길래 널 버리고 가셨지?

도념 그런데 왜 목도리를 안하고 나오셨어요.

미망인 (약간 놀라며) 목도리? 응, 방에 벗어놨어. 골치가 아프길래, 바람 좀 쐴려구 나왔지.

정심 앤 동네 애들 설날 기다리듯, 아씨댁 재 올리는 날만 기다린답니다.

미망인 나를 그렇게 보구 싶어 했어요?

정심 그럼은요. 아주 '하아얀 털목도리 한 부인'이라구 아씰 부른답니다.

미망인 (도념의 두 손을 뺨에다 갖다 대며) 나두 왜 그런지, 너를 볼 적마다 마음이 끌렸었단다. 너 이 절 떠나서, 살구 싶지 않니?

정심 아씨, 이게 무슨 말씀이십니까?

도념 살구 싶어요. 동네 내려가서 살구 싶어요. 허지만 스님이 못 내려가게 하시는 걸요.

미망인 스님껜 내가 잘 말씀 여쭤볼게. 오늘이 백일제 마지막 날이니까, 우리 인철이두 편안히 극락에 갔을 거야. 그러니까, 너 우리집에 가서, 나를 어머니라고 부르구 살잔 말이야.

도념 정말이세요? 거짓말 아니시지요? 절 속이시는 건 아니시겠지요?

미망인 내가 언제 거짓말했나?

도념 아아니요. 허지만 모두들 나한텐 거짓말만 하니까, 통 믿을 수가 없어요.

미망인 그럼 나만은 거짓말 안하는 사람인 줄 알면 되지 않니?

도념 저를 꼭 데려가주세요.

정심 도념아, 어데다 어리광을 피구 이러니? 아씨, 얘를 양자 삼으실 생각만은 아예 마십쇼. 스님께서 절대루 허락 안 하실 겁니다.

도념 아니에요. 아주머니께서 잘 말씀 여쭈면 됩니다. 스님께서두 절더러 꼭 따라가라구 하실 거예요.

미망인 염려마라. 너 입때까지 서울 못 가봤지?

도념 네. 여기서 멀다지요?

미망인 한 400리 간단다.

도념 가보진 못했지만, 스님께 말씀은 많이 들었어요.

미망인 무슨 말씀?

도념 옛날에는 대궐이 있었다구요.

미망인 지금도 있어.

도념 우리 본산 대웅보전(大雄寶殿)이나 약사당(藥師堂)보다 수십 배나 크다지요?

미망인 그럼. 그 뒤루 뺑 둘러 성이 있구 동서남북 사대문이 있어. 옛날엔 저녁종만 치면, 대문을 닫구 댕기지를 못하게 했단다.

도념 스님께서도 궁전은 같은 속세지만 속세 중에서두 그 중 깨끗하구 귀한 곳이라구 하셨어요. 그리고 절더러, "사람이 십선(十善)의 왕위(王位)에 태어나, 궁중에 살게 되려면 전세에 그만한 공덕(功德)을 쌓아놓지 않으면 안 되니까, 너두 열심히 도를 닦아, 금생(今生)에 좋은 일을 많이 해놓아 후생에 가서 고귀한 몸이 되도록 하라"구 하셨어요.

정심 그렇지만 아씨 댁은 궁전이 아니라 민간의 집이야.

도념 서울은 마찬가지지 뭐에요? 좌상, 좌상께서두, 스님께 잘 말씀해 주세요.

미망인 (도념을 조용히 바라보며) 날더러 '어머니' 하구 불러봐.

도념 (가늘게) 어머니!

미망인 (그를 껴안으며) 일생 너를 친자식같이 생각하구 내 곁에서 안 놀 테다.

정심 (눈물을 닦으며) 스님이 허락하시면 좋겠습니다만 원체가 완고하신 양반이구 또 얘 어머니 과거가 과거니만치, 좀처럼 승낙하실 것 같지 않군요.

미망인 너 여기 있거라. 내가 스님께 말씀 여쭙구 올게.

정심 양자 달라구 하는 이가 어디 한 분 두 분였나요?

미망인 원내로 들어간다.
정심 뒤따른다.
도념, 입에다 손을 대고 '인수 아버지' 하고 부른다.

멀-리 '인수 아버지' 하고 산울림이 퍼져 온다.
초부 '왜 그러니' 하며 갈퀴를 들고 들어온다.

도념 (좋아하며) 난 서울 가요. 난 서울 가게 됐어요.

초부 서울?

도념 네.

초부 너 또 도망가려구 하는 게 아니냐?

도념 도망이 뭬에요? 하아얀 털목도리 한 부인이 날 데려다 수양아들 삼는댔는데.

초부 수양아들? 너 그게 정말이니?

도념 그럼은요. 지금 스님께 승낙 맡으러 가셨어요.

초부 도념인 운이 틔었구나.

도념 난 속으루 벌써부터, 언제든지 그 부인 입에서 이 말이 나올 줄 알았어요.

초부 네가 하룻밤 새에 서울 대갓집 쉬영아들이 된다니. 아주 그야말루 꿈 같구나.

도념 그이가 불공 드리기 전에 나한테 한 얘기가 있어요.

초부 뭐라구 했길래?

도념 '아이, 그 애 참 의젓하게두 생겼다. 쉬영아들 삼았으면 좋겠네' 아, 이러더니 그 말이 정말이었군요.

초부 나두 서울 가면 한번 찾아가마.

도념 네, 꼭 오세요. 사랑에다 모셔 놓구 한상 잘 차려 드릴게요. 인수 아버지 좋아하시는 술두 많이 드리구요.

초부 그래라. (하늘을 쳐다보며) 어째 눈이 올라나부다.

도념 펵펵 쏟아져두 좋아요. 샘가에 빙판이 지면 또 물을 어떻게 긷나 하구 걱정했지만 인젠 괜찮아요. 서울 아씨댁엔 시종들이 많으니까 제가 안 길어두 될 거에요. (2, 3보 나가다가 돌연 생각난 듯이 발을 멈추며) 에구 깜박 잊어버렸드랬네. (하고 급히 비탈길로 달려간다)

초부　(펄쩍 뛰며) 너 또 토끼 덫을 쳐 놓은 게구나?

도념　(돌아보며) 걸쳤을 거에요. (하고 쏜살같이 내려간다.)

초부 부근의 낙엽을 긁는다.

도념의 소리　인수 아버지, 인수 아버지.

초부　(내려다보며) 걸쳤지?

도념의 소리　네, 여간 크지 않어요. 망 좀 잘 봐 주세요.

초부　그래라.

이때 주지, 미망인과 원내에서 나온다.

초부　(절하며) 스님, 안녕하셨습니까?

주지　음. 많이 했나?

초부　어젯밤 바람에 도토리가 상당히 많이 떨어졌습죠.

주지　묵이나 잘 쑤거든 한 목판 갖다 주게.

초부　네.

주지　참, 그리구 어렵지만 들어가서 손님들 상 좀 날러 주게. 손이 모자라 쩔쩔매구들 있으니. (미망인에게) 말씀만은 고맙습니다만. 절대루 속세에 안 내려 보낼 작정이니까, 오늘 이야기는 이대루 거둬 두시지요.

초부, 원내로 들어가며 손을 돌려 도념에게 스님 오신 신호를 한다. 그러나 도념은 모르는 모양이다.

미망인　허지만 저애 앞길두 생각해주셔야 하지 않겠어요? 이대루 절에서 늙히실 작정이시라면 모를까….

주지　늙히지요. 이 더러운 속세에 털끝만치나 서방정토(西方淨土)의 모습을 갖춘 곳이 있다면, 그것은 이 절밖엔 없으니까요.

미망인 세상에서 죄를 짓구 들어왔다면 모를까. 아직껏 동네 구경두 못한 것을 일생 여기서 보내게 하신다는 건… 뭐라구 했으면 좋을까, 좀 가혹하시다구…?

주지 속세 구경 못한 게 얼마나 다행입니까?

미망인 그렇지만 벌써 부모 생각을 하구 세상에 가서 살구 싶어하지 않아요? 더군다나 나이 먹으면 여기 있는데두 세상 사람들의 번뇌는 자연히 갖게 될 거라구 생각해요.

주지 설혹 갖게 되더라두, 단지 그리워하구 보구 싶어할 따름이지, 술을 먹구, 계집을 탐내구, 부처님이 말리시는 육계(六戒)를 태연히 범할 염려는 없거든요.

미망인 그런 것을 하게 제가 가만 두나요?

주지 아무리 말리신대두 자연 듣구 보는 게 그것밖에 더 있습니까?

미망인 왜요? 집에서 내보내지 않구 여기서처럼 경문 읽게 하구 수업시키면, 스님께 강의 받는 거나 다름없지 않아요?

주지 이 사방이 탁 틔인 산간에서, 동네 내려가고 싶어하는 녀석이, 서울 가서 행길에 안 나가려구 하겠습니까?

미망인 그럼, 저한테 몇 해만 맡겨주세요. 데리구 있다가 도루 돌려보내 드릴 테니.

주지 저는 다-만 번뇌의 기반에서 도념이를 미연에 막기 위해 이러는 겁니다. 한번 발을 내려 놓구 다시 생각하면 그때는 버얼써 제 자신이 얼마나 깊은 구렁에서 헤메구 있다는 것을 발견할 것입니다. 미처 발을 뺄 수가 없이 전신이 죄구렁으로 휩쓸려 들어가거든요. 저두 속세에서 발을 끊구 불문에 귀의할 때까지는 이만저만한 수업과 고행을 쌓은 게 아닙니다. 제가 당해 보구 하는 것이니, 자꾸 조르지 말아 주십시오.

미망인 그럼 도념이 장래니 행복이니 다 빼놓구, 다만 저를 위해 꼭 양자루 주십시오.

주지 글쎄 자꾸 이러시면, 제가 여간 난처하지 않습니다.

미망인 남편을 잃은 지 3년이 못 되어, 외아들마저 이렇게 잃구 보니, 눈앞에 땅이 다 꺼질 듯하군요. 마음이 서운하던 참에 그 애가 자꾸 나를 따르는 것을 보니까, 불현듯이 정이 솟아 오릅니다. 지금부터는 그 애한테라두 마음을 붙이구 살아야지, 외로워서 단 한 시간을 못 살 것 같군요.

주지 아씨의 마음만은, 누구보다도 제가 잘 압니다.

미망인 아신다면서 이렇게 애원하다시피 하는데두, 승낙 못하시겠단 말씀이세요?

주지 아씨 노엽게 생각 말어 주십쇼.

미망인 그럼 한 1년만 데리구 있다가 다시 올려 보내 드리지요.

주지 ……

미망인 그것두 안 되시겠단 말씀이세요?

주지 ……

미망인 그럼 반년두 안 되겠어요?

주지 아씨께서 양해해 주시기를 저는 바랄 뿐입니다.

미망인 그럼 도념이를 불러다 제 생각을 한번 들어보시지요? 지가 날 따라가겠다면 저에게 맡겨 주시고, 또 싫다면 저두 억지는 안하겠어요.

주지 물어보나마나 그 녀석은 지금 당장 따라가겠다구 날뛸 겁니다.

미망인 그럼 승낙하시지 뭘 그러세요?

주지 아무튼, 저에게 생각할 여유를 좀 주십쇼. 오늘루 꼭 데리구 가셔야만 할 것두 아니시니까. 좌우간 일간 댁으로 기별해 드리지요.

미망인 그럼 전 승낙하신 걸루 믿겠어요. 그리고 어머니께두 그렇게 여쭈겠어요. (하고 원내로 들어간다)

주지 이 녀석이 일하다 말구 또 어델 갔을까? 에이 걱정덩어리 같으니.

초부, 원내에서 나오며 스님이 나오셨다고 초조히 신호를 한다. 그러나 도념은 전연 열중하여 알아채지 못한다.

초부　다 날러 드렸습니다.

주지　에구 수고했네.

도념의 목소리　토끼똥 많은 데다 쳐놓으면 영락없어요.

초부　(황급히 도념의 소리를 막으려고 고함을 지른다) 인수야. 인수야, 저놈이 겁두 없이 또 저 나무 꼭대기에 올라갔군! 선뜩 내려오지 못하겠니? 애이구, 저놈의 나무 위에 새집 지어놓은 것만 보면 맥이 풀려요.

도념의 목소리　인수 아버지, 스님 아직 안 나오셨지요?

초부　나, 나무 쓰러질 때마다, 새 새끼가 죽거든입쇼. 이 인제부터는 도끼질을 하기 전에 미리 둥어리를 옮겨 놓구 패야겠어요.

주지　(냉철히) 지금 그게 도념의 소리지?

초부　아닙니다. 모 모르겠습니다.

도념의 목소리　인수 아버지, 잠깐만 와 보세요. 아주 댓자예요.

주지　저 소리가 아니야? (비탈을 향하여) 도념아, 도념아, 너 거기서 뭘 하구 있니?

도념의 떨리는 소리　아무것도 안 합니다.

주지　아무것두 안하는데 거긴 왜 웅크리구 있었니? (돌연 경악하여 일보 뒤로 물러서며) 너 또 토끼를 잡았구나? 이리 올라오너라. 냉큼 못 올라오겠니?

도념의 소리　스님, 토끼를 놔 줄 테니 용서해 주십시오.

주지　그대로 가지고 빨리 올라오너라.

도념, 토끼를 들고 올라온다.

주지　누가 잡으라구 하든? 어서 대답 못하겠니?

도념　스님, 다시는 안 그러겠습니다.

주지　꽃도 두구 보라구 했거늘, 하물며 네 발 달린 산 짐승을 잡아? 오계를 외 봐라.

도념　불살생(不殺生) 불육식(不肉食) 불간음(不姦淫) 불투도(不偸盜) 불음주

(不飮酒).

주지 (말이 끝나기 전에 추상같이) 계율(戒律) 중에서도 살생이 그중 큰 죄라는 것은 경문을 들려줄 적마다 타일렀지?

도념 네.

주지 모르구 했다면 모르되, 알면서 왜 했니? 응? 알면서 왜 했어? (원내를 향하여) 정심아, 정심아.

도념 스님, 다시는 안 그러겠습니다. 다시는 안 그러겠습니다.

정심 원내에서 급히 나온다.

정심 부르셨습니까?

주지 빨리 이 녀석을 갖다 산신당(山神堂)에 가둬 둬라. 한 사흘 갇혀서 굶구 나면 덫에 걸친 토끼가 얼마나 불쌍하다는 것을 알 테니.

도념 스님, 한 번만 용서해주십쇼.

주지 안 돼. (정심에게) 그리고 참나무 회초리를 둘만 해오너라.

정심 다시는 안 그러겠다구 비는데 이번만 용서해 주시지요.

주지 아-니 너는 시키는 일이나 할 것이지, 무슨 대꾸니? 냉큼 끌구 가지 못하겠니?

정심, 도념에게 동행을 최촉(催促)한다.

초부 (무슨 생각을 했는지 돌연 도념의 토끼를 빼앗으며) 스님, 사실은 덫은 제가 쳤지 도념이가 친 게 아닙니다.

주지 자네가 쳐놓은 데서 저 녀석이 토끼를 잡아 들구 나올 리가 없어.

초부 제가 나무하는 동안, 덫을 잠깐 봐 달라구 했었습지요.

인수, 원내에서 소리를 하며 나오다가 이 광경을 목격한다.

인수　(부의 말을 막으며) 아니에요, 스님.

초부　(아들을 쥐어박으며) 닥드려 이 자식아. (주지에게) 덫은 정말이지 제가 쳤지 도념이가 친 게 아닙니다.

주지　정말 자네가 쳤나?

초부　네

주지　도념아 그러니?

도념　(정심 뒤에 가, 가려선 채 무언)

주지　누가 쳤어? 바른 대루 선뜩 대답해라.

초부　제가 쳤습죠.

주지　도념아, 그러니?

도념　(자기도 의심치 않구) 네.

주지　(초부를 보고) 아-니 나무나 해다 때지, 자네더러 누가 토끼를 잡아 달라든가?

초부　뵈올 낯 없습니다.

주지　(인수의 허리에서 새 꾸러미를 발견하고 또 한번 대경한다) 애구 이 녀석, 넌 또 웬 새 새끼를 이렇게 잡았니? 응? 당장 내려가거라. 자네두 내려가구. 그리구 다시는 이 절에 발 들여 놓지 말게. 자네 부자 때문에 우리 도념이까지 죄 짓겠네.

인수, 성이 나가지고 대꾸하려고 빗죽빗죽 하는 것을 부(父)가 눈을 부릅뜨며 말린다.

초부　긁은 거나 마저 뫄 가지고 내려가겠습니다.

주지　가드래두 그 토끼는 내 눈앞에서 놔 주구 가게.

초부　네.

초부, 토끼를 놓아준다.
토끼 펄펄 날듯이 질주한다.

초부, 지게를 지고 안 가려는 아들을 떠다밀며 나간다.

주지 저렇게 펄펄 날으는 걸 백죄 잡으려구 한담? (도념에게) 외(外)에 사람들을 함부로 들이지 말라구 했는데 왜 들였니? (정심에게) 넌 들어가 보던 일 봐라.

정심 '네' 하고 들어간다.

도념 못 들어가게 했는데, 비탈길루 돌아서 들어갔어요.

주지 (도념을 나무등걸 위에 앉힌 후) 난 그런 줄 모르구 공연히 너만 가지구 나무랬구나. 내가 잘못했다. 참 그리구 서울 안대갓집 아씨께서, 널 데려다가 한 반년 동안 쉬영아들 삼구 싶다구 하시드라. 내가 다른 사람 같으면 절대루 승낙하지 않을 거지만, 그 아씨 말씀이라 해서 2, 3일 내루 기별해 드린다구 했다.

도념 스님, 감사합니다.

주지 서울 가서두 내가 이른 말 하나라두 거슬린다면 당장 도루 불러올 테야.

도념 네.

주지 그리구 갈 때는 내가 경전을 줄 테니, 가지구 가서 열심히 읽구, 올라올 땐 내 앞에서 다 외야 한다.

도념 네, 갈 땐 저 혼자 가게 됩니까?

주지 아씨는 오늘 내려 가시구, 너는 내가 대갓집댁에 가서, 너한테 관한 여러가지 말씀두 여쭐 겸 사날 후에 데리구 갈 테다. 그런 줄 알구, 그 동안 세수두 말갛게 하구, 손톱 발톱두 깨끗이 깎고, 가서 웃음거리 안 되도록 해라.

도념 네.

주지 사람이란 첫째 예의범절을 단정히 해야 하는 법이니라.

인수, 암상이 잔뜩 나가지고 나갔던 길에서 다시 뛰어 올라온다.
초부, 낙엽덤을 안은 채 '인수야 인수야' 하구 규성을 치며 쫓아 올라온다. 그러나 때는 이미 늦었다.

주지 너 이 녀석, 다시 오지 말라니까 왜 또 올라왔니?
인수 왜 남더러 이 녀석 저 녀석 하세요? 진짜 큰 것은 누가 잡았는데요?
주지 뭐 어째?
인수 우리 아버지가 너무 순하니까, 만만해서 그러시는군요?
도념 너, 버릇없이 어디다 대들구 그러니?
인수 이눔아, 넌 국으루 있어. 스님 덫은 누가 쳤는데요? 법당에 가셔서 관세음보살 뒤를 뒤져보세요. 뭐가 나오나? 그것 보시면 누가 토끼를 잡았나 아실 걸요? (도념을 훑어보며) 나쁜 자식 같으니. 죄다 우리 아버지한테 죄를 씌우고 있지.
주지 (도념에게) 너 여기 꼼짝 말구 섰거라.

급히 원내로 들어간다.

초부 (지게 작대기로 인수의 등을 갈기며) 선뜩 내려가지 못하겠니?
인수 아버진 가만히 계셔요. (도념을 놀리며) 꼴 좋-다.
도념 너 까불면 나한테 죽는다.
인수 흥, 염소뿔 시이다. 오-라, 그 토끼 껍질 베끼던 칼루 날 죽일려구? 애비 없는 후레자식은 사람도 막 죽이나? 날 죽이면 넌 지옥에 가서 아흔 아홉 번 죽어.

도념, 더 이상 참을 수 없다는 듯이 달려들어 난타한다. 양인, 멱살을 붙들고 뒹굴며 싸운다. 안대갓집 딸 산문에서 나오다 달려가 뜯어말린다. 초부도 말린다.

미망인 놔라, 놔, 도념아 이 손 놔 어서.

도념, 인수의 멱살 잡았던 손을 놓고 제 분에 못 이겨 울어버린다.

인수 중, 중, 까까중, 덤불 밑에 할타중, 물건너 팽가중. (놀리며 내려간다.)
미망인 (옷의 흙을 털어주며) 고만 울어라, 눈물 닦구. 쌈은 왜 하니?
도념 ……(운다)
미망인 내일 모레 우리 집에 가면 저런 녀석 꼴 안 볼 텐데 뭘 그러니? 어서 울지 마라. 뚝 그치구.
도념 댁에 가두… 모두들 애비 없는 후레자식이라구 놀려먹으면 어떡해요?
미망인 어따가 감히 그런 소리를 해? 내가 가만 두나? 아까처럼 한번 웃어 봐, 응 어서.
도념 (금시에 풀리며 벙끗 웃는다)
미망인 (꼭 껴안으며) 아이구 이뻐라.
도념 우리 어머닌 살아 계신지 돌아가셨는지두 모르는데, 나만 댁에서 호강할 걸 생각하니 자꾸 미안한 생각이 나요.
미망인 (서글퍼지며) 아무래도 나보담은 어머니가 좋지?
도념 네.
미망인 어머니두 나처럼 생기셨다니까, 지금 나처럼 부잣집에서 사실거야.
도념 아니에요. 고생하실 꺼예요.
미망인 어떻게 알어?
도념 지난 정월 보름날 잣불을 켜 봤드랬어요. 스님께서, 도념 어머니가 잘 사나 못사나 보자구 하셔서 모두들 돌아앉아 켰드랬는데, 어머니 불이 그만 피시시 죽겠지요.

이때 원내에서 스님의 '도념아 도념아' 부르는 노성.

미망인 얘 어서 대답해라.

도념 싫어요.

미망인 또 뭘 잘못한 게구나.

주지의 소리 도념아, 도념아.

미망인 어서 대답하구 빨리 가 봐라. 역정이 잔뜩 나신 모양이다.

도념 안 가겠어요. 가두실려거든 가두시라지요. 겁나지 않아요.

미망인 이게 무슨 소리냐?

돌연 원내가 소원해지면서 참예인들의 비명, 규환. 콰광거리고 마루를 뛰어 내리는 소리 등등.

미망인 별안간 이게 웬일들이야?

구경꾼 여자들 지껄이며 나온다.

미망인 왜들 어느새 나오시우?

과부 재 헛 지냈소.

새댁 에구 끔찍끔찍해라.

미망인 아니 왜요? 무슨 일이 있었어요?

과부 토끼 죽은 걸 존상 뒤에 놓구 재를 올렸으니, 헛 지낸 거지 뭐예요?

미망인 토끼 죽은 거라니요?

새댁 하나두 아니구, 자그만치 여섯 마리씩을.

미망인 급히 원내로 들어가려고 한다.
이때 남바구를 쓴 미망인의 친정모 공포에 부들부들 떨며 원내에서 나온다.

친정모 (딸을 붙들며) 들어가지 마라. 부처님 역정 나셨다. 이 일을 어떡하면 좋단 말이냐? 입때 축원한 게 아니라 부처님 욕하구 있었다. 나무아미타불, 나무아미타불.

미망인　아-니 누가 그런 짓을 했어요.

친정모　나두 모르겠다. 저기 스님이 들고 나오시는구먼.

주지, 토끼 목도리 한뭉텡이를 손끝에 들고 노기 심두에 달하여 나온다. 뒤따라 정심과 승들, 참예인들, 구경꾼 남자들.

주지　도념아 너 이게 웬 거니? 살생을 하구 거짓말을 하구. 네가 점점 가시덤불 속으로 들어가구 있구나?

미망인　애가 토끼를 이렇게 잡았을 리가 없습니다. 누가 주었나 보지요?

젊은승　팔아두 두 냥씩은 받을 텐데, 하나두 아니구 여섯씩 그걸 누가 줍니까?

친정모　누가 주었드래두 어따 감춰 둘 데가 없어, 성스러운 보살님 존상 뒤에다 감춰둔단 말이냐?

주지　나는 설마하니, 내 눈을 속이구, 네가 이런 악착한 짓을 하는 줄이야 꿈에두 몰랐었다. 믿는 나무에 곰이 핀다드니 똑 맞었어. 에구 끔찍해라. 내야 속았지만 억만 중생의 민심을, 환하게 들여다보구 계시는 부처님두 속으실 줄 알았느냐? (돌연 몸을 떨며) 나무아미타불 관세음보살.

참예인들, 승들, 각기 합장하며 '나무아미타불 나무아미타불'을 따라 왼다.

친정모　에구 무서라. 어쩌면 애가 눈두 깜짝 안하구 섰네. 적으나면 '잘못했습니다' 하구 빌 게 아니냐?

주지　(조용히, 그러나 엄숙한 문답조로) 내가 언젠가 이 산의 옛 이야기를 들려준 적이 있었지.

도념 (한 마디 한 마디 똑똑히) 네. 수나라 대군이 고구려를 쳐들어와 을지문덕 장군이 나아가 막던 때였습니다.

주지 그때 이 산에 성을 쌓구 적군을 막던 병사들이 몇 살들이라구 했지?

도념 열네 살, 열다섯 살들이라구 하셨습니다.

주지 그 소리가 부끄러 어떻게 아가리루 나오니? 네 나이 지금 몇 살이냐?

도념 열네 살입니다.

주지 어따, 열넷을 처먹었니? 살살 거짓말이나 하구, 쨀끔거리구 다니며 요런 못된 짓만 하니. 그때 화살을 맞구 쓰러져가면서 종을 치던 병사두 이 절 사미승(沙彌僧)이였구 이름도 도념이었느니라. 하룻밤 갇히구 종아리 맞을 것이 무서워 죄를 나무꾼에게 씌우고 너는 빠지려구 했단 말이냐?

도념 그게 무서워 그런 건 아닙니다.

주지 그럼 왜 그랬니?

도념 오늘 갇히면 아씨 따라가지 못하게 되겠기에 눈 꾹 감고, 거짓말을 했습니다.

일동 물을 끼얹은 듯 조용해진다.
미망인 감정의 격동을 진정하려고 애를 쓴다.

주지 (약간 측은하지만) 당장 죽드래도 비겁한 짓은 말라구 했거늘 서울 못 갈까봐 거짓말을 했어?

도념 스님, 제 잘못은 제가 잘 압니다.

주지 이 토끼를 잡은 잘못두 안단 말이냐?

도념 네.

주지 알면서 왜 했니?

도념 아씨 목도리 두르신 게 어떻게 이쁜지, 나두 어머니가 데릴러 오신다면 드리려구 맨들었습니다.

미망인 격하야 돌아서서 운다.

주지 (심란한 마음이 들어) 그 에미 소리 좀 작작해라. 그 젖덩어리를 생각하구 네가 또 죄를 짓는단 말이냐? (한숨을 쉬며) 이게 다 인과 때문이야.

젊은승 해필 영혼 축원하는 불전에 살생한 재물을 바쳤으니, 부처님께서 얼마나 노하셨을까!

친정모 아주 백정(白丁) 행세를 하는구먼? (지팡이로 땅을 치며) 엥. 우리 인철이가 극락문을 들어가다 말구, 가시문으로 내쫓겼겠다. (주지를 보고) 무얼 정신없이 생각쿠 있소?

주지 마님. 뵈올 낯 없습니다. (정심에게) 빨리 가서 법당을 말갛게 소세(掃洗)해라. 마당 쓸구. 물 뿌리구.

정심과 승들, 원내로 들어간다.

노인 가는 날이 장날이라드니, 이건 정령 반대였군?

총각 그러게 말입니다. 허우정정 산 넘어 왔다 허탕방만 쳤군요. 내려가시지요.

참예인들, 서로 지껄이며 불평에 찬 소리를 던지고 하나씩 둘씩 내려간다.

미망인 (달려가 막으며) 왜들 가세요? 들어들 가세요. 대수롭지 않은 일을 가지고 왜들 이러세요?

주지 (참예인들을 보고) 어서들 도로 들어가시지요.

미망인의 친구들, 참예인들 도로 원내로 들어간다.

무대에는 주지와 미망인과 도념 3인만 남는다.

주지　이 애를 세상에 내려 보냈다가는, 정말 야차(夜叉)를 맨들겠습니다. 아주 단념하십쇼.

정심, 창망히 다시 나온다.

정심　아씨께서 먼점 들어오셔야만 좌석이 진정되겠습니다.

주지　어서 들어가 보십쇼.

정심 따라 미망인 원내로 들어간다.

도념　(홀연히) 스님, 전 세상에 가서 살구 싶어요.

주지　닥듸려. 무얼 잘했다구 또 그런 소릴 하구 있니?

도념　절더러 거짓말 한다구만 마시구, 저한테 어머니 계신 데를 가르쳐 주십시오.

주지　네 어미란 대죄를 지은 자야. 너에겐 에미라기보다는 대천지원수라는 게 마땅하겠다. 파계(破戒)를 한 네 에미 죄의 피가 그 피를 받은 네 심줄에 가뜩 차 있으니까, 너는 남이 한 번 헤일 염주면 두 번을 헤어야 한다.

도념　왜 밤낮 어머니 욕만 하십니까? 아름다운 관세음보살님은 그 얼굴처럼 마음두 인자하시다구 하시지 않으셨어요? 절에 오는 사람마다 모두들 우리 엄마는 이뻤을 것이라구 허는 걸 보면 스님 말씀 같은 그런 무서운 죄를 지으셨을 리가 없어요.

주지　그건 부처님에게만 여쭙는 소리야. 너 유식론(唯識論)에 쓰인 경문 알지?

도념　네.

총각　외면사보살 내면여야차(外面似菩薩 內面如夜叉)라 하셨느니라. 네 에미는 바루 이 경문과 같이, 얼굴은 보살님같이 아름답지만, 마음은 야차같이 무서운 독물이야.

도념 스님, 그렇게 악마 같을 리가 없습니다.

주지 네 아비의 죄가 네 어미에게두 옮아서 그러니라.

도념 옮다니요?

주지 네 아비는 사냥꾼이거든. 하루에두 산 짐승을 수십 마리씩 잡어, 부처님 가슴을 서늘하게 한 대악무도한 자야. 빨리 법당으로 들어가자. 냉수에 목욕허구, 내가 부처님께 네가 저지른 죄를 모다 깨끗이 씻어 주도록 기도해주마.

도념 싫어요. 싫어요. 하루 종일 향불 냄새를 쐬면 골치가 어찔어찔해요.

주지 이게 무슨 죄 받을 소리니? (조용히 달래며) 도념아, 너 저 연못을 봐라. 5월이 되면 꽃이 피고, 잎사귀에 구슬 같은 이슬이 구르구 있지 않니? 저렇게 잔잔한 연못두 한 겹 물만 퍼내구 보면 시꺼먼 개흙투성이야. 그것뿐인 줄 아니? 10년 묵은 이무기가 용이 돼서 하늘루 올라갈랴구 혓바닥을 낼름거리며 비 오기만 기다리구 있단다. 동네두 꼭 저 연못과 마찬가지야. 겉으루 보면 모두 즐겁구 평화한 듯 하지만 속에는 모든 죄악과 진애(震埃)가 들끓는 그야말루 경문에 아로새겨 있는 글자 그대루 오탁(五濁)의 사바(娑婆)니라.

도념 아니에요. 모두들 그렇지 않대요. 연못 속에는 연근이라는 맛있는 뿌럭지가 있지, 이무기는 없대요.

주지 누가 그러든? 누가 그래?

도념 동네 사람들 올라올 적마다 물어봤어요.

주지 그럼 동네 녀석들 하는 소리는 정말이구 내 말은 거짓말이란 말이지? 경전이, 부처님 말씀이 모두 거짓말이란 말이지? 오! 이런 불가시리 같은 녀석 봤나? (하고 펄펄 뛴다)

도념 스님, 바른 대루 말이지, 저는 이 절에 있기가 싫습니다.

주지 듣자듣자 하니까 나중에 못하는 소리가 없구나? 오, 그 눈으로 날 보지 마라. 살생을 하드니, 전신에 살이 뻗친 모양이다.

미망인 원내에서 나온다. 뒤따라 그의 모(母).

도념 (미망인에게 매달리며) 어머니, 저를 데려가주세요.

미망인 응, 염려마라.

주지 염려마라니요? 아씨는 그저 애를 데려가실 작정이십니까?

미망인 그럼은요.

친정모 못한다. 넌 애 하는 짓을 지금껏 두 눈으로 똑똑히 보구두 이러니?

미망인 어머니, 봤기에 더 한층 데려가구 싶은 생각이 솟았어요. 얼마나 어머니를 그리워했으면 그런 짓을 했겠어요? 지금 이 애를 바른 길루 이끌어갈려면, 내 사랑 속에서 키우는 것 밖에 딴 도리가 없어요.

친정모 애는 전생에 제 부모의 죄를 받구 태어났기 때문에, 아무리 구할랴구 해두 구할 수가 없단다. 홍역 마마하듯 이렇게 피하지 못할 죄가 하나씩 둘씩 발병하지 않니? 애보담, 우리 인철이 영혼 축원할 도리나 걱정해라.

미망인 인철인 기왕 죽은 애니까 재를 다시 지내면 그만 아니에요?

친정모 애가 토끼 목도리를 존상 뒤에다 감춰만 뒀다면 모를까. 젊은 별좌(別坐) 얘길 들으니까 어젯밤에 떡 그 더러운 것을 관세음보살님 목에다 걸어 놓구 물끄러미 바라다보구 있었다는구나.

미망인 (울며 미친듯이) 어머니, 난 애 없이는 살 수가 없어요.

주지 아씨께서 진정으로 애를 사랑하신다면, 눈 앞에 두구 노리개를 삼으실랴구 하시지 말구, 애 매디매디에 사무쳐 있는 전생의 죄 속에서 영혼을 구하게 이 절에 둬 주십시오. 자기 한 몸의 죄만 아니라 제 아비 제 어미 죄두 씻어야 할 테니까 애는 여간한 공덕을 쌓기 전에는 저승에 가서 무서운 지옥을 면치 못하게 될 것입니다.

도념 스님, 죽어서 지옥에 가드래두 난 내려가겠어요. 찾아오는 사람을 막지 않구 떠나는 사람을 붙들지 않는 것이 우리 절 주의라구 늘 말씀하시지 않으셨습니까?

주지 (열화같이 노하며) 수다스러. 한번 못 간다면 못 가는 줄 알어라. (미망인을 보고 선언하듯) 아씨께서 서방님을 잃으시고 외아들마저 잃으신 것두 다 전생에 죄가 많으셨던 탓입니다. 아씨 죄두 미처 벗지 못하시구 이 죄덩이를 데려다가 어떻게 하실랴구 이러십니까? 두 번 다시 이 이야기를 끄내시려거든 다신 이 절에 오시지 마십시오.

주지, 뒤도 안 돌아보고 원내로 들어간다.
친정모도 뒤따른다.
미망인, 주지의 말에 찔리어 전신을 부르르 떤다. 염하다 놓친 사람 모양으로 털썩 나무등걸에 주저앉아 운다.

도념 어머님 이대루 그냥 도망이라두 가시지요.

미망인 그렇게는 못한단다. 넌 이절에 남아서 스님의 말씀 잘 듣구 있어야 한다.

도념 촛불만 깜박깜박하는 법당을 또 어떻게 혼자 지켜요? 궂은 비가 줄줄 내리는 밤이나 부엉이가 우는 새벽엔 무서워 죽겠어요.

미망인 너한테는 그게 숙명이니까 내 힘으로는 어떻게 할 도리가 없구나.

미망인 도념을 누구에게 빼앗길 듯이 세차게 안고 운다.

정심, 산문에서 나온다.

정심 도념아, 빨리 종쳐라.

도념 (눈물을 닦고) 네.

정심, 산문 앞의 등잔에 불을 켜고 다시 원내로 들어간다.

미망인 내가 원체 죄가 많은 년이니까 너를 데리고 갔다가 너한테까지 무슨 화가 끼칠지, 난 그게 무서워졌다. 어서 들어가자. 그 대신 내가 한 달에 한 번씩 보름날 달 밝은 밤엔 꼭 널 보러 오마.

미망인, 우는 도념을 달래 가지고 원내로 들어간다.
주위는 차츰차츰 어두워진다. 이윽고 범종 소리 들려온다. 멀리 산울림.
초부, 나무를 안고 나와 지게에 얹고, 담배를 한 대 피운다. 휘날리는 초설을 머리에 받은 채 슬픈 듯한 표정으로 종소리를 듣는다.
사이.
이윽고 종소리 그친다.
도념, 고깔을 쓰고 바랑을 걸머지고 깽매기를 들고 나온다.

초부 (지게를 지고 일어서며) 지금 그 종 네가 쳤니?
도념 그럼은요. 언제 내가 안 치구 다른 이가 쳤나요?
초부 밤낮 나무해 가지구 비탈을 내려가면서 듣는 소리지만 오늘은 왜 그런지 유난히 슬프구나. (일어서다가 도념의 옷차림을 발견하고) 아니, 너 갑자기 바랑은 왜 걸머지고 나오니?
도념 이번 가면 다신 안 올지 몰라요.
초부 왜? 스님이 동냥 나가라구 하시든.
도념 아아니요. 몰래 나가려구요.
초부 이렇게 눈이 오는데 잘 데두 없을 텐데, 어딜 간다구 이러니? 응. 갈 곳이 있니?
도념 조선 팔도 다 돌아다닐 걸요, 뭐.
초부 하 얘, 그런 생각 말구, 어서 가서 스님 말씀 잘 듣구 있거라.
도념 벌써 언제부터 나가려구 별렀는데요? 그렇지만 스님을 속이고 몰래 도망가기가 차마 발이 떨어지지 않아서 못 갔어요.
초부 어머니 아버질 찾기나 했으면 좋겠지만 찾지두 못하면 다시 돌아올 수도 없구, 거지밖에 될 게 없을 텐데 잘 생각해서 해라.
도념 꼭 찾을 거예요. 내가 동냥 달라구 하니까 방문 열구 웬 부인이 쌀을 퍼주며 나를 한참 바라보구 있더니 별안간 '도념아. 내 아들아, 이게 웬일이냐' 하구 맨발바닥으로 마당으로 뛰어 내려오던 꿈을 여러 번 꾸었어요.

초부　가려거든 빨리 가자. 펑펑 쏟아지기 전에. 이 길루 갈 테니?

도념　비탈길로 가겠어요.

초부　그럼 잘-가라. 난 이 길루 가겠다.

도념　네. 안녕히 가세요.

초부, 나무를 지고 내려간다.
도념, 두어 걸음 나갈 때 법당에서의 주지의 독경 소리, 발을 멈추고 생각난 듯이 바랑에서 표주박을 꺼내 잣을 한 움큼 담아서 산문 앞에 놓는다.

도념　(무릎을 꿇고) 스님, 이 잣은 다람쥐가 겨울에 먹으려구 등걸구멍에다 모아둔 것을 제가 아침에 몰래 꺼내 뒀었어요. 어머니 오시면 드릴려구요. 동지 섣달 긴긴 밤 잠이 안 오시어 심심하실 때 깨무십시오. (산문에 절을 한 후) 스님, 안녕히 계십시오.

멀리 동리를 내려다보고 길-게 한숨을 쉰다.
정적.
원내에서는 목탁과 주지의 염불 소리만 청청히 들릴 뿐.
눈은 점점 펑펑 내리기 시작한다.
도념, 산문을 돌아다보며 돌아다보며 비탈길을 내려간다.

-막-

—『동승』(박문출판사, 1947)

필자 소개

1장

이광수(李光洙 1892~1950): 소설가, 문학평론가. 한국근대문학의 선구적인 문인으로, 소설, 시, 평론 등을 왕성하게 발표하였다. 대표작으로 「무정」, 「유정」, 「흙」 등이 있다. 일제 말기에는 친일 행적으로 논란을 빚기도 하였다.

2장

유종호(1935~현재): 문학평론가. 1957년 『문학예술』로 등단하여 왕성한 활동으로 우리 시의 이해와 시론의 수준을 한 단계 높였다. 저서로 『시란 무엇인가』, 『서정적 진실을 찾아서』 등이 있다.

3장

김윤식(1936~현재): 문학평론가. 국문학자. 1962년 『현대문학』을 통해 문학평론가로 등단. 평론가와 학자로서 한국 현대문학 연구를 본격적인 궤도에 올려놓는 수많은 저작을 남기고 있다. 저서로는 『한국근대문예비평사연구』, 『한국근대문학사상사』 등이 있다.

4장

김준오(1937~1999): 문학평론가, 국문학자. 다양한 평론 활동과 연구 활동으로 우리 시론의 폭과 깊이를 확보하는 데 많은 기여를 하였다. 저서로 『시론』, 『한국현대장르비평론』 등이 있다.

5장

이형기(1933~2005): 시인. 문학평론가. 1950년 『문예』로 등단하여 시 창작 및 평론 활동을 활발하게 하였다. 시집으로 『적막강산』, 『절벽』 등이 있다.

6장

박현수(1966~현재): 시인. 문학평론가. 시의 본질과 요소 등에 대한 원론적인 글을 다수 발표하여 우리 시 논의의 심화와 확장에 기여하고 있다. 저서로 『시론』, 『전통시학의 새로운 탄생』 등이 있다.

7장

방민호(1965~현재): 소설가, 문학평론가. 시와 소설 등을 창작하는 작가이면서 한국 현대소설 분야의 학자로서 왕성하게 활동하고 있다. 대표작으로 소설 『연인 심청』, 『대전스토리, 겨울』 등과 연구서 『채만식과 조선적 근대문학의 구상』, 『일제 말기 한국문학의 담론과 텍스트』 등이 있다.

8장

한용환(1945~2017): 소설가, 문학평론가. 소설가이면서 학자로서 현대소설의 이론을 원론적으로 점검하는 논저를 많이 남겼다. 대표작으로 『한국소설론의 반성』, 『소설학사전』 등이 있다.

9장

나병철(1956~현재): 학자. 한국 현대소설 분야의 학자로서 문학이론 및 한국문화 분야에서 폭넓은 연구 성과를 내고 있다. 대표작으로 『문학의 이해』, 『소설의 이해』, 『한국문학의 근대성과 탈근대성』 등이 있다.

10장

양승국(1958~현재): 학자. 문학평론가. 한국 희곡 분야의 학자로서 희곡이론 및 희곡자료 정리에 많은 업적을 남기고 있다. 대표작으로 『희곡의 이해』, 『한국연극의 현실』 『한국근대극의 존재형식과 사유구조』 등이 있다.

11장

김재석(1957~현재): 희곡 작가, 희곡 학자. 실증적인 태도로 한국 근대극의 형성과 전개에 대한 연구 성과를 내고 있다. 대표작으로 희곡 작품 「아름다운 사람, 아줌마 정혜선」 및 이론서 『일제강점기 사회극 연구』, 『한국 현대극의 이론』 등이 있다.

12장

이형식(1956~현재): 학자. 현대 영미 희곡 분야 학자로서 영미의 영화 이론 및 작가 관련 연구를 활발하게 하고 있다. 저서로는 『현대 미국 희곡론』, 『영화의 이해』, 『미국 연극의 대안적 이해』 등이 있다.